Martha Grimes
Das Hotel am See

MARTHA GRIMES

DAS HOTEL AM SEE

Roman

Deutsch von Angelika Felenda

GOLDMANN VERLAG

Die amerikanische Originalausgabe
erscheint unter dem Titel »Hotel Paradise«
im Verlag Alfred A. Knopf, New York

Umwelthinweis:
Dieses Buch und der Schutzumschlag wurden auf
chlorfrei gebleichtem Papier gedruckt.
Die Einschrumpffolie (zum Schutz vor Verschmutzung)
ist aus umweltschonender und recyclingfähiger PE-Folie.

Der Goldmann Verlag
ist ein Unternehmen der Verlagsgruppe Bertelsmann

1. Auflage

Satz: Uhl + Massopust, Aalen
Druck: Pressedruck, Augsburg
Printed in Germany
ISBN 3-442-30488-1

1.

Es ist ein stürmischer Tag, der Wind fühlt sich schwer an und die Luft wie Eisen. Als ich am Abend die halbe Meile bis zum See ging, kam ich kaum an gegen diese Last, die sich auf mich legte wie ein Mantel aus Schnee.

Seit einer Stunde sitze ich nun auf der niedrigen, moosbewachsenen Mauer, aber ich kann das Haus der Devereaus nicht sehen, auch nicht, ob Licht drinnen brennt. Das Frühjahrsgrün der Bäume ist so dicht, daß es das gegenüberliegende Seeufer vollkommen verdeckt, vergleichbar einem riesigen Tintenklecks auf der Seite, die ich gerade lese. Denn diesmal habe ich ein Buch mitgebracht; und ich werde warten, obwohl ich nicht glaube, daß er zurückkommt.

Ich frage mich inzwischen, ob es Rätsel gibt, die dazu bestimmt sind, auf ewig ungelöst zu bleiben, oder die zumindest nie mit Gewißheit gelöst werden können, denn ich habe da so eine Ahnung, was in der Nähe von White's Bridge passiert sein muß. Auf eine Menge Fragen habe ich Antworten gefunden, aber diese Antworten werfen nur noch mehr Fragen auf. Fragen, die mir vorher nie in den Sinn gekommen wären.

Ich glaube, ich weiß, wie Fern gestorben ist, und wer sie umgebracht hat. Aber ich weiß nicht genau, warum. Über das Warum kann ich nur Vermutungen anstellen. Aber selbst wenn ich mir absolut sicher wäre, würde ich der Polizei nichts sagen, nicht einmal dem Sheriff. Es gibt Dinge, die über dem Gesetz stehen. Schließlich habe ich nicht umsonst die ganzen Hopalong-Cassidy-Filme gesehen. Hopalong hetzt einen Viehdieb nicht immer in den Tod, nicht wenn es einen Grund gibt, ihn entwischen zu lassen.

Einen Grund, der wichtiger ist als ein Dutzend anderer, die rechtmäßig dafür sprächen, ihn festzunehmen. Nennen Sie es meinetwegen Viehtreibermoral. Manche sagen: »Ich bin ganz allein meinem Gewissen verpflichtet«, aber ich glaube, daß es schrecklich riskant ist, seinem Gewissen zu gehorchen, denn das Gewissen kann ziemlich viele Ausflüchte suchen.

Wie auch immer. Heute morgen habe ich beschlossen, dem Sheriff nichts zu sagen, und das lastet entsetzlich schwer auf mir. Was ich im Lauf der vergangenen Woche entdeckt habe, bestätigt, daß die Entscheidung, die ich treffen muß, tatsächlich furchtbar schwierig ist, und daß das, was mir schmerzlich und unangenehm vorkommt, wirklich so ist.

Das klingt so, als hätte ich nicht viel begriffen, aber das habe ich sehr wohl.

2.

Meine Mutter ist keine Paradise. Ihr Großvater (mein Urgroßvater) hat in diese Familie von Hotelbesitzern eingeheiratet. Und meine Großtante Paradise schmerzt es sehr, daß ihr das Hotel Paradise nicht zu hundert Prozent gehört. Da mein alter Onkel vor langer Zeit auf jeden innerhalb des Paradise-Clans wütend geworden war, hat er ein kompliziertes Testament verfaßt, wonach die Führung des Hotels an meinen Vater fiel und nach seinem Tod an meine Mutter. Das heißt nicht, daß es meiner Mutter *gehört*. Die rechtlichen Einzelheiten der Frage, wem das Hotel Paradise gehört, sind seit jeher hochkompliziert. Meine Freundin Maud Chadwick hat einmal gesagt, Gott sei Dank habe niemand versucht, deswegen vor Gericht zu gehen. Denn verglichen damit erscheine *Bleak House* wie eine Vorladung wegen Falschparkens.

Natürlich besteht meine Großtante darauf, daß ihr das Hotel Paradise gehört. Sie ist einundneunzig Jahre alt und hat nur dem Namen nach in dem Hotel das Sagen. In Wirklichkeit tut sie nichts anderes, als sich in ihren Räumen im dritten Stock aufzuhalten, Karten zu spielen und zu trinken, und sich über das zu beschweren, was die anderen alle tun. Die Aufgabe, das Hotel zu führen, ist meiner Mutter und ihrer jetzigen Geschäftspartnerin Lola Davidow überlassen.

Lola Davidow, die erst vor fünf Jahren hier aufgetaucht ist, war der Meinung, das Hotel Paradise sollte in Spirit Lake Hotel umbenannt werden. Das war nicht so abwegig, weil die Paradises schon vor langem dem Spirit Lake den Rücken gekehrt haben, doch als meine Großtante von Lolas Vorschlag hörte, machte sie einen solchen Aufstand, daß alle befürchteten, sie würde womöglich sogar nach unten kommen. Meine Mutter, die diplomatischer ist als Mrs. Davidow, versuchte Tante Paradise mit ihrer Lieblingspastete zu besänftigen. Lola murrte nur und sagte, daß das Hotel weder durch das Geld eines Paradise (was absolut stimmte) noch durch die Gin- und Whiskyströme am Laufen gehalten würde (wiederum richtig), sondern durch »den Schweiß unseres Angesichts« (was auf meine Mutter zutrifft, nicht jedoch auf Lola, deren Angesicht ziemlich trocken bleibt).

Ich weiß, wie das ist, weil mir oft genug der Schweiß auf der Stirn steht, wenn ich sieben Tage in der Woche bediene und mich außerdem noch mit Lola Davidow und ihrer schrecklichen Tochter herumzuschlagen habe. Plackerei und Tyrannei sind die beiden Dinge, die bei uns wohl einfach von einer Generation zur nächsten weitergegeben werden. Nur ich habe keinen, auf dem ich herumhacken könnte, weil ich erst zwölf und damit die Jüngste in der Familie bin.

Das Hotel Paradise ist ein altes Ferienhotel, das inmitten eines vier Hektar großen Waldgeländes steht, und wirklich ein alter

Klapperkasten ist, ohne dabei jedoch in irgendeiner Form den Eindruck zu vermitteln, heruntergewirtschaftet zu sein (obwohl die hiesige Feuerpolizei da anderer Ansicht ist). Meine Mutter ist beim Nähen von Vorhängen und Schonbezügen viel zu geschickt, als daß sie es zuließe, daß das Hotel vor die Hunde ginge. Es ist voller schöner alter Möbel und riesiger offener Kamine, deren Flammen goldene und rosenfarbene Muster auf die glatten Chintzstoffe und goldgerahmten Spiegel werfen. Es ist eine wahre Pracht, wenn an Spätnachmittagen die Strahlen der Wintersonne durch die hohen Hallenfenster fallen oder durch das rosafarbene Glas des Musikzimmers fluten und die Tasten des Klaviers in blasses Gold tauchen.

Das Hotel steht nicht direkt in der größeren Stadt La Porte, sondern in dem kleinen, etwa zwei Meilen entfernten Dorf Spirit Lake. Dort, in zweitausendeinhundert Metern Höhe sind die Sommer warm, trocken und klar und die Winter kalt, trocken und klar. Viel Sonne und viel Schnee. Von Oktober bis März scheint in Spirit Lake immer der Geruch von Schnee in der Luft zu liegen. Ich mag den Geruch. Im Winter ist der Himmel austernfarben, und manchmal erinnert das grelle und blitzende Licht dann an Kiesel, die übers Wasser schlittern.

Die »Familie« (denn die Davidows wurden aufgrund der Geschäftsverbindung ein Teil von ihr) besteht aus meiner Mutter, meiner Großtante Paradise, meinem Bruder Will, Lola Davidow und ihrer Tochter, der schrecklichen Ree-Jane. Und mir natürlich.

Wir Kinder dürfen keine Kosenamen wie Oma, Mama, Mami, Papa und dergleichen verwenden. Es ist, als sollten wir auch in der Familie den nötigen Abstand, eine gewisse Förmlichkeit, wahren. Nicht daß meine Mutter (mein Vater ist schon tot) mich und meinen Bruder nicht lieben würde, aber es ist eine Liebe, die gleichsam in weißen Handschuhen, mit Fliege und Schwalbenschwanz vorausschreitet und Türen aufhält, keine, die einfach durch die Tür stürmen würde. Ich beklage mich nicht; diese distanzierte Liebe hat eine Menge Vorteile; zum Beispiel wird man nicht verprügelt und nicht angeschrien. Aber ich fand es lächerlich, mir bei der Anrede »Großtante Paradise« fast die Zunge abbrechen zu müssen, wenn sie für mich (das heißt im stillen) doch nur »Aurora« ist.

Aurora Paradise hat den dritten Stock des Hotels in Beschlag genommen, ein halbes Dutzend katakombenartiger Räume. Mit je einer Kiste Gordon's Gin, einer Kiste Johnnie Walker und einem Speiseaufzug ist sie dort vermutlich auch ganz zufrieden. Der Speiseaufzug ist vor ewigen Zeiten für die Wäsche eingebaut worden, aber Aurora benutzt ihn, um sich die Mahlzeiten hochzuziehen, die meine Mutter zubereitet hat. Meine Mutter gilt als die beste Köchin im Lande, aber ich bin anderer Meinung. Meine Mutter ist vermutlich die beste Köchin auf der ganzen Welt.

Jetzt meinen Sie vielleicht, Aurora würde mit ihrem Gin und ihren Backhähnchen zum Abendessen ein friedliches Leben führen, aber lassen Sie sich nicht täuschen. So, wie sie dort oben thront, erinnert mich Aurora Paradise eher an einen schwarzen Vogel, an eine Krähe oder an einen jener Raben, die auf Bildern vom Londoner Tower zu sehen sind. Dort droben, im obersten Stockwerk, glaubt sie, bloß ihre schwarzen Flügel ausbreiten zu müssen, um über die ganzen vier Hektar einen Schatten werfen zu können. Aber nicht über mich, denn ich habe sie durchschaut.

Doch was Niedertracht angeht, kann Aurora Paradise die Davidow-Tochter Ree-Jane nicht ausstechen. Natürlich heißt sie in Wirklichkeit nicht »Ree-Jane«, sondern Jane Marcher Davidow. Ich habe den Namen immer sehr schön gefunden, und es tut mir nur leid, daß er ihr gehört. Aber in irgendeinem Buch hat Jane Marcher Davidow einmal einen Hinweis auf eine große französische Komödiantin entdeckt, deren Name »Rejane« war. Also hat sie diesen Namen angenommen und darauf bestanden, so genannt zu werden. Eine Zeitlang gab sie keine Antwort, wenn sie mit ihrem richtigen Namen gerufen wurde. (Ich habe das sowieso selten getan.) Wir mußten sie nicht nur so nennen, wir mußten den Namen auch französisch aussprechen, das bedeutete, das »Re« mußte »aus der Kehle« kommen, »nein, aus der KEHLE, DER KEHLE!«, so daß der entsprechende Laut ein Zwischending zwischen einem »R« und einem »Ö« war. Ständig erteilte sie mir Lektionen über diesen unmöglichen französischen »R«-Laut, die ich allerdings nicht zu beherzigen gewillt war. Sie strich mit den Fingern über ihren Hals und stieß kleine Knurrlaute aus, sehr zum Entzücken ihres Terriers, der zu antworten versuchte. Also, ich habe noch nie eine französische Komödiantin gesehen, aber eines weiß ich ganz gewiß: Jane Marcher Davidow, die soviel Humor hat wie eine Kuh im Regen, ist jedenfalls keine.

Ich bin mir sicher, daß es ihr mittlerweile sogar leid tut, jemals auf diesen Namen gestoßen zu sein, aber damals fand sie »Rejane« ausgesprochen elegant, ein Name, der zu allem paßte, was sie einst werden würde: ein berühmtes Model, ein amerikanischer Star, der in Paris lebte oder in Südfrankreich ein Schloß besaß, oder eine englische Adlige, etwa die Herzogin von Kent. Über die Herzogin von Kent bekamen wir Streit, weil ich behauptete, die Herzogin müsse mit einem Herzog verheiratet sein. Sie tat immer so, als wäre meine Unwissenheit die komischste Sache von der Welt, und sagte mir (hochnäsig), ich hätte von Titeln nicht die leiseste Ahnung: Wenn die Ehefrau eine *Herzogin* sei, könne ihr Gatte dennoch ein *Earl* sein. Zufällig las ich gerade ein Buch über Vampire und fragte: Oh, du meinst so was wie Earl Dracula? (Das machte sie wirklich wütend.) Zu ihrer Liste irdischer Glanztaten – dem zukünftigen Prachtbau, diesem Scheißhaus aus Backstein, das sie in ihrem Kopf ständig baute – kam jetzt auch noch die Rolle der berühmten Komödiantin hinzu. »Rejane« Irgendwer.

Nun, es ist gefährlich, sich Namen für sich selbst auszudenken;

man muß sehr vorsichtig sein, weil der neue Name auf unangenehmste Art und Weise an einem hängenbleiben kann. Genau das ist mit Ree-Jane passiert. Er ist natürlich so ungeläufig, daß die Leute in der Stadt, die nie in französischer Aussprache geschult worden sind, dachten, ihr Name sei »Rae Jane« und sie auch so nannten. Ich gebe zu, daß ich hauptsächlich für dieses Mißverständnis verantwortlich war, weil ich keine Lust hatte, ständig diesen »R«-Laut herauszuwürgen, und sie gegenüber allen Leuten in der Stadt »Ree-Jane« nannte. Wenn die Leute »Ree« hören, machen sie »Rae« daraus, und Jane Marcher Davidow ist es nie gelungen, das abzuschütteln. Das regt sie auf. Und es regt sie auch auf, daß ich mir so große Mühe gebe, sie *Ree*-Jane zu nennen, und dabei nie vergesse, besondere Betonung auf die erste Silbe zu legen, und wenn ich die langen Hotelflure hinunterrufe, stoße ich das »ee« mit einem solchen Heulton aus, als stünde das Haus in Flammen und es wäre besser, wir müßten uns gleich in Sicherheit bringen: »REEEEEE-Jane, ach REEEEEE-Jane.« Sie könnte mich umbringen.

Unglücklicherweise wird jedes schwachsinnige Hirngespinst, das Ree-Jane hinsichtlich ihrer Zukunft hegt, sowohl vom Stolz ihrer Mutter wie auch (und das ist schwerer einsehbar) von dem der meinen bestärkt. Das ist es, was ich hasse, daß mich meine Mutter gegenüber den Davidows hintanstellt.

Ree-Jane ist gerade vier Jahre älter, und sie versucht diesen Altersunterschied gegen mich auszuspielen und mich zu beherrschen. Ich hoffe deshalb, daß irgendeine der Intrigen, die Aurora Paradise ausheckt, den Plan einschließt, Ree-Jane Davidow loszuwerden.

Aus dem Geschlecht der Paradise sind noch drei Nachfahren am Leben. Aurora hat zwei Schwestern, beide ledig, mit Namen Alberta und Acacia. Sie gleichen Aurora fast aufs Haar, obwohl sie an die zehn, zwölf Jahre jünger sind, und wenn die drei Schwestern oben in Auroras Zimmerflucht versammelt sind, sitze ich gern auf dem Treppenabsatz im zweiten Stock, oder ich schleiche mich, wenn ich den Mut aufbringe, sogar noch ein paar Stufen höher und lausche. Ich sitze in einer dunklen Ecke, den Rock über die Knie gezogen, und höre zu. Was ich gewöhnlich höre, ist das Summen und Brummen, das einen Bienenstock umgibt, gelegentlich vielleicht unterbrochen von einem kurzen Lachen, schrill und freudlos, und dann wieder das Gesumm. Begleitet wird dies vom Rumpeln des Speiseaufzugs, der die Geflügelmahlzeit nach oben transportiert.

Wenn die drei zusammen sind, ist der Aufzug ständig in Bewegung. Da Lola fortwährend belegte Brötchen, Teller mit Oliven und (wenn im dritten Stock der Nachschub versiegt) Gläser mit Martinis hinaufschicken muß, hat sie kaum Zeit für ihre eigene Cocktailstunde, die gewöhnlich im hinteren Büro abgehalten wird. Arme Teufel auf Zimmersuche, die tatsächlich glauben, wir würden ein normales Hotel führen, tauchen oft gerade dann auf, wenn Lola bei ihrem vierten Martini angelangt ist, demjenigen, der sie offenbar immer davon zu überzeugen scheint, das Hotel sei ein Dornröschenschloß, und dementsprechend lästig findet sie dann Leute, die über die Dornenhecke eindringen.

Ich fand immer, es spreche für Lola, daß sie gelegentlich von Aurora zu Cocktails eingeladen wird. Ich könnte wahrscheinlich gehässig sein und sagen, daß diese Einladungen nur ausgesprochen werden, wenn bei Aurora der Vorrat an Gordon's Gin oder Johnnie Walker zur Neige geht, aber ich bin nicht sicher, daß es so ist. Lola hat zuweilen tatsächlich etwas Einnehmendes an sich, eine Art Unbekümmertheit, die eine angenehme Abwechslung zu dem zähen, eingefahrenen Arbeitstrott meiner Mutter ist. Das heißt nicht, daß meine Mutter den Vergleich scheuen müßte, weiß Gott nicht. Wenn sie nicht so stur arbeiten würde, würde das ganze Haus einstürzen, genauso wie es die Feuerleiter im dritten Stock ohnehin schon zu tun droht.

Eines von Auroras Zimmern hat eine Feuerleiter, die sie als Balkon nutzt. Manchmal sitzen Aurora und Lola Davidow auf diesem Balkon, wobei ihnen gelegentlich Marge Byrd, unsere kettenrauchende, sechzigjährige Rezeptionistin, Gesellschaft leistet. Marge hat einen Flachmann unter der Rezeption, aus dem sie sich bedient, egal ob viel oder wenig los ist. Die drei, voll wie die Haubitzen, sitzen auf Klappstühlen dort oben und schleudern Willkommensgrüße auf Neuankömmlinge hinunter, die in der Einfahrt auftauchen. Meine Mutter findet das natürlich höchst ungehörig, und Lola auch, wenn sie zufällig nicht bei Aurora und Marge Byrd oben sitzt. Meine Mutter tritt dann immer von der Veranda auf die Einfahrt hinaus und schaut hinauf. Wenn sie Lola Davidow dort oben entdeckt, ruft sie, mit der Hand die Stirn beschattend, irgend etwas von einem dringenden Problem in der Küche hinauf, was der Wahrheit entsprechen oder frei erfunden sein kann. Damit will sie die beiden wissen lassen, daß sie arbeitet, während die anderen müßiggehen, und wer wollte ihr das verübeln?

Auf diese Weise kann Aurora immer noch die »Hotelleiterin« spielen. Und ich vermute, daß die Besuche der beiden Zwillingsschwestern als Vorstandssitzungen angesehen werden müssen, denn Alberta und Acacia haben ebenfalls legale Ansprüche auf das Haus. Wenn die beiden ein paarmal im Jahr aufkreuzen (immer unangemeldet), dann leisten sie Aurora auf der Feuerleiter Gesellschaft. Oh! Und was für einen Eindruck sie dort oben in ihren lavendelfarbenen Blusen mit den steifen Kragen und den Schnallenschuhen machen, wenn sie gelegentlich herunterschauen und winken.

Lola Davidow beschwert sich manchmal (bestimmt, weil sie nicht eingeladen ist) über das rüpelhafte Benehmen der drei und schlägt vor, den Sheriff zu benachrichtigen. Natürlich macht sie nur Spaß, aber ich wünschte, sie würde es tun, weil mir alles, was mich in die Nähe des Sheriffs von La Porte bringt, nur recht sein kann.

3.

Der Sheriff unseres Distrikts ist ein echter Lichtblick in meinem Leben. Sein Name ist Sam DeGheyn, und alle nennen ihn nur Sam, bloß ich bringe nicht so recht den Mut dazu auf. Ich nenne ihn »Sheriff«, sogar im stillen. Da er die wichtige Aufgabe hat, Ruhe und Ordnung aufrechtzuerhalten, und, wenn nötig, Verbrecher zu jagen, möchte ich nicht den Eindruck erwecken, seine Zeit zu stehlen, indem ich im Gerichtsgebäude herumhänge oder ihn bei der Ausübung seiner täglichen Pflichten störe. Was ich tue, ist mitzuhelfen, die Parkuhren zu überwachen oder nach Fahrzeugen Ausschau zu halten, die falsch geparkt sind – solchen, die beispielsweise Wege versperren oder in Ladezonen stehen.

In dieser Hinsicht halte ich die Augen offen, damit ich etwas habe, was ich dem Sheriff berichten kann. Es gab eine Zeit, da wünschte ich mir, im Hotel Paradise würde ein schreckliches Verbrechen geschehen – eine Schießerei vielleicht, und Ree-Jane, die unter den Gaffern stünde, würde dabei von Maschinengewehrsalven durchlöchert werden. Das wäre ein berechtigter Grund gewesen, den Sheriff zu rufen. Aber das ist nie geschehen.

Das einzige Mal, als ich tatsächlich um polizeilichen Beistand hätte bitten können, habe ich es nicht getan: Das war damals, als man mich zwei Tage lang im Hotel Paradise allein ließ, während alle anderen ausgerückt waren, um die edle Jane Davidow zu eskortieren, die eine Freundin besuchte. Mein Bruder Will war bereits weg, weil er seinen Freund Brownmiller Conroy besuchte, sonst wäre auch er zurückgelassen worden.

Wenn ich »allein« sage, meine ich natürlich mich und Aurora Paradise, aber irgendwie konnte ich mir nicht vorstellen, daß Aurora mir zu Hilfe eilen würde, wenn der Mörder mit dem Hackebeil käme. Stellen Sie sich vor, Sie sind noch keine zehn Jahre alt und mitten im Winter allein in einem Hotel mit achtundneunzig Zimmern. Stellen Sie sich die vielerlei Geräusche vor – das Quietschen, das Scharren, die Schritte, das Heulen im Wald, die Eulenschreie, den Wind, die Fledermäuse – und so weiter. Doch ich habe mir nichts dabei gedacht – ich meine, ich hatte natürlich *Angst*, aber ich hielt das einfach für mein Schicksal. Ich mußte mit dem Speiseaufzug Essen in den dritten Stock hinaufschicken und Whisky. Ich selbst durfte Aurora *keinesfalls* stören. Sie haßte Besucher. Nachdem ich die Sachen auf den Weg gebracht hatte, ging ich hinauf und setzte mich in größtmöglicher Nähe zum obersten Stockwerk nieder, bloß um nicht völlig allein zu sein.

Ich weiß nicht, wie Sheriff DeGheyn davon erfahren hat, aber er hat es. Und als er mich mit einem Blick ehrlicher Anteilnahme dazu befragte, gab ich mich lässig. Ach, sagte ich, *einer* hat schließlich auf das Hotel aufpassen müssen. Der Sheriff schüttelte nur den Kopf und sagte Wörter wie »Mut« und dergleichen, die ich mit dem zitternden, auf der Treppe kauernden Häufchen Elend, das ich war, nicht in Zusammenhang bringen konnte, aber ich war furchtbar geschmeichelt. Er sagte mir, er hätte das Haus sehr gern im Auge behalten, wäre sogar hereingekommen und hätte eine Cola oder Kaffee mit mir getrunken, wenn er davon gewußt hätte, und wenn es je wieder vorkommen sollte – aber dann hielt er inne, und sein Gesicht wurde ausdruckslos, und irgendwie wußte ich, daß es nicht mehr vorkommen würde.

Kurz darauf fragte mich meine Mutter, ob ich Sam DeGheyn

gesagt hätte, daß man mich allein gelassen hatte, und ich sagte, nein, natürlich nicht, was stimmte. Die ernsten Mienen von meiner Mutter und von Lola Davidow sagten mir, daß er jemandem wahrhaft die Hölle heiß gemacht haben mußte. Und allein schon das war es wert, ein paar Tage lang Mrs. Davidows schreckliche Laune auszuhalten. (Der Sheriff ist in drei Distrikten die einzige Person, die Lola Davidow anschnauzen kann und damit durchkommt.)

Ich war völlig platt, daß ich es geschafft hatte, allen solche Sorgen zu bereiten, vor allem dem Sheriff, weil ich es nicht gewöhnt war, daß sich jemand für mich einsetzte. Ich will damit nicht sagen, daß meine Mutter sich keine Sorgen gemacht hätte, wenn ich durch eine Erkrankung oder einen Unfall ernsthaft in Gefahr geschwebt hätte; aber die Vorstellung, daß man zermatscht auf Schienen liegen oder Typhus kriegen muß, bis sich jemand um einen kümmert, ist alles andere als befriedigend. Das Verhalten des Sheriffs angesichts meines unfreiwilligen Alleinseins im Hotel wurde daher zu einer Erfahrung, die ich ganz gern wieder gemacht hätte, und ich wünschte, sie würden alle noch einmal fortgehen. Um beim Sheriff erneut diese Beschützerinstinkte zu wecken, wäre ich eine Woche lang mit Graf Dracula durch die transsilvanischen Wälder marschiert.

Der Sheriff mag Teaberry-Kaugummi, deshalb habe ich immer eine Packung in der Tasche, falls er ihm mal ausgeht. Dies scheint fast immer der Fall zu sein, was mich erstaunt, weil der Sheriff ein sehr gutes Gedächtnis hat und so gut wie nie zerstreut ist. Aber wenn er anfängt, die Taschen nach Kaugummi zu durchsuchen und ein paar harmlose Flüche ausstößt, weil er ihn auf seinem Schreibtisch vergessen hat, ziehe ich ganz beiläufig meine Pakkung heraus. Der Sheriff kann strahlen wie eine Tausendwattbirne, und dieses Lächeln knipst er dann an. Ich sage ihm dann immer, er soll sich noch einen für später nehmen.

Anschließend gehen wir zusammen den Gehsteig entlang, der Sheriff mit seinem Strafzettelblock, ich mit meinem gebündelten Wissen über abgelaufene Parkuhren oder zumindest falsch parkende Autos. Die Leute nutzen die Kurzparkzonen und den Parkplatz der La-Porte-Bücherei schamlos aus.

Bei diesen Gehsteigtouren herrscht die meiste Zeit über angenehmes Schweigen zwischen uns. Ich liebe Schweigsamkeit; ich hasse Geschwätz. Dieses Schweigen soll ausdrücken: Wir müssen uns nicht gegenseitig unterhalten. Wir fühlen uns so wohl.

Der einzige Ort, wo ich das in der Praxis erlebt habe, ist im Kino. Sicher, da oben läuft ein Film ab, ein komplettes »Zerstreuungsprogramm«, das ist richtig. Und zugleich . . . sehe ich mich gern im Zuschauerraum um, dessen schwache Beleuchtung gerade ausreicht, um Profile und Wangen, Lächeln oder heruntergezogene Mundwinkel auszumachen. Gefühle werden sichtbar. Und was ich dann sehe, sind kleine Kindergesichter, zur Leinwand erhoben, die Popcorn essen oder mit Strohhalmen Pepsi und Cola einsaugen. Wenn Menschen nicht wissen, daß sie beobachtet werden, sehen sie so unschuldig aus. Vielleicht ist es das Gebanntsein, sind es die gemeinsamen Gedanken, die Stille, die hundert Augenpaare, die alle dasselbe sehen und dasselbe wollen (»OH, NEIN! NEIN! GEH NICHT IN DIESES ZIMMER; ER WARTET AUF DICH, DU ARMES MÄDCHEN . . .«)

In solch einer Kinostille absolvieren der Sheriff und ich unsere Touren. Das Außergewöhnliche an ihm ist, daß er nie Fragen stellt, bloß um eine Lücke zu füllen. Nie kommt ihm über die Lippen: »Wie geht's im Hotel?« oder »Wie geht's deiner Mom?« Ich denke, er weiß ziemlich genau, daß ich es erwähnt hätte, wenn das Hotel eingestürzt und alle Gäste und Angestellten umgekommen wären, wenn sich meine Mutter bei einer Stichflamme aus überhitztem Öl die Augenbrauen versengt hätte oder Lola Davidow mit der Hand in einem Glas mit Cocktailzwiebeln hängengeblieben wäre. Nein, wenn der Sheriff eine Frage stellt oder eine Bemerkung macht, dann hat das etwas zu bedeuten. Und weil wir nicht immer bedeutungsvolle Unterhaltungen führen können, sind wir manchmal eben still.

Bei einer dieser Gelegenheiten fragte mich der Sheriff, ob Jane Davidow den neuen Wagen bekommen habe, den Lola ihr zum sechzehnten Geburtstag versprochen hatte.

»Ja«, antwortete ich und ging niedergeschlagen hinter ihm her. Er hatte sich gerade hingekniet und untersuchte den Rost an der Unterseite des Kotflügels von Miss Ruth Portes kleinem VW. Miss Ruth hatte keine Ahnung von Autos, und Sam kümmerte sich etwas um ihren VW.

»Ist es ein weißes Cabrio?«

Noch niedergeschlagener bejahte ich wieder. Man stelle sich vor, es reicht nicht aus, daß man fahren kann, man besitzt auch noch einen eigenen Wagen, obendrein ein Cabrio. Ree-Jane fuhr in der ganzen Stadt herum, um damit anzugeben. Ich war noch zu keiner Fahrt eingeladen worden. Der Sheriff richtete sich auf, steckte eine Münze in die Parkuhr, weil die kleine rote Flagge gerade am Hochspringen war, und sagte zu mir: »Ich werde dir mal was sagen, und damit kannst du machen, was du willst. Du kennst doch diese Kneipe – El Lobo – außerhalb von Hebrides?«

Ich runzelte leicht die Stirn. »Ich glaube schon.«

Wir setzten unseren Spaziergang fort. »Zweimal habe ich ein nagelneues Chevy-Cabrio noch mit dem Preisschild am Seitenfenster dort parken gesehen.«

Es gehörte Ree-Jane, das stimmte! Wie herrlich, wenn sie beim Sheriff schlecht angeschrieben wäre, nachdem sie so davon überzeugt ist, daß er sie anbetet, obwohl ich nie einen Beweis dafür entdeckt habe. Dann sah ich zu, wie er seinen Strafzettelblock zuklappte und ihn in die Gesäßtasche steckte. Er sah überhaupt nicht so aus, als würde er Ree-Jane Davidow anbeten.

»Dieses Lokal ist für Minderjährige strikt verboten ...«

Minderjährige! Er hatte die zukünftige Herzogin von Kent als »Minderjährige« bezeichnet! Ich konnte es kaum erwarten, ihr das unter die Nase zu reiben.

»... für *jeden* unter einundzwanzig.« Der Blick, mit dem er mich ansah, war sehr ernst. »Nun, ich bin nicht reingegangen und hab' sie am Schlafittchen rausgezogen, was ich hätte tun sollen. Aber wenn ich sie noch einmal dort sehe, nehme ich sie fest. Ich sag' dir das, damit du sie unter Umständen warnen kannst. Oder auch nicht.« Er zuckte leicht die Achseln. Sein Blick war vielsagend, aber ich verstand die Botschaft nicht ganz.

Herrlich! Wie herrlich, im Besitz dieses Schatzes zu sein, der wertvoller war als Gold, dieser Warnung, mit der ich sie quälen konnte! Natürlich ließ ich mir nichts anmerken und sagte ganz beiläufig: »Hm. Ich werd' sehen, was ich machen kann.« Aber während ich mit dem Sheriff weiterging, gingen mir ein paar Varianten durch den Kopf, wie ich das Thema von Ree-Janes Festnahme zur Sprache bringen konnte. Etwa: »Ach, zufällig habe ich heute morgen mit dem Sheriff gesprochen, und ...«; oder: »Sheriff DeGheyn hat erwähnt, daß ein weißes Cabrio ...« Et cetera. Dabei würde ich natürlich darauf achten, daß es saß, wenn ich erwähnte, wie »verboten« das El Lobo »für Minderjährige« war.

Mir fiel auf, daß der Sheriff seine Warnung leicht selbst hätte überbringen können, da Ree-Jane keine Gelegenheit ausläßt, ihren Arsch auf seinen Schreibtisch zu hieven, seitdem sie von Donny, einem seiner Mitarbeiter, ständig Strafzettel wegen überhöhter Geschwindigkeit einheimst. Wie Lauren Bacall sitzt sie auf dem Schreibtisch des Sheriffs und versucht, ihn verführerisch anzufunkeln.

Ich frage mich, warum er es nicht getan hat. Vermutlich weil er sie nicht in Verlegenheit bringen wollte; der Sheriff ist in dieser Hinsicht wirklich nett.

4.

Der Spirit Lake liegt eine halbe Meile vom Hotel entfernt, und ich gehe oft zum See hinunter und gehöre wahrscheinlich zu den wenigen Leuten, die das tun. Er ist am Ufer inzwischen zugewachsen; wild wucherndes Gras, Unkraut und Bäume schnüren auf der Hälfte der Strecke den schmalen Weg fast ab, so daß eine Umrundung des Sees allmählich unmöglich wird, sogar zu Fuß. Aber er ist immer noch sehr schön, zumindest für mich, und ein Teil seiner Schönheit kommt von all dem wuchernden Gestrüpp, von seinem verwilderten Aussehen.

Das Wichtigste oder das Schrecklichste am Spirit Lake ist, daß in ihm vor mehr als vierzig Jahren ein Mädchen ertrunken ist. Das Mädchen war in meinem Alter – zwölf –, und kein Mensch weiß genau, was passiert ist. Man sagt, sie sei in einem Ruderboot hinausgefahren, und das müsse dann gekentert sein. Das Boot hat man in einer mondhellen Nacht in der Mitte des Sees treiben sehen, aber die Leute, die es gesehen hatten, dachten sich nichts dabei; sie dachten, eines der Boote aus dem Bootshaus müsse sich aus der Vertäuung gelöst haben. Und dann wurde das Mädchen gefunden. Es dauerte bis zum nächsten Morgen, bis ihr Verschwinden gemeldet wurde und die Familie schließlich die Polizei benachrichtigte. Der Spirit Lake ist klein und ringsum dicht mit Wasserlilien und hoch aufschießendem Schilf bewachsen. Er ist sehr geheimnisvoll, finde ich, und der Todesfall, der nie aufgeklärt wurde, macht ihn noch geheimnisvoller. Niemand wußte, warum sie mit einem Boot hinausgefahren war, noch dazu in der Nacht, denn ihre Familie behauptete, der See hätte ihr immer ein bißchen Angst eingejagt.

Ihre Familie bestand aus drei Tanten, die in dem einzigen Haus beim See wohnten, einem großen weißen Gebäude, das ganz nah am Ufer erbaut worden war. Sie hatte weder Mutter noch Vater, nur diese drei Tanten, die alle ziemlich gleich aussahen; aber sie glich keiner von ihnen. Sie hießen Devereau, und ihr Name war Mary-Evelyn. Mary-Evelyn Devereau.

All diese Einzelheiten sind mir deswegen bekannt, weil ich mich mit dem Fall beschäftigt habe. Außerdem hat meine Mutter als junges Mädchen die Familie gekannt, allerdings war sie älter als Mary-Evelyn. Ich glaube, meine Mutter war damals fünfzehn oder sechzehn.

Meine Mutter war dort, als Mary-Evelyn ertrank – nicht als Augenzeugin, meine ich, aber sie gehörte zu den vielen Leuten, die sich am Seeufer versammelt hatten, als die Polizei nach dem Mädchen suchte. Meine Mutter hat tatsächlich gesehen, wie sie die Leiche herausgezogen haben, die nahe beim Ufer, zwischen Schilf und Wasserlilien verheddert, dahintrieb. Mary-Evelyn trug ein weißes Kleid, eine Art Partykleid; der ganze Rock war rundum mit Rüschen besetzt und vorn von oben bis unten mit winzigen Blüten aus blauer Seide bestickt. Meiner Mutter, selbst eine gute Schneiderin, fielen solche Details auf.

Außerdem kannte meine Mutter die Familie vom Hotel her; das war damals, als noch die Paradises, einschließlich Aurora, das Haus erbeben ließen. Vor vierzig Jahren hat meine Großtante Aurora vermutlich viel Dampf drauf gehabt. Wie auch immer, die Devereaus sind gelegentlich zum Abendessen vorbeigekommen. Damals war das Essen nicht annähernd so gut, weil meine Mutter die Küche noch nicht übernommen hatte. Mir hat es immer leid getan, daß sie nie die Möglichkeit hatte, nach Paris zu gehen, um in einem Lokal berühmt zu werden, in dem es sich lohnt, berühmt zu sein. Der springende Punkt an diesen Besuchen ist jedoch, daß einmal, anläßlich der Geburtstagsfeier einer der Tanten, Fotos gemacht wurden, wovon meine Mutter eines aufgehoben hat. Daher weiß ich, wie Mary-Evelyn und die Tanten ausgesehen haben, damals, kurz bevor sie ertrank. Ich bewahre den Schnappschuß in einer Whitman's Bonbonschachtel auf, zusammen mit einigen anderen Gegenständen, die mir teuer sind. Meine Mutter weiß nicht, daß ich ihn mir unter den Nagel gerissen habe, als sie einmal in ihrer Sammlung von Schnappschüssen herumkramte, aber ich glaube nicht, daß sie ihn vermissen würde, vermutlich ist es ihr egal.

Ich sitze gern im Rosa Elefanten (einem Kellerraum unter unserem Speisezimmer) und sehe von meinem Notizbuch auf die schattige Wand. Vor mir auf dem rosafarbenen Putz entsteht dann das Bild jener mondhellen Nacht, in der das Boot langsam kreist und ziellos dahinschwimmt, und ich sehe Mary-Evelyn im Schilf zwischen den Wasserlilien treiben. Ihr Körper bewegt sich sanft mit der Strömung wie das Boot draußen in der Mitte des Sees.

Ich sehe das vor meinem geistigen Auge, und mir ist, als müßte ich weinen; ich finde, es ist eine der traurigsten Geschichten, die ich je gehört habe. Und ich glaube, Mary-Evelyn war vermutlich eines der unglücklichsten Mädchen, die je in Spirit Lake gelebt haben. Ich spüre, daß das stimmt.

Aber ich nehme das Foto trotzdem heraus, betrachte es und denke über Mary-Evelyn Devereau nach. Ihr Tod ist mir ein Rätsel, und ich verstehe nicht, warum ihn damals nicht alle rätselhaft fanden. Ich habe eine kurze Liste von Fragen aufgeschrieben, die ich in der Bonbonschachtel aufbewahre, und von Zeit zu Zeit füge ich eine neue Frage hinzu:

Warum war Mary-Evelyn nachts draußen?
Warum war sie nachts in einem *Boot*?
Warum trug sie eines ihrer besten Kleider?
Warum wurde sie erst am nächsten Morgen als vermißt gemeldet?
Warum fand man ihre Leiche so weit vom Boot entfernt?

Die Polizei muß damals wohl ziemlich beschränkt gewesen sein, weil sie nie versucht hat, sich einen Reim auf all das zu machen. Oh, sie hat die offenkundigen Fragen gestellt: Warum war sie nachts in einem Boot unterwegs? Aber diese Frage würde natürlich jeder stellen.

Es ist nur zu schade, daß damals unser jetziger Sheriff Sam DeGheyn nicht hier war, denn er hätte das Rätsel von Mary-Evelyn Devereaus Tod lösen können. Ich spreche oft mit ihm darüber.

Freitags begleite ich manchmal Mrs. Davidow nach La Porte, wo sie die Wochenendeinkäufe fürs Hotel macht. Gewöhnlich fährt sie zweimal die Woche in die Stadt, montags und freitags, und es gilt als abgemacht, daß ich sie am Freitag begleiten kann. Es ist eine komische Sache mit Mrs. Davidow: Obwohl sie mir die meiste Zeit im Weg steht und mir das Leben verleidet, gibt es trotzdem diese kleinen freudigen Momente, wenn wir sehr gut miteinander auskommen – viel besser als sie und Ree-Jane sich vertragen, und ich glaube, daß sie das schmerzt. Mrs. Davidow und ich fahren also in die Stadt, und manchmal lachen wir über die eine oder andere verrückte Person aus La Porte oder über etwas, was einer der Gäste getan hat; dann geht sie, mit einer langen Einkaufsliste bewaffnet, ihren Geschäften nach, und ich den meinen.

Zu meinen Lieblingsbeschäftigungen gehört es, Sheriff DeGheyn zu besuchen. Manchmal sitzen wir in seinem Büro im Gerichtsgebäude und reden über das eine oder andere. Ein andermal gehen wir vielleicht ins Rainbow Café auf ein Soda und einen Kaffee. Aber gewöhnlich wandern wir in der Stadt herum, wobei ich den Hauptteil der Unterhaltung bestreite, und der Sheriff meist nur zuhört. Und lange Zeit drehte sich die Unterhaltung hauptsächlich um Mary-Evelyn Devereau.

Ich hatte ihm Fragen bezüglich des Kleides und der Entfernung zwischen dem Boot und der Leiche gestellt, und noch einige andere. Nicht alle Details über die Entdeckung der Leiche und die anschließende »Untersuchung« (wenn man sie so nennen kann) habe ich von meiner Mutter erfahren; das meiste habe ich aus den Zeitungsarchiven des *Conservative*. Mr. Gumbel, der Chefredakteur, fand es ziemlich ungewöhnlich, daß sich jemand meines Alters für einen Todesfall interessiert, der ein halbes Jahrhundert zurückliegt, und machte eine Menge Scherze darüber, daß ich einmal eine große Reporterin werden würde. Nein, erklärte ich ihm, ich hätte nicht vor, Reporterin zu werden und für den *Conservative* zu arbeiten. Jane Davidow wollte Reporterin werden (sagte ich ihm), aber sie behauptet, sie werde für die *New York Times* oder eine andere tolle Zeitung schreiben und wolle Auslandskorrespondentin werden. Natürlich habe ich das alles über Ree-Jane nur gesagt, um zu sehen, wie Mr. Gumbel darauf reagieren würde, denn Ree-Jane hatte einmal einen winzigen Artikel geschrieben, den Mr. Gumbel zur Veröffentlichung angenommen hatte. Er hatte ihn angenommen, nachdem Lola Davidow ihn (und sich selbst) eines Abends betrunken gemacht und ihm das Machwerk aufgedrängt hatte. Nun, im hinteren Teil der Zeitung, zwischen den Anzeigen der Futtermittelhandlung und dergleichen versteckt, ging er irgendwie unter. Aber wenn es jemanden gab, der über die Grenzen von Jane Davidows journalistischen Fähigkeiten Bescheid wußte, dann war es Mr. Gumbel. Und er gab ein verächtliches Schnauben von sich, als ich ihm sagte, Jane wolle Auslandskorrespondentin werden. Sie würde vielleicht bis nach Hebrides kommen, war alles, was er darauf sagte.

Aber er war sehr hilfsbereit, als es darum ging, mir zu zeigen, wo ich nach Berichten über Mary-Evelyn suchen mußte. Er erinnerte sich an den Todesfall, allerdings nur vage, da er damals selbst sehr jung gewesen war, etwa so alt wie meine Mutter. Und er wunderte sich, warum ich ein so glühendes Interesse daran hatte.

Auch der Sheriff wundert sich darüber, das weiß ich. Aber er glaubt, ich werde schon meine Gründe dafür haben. Und er denkt über meine Fragen immer sehr angestrengt nach. Freitags, wenn wir die Parkuhren in der Second Street kontrollieren, rede ich mit ihm über Mary-Evelyn. Er nimmt dann seine Schirmmütze ab, wischt sich mit dem Unterarm über die Stirn, setzt die Mütze wieder auf, und kaut dabei gemächlich den Teaberry-Gummi, den ich ihm gegeben habe. Der Sheriff hat die blauesten Augen, die ich je gesehen habe. Sie sind von einem so glänzenden Emailleblau, als wären sie im Schmelzofen gebrannt worden. »Das ist durchaus möglich«, sagt er zu der einen oder anderen Feststellung, die ich über Mary-Evelyn mache.

An diesem Freitag gingen wir langsam weiter. Ein Stück vor uns bahnte sich Helene Baum, die Frau des Doktors, den Weg durch die Menge und kam auf uns zu. Besser gesagt auf den Sheriff. Helene Baum war die größte Unruhestifterin in La Porte. Ständig hatte sie über alles und jeden Beschwerden auf Lager – über Leute, Hunde, Katzen oder eine Bank an der Bushaltestelle. Vermutlich hatte sie gerade den Strafzettel entdeckt, den wir unter ihren Scheibenwischer gesteckt hatten. Der Sheriff nahm meinen Arm, und wir überquerten die Straße, um die Parkuhrenkontrolle auf der anderen Seite fortzusetzen.

Auch Helene Baum überquerte die Straße. Hinter uns ging ein

dichtes Rudel von Wochenendeinkäufern, das uns gerade so lange vor ihren Blicken verbarg, daß der Sheriff mich wieder am Arm packen und in die nächste Türöffnung ziehen konnte. Zufällig war es unser Lieblingslokal, das Rainbow Café.

Das Rainbow gehört einer Frau, die einfach »Shirl« genannt wird und die für die spezielle Art, wie sie mit ihren Gästen umgeht, bekannt ist. Genau wie Lola Davidow vermittelt sie den Eindruck, ihr Lokal sei eigentlich eine Privatwohnung und Kunden eher Eindringlinge. Mrs. Davidow und Shirl können sich allerdings nicht ausstehen, was daher kommt, daß Shirl von meiner Mutter das Rezept für »Angel Pie« geklaut hat, und diesen Kuchen nun ungeniert verkauft. Es wäre mir ein Vergnügen zuzusehen, wenn Mrs. Davidow und Shirl die Sache gleich hier auf der Second Street ausfechten würden.

Eine Person im Rainbow, die ich besonders mag, ist Maud Chadwick. Sie gehört zu jenen Menschen, gegen die man selbst dann nichts einzuwenden hat, wenn man eigentlich niemanden sehen möchte. Und das geht mir oft so. (Mrs. Davidow behauptet, ich sei »launisch«, was ich immer ziemlich komisch finde in Anbetracht der Person, die das sagt.)

Der Sheriff mag Maud Chadwick sehr gern, das weiß ich. Sie sind sich vom Wesen her ziemlich ähnlich, obwohl sie äußerlich sehr verschieden sind. Maud wirkt ziemlich scheu, außer gegenüber einer Handvoll von Leuten, zu der der Sheriff und ich gehören. Aber da ich erst zwölf bin, kann sie in meiner Gegenwart wahrscheinlich ziemlich entspannt sein. Kinder mögen sie. Sie hat nichts von dem Überlegenheitsgetue an sich, das die meisten Erwachsenen Kindern gegenüber an den Tag legen.

Ich fand immer, daß Maud Chadwick ein bißchen koboldhaft aussieht, wie die Märchengestalten in meinem alten Buch über *Peter Pan in Kensington Gardens*, das ich natürlich nicht mehr lese, dessen silbrigblaue Zeichnungen ich mir aber manchmal noch gerne ansehe. Wie gesagt, ein bißchen wie diese sieht Maud aus. Ihre Augen stehen weit auseinander, und ihre Mundwinkel sind nach oben gebogen, was sie ausgesprochen kindlich wirken läßt. Maud ist die einzige Erwachsene, die ich mit dem Vornamen anrede, denn von meiner Mutter habe ich die strenge Anweisung erhalten, Erwachsene nicht beim Vornamen zu nennen. Da Maud aber eine Bedienung ist (eine weitere Sache, die wir gemeinsam haben) und ein Namensschild am Kleid tragen muß, ist es ganz normal, daß jeder sie mit dem Vornamen anredet – genauso wie die Leute zu Shirley Shirl sagen und zu Charlene eben Charlene.

An den Wänden der holzgetäfelten Nischen des Cafés sind handgeschriebene Schilder angebracht, die den Gästen sagen, wie groß die Gesellschaft sein muß, um eine Nische belegen zu können. Diese Schilder scheinen ständig zu wechseln, je nach Shirls Laune. Meist sind drei Gäste erforderlich, um eine Nische zu belegen. Aber wenn sie gute Laune hat, dürfen auch zwei Gäste einen der kostbaren Tische einnehmen. Als sie einmal ziemlich wütend war, mußten es vier sein. Nun, gelegentlich setzt sich irgendein armes Schwein, das die Regeln nicht kennt, *allein* in eine Nische, und das ist dann das letzte Mal, daß man ihn oder sie dort gesehen hat. Ich lüge nicht. Mit einer Zigarette im Mundwinkel sagt Shirl immer, sie habe keine Lust, die Wirtin für die Obdachlosen von La Porte zu spielen.

Aber es gibt Tage, an denen Shirl aus irgendeinem Grund nicht im Rainbow sein kann. Zwei- oder dreimal im Monat erledigt sie ihre Einkäufe in Hebrides, und, regelmäßig wie ein Uhrwerk, hält sie auch ihren Termin im Prime Cut ein (ein ziemlich schäbiger Name für einen Schönheitssalon, wie ich fand). Wenn Shirl nicht da ist, gibt mir Maud Chadwick immer eine Nische für mich allein. An Tagen, an denen ich mir ausrechne, daß Shirl nicht im Rainbow ist, nehme ich mein Notizbuch mit. Oft gehe ich die zwei Meilen vom Hotel bis nach La Porte zu Fuß, manchmal begleitet mich dabei Ree-Jane. Einmal dort angekommen, zieht Ree-Jane los und sucht nach neuen Welten, die sie erobern kann; ab und an geht sie dann zu einer Totalüberholung in den anderen Schönheitssalon (den »Hair and Gone«) und wenn sie rauskommt, sieht sie aus wie eine Reklame für Leuchtfarben; manchmal treibt es sie auch ins Gerichtsgebäude und ins Büro des Sheriffs.

Was mich anbelangt, so schlüpfe ich in eine der Nischen, gewöhnlich in eine im hinteren Teil des Cafés, und mache mich an die Arbeit. Ich sitze da und schreibe gelegentlich über die Leute an der Bar, wenn ich mit denjenigen in meinem Kopf fertig bin. Irgendwann einmal kommt Maud nach hinten und stellt mir einen Teller Chili hin. Oh, dieses Chili! Es übt eine besondere Anziehung auf mich aus, die ich nicht erklären kann, und ich bin sicher, jeder wahre Chili-Experte würde es als viel zu wäßrig und als viel zu fad empfinden. Ich reiße das Zellophan von der Crackerpakkung und zerbrösle die Cracker über den ganzen Tisch. Dieses Chili würde mir wahrscheinlich nirgendwo schmecken, nicht im Hotel, nicht in der Schule oder an irgendeinem anderen Ort, außer in einer der hinteren Nischen im Rainbow.

Ich liebe diese Nischen, trotz der Schilder. Sie sind aus dunklem Holz, die gesamte Verschalung ist so, einschließlich der Tische zwischen den Bänken, deren Lehnen so hoch sind, daß ich nicht darüber hinwegschauen kann; und wenn sich jemand nähert, oder wenn ich auf etwas neugierig bin, muß ich um die Ecke schauen. Ich glaube, das verstärkt das Gefühl der inselhaften Abgeschiedenheit an diesen Tischen, und das gefällt mir.

Auch mit Maud spreche ich über Mary-Evelyn Devereau und über die ganze seltsame Geschichte. Maud stammt nicht aus La Porte, und selbst wenn dies der Fall wäre, wäre sie bei weitem noch nicht so alt, um sich an den Devereau-Fall erinnern zu können.

Dennoch zeigt sie großes Interesse. Manchmal sitzt sie bei mir am Tisch, trinkt eine Tasse Kaffee und raucht eine Zigarette.

»Findest du es nicht irgendwie komisch, daß die Polizei um sechs Uhr *früh* benachrichtigt wurde?« fragte Maud einmal.

Meine Kirsch-Cola schlürfend, dachte ich einen Moment darüber nach. »Na ja, ich denke, zu dem Zeitpunkt haben sie bemerkt, daß sie fort oder noch nicht heimgekommen war.«

»Sieht jemand vor sechs Uhr früh nach, ob du im Bett liegst?«

»Nein.« Niemand sah nach, ob ich um sechs, um neun oder um Mitternacht im Bett lag, was ich allerdings nicht sagte. »Aber warum hätten sie die Polizei belügen sollen?«

Auf diese Frage gab es natürlich keine Antwort, und Maud wußte das, und so saßen wir beide schweigend da und dachten darüber nach: Warum sollten sie lügen? Mit »sie« waren die Devereaus gemeint, die Tanten, bei denen Mary-Evelyn lebte. Man wußte sehr wenig über sie; ein Großteil des Klatsches war reine Spekulation – um allein lebende Frauen ranken sich gewöhnlich eine Menge Geschichten.

Eines war allerdings bekannt – und zwar deshalb, weil die Leute es hören konnten: Sie liebten Musik, vor allem Opernmusik und da insbesondere den *Tannhäuser*. Das habe ich von Marge Byrd erfahren. Marge kennt sich mit Musik aus, obwohl auch sie die Devereaus nicht gut gekannt hat, weil sie damals ungefähr genauso alt war wie meine Mutter. Marge war von Kind an mit Musik aufgewachsen, da ihre Familie sehr musikalisch war, und sie hatte diese Neigung geerbt. Ich habe immer Leute beneidet, die durch ihre Erziehung eine Liebe zur Kunst, Musik oder zu Büchern mitbekommen haben. Alles, was ich mitbekommen habe, waren gute Manieren. Nun, meine Mutter liest gern, also tue ich das auch. Aber mein Bruder und ich sind nicht dazu erzogen worden, Wagner, Mozart, Shakespeare oder Rembrandt hochzuschätzen, sondern Emily Post.

Wie auch immer, Marge lieh mir ein paar ihrer alten Schallplatten, die ich auf dem uralten Grammophon abspielte, das ich in der Garage aufgestöbert hatte. Ich saß im Rosa Elefanten, hörte den *Tannhäuser* und die Arie, die von einer gewissen Elisabeth gesungen wird, und stellte mir das Haus am Spirit Lake zu der Zeit vor, als die Devereaus noch darin lebten. Der See kalt und grau, wirbelnde oder aufsteigende Nebelschwaden darüber, und kein Geräusch, außer dem leisen Klatschen des Wassers über die kleinen Steine zur Rechten, und alles erfüllt von dem Gesang einer der Schwestern (inzwischen habe ich herausgefunden, daß es vier waren, nicht drei), deren Stimme genügend Umfang hatte, um die »Arie der Elisabeth« aus dem *Tannhäuser* zu singen.

Oder ich gehe die halbe Meile zum Spirit Lake hinunter, bleibe dort – gewöhnlich in der Dämmerung – stehen und lasse die Musik in meinem Kopf erklingen. Die Arie weht von dem großen, graugeschindelten Haus herüber, schwebt über die Wasseroberfläche, kräuselt sich um die Wasserlilien und das struppige Schilf, in dem ich (ich kann mich dessen nicht erwehren) oft die kleine Gestalt von Mary-Evelyn treiben sehe.

All das finde ich unheimlich, beängstigend und aufregend – das alleinstehende, leere Haus, den nebligen kalten See, die Musik. Es ist einfach überwältigend. Ich habe viel Phantasie.

»Unbelastet von aller Realität«, sagte der Sheriff zu uns. »Ihr beide.« Er meinte Maud und mich, denn Maud begleitet uns gelegentlich bei unseren Parkuhrkontrollen.

»Völlig unbelastet von aller Realität«, wiederholte der Sheriff.

Aber ich finde, er hat unrecht, denn ich fühle mich sehr belastet davon. Sie drückt mich nieder.

5.

»Wenn wir uns wirklich um die *Realität* sorgen müßten, hätte es nicht viel Sinn, *Phantasie* zu haben, oder?« antwortete Maud mehr oder weniger für uns beide, als wir gerade alle drei am Bordsteinrand standen und der Sheriff einen Strafzettel ausstellte, den er an das weiße Oldsmobile des Bürgermeisters steckte. Das Auto reichte etwa einen halben Meter in eine Straßeneinfahrt hinein, ohne sie wirklich zu blockieren, aber wahrscheinlich hätte ein Lieferwagen dadurch behindert werden können. Der Sheriff antwortete nicht, weil es keine richtige Frage war, und Maud liebte es, ihn in fruchtlose Diskussionen zu verstricken, das war mir bekannt.

»Glauben Sie nicht, daß es dort spukt?« wollte ich wissen, hauptsächlich von ihr, weniger von ihm. Keine Vorstellung war Maud zu abwegig, um sich damit zu beschäftigen, was einer der Gründe ist, weshalb ich sie mag. Ich sprach vom Haus der Devereaus. Ich glaube nicht an Spukgeschichten, aber ich dachte, ich könnte damit unsere Unterhaltung auf die Devereaus lenken.

»Wo spukt's denn nicht?« fragte sie, als wir vor einer Parkuhr stehenblieben.

Der Sheriff schüttelte den Kopf. »Ach, um Himmels willen.«

»Es spukt überall«, sagte sie. »Ich komme mir vor wie eine Flöte, voller Öffnungen, durch die der Wind hindurchbläst.« Sie stand am Randstein, die Ellbogen in die Hände gelegt. Sie schien stolz zu sein auf die Art, wie sie das ausgedrückt hatte.

Der Sheriff gab einen erstickten Laut von sich. Er steckte ein Zehncentstück in die Parkuhr, vor der Miss Ruth Portes kleines schwarzes Coupé abgestellt war. »Wie eine Flöte.«

»Sie würden das natürlich nicht verstehen«, sagte Maud, als wir weitergingen.

Ich lächelte. Ich höre gern zu, wenn die beiden sich necken, was sie sonst mit niemandem tun. Niemand spricht mit dem Sheriff, wie Maud es tut; alle haben entweder gewaltigen Respekt vor ihm – so wie ich –, oder sie haben ein bißchen Angst vor ihm – wie Bürgermeister Sims und dieser Autohändler drüben in Hebrides.

Es war der babyblaue Cadillac des Autohändlers, vor dem wir jetzt standen; die Parkuhr war abgelaufen. Der Sheriff steckte einen Strafzettel hinter den Scheibenwischer, und wir gingen weiter.

Während dieser kleinen Exkursionen macht es Maud und mir Spaß, uns zu bestimmten Leuten in der Stadt bestimmte Geschichten auszudenken. Geschichten, die der Sheriff gelegentlich auf jenen Boden der Realität zurückzuholen versucht, von dem wir uns angeblich zu weit entfernt haben. Deshalb hat mich seine Antwort auf meine Frage über die Gebrüder Woods so überrascht.

Die beiden, Ulub und Ubub, saßen auf der Bank vor Axels Taxistand. Die Bank war für die Kunden von Axels Taxis bestimmt, ein Ort, an dem man auf den nächsten Wagen warten konnte. Es gab nur zwei Taxen, das von Axel und das andere, das von seinem Angestellten Delbert gefahren wurde. Mit Maud hatte ich darüber gesprochen, daß wir tatsächlich noch nie jemanden gesehen hatten, der tatsächlich in Axels Taxi *eingestiegen* wäre. Axel fuhr immer ohne einen Fahrgast im Wagen ab und kam mit niemandem darin zurück. Die Gebrüder Woods saßen auf der Bank und beobachteten Axel und Delbert beim Kommen und Wegfahren, und wenn kein Taxi da war, beobachteten sie die übrigen Leute, die vorbeigingen. Sie saßen immer auf der Bank, wenn sie nicht beim Essen im Rainbow oder vor Martins Lebensmittelgeschäft saßen. Dort gibt es auch eine Bank. Gewöhnlich frühstücken sie im Rainbow Café, danach folgt die Morgenschicht, entweder auf dieser oder auf der Bank vor Martins Laden. Dann kommt der Lunch im Café und danach die nachmittägliche Bankrunde. Die Brüder Woods finden sich auf den Bänken ein wie andere Leute zur Arbeit. Sie sitzen schweigend da (denn sie reden selten) und lassen die Welt von La Porte an sich vorbeiziehen.

Der Sheriff hat sie ein paarmal zum Reden gebracht, und Maud versuchte, aus ihm herauszuquetschen, was um alles in der Welt sie gesagt hatten, aber er hat es ihr nie verraten. Damals habe ich ihn nach ihren Namen gefragt – Ulub und Ubub. »Jemand hat mir erzählt, diese stammten von Fahrzeugschildern. Aber sie müssen doch auch *richtige* Namen haben.«

»Hm«, sagte der Sheriff und suchte in seiner Tasche nach einer Münze. Vor Bunny Carusos Lieferwagen war die Parkuhr abgelaufen. »Ubub steht für Unbrauchbaren Big Bob, und Ulub steht für Unbrauchbaren Little Bob. Hast du mal 'nen Groschen, Maud?«

»Was?« fragte ich.

»Das hat er erfunden«, sagte Maud, durchwühlte ihre Tasche und förderte ein Zehncentstück zutage. Wegen des Trinkgelds, das sie bekam, hatte sie immer Kleingeld.

»Nein, es ist wahr«, erwiderte er. Er steckte die Münze in die Uhr und legte den Hebel um.

»Das haben Sie erfunden«, sagte Maud mit tiefster Überzeugung.

Ständig beschuldigte sie den Sheriff, etwas zu »erfinden«, und ab und zu tut er das ihr gegenüber auch, damit sie nie völlig sicher ist, wann er die Wahrheit sagt.

»Ich habe gesehen, wie Sie es erfunden haben, ich habe es buchstäblich gesehen, während Sie sich überlegt haben, wofür UBB und ULB stehen könnten.«

»UBB« und »ULB« sind die ersten drei Buchstaben auf dem Nummernschild von Ulubs und Ububs Lieferwagen. Wer immer auch damit angefangen hatte, die beiden so zu nennen, die Idee stammte daher, soweit ich weiß.

Der Sheriff antwortete Maud nicht; er fuhr einfach mit seiner Inspektion fort und stieß dann mit den Füßen gegen die Reifen von Benny Carusos Wagen, und ich spürte, daß es Maud wirklich ärgerte, weil er nicht reagierte. Sie sah tatsächlich so frustriert aus, daß ich glaubte, sie würde womöglich schnurstracks zu der Bank hinübergehen und Ulub und Ubub selbst fragen.

»Na ja, irgendwie sind sie ja auch zu nichts nütze«, sagte ich.

»Hör nicht auf ihn; beachte ihn überhaupt nicht. Die Hälfte von dem, was er sagt, ist erfunden.« Sie redete, als wäre der Sheriff irgendein verwahrloster Spielkamerad, der mich auf die schiefe Bahn bringen könnte.

Wir gingen die Second Street hinunter, und Maud schien tatsächlich ziemlich sauer zu sein, was ich wirklich komisch fand, weil der letzte Mensch, über den man sich meiner Ansicht nach in La Porte ärgern konnte, Sheriff Sam DeGheyn war.

Ich beschloß, sie von ihrem Ärger abzulenken, indem ich wieder auf mein Thema zurückkam. »Glauben Sie, daß es Orte gibt, an denen es spukt?«

»Nein. Ja.«

Sie antworteten unisono; ich wußte nicht, ob Maud »ja« gesagt hatte, weil sie daran glaubte, oder bloß weil sie ihn auf die Palme bringen wollte.

»Seit Mary-Evelyn gestorben ist, wohnt niemand mehr im Haus der Devereaus, oder?«

»Nicht daß ich wüßte«, sagte der Sheriff.

Allerdings hatten damals weder Maud noch er hier gelebt, und alles, was sie sagten, war reine Spekulation.

»Marge Byrd hat behauptet, sie hätte eines Nachts sehr unheimliche Geräusche aus dem Haus kommen hören.«

»Wahrscheinlich Vagabunden. Es gibt Leute, die sich um Verbotsschilder nicht scheren. Donny hat gesagt, er habe dort mal ein paar Typen rauswerfen müssen.«

Donny war der Hilfssheriff; er ist nicht besonders intelligent, aber er sieht ganz gut aus, und das weiß er. Auch seinetwegen hängt Ree-Jane im Gerichtsgebäude herum.

»Es ist bekannt, daß ein Mensch, der zum Zeitpunkt seines Todes sehr unglücklich war, an den Ort, wo er gestorben ist, zurückkehrt und dort umgeht.« Maud sah aus, als würde sie sich gleich in ein Gespenst verwandeln.

»Ich glaube, Sie meinen eine Person, die eines gewaltsamen Todes gestorben ist«, sagte der Sheriff.

Sie blieb stehen. »Nein, ich meine eine *unglückliche* Person wie mich. Und Sie.«

Der Piepser des Sheriffs war, kurz bevor sie das »und Sie« hinzugefügt hatte, ertönt – ein Gedanke, der ihr bestimmt erst nachträglich gekommen war, damit er zögern und verwundert innehalten sollte, bevor er auf seinen Piepser reagierte. (Ich finde irgendwie, daß eine Person sehr wichtig sein muß, wenn sie einen Piepser hat.)

»Ich? Bloß weil Sie – ach, vergessen Sie's. Donny?« sagte er in das Gerät.

Da Donny gut aussieht, macht es nicht soviel aus, daß er ziemlich dämlich ist. Zumindest sehen es die weiblichen Stadtbewohner so. Für den Sheriff allerdings ist das nicht von Belang. Donnys Stimme krächzte durch den Lautsprecher, und er sagte irgend etwas von einem Unfall auf der Route 6, der Lake Road, wie wir sagen, obwohl sie offiziell Splinter Run Road heißt, glaube ich. Es hörte sich an, als würde Donny über das Silver-Pear-Restaurant reden, aber da ihn polizeiliche Einsätze immer ein bißchen hysterisch werden ließen, konnte man nicht sicher sein. Er war auch schwer zu verstehen; es war zwar eine rein polizeiliche Angelegenheit, aber ich spitzte trotzdem die Ohren. Maud sah in Richtung der Bahngleise, als ob sie das alles nichts anginge.

Ich fragte den Sheriff, was in diesem Fall »häuslich« bedeute, und er sagte, es hätte gewöhnlich mit einem Streit zu tun – tätlichen Auseinandersetzungen, Schlägereien, Schwierigkeiten – im Innern eines Hauses. Er verließ uns, und ich fragte Maud, wer im Silver Pear wohnte. Sie sagte, es gehöre Gaby und Ron von Gruber, aber sie könne sich nicht vorstellen, daß die beiden eine tätliche Auseinandersetzung hätten. Die beiden würden silberfarbene Perücken tragen und wären lang und dürr wie Bohnenstangen.

Wir gingen zum Rainbow Café zurück, nachdem Maud ihre Mittagspause damit verbracht hatte, mit mir und dem Sheriff die Second Street rauf und runter zu patrouillieren. Ich fragte sie, ob sie jemals im Silver Pear gegessen habe, und sie sagte, ja, ein paarmal mit Chad. Maud war geschieden, und Chad war ihr Sohn, und sie klang ziemlich traurig, als sie das sagte. Chad besuchte eine auswärtige Schule, und ich wußte, daß sie ihn vermißte. Aber die Traurigkeit von Erwachsenen war ein Thema, mit dem ich mich im Moment nicht allzu eingehend beschäftigen wollte; ich glaube, ich wollte nicht wahrhaben, daß sie tatsächlich litten. Sie lebten eben einfach in einer anderen Welt. *Wenn* sie litten, mußten sie wirksame Mittel haben, mit diesem Leid umzugehen, Mittel, die in meiner Welt völlig unbekannt waren. Das war einer der Vorteile, erwachsen zu sein: Man konnte unangenehme und schmerzliche Gefühle sorgsam verschnürt und verpackt auf einen Lieferwagen werfen (wie bei UPS) und sie fortschicken, damit sie irgendwo weit weg in einem Jammertal abgeworfen wurden. Bei mir war das anders. Völlig anders. Ich mußte alles Unangenehme aushalten.

»War es gut?« fragte ich nach diesen Überlegungen über Mauds Traurigkeit. Ich meinte ihr Essen im Silver Pear.

»Nein. Das Essen war gut, glaube ich, aber die Portionen waren winzig. Sie servieren dieses französische Nouvelle Cuisine-Zeug. Das ist kein richtiges Essen, es ist die Illusion davon. Ein Karottenkringel, ein Zweiglein Estragon, ein Dreieck Räucherfisch in einem Pfützchen rosa Soße. Deine Mom ist eine weitaus bessere Köchin, das steht jedenfalls fest.«

Das Kompliment merkte ich mir, um es meiner Mutter weiterzugeben, denn das Silver Pear gilt als das beste Restaurant im Umkreis von fünfzig Meilen. »Aber es ist das Lieblingslokal der Leute vom See«, erwiderte ich, in der Hoffnung, sie würde weiter darüber reden, wie schlecht es war, und ich könnte mein Kompliment noch mehr ausschmücken.

Der See, von dem ich sprach, war ein ganz anderer als der Spirit Lake. Er liegt auf der anderen Seite von La Porte, und die Leute, die dort wohnen, sind eine Sorte für sich: reich, hübsch, das ganze Jahr braungebrannt. Sie wohnen in tollen Häusern, und wenn sie nicht gerade schwimmen oder mit dem Boot unterwegs sind, dann fahren sie Ski. Maud lebt in einem kleinen Haus am See, aber auf der Seite, die näher bei uns liegt, an dem Ufer, das nicht vornehm ist.

Maud sagte: »Wenn das Hotel Paradise nur fünf Meilen näher am See liegen würde, könntet ihr euch vor Gästen nicht retten.«

Das Hotel, unser Hotel, läuft nicht gut. Als Ferienort hat Spirit Lake die besten Tage hinter sich. Es ist ein kleines Dorf, das einst florierte, weil es an einer Bahnstation lag, an der viele Touristen ankamen. Heute leidet Spirit Lake sehr stark darunter, daß die Leute nicht mehr auf Züge angewiesen sind; sie fahren mit dem Auto und können auf dem Weg zu irgendwelchen Reisezielen durch Spirit Lake einfach durchbrausen. Früher gab es über ein halbes Dutzend Hotels; unseres ist das letzte, das übriggeblieben ist.

Als Maud und ich am Fenster des Prime Cut vorbeigingen, entdeckten wir drinnen Shirl, die aussah wie eine ertränkte Ratte. Da sie noch nicht unter der Trockenhaube saß, und Alma Duke (die Besitzerin) ihr erst noch das Haar eindrehen mußte, würde sie nicht vor einer Stunde ins Rainbow zurückkehren. Oft bekam sie auch noch eine Maniküre. Wir standen vor dem Fenster und winkten Shirl zu. Sie tat so, als würde sie uns nicht sehen, weil sie vermutlich nicht wahrhaben wollte, daß jemand sie in diesem Zustand gesehen hatte. Shirl hatte eine seltsame Art von Eitelkeit an sich, von der im Rainbow nichts zu spüren war.

Ich sagte zu Maud, daß Shirl vermutlich noch eine Stunde wegbleiben würde, und fragte sie, ob ich mich in eine Nische setzen dürfe. Sie sagte, ja, natürlich, und daß sie eine Tasse Kaffee mit mir trinken würde, da sie noch nichts zu Mittag gegessen habe – vorausgesetzt, fügte sie hinzu: »Ich störe dich nicht bei deinen Schreibarbeiten.«

Nun, das ist es, was mir an Maud und am Sheriff gefällt. Keiner von beiden ging davon aus, daß man als Zwölfjährige nichts anderes zu tun hat als Däumchen zu drehen, bis das Kino aufmacht. Ich hatte nach dieser Stunde im Rainbow tatsächlich vor, ins Kino auf der First Street zu gehen. Ich liebe Filme. Besonders die Samstagsmatineen gefallen mir, bei denen praktisch immer ein Western gezeigt wird. Hopalong Cassidy etwa oder ein Abenteuerfilm oder eine Komödie – mit anderen Worten, nichts mit allzu vielen Sexszenen.

Jeden Samstagnachmittag kann man mich im Orion bei der Zweiuhrvorstellung antreffen. Mr. McComas, der Besitzer, ist ein netter Mann mittleren Alters, der im Krankheitsfall für jeden seiner Angestellten einspringt. Oft reißt er die Karten an der Tür ab. Es gibt einen offiziellen Kartenverkäufer und Kartenabreißer, aber ich glaube, Mr. McComas tut das gern, weil er sich dann im Kino aufhalten kann, denn ich habe den Verdacht, er mag Filme einfach gern, und das ist auch der Hauptgrund, warum er das Kino führt. Gelegentlich schaufelt er Popcorn in die dünnen Papiertüten, die in den verschiedensten Farben im Innern der Maschine gestapelt sind. Das Popcorn wird direkt dort gemacht und ist das frischeste und heißeste Popcorn in der ganzen Gegend. Manchmal ist es noch so heiß, nachdem es aus dem metallenen Behälter in die Tüte gefallen ist, daß ich mir fast die Finger verbrenne.

Das Kino hat zwei Gänge und eine Leinwand, die sich auf der linken Seite leicht nach innen biegt. Die Leinwand ist mir immer ein Rätsel gewesen. Die Krümmung stört beim Zusehen eigentlich nicht besonders, wenn sich die Augen einmal daran gewöhnt haben, aber das Publikum bevorzugt offensichtlich die Sitze auf der linken Seite, von wo aus die Leinwand ebenmäßiger erscheint. Was mich anbelangt, so mag ich dieses leicht verzerrte Bild und sitze gewöhnlich auf der rechten Seite, esse aus einer der blaßrosa Tüten mein heißes, gebuttertes Popcorn und finde, daß es sich lohnt, auf der Welt zu sein.

6.

Mein Lieblingsladen ist direkt neben dem Orion-Filmtheater. Er heißt »Candlewick« und verkauft nichts außer Kerzen und Kerzenhaltern. Bevor Miss Flyte ihn übernommen hat, war eine Eisenwarenhandlung darin. Jetzt enthält das große Schaufenster anstelle von Rechen, Abfalltonnen und Düngemitteln eine große Auswahl an Kerzen, die auf dunklem Samt angeordnet sind. Die Kerzenleuchter sind aus Messing, Marmor, Eisen und Keramik, es gibt hohe, niedrige, flache und eckige. Es gibt welche aus Metall für ein Dutzend Kerzen und welche aus Ton, die aus Mexiko kommen und in auffallenden Farben bemalt sind. Ich kann endlos lange vor dem Schaufenster stehen und darüber staunen, daß Kerzen und Kerzenleuchter so faszinierend sein können.

Miss Flyte hat immer ein paar künstliche Lichter brennen, deren Flackern das Kerzenlicht nachahmt. Zu bestimmten Anlässen, an Weihnachten etwa, nimmt sie das Samttuch sicherheitshalber aus dem Schaufenster und zündet alle Kerzen dort an. Aus der Entfernung sieht man dann nichts als ein dunkles Fenster und viele flackernde Lichter.

Miss Flyte richtet Hochzeiten und Begräbnisse aus. Eine Flyte-Hochzeit ist leicht zu erkennen. Nicht bloß, weil eine Menge Kerzen brennen; es ist mehr als das. Flyte-Hochzeiten haben etwas geheimnisvoll Träumerisches an sich, eine märchenhafte Atmosphäre aus Kristallflügeln, Mondstaub und ineinanderfließenden, blassen Farben, die an Regenbögen erinnern. Natürlich ist das zum größten Teil auf die Wirkung des Kerzenlichts zurückzuführen, aber ich finde immer, das allein macht diesen Glanz nicht aus. Auf einer Hochzeit, die Miss Flyte ausrichtet, liegt eine Art Segen. (Von ihren Beerdigungen halte ich mich fern.)

Miss Flyte lehnt es ab, irgend etwas anderes auszurichten. *Hochzeiten und Begräbnisse, sonst gar nichts*, heißt ihr Motto. Andere Feiern, Dinner- und Geburtstagspartys etwa, wie beispielsweise das riesige Geburtstagsfest im Haus eines der Seebewohner, mit Partyservice, Eisschwänen und Fünfmannkapelle, hatte Miss Flyte abgelehnt. Und dies hatte ihr Ansehen nur noch vergrößert. Die Seebewohner denken, weil sie reich sind, können sie jeden kaufen, aber Miss Flyte ist nicht käuflich. Sie wird sogar nach New York, Cape Cod und anderen schicken Orten eingeladen, um dort Dinnerpartys auszurichten. Je mehr sie ablehnt, um so beharrlicher werden die Leute. Miss Flyte zu bekommen, ist deshalb eine echte Auszeichnung.

Aber es ist mehr als das. Irgendwelche Emporkömmlinge in der Stadt, wie etwa Helene Baum, versuchen ständig, Miss Flyte zu kopieren. Natürlich schaffen sie das nicht. Weil es eben nicht damit getan ist, einfach hundert Kerzen anzuzünden. Nur Miss Flyte weiß, wie man sie aufstellt und arrangiert, wo man die großen hinstellt und wo die kleinen; wo sie stehen und wo sie aufgehängt werden müssen. Niemand sonst hat dieses Gespür, Miss Flyte ist eine Meisterin der Lichteffekte.

Gleich neben dem Candlewick, und ebenfalls von einer alten Dame geführt, ist ein kleiner Geschenkladen. Die beiden, Miss Flyte und Miss Flagler, sind Freundinnen, und fast täglich trinken sie im einen oder anderen Laden Kaffee oder Tee zusammen. Beide Läden haben Seitenausgänge, die einander gegenüberliegen, und daher können Miss Flyte und Miss Flagler schnell über die enge Gasse dazwischen laufen und gemeinsam ihren Vormittagskaffee oder Nachmittagstee einnehmen. Ich bin bei beiden Kundin, und obwohl ich erst zwölf bin und die beiden schon in den Sechzigern oder Siebzigern sind, haben wir etwas gemeinsam. Ich weiß nicht, was es ist. Aber wenn ich halb dösend vor meinem Tee oder meiner heißen Schokolade in Miss Flaglers Küche sitze, spüre ich, wie die Zeit ihre Spuren hinterläßt, an uns dreien.

Miss Flaglers Laden ist winzig, ein Mauseloch, das »Oak-Tree-Geschenkladen« heißt. Ich habe keine Ahnung, wie sie über die Runden kommt, denn es scheinen kaum Kunden in ihr Geschäft zu kommen. Es gibt nur einen einzigen, winzigen Verkaufsraum mit Regalen voller kleiner Seifenschalen aus Porzellan, hauchdünner Tassen und Untertassen, Porzellan- und Glastieren und Leinentaschentüchern; und eine Vitrine mit Silberschmuck, Anstecknadeln, Armbändern und Halsketten.

Vielleicht hat sie noch eine private Einnahmequelle, denn es scheint ihr an nichts zu fehlen. Ihre Kleider sind gut. Sie trägt immer Seide oder Georgette in verschiedenen Grautönen, mit abnehmbaren weißen Leinenkragen oder Jabots, die einzeln gewaschen werden können. Und über dem Kleid trägt sie immer eine Strickjacke, entweder aus grauem Chinelle oder braunem Kaschmir. Die Kaschmirjacke gefällt mir am besten, sie ist fuchsfarben, rötlich-goldbraun, und Miss Flagler trägt dazu immer eine Perlenkette.

Auf der Innenseite der Ladentür hängt eine Silberglocke, die zu klingeln anfängt, sobald die Tür aufgeht, und bei diesem Ton tritt Miss Flagler, aus ihren hinteren Räumen kommend, durch den Vorhang, der ihre Privaträume vom Geschäft abtrennt. Obwohl ich manchmal glaube, daß ihr der geschäftliche Teil ihres Lebens zuwider ist, ist sie immer ausgesucht höflich. Sie ist zurückhaltend, aber freundlich. Meine Mutter nennt sie »die letzte vornehme alte Jungfer«, und ich halte das für eine ausgezeichnete Beschreibung. Mit ihrer Katze Albertine und ihrer gemütlichen Küche, in der es nach Zimt und Ingwer duftet, hat Miss Flagler ein Leben, das meiner Ansicht nach gar nicht so schlecht ist. Sicher verläuft es ziemlich einsam, und es mangelt an Fröhlichkeit, aber ich halte nicht viel von Fröhlichkeit, weil ich davon schon mehr als genug erlebt habe, wenn Aurora Paradise und ihre Schwestern im Hotel auf der Feuerleiter saßen.

Manchmal werde ich von den beiden morgens zum Kaffee oder nachmittags zum Tee eingeladen (oh, diese frischen Zimtschnekken!) und könnte mir denken, sie dulden mich einfach nur, aber das tue ich nicht. Aus irgendeinem Grund fühle ich mich bei den alten Damen wohl, gerade so, als würde ich, dank meiner uralten zwölfjährigen Seele, Zwicker und lange Strickwesten tragen.

Wir sitzen auf türkis und buttergelb gestrichenen Holzstühlen, die um den weißen Küchentisch stehen (sie lassen mich meine Bemerkung über die fehlende Fröhlichkeit in Miss Flaglers Leben korrigieren). Im Winter wärmt uns ein schwarzer gußeiserner Herd, in den Miss Flagler frische Kohle schüttet. Sie hat auch einen Gasherd, aber sogar fürs Backen schwört sie auf den gußeisernen. Meine Mutter tut das auch, also glaube ich Miss Flagler. Die Schnecken und Plätzchen kommen immer aus dem Kohleherd, und mein Kakao wird in einem Tiegel auf einem der Eisenringe heiß gemacht. Und der riesige weiße General Electrics-Kühlschrank ist ihrer Aussage nach »diesen modernen schmächtigen Dingern« bei weitem überlegen. Aus einer Vorratskammer an der Seite kann ich manchmal das Dröhnen einer Bendix-Waschmaschine vernehmen, die sich anhört, als läge sie in den letzten Zügen.

Ich liebe Kakao. Aber es ist schwierig, die Haut von dem dampfenden Getränk zu entfernen, ohne unhöflich zu erscheinen. Gewöhnlich blase ich sie zurück und trinke schnell, während ich aufmerksam beobachte, wie sie auf meinen Mund zuschwimmt. Oder ich lasse meine Papierserviette »ungeschickt« in die Tasse fallen und die Haut von ihr aufsaugen. Wenn dabei allerdings ein Marshmellow mit aufgesaugt wird, dann ist das frustrierend, denn ich mag schmelzende Marshmallows ganz besonders gern.

Wir sitzen zusammen und essen, und sie erkundigen sich nach meiner Mutter, die sie sehr bewundern, und nach Lola Davidow, die sie weniger bewundern, und nach Ree-Jane, die sie überhaupt nicht bewundern. Da sie mit dem erfundenen Namen von Ree-Jane nichts anfangen können, nennen sie sie »Rae Jane«, ein Fehler, den ich nie korrigiert habe, weil ich weiß, wie sehr Ree-Jane diese Aussprache haßt. Ich glaube, dies gleicht die Ungerechtigkeit aus, daß ich manchmal mit ihr verwechselt und »Janey« gerufen werde. Es ist einfach zum Aus-der-Haut-Fahren, im Schatten eines Mädchens zu stehen, das erst vor fünf oder sechs Jahren im Hotel Paradise aufgetaucht ist und meine Existenz so gut wie ausgelöscht hat.

Miss Flyte und Miss Flagler unterläuft dieser Fehler nie. Sie wissen, wer ich bin, und daß das Hotel Paradise mit den Davidows wenig zu tun hat. Aber Ree-Jane läuft herum und sagt den Leuten, das Hotel Paradise würde ihrer Mutter »gehören«, was mich absolut wütend macht, aber wenn ich es meiner Mutter erzähle, sagt oder tut sie nie irgend etwas, um diesen Fehler richtigzustellen; sie meint bloß, ich solle mich nicht darum kümmern.

Natürlich besteht einer der Gründe, weshalb mich Miss Flagler und Miss Flyte gern bei sich haben, darin, daß sie klatschhaft sind – warum denn auch nicht? – und gern wissen wollen, was in Spirit Lake und vor allem mit der im oberen Stockwerk des Hotels lebenden Aurora vor sich geht. Aurora sei immer schon ein »Spaßvogel« gewesen (sagen sie), womit sie meiner Meinung nach auf nette Art ausdrücken, daß sie ein absolut verrücktes Huhn ist.

Miss Flyte und Miss Flagler sind beide in einem Alter, daß sie die Devereaus und Mary-Evelyn noch gekannt haben können; Miss Flyte ist dreiundsechzig und Miss Flagler siebzig (was mich überraschte, als ich es herausfand). Das bedeutet, sie waren beide junge Frauen, Anfang Zwanzig oder Dreißig, als Mary-Evelyn starb. Doch diesbezüglich sind ihre Erinnerungen vage. Miss Flagler erinnert sich an »ein kleines rotschöpfiges Mädchen mit abwesendem Blick«, das immer sehr hübsch, wenn auch etwas seltsam gekleidet war. Nein, Miss Flyte, verbesserte sie Miss Flagler; es waren diese Tanten, die seltsam waren. Eine der Tanten war eine wundervolle Schneiderin. Sie hat mit dem Nähen ihren Lebensunterhalt verdient und Miss Flagler einmal ein Kleid aus Organdy und Seide gemacht. Es sei schon etwas Besonderes gewesen (sagte Miss Flagler, und Miss Flyte stimmte zu), ein Devereau-Kleid zu haben, denn angeblich war sie die beste Schneiderin im ganzen Land, und das war damals, als es noch üblich war, sich Kleider nähen zu lassen. Heutzutage konnte man nach Hebrides ins Einkaufszentrum fahren; oder man konnte weiter weg fahren, nach Camberwell, in die nächste größere Stadt, und in einen Laden namens »Europa« gehen, der Helen Gay Struther gehört. Angeblich tätigt sie ihre Einkäufe in Europa. Aber es ist zweifelhaft, daß irgendein Kleid aus dem Einkaufszentrum oder dem »Europa« mit einem Devereau-Kleid mithalten kann. Miss Flaglers Kleid war aus eisgrünem Organdy und hatte eine Seidenpaspelierung. Sie hatte es bei einem Gartenfest getragen, das sie mir als »ganz in Weiß« gehalten beschrieb. Weiße Kleider, weiße Anzüge, weiße Pumps, weiße Rosen, weiße Kuchenglasuren.

Einen Moment lang fühlte ich mich in diese verzauberte Welt von Gartenpartys und Organdykleidern zurückversetzt. Mit beiden hatte ich persönlich noch nie zu tun gehabt. Ich versuchte mir vorzustellen, wie Miss Flagler mit anmutigen Bewegungen herumging und dabei ein Punschglas in der einen und einen Teller mit winzigen Sandwiches in der anderen Hand hielt.

Die Farbe hörte sich sowohl kühl wie köstlich an. Ich entschied, daß es die gleiche Farbe gewesen sein mußte wie die von Albertines Augen.

Mary-Evelyn war natürlich in einem Devereau-Kleid auf der Party erschienen. Sie hatte Teller mit kleinen Schnittchen herumgereicht, die hauptsächlich von meiner Mutter gemacht worden waren. Ein wirklich hübsches Mädchen, hatte Miss Flagler gesagt, in einem blaßgelben Kleid.

Mit abwesendem Blick, fügte ich hinzu. Ich war froh, daß sie auf der Party gewesen war, denn wenn ich mir Mary-Evelyn vorstelle, ist sie immer allein – am Seeufer etwa; oder sie steht hinter einem der hohen Schlafzimmerfenster, zieht den Vorhang zur Seite und schaut hinunter. Worauf, weiß ich nicht. Deshalb war es schön, sich Mary-Evelyn auf einer Party vorzustellen, selbst wenn es ein Fest für Erwachsene war, und sie offensichtlich nur deswegen dort war, um Teller mit Kuchen und Sandwiches herumzureichen.

Warum man sie seltsam fand, wollte ich wissen und fragte Miss Flagler.

Nun. Miss Flagler wußte es eigentlich nicht. Sie hatte es bloß gehört. Die beiden tauschten einen Blick, so flink wie man einen Teller mit Quarkspeise weiterreicht.

Daß Mary-Evelyn und ihren Tanten irgendein trauriges Geheimnis anhaftete, wußte ich schon lange. Der Sheriff wußte nichts über sie, das habe ich schon gesagt. Hätte er etwas gewußt, hätte er es mir gesagt, vor allem deswegen, weil alles, was die Leute auch über sie gesagt haben mochten, sehr gut nur Gerüchte oder bodenlose Klatschgeschichten sein konnten, die über die Jahre hinweg von einer Generation zur anderen weitererzählt, aufgebauscht oder heruntergespielt worden waren, hier und dort Auswüchse getrieben und sich von der ursprünglichen Wurzel weit entfernt hatten.

Miss Flyte konnte dem Bild nicht viel hinzufügen, außer der Feststellung, daß Mary-Evelyn keine eigentlichen Freunde gehabt habe, niemanden ihres Alters. Wie auch, fragte ich. Nachdem bekannt war, daß sie weder in Spirit Lake noch sonst irgendwo die Grundschule besucht hatte; sie hatte Privatunterricht bekommen. Ich fing bereits an, Mary-Evelyn zu verteidigen.

Meine Mutter hatte von Mary-Evelyns »Seltsamkeit« nichts gesagt, deshalb fragte ich mich, ob mir Miss Flagler aus reiner Übervorsichtigkeit irgendein unwesentliches Detail verschwieg, das sie über das Mädchen aufgeschnappt hatte. Wenn mir irgendwelche Einzelheiten verschwiegen wurden, hatten diese meist mit Sex zu tun, wie ich festgestellt habe, ein Thema, über das ich praktisch nichts weiß; mir ist sogar nur vage bewußt, daß es überhaupt ein Thema ist. Ich glaube, irgendwo im Hinterkopf dämmerte mir auf leicht unbehagliche Weise, daß vereinzelte Szenen während der Samstagsmatineen (die dem wachsamen Auge von Mr. McComas vielleicht entgangen sind), nicht mit Umarmungen und Küssen enden; dennoch habe ich keine Ahnung, in welche Regionen diese Leute vordringen. Es ist mir peinlich, und ich fühle mich irgendwie im Stich gelassen von ihnen, daß sie mich im Dunklen, auf meinem nach Popcorn miefenden Sitz zurücklassen (in dem ich immer tiefer und tiefer nach unten rutsche), während sie sich auf eine Reise machen, bei der ich ihnen nicht folgen kann. Ich weiß nicht, wie ein Mensch zwölf Jahre leben kann und von einem Thema, das den meisten Leuten fast den ganzen Tag und die gesamte Nacht durch den Kopf geht, keine Ahnung hat. Meine Unwissenheit in dieser Hinsicht verdeutlicht sehr gut, weshalb ich mein Leben als »steril« empfinde: Es ist weiß und keimfrei, und wie in einem Operationssaal begegnen mir die Leute nur mit Handschuhen, Gesichtsschutz und mit Schweigen. Das hört sich vielleicht friedlich und ruhig an (auf jedenfalls klingt es sauber), wenn man von den Skalpellen einmal absieht. Die meiste Zeit laufe ich herum und fühle mich narkotisiert, erscheine jedoch hellwach. Zu wach, würden manche sagen.

So mag Miss Flagler empfunden haben, als ich diesen »Blick«, der zwischen ihr und Miss Flyte ausgetauscht wurde, nicht einfach auf sich beruhen ließ. Ich versuchte Einzelheiten aus Miss Flagler herauszuquetschen. Was sei »seltsam« gewesen?

Nun, sagte Miss Flagler, schenkte mir Kakao nach und fügte ein großes Marshmellow hinzu (einen Akt, den ich als milde Form der Erpressung verstand), Mary-Evelyn schien nicht zu der herzlichen Sorte von Menschen zu gehören, war nicht sehr liebevoll, nein, sie schien nicht viele Dinge zu lieben.

Die Bezeichnung »seltsam« drohte in immer ungreifbarerer Ferne zu verschwimmen. Welche Dinge schien sie nicht zu lieben?

Miss Flagler knabberte an ihrer Unterlippe, als wäre sie in der Lage, für den Vorwurf der »Seltsamkeit« einen Beweis zu erbringen. Mary-Evelyn, erklärte sie mir, hatte eine Katze, die gestorben ist. Sie habe sie nicht gefüttert, wurde behauptet. Und das arme Ding sei eingegangen.

Dann wandten wir uns alle um und warfen einen Blick auf Albertine, die wohlgenährt auf dem weißen Tisch saß, als wollten wir sie fragen, welche Folgen der Entzug von Dosenmilch habe. Aber mich erstaunte Miss Flaglers Aussage. Selbst wenn irgend jemand aus der Stadt – eine Putzfrau oder eine Aushilfskraft – diesen Klatsch weitererzählt hatte, verstand ich nicht, warum Miss Flagler nicht aufgegangen war, welche andere Aussage darin enthalten war. Als ich das dachte, gab etwas in mir nach, brach zusammen, und ein überwältigendes Gefühl von Traurigkeit befiel mich.

Wenn die Katze gestorben war, hatte auch niemand anderer sie gefüttert.

7.

Ich wollte keinen Gedanken daran verschwenden, welche Tragweite diese Sache hatte. Dennoch war mir klar, daß ich das tun mußte, wenn ich je verstehen wollte, was mit Mary-Evelyn Devereau geschehen war.

Ich erinnerte mich, daß Marge Byrd eines Tages, als Ulub (oder Ubub) Laub in ihrem Hof zusammenrechte – langsam und bedächtig, wie die Brüder Woods alles machten –, gesagt hatte, daß einer oder beide bei den Devereaus Gartenarbeiten erledigt hätten. Mehrere Tage beobachtete ich Ulub und Ubub an ihren verschiedenen Aufenthaltsorten – im Rainbow, bei Axels Taxi und Martins Laden –, bevor ich mich schließlich entschloß, sie anzusprechen.

Soweit ich mich erinnern kann, habe ich nie jemanden mit den beiden Brüdern reden sehen, nichts, was über ein freundliches »Hallo«, ein »Hi« oder vielleicht einen gutgemeinten Schlag auf die Schulter hinausgegangen wäre. Die beiden können ganz gut hören, weil sie mit Wörtern oder Brummlauten antworten, obwohl Ulub meiner Ansicht nach der weniger mundfaule ist. Sie sind keine Zwillinge und sehen sich nicht einmal besonders ähnlich, der eine ist groß und schlaksig, der andere untersetzt. Ich bin ziemlich sicher, daß der große Dünne Ubub ist, der Unbrauchbare Big Bob – UBB. Ich sah sie auf der verwitterten grünen Bank bei Martins Laden, auf der morgens zwei oder drei alte Männer sitzen, bis die Nachmittagsschicht aus zwei oder drei anderen alten Männern sie ablöst. Sie sind Stammgäste, und manchmal blähen sich die beiden Brüder Woods in ihrer ganzen Würde so auf, daß es auf der grünen Bank äußerst eng wird. Meine Absicht war, mich Ubub und Ulub eines Nachmittags zu nähern, wenn sie die Bank für sich hatten, was manchmal vorkam.

Wenn man auf der Bank vor Martins Laden sitzt, geht der Blick über den Highway, wo man die vorbeirasenden Autos und Laster und die ganze hektische, ihren Geschäften nachgehende Welt beobachten kann. Außerdem steht die Bank in der Nähe der Bushaltestelle der Ersten Vereinigten Tabernakelgesellschaft, an der viele Leute aus Cold Flat Junction aussteigen. Es gibt zwei Haltestellen, eine vor Martins Laden und eine auf der anderen Seite des Highways auf einer Anhöhe, auf der ein Versammlungszelt steht. Dort treffen sich die Mitglieder der Tabernakelgesellschaft, um Lieder zu singen und die Frohe Botschaft zu verbreiten (nehme ich an). Jedenfalls konnte ich dort sitzen und mit genausoviel Interesse wie die anderen beobachten, wie Leute ausstiegen, denn ich hielt immer nach einem der Tidewaters Ausschau.

Cold Flat Junction liegt achtzehn Meilen von Spirit Lake entfernt, und dort leben die Tidewaters. Ich habe strenge Anweisung von meiner Mutter, mich mit den Tidewaters nicht einzulassen, was bedeutete, daß ich an den Tagen, an denen der Tabernakelbus ankam, hochgespannt auf der Bank saß. Ich hoffte, zumindest einen Blick auf Joleen und Toya Tidewater werfen zu können, oder vielleicht auf einen ihrer Brüder, weil meine Mutter mir dies so strikt verboten hatte. Es gab hier ein weiteres Geheimnis, nur hatte es im Fall der Tidewaters mehr mit Heimlichtuerei zu tun, nicht mit Unkenntnis. Ich glaube, Toya galt als das schlimmste

Mädchen in der Familie (was für mich hieß, daß sie die Interessanteste war), und mir wurde daraus klar, daß die Sache wie sonst auch eine Menge mit Sex zu tun haben mußte.

Die Polizei von La Porte wurde oft nach Cold Flat Junction gerufen, daher wußte Sheriff DeGheyn über die Tidewaters Bescheid. Nicht daß sie unbedingt ihretwegen gerufen wurde, denn Cold Flat Junction ist die Heimat vieler obskurer Gestalten, und meine Mutter weiß alles über sie. Ich habe mich jedenfalls von all dem fernzuhalten.

Toya Tidewater (inzwischen fast dreißig) hat vor zehn Jahren im Hotel Paradise bedient, als ich erst ein oder zwei Jahre alt war, daher erinnere ich mich natürlich nicht an sie. (Oft frage ich mich, was meine Babyaugen und -ohren wohl aufgenommen haben.) Meine Mutter hat sie manchmal nach Hause gefahren. Sogar heute noch fährt Lola Davidow nach Cold Flat, um Eier zu holen; damit verdient sich eine Reihe von Familien dort ihr Einkommen: Sie halten Legehühner oder machen Flickenteppiche. In Cold Flat kann man nichts anderes machen, als in die einzige Bar zu gehen (wohin der Sheriff am häufigsten gerufen wird) oder im einzigen Schnellimbiß zu sitzen.

Cold Flat Junction besitzt allerdings eines: eine Bahnstation. Denn die Stadt ist genau das, was ihr Name besagt: ein Knotenpunkt. Doch warum Cold Flat Junction diesen wahrhaft schönen und eleganten Bau besitzt, weiß ich nicht. Darüber wurden schon vage Vermutungen angestellt. Es war früher einmal ein wichtiger Verkehrsknotenpunkt, sagen die Leute. Aber das ist, als würde man die Frage mit der Ausgangsfrage beantworten. Warum war Cold Flat Junction ein wichtiger Verkehrsknotenpunkt? La Porte, nur vierzehn Meilen und eine weitere Station entfernt, ist eine viel größere Stadt mit einem hübschen alten Bahnhof. Aber mit Cold Flat Junction kann es nicht mithalten.

Es gibt dort nichts, was einen Menschen veranlassen könnte

auszusteigen. Es entspricht genau jener Sorte mieser, heruntergekommener Orte, von denen die Einwohner immer wegkommen wollen, es aber nie schaffen, weil ihnen letztlich die Mittel dazu fehlen – Cold Flat ist eben, wie es ist. Mit Hühnern oder Flickenteppichen kann man keine Reichtümer verdienen. Deshalb bewegt sich alles im Kreis. Außerdem ist es in Cold Flat Junction, das draußen im Niemandsland liegt, ungeschützt von Bergen oder umgebenden Wäldern, saukalt. Es ist kalt, und der Wind pfeift heulend über den Ort.

Marge Byrd vermutet, der Grund für den hübschen Bahnhof sei darin zu suchen, daß das größte und eleganteste Hotel in Spirit Lake einst der Eisenbahngesellschaft gehört hatte und daß man damals, als wirklich noch Besucher kamen, gedacht hatte, Spirit Lake würde sich meilenweit in die Umgebung ausbreiten. Aber Marges Überlegungen lösen das Rätsel der Bahnstation nicht wirklich, denn es sieht so aus, als wäre sie lange vor den Expansionshoffnungen der Bahngesellschaft errichtet worden. Und überhaupt, wie hätte sich Spirit Lake in einem Umkreis von vierzehn Meilen ausdehnen sollen?

An den Eierkauftagen schaffte ich es nie, nach Cold Flat mitgenommen zu werden. Manchmal gab ich Lola Davidow zu verstehen, ich würde mich freuen, ihr beim Eierkauf zu helfen oder dergleichen. Aber Lola (gewöhnlich glücklich, wenn sie mir etwas erlauben konnte, was mir meine Mutter verboten hatte), lud mich nie ein, sie zu begleiten. Ree-Jane jedoch wurde mitgenommen. Und der einzige Grund, warum Ree-Jane mitfahren wollte, war der, daß sie wußte, wie sehr mich das ärgern würde. Sie wußte, wie sehr mich der Bahnhof und die Tidewaters interessierten, und wenn sie zurückkam, erzählte sie von beidem (obwohl ich bezweifle, daß sie sich einen Dreck um den Bahnhof scherte oder einen Tidewater erkannt hätte, wenn sie über einen gestolpert wäre.) Und jedesmal stieg sie aus dem Auto und stolzierte auf ihre typische, angeberische Art die Vordertreppe des Hotels herauf, ohne auch nur ein einziges Ei zu tragen. Die mußte ihre Mutter schleppen.

Eines Tages wagte ich es: Ich ging nach La Porte und sprang in den ein Uhr dreiundfünfzig Zug, dessen Endstation so exotisch war, daß ich überhaupt nicht den Wunsch hatte, dorthin zu fahren. Ich wollte nur bis zur nächsten Haltestelle. »Springen« war der richtige Ausdruck, weil ich einen schnellen Satz machen mußte, solange sich der Schaffner umgewandt hatte und in die andere Richtung sah. Während der fünfzehnminütigen Fahrt marschierte ich die Gänge entlang, ging von einem Wagen in den nächsten und suchte angestrengt nach meinem Platz neben dem Erwachsenen, der mein Billett bezahlt hatte. Das mußte der Schaffner wohl gedacht haben, denn er bezweifelte nicht, daß für mich bezahlt worden war. Manchmal hat es Vorteile, sehr jung zu sein. Die Leute ignorieren einen.

Der Knotenpunkt war die nächste Station, und dort sprang ich heraus. Niemand stieg ein, und außer mir stieg niemand aus.

Einen Augenblick lang stand ich im Fahrtwind, der von dem davonrumpelnden Zug aufgewirbelt wurde, und sah mich auf dem Bahnhof um. Es war ein riesiges, weinrotes Backsteingebäude mit einem kuppelartigen Turm. Obwohl es jahrelang dem Kohlen- und Schlackenstaub ausgesetzt gewesen war, sah es unglaublich sauber aus, ebenso wie der Bahnsteig. Und auch das dunkle, kühle Innere war offensichtlich makellos oder erschien zumindest so. Eine Menge poliertes Mahagoni und die Bänke vermutlich aus Eichen- oder Pinienholz, nirgendwo Abfall.

Während ich überlegte, ob ich hineingehen und den Bahnhof genauer inspizieren sollte, kam ein Mädchen – eigentlich eine junge Frau – heraus. Ihr Blick glitt an mir ab wie Regenwasser, vollkommen gleichgültig, obwohl man denken könnte, daß an einem Ort, an dem vermutlich kaum etwas passiert, ein Fremder zumindest ein gewisses Interesse hervorrufen würde. Entweder zeigte dies, wie uninteressant meine Gegenwart war, oder wie stark sie von ihrem eigenen Vorhaben in Anspruch genommen wurde. Ich fragte mich, was von beidem zutraf. Sie hatte keinen Koffer und war nicht für eine Reise gekleidet, zumindest für keine weite. Sie trug ein Baumwollkleid, ärmellos, abgesehen von den kurzen Stoffflügeln, die in kleinen Falten über die Schultern hingen. Das Kleid – Baumwolle, Musselin oder vielleicht ein Leinengemisch, mit Stoffen kenne ich mich nicht so gut aus – war blaßgelb und mit einem winzigen Blumenmuster bedruckt. Es hatte einen herzförmigen Ausschnitt und an den Seiten Bänder, die am Rücken zusammengebunden waren. Ich schätzte sie auf Anfang Zwanzig. Ich war sicher, daß sie zumindest kein Teenager mehr war. Nachdem sie eine Weile dagestanden hatte, wandte sie sich um, setzte sich auf eine der Bänke am Bahnsteig, und hielt dabei ein kleines Täschchen umklammert, eine Art Geldbörse.

Ich wollte nicht, daß sie sah, wie ich sie anstarrte, deshalb tat ich so, als würde ich ganz fasziniert die Fahrpläne in den Glaskästen studieren. Ich kannte die Züge auf der Strecke zwischen La Porte und Cold Flat, und wußte, daß erst am späten Nachmittag (um vier Uhr zweiundfünfzig, um genau zu sein) wieder ein Zug kommen würde, denn ich hatte mir natürlich überlegen müssen, wann ich zurückfahren würde. Aber was machte sie hier? Nachdem ich einige Minuten den Fahrplan studiert hatte, sah ich sie einfach direkt an, denn sie nahm mich offensichtlich nicht wahr oder kümmerte sich nicht um mich. Ich existierte nicht für sie; sie kümmerte sich um nichts, außer um etwas, was draußen am Horizont zu sehen war.

Weshalb mir das alles überhaupt auffiel, kam daher, weil sie so hübsch war. Schön, glaube ich, mit herrlich hellblondem Haar, das in der Sonne wie Seidengespinst wirkte, und Augen von der

Farbe des Spirit Lake, ein dunkles Grau, das sich je nach Lichteinfall von Zinngrau in dunkles Grün und vielleicht Blau veränderte.

Ich fragte mich, was solch ein Mädchen in Cold Flat Junction machte. Dem Typ nach glich sie keinem der Leute, die ich aus dem Bus der Tabernakelgesellschaft hatte aussteigen sehen, denn die hatten alle derbe Gesichter – »grob« würde meine Mutter sagen –, als hätte ein Töpfer die Scheibe zu früh angehalten und die Züge ein wenig roh und klobig, unfertig und unverfeinert belassen. Sie alle, gleichgültig welchen Alters und Geschlechts, sahen aus, als hätten sie einen Töpfer nötig, der die Arbeit zu Ende führte, sogar die Kinder. Aber vielleicht waren sie für Cold Flat nicht repräsentativ; vielleicht war das einfach die Wirkung, die die Sekte nach einer Weile auf sie ausübte. Wie auch immer, dieses Mädchen mit dem mondfarbenen Haar saß ganz still da, die Füße flach auf den Bahnsteig gestellt, den Kopf abgewandt, und sah die Gleise hinunter in die Richtung, aus der ich gerade gekommen war.

Ich erinnere mich an den Himmel. Er war auf eine besondere Weise *weiß*, ein dickes, milchiges Weiß, in dem sich sonst rein gar nichts zeigte. Er glich einer riesigen Buchseite, auf der die Buchstaben verblichen waren, unlesbar und undurchsichtig. Ich bin keine sehr genaue Beobachterin; ich registriere keine Baumrinden, keine Blatt- oder Flügelformen – nichts dergleichen. Meine Mutter kennt jede Blume, und Marge kennt jeden Vogel. Ich selbst bin blumenblind und vogeltaub, und man kann von Glück reden, daß die Natur nicht von meinen Beschreibungskünsten abhängt. Dennoch werde ich diesen Himmel nie vergessen. Nichts bewegte sich dort oben in der endlosen Weiße, kein Wolkenfetzchen, kein Schwalbenflügel, kein kränklich-schwacher, von der vergangenen Nacht übriggebliebener Mond. Der Horizont war eine verschwommene graue Linie, und dahin schaute sie. Der Himmel war wie ein Strafgericht, aber ich konnte mir nicht vorstellen, für wen.

In der anderen Richtung, nach rechts, schienen ein paar Geschäfte zu sein. Ich erkannte ein großes, rotweißes Esso-Schild und ein anderes, auf dem, glaube ich, *Diner* stand. In diese Richtung ging ich. Der Weg dorthin war nicht so kurz, wie es den Anschein hatte, weil die Leere der Landschaft das Auge täuschte. Nach zehn Minuten stand ich im Innern des Windy-Run-Diners, und die Mechanik der automatischen Glastür schloß sich mit einem saugenden Geräusch hinter mir.

Hier drinnen rief ich tatsächlich ein bißchen Interesse hervor, denn die Köpfe am Tresen wandten sich um, einige nickten und ein paar andere schenkten mir ein flüchtiges Lächeln. Vermutlich nahmen sie an, meine Eltern tankten drüben an der Esso-Tankstelle den Wagen auf.

Als die Kellnerin ihren Rechnungsblock auf den Tresen knallte (ein Signal, um meine Bestellung aufzugeben, nahm ich an), bestellte ich eine Cola und hätte viel dafür gegeben, wenn ich mit der gleichen Autorität Kaffee hätte bestellen können, obwohl ich Kaffee gar nicht besonders mag.

Wenn ich überhaupt einen Plan im Kopf hatte, dann war er unbestimmt. Wahrscheinlich hatte ich gedacht, wenn ich unter den Einheimischen saß, würden sie über die hiesigen Einwohner losschwatzen, und ich würde sicher etwas über die Tidewaters aufschnappen. Aber das taten sie einfach nicht. Rechts von mir saßen zwei alte Männer, schweigsam wie ein Grab, und das einzige Geräusch, das aus ihrer Richtung kam, war das Klacken von Glas auf Porzellan, wenn sie Unmengen von Zucker in ihre Tassen schütteten. Die Frau links von mir kaute Kaugummi, mit kurzen Pausen dazwischen, um an ihrer Zigarette zu ziehen und dicke Brillengläser auf ihrer kurzen Nase hochzuschieben.

Die Kellnerin (die wie Maud ein kleines Namensschild trug, nur daß auf ihrem »Louise Snell« und »Inh.« stand) war freundlich und fragte mich: »Woher bist'n du, Schätzchen?« Und ich log und sagte, ich käme aus Camus, noch dreißig oder vierzig Meilen weiter weg. Ich rechnete mir aus, daß Camus weit genug entfernt war, daß sie sich nicht darüber wundern würde, mich noch nie gesehen zu haben. Abgesehen von den Tidewaters wollte ich unbedingt herausfinden, wer das Mädchen am Bahnhof war, aber ich hatte keine Ahnung, wie ich das anstellen sollte. Es war jedoch ziemlich einfach, die Rede auf die Tidewaters zu bringen, da ich ihren Namen kannte. Also sagte ich, ich hätte eine Freundin, die in Cold Flat lebe, und ihr Name sei Toya Tidewater.

Nun, eingedenk des ängstlichen Blicks und der zusammengepreßten Lippen meiner Mutter, wann immer sie die Tidewaters erwähnte, war ich darauf gefaßt, der ganze Tresen würde entsetzt die Augen rollen und nach Luft schnappen. Nichts dergleichen geschah. Der alte Mann zu meiner Rechten zog auf widerliche Weise Schleim hoch, starrte aber weiterhin auf sein Spiegelbild, als fände er sich unwiderstehlich.

Louise Snell rief den Tresen hinunter und fragte einen Fernfahrertyp namens Billy, wo Toya wohne, und ob es dieses kleine, verfallene Haus an der Swansdown Road sei, und Billy antwortete, nö, das sei das Haus der Simpsons, die Tidewaters würden in Richtung Lonemeadow wohnen. Nun, dem wurde augenblicklich von der Frau widersprochen, die links neben mir saß; sie sagte, dort wohne kein Tidewater, zumindest jetzt nicht mehr, und Billy hätte wohl an den alten Joe gedacht, aber der sei tot. Billy reagierte leicht mürrisch, wahrscheinlich weil diese Frau behauptete, er würde sich täuschen, und er schrie den Tresen hinauf, daß der alte Joe vielleicht tot sein möge, aber das hieße nicht, daß dessen *Angehörige* nicht am Ende der Lonemeadow wohnen würden. An einem der mit Chrom verzierten Plastiktische, die an der Längsseite des Lokals aufgereiht waren, saßen ein Mann und eine Frau. Sie mischten sich in den Streit ein, indem sie behaupteten, sowohl Billy wie die Frau hätten unrecht, da die Tidewaters letztes Jahr nach Dubois rübergezogen seien, zumindest *einige* von ihnen (sagte der Mann ziemlich schüchtern zu der Frau). Die Frage, wo die Tidewaters wohnten, dehnte sich sehr bald in Vermutungen über die Tidewaters im allgemeinen aus, wer wessen Kind sei, wer nach Camus arbeiten gegangen sei, und welches Mädchen einen gewissen Mervin geheiratet habe. Namen wurden genannt, die ab und an immer wieder auftauchten (»Mattie Mae«... »Abraham«... »Joleen«...) und so weiter und so fort, so daß die ursprüngliche Frage nach Toya vollkommen vergessen wurde, genauso wie ich. Ich nahm einfach meine Rechnung und ging zum Kassierer hinüber, einem mageren Jungen, der ein Comic-Heft las, und aufgrund einer schweren Erkältung ständig die Nase hochzog; offensichtlich war er kein Fan der Tidewaters, denn er warf kaum einen Blick auf das Geld, geschweige denn auf mich.

Draußen auf dem engen Gehsteig entlang des Highways fragte ich mich, was ich tun sollte. Eigentlich konnte ich mir diese Longmeadow Road einmal ansehen, fand ich, aber ich würde dann immer noch nicht wissen, ob die Leute, die im letzten Haus wohnten, auch wirklich die Tidewaters waren, da sich niemand im Windy-Lane-Diner diesbezüglich ganz sicher war.

Wie gesagt, der Diner war eines von drei Geschäften an dem Knotenpunkt; die Eisenbahnschienen verliefen ein bißchen weiter unten und kreuzten einen der beiden »Highways« (die nicht viel breiter als eine breite Straße waren). Und während ich dort stand und in die entgegengesetzte Richtung des Bahnhofs blickte, sah und hörte ich, wie sich der nächste Zug (vermutlich ein Güterzug) näherte. Ich ging ein Stückchen die Straße hinunter, ein wenig näher an die Gleise, weil ich das klagende Geratter von Zügen immer schon mochte, und ich denke, das geht jedem so. Als er vorbeifuhr, sah der Zugführer heraus, entdeckte mich und winkte. Ich winkte zurück. Mir war irgendwie komisch dabei, denn ich stellte mir vor, er hielt mich für eine Einwohnerin von Cold Flat Junction und gab mir mit seiner Geste einen neuen Wohnort, eine neue Identität.

Ziellos wanderte ich auf der Straße weiter. Ich sah niemanden, außer einer Frau, die aus einem Haus kam, das ziemlich weit von der Straße zurückversetzt stand. Sie kam heraus, schüttete einen Kübel schmutziges Wasser aus und ging wieder hinein.

Ein wenig später kam ich zu einem kleinen, weißen Schulhaus aus Holz. Es sah genauso aus wie die Dorfkirchen, die man von Gemälden her kennt, und hatte einen Glockenturm. Die Schule schien geschlossen zu sein, was seltsam war, denn es war erst April. Ich schenkte den Schulferien im allgemeinen keine allzu große Beachtung, weil ich, gleichgültig, wo wir die Wintermonate auch verbrachten, die Schule im Frühjahr immer wieder verlassen mußte, um nach Spirit Lake zurückzukehren und das Hotel wieder zu eröffnen. Dennoch sah ich am anderen Ende des Schulhofs ein paar Kinder, die Basketball spielten. Und hinter einem Drahtzaun stand ein Mädchen, das nichts tat, als in die Ferne zu starren; eine Hand hatte sie auf den Zaun gelegt, und mit der anderen hielt sie eine Art Tube ans Gesicht, die sich beim Näherkommen als ein Mikadospiel entpuppte. Sie starrte einfach vor sich hin. Ich mißdeutete ihre Haltung als Interesse an mir, aber ich täuschte mich, denn sie schaute direkt an mir vorbei. Alles an ihr sah ausgewaschen aus; ihre Jeans waren verblichen, ihre Augen von einem seltsamen, klaren Grau, ohne Tiefe; ihre Haut war blaß, ihr Haar wie in Chlorwasser gebleicht. Sie hatte eine beunruhigende Bleichheit an sich, als wäre auch sie ein Teil dieses strafgerichtlichen Himmels.

Obwohl ich ziemlich genau wußte, daß ich keine Antwort bekäme, ging ich näher an den Zaun heran und fragte sie, ob sie wüßte, wo die Tidewaters wohnten. Ihre Finger bewegten sich, schlossen und öffneten sich in dem Gittergewebe des Zauns, aber sie antwortete nicht. Ich lehnte mich gegen den Zaun, drückte ebenfalls meine Hand dagegen und umschloß den Draht genau wie sie. Ich weiß nicht, warum ich das tat. Aber es wirkte fast wie ein geheimes Zeichen, und sie fragte mich mit einer unglaublich piepsigen Stimme, ob ich Mikado mit ihr spielen wollte. Ich sagte, sicher, auch wenn ich fand, daß ich etwas zu alt dafür war, aber ich mochte das Spiel insgeheim immer noch sehr gern.

Also ging ich am Ende des Zauns durch ein Tor, und wir setzten uns auf eine Grasnarbe und ließen die bunten Stäbchen auf den Beton fallen. Zuerst hielt sie sie in einem Bündel zusammen, dann ließ sie die Stäbchen los und so liegen, wie sie gefallen waren. Sie war sehr gut im Mikadospielen, besser als ich. Es ist kein schwieriges Spiel, aber es erfordert Konzentration und eine ruhige Hand, und wenn man mit einem Stäbchen ein anderes abhebt, muß man aufpassen, daß man kein anderes berührt. In einem Durchgang konnte sie die Hälfte der Stäbchen abheben. Ich schaffte ein halbes Dutzend, und dann hob sie den Rest ab. Nach einem Spiel steckte sie die Stäbchen wieder in den Kasten. Sie sagte mir ihren Namen nicht; sie hätte also genausogut auch eine Tidewater sein können.

Hinter der Schule war die Post. Sie war aus grauem Schlackenstein, hoch droben an der Fahnenstange wehte die amerikanische Flagge. Ich dachte, wie dumm von mir, daß ich nicht gleich hierher gekommen war: Auf dem Postamt würde man den Wohnort der Familie Tidewater bestimmt kennen. Oder auch der Familien Tidewater, da es mehr als eine zu geben schien.

Das Licht im Innern war grell, blendend und irgendwie unwirklich. Ich blickte auf eine Wand mit Metallkästchen, die man mieten kann, so daß jede Sendung, die man erhält, vollkommen geheim und persönlich bleibt. In unserem Postamt in Spirit Lake (das viel heimeliger als das in Cold Flat ist) gibt es diese Kästchen auch, nur daß bei uns die Türchen nicht ganz aus Metall, sondern zur Hälfte aus Glas sind; sie sind sehr alt, antik vermutlich.

Mein Bruder Will und ich hatten immer einen Mordsspaß, wenn wir die Post abholten. Wir gingen die lange Uferpromenade entlang, die beim Tennisclub begann, und dann parallel zum Highway durch Bäume und Büsche verlief, bis hinunter zum Bahnhof und dem Postamt. Wir ließen uns Zeit für unseren Postgang. Vorher oder nachher schauten wir manchmal bei Mrs. Iklebergers Imbißbude vorbei (wo wir an Schultagen auch manchmal unseren Lunch einnahmen) und bestellten Orange Crush und Moon Pie (die Zusammenstellung, die Wills Freund Brownmiller am liebsten mochte; ich glaube, wir verspeisten dies zum Gedenken an ihn, als wäre er ein Kriegsheld oder dergleichen, obwohl er nur hundert Meilen weiter weg in Morgan's Landing wohnte und jeden Sommer ins Hotel kam.) Dann stellten wir unsere Getränke auf den Flipper-Automaten, und Will kippte so wild damit herum, daß das Ding fast kaputt ging, und er gewann jedesmal eine Menge Freispiele (obwohl er nicht so gut war wie Brownmiller).

Aber das war Jahre her und längst Vergangenheit, denn Lola Davidow hatte inzwischen begonnen, selbst zur Post hinunterzufahren; manchmal holt Ree-Jane die Post ab, vor allem seit sie dieses neue Cabrio hat. Der Himmel weiß, daß Ree-Jane nie *zu Fuß* gehen würde. Auf diese Weise haben die Davidows auch das Abholen der Post an sich gerissen. Das heißt, wenn mir jemand schreibt, was selten genug vorkommt, bekommen Mrs. Davidow oder Ree-Jane den Brief als erste zu Gesicht; schlimmer noch, sie sagen mir, wer geschrieben hat. Es ist niederschmetternd, denn wenn ich meinen Brief schließlich in der Hand halte, scheint er irgendwie schon benutzt zu sein; er hat diesen Zauber verloren, den ungeöffnete Post an sich hat. Und wenn Ree-Jane meine Post abholt, ist sie natürlich völlig gnadenlos. Sie würde sie nie einfach auf den Schreibtisch legen oder mir stillschweigend übergeben. Nein, es muß ein riesiges Theater um den Absender und meine Beziehung zu ihr oder ihm abgezogen werden (wenn es ein »er«

ist, ist es noch schlimmer); entweder das, oder sie öffnet ihn »aus Versehen«, in der Annahme, er stamme von einem Gast, der eine Reservierung machen will; oder manchmal »vergißt« sie sogar, mir meinen Brief zu geben, und er taucht tagelang, sogar eine Woche lang nicht auf. Wenn Ree-Jane dann von meinem armen Brief genug hat, ist es fast so, als wäre die Tinte verblichen. Das aufregende Gefühl jedenfalls, Post zu bekommen, ist verflogen.

Deshalb wollte ich immer einen dieser kleinen Metallkästen mieten; auf diese Weise könnte mir meine Post ganz persönlich zugestellt werden, nur meine Augen würden sie sehen. Es war immer ein Höhepunkt des Tages, wenn Will und ich durch das Glas spähten, und die weißen Umschläge drinnen sahen, gelegentlich gab es auch blaue oder welche, deren Farbe offiziell wirkte. Mein Bruder und ich drehten abwechselnd an der Windung des Kombinationsschlosses.

Manchmal bekamen wir Geld, um Briefmarken zu kaufen, was mir außerordentlich gefiel, denn das gab mir Gelegenheit, mit der Postbeamtin (Miss Crosby) durch das bogenförmige Fenster zu sprechen, und nur aus dieser Position konnte man in den hinteren Raum und auf den großen Berg von Briefen und Paketen auf dem Tisch sehen. Durch dieses Fenster, das einen flachen Holzschieber hat, den sie herunterlassen kann, gibt Miss Crosby Briefmarken und Wechselgeld heraus und bis zu einem bestimmten Grad auch Informationen. Wenn sie zum Essen geht (Tee und ein Thunfischsandwich und den ein oder anderen »Hostess«-Kuchen), oder wenn sie etwas erledigen muß, kann sie das Fenster schließen. Auch wenn ich manchmal zu viele Fragen stellte, ging es plötzlich mit einem Knall zu. Tatsächlich läßt Miss Crosby das Fenster auch manchmal geschlossen, wenn sie mit der Außenwelt nichts zu tun haben will; niemand weiß dann, ob sie dahinter mit einer Tasse Tee und einem Hostess-Kuchen sitzt und sich versteckt hält. Ich finde, sie hat den beneidenswertesten

Job auf der ganzen Welt, dort hinten mit ihrem Tee, den Süßigkeiten und all der Post.

Hier in Cold Flat Junction dagegen war das Postamt eine effizientere und geschäftsmäßiger wirkende Angelegenheit. Der Schalter, der die halbe Länge des kleinen Raums einnahm, setzte jeden, der sich dahinter befand, vollkommen den Blicken aus. Außer daß an diesem Tag niemand dahinter war. Kein Geräusch drang durch die Abtrennung, und nichts bewegte sich, außer dem Deckenventilator, der sich langsam, leicht pfeifend, drehte.

Ich nahm an, der Beamte war auf der Toilette, also wartete ich. Ich las die Plakate mit den Steckbriefen und sann über das Leben der beiden Männer nach, die darauf abgebildet waren. Einer von ihnen hieß »Drinkwater«, was mir sofort ins Auge stach. Der andere hieß »Waters«. Aber sie mußten miteinander verwandt sein, denn sie sahen sich sehr ähnlich, und in dem kindlichen Versuch, den Namen zu ändern, mußte einer von beiden einfach eine Silbe weggelassen oder hinzugefügt haben. Sie sahen wirklich ganz ähnlich aus. Dann erinnerte ich mich dunkel, andere Steckbriefe gesehen zu haben, und sie hatten *alle* ziemlich ähnlich ausgesehen, genauso wie diejenigen, die ich jetzt betrachtete. Ich nahm mir vor, den Sheriff zu fragen, wie das möglich war. Warum schienen alle Gesuchten dunkles Haar und struppige kleine Bärte zu haben, die sich zu den Mundwinkeln hinunterbogen? Und kleine Knopfaugen. Die Hände auf dem Rücken verschränkt und auf den Fußsohlen wippend, stand ich da und las. Bewaffneter Raub, beide. Raub war ziemlich langweilig, außer man führte ihn bewaffnet durch, was ihn wahrscheinlich interessanter machte. Ich erschoß beide mit Daumen und Zeigefinger.

Noch immer tauchte niemand auf, um mich zu bedienen. Es gab einen Ständer mit Postkarten von Orten wie La Porte, Camus, dem Bahnhof von Cold Flat und der Kirche. Ich wählte den Bahnhof und die Karte der Tabernakelgesellschaft. Mein Plan war, zwei

Briefmarken zu kaufen, um irgendeinen Grund für meine Anwesenheit hier zu haben, und dann beiläufig nach den Tidewaters zu fragen. Die Drinkwaters (ich war sicher, daß sie Brüder waren) machten das Ganze sogar noch einfacher, denn ich konnte der Beamtin (oder dem Beamten) lachend erklären, es hätte mich beim Ansehen des Steckbriefs fast umgehauen, weil ich geglaubt hätte, der Name sei *Tide*water. Das stimmte zwar nicht, hätte aber leicht zutreffen können. Aber so schlau meine Geschichte auch war (schlauer als die Drinkwaters sein würden, wenn man sie erwischte), hatte ich keine Gelegenheit, sie anzubringen, denn niemand erschien, obwohl ich noch weitere zehn Minuten wartete. Das waren Zustände! Ich legte zwei Zehncentstücke auf den Schalter, steckte meine Postkarten ein und ging.

Auf dem Gehsteig draußen blieb ich plötzlich stehen, zog die Postkarte heraus und fragte mich erneut, wie ich so vernagelt sein konnte. Die Erste Vereinigte Tabernakelgesellschaft natürlich! Der Pfarrer oder Priester oder was er auch immer war, würde mir sicherlich nicht nur sagen können, wo die Tidewaters wohnten, sondern auch, was für eine Art Leute sie waren. Allein durch die Deutung seines Gesichtsausdrucks würde ich vermutlich erfahren, ob sie Anwärter auf die Hölle, regelmäßige Kirchgänger oder sonstwas waren.

In der Ferne erhob sich ein Kirchturm, und da ich kein anderes kirchenähnliches Gebäude sah, eilte ich darauf zu. Gerade in diesem Moment läutete eine Glocke. Ich nahm dies als ein Zeichen, auf der richtigen Spur zu sein. Ich ging weiter, und dann erkannte ich, was es geschlagen hatte: vier Uhr. Jetzt hatte ich nur noch zwanzig Minuten, um den einzigen Zug zu erreichen, den ich nehmen konnte. Es wäre unmöglich, bis zur Kirche und dann wieder den ganzen Weg zum Bahnhof zurückzugehen.

Niedergeschlagen kehrte ich um und trottete zurück.

Und ich hatte keinen einzigen Tidewater zu Gesicht bekommen.

8.

Als an diesem Tag die Fahrgäste aus dem Bus der Ersten Vereinigten Tabernakelgesellschaft ausstiegen, hielt ich nach dem Mädchen Ausschau, das ich auf dem Bahnsteig gesehen hatte. Seitdem hatte mich das Gefühl nicht mehr losgelassen, daß sie nicht nach Cold Flat Junction paßte. Es war, als würde man im Kino plötzlich aus seiner Phantasiewelt gerissen, weil jemand vor der Leinwand entlanggeht und seinen Schatten auf die Schauspieler wirft. Aber ich entdeckte sie nicht, also nahm ich an, sie gehörte nicht zu dieser Glaubensgemeinschaft.

Die Bank vor Martins Laden war an diesem Tag von dem alten Mann besetzt, der immer eine Stange Kautabak dabeihatte, an dem er zupfte wie ich an einem Toffeebonbon, und der immer eine verblichene blaue Eisenbahnermütze trug. Nachdem ich Martins Laden mit meiner Schachtel Jujubee-Gummibonbons verlassen hatte, setzte ich mich ans andere Ende und wartete auf Ubub und Ulub.

Der alte Mann sah zu mir herüber und dachte vermutlich, heute könnte etwas wirklich Interessantes passieren, weil ein neuer Gast auf der Bank Platz genommen hatte. Natürlich hatte er mich hundertmal zuvor in den Laden rein- und rausgehen sehen, genauso wie ich ihn, aber daß ich mich hinsetzte, war offensichtlich etwas Neues für ihn. Er sagte »'n Abend«, obwohl immer noch Nachmittag war. Ich nahm an, er hatte wahrscheinlich um vier zu Abend gegessen wie so viele alte Leute, die dazu neigen, sehr früh aufzustehen – im Morgengrauen – und ähnlich früh ins Bett zu gehen. Ich lächelte ihn an und sagte »hallo«, und damit hatte sich unsere Unterhaltung.

Wir saßen da, zählten die Autos, ich aß meine Jujubee-Gummis, und er kaute seinen Tabak, bis schließlich die Brüder Woods den schmalen Kiesweg neben dem Laden herunterkamen. Sie gingen hinein, kamen aber bald wieder mit zwei Flaschen Traubensaft heraus. Beide nickten und lächelten, ich tat dasselbe und stand auf, um ihnen ihre angestammten Plätze frei zu machen, aber Ulub sagte: »Netz dich, netz dich«, was wahrscheinlich »setz dich« heißen sollte, denn er machte ein Zeichen, wobei er mit der flachen Hand die Luft nach unten drückte. Ich saß jetzt zwischen dem Mann mit der Eisenbahnermütze und Ubub, und Ulub saß am Ende.

Jetzt waren wir vier. Ich reichte meine Jujubees herum, und jeder nahm nur eines – nicht viel, wenn man Jujubees kennt. Ulub wartete ab, was Ubub mit seinem Jujubee machte, und nachdem Ubub seines in die Hemdtasche steckte, tat Ulub es ihm gleich. Der Mann mit der Eisenbahnermütze hatte an diesem Tag sein Gebiß nicht drin, aber er lutschte auf dem Jujubee herum und vermischte dessen Fruchtgeschmack mit seinem Kautabak. Wenn man Zähne hat, muß man mit den Jujubees sehr vorsichtig sein, denn wenn eines in einer Lücke steckenbleibt, ist es wie Zement. Marge gegenüber habe ich einmal bemerkt, der hiesige Zahnarzt sollte Jujubees doch als Füllungen benutzen.

Die drei schienen sich zu freuen, daß ich da war und daß wir hier mit unseren Süßigkeiten, den Getränken und dem Kautabak zusammensaßen, und ich fügte mich sehr gut ein, fand ich. Denn in dieser Hinsicht war ich schon immer ziemlich einzigartig gewesen – ich passe mich sofort allen neuen Situationen an und gehe darin auf. Manchmal denke ich, diese Eigenschaft könnte man benutzen, um irgendwelche Löcher auszustopfen. Ich versuchte, daraus ein Kompliment für mich zu machen, aber ich wußte nicht, wie ich das anstellen sollte.

Wie auch immer, es war angenehm zu wissen, daß allein meine Anwesenheit eine erfreuliche Veränderung für sie war. Die Brüder Woods wußten, wer ich war, denn sie lebten in einem Fachwerkhaus auf einem schlammigen Grundstück an der Straße, die zur rückwärtigen Einfahrt des Hotels führte. Gelegentlich hatten sie auch Aushilfsarbeiten auf unserem Anwesen erledigt. Unser eigentliches »Mädchen für alles«, Wilton Macreedy, kann sie nicht leiden und bezeichnet die beiden als »Doofies« und »Idioten«. Meiner Meinung nach gibt es keinen größeren Idioten als Wilton Macreedy, der ein Trinker ist und viel Zeit drüben in El Lobos Bar & Grillroom zubringt, aus der der Sheriff Ree-Jane fernzuhalten sucht. Sie liegt auf der Strecke zwischen Hebrides und La Porte, und Wilton Macreedy fährt in seinem uralten Ford-Lieferwagen dorthin und fängt Prügeleien an. Er ist bösartig und eifersüchtig. Man muß ein ziemlich kleines Licht sein, um auf die Brüder Woods eifersüchtig zu sein, aber genauso war Wilton.

Ich wollte die beiden nicht »Ulub« und »Ubub« nennen, weil ich nicht sicher war, ob es sie vielleicht beleidigte. Ich nahm nicht an, daß sie beide »Bob« hießen, also saß ich da und versuchte herauszufinden, wie ich sie ansprechen könnte. Aber natürlich: »Mr. Woods« wäre angemessen.

Also fragte ich »Mr. Woods« (Ulub), ob er sich etwa vierzig Jahre zurückerinnern könne, und ob es stimme, daß er und (ich nickte in die Richtung von Ubub) der andere »Mr. Woods« damals für eine Familie namens Devereau gearbeitet hätten, die in dem Haus draußen am See wohnte. Dem Haus, in dem jetzt niemand mehr wohnte.

»Mol siehn«, sagte Ulub. »Devroh.« Er runzelte angestrengt die Stirn.

Ich hätte ihm gern gesagt, daß die Art, wie er das »reau« in »Devereau« aussprach, in mir den Wunsch weckte, ihn sofort ins Hotel zu bringen, um ihn Ree-Jane vorzustellen. Er war wie geschaffen dafür, ihren verrückten französischen Namen so auszusprechen, wie sie es wollte. Man stelle sich vor, Ulub Woods war der einzige Mensch, der ihren Namen richtig aussprechen konnte! Das mußte ich ihr unbedingt sagen.

Als Ulub das sagte, beobachtete Ubub ihn äußerst angestrengt und ahmte dabei die Lippenbewegungen von Ulub nach. Dann nickte Ulub mehrmals, und Ubub ebenfalls. Ulub fuhr mit seinen Ausführungen fort: »Am arbut do a Summhur.«

Ich ließ mir diese Laute eine Weile durch den Kopf gehen und entschied, daß er etwas über »einen Sommer« gesagt hatte, und kam schließlich darauf, daß es »einen Sommer gearbeitet« heißen mußte. Ich fragte ihn, ob das zutraf, und er nickte eifrig. Ubub lächelte über den Erfolg seines Bruders.

Es wäre vielleicht besser gewesen, Fragen zu stellen, die mit ja oder nein beantwortet werden konnten, aber ich war nicht ganz sicher, was ich wissen wollte (außer der Sache mit der Katze), aber das erschien mir ein bißchen unverschämt. Ubub hatte eindeutig nichts gegen meinen Vorstoß einzuwenden, also brauchte auch ich keine Bedenken zu haben. Dann fiel mir eine Frage ein, durch die ich wirklich etwas herausfinden konnte.

»Haben Sie sie gemocht? Die Devereaus?«

Beide schüttelten sofort und heftig die Köpfe. »Nah!« explodierte es aus Ulubs Mund.

»Wie das?« fragte ich und bemerkte, daß sich der Tabakkauer, die Ellbogen auf die Knie gestützt und die Hände vor sich gefaltet, vorbeugte und gespannt auf die Antwort wartete, wie es schien.

Ulub sah zum Himmel hinauf, reckte seinen langen Hals, kratzte sich, als würde er sich den Kopf zerbrechen, wie er das, was er sagen wollte, am besten ausdrücken konnte. Schließlich sagte er: »Da am ne ritt.« Ulub nickte mit dem Kopf, und sein Bruder stimmte ihm heftig zu.

Da am ne ritt, wiederholte ich im Geist immer und immer wieder und versuchte, dies zu entschlüsseln. *Da am ne ritt.* Ich war ziemlich sicher »da« bedeutete »die«. »Die am ne« mußte heißen »sie haben nicht«. Aber »ritt«? Was bedeutete »ritt«? Ich wollte auf keinen Fall, daß Ulub dachte, ich hätte ihn nicht verstanden, deshalb gab ich einen Laut von mir, als würde ich über die Folgerungen nachdenken, die sich aus seinen Worten ergaben, nicht über die Worte selbst.

»Hm«, sagte ich, selbst in den Himmel hinaufstarrend, »also haben sie nicht . . .«

»Ritt. Riitt – äh . . .« Er bemühte sich, aber er bekam nicht heraus, was meiner Meinung nach ganz sicher ein Konsonant sein mußte.

»Geredet!« sagte ich. »Geredet?«

Wiederum ein glückliches Nicken von beiden.

»Mr. Woods, Sie sagen, die Schwestern Devereau haben nicht geredet?«

Nicken.

»Mit Ihnen, meinen Sie?«

Kopfschütteln. Von beiden. Nein, das meinten sie nicht.

»Nöh . . . N-aah. Minuhn.« Armer Ulub. Er strengte sich so sehr an, verstanden zu werden.

Der alte Mann runzelte über die Unterhaltung genauso angestrengt die Stirn wie ich. Er kratzte das graue Stoppelhaar unter seiner Mütze, setzte sie wieder gerade und sagte: »Miteinander. Ham Sie das gemeint? Sie haben nicht miteinander geredet?«

Ulub und Ubub schienen ihm unglaublich dankbar zu sein und nickten eifrig.

»Sie haben nicht *miteinander* geredet?«

Begeistertes Nicken. Der alte Mann sah hocherfreut aus und spuckte einen großen Batzen Tabak aus, als hätte er sich das Recht dazu verdient.

Es war ein bißchen so wie Scharade spielen. Ich wollte fragen, warum sie nicht miteinander geredet haben. Warum nicht? Aber ich bezweifelte, daß die beiden das wußten, selbst wenn sie es hätten sagen können.

»Sie meinen, Sie haben nie gehört, wie sie miteinander geredet haben?«

»Da ne war . . .« Ulubs Gesicht begann zu arbeiten, seine Zunge versuchte Laute zu bilden, die nicht aus seinem Mund kommen wollten, ständig entglitten sie ihm, fanden keinen Halt wie ein Bergsteiger, der versucht, auf einen Berg aus Glas zu klettern.

Alle sahen angespannt zu; wir konnten nicht anders.

Schließlich stieß er hervor: »Mur-rah.«

Und Ubub nickte.

Ulub fügte hinzu: »Hu-uhv-win.«

Mary-Evelyn, dachte ich, im selben Moment klatschte sich der alte Mann auf die Knie und rief: »Mary Eva.«

»Mary-Evelyn«, sagte ich. »Sie sagen, daß die Schwestern *nie mit Mary-Evelyn geredet haben*?«

Beständig nickend sahen die beiden mich, den alten Mann und dann einander an.

»Aber . . .« Diese Neuigkeit verblüffte mich. Absolut. Bei allem, was mir meine Mutter (oder jemand anderer) über die Schwestern Devereau erzählt hatte, gab es niemals eine Andeutung, daß sie auf irgendeine Weise »abnormal« gewesen wären. Meine Mutter hatte nie erwähnt, daß die Schwestern nicht in der Lage gewesen wären zu sprechen oder irgend etwas dergleichen. Sie kamen ins Hotel, alle zusammen oder zu zweit (offensichtlich nie allein) und in Begleitung von Mary-Evelyn. Sie mußten ihr Essen bestellt haben oder mit den anderen Gästen gesprochen haben, genau wie alle anderen auch. Also ging es nicht darum, daß sie nicht sprechen *konnten*, sondern vielmehr nicht sprechen *wollten*.

Inzwischen war ich aufgestanden und stand vor den Brüdern Woods. Vielleicht konnte ich Ulub besser verstehen, wenn ich sein

Gesicht beobachtete. »Sie haben sie nie *ein Wort* zu Mary-Evelyn sagen hören?«

Ulub schüttelte nachdenklich den Kopf. Desgleichen Ubub, wobei er seinen Bruder nicht einfach nur nachahmte, fand ich. Nein, sie hatten nie gehört, wie sie etwas zu ihr sagten. Dann fügte Ulub hinzu: »Da vor kimich.« Ulub wandte sich Ubub zu und beide nickten, um die Aussage zu bestätigen.

Der alte Mann, der näher an die beiden herangerückt und inzwischen zum offiziellen Dolmetscher aufgestiegen war, formte Ulubs Worte nach und rief aus: »Komisch! Sie fanden das komisch.« Er meinte damit die Brüder Woods.

Beide nickten und grinsten ihn an.

Ich wußte, die Brüder verstanden unter komisch nichts Lustiges, sondern eher etwas Seltsames. Für mich war es mehr als seltsam; es war unheimlich.

»Aber Sie waren nur kurze Zeit dort«, sagte ich. »Vielleicht wollten sie bloß vor Fremden nicht reden. Oder so was Ähnliches.«

Ulub erwog einen Einwand und hielt seine ölbeschmierten Finger an die Stirn. Aber sein Gesichtsausdruck zeigte, daß er sich ganz sicher war, und er schüttelte den Kopf. Er gab kleine grunzende Laute von sich, sah dann nach oben und öffnete und schloß seine kleinen Hände. Er hatte den Ausdruck eines Menschen, der einen zornigen Fluch gegen Gott schleudern will, und ich konnte es ihm nicht verdenken. (Ich wußte alles über Zornesausbrüche.) Dann senkte er den Kopf, als wäre er in schändliche Ungnade gefallen. (Auch darüber wußte ich bestens Bescheid.) Ubub legte einfach die Hand auf den Arm seines Bruders und tätschelte ihn, bis er sich auf eine düstere, frustrierte Art beruhigte.

Ich dachte, wie schrecklich es wäre, nicht sprechen zu können (obwohl ich mir vorstellte, daß es einigen Leuten – allen voran Lola Davidow – nichts ausmachen würde, wenn mich ein solches

Schicksal träfe). Und da ich ziemlich sicher war, daß die Brüder Woods weder lesen noch schreiben konnten, stellte ich mir vor, wie es wohl wäre, keine Kommunikationsmöglichkeiten zu haben, außer wenn man auf jemanden traf, der einen wirklich verstehen wollte, wie eben jetzt.

Doch die beiden (sie traten nie getrennt auf) schienen über ihre Lage fast erfreut zu sein. Ich habe es immer als ausgesprochen dämlich empfunden, sich über das Glück anderer Leute auszulassen; das heißt, sich zu fragen, ob sie glücklich waren oder nicht, aber die beiden Brüder vermittelten den Eindruck, mehr oder weniger glücklich zu sein. Wenn sie beispielsweise ihr Mittagessen im Rainbow einnahmen und am Tresen den Späßen der Stammkunden zuhörten, dann lächelten sie jedesmal, als würden sie all die Späße auch wirklich mitbekommen. Und natürlich mochten sie das Rainbow auch, weil Maud dort war, die immer darauf bestand, sie zu bedienen; sie überließ es nie Shirl, weil Shirl die beiden immer neckte; Shirl konnte hinter ihrem eigenartigen Lächeln eine Menge Boshaftigkeit verbergen (ihr Lächeln sah böse aus, fand ich) und so tun, als verstünde sie nicht, worauf Ulub oder Ubub auf der Karte zeigten. Maud hingegen zählte ihnen die Spezialgerichte auf und sagte ihnen, wenn es ein besonders gutes Tagesgericht gab. Es gefiel den beiden, wenn man sie wie alle anderen behandelte, und manchmal grübelten sie über ihrer Bestellung, kamen aber immer wieder ziemlich schnell auf das gleiche: Roastbeef-Sandwich und Kartoffelbrei mit Soße.

Doch daß sie nicht richtig sprechen konnten, hieß nicht, daß mit ihrem Gedächtnis etwas nicht in Ordnung gewesen wäre. Ich fragte mich, ob ihr Gedächtnis vielleicht nicht besser war als unseres, weil es sozusagen noch ursprünglicher war, weil sie mehr davon abhingen und tiefer in ihre Gedanken versunken waren als andere Leute. Sie überfrachteten ihr Gedächtnis nicht mit einer Menge Blabla.

In der Hoffnung, er würde begreifen, daß ich ihn verstanden hatte, sagte ich zu Ubub: »Sie glauben nicht . . . Sie glauben, sie haben nie mit ihr geredet. Mit Mary-Evelyn.«

Ulub hob den Kopf, nickte und sah froher aus. Dann fügte er hinzu: »Wnn Mur-ur-ah grit, at nimnd aturt.«

Das war wirklich völlig unverständlich. Ich zerbrach mir den Kopf, runzelte heftig die Stirn. Ich glaubte, »wnn« mußte »wenn« heißen. Also sagte ich: »Wenn Mary . . .« Sie nickten ermunternd. Aber was war »grit«? »Geredet«, vielleicht. »Wenn Mary geredet hat . . .«

Heftiges Nicken.

Aber ich bekam den Rest nicht heraus. Der alte Mann dachte angestrengt nach und sagte schließlich – er war wirklich unglaublich –, »hat niemand geantwortet. Niemand hat ihr geantwortet, richtig?«

Die beiden Brüder gerieten in fast ausgelassene Stimmung. »Joh, joh«, sagte Ubub.

»Also, wenn diese Mary-Eve gesprochen hat«, fuhr der alte Mann mit Bestimmtheit fort, »hat ihr niemand eine Antwort gegeben, niemand hat ihr geantwortet.« Wieder spuckte er einen Schwall Tabak aus, wischte mit dem Handrücken über den Mund und sah uns an, erstaunt, daß es so etwas gegeben haben konnte.

Wir alle waren einem gewaltigen Geheimnis auf der Spur.

9.

Ich hätte wissen müssen, daß ich von meinem Gespräch mit den Brüdern Woods niemandem hätte erzählen dürfen, aber ich war so aufgewühlt von meiner Entdeckung, daß ich es bei meiner Rückkehr ins Hotel trotzdem tat. Es war während des Abendessens.

Wir saßen am Familientisch im hinteren Teil des Speisesaals. Mrs. Davidow, Ree-Jane, Will und ich und zuweilen auch meine Mutter, wenn sie nicht durch die Schwingtür in die Küche rasen mußte und in der Zwischenzeit ihr Essen kalt wurde. Sie hatte während der Essenszeiten so viel zu tun, daß sie ihr Abendessen oft stehend in der Küche einnahm.

Lola Davidow jedoch mußte keineswegs im Stehen essen; wenn es Zeit fürs Abendessen war, hatte sie gewöhnlich so viel »getankt« (wie Will es ausdrückte), daß sie ohnehin nicht mehr gerade stehen konnte. An diesem Abend verspeiste sie gerade ihr Steak. Ein Filet Mignon, ihr Diätgericht. Sie war ständig auf Grapefruit- und Steakdiäten, was sich ganz vernünftig anhört, bis man die Martinis ins Spiel bringt. Alle anderen aßen gebratenes Huhn, einschließlich Ree-Jane, wobei sie immer das Brustfleisch bekommt. Das versteht sich von selbst, und eine der Bedienungen wurde von Mrs. Davidow einmal regelrecht ausgeschimpft, weil sie den unverzeihlichen Fehler begangen hatte, das Brustfleisch *mir* zu servieren und Ree-Jane den Schlegel. Die Teller wurden ausgetauscht, aber nicht bevor ich die Zinken meiner Gabel in die Hähnchenbrust geschlagen und ein großes Stück herausgerissen hatte.

Das ist ein beständiger Verdruß für mich. Es bringt mich zur Raserei. Es würde mir überhaupt nichts ausmachen, wenn ich nur hin und wieder das Brustfleisch bekäme, aber daß Ree-Jane immer den besten Teil vom Huhn bekam, war unerträglich. Es wäre auch weniger schlimm gewesen, wenn meiner Mutter dieses Huhn sozusagen nicht auch noch *gehört* hätte, denn sie vertritt die Paradises an diesem »Familientisch« (Sie können drauf wetten, daß Aurora immer Brustfleisch kriegt) und nicht die Davidows. Natürlich freut sich Ree-Jane jedesmal diebisch, wenn gebratenes Hähnchen auf dem Speiseplan erscheint.

Gleichgültig, wie oft ich meiner Mutter gegenüber diese Bevorzugung anspreche, sie unternimmt nichts dagegen. Sie sagt immer, die Gäste würden Brustfleisch bevorzugen, und sie müsse darauf achten, etwas zurückzubehalten, falls jemand welches bestellen würde. Nun, sagte ich, wenn das der Punkt ist, dann sollte es auch Ree-Jane vorenthalten werden. Wozu eigentlich wegen einer solchen Nichtigkeit ein solches Theater veranstaltet werde, ist regelmäßig die wütende Antwort meiner Mutter, während sie heftig mit Töpfen und Pfannen klappert, die über Nacht weggeräumt werden. Sie könne diesen »Unfrieden« nicht ertragen, kriege ich beständig zur Antwort. Sie wolle nur ein bißchen Ruhe und Frieden haben. Na gut, sage ich, ich will ja nichts weiter als ein bißchen Brustfleisch.

Bei diesem speziellen Abendessen jedoch scherte ich mich wenig um den zähen Schlegel, den ich verspeiste (sicher sehr zu Ree-Janes Mißvergnügen, denn ihre diebische Freude wurde nicht beachtet), weil ich zu aufgeregt war über das, was ich herausgefunden hatte.

». . . und sie haben gesagt, ihre Tanten hätten nicht mit ihr geredet. Ist das nicht furchtbar?«

Am anderen Ende des Tisches lachte Ree-Jane, würgte vor unterdrücktem Lachen, wahrscheinlich hatte sie das während meiner ganzen Erzählung schon getan. Ich spürte, wie sich mir die Kehle zuschnürte. »Was ist denn so komisch?«

Jetzt platzte sie mit ihrem Gelächter heraus. Die Worte kamen nur stockend heraus: ». . . kann es jetzt (ha ha) geradezu *hören*. Ich kann (ha ha) es *hören*. Du (ha ha) und die Woodses (ha ha), nuschelnd und grunzend . . .« Und an dieser Stelle gab sie ein paar abscheuliche Laute von sich, mit denen sie Ulub und Ubub nachmachen wollte.

Auch ihre Mutter zitterte fast vor Lachen. Ich muß sagen, daß Lola Davidow nicht immer die boshaften Anwandlungen ihrer Tochter unterstützte. Tatsächlich glaube ich nicht, daß Mrs. Davidow eine böswillige Person ist. Aber an diesem Abend hatte Mrs. Davidow ziemlich »geladen« und war vermutlich leicht zum Lachen zu bringen.

Sogar Will fiel ein und kroch ihnen in den Arsch. Das machte mich wirklich wütend. Ich warf ihm einen messerscharfen Blick zu. Wohl wissend, daß er gemein gewesen war, hielt er inne und sagte: »Also, manchmal kann ich sie verstehen. Little Bob verstehe ich manchmal.«

Inzwischen war der berühmte Schokoladenkuchen meiner Mutter serviert worden, und Lola Davidow (ihre Diät war offiziell ausgesetzt worden) führte ein riesiges Stück zum Mund. Sie behauptete, die Brüder Woods würden sich das wahrscheinlich alles einbilden. »Es ist über vierzig Jahre her, wie können sie sich daran erinnern? Ich glaube, sie können sich nicht einmal merken, was an der Ecke war, um die sie gerade gebogen sind.« Sie zerdrückte mit der Kuchengabel die Schokoladenkrümel auf ihrem Teller.

Meine Mutter nahm meine Geschichte wenigstens ernst, obwohl sie die Schlüsse, die ich daraus zog, bezweifelte. Sie sagte: »Ich weiß nicht, wie die beiden Woods so was behaupten können.« Mit einer Kaffeetasse in der Hand, war sie kurz am Tisch erschienen. »In Gesellschaft waren die Schwestern Devereau sehr gesellig, wenn sie einmal in Fahrt kamen.«

»Aber was war, wenn sie nicht in Gesellschaft waren?« beharrte ich.

Ree-Jane, die den Schokoladenguß aß, aber nicht den Kuchen, warf ihre unmaßgebliche Meinung in die Runde. »Warum interessiert *dich* das eigentlich? Wenn alles vor vierzig Jahren passiert ist?«

Ich ignorierte sie und fragte meine Mutter: »Wenn sie Mary-Evelyn mitbrachten, hast du gehört, daß sie mit ihr sprachen?«

»Ich kann mich nicht daran erinnern. Aber ich bin sicher, daß sie es getan haben, sonst wäre es mir aufgefallen.«

»Warum? Erwachsene beachten Kinder nicht besonders. Und du

hast immer gesagt, Mary-Evelyn sei sehr still gewesen. Vielleicht hat sie selbst nichts gesagt, und somit hatten die Tanten keinen Grund, ihr zu antworten. Vielleicht war es so, und es ist deswegen nicht aufgefallen.«

»Es wäre viel besser für dich«, sagte Ree-Jane, die Rückseite ihrer Gabel ableckend, »wenn du versuchen würdest, ein paar *lebendige* Mädchen deines Alters kennenzulernen als *tote.*« Man merkte gleich, wie schlau sie war.

Sie wollte sagen, daß ich keine Freundinnen hatte. Dieses verdammte Thema kam immer wieder aufs Tapet. Eigentlich stimmt es gar nicht, denn während der Schulzeit habe ich sehr wohl Freundinnen, aber ich gehe eben nicht hier, sondern meist anderswo zur Schule, weil wir während der Wintermonate das Hotel schließen, bis auf Auroras Räume im Obergeschoß, wo sie es sich mit ihren Ginreserven und einem tragbaren Heizgerät gemütlich macht. (Warum das Hotel noch steht, wenn wir zurückkommen, weiß ich nicht.) Aber wenn sie auf das Thema meiner Freundinnen zu sprechen kommen, hacken alle auf mir herum, manchmal sogar Will, und das ist furchtbar.

Daher war ich entschlossen, beim Thema der Brüder Woods zu bleiben und sagte: »Was ist mit ihrer Katze? Sie hatte eine Katze, die . . . unter merkwürdigen Umständen gestorben ist.« Ich wußte das nicht genau, aber behauptete es einfach. »Miss Flyte hat das auch gesagt.«

»Also wirklich, ich wünschte, du würdest dich nicht mit den Brüdern Woods einlassen«, sagte meine Mutter, die immer noch mit ihrer Kaffeetasse bei uns stand.

»Und Gretchen Flyte ist ein altes verrücktes Huhn; hast du denn keine Freunde, mit denen du dich abgeben kannst, statt in diesem Laden rumzusitzen und mit alten Weibern zu schwatzen?« sagte Mrs. Davidow, wieder auf das Thema zurückkommend.

Niemand fragte mich, um welch merkwürdige Umstände es sich

drehte; niemand interessierte sich dafür; niemand fand meine Entdeckung spannend. So ist es immer, finde ich: Wenn ich mich für etwas begeistere oder mich freue, werden alle Dinge und alle Menschen, die dafür verantwortlich sind, heruntergemacht – und kritisiert, oder schlimmer noch: Man macht sich so lange lustig über mich, bis ich mich für meine Begeisterung schäme.

So etwa im Falle des Hochzeitsempfangs, den Miss Flyte für eine der Töchter der McIntyres ausrichten sollte. Die bloße Erwähnung von Miss Flyte war sowohl für meine Mutter wie für Mrs. Davidow ein rotes Tuch, weil sie sich beide über den Empfang der McIntyres furchtbar geärgert hatten. Meine Mutter hatte sich in der Küche bei den Sandwiches, die mit Bändchen umwickelt werden und so hübsch und beliebt sind, furchtbar verkünstelt; sie schnitt hauchdünne Gurkenscheibchen für die Gurkenbrötchen, und malte mit einer Tülle eine zarte weiße Rose auf die vierstökkige Torte. Es sei ja wohl keine Kunst, ein paar verdammte Kerzen drum herum zu stellen, hatte sie gesagt. Sie war erbost, daß eine *andere* Person die Oberhand in einer Sache hatte, die sie sehr gut selbst bewältigt hätte, noch dazu in einer Domäne, die ausschließlich die ihre war. Fast ausschließlich, denn natürlich mußte Lola Davidow ihren Senf dazugeben, und obwohl sie gewöhnlich aus Prinzip meiner Mutter widerspricht, ist sie dennoch ganz auf ihrer Seite, wenn dem Hotel Paradise eine echte oder vermeintliche Herabwürdigung droht; und bei einer Party im Hotel Paradise jemanden vor die Nase gesetzt zu bekommen, der das Kommando führte, war eindeutig herabwürdigend! Mehr noch als meine Mutter betrachtete Lola Davidow das Hotel Paradise als ihre Domäne, obwohl sie nie bändchenumwickelte Sandwiches machte oder Kuchen backte. Aber sie machte einen umwerfenden Champagnerpunch. Jedenfalls behauptete Mrs. Davidow, Gertrude Flyte sei eine größere Diebin als William Archibald (der Vizepräsident der First National Bank und deren bester Kunde, da er eine

Menge der angelegten Gelder gestohlen hatte), was ihre überhöhten Rechnungen angehe – aber wußten wir denn, was die McIntyres für die »Beleuchtung« des Empfangs bezahlt hatten? Eintausend Dollar, habe sie gehört. Nachdem das fast soviel war wie für Essen, Service und die Benutzung des großen Hotelspeisesaals zusammen (einhundertfünfundzwanzig Leute zu fünfzehn Dollar pro Kopf), waren beide zutiefst beleidigt. Genausowenig mochten sie es, wenn ich darauf hinwies, daß sie sich eine Menge Arbeit und Scherereien ersparten, nachdem Miss Flyte die ganze »Dekoration« übernahm – alles, was Tische und Blumen und natürlich Kerzen anbelangte. Es war einfach so, daß die McIntyres die Küche meiner Mutter und Miss Flytes Dekoration haben wollten. Mrs. Davidow rächte sich, indem sie die Kosten pro Kopf auf siebzehnfünfzig erhöhte.

Außerdem rächte sie sich, indem sie sich gnadenlos über Miss Flyte und ihre Kerzen lustig machte. Während der Cocktailstunde im Hinterzimmer, setzte sie sich einen Kerzenstummel auf den Kopf und saß kichernd da, bis er herunterfiel. Nach vier oder fünf Martinis war sie gewöhnlich in bester Stimmung, und die Kerze war der Gipfel der Heiterkeit. Es macht mich nicht stolz, zugeben zu müssen, daß ich mit ihr gelacht habe, weil es eine solche Erleichterung war, daß sie nicht zornig auf mich war. Aber ich fühlte mich wie eine Verräterin an Miss Flyte.

Jedenfalls war es ihnen bis zu dem Zeitpunkt, an dem der Hochzeitsempfang stattfinden sollte, gelungen, meinen Enthusiasmus ziemlich zu dämpfen. Der Speisesaal sah wunderbar aus, nachdem Miss Flyte fertig war. Licht verströmte, blitzte und ergoß sich auf alle möglichen erlesenen Arten, wurde von den kleinen, goldenen Glasverzierungen reflektiert, die sie auf den Kerzenspitzen angebracht hatte, was den Effekt noch verdoppelte. Doch als ich einen Blick darauf warf, schien das Licht zu versikkern; das ganze kunstvolle Arrangement erschien albern; die

Kerzen waren nicht mehr als flackerndes Wachs. Denn ich sah Lola Davidow mit der Kerze auf dem Kopf und hörte mein eigenes Lachen.

Daher habe ich immer versucht, meine Begeisterung zu zügeln, denn ich weiß, wenn ich es nicht tue, tut es jemand anderer. Und wenn man das tut, gibt es schließlich immer weniger, das einen in Begeisterung versetzt. Aber was die Sache mit Mary-Evelyn anbelangte und die Dinge, die ich von den Brüdern Woods erfahren hatte, *mußte* ich einfach darüber reden, allerdings mit dem gleichen Resultat, nur daß es diesmal noch schlimmer war. Denn wieder einmal »ging« Mrs. Davidow.

Ich hatte ihr widersprochen. Ihr gesagt, daß sie keine Ahnung von den Brüdern Woods habe, daß sie erst vor fünf Jahren nach Spirit Lake gekommen sei, woher wolle sie dann wissen, daß die beiden sich an nichts erinnern könnten. Und all das brachte ich sehr entschieden vor. Das Ergebnis war (wie immer, wenn ich widersprach), daß sie sich anschickte, das Haus zu verlassen, und zwar auf der Stelle; sie warf ihre Serviette auf den Tisch und stand so geräuschvoll auf, daß die Teller hüpften und die Wassergläser überschwappten, und meine Mutter eilte ihr hinterher und redete ihr auf dem ganzen Weg durch den Speisesaal begütigend zu.

Ich war in Ungnade gefallen. Ungnade ist vielleicht das traurigste aller »Un«wörter. Aus der Gnade gefallen sein, die Gnade verloren haben.

10.

Ich saß im Rosa Elefanten, den Kopf auf meinen ausgestreckten Arm gelegt, kritzelte gedankenlos träge in ein Notizheft und ließ den Aufruhr ohne mich weiterbrodeln. Mrs. Davidow war entweder schon beim Packen oder drohte wahrscheinlich immer noch damit. Ree-Jane saß vermutlich in der Klemme und konnte sich nicht entscheiden (obwohl die Entscheidung ohnehin nicht in ihren Händen lag), würde aber wohl auf keinen Fall mit ihrer Mutter fortgehen wollen. Warum auch? Wenn sie im Hotel auch nicht gerade in Saus und Braus lebte, so hatte sie zumindest ihr mit Brustfleisch versüßtes Auskommen. Auch wenn die Abwesenheit der Davidows nur ein oder zwei, höchstens drei Tage dauern würde, wirkte die Abreise dennoch wie ein Abschied für immer, eine Katastrophe für meine Mutter.

Eine Zeitlang saß ich so da, den Kopf auf den Arm gelegt, und sah seitwärts auf mein Notizheft, als hoffte ich, das Heft gäbe mir genügend Kraft, die Ereignisse dieses Nachmittags aufzuschreiben. Den Kopf zu heben, schien zu große Mühe zu machen, und so ließ ich einfach den Blick langsam durchs Zimmer wandern. Das Zimmer hatte rosa verputzte Wände und eine niedrige Decke, und aus meiner schrägen Position sah ich hauptsächlich die Decke. Ich entdeckte ein Spinnennetz, von dem ich nicht gewußt hatte, daß es sich dort befand. Bei dem kalten, rosafarbenen Putz war es nicht verwunderlich, daß sich Spinnen dort einnisteten, denn der Rosa Elefant glich irgendwie einer Höhle. Von dem Netz baumelte reglos eine mittelgroße Spinne herab. Ich fragte mich, ob Spinnen erschöpft sein konnten. Und das brachte mich auf die Frage, ob die ganze Insektenwelt, die ganze Tierwelt »Erschöpfung« empfinden konnte. Müde ja, aber erschöpft? Erschöpfung bedeutete eher, daß einem die *Gefühle* ausgingen. Ich suchte bei der Spinne, die dort oben im schattigen Dunkel hing, nach Anzeichen von Emsigkeit und entdeckte keine. Natürlich, Insekten und Vögel (beispielsweise) konnten es sich nicht leisten, erschöpft zu sein, denn sie mußten immer wachsam bleiben und sich schnell bewegen, einfach um zu überleben. Ich erinnerte mich an jenen Nachmittag, als ich auf der Veranda saß und die Hotelkatze beobachtete, die sich versteckt hatte, um sich in dem Blumenbeet in der Nähe des Beerenbusches, den die Vögel liebten, auf die Lauer zu legen. Unglaublich lange lag die Katze gespannt, geduldig und wie erstarrt in den Ringelblumen, bevor sie schließlich lossprang und ein Schwarm Zaunkönige aufflog. Hoch in die Luft über den Beerenbusch springend, vollführte sie eine Pirouette, fast einen vollen Kreis, und schlug elegant einen Vogel herunter.

Wow. Ich prüfte das »Wow«, um herauszufinden, wieviel Power darin enthalten war, aber es war keine darin, also war es noch nicht an der Zeit, den Kopf zu heben. Auch die Spinne hatte sich nicht bewegt, und ich fragte mich, ob sie die Fliege ins Visier genommen hatte, die dort oben herumsummte. Die Insektenwelt drehte sich weiter, vermutlich blind gegenüber Erschöpfungszuständen.

Der Rosa Elefant befand sich direkt unter dem Speisesaal und dem Fenster beim Familientisch. Das Fenster war geöffnet, auch die Tür zum Rosa Elefanten stand ein wenig offen, und ich konnte Stimmen hören, die schwächer und wieder kräftiger wurden. Oben wurde viel hin und her gelaufen, laute Stimmen ertönten, vorrangig Lola Davidows Stimme, die offensichtlich zurückgekehrt war – vermutlich mit einem frischen Martini statt eines Koffers –, und ärgerlich und streitsüchtig klang. Ich wußte, ich mußte mich entschuldigen, ich schloß die Augen, und es machte mir nichts aus, daß mein Arm inzwischen eingeschlafen war. Sich zu entschuldigen ist schwer, sogar wenn man im Unrecht ist; aber wenn man findet, daß man gar nichts getan hat, nichts Schwerwiegendes, außer daß man *anderer Meinung* war, nun, dann ist eine Entschuldigung eine schreckliche Demütigung. Aber ich würde es tun müssen, und Niedergeschlagenheit überkam mich.

Überkommt einen diese Niedergeschlagenheit, wenn man zum erstenmal die Hoffnungslosigkeit seiner Lage erkennt, wie etwa jemand, der zum Tode verurteilt worden ist? Man will nicht wahrhaben, daß die Hoffnungslosigkeit von etwas herrührt, das nicht geändert werden kann. Es ist, als würden an einem bestimmten Punkt die Weichen umgestellt, um die Richtung des Zugs zu ändern. Und schließlich kommt man dort an, wo die Schienen einen hinführen und sieht nur, was entlang der Strecke zu sehen ist – und sonst nichts. Man kann auf seinem Sitz schlafen oder lesen – und braucht ohnehin auf nichts achten, wenn die Weichen gestellt sind –, und der Zug fährt in die neue Richtung. Man schläft und ist sich nicht bewußt, daß etwas furchtbar Wichtiges passiert ist, und daß man keine Kontrolle darüber hat. Mit der anderen Hand suchte ich nach meiner Whitman's Bonbonschachtel, zog sie zu mir her und nahm den Deckel ab. Ich zog den Schnappschuß der Devereaus heraus, auf dem sie vor dem Hotel standen, die Eingangstür im Hintergrund. Da standen die drei Devereau-Schwestern und Mary-Evelyn. Ich hielt das Foto dicht an die Augen und studierte es. Mary-Evelyn stand vor ihren Tanten, und sie sah . . . ich weiß nicht . . . irgendwie nicht dazugehörig aus, als hätte sie mit der ganzen Sache nichts zu tun, als wäre sie eigentlich gar nicht da.

Vielleicht bildete ich mir das bloß ein, und ich entschloß mich, den Kopf zu heben, um einen besseren Blickwinkel zu haben. Alle Tanten lächelten steif in die Kamera und hielten die Arme unbeholfen an sich gepreßt. Normalerweise, wenn sich Kinder mit Erwachsenen zu einem Schnappschuß aufstellen, legen die Erwachsenen fast immer die Arme um die Kinder, zupfen an ihnen herum, umarmen sie, drücken sie an sich – gewöhnlich schubsen sie sie herum, weil sie unbedingt diese Bildchen mit ihren Kindern drauf haben wollen, und lassen ihre Kinder Dinge machen, die diese nicht mögen wie aufrecht stehen, den Hund tätscheln und dergleichen. Doch hier legten die Erwachsenen nicht einmal die Hand auf Mary-Evelyns Schultern. Die drei standen da, sinnlos albern lächelnd, und starrten direkt in die Kamera, ohne Mary-Evelyn zu beachten.

Es war, als wäre sie *unsichtbar.*

Warum berührten sie sie nicht, und warum redeten sie nicht mit ihr?

Ich glaubte noch immer, daß das, was Ubub und Ulub mir gesagt hatten, stimmte, ganz gleich wie sehr meine Mutter und Mrs. Davidow den ganzen Vorfall abtaten.

Ich blieb noch eine Weile in der spinnwebhaften Dunkelheit sitzen. Dann beschloß ich, daß ich genausogut hinaufgehen und mich entschuldigen konnte.

11.

Es war uns natürlich nicht erlaubt, Aurora Paradise zu stören. Das wurde mir nie direkt *gesagt,* aber das war auch nicht nötig. Wenn selbst Lola Davidow die Treppe zum dritten Stock nervös machte (abgesehen von den seltenen Fällen, wenn sie eingeladen wurde), dann würden wir Jüngeren es sicherlich kaum wagen, sie zu betreten. Aurora hatte an mir oder Will nicht das geringste Interesse, da wir keine echten Paradises waren. Wenn sie nicht einmal meiner *Mutter* zugestand, irgendeinen Anspruch auf Familienzugehörigkeit zu haben, dann hatten Will und ich allen Grund, uns nicht zu den Paradises zu zählen. Wir waren allenfalls Überbleibsel der Familie.

Der Eindruck, den ich von meiner Großtante Paradise habe, ist der eines knorrigen, gnomartigen Wesens, das vielleicht glücklich unter einer Brücke leben könnte und plötzlich heraussprängе, um Reisende zu mißhandeln. Ihre altmodischen Kleider aus grauer Seide und schwarzem Georgette waren so lang, daß sie fast über den Boden schleiften. Sie trug das Haar nach hinten gekämmt und straff zu einer Schnecke zusammengerollt.

Also. Am nächsten Morgen, nachdem die Gäste mit den glänzenden, jedoch nicht fettigen Spiegeleiern gefüttert worden waren und die Küche leer war, holte ich Flaschen und Mixer heraus und machte mich an die Arbeit. Ich goß und maß, maß und mixte, warf Eiswürfel hinein, ließ alles von den Aluminiumzähnen des Mixers zermahlen, rührte einen Tropfen Speisefarbe hinein, und als es dann in dem zuckerbestäubten hohen Glas war, steckte ich einen Spieß mit verschiedenen Früchten hinein. Das Ergebnis war sehr hübsch, und zufrieden mit mir verließ ich die Küche.

Ich stellte das Glas auf ein schwarzes Emailletablett, das mit einem leuchtendgrünen Drachen verziert war, der Feuer spie. Einer strengen Anweisung meiner Mutter zufolge mußte alles, was in den Speisesaal gelangte, *auf einem Tablett* getragen werden und niemals, NIEMALS in Händen! Es hätte mich nicht gewundert, wenn sie irgendeine alte orientalische Strafe verhängt hätte, wie etwa das Abhacken der beleidigenden Hand, die japanische Prinzen früher bei Dieben und Taschendieben vollstreckt haben, wie ich gehört hatte. Doch die Regel mit dem Tablett war vollkommen einsichtig, eine Regel, die nicht nur für Hotels galt, sondern (meiner Mutter zufolge) einfach ein Zeichen guter Manieren war.

Das gute Benehmen meiner Mutter erschöpfte sich jedoch damit nicht. Was Aurora auch immer über die Überlegenheit der Paradises sagen mochte: Was gutes Benehmen anbelangte, übertraf meine Mutter Aurora oder sonst jemanden bei weitem.

Ich trug mein Tablett mit dem Glas durch die vormittägliche Stille des Hotels, kletterte die Treppe hinauf und blieb auf beiden Absätzen stehen, um all meinen Mut zusammenzunehmen. Mein Instinkt sagte mir, daß es nur eine Möglichkeit gab, bei Aurora anzukommen: kein Zögern, keinen Rückzieher.

Sie saß in einem dunkelgrünen geflochtenen Schaukelstuhl, einem der Verandastühle, über die meine Mutter immer klagte, sie würden gestohlen werden. Es standen noch zwei davon im Zimmer, und ich wußte, draußen auf dem Balkon gab es noch ein paar mehr. An der Wand lehnten mehrere verblichene Ölbilder, und drei hingen schief an den Wänden. Zwei Überseekoffer mit teuer wirkenden Kleidern darin standen geöffnet im Raum. Ich schätzte, sie benutzte die alten Koffer anstelle eines Schranks. Sie selbst trug ein langärmliges, graues Seidenkleid und fingerlose, gehäkelte Handschuhe, ebenfalls grau und mit glänzenden kleinen Pailletten verziert, die im Sonnenlicht blitzten; sehr hübsch für einen Ball vielleicht, aber nichts, was man am Vormittag im dritten Stock erwarten würde. An ihrem spitzenbesetzten Ausschnitt steckte eine Brosche von so tiefem Blau, daß man hätte hineintauchen können, und ich fragte mich, ob es sich dabei um einen berühmten Saphir handelte. Ich hatte keine Ahnung von Juwelen und würde wahrscheinlich nie welche haben, da meine Aussichten, Juwelen zu bekommen, beschränkt waren.

Neben dem Stuhl stand ein Tisch, auf dem die Gegenstände, die ihrer Unterhaltung dienten, ausgebreitet waren. Eine Bibel lag da, die kaum benutzt wirkte, und ein Stoß Karten, der aussah, als wäre er durch eine Obstpresse gezogen worden. Außerdem Walnußschalen, drei davon, und eine getrocknete Erbse.

Sie starrte mich an, als wäre ich von der Decke herabgefallen, und so fühlte ich mich auch. Ich räusperte mich und streckte ihr mein Tablett hin. Das Glas glänzte, die winzigen Tröpfchen darauf blitzten in der Morgensonne, die durch das hohe Fenster hereinströmte. Ich und der rosagefärbte Drink gaben ein hübsches Bild ab, fand ich, denn ich hatte mein Gesicht geschrubbt und mir die Haare gebürstet. »Ich habe dir etwas gebracht.«

Natürlich war sie sprachlos (das hatte ich erwartet), nicht aus Dankbarkeit, sondern aus Verblüffung über den Besuch.

»Tante Aurora . . .«

»Nenn mich nicht ›Tante‹. Ich bin *keine* Verwandte von dir. Oh, *ich* weiß, wer du bist . . .«, sagte sie, als hätte ich versucht, meine Identität verborgen zu halten. ». . . du bist das Graham-Mädchen.«

»Wie soll ich dich dann ansprechen?«

»Überhaupt nicht. Und ich werde dich auch mit keinem bestimmten Namen ansprechen. Wir sind beide namenlos. Mit etwas Glück werden wir beide verschwinden. Wer hat *das* gemacht? Diese Davidow? Dieser Drink . . .« Sie hatte nach dem Glas gegriffen und hielt es ins Licht, das durchs Fenster strömte, und die Sonne überzog ihre Hand und das Glas mit einem reizenden Narzissengelb. ». . . ist vergiftet.« Sie setzte ein unfreundliches Lächeln auf. Ihre Lippen waren dünn, leicht bläulich, und schnitten die Worte ab wie eine Schere.

»Ich habe ihn gemacht. Es ist ein besonderer Drink.«

»Ich liege schon im Sterben, weißt du.« Ihre Lippen schmatzten ein bißchen bei dieser Eröffnung, und ihre Augen verengten sich, um zu sehen, wie ich darauf reagieren würde.

»Das bezweifle ich«, erwiderte ich ruhig. Ich fühlte mich seltsam starr, seitdem ich im selben Raum mit ihr war.

»Hier!« Und mit einer heftigen Bewegung gab sie mir das Glas zurück. »Probier ihn am Hund aus.«

Ich sah mich nach ihm um.

»Nein, nein, *du*, du Idiotin. So haben es die Könige gemacht, wenn sie herausfinden wollten, ob ihr Essen vergiftet war. Sie gaben ihren Hunden etwas davon.«

Sie ließ keinen Einwand gelten; ich nahm das Glas, trank einen kleinen Schluck und unterdrückte ein Husten, obwohl mir Kehle und Schlund wie Feuer brannten. Aber nachdem das Brennen aufgehört hatte, schmeckte er aufgrund all der Früchte darin angenehm süß.

Sie nahm das Glas zurück, hielt es fest und sagte: »Ich warte lieber ab, ob du zusammenbrichst und dich auf dem Boden windest.«

Ich stand da, und sie wartete etwa eine halbe Minute schweigend ab.

Nachdem ich mich nicht am Boden krümmte, sagte sie: »Sehr gut.« Sie nahm einen Schluck, leckte sich ein paarmal die Lippen und überlegte. »Nicht schlecht. *Interessant.* Was ist drin, außer Gin?«

»Also, es ist Jack Daniel's drin und Ananassaft und etwas Apfelbrandy und ...« Ich hielt inne und erinnerte mich an die Anweisung meiner Mutter, nie ein Rezept zu verraten, ohne ein oder zwei Bestandteile hinzuzufügen, die nicht darin enthalten waren, so daß die Mixtur anders schmeckte, wenn eine andere Person sie zubereitete. Das hatte sie sich angewöhnt, nachdem Shirl vom Rainbow ihr Rezept für Angel Pie gestohlen hatte, und dieses Gebäck inzwischen als eigene Kreation verkaufte. Als Shirl dann versucht hatte, ihr das Rezept ihres berühmten Schokoladenkuchens abzuluchsen, hatte meine Mutter Shirl verraten, sie müsse unbedingt eine Handvoll gemahlenen Kaffees hinzufügen.

»... und starker Tee«, ergänzte ich, eingedenk des gemahlenen Kaffees. »Abgestandener Tee. Das ist wichtig.«

Aurora runzelte die Stirn. »Das ist eigenartig.«

»Ich weiß. Aber das gibt den angenehmen, herben Geschmack.« Wenn irgend etwas meinem Drink einen herben Geschmack gab, dann waren es die drei Gläser Gin.

»Wie heißt er?« Sie sog die Flüssigkeit durch den Strohhalm ein.

Namen gingen mir durch den Kopf, angefangen von *Joy of Cooking,* der persönlichen Bibel meiner Mutter bis Gin Sling, Singapore Sling, Gin Fizz und Zombie – der letzte war der beste, wenn auch nicht originell. Dann erinnerte ich mich, daß der

Hauptbestandteil Southern Comfort war. »Cold Comfort«, sagte ich und kam mir ziemlich schlau vor.

Aurora sah vollkommen verblüfft aus, hörte für den Bruchteil einer Sekunde zu trinken auf, um mir tatsächlich zu gratulieren. »Ich hätte nie gedacht, daß eine Graham einen Funken Phantasie hat.«

»Einige von uns schon«, antwortete ich gerissen. Da es nur drei von uns gab, blieb für Will und meine Mutter nicht viel davon übrig. Aber ich hütete mich zu lächeln, geschweige denn irgendwie zu zeigen, daß mir der Besuch Vergnügen bereitete, denn ich wußte, wenn ich das täte, würde sie mich wahrscheinlich zum Teufel jagen. Also wartete ich ab.

Sie musterte mich eine Weile, ihre Blicke wanderten über mein Gesicht und meine Gestalt, als würde sie einen Gegenstand abschätzen, zu dessen Kauf sie sich nicht entschließen konnte. »Spielst du Poker? Rommé?« Sie griff nach dem abgewetzten Kartenspiel, teilte es schnell und schob die beiden Hälften blitzartig ineinander. Aurora machte ganz den Eindruck eines ausgefuchsten Falschspielers.

Aber ich ließ mich nicht aus dem Konzept bringen. »Nein.«

»Warte, bis du alt, allein und vergessen bist«, sagte sie und knallte eine Karte auf den Tisch. »Dann wirst du froh sein um die Karten.«

Diese mitleiderregende Selbsteinschätzung war lachhaft. »Du bist nicht vergessen. Der Speiseaufzug muß ein dutzendmal am Tag rauffahren.« Ich wurde kühn. »Und du wärst nicht allein, wenn du unten bei uns leben würdest.« Ich hoffte, sie würde mich nicht beim Wort nehmen.

Sie schenkte dem gar keine Beachtung; ihre Hand wanderte ziellos über den Tisch zu den verschiedenen Gegenständen, die dort zu ihrer Unterhaltung aufgereiht waren, und landete bei den Walnußhälften, die Karten waren vergessen. »Wir könnten das hier spielen, pro Treffer ein Penny.« Sie schob die getrocknete Erbse unter eine der Schalen und warf mir einen verschlagenen Blick zu. »Du rätst, unter welcher sie ist.« Geschickt wirbelte sie die Schalen herum. »Rate.«

Die Sache war die, daß auf dem Tisch eine große Schüssel Walnüsse stand, deren Schalen geknackt und deren Nüsse gegessen worden waren. »Das kannst du nicht mit echten Schalen spielen«, sagte ich. »Weil alle verschieden sind.« Ich wies auf den abgebrochenen Teil einer Schale hin, auf die schwarzverfärbte Linie, die über eine andere verlief. »Es ist, als würde man Poker spielen und hätte ein Herz-As aus einem Stoß mit einer anders gemusterten Rückseite dabei. Die Spieler würden immer wissen, wer dieses As hat.«

Sie sagte nichts, saß einfach mit zusammengepreßten Lippen da und wartete. »Die Erbse ist hier drunter«, sagte ich mit einem Seufzer, als ich die Schale berührte.

Mit einem grimmigen, kurzen Lächeln schüttelte sie den Kopf und sagte: »Nein, das stimmt nicht.«

Nun, es stimmte doch. Aber sie hob die Schale nicht hoch, um es zu beweisen, und als ich dagegen protestierte, wischte sie die Schalen und die Erbse vom Tisch in die Hand.

Sie sagte: »Für jemanden, der etwas will, scheinst du nicht gerade bereit zu sein, auch etwas dafür zu tun.«

»Wer behauptet, daß ich etwas will?«

»Du würdest nicht hier raufkommen und mich bestechen, wenn es nicht so wäre.« Die Hand in den paillettenbesetzten grauen Handschuhen schloß sich um den Cold Comfort; sie erinnerte mich an eine Schlange, die sich mit blitzenden Schuppen ringelte.

»Ich wollte nur eine Auskunft.«

»HA!« Die Silbe explodierte, schoß nach oben, als wollte sie die Decke durchbohren, als wollte sie den Erzengel herausfordern: *Ich hab's ja gesagt! Hab' ich's nicht gesagt?*

»Es ist bloß etwas, an das sich niemand mehr so recht erinnert. Meine Mutter erinnert sich nur an ein kleines . . .«

Wieder schoß ein HA! an die Decke. »Deine *Mutter*, sie ist keine Paradise! Und diese Lola Davidow, sie glauben beide, sie könnten mir mein Hotel unterm Hintern wegstehlen. Aber *ich* habe meine Pläne, *das* zu verhindern, glaubt nur nicht, daß ich das zulasse!«

»Was für Pläne?«

Ihre Augen glänzten wie die Pailletten auf den Handschuhen, als sie mit dem Strohhalm den Boden des Glases absaugte, genauso wie ich es bei meinem Soda mache. Im selben Augenblick überkam mich ein unwiderstehliches Verlangen nach einem Schokoeiscreme-Soda mit Schlagsahne und einer Maraschinokirsche. Ich sagte mir, wenn diese Prüfung bei Aurora hier vorbei war, würde ich mich gleich nach dem Mittagessen auf den Weg nach La Porte zu Souder's Drugstore machen. Mrs. Souder gab echte Schlagsahne auf ihre Sodas.

Ich umklammerte das schwarze, mit dem Drachen bemalte Tablett, während sich Aurora aus ihrem grünen geflochtenen Stuhl zu mir hinüberbeugte, Staubflocken und Lichtfunken aufwirbelte und Duftwolken aus Rosenwasser und Lavendel verströmte. Je näher sie mir kam, um so süßer wurde der Duft, ein ganzes Potpourri von Gerüchen. Wahrscheinlich hatte ich üblere Ausdünstungen erwartet, irgendwas Ranziges und Scheußliches, das man mit alten Leuten, verfallenen Leibern und einem boshaften Geist in Verbindung brachte, etwas, das mehr nach Feuer und Schwefel roch.

»Mein *Plan* ist, das Hotel niederzubrennen, Miss Schlaumeier, wenn es nicht schon verrottet ist, bis ich dazu komme!«

Unwillkürlich – denn ich hatte mir vorgenommen, nicht zu weichen, gleichgültig, was geschehen sollte – trat ich einen Schritt zurück. »Wann?« Mein erster Gedanke galt nicht dem Wohl der anderen, sondern wie ich meine Sachen aus dem Rosa Elefanten retten könnte.

»Wann es mir beliebt, natürlich. Es wird sein wie bei Manderly! Ich werde mit dem Hotel untergehen! Ich werde dort draußen auf dem Balkon sitzen . . .« und sie deutete mit der Hand aufs Fenster ». . . lachend, bereit zum Töten! Der Balkon wird als letztes verbrennen! Das jedenfalls ist mein Plan«, sagte sie schließlich in völlig normalem Tonfall.

»Als erstes wirst *du* da draußen runterstürzen, er ist vollkommen verrottet.«

»Ach, nimm doch nicht alles so verdammt *wörtlich*! Hier . . .« sie schwang das leere Glas, »organisier mir noch einen Cold Comfort.«

Ich nahm das Glas nicht. Ich stand entschlossen da und sagte: »Wenn du mir von den Devereaus erzählst.«

Ihre Stirn legte sich in tiefe Falten. »Du meinst diejenigen, die am Spirit Lake drüben gewohnt haben?«

»Ja.« Ich entspannte mich ein wenig. Zumindest hatte sie das Glas nicht nach mir geschleudert. Nachdem sie sah, daß ich es nicht nahm, gab sie nach und stellte es auf den Tisch. Aber sie starrte es an, als könnte sie durch bloße Willenskraft aus dem Rest des Bodensatzes wieder ein volles Glas zaubern.

»Was soll ich dir über sie erzählen?«

»Alles, was du weißt.« Ich wollte keine Einschränkungen machen, indem ich Mary-Evelyns Tod erwähnte.

»Sie waren alle nicht ganz bei Trost. Vor allem Isabel Devereau. Obwohl sie deshalb vielleicht weniger kaltherzig war als Louise. Nun, jedenfalls war der Wahnsinn programmiert beim Zusammenleben aller dieser Schwestern. Wenn ich mit *meiner* Schwester zusammengelebt hätte, wäre ich vollkommen irre geworden. Und dann gab es die jüngste, Rose.«

Rose? Meine Mutter hatte keine Rose erwähnt. Das sagte ich.

»Das kommt daher, weil niemand von ihr gesprochen hat. Sie war das schwarze Schaf.«

Diese Worte beendeten meine nervöse Zappelei, während ich mit dem Tablett dastand. *Schwarzes Schaf* war ein Ausdruck, der immer meine Aufmerksamkeit weckte, weil ich dachte, daß ich vermutlich dieser armen Herde angehörte. »Warum? Was hat sie getan?«

»Schwierigkeiten gemacht.« Aurora hatte die Walnußhälften zurückgelegt, die getrocknete Erbse unter eine Schale geschoben und spielte das Spiel mit sich selbst, nachdem ich mich geweigert hatte mitzumachen. Ihre knochigen Hände wirbelten die drei Hälften über die Tischplatte. »Aber sie hat Klavier gespielt. Sie war gut. Sie hat gespielt, und diese verrückte Lillian oder Isabel haben dazu gesungen. Man konnte es bis auf die Straße hören.«

»Was für Schwierigkeiten?«

Sie hatte sich inzwischen zurückgelehnt, starrte mit gerunzelter Stirn angestrengt auf die Schalen, zu einer weiteren Runde bereit. Sie sah mich mit zusammengezogenen Brauen an. »Wo ist die Erbse?«

Wahrscheinlich mußte ich das kindische Spiel mitspielen. »Unter dieser.« Jeder andere wäre schlau genug gewesen, die falsche Walnußschale zu wählen. Aber ich hatte keine Geduld mit solchen Dingen. Wir beide wußten, wo sich die Erbse befand, und ich konnte nicht so tun, als wüßte ich es nicht, auch wenn sie das fertigbrachte. Ich weiß nicht, warum ich mit harmlosen Täuschungen solche Schwierigkeiten hatte, aber vielleicht war das eine Eigenschaft, die mit meiner Schwarzen-Schaf-Natur zu tun hatte.

Ihr Mund verzog sich zu dem für sie typischen Lächeln. »Nein, da ist sie nicht.«

»Doch.« Ich streckte die Hand aus, um es zu beweisen, und sie schlug mich schmerzhaft auf die Knöchel.

Dann holte sie die Erbse hervor, zumindest nahm ich das an, denn sie hielt dabei die Hand davor. Und, während die Schalen immer noch meinen Blicken entzogen waren, versteckte sie die Erbse erneut.

Es war einfach albern. »Warte einen Moment! Der ganze Witz an diesem Trick besteht darin, zu zeigen, daß die Hand schneller ist als das Auge. Das funktioniert nicht, wenn ich *zu Beginn* nicht *sehe*, worunter die Erbse gelegt wird.«

Aber sie beachtete meine Einwände nicht, sondern schob nur schnell die Schalen herum. »Welche?« Ihr Tonfall klang triumphierend, als hätte sie mich diesmal wirklich in Bedrängnis gebracht.

Ich achtete nicht einmal darauf, wohin ich deutete, und sie schlug sich mehrmals auf den Bauch, *klapp-klapp-klapp* und krächzte vor Lachen, als hätte sie gerade den schlauesten Trick der Welt vollführt. »Falsch! Falsch! Es ist *diese!*« Natürlich hob sie diesmal die Schale hoch, unter der die Erbse lag. Zufrieden, daß sie mich schließlich hereingelegt hatte, schob sie sie zur Seite, hob das Glas und saugte gurgelnd an dem Strohhalm.

Aber ich gab nicht klein bei. »Was war mit Rose Devereau?«

»Mit wem?«

Ungeduldig antwortete ich: »Rose *Devereau.* Du hast mir nicht gesagt, warum sie das schwarze Schaf war.«

»Ist mit Ben Queen durchgebrannt.« Inzwischen hatte sie die Karten in die Hand genommen und ließ den Stoß durchschnellen.

Ich blieb wie angewurzelt stehen. Hier war wiederum ein völlig neuer Name für mich. *Ben Queen.* Fast hätte ich mir die Lippen geleckt, um diesen neuen Namen zu schmecken, der so köstlich zu munden schien wie das Soda im Souder's, nach dem ich so sehr gierte. Ein neuer Namen, nach dem ich suchen konnte; denn meine Nachforschungen über den seltsamen Tod von Mary-Evelyn waren ziemlich ins Stocken geraten.

Während sie die Karten zu einer Patience auslegte, sagte Aurora, ohne daß ich sie gefragt hätte (allerdings eindeutig zu sich selbst): »Ben Queen! Na, war das nicht der bestaussehendste Mann, den ich je gesehen habe! Die Frauen wären durch die Hölle gegangen, um bei Ben Queen zu landen. Ich war ein bißchen älter als Ben Queen, sonst wäre ich vielleicht selbst mit ihm durchgebrannt, obwohl diese Queens alle verrückt waren. Ob er wohl noch am Leben ist? Er müßte jetzt so um die Sechzig sein, falls er noch lebt.«

Sie warf mir einen Blick zu, um festzustellen, ob ich auf ihre Altersangaben reingefallen war. Aurora mußte damals über Vierzig gewesen sein, zwanzig Jahre älter als Ben Queen.

»Nun, sie ließen es nicht zu, daß er Rose besuchte, diese verrückten Devereau-Schwestern. Durfte nie einen Fuß ins Haus setzen. Wahrscheinlich dachten sie, die Queens wären nicht gut genug für die Devereaus. Ha! Aber Männer wie Ben Queen verschaffen sich immer einen Zugang. Also ist Rose mit ihm durchgebrannt.« Aurora hielt einen Moment inne, um die Walnußschalen zu betrachten. »Dann kam es zu dem Skandal.«

Die Augen quollen mir hervor. »Dem Skandal?«

Sie warf mir einen verschlagenen Blick zu. »Nichts für dich, Miss.«

Ich seufzte. Vermutlich hatte sie das Ganze erfunden. »Erinnerst du dich an Mary-Evelyn?«

Sie runzelte die Stirn. »Wer ist das?«

Wie konnte das jemand vergessen, der damals hier gelebt hatte! »Sie ist ertrunken. Sie war die Jüngste der Devereaus.«

Sie schloß die Augen und dachte offenbar nach. »Ach *die*. Das Kind, das man aus dem See gezogen hat. Traurige Geschichte.« Sie schwieg einen Moment und kam dann wieder auf Ben Queen zurück. »Wahrscheinlich ist er tot. Leute wie Ben Queen leben nicht lang. Stammten aus Cold Flat Junction, die Queens.«

Cold Flat Junction! Die Kinnlade fiel mir herunter. Und ich war erst vor ein paar Wochen dort gewesen, auf meinem ersten und einzigen Ausflug nach Cold Flat. Jetzt hatte ich also drei neue Dinge erfahren: Rose Devereau, Ben Queen und eine Verbindung zu Cold Flat Junction. Ich beschloß, mein Glück nicht weiter herauszufordern, nahm das Glas und sagte freundlich: »Möchtest du noch einen?«

»Nun, wenn es dir nichts ausmacht, jetzt, wo du es sagst.«

Ich rannte mit Glas und Tablett in der Hand die Treppen hinunter und hoffte inständig, daß meine Mutter und die anderen noch nicht in der Küche waren, um das Mittagessen vorzubereiten.

Mein Glück hielt an; ich konnte es nicht glauben. Die Küche war so leer wie eine Gruft, und ich holte schnell den Rum, den Saft und den Gin heraus, goß alles mit einem Eiswürfel in den Mixer, und während er surrte, dachte ich über die Neuigkeiten nach, die ich erfahren hatte.

Vorsichtig sah ich mich im Speisesaal um, ob jemand in der Nähe war, dann ging ich mit dem Glas auf dem Tablett hindurch; der Drink sah sogar noch hübscher aus als der erste. Auf jeden Fall war er stärker. Er wog schwer auf meiner Hand.

Ich ging durch die Tür des Speisesaals, dann durch das Musikzimmer, wo ich stehenblieb und unser Klavier betrachtete.

Rose Devereau und Ben Queen.

In das bruchstückhafte Puzzlebild jenes unseligen Sommers konnte ich nun zwei weitere Teilstücke einsetzen. Rose plazierte ich ans Klavier im Musikzimmer der Devereaus. Im Geist komponierte ich eine Art Wassermusik, die die Tasten rauf und runter plätscherte.

Ben Queen, der mir in seiner Zügellosigkeit schwer einzuordnen schien, steckte ich in den dunklen, dunstigen Wald, der Spirit Lake umgab.

12.

Spirit Lake und La Porte verbindet eine staubige Landstraße, die inzwischen fast nur noch von Einheimischen benutzt wird, seitdem es einen Highway gibt, der um Spirit Lake herumführt. Das Land zu beiden Seiten ist flach und windig. In der Ferne, wo die Wälder beginnen, sieht man Nadelbäume. Sonnenlicht rieselt über die verbrannt wirkende Landschaft aus verdorrtem Gras und Wiesenschaumkraut, das ich immer als Blume bezeichnet habe, bis Ree-Jane, immer schnell bei der Hand, wenn es galt, etwas herunterzumachen, was ich liebte, mir erklärte, daß es »Unkraut, nichts als Unkraut« sei. Und ich fragte mich: Wie es möglich war, daß etwas Lebendiges, das aus eigenem Antrieb an den erstaunlichsten Orten hervorsproß, *bloßes Unkraut* sein konnte?

Ich gehe an diesem Meer aus Wiesenschaumkraut und dem zarten, an Sterne erinnernden Unkraut vorbei, das Löwenzahn heißt und dessen weiße Samenfäden ich mit einem Atemzug fortblasen kann. Der Löwenzahn läßt mich an Gott denken, an etwas, womit ich mich gewöhnlich nicht oft beschäftige; ich frage mich, ob unsere Seelen den weißen Fäden des Löwenzahns gleichen, und ob Gottes Atem sie herumbläst und verschwinden läßt. Rollen sich diese fast unsichtbaren Fäden schließlich zusammen und sterben wie herausgerissene Blütenblättchen von Gänseblümchen, die von ihrer Lebensquelle abgeschnitten wurden? Der Vergleich ließ mich die Stirn runzeln, und ich dachte, daß er vermutlich nicht stimmte. Schließlich hörte ich auf, Löwenzahn anzublasen, denn ich fand, daß ich den Pflanzen gegenüber unfair im Vorteil war; sie sind zu abhängig von meinem Gutdünken, und es kommt mir kindisch und gemein vor, Wildblumen überhaupt zu pflücken, geschweige denn, sie zu zerrupfen. Also lasse ich den Löwenzahn in Ruhe und bewundere ihn und das Wiesenschaumkraut bloß, vor allem auf meinen Streifzügen um den Spirit Lake, wo es im Überfluß wächst und der Löwenzahn den Rand des furchigen, überwucherten Weges säumt.

Ree-Jane geht manchmal die zwei Meilen mit mir nach La Porte, wenn sie ihrer Mutter das Geld für die Taxifahrt nicht abschwatzen kann. Da es ein ziemlich einsamer Weg ist, bin ich froh um die Begleitung, sogar um ihre, auch wenn sie alles, was ich mag, mit unbarmherzigem Blick betrachtet.

Doch an diesem Tag, nachdem ich Großtante Paradise mit einem zweiten Cold Comfort versorgt hatte und mit dem Bedienen fertig war, hatte ich die Straße ziemlich für mich allein. Während des zwei Meilen langen Wegs zur Stadt fuhren nur ein paar verrostete Lieferwagen, Billy Clutterbacks rüsselnasiger Studebaker und Axels Taxi an mir vorbei, letzteres in die andere Richtung und leer, abgesehen von Axel natürlich. Mein Magen war angenehm gefüllt vom Mittagessen – *herrlich* gefüllt, sollte ich sagen, denn es hatte die in Käsesoße schwimmende Schinkenrolle meiner Mutter gegeben, eines meiner Lieblingsgerichte, von dem meine Mutter allerdings wenig hielt, weil es bloß aus Resten gemacht wurde.

Meine Mutter war eine so großartige Köchin, daß sie es sich leisten konnte, Gerichte abzutun, bei denen schlechtere Köche in Tränen ausgebrochen wären, wenn sie sie hingekriegt hätten. Diese besagte Schinkenrolle besteht aus fein zerkleinertem und gewürztem Schinken, der auf Teig gestrichen, aufgerollt und in große Scheiben geschnitten wird. Darüber gießt sie eine dicke, ringelblumenfarbene Soße aus Cheddarkäse und Senf. Meine Mutter verschwendet keinen Gedanken auf derartige Gerichte, obwohl der Teig auf der Zunge zergeht und die Soße cremigweich ist. Ihrer Meinung nach ist die Schinkenrolle ein Armeleuteessen, und sie hat sich nicht einmal die Mühe gemacht, einen Namen dafür zu finden. Nicht zu vergleichen mit ihrem Angel Pie oder

der Schokoladentorte. Ach, diese Schinkenrolle! Diese Käsesoße! Ich tätschelte meinen Bauch im Gehen, denn er war der Hort dieser wundervollen Mischung verschiedener Konsistenzen und Geschmacksrichtungen.

Trotz meines Mittagsmahls ging ich schnurstracks auf Souder's Drugstore zu, als ich den Stadtrand erreichte, und marschierte die First Street entlang. In meiner unnachgiebigen Gier nach einem Schokoeis-Soda ging ich am Candlewick, am Oak-Tree-Geschenkladen und am Rainbow vorbei, sogar am Gerichtsgebäude.

Es gab drei Drugstores in La Porte; bei Souder's und Frazee's war alles allerdings etwas mehr auf Marmor und Mahagoni getrimmt als bei Spark's Walgreen. In letzterem aß man an einem hufeisenförmigen Tresen aus Plastik; hier gab es eher kleine Mittags- und Frühstücksgerichte als Eisbecher und Softeis. Souder's befand sich zwischen dem Prime Cut (Shirls bevorzugtem Schönheitssalon) und Betty's Modeladen. Der Salon und der Modeladen schienen immer in milchiges Licht getaucht zu sein, während Souder's Drugstore im Innern dunkel und fast kalt wirkte.

Hier gab es ebenfalls eine kleine Glocke über der Tür, die beim Eintreten klingelte, und sobald ich meinen Sitz an der Bar eingenommen hatte, knackte und klapperte hinten im Dunkeln der Vorhang aus Holzperlen, wenn die alte Mrs. Souder, wie immer mit zuckendem Kopf, hindurchtrat. Ich habe nie erfahren, was mit ihr nicht stimmte, was ihr den Kopf zur Seite reißt, so als würde jemand an einer Schnur ziehen, die an ihrem Kinn befestigt ist. Mrs. Souder schien junge Leute (wie mich) nicht zu mögen; vermutlich machen wir sie noch nervöser.

Aber wenn sie irgend etwas nervös machen sollte, dann die Kunden ihres Ehemanns. Er ist Apotheker und hat dieselbe Nervenkrankheit an den Händen wie sie am Hals. Wenn Mr. Souder

Arzneimittel in schlanke Fläschchen abfüllt, klappert der Meßbecher gegen das Glas. Ich finde immer, daß diese Heilmittel erstaunliche Farben haben: Die großbauchigen Flaschen, die vor ihm auf dem Holzregal aufgereiht stehen, reichen von der hellsten Quellwasserfärbung bis hin zu Purpur, Aquamarin und Chartreuse-Grün. Wenn der alte Boston-Ohio-Zug durch die Stadt rattert, läßt er die schimmernden Flüssigkeiten erbeben, ebenso wie die Colagläser und Eiscremebecher auf den übereinander angeordneten Glasregalen.

Ich bestelle immer ein Soda mit Schokoladeneis. Manchmal würde ich ganz gern etwas anderes bestellen, aber das tue ich nie. Der Behälter mit dem Schokoladeneis, das praktisch von allen bevorzugt wird, ist gewöhnlich halb leer, und an den Rändern kleben hart gewordene Sahnekrusten. An jenem Tag inspizierte ich die verschiedenen Behälter, stemmte mich dabei über den Marmortresen und dachte, ich würde etwas anderes bestellen – Ahorneis vielleicht, bei dem die Oberfläche noch ganz unberührt war, so daß meine Portion die ersten Spuren darin hinterlassen würde; aber nein, ich war diesem Schokoladeneis verfallen.

Ich bestellte Schoko-auf-Schoko, während Mrs. Souder bereits mit erhobenem Eislöffel dastand. Sie war erstaunlich großzügig bei den Portionen und schöpfte zwei Kugeln in das geriffelte Glas, nicht nur eine wie üblicherweise bei Frazee's. Ich beobachtete die Zubereitung meines Eisbechers mit der Aufmerksamkeit eines Süchtigen. Mit einer winzigen, langstieligen Kelle wurde ein wenig Schokolade auf den Boden des hohen Bechers geträufelt, und darauf gab Mrs. Souder einen Schuß Milch. Als nächstes folgte eine Kugel Eiscreme, dann ein kurzer Schuß Wasser, weitere Schokoladensoße und noch mehr schäumendes Wasser, und dann die zweite Kugel Eiscreme, gefolgt von einem weiteren kurzen Schuß Wasser, so daß die Oberfläche blubberte. Dann vollführte Mrs. Souder kunstvolle Kreise mit dem Schlagsahnelöffel und formte einen kleinen Eisberg zum Abschluß. Als Krönung ließ Mrs. Souder eine Maraschinokirsche in die Schlagsahne sinken. Blutigrot lief der Kirschsaft in die weiße Wolke, ähnlich wie Mrs. Souders leuchtender Lippenstift an den Rändern ihrer dünnen Lippen verwischte.

Ich fand diesen Lippenstift immer ziemlich kühn an ihr, denn sie war schon recht alt und hatte eine Haut wie ein Papiertaschentuch, zart und sehr weiß, aber das kam wahrscheinlich eher von den dick aufgetragenen Schichten Pond's-Puder, der hier im Laden verkauft wurde.

Mrs. Souder ist eine schweigsame, unfreundliche alte Frau, aber ich glaube, auf ihre Eiscremekreationen ist sie ziemlich stolz. Sie macht den Eindruck, als würde es ihr Spaß machen, die Kelle mit der Schokoladensoße hoch über den Becher zu halten, so daß sie kleine Kringel und Tropfenmuster bildet; es gefällt ihr, die Schlagsahne zu hohen weißen Gipfeln aufzutürmen, und dann eine Kirsche auf die Spitze fallen zu lassen. Am Ende der Verrichtungen weicht ihre verdrießliche Schweigsamkeit dem Anflug eines Lächelns, bei dem sich die Mundwinkel jedoch nur ansatzweise heben. In ihren teebraunen Augen liegt fast ein gewisses Entzücken, das sofort erlischt, wenn sie sich beobachtet fühlt. Und ich frage mich, ob Mrs. Souder, die von Leuten meines Alters Äonen entfernt zu sein scheint und die uns schroff behandelt, wenn sie gerade nicht schweigt, ob sie sich während der Eiscreme-Soda-Kompositionen an ihre eigene Kindheit erinnert, die sie vielleicht direkt hier in der Souder-Apotheke verbracht hatte, vielleicht sogar auf denselben Hockern sitzend, denn ich glaube, sie hat ihr ganzes Leben in La Porte zugebracht.

Auf diese Weise empfinde ich eine Art von Verwandtschaft mit Mrs. Souder, und ich spüre, ich sollte fähig sein, mir vorzustellen, wie ich selbst mal in ihrem Alter sein würde, aber das gelingt mir nicht. Es ist einfach zu schwierig, so weit in die Zukunft zu sehen.

Jenseits der Phantasien über meinen Hochzeitstag (der Bräutigam ändert sich oft, je nach Stimmungslage) verschwimmt meine Zukunft irgendwo in einem Nebel.

Also trank ich langsam mein Soda, drehte mich auf dem Holzhocker herum und betrachtete die vertraute Einrichtung: die grauen Rückseiten der Reklame im Fenster – eine ausgeschnittene Pappfigur von »Vitalis«-Haarcreme, drei dunkelblaue Flaschen von »Abend-in-Paris«-Toilettenwasser, strahlenförmig arrangierte Haarbürsten in verschiedensten Formen. Als handelte es sich um eine Kunstausstellung, die jahrelang in einem Museum hing, veränderten sich die Auslagen nie, und ich konnte den dünnen Staubfilm auf den blauen Flaschen und die Staubflocken sehen, die sich hinter der »Vitalis«-Figur angesammelt hatten. Das einzige Geräusch in dieser Stille war das Ticken der Pendeluhr. Das Innere der Apotheke war auf eine Art dunkel und kühl, wie nur Marmor und Mahagoni dies sein können.

Die Stille wurde durchbrochen vom Eintritt der geschwätzigen Helene Baum, der Frau des Doktors, gefolgt von zwei weiteren Damen, der Frau des Bürgermeisters und Mrs. Dodge Haines. Sie gehörten zu Helene Baums Gefolgschaft, denn sie schien immer Frauen im Schlepptau zu haben, mit denen sie sich nach hinten gewandt unterhielt. Sie hat leuchtendrot gefärbtes Haar und trägt immer Gelb; der gelbe Aufzug des heutigen Tags bestand aus einem Twinset über einem Tweedrock. Dazu trug sie eine buntscheckige, am oberen Rand mit Straßsteinen besetzte Brille, die wirklich furchtbar ist. Die drei Frauen gingen plaudernd zu einem der kleinen Tische, dabei hielt Helene Baum lange genug inne, um von mir begrüßt zu werden. Sie sagte nie als erste »hallo«. Aufgrund ihrer krächzenden, näselnden Stimme, habe ich immer das Gefühl, sie würde mich abfeilen wie einen Fingernagel. Ich halte sie für eine boshafte Person, die durch die Stadt geht und aus den Leuten Kleinholz macht, damit Dr. Baum sie wieder zusammenflicken kann. Außerdem glaubt sie, die Frau des bekanntesten Arztes von La Porte zu sein, verschaffe ihr gesellschaftliches Prestige.

In La Porte gesellschaftliches Prestige zu besitzen, ist nicht leicht, da niemand wirklich reich oder mit den Mitgliedern einer piekfeinen Familie wie etwa den Rockefellers verwandt ist. Wenn es jedoch darum geht, wie lange hier jemand ansässig war, dann sticht die Familie Paradise wahrscheinlich alle anderen aus. Selbst die Grahams (zu denen ich gehöre) wohnen schon viel länger hier als Helene Baum. Ich weiß, es bringt sie fast um, daß sie nie auf den Balkon gebeten wird, wenn Aurora ihren geselligen Tag hat. Und besonders tief muß es sie treffen, daß Mrs. Davidow eingeladen wird, da Lola in Mrs. Baums Augen eine blutige Neubürgerin ist.

Während ich die letzten Schokoladenreste vom Boden meines Glases kratzte (und zu überhören versuchte, wie Mrs. Baum in näselndem Tonfall Mrs. Souder herumschikanierte), fragte ich mich, wie lange Dr. Baum schon in La Porte praktizierte, denn er mußte um die Fünfzig oder sogar schon um die Sechzig sein. Konnte es sein, daß er zum Zeitpunkt von Mary-Evelyns Tod hier Arzt war? Nein. Das war vierzig Jahre her, und er wäre kaum mit der Schule fertiggewesen, selbst wenn er jetzt um die Sechzig war. Dann erinnerte ich mich plötzlich an Dr. McComb, der ziemlich alt und schon seit fünfzig oder sechzig Jahren in La Porte war.

Ich ließ den langstieligen Löffel klappernd ins Glas fallen und fragte mich, warum ich nicht schon früher darauf gekommen war: Irgendein Arzt hatte doch den Totenschein ausstellen müssen. Ich hatte meine Mutter über Dr. McComb sprechen hören; er sammelte irgendwelche Dinge – Blumen, Schmetterlinge oder dergleichen. Ich runzelte die Stirn. *Botaniker*. Das war das Wort. Er hatte für Zeitschriften Artikel über die Blumen und Wildpflanzen der Gegend geschrieben. Vermutlich wußte er auch eine Menge über Unkraut.

Während ich mein Soda austrank, drehte ich mich noch ein paarmal auf dem Holzhocker herum, indem ich mich mit der Schuhspitze anstieß. Und während ich das tat, überlegte ich, was ich über Blumen und Schmetterlinge wußte. Nicht viel. Angestrengt dachte ich darüber nach, wie ich zu einem Schmetterling (oder einer Blume) kommen könnte, die Dr. McComb gerne seiner Sammlung einverleiben würde. Darüber käme ich ins Gespräch mit ihm. Wenn ich mit Dr. McComb ins Gespräch kam, könnte ich ihn vielleicht nach Mary-Evelyn fragen. Warum hatte ich bei meinen Nachforschungen nie daran gedacht? Vermutlich weil man Dr. McComb nicht mehr viel in der Stadt sieht, denn er hat seine Praxis einem jüngeren Arzt übergeben, demjenigen, vor dem Helene Baum die Leute immer warnt.

Es war ihre Stimme, die meine Überlegungen über die Schmetterlingsjagd unterbrach; in näselndem Tonfall befahl sie mir, mit dem Drehen aufzuhören, weil der Stuhl quietschte, was sehr ärgerlich wäre. Die anderen beiden Frauen sahen mich mit zusammengepreßten, mißbilligenden Mündern an, und obwohl ich nicht den Mumm hatte weiterzumachen, schaffte ich es doch, mich noch einmal mit dem Fuß abzustoßen und herumzuwirbeln, und dabei sah ich aus dem Schaufenster. Im Herumdrehen erhaschte ich den Blick auf eine weibliche Person, die draußen die Schaufensterauslagen betrachtete. Ich hatte den Eindruck eines völlig beschatteten Gesichts, doch als ich erneut herumwirbelte, trafen die Sonnenstrahlen ihren Rücken, und ihr Haar und ihre Gestalt schienen mit feinem Flaum überzogen zu sein. Es war, als wäre sie in einen goldenen Kokon gehüllt. Vielleicht rührte dieser Eindruck von all den Überlegungen über Schmetterlinge.

Als ich plötzlich mit einem Knall zum Stehen kam, wandte sie sich ab, aber ich war fast sicher, daß *sie* es war, das Mädchen vom Bahnsteig in Cold Flat Junction. Und dann sah ich ihr Profil.

Es war ganz eindeutig dieses Mädchen.

13.

Sie war vom Schaufenster weggegangen.

Ich wäre zur Tür gerannt, aber man hatte mich beständig gelehrt, mich im Zaum zu halten. Niemals vom Stuhl aufzuspringen, sondern mich zu erheben und langsam hinauszugehen. Ich erinnerte mich daran, wie ich vor Jahren einmal an einem der kleinen, zerkratzten Tische in der Kinderbuchabteilung der Bücherei saß und in einem Gedichtband über ein Mädchen namens Jenny las, das immer vom Stuhl hochsprang, um den Autor der Gedichte zu küssen. Ich erinnerte mich, wie sich meine Augen mit Tränen füllten, mein ganzer *Körper* war gleichsam von Tränen erfüllt, die ich nicht mehr zurückhalten konnte. Mein Kopf war tief über das Buch gebeugt, und Tränen tropften auf die Seiten hinunter. Ich wäre gern Jenny gewesen.

Da ich mein Soda bereits bezahlt hatte, hätte ich wie der Blitz zur Tür schießen können. In meiner Vorstellung sprang ich vom Hocker, eilte hinaus, packte sie und fragte: *Wer sind Sie, wer sind Sie?* Trotz meines gelassenen Äußeren fühlte ich mich innerlich wie ein Feuerwerker am 4. Juli: Gefühle flammten hoch, knallten, kreisten, zischten und zerplatzten einfach; und andererseits fiel, sank und stürzte alles mit fast gleicher Wucht in sich zusammen. Doch nach außen hin war ich überaus bedacht, kühl, ja sogar unbeteiligt zu erscheinen, wie ein Mensch ohne Körpersäfte – ohne Speichel, ohne Schweiß, ohne Tränen. Ich hatte gelernt, daß es darauf ankam, keine allzu große Begeisterung zu zeigen, als könnte ich auf diese Weise Enttäuschungen vermeiden. Es war Aberglaube. Und es funktionierte auch nicht; die Enttäuschung war immer ganz genauso schlimm.

Als ich schließlich hinausschlenderte, war sie verschwunden.

Verzweifelt begann ich nun, tatsächlich zu rennen. Ich rannte in die Richtung, die sie eingeschlagen hatte, hinunter zur Ecke, schaute schnell in die Richtung der Bahngleise, dann rannte ich in die entgegengesetzte Richtung und stieß mit dem Sheriff zusammen.

»Haben Sie sie gesehen?« fragte ich atemlos.

»Wen gesehen?«

Suchend sah ich in die Richtung hinter ihm. Nichts. Zumindest von ihr war nichts zu sehen. »Sie *müssen* an ihr vorbeigegangen sein. Sie kann die Gleise nicht überquert haben, weil die Schranke unten ist. Der Güterzug kommt jetzt. Sie muß hier die Straße raufgegangen sein, genau die Richtung, aus der Sie gerade kommen ...« Der Sheriff stand da wie ein Bremsklotz. »Vielleicht ist sie in das Kaufhaus ...«

»*Wer?*«

»Sie ist blond und richtig hübsch. Ich weiß nicht, wie alt sie ist. Um die Zwanzig vielleicht.«

Ich wippte inzwischen auf den Zehenspitzen und versuchte, rechts und links an ihm vorbeizusehen.

»Bleib endlich stehen, um Gottes willen!« Er legte die Hände auf meine Schultern, um mich zu beruhigen. »So jemanden hätte ich bemerkt. Also, was ist so wichtig an dem Mädchen?«

Ich wußte es nicht, nur *daß* sie wichtig war. Ich tauchte unter seinen Armen hindurch und lief schnurstracks auf das Kaufhaus zu. Sie hätte in jeden Laden entlang der Straße gehen können, in das Billigkaufhaus, ins Kurzwarengeschäft, den Geschirrladen an der Ecke oder in irgendeinen anderen. Ich rechnete mir aus, eine Fremde würde wahrscheinlich einen Billigartikel brauchen, eine Zahnbürste oder vielleicht einen Lippenstift.

Es gab dort vier Gänge, und ich ging alle entlang; sie befand sich nicht unter den zwei Dutzend Leuten im Kaufhaus. Unglücklicherweise bot der Laden auch eine Menge Ablenkungen. Ich blieb stehen, um eines der Comic-Hefte durchzublättern, die an den Metallständern hingen; ich blieb stehen, um die neuesten Lippenstiftfarben zu begutachten, und hätte mich für einen zart pfirsichfarbenen entschieden, wenn ich denn welchen tragen würde, was ich natürlich nicht tue. Niedergeschlagen und enttäuscht marschierte ich wieder ins grelle Sonnenlicht hinaus. Der Sheriff stand immer noch da; er lehnte gegen eine Parkuhr und unterhielt sich mit Bunny Caruso.

Nun, Bunny Caruso gehörte zu jener mysteriösen Gruppe von Einheimischen, von der ich mich strengen Anweisungen zufolge fernzuhalten hatte. Wie auch von Toya Tidewater etwa. Und es gab noch andere: Gummy John beispielsweise oder einen großen alten Mann mit weißem Haar, dessen Namen ich mir nie merken konnte, und eine Reihe anderer mehr. Mit anderen Worten, alle sonderbaren oder faszinierenden Leute. Doch mit Bunny Caruso war *jeglicher* Kontakt zu vermeiden; wohingegen einige andere, wie etwa die Brüder Woods, aus keinem bestimmten Grund dazugezählt wurden (wenn sie im Hotel arbeiteten, durfte man allerdings mit ihnen sprechen). Mir schien, jeder, der anders war, wurde als gefährlich angesehen. Den langweiligen, den boshaften Leuten wie Helene Baum, sollte ich aber schöntun. Natürlich sträubte ich mich dagegen.

Es wurde mir nicht gesagt, *warum* ich mich von Bunny fernhalten sollte, und daher nahm ich natürlich an, daß es etwas mit »Sex« zu tun hatte, ein Thema, über das ich noch weniger wußte als über Gott und Löwenzahn. Meine Vorstellung von »sexy« war ziemlich verschwommen, aber Bunny ist mir nie so vorgekommen, denn sie ist eher schmächtig gebaut, hat allerdings ein außerordentlich hübsches Gesicht. Ich hörte, in ihrem kleinen Haus in Swain's Point würden sich immer Männer aufhalten, und ich durfte unter keinen Umständen in die Nähe ihrer Wohnung kommen. Das war ein Verbot, das ich bei der erstbesten Möglichkeit brach, und zwar an jenem Tag, als ich ihr dabei half, ihre

Einkäufe bei Miller's zu ihrem verbeulten Kombi zu tragen, und sie mich zum Mittagessen bei sich zu Hause einlud. Ich hatte die kleinen Päckchen mit Delikatessen aus den Tüten hervorstehen sehen und nahm nur zu gerne an. Mehrere Meilen rumpelten wir in dem Kombi dahin, während Bunny freundlich drauflos plapperte, und ich mir beim besten Willen nicht vorstellen konnte, was so gefährlich an ihr sein sollte. Sie hatte ein unschuldig wirkendes Gesicht, ohne einen Hauch von Make-up und braungoldenes Haar, das jungenhaft kurz geschnitten war, außer im Nacken, wo es lockig über den Kragen fiel. Wenn überhaupt, dann kam mir Bunny wie ein Bauernmädchen vor, jemand, den ich mir leicht mit einem breitrandigen Hut auf dem Feld bei der Ernte vorstellen konnte. Bei der Maisernte etwa. Aber dann gefiel mir die Vorstellung endloser, wogender Weizenfelder und das Geräusch von Dreschern besser, also war sie beim Dreschen.

Bunny hat einen seltsamen Akzent – seltsam deswegen, weil ich ihn nicht einordnen kann. Er stammt weder aus dem Süden noch aus den Bergen. Die »A«s werden langgezogen und Worthälften verschluckt, so daß aus »ich habe keine Ahnung, was das soll...« so etwas wie »ich haab keine Aahnung, waas'ses soll« wird. Die Härte ihres Akzents wird durch ihre Stimme gemildert. Sie hat die weichste und musikalischste Stimme, die ich je gehört habe. Sie erinnert mich an das leise Rauschen des Windes über Weizenfeldern, ein Geräusch wie Säen, wie Dreschen.

An jenem Tag hatte ich zum erstenmal ihr Haus zu Gesicht bekommen, und es war wirklich interessant. Es war voller Spiegel; ganze Wände bestanden aus Spiegeln. Und es gab eine Menge Kerzen, es mußten mehr als zwei Dutzend dort aufgereiht gewesen sein. Ich fragte sie, ob ihr Haus von Miss Flyte dekoriert worden sei, und sie sagte, sie könne sich Miss Flyte nicht leisten, aber einige Einfälle habe sie aus dem Kerzenladen übernommen. Die Spiegel, behauptete sie, würden den Raum größer wirken lassen. Das Haus war ziemlich winzig. Wir aßen den ganzen Krautsalat und den Thunfisch und gingen dann hinunter, um uns auf einen Felsen zu setzen, der am Rand einer der Buchten des Sees lag, und streckten die Füße ins Wasser. Bunny redete gern, und ich hörte ihr gern zu, hauptsächlich dem Klang ihrer Stimme. Sie hatte auch ein Schmetterlingsnetz, und manchmal jagten wir Schmetterlinge oder besser gesagt, weil wir zu faul waren, uns von dem Felsen zu erheben, schwangen wir das Netz in die Luft, wenn gerade einer vorbeiflog. Danach besuchte ich sie ein paarmal.

Mein Traum war, eines Tages eine Farm zu besitzen, auf der Bunny und ich leben würden. Vielleicht befände sich diese Farm in dem fruchtbaren Landstrich, der Paradise Valley heißt (ein Name, der meiner Ansicht nach mit Gott und dem Himmel zu tun hatte, und nichts mit Aurora Paradise). Ich stellte mir vor, wie Bunny mit großem Strohhut und blaugemustertem Leinenkleid draußen auf unseren Feldern beim Ernten war und natürlich beim Dreschen. (Mein Wissen über Feldfrüchte und Viehbestand war ähnlich entwickelt wie das über Gott, Löwenzahn und Sex.) In meiner Vorstellung verbrachten Bunny und ich viel Zeit damit, die Füße ins Wasser hängen zu lassen, Steine zu werfen, Libellen zu beobachten und Schmetterlinge zu fangen.

Und draußen auf den Feldern würde ich durch die Ähren wandern, gefolgt von Hofhunden. Zuweilen würden Katzen aus dem hohen Gras hochspringen und nach Schmetterlingen schlagen. Bunny würde die weiten Felder bearbeiten, aber ich weiß nicht, woraus mein Beitrag zu der Landarbeit bestehen würde. Offensichtlich wäre er gering. Schließlich kam ich aus dem Hotelgewerbe.

»Du hast den Laden ziemlich sorgfältig unter die Lupe genommen«, sagte der Sheriff und nickte in Richtung Kaufhaus.

Ich gab keine Antwort. Ich begrüßte Bunny und schloß sie in unsere Suche nach dem Mädchen ein. »Sie müssen an ihr vorbeigekommen sein«, sagte ich zum Sheriff und machte damit deutlich, daß er schließlich der Sheriff war, und über das Tun und Lassen von Fremden in der Stadt Bescheid wissen sollte.

»An wem?« fragte Bunny, von mir zum Sheriff blickend. Ich glaube, sie mochte den Sheriff wirklich gern, aber wer tat das schließlich nicht? Ich verspürte einen Anflug von Eifersucht.

Ich erzählte ihr von dem Mädchen, aber nicht alles, nichts von meinem Ausflug nach Cold Flat Junction. Sie runzelte ein bißchen die Stirn und schüttelte langsam den Kopf. »Kann mich nicht erinnern, daß ich so jemand gesehen hätte.«

In dieser Hinsicht ist sie wie der Sheriff und Maud Chadwick. Sie überlegt sich ihre Sache genau und serviert einen nicht einfach ab oder ignoriert einen. Manchmal denke ich darüber nach: Wie sich drei so verschiedene Leute so ähnlich sein können. Und dann denke ich: *Sind* sie wirklich so verschieden? Unterscheiden wir uns tatsächlich so sehr voneinander? Denn natürlich zähle ich mich zu dieser kleinen Gruppe meiner Lieblingsleute.

Als der Sheriff vorschlug, im Rainbow vorbeizuschauen, trat Bunny einen Schritt zurück, als stünde es ihr nicht zu, an solchen Vergnügungen teilzunehmen. Ich sagte zu ihr: »Na, komm doch mit«, aber das machte sie nur noch ängstlicher, und sie drückte ihre winzige Umhängetasche an sich. Nachdem sie zu ihrem Kombi gegangen war, fragte ich den Sheriff, warum die Leute Bunny Caruso ablehnten.

»Ihnen gefällt nicht, wie sie lebt, denke ich.«

Wir marschierten zusammen zum Rainbow Café. »Aber sie lebt doch bloß mit ihrer Katze in einem kleinen Haus am Swain 's Point. Es ist sauber und vollkommen respektabel.« (»Vollkommen respektabel« war ein Lieblingsausdruck meiner Mutter, der gewöhnlich besagte, daß eine Person sonst nicht viel hatte, was für sie sprach.) »Es ist genau wie andere Häuser, abgesehen von den Spiegeln . . .«

Der Sheriff blieb plötzlich stehen, um sich die Schuhbänder zuzubinden, daher konnte ich seinen Gesichtsausdruck nicht deuten, als er sagte: »Klingt, als ob du dagewesen wärst.«

Er erhob sich wieder, und wir gingen weiter. Wenn ich mit ihm oder Maud plauderte, rutschten mir einfach Sachen heraus. Ich hatte ganz bestimmt nie vorgehabt, irgend jemandem von meinen Besuchen bei Bunny zu erzählen. »Einmal war ich dort. Oder zweimal.« Ich seufzte und sagte zu ihm: »Eigentlich dürfte ich mit Bunny nicht mal *reden*. Meine Mutter hat es mir verboten. Ich finde das lächerlich. Bunny ist wirklich nett.«

Wir näherten uns wieder Souder's Apotheke, und ich sah, daß Helene Baums Cadillac ein Stück weiter weg davon parkte. Sie fuhr natürlich einen Cadillac, vielleicht weil sie dachte, diese Marke sei besser als das Oldsmobile des Bürgermeisters. Ihr Wagen war butterblumengelb. Ich schätzte, sie saß immer noch bei Souder's und erklärte den anderen beiden, wie sie ihr Leben zu führen hatten. Als wir bei dem Cadillac angekommen waren, blieb der Sheriff stehen, und ich hoffte, die kleine Flagge in der Parkuhr würde nach oben zeigen. Aber das war nicht der Fall. Was er sich besah, war der vordere Kotflügel, der einen Viertel- oder einen halben Meter in die Straße ragte. Der Sheriff überlegte einen Moment und dann (ich redete mir ein, es geschah aufgrund der Kraft meines inneren Drängens) nahm er seinen Strafzettelblock aus der Gesäßtasche, drückte auf seinen Kugelschreiber und begann zu schreiben.

Ich vollführte einen kleinen Freudentanz um die Parkuhr und wurde sogar noch ausgelassener, als ich Mrs. Baum vor Wut schäumend aus dem Drugstore marschieren und auf uns zukommen sah. Sie mußte alles durch die Schaufensterscheibe beobachtet haben. Mich ignorierte sie natürlich.

»Was machen Sie da?« fragte sie.

»Tag, Helene«, gab der Sheriff lediglich zur Antwort.

»Ich will wissen, *was* Sie da machen? Die Uhr ist noch nicht abgelaufen!« Sie klopfte mit den Knöcheln an die Uhr, als wollte sie um Bestätigung bitten.

Der Sheriff schrieb einfach weiter. »Nein, aber Sie versperren die Einfahrt in die Straße, da.«

Sorgfältig maß sie die Entfernung mit beiden Händen ab. »Seien Sie nicht albern. Selbst ein Laster könnte sich hier durchquetschen.«

Der Sheriff riß den rosafarbenen Strafzettel vom Block und reichte ihn ihr lächelnd. Aber sie wischte seine Hand beiseite. Deshalb steckte er den Strafzettel unter den Scheibenwischer und sagte: »Wissen Sie, wenn Dr. Baum eine Bypass-Operation vornähme und die Arterie nicht ganz öffnen würde, sondern einfach achselzuckend sagen würde: ›Na gut, da ist schon genug Platz, daß sich das Blut *durchquetschen* kann‹, wäre ich wahrscheinlich ziemlich außer mir.« Sein Lächeln war umwerfend. »Bis bald, Helene.«

Und wir zwei gingen weiter. Besser gesagt, ich *tanzte* davon, trunken vor Freude, berauscht von der Amtsmacht des Sheriffs! Ich drehte mich um, und Helene stand da, vor Zorn beinahe berstend.

»Wie wär's jetzt mit einer Cola?« fragte der Sheriff.

Die Schokoladensoda lag mir schwer im Magen oder besser gesagt, sie lag schwer auf der Schinkenrolle und der Käsesoße und den dazu gereichten gebackenen Bohnen. Letztere gehörten ebenfalls zu meinen Lieblingsspeisen; meine Mutter machte keinen Hehl daraus, daß die Bohnen aus einer Büchse kamen, was jedermann überraschte, denn sie schmeckten wie hausgemacht. »Verarzten« nannte meine Mutter die Verfeinerung des Büchsengemüses. Meiner Meinung nach hätte meine Mutter eine Gemüseklinik führen sollen, wie sie sich der schlaffen, blassen, ungesund aussehenden grünen Bohnen, Erbsen und Kohlköpfe annahm;

denn nachdem sie gewürzt und ein wenig herumgewalkt worden waren, wurden sie durch die Schwingtüren getragen, als hätten sie all ihre Tage an der Sonne verbracht und nie eine Büchse von innen gesehen.

Jetzt, als ich mit dem Sheriff vor dem Rainbow stand, dachte ich, nein, nach all dem, was ich in den letzten beiden Stunden vertilgt hatte, würde ich keinen Bissen mehr runterkriegen. Selbst ich hatte meine Grenzen. Hinzu kamen die erst vor kurzem begonnenen, angestrengten Überlegungen bezüglich Dr. McComb und seinen Schmetterlingen und Wildblumen. Ich wollte unbedingt in die Bücherei.

»Kennen Sie Dr. McComb?« fragte ich den Sheriff.

»Flüchtig. Warum?«

Es ging mir immer noch durch den Kopf, daß er vielleicht der Arzt gewesen sein könnte, der Mary-Evelyn für tot erklärt hatte. »Ich schätze, er muß ziemlich alt sein. Wenigstens sechzig.«

»Eher achtzig, würde ich sagen.« Hinter den spiegelnden Gläsern der Sonnenbrille konnte ich seine Augen nicht erkennen. Aber sein Mund lächelte. »Es mag dich überraschen, aber es gibt Leute, die finden sechzig noch nicht furchtbar alt.«

»Aber achtzig?« Ich dachte, ich sollte das klären, für den Fall, daß ich damit jemandem zu nahe trat. Vielleicht hatte der Sheriff einen achtzigjährigen Verwandten.

»Ja, ich würde sagen, achtzig ist alt.«

»Wo wohnt er?«

Der Sheriff sah an mir vorbei und nickte. »Dort droben in der Valley Road. Er hat ein altes Haus, einen großen viktorianischen Kasten am Ende der Straße. Es ist kein Wald, aber sein Haus steht inmitten von Bäumen und Büschen. Ziemlich einsamer Ort. Warum? Denkst du daran, ihn zu besuchen?«

Manchmal ärgerte mich der Sheriff mit seiner Gedankenleserei. Obwohl ich ihm das nicht sagte. Ich zuckte bloß mit den

Achseln und sagte, ich sei auf dem Weg in die Bücherei, außerdem dankte ich ihm für das Angebot, mich zu einer Cola einzuladen.

Die Abigail-Butte-Bibliothek war für mein Wohlbehagen sogar noch wichtiger als Souder's Apotheke. Ich habe keine Ahnung, wer Abigail Butte war, noch warum die Bücherei nach ihr benannt wurde. Nicht daß ich ein Bücherwurm oder eine große Leseratte wäre; ich lese, aber ich bin nicht belesen (wie mein Mangel an Wissen auf fast allen Gebieten zeigt). Ich mochte einfach die Stille in der Bücherei, die Tatsache, daß die Leute im Flüsterton sprachen, als ob jemand krank wäre oder im Sterben läge. Warum ich diese Atmosphäre mochte, weiß ich nicht.

Abgesehen von der Kinderbuchabteilung, die seitlich abging, befand sich alles andere in einem einzigen großen Raum: der Schalter, an dem die Chefbibliothekarin die Bücher ausgab, die verschiedenen Tische, an denen die Leute sitzen und lesen konnten, eine Reihe von Sesseln, die demselben Zweck diente, und natürlich die Regale. Ich liebte es, durch die Regalreihen zu gehen und das Gefühl zu haben, vergraben und verborgen zu sein, so als wäre ich unsichtbar, als wäre es unmöglich, mich zu finden.

Heute besuchte ich die Abteilung für Gartenbau und stellte fest, daß sie zu allgemein gehalten war. Ich hätte Miss Babbit, die Bibliothekarin, fragen können, die sich in all den Jahren, die ich sie beobachtet hatte, nicht verändert hatte, obwohl sich meine eigentlichen Beobachtungen auf nicht mehr als sieben oder acht Jahre beschränkten. Aber Informationen einzuholen, kam für mich nur als letzter Ausweg in Frage, denn ich war überzeugt, daß es in Bibliotheken, die mit Enzyklopädien, Wörterbüchern, Karteien und Hunderten von Nachschlagewerken vollgestopft waren, tatsächlich hieße aufzugeben, wenn man einfach fragte.

Ich suchte in der Kartei nach Schmetterlingen, dann ging ich zu den Regalen zurück und holte einige Bücher heraus. Ich suchte in den Karteikästen nach Dr. McCombs Namen und fand drei Kärtchen, auf denen »L. W. McComb« stand. Nun, ich wußte nicht, ob »L. W.« jener McComb war, der mich interessierte, aber ich konnte natürlich Miss Babbit fragen, ob es sich dabei um den alten Doktor McComb handelte. Er mußte es sein, dachte ich; ich nahm nicht an, daß es zwei McCombs gab, die sich für Schmetterlinge interessierten, außer es lag in der Familie. Auch die Daten, an denen »L. W.« sie ausgeliehen hatte, lagen Jahre zurück, nicht bloß eine Woche, was ebenfalls auf Dr. McComb hindeutete, denn ich stellte mir vor, daß ihm die Bestände der Abigail-Butte-Bibliothek seit langem nicht mehr genügten.

Ich setzte mich hin und las. Ich verstand sehr wenig von all den wissenschaftlichen Beschreibungen, aber mir gefielen die farbigen Bilder. Ich hatte keine Ahnung, daß es so viele verschiedene Arten von Schmetterlingen gab, da ich von ihnen nur eine unbestimmte Vorstellung als flatternde Wesen hatte, blaßgelb oder mehr ins Orange gehend, gesprenkelt oder dunkel gestreift. Das zeigte, wie genau ich beobachtete. Aber hier wurden Schmetterlinge auf schwarzem Samt abgebildet wie Juwelen: Smaragde, Aquamarine, Rubine. Sie waren wirklich atemberaubend.

Einen Moment lang saß ich da, starrte mit gerunzelter Stirn in die Ferne und versuchte mich an einen Gegenstand zu erinnern, über den ich tatsächlich eine Menge wußte. Im Geist ging ich alle denkbaren Bereiche durch, aber es fiel mir nichts ein. Ich wußte wohl, wie man die Speisen meiner Mutter verzehrte, aber nicht, wie man sie *zubereitete*. Ich betrachtete meine Hände, denn mein Gehirn war ein völlig hoffnungsloser Fall. Konnten sie irgend etwas? Sie konnten nicht kochen, nicht nähen, nicht Klavier spielen, keine Setzlinge pflanzen, nicht schnitzen . . .

Ich vergeudete mein Leben. Und mit meinem Aussehen konnte ich mich sicherlich auch nicht durchmogeln. Eine Weile saß ich niedergeschlagen da und suchte in meinem geistigen Lexikon nach »Un«wörtern. *Un-tröstlich.* Ich nahm an, es bedeutete, »ohne Trost«. So war ich. Ich seufzte.

Dann, während ich die bunten Seiten weiterblätterte, fiel mir plötzlich ein, daß es eine Abteilung gab über hiesige Natursehenswürdigkeiten wie den See (den großen), die Wälder und Parks und über alles Wichtige, was hier jemals los war. Auf diesem Regal über La Porte gab es auch Bücher und Artikel von hier ansässigen Personen, vor allem von Dichtern oder Leuten, die sich dafür hielten. Sogar ich, deren Lesestoff nicht großartig über Nancy Drew und die Lokalzeitung hinausreichte, war in der Lage festzustellen, daß die Gedichte schrecklich waren.

Und dann fand ich, was ich suchte: Ein schmales Bändchen über seltene Schmetterlingsarten, das aus verschiedenen Artikeln von verschiedenen Verfassern zusammengestellt war – Lehrern, Professoren oder Männern mit akademischen Titeln, und einer davon war Dr. McComb.

Sein Beitrag beschäftigte sich mit der Beschreibung seltener Schmetterlinge, die er aus unserer Gegend kannte, mit einem Netz gefangen, untersucht und in verschiedenen Gebieten ausfindig gemacht hatte. Er schrieb über die Wälder drüben bei Camus, etwa siebzig oder achtzig Meilen entfernt; über Pleasant Valley, das direkt hinter den Bahngleisen von Spirit Lake lag, und über Spirit Lake selbst. Das war besser als alles, was ich zu finden gehofft hatte, denn es schien bereits ein Band zwischen Dr. McComb und mir zu bestehen, wir beide erforschten Dinge, die im Zusammenhang mit Spirit Lake standen. Ich hatte das kleine Buch mit an meinen Tisch genommen, und während ich dasaß, das Kinn auf die Fäuste gestützt, und mit großer Konzentration las, hatte ich das seltsame Gefühl, Dr. McComb und ich mußten uns treffen. Wenn ich zu einer dramatischeren Sorte von Mensch gehören würde, hätte ich sogar gesagt, es war unsere *Bestimmung.*

Mir gefiel die Art, wie Dr. McComb schrieb: Sein Stil war ganz anders als in den Büchern, die ich gerade zu lesen versucht hatte: Diese waren trocken wie Staub und klangen irgendwie arrogant, als erwarteten die Wissenschaftler, jeder müsse Latein können, und als fänden sie es unangebracht, sogar den einfachen Ausdruck »Schmetterling« zu benutzen. Nein, Dr. McComb schrieb über seine Suche nach dem »Weißen Spitzenflügler« (wie er diesen Schmetterling genannt hatte), als wäre es eine Geschichte. Ich las:

»*Es ist der am schwierigsten zu fangende Schmetterling, dem ich während meiner fast fünfzigjährigen Beobachtungen begegnet bin. Ich nahm meine Position in einiger Entfernung von der Straße ein, hatte mich für zwei Stunden oder mehr in meinem Klappsessel eingerichtet, und, obwohl ich viele Exemplare des Westvirginia-Weißlings und eine Spielart des Östlichen Blauflüglers sah, entdeckte ich keinen Weißen Spitzenflügler, den ich so nannte, weil er mich an das spitzengewebeartige Wiesenschaumkraut erinnerte, das die Straße säumte, denn seine Flügel waren auf der Innenseite fein perforiert; feinste Nadelstiche, durch die das Licht schimmerte, was diesem Schmetterling seine strahlende, zarte Erscheinung verleiht.*

Nachdem ich mich erinnerte, ihn zuvor näher beim See auf einem Löwenzahnstengel sitzen gesehen zu haben, schloß ich daraus, daß Wasser ihn vermutlich anzog, und ich verlegte mein ›Lager‹ (meine Gummistiefel und meinen Feldstecher) ins Torfgras und stand mehr als eine Stunde dort im seichten Wasser ...«

Eine Stunde im Wasser! Ich kann nicht einmal fünf Minuten stillstehen, ohne mich zu kratzen.

»*Schließlich wurde ich durch das plötzliche Auftauchen des Weißen Spitzenflüglers belohnt, der sich wiederum auf der Wolfsmilch niederließ. Ich bin sicher, er saß dort volle zwei Minuten, langsam die Flügel schlagend ...*«

Warum, fragte ich mich, hat er sein Netz nicht nach ihm

ausgeworfen? Aber er hat es nicht getan. Es klang fast so, als hätte er diesem Schmetterling gegenüber irgendeinen besonderen Respekt, den er gegenüber anderen nicht hatte.

Als ich an jenem Nachmittag ins Hotel zurückkam, kurz bevor ich die Salate zum Abendessen herrichten mußte, ging ich los und suchte nach etwas, das als Netz dienen konnte. Ich hätte mir Bunnys Netz geliehen, aber sie war nicht da. Dann fiel mir ein, wie komisch es war, daß Bunny Caruso, die Außenseiterin, der einzige Mensch war, der diese seltsame Gemeinsamkeit mit Dr. McComb hatte, denn sie war die einzige, von der ich wußte, daß sie sich für Schmetterlinge in der Gegend von La Porte interessierte.

14.

Ich weiß nicht, warum ich mir den frühen Morgen für meine Suche nach dem Weißen Spitzenflügler ausgesucht hatte; die Schmetterlinge um den Spirit Lake waren vielleicht noch gar nicht auf. Ich glaube, ich hatte die vage Vorstellung, daß Exkursionen dieser Art zu unbequemen und schwierigen Tageszeiten unternommen werden sollten und Selbstüberwindung ein notwendiger Bestandteil des Erfolgs war (wie ich immer wieder feststellen mußte).

Ich folgte Dr. McCombs Beschreibung, hatte allerdings Posten am Ufer bezogen und nicht *im* See wie er, da ich keine Gummistiefel hatte, sondern nur Überschuhe. Ich haßte diese Überschuhe; ich haßte es, daß man mich zwang, sie an Regentagen auf dem Weg zur Schule zu tragen. Aber an diesem Morgen war ich froh um sie. Ich fröstelte in dem kniehohen, kalten und taufeuchten Gras, während ich eine Schaumkelle und ein flaches Gemüsesieb in der Hand hielt, die ich aus der Küche genommen hatte, und angestrengt durch den weißen Dunst spähte, der vom Wasser aufstieg. Die Schmetterlingsschachtel, die ich mit Löchern und einem kleinen Fenster versehen hatte, lag ein Stückchen weiter weg am Straßenrand.

Ich rechnete mir aus, daß mir eine gute Stunde blieb, bis ich im Speisesaal die Sirup- und Marmeladengläser auf die Tische stellen mußte. Vera wäre erstaunt, mich um diese Zeit dort anzutreffen, denn ich glaube, sie bildete sich etwas darauf ein, vor allen andern auf den Beinen zu sein, abgesehen von meiner Mutter natürlich, die immer schon im Morgengrauen in der Küche stand und Kekse und Brötchen buk. Es war besser, nicht zu lange an diese Kekse zu denken (heiß, klein, von der Farbe frühen Sonnenlichts), während ich mit Gänsehaut auf Armen und Beinen dastand, denn der Gedanke an die Kekse brachte mich nur auf die verschiedenen Köstlichkeiten des Frühstücks im allgemeinen. Dicke Omelettes, in Sirup getauchte Maispfannkuchen, Wurst und Spiegeleier. Ich habe in Restaurants gegessen, wo Spiegeleier serviert wurden, die aussahen, als hätten sie eine Menge Mühsal auszustehen gehabt, so schrumpelig und verbrannt waren sie an den Rändern. Nicht nur daß meine Mutter ein solches Ei nicht *servieren* würde, sie würde nicht einmal zulassen, daß ein Ei mit zerlaufenem Dotter überhaupt die Küche verließ. Die Eier mußten perfekt sein, was zudem hieß, nicht vor Fett triefend. Ich habe gesehen, wie sie die geringsten Fettspuren mit einem Tuch wegtupfte, und wenn man bedachte, daß sie in Butter gebraten worden waren, war sogar das Fett ziemlich hochwertig. Diese Eier strahlten geradezu auf dem weißen Porzellanteller. Und alles, was meine Mutter zubereitete, hatte seine Entsprechung auf der textilen Seite: Seide (Rühreier); Satin (gebratene Eier mit Käsesoße); Chiffon (Omelette und Zitronen-Pie). Sogar die Pfannkuchen fühlten sich an wie Kaschmir; ich weiß das, weil ich einmal meine Wange an einen gehalten habe, und er fühlte sich weich und behaglich an.

Wenn meine Mutter das Kochen aufgäbe, würden die Menschen dann noch essen?

Licht begann durch die Bäume und die Goldrute zu dringen und stahl sich über den elfenbeinfarbenen Teppich aus Wasserlilien am anderen Ende des Sees. Bald tauchte dort in der Mitte das Bootshaus aus einer weichen Nebeldecke auf. Die vier kleinen Boote, mit denen die Sommergäste gern herumruderten, waren an die Anlegepflöcke gebunden und lagen dort, ohne sich zu bewegen. Der See war nicht groß, wahrscheinlich nicht viel mehr als eine Meile Uferlinie, obwohl ich »Linie« für das falsche Wort hielt, denn es schien keinen klaren Übergang zu geben. Das Land hörte auf, und das Wasser begann. Es gab nichts, was einem Strand oder einem felsigen Ufer geglichen hätte. Das Moorland ging in Sumpf, und der Sumpf ging in Wasser über.

Das Zwielicht hier hatte etwas an sich, das mich die Spiegeleier und Maispfannkuchen, all die Gedanken, wie köstlich und sättigend sie waren, vergessen ließ. Statt dessen begann ich, verwundert meine Umgebung zu betrachten. In dem Licht, das hauptsächlich aus Schatten bestand, und in der Stille, die mit leisem Zwitschern erfüllt war, hatte ich das Gefühl, als würde die Welt zum erstenmal erwachen. Als wäre diese Morgendämmerung keine Wiederholung der gestrigen und vorgestrigen, sondern etwas vollkommen anderes. Natürlich war das albern; was wußte ich schon von Morgendämmerungen, ich war ja keine »Frühaufsteherin«. (Vera könnte das sicher bestätigen.) Ich seufzte, stellte meine Philosophiererei ein und blickte über den See.

Dort drüben im Dickicht der Bäume und Büsche stand das alte Haus der Devereaus. Es war ein Stück vom See zurückversetzt, nur zwei Giebelfenster, ein Kamin und ein Teil des hohen, spitzen Dachs waren zu sehen und etwas von der gitterartigen Verandaverkleidung, die durch die Pinien und Eichen zu erkennen war. In einer kleinen Gruppe von Pinien und größtenteils von ihnen verdeckt, stand eine verwitterte, kleine, graue Statue, die Gestalt einer Frau wahrscheinlich. Sie war schwer zu erkennen aus dieser Entfernung. Mir kam es seltsam vor, daß die Schwestern Devereau etwas so Romantisches wie diese Statue haben sollten, die auf diese Weise auf den See hinaussah.

Ein Grund, warum das Haus so schwer zu erkennen war, lag darin, daß es nicht weiß gestrichen war wie die meisten Sommerhäuser, sondern grau. Weder Hell- noch Dunkelgrau, sondern in dem eigenartigen Grau des Holzes der umgebenden Bäume und Baumstümpfe, das das Haus mit seiner Umgebung verschmelzen ließ. Selbst ich, die ich wußte, daß es dort stand, hätte Schwierigkeiten gehabt, es zu erkennen, wenn die Sonne die Rahmen der Giebelfenster nicht silbern ausgebleicht hätte.

An der Uferseite, auf der das Haus der Devereaus stand, war der See so dicht zugewachsen und von so vielen vom Sturm umgeknickten Bäumen gesäumt, daß der schmale Feldweg, der den See umrundete und zu zwei Dritteln der Strecke gut passierbar war, auf der gegenüberliegenden Seite im undurchdringlichen Unterholz verschwand. Das wußte ich, weil ich mehrere Male versucht hatte durchzukommen. Jedesmal war ich ein bißchen weiter gekommen und mußte dann umkehren, entweder wegen des sumpfigen, morastigen Bodens, bei dem ich befürchtete, es könnte sich um Treibsand handeln (zu viel Nancy Drew gelesen) oder wegen irgendwelcher seltsamer Geräusche – dem Heulen oder Heranschleichen vermeintlicher Kojoten und Klapperschlangen (zu viel Samstagsmatineen mit Hopalong Cassidy).

Ich hätte jemanden gebraucht, der mich begleitet, aber es gab niemanden. Selbst wenn sich ein Dutzend Leute darum gerissen hätten, diesen Ausflug mit mir zu wagen, gab es nur wenige, mit denen ich hätte gehen wollen. Ich hatte meinen Bruder Will gefragt, der hatte geantwortet, er würde »einmal« mitgehen. Aber dazu war es noch nicht gekommen, und ich fragte mich warum, denn es wäre eine gute Gelegenheit für ihn gewesen, alle möglichen Lügen über Schlangen und dergleichen zu erfinden, um mich zu Tode zu erschrecken. Ich hatte sogar daran gedacht, den Sheriff zu fragen (der zusätzlich zu seiner Schläue und guten körperlichen Kondition den Vorteil gehabt hätte, schießen zu können, falls nötig). Aber es war mir zu peinlich, ihn zu bitten; er findet ohnehin, daß mich der Tod von Mary-Evelyn zu sehr beschäftigt.

Während ich mich in angenehmen Vorstellungen über den Sheriff erging, der uns den Weg durch wilden Wein und herunterhängende Äste freischlug, flatterte ein Objekt aus meinem Gesichtsfeld. Beim Umdrehen erkannte ich einen Schmetterling, der sich auf der Spitze eines Weidenkätzchens niederließ. Es war kein Weißer Spitzenflügler, aber er war recht hübsch, groß und leuchtendblau. Langsam zog ich das schmale Bändchen aus der Bücherei aus der Tasche und blätterte es durch, um zu sehen, ob ich eine Abbildung von ihm fand. Schaukelnd saß er dort und wartete, damit ich seine Art bestimmen konnte. Ich fand eine Abbildung, die sehr ähnlich aussah und eine Spezies zeigte, die zur Familie der Bläulinge zählte. Er glänzte in dem blassen Sonnenlicht. Mein Blick hob sich vorsichtig von der Buchseite und wanderte über die Wasserfläche, wo auf den winzigen, von einer frischen Morgenbrise bewegten Wellen das Licht tanzte. Insekten glitten leichtfüßig über den See – Libellen, vermutete ich, und Wasserflöhe.

Plötzlich flog der blaue Schmetterling davon, während ich noch überlegte, ob ich nach meinen Geräten greifen sollte, die ich ins Gras gelegt hatte, um das Buch in die Hand zu nehmen. Ich seufzte und wartete noch etwas. Wenn schon nicht den Weißen Spitzenflügler, so hätte ich doch gern einen jener anderen Schmetterlinge zu Gesicht bekommen, die Dr. McComb zufolge in dieser Gegend selten waren. Während ich an den »Trauermantel« dachte, erhob sich aus den Brombeersträuchern am Wegrand ein kleiner

Schwarm, der aussah wie Kupfermünzen. Zu weit entfernt natürlich, um das Netz in Einsatz zu bringen. Ich sah in meinem Buch nach und entschied, daß es sich um eben diese handelte – um Kupferglucken.

In der nächsten halben oder dreiviertel Stunde flogen verschiedene Arten von Schmetterlingen zu mir her, um herauszufinden, wer ich denn war; einige ließen sich auf einem hohen Halm oder auf Weidenkätzchen nieder, genauso wie der Bläuling es getan hatte. Ich fragte mich, wie die winzigen, blaßgelben Schwärme hießen, die winziger waren als mein Fingernagel. Es war schwer, sich vorzustellen, daß Dr. McComb diese Tiere tötete und mit Nadeln durchbohrte, wenn man bedachte, was und wie er darüber geschrieben hatte.

Und dann sah ich einen großen, weißen Schmetterling heranfliegen, er neigte sich zur Seite, zog Kreise und kam nicht weit von mir entfernt zur Ruhe. Ich hielt den Atem an, als ich mich vorsichtig nach vorne beugte, um zu sehen, ob seine Flügel perforiert waren. Nein, es war einfach nur ein Exemplar aus der Familie der Weißlinge. Ich stand da und beobachtete, brachte nicht einmal das Netz oder das Sieb zum Einsatz und wußte, das würde ich auch nicht tun, selbst wenn ich den ganzen Tag hier stehenbliebe, denn irgendwie schien es nicht richtig zu sein. Der Schmetterling ruhte sich einfach hier aus und hatte keine Ahnung, daß ich sein Schicksal in Händen hielt. Tatsächlich war er wahrscheinlich in keiner allzu großen Gefahr; ich war noch nie sehr gut gewesen, wenn es darum ging, schnell zu reagieren. Als ich von dem Schmetterling wegsah und über den See auf das Haus der Devereaus blickte, war ich überzeugt, eine Erscheinung zu haben.

Denn da stand es, das Mädchen. Auf der anderen Seite des Sees. In jenem hellen Kleid und dem mondbleichen Haar stand es da, als würde es einfach nur aufs Wasser hinaussehen, genau wie ich. Als würde es mich ansehen. Ich ließ das Netz und das Sieb ins Wasser sinken und rieb mir tatsächlich die Augen. Aber als ich wieder hinsah, war das Mädchen immer noch da, nur weiter hinten, halb verborgen von einer kleinen Gruppe von Eschen und Trauerweiden. In gewisser Hinsicht verschmolz es mit ihnen. Schließlich wandte es sich ab und ging zum Haus zurück. Ich konnte es nur ein paar Schritte lang beobachten, denn die Bäume verdeckten es. Wie lange habe ich dagestanden und auf das gegenüberliegende Ufer und das Haus der Devereaus gestarrt? Ich weiß es nicht. Ich habe das Mädchen nicht wiedergesehen.

In gewisser Hinsicht war ich froh, daß ich fast zu spät zum Frühstück kam, daß es an der Zeit war, in den Speisesaal zu kommen und die langweilige Runde mit dem Butterteller hinter mich zu bringen. Es gehörte zu meinen Pflichten, beim Frühstück die Schüssel mit den Butterkugeln herumzutragen und diese mit Hilfe einer Gabel vorzulegen. Die Butter war eiskalt und blieb immer an den Zinken hängen, und schüttelnd mußte ich immer versuchen, sie abzulösen – aufspießen und schütteln, aufspießen und schütteln. Manchmal wäre es leichter gewesen, die Butter direkt aus der Kuh zu schöpfen.

Aber während ich den ausgetrockneten Feldweg entlangmarschierte, heiterte mich der Gedanke an die Maispfannkuchen und die Spiegeleier auf. Es war kühl, fast kalt, nahezu herbstlich, als ich durch dieses frühmorgendliche bläuliche Grau ging. Und im Herbst, da gäbe es dann *Buchweizen*pfannkuchen! Die Buchweizenpfannkuchen meiner Mutter kann man einfach nicht beschreiben. Aber ich kann sie vor mir sehen – braun geädert, knusprig an den Rändern und mit genau der richtigen Menge Sauerrahm.

Ich bin keine Katholikin oder sonst irgendwie gläubig, aber ich bekreuzige mich jedesmal, wenn ich an diese Buchweizenpfannkuchen denke.

15.

Ich behielt die Schmetterlingsschachtel, die ich aus einem kleinen Karton gemacht hatte, in dem sich einmal Hunt's Tomatensoße befunden hatte, denn es hatte mich viel Mühe gekostet, das Plastikfenster einzusetzen, und vielleicht könnte ich sie für etwas anderes benutzen.

Nachdem ich zum Frühstück zwei Portionen Pfannkuchen und ein Glas Ahornsirup und zum Mittagessen etliche Fleischklößchen zu meinen Spaghetti verdrückt hatte, fand ich, daß ich Bewegung brauchte und ging die zwei Meilen zu Fuß in die Stadt. Am anderen Ende von La Porte folgte ich der Straße, die zum Golfplatz und zum Country-Club führte. Der Sheriff hatte gesagt, Dr. McComb wohne in der Valley Road, und das war mein Ziel.

Ich hatte ihn vor dem Mittagessen angerufen, um mich mit ihm zu verabreden; ich hatte behauptet, etwas über Schmetterlinge wissen zu wollen, und er hatte sehr nett geklungen. Nachdem ich meine Mutter und das Hotel Paradise erwähnt hatte, war er geradezu entzückt, mich zu sehen, denn er konnte sich an mich als Baby erinnern. Ich hoffte, er würde mich jetzt nicht mit damals vergleichen. Die Erwartungen, die in Babys gesetzt werden, scheinen sich nämlich nie zu erfüllen.

Am anderen Ende von La Porte folgte ich etwa eine halbe Meile der Red Bird Road, bis ich an eine Gabelung kam, von der links die Valley Road abging. Ich kam an einer Behausung vorbei, keinem richtigen Haus, sondern an einem dieser Wohnwagen, die zum festen Wohnsitz gemacht werden, indem man ein paar Stufen hochmauert, eine Markise spannt und Entenfamilien aus Plastik aufstellt. Entlang der Valley Road gab es keine richtigen Häuser, erst am Ende, wo Dr. McComb wohnte. Sein Name war auf einen weißen Briefkasten gemalt, der auf einem Holzpfahl thronte.

Das Haus glich den Bauten, die ich in Reisebüchern über England gesehen hatte. Es hatte keine Veranda, so daß der Garten bis zu der von hohem Gras und lavendelblauen Gladiolen eingerahmten Tür heranreichte, und das Gebäude den Eindruck machte, als wäre es direkt aus dem Boden gewachsen. Es wirkte ein bißchen geheimnisvoll, wie eine jener Behausungen, auf die Nancy Drew stoßen würde, wenn sie nachts mit ihrer Taschenlampe herumschnüffelte.

Ich ging einen kleinen Pfad entlang, der mit Gras und meinem Lieblingsunkraut – Wiesenschaumkraut und Löwenzahn – überwachsen war, und klopfte an die Tür. Ich wartete eine Weile, aber niemand antwortete. Dr. McComb hatte mir gesagt, ich könnte zu jeder beliebigen Tageszeit kommen, daher war ich sicher, daß jemand zu Hause war, außer der Doktor war so geworden wie die Leute in Weeks' Pflegeheim, die nicht mehr wußten, was sie fünf Minuten zuvor gesagt hatten. Achtzig war ziemlich alt, das fand selbst der Sheriff.

Ich klopfte erneut, fester diesmal, und die Tür öffnete sich. Sollte ich reingehen? Ja, das sollte ich, denn er hatte sie vermutlich für mich offen gelassen. Er mußte irgendwo in der Nähe sein, außer Hörweite.

Drinnen war es dunkel, die Art von Dunkelheit, die man im Orion-Kino antrifft; erst langsam erkannte ich die Umrisse von Stühlen und mit Tüchern bedeckten Tischen. Außerdem war es eisig, viel kälter als draußen, wo die Sonne schien wie ein Scheinwerfer. Es war fast so, als wäre ich von einer Jahreszeit in die andere spaziert, vom Frühling in den Herbst. Ich mochte den Herbst lieber, immer schon. Der Sommer war so anstrengend – all das Geschrei am Strand und das eintönige Ploppen der Tennisbälle; oder der große See hinter La Porte, der dann von den Bugwellen der Schnellboote aufgewühlt war, oder die hoch aufgeschossenen und leuchtenden Blumen beim Hoteleingang; die Vögel schwirrten krächzend umher, und die Bienen surrten so laut wie Kreissägen. Alles war übertrieben, sowohl die Geräusche wie die Farben. Alles war anstrengend, bis hin zu den Sonnenuntergängen, die knallig waren wie Flaggen. Hier im Haus war es still und kühl, und dafür war ich dankbar.

Dennoch fand ich es ziemlich verwunderlich, daß im Haus eines Mannes von Dr. McCombs Alter so niedrige Temperaturen herrschten. Miss Flyte und Flagler (die etwa genauso alt waren) schienen ihre Wohnräume immer ein paar Grad wärmer haben zu müssen als üblich, und sie pflegten zu sagen, ihr Blut sei dünner geworden. Sie hüllten sich in dicke Jacken und Schals, und Miss Flagler öffnete manchmal sogar die Backofentür, »um die Kälte zu vertreiben«. Im geheimen beneidete ich sie um ihr warmes, eingemummtes Leben, denn es war von Herdgerüchen erfüllt, von Düften nach Sirup und Teig und jener wunderbaren Bitterschokolade, die oft in einem Topf auf der Herdplatte stand.

Oft saß ich da mit heißem Kakao in der Tasse, die Lider wurden mir schwer, und die Katze auf dem niedrigen Regal über mir kaute vorsichtig an meinen Haaren. Manchmal döste ich sogar ein, und das Kinn fiel mir auf die Brust. Einmal ist mir sogar die Kakaotasse entglitten, und der Kakao ergoß sich über Miss Flaglers Linoleumboden. Die beiden wehrten meine Verlegenheit und meine Entschuldigungen einfach ab und sagten, es würde überhaupt nichts ausmachen, denn es sei ja nur altes Linoleum. Es war seltsam, dachte ich, daß mir diese Nachmittagsstunden gefielen. Es war kein Ort für eine Zwölfjährige (wie meine Mutter meinte), die »draußen« sein sollte (sagte Mrs. Davidow, die mich überall hinschickte, wo ich nicht hin wollte), um Freunde in meinem Alter zu finden (Ree-Janes Gerede).

Es war, als beginge ich etwas Schändliches, wenn ich die Gesellschaft dieser alten Leute genoß. Ich wunderte mich über all die Leute in Weeks' Pflegeheim, das ich manchmal aufsuchte, um

Plätzchen oder Biskuitrollen hinzubringen, die meine Mutter für die Bewohner gebacken hatte (meine Mutter ist ziemlich mildtätig). Ich wußte, daß es einigen schlecht ging, denn sie weinten, andere waren zornig und brüllten; aber es gab welche, die zufrieden dasaßen und aus dem Fenster schauten. Diese Leute wirkten nach außen hin so ruhig wie zusammengerechtes Laub, sie schienen sich fast behaglich zu fühlen, und ich stellte mir vor, auf ihren Schoß zu springen, genauso wie ich früher in große Laubhaufen gesprungen bin. Das waren nur alles Phantasien, möglicherweise sogar dumme, denn jedermann erklärte mir, wie bemitleidenswert diese alten Menschen waren und wie schrecklich es wäre, alt zu werden und in Weeks' Pflegeheim leben zu müssen. Ich konnte natürlich verstehen, warum Mrs. Davidow das nicht gefallen hätte, denn ich hatte dort keine einzige Flasche Southern Comfort oder Gordon's Gin zu Gesicht bekommen. Eines Tages, als ich mit Mrs. Davidow zu dem Pflegeheim fuhr, um die Plätzchen und Kuchen meiner Mutter abzuliefern, sagte ich zu ihr, daß ich nicht verstehen könne, warum es in Weeks' Pflegeheim keine Cocktailstunde gab. Die Leute würden wesentlich fröhlicher werden, und was würde es schon ausmachen, wenn einen die Leute im Alter von neunzig für einen verwirrten Alkoholiker hielten. Und in fast vergnügter Laune malten wir uns aus, wie herrlich es für einige Patienten dort sein könnte; wie Helene Baums Schwiegermutter ihren Sherry vor dem Abendessen vermissen mußte (denn sicherlich vermißte sie Helene nicht, sagte Mrs. Davidow, und wir lachten uns halb tot), und wieviel eleganter Ruth Baum mit einem Glas Bourbon in der Hand aussehen würde.

Ruhig und gelassen wie trockenes Laub, ließ ich mich durch Dr. McCombs dunkles Wohnzimmer treiben, berührte Gegenstände, nur um der Berührung willen – die Sofaschoner aus Spitze, die silbergerahmten Fotografien, die auf einem Couchtisch aufgereiht waren, das dunkle Holz des Türrahmens und des Klaviers, die fransengesäumten Seidenvorhänge, die schweren Draperien, die Tapeten mit dem großen Blattmuster, die sich kühl und feucht anfaßten. Ja, es war ganz zweifellos ein Herbstzimmer, und ich fühlte mich wie in Miss Flaglers Küche oder beim Gang durch den Kerzenwald in Miss Flytes Laden, ich spürte, wir alle waren dahintreibende Blätter, die langsam zu Boden sanken und zur Ruhe kamen. Ich klimperte mit zwei Fingern auf ein paar Tasten herum, spielte den ersten Takt von »Clair de Lune«, was alles war, was ich im Unterricht bei der hiesigen Klavierlehrerin gelernt hatte. Ich hatte ein paar Monate lang Stunden genommen und dann damit aufgehört; ein Jahr später hatte ich wieder angefangen. Nie habe ich etwas Anspruchsvolleres gelernt als ein paar Takte von »Clair de Lune«. Nach meinem Geklimpere (von dem ich hoffte, es würde Dr. McComb auftauchen lassen – wo steckte er nur?) ging ich weiter, um ein Tablett mit Milch und Doughnuts, das neben einem Sessel stand, zu inspizieren. Ich setzte mich nieder – *versank* förmlich in Kissen, die sich anfühlten, als wären sie mit Wolken gefüllt. Ich sah auf den Teller und sagte mir, er war entweder für den Nikolaus oder für mich übriggelassen worden. Ich nahm einen Doughnut, betrachtete ihn, stellte fest, daß er im Laden gekauft worden war (keineswegs eine Sünde) und benutzte ihn als eine Art Monokel, wobei mir das Loch in der Mitte als Linse diente, um ein Porträt auf der gegenüberliegenden Wand ins Visier zu nehmen. Es war eine Frau mit strengem Gesicht, die aussah, als hätte niemand was zu lachen, wenn sie in Weeks' Pflegeheim landete. Außerdem sah sie nicht so aus, als hätte sie einen Drink nötig. Ich knabberte am Rand des Doughnuts herum, und der weiße Puderzucker rieselte über meine Bluse. Dann nahm ich einen Schluck Milch und verputzte den Doughnut zur Gänze. Der andere war mit Zimt bestreut, und ich beschloß, ihn übrigzulassen, für den Fall, daß ich noch ein paar Tage auf Dr. McComb warten mußte.

Ich wischte den Puderzucker von mir ab und fragte mich, ob die dargebotenen Speisen vielleicht eine Falle und vergiftet waren – nicht für mich, sondern für Dr. McCombs Erzfeind bestimmt. Und der Puderzucker auf meiner Brust war vielleicht in Wirklichkeit Arsen. Ich mußte an den *Madame Bovary*-Film denken, sah Jennifer Jones wieder in der Apotheke vor mir, wie sie sich Arsen in den Mund stopfte. Sie war mit einem Arzt verheiratet, daher war es einfach, Madame Bovarys Gesicht mit dem von Helene Baum zu ersetzen. Ich sagte mir, wenn der Zucker-Doughnut vergiftet war, konnte ich genausogut auch den mit Zimt essen, solange ich noch am Leben war; also machte ich mich darüber her, und zwischen den Bissen trank ich ein paar Schlucke Milch. Ich dachte, vielleicht war das Dr. McCombs Art, mir mitzuteilen, daß er sich verspäten würde und daß ich es mir bequem machen sollte. Es war sehr ungewöhnlich für einen älteren Menschen, sich solche Mühe wegen eines Kindes zu machen. Dr. McComb mußte also vom Schlag einer Miss Flyte und Miss Flagler sein.

In dem wolkenähnlichen Sessel und mit zwei Doughnuts und einem großen Glas Milch im Bauch, begann ich, schläfrig zu werden. Erst als ich eine Hand auf meiner Schulter spürte, bemerkte ich, daß ich eingeschlafen sein mußte.

Die Hand, die mich ziemlich unsanft wachrüttelte, befand sich am Ende eines langen schwarzen Ärmels, der nicht zu Dr. McComb gehörte, denn als ich aufsah, sah ich ins Gesicht einer Frau. Das Gesicht war scharf geschnitten, das Haar zurückgekämmt und in einen Knoten geschlungen, und es sah aus, als würde das Haar den Kopf nach hinten ziehen. Mißbilligend sah sie auf mich hinunter, was milde ausgedrückt war. Der Ausdruck ihres Gesichts war nicht ausgesprochen ärgerlich, aber sehr grimmig. Ich dachte, vielleicht waren es *ihre* Doughnuts und *ihre* Milch, die ich vertilgt hatte. »Oh. Hallo«, sagte ich und rieb mir die Augen.

Aber sie antwortete nicht; sie hielt die Lippen fest zusammengepreßt und die Hände vor dem Körper gefaltet. Sie trug ein schwarzes Kleid, das aussah, als wollte sie auf Aurora Paradise Eindruck machen. Es reichte fast bis zu den Spitzen ihrer schwarzen Schuhe und hatte einen hohen Kragen. Ein umwerfendes Kleid. Sie nahm mir gegenüber im Sessel Platz, als würde sie sich zu einem Gespräch niederlassen, wie unangenehm das auch werden würde.

Da sie jedoch nichts sagte, ergriff ich das Wort. »Ich bin gekommen, um Dr. McComb zu besuchen. Er weiß, daß ich komme.« Es klang ein wenig verteidigend.

Sie antwortete nicht; sie wandte sich bloß dem Feuer zu, als hätte ich nichts gesagt, als wäre ich überhaupt nicht da. Dann dachte ich, nun, vielleicht ist sie taub, sagte mir aber, daß das nicht der Fall sein konnte, denn als die Uhr schlug, drehte sie sich um, hörte auf das dreimalige Schlagen und wandte dann den Blick wieder aufs Feuer. Ich konnte nichts tun, außer ebenfalls ins Feuer zu starren.

Wer konnte sie sein? Niemand, weder der Sheriff noch sonst jemand, hatte erwähnt, daß Dr. McComb eine Frau oder eine Schwester hatte. Sie konnte die Haushälterin sein. Aber würde sich eine Haushälterin in Gegenwart einer Fremden einfach ins Wohnzimmer setzen? Doch, sie wirkte wie eine Haushälterin: Sie sah aus wie Mrs. Danvers in *Rebecca*. Sie verhielt sich auch so, als wäre ich die neue, unscheinbare Person, die hier einziehen wollte, und sie war tödlich eifersüchtig. Ich spielte diese Version einmal durch, aber das brachte mich auch nicht weiter, denn diese Person war ich, und ich war zwölf, und niemand wäre auf eine Zwölfjährige eifersüchtig, ganz zu schweigen auf mich. Also saßen wir da und starrten ins Feuer. Irgendwann griff sie nach dem Schürhaken und versetzte einem halb verbrannten Scheit ein paar schnelle Schläge, dann setzte sie sich wieder und hielt den Schürhaken fest wie einen Spazierstock. Es wäre mir lieber gewesen, sie hätte ihn hingelegt, aber das tat sie nicht.

Und dann ging sie, als bestünde ihre ganze Lebensaufgabe nur darin, hereinzukommen und irgendwelche Fremde aufzuwecken, die es sich im Wohnzimmer gemütlich gemacht hatten. Sie stand einfach auf, glättete ihren Rock und verließ den Raum, ohne mich eines Blickes zu würdigen.

Mit gerunzelter Stirn blieb ich in meinem Sessel sitzen. Ich hatte keine Ahnung, was ich tun sollte. Vermutlich sollte ich gehen. Seufzend erhob ich mich aus dem Sessel und schickte mich dazu an, als ein alter Mann in der Tür erschien. Es mußte Dr. McComb sein. Zumindest hoffte ich, es war kein weiterer Verwandter von ihm.

»Da bist du ja! Ich habe mich schon gewundert.«

Er wunderte sich? Aber ich machte keine Einwände, weil ich wirklich froh war, ihn zu sehen. »Hallo. Ich habe hier gesessen. Ich wußte nicht, wo Sie waren.«

»Im Hühnerstall«, sagte er, sah sich um und klopfte seine Taschen ab, als suchte er nach frischgelegten Eiern.

Er sah nicht so alt aus, wie ich erwartet hatte. Wenn Dr. McComb achtzig oder noch älter war, dann war er schrecklich gut in Form. Er war von mittlerer Größe und recht kräftig, hatte weißes Haar, einen Schnurrbart und einen Teint, so fein wie ein Blütenblatt; dieser Teint war mir aus Weeks' Pflegeheim bekannt.

Plötzlich wurde ich verlegen wegen meines Aufzugs. Mir war bewußt, daß mein Kleid altmodisch lang war, und meine braunen »Gesundheits«-Schuhe zu groß und klobig waren. Und da Dr. McComb Arzt war, befürchtete ich, er könnte in mich hineinsehen, könnte meine Organe in trüben Flüssigkeiten herumschwimmen sehen, durch meine Augen in mein Gehirn blicken und meinen kleinen Schwindel mit den Schmetterlingen aufdecken.

Doch Dr. McComb lächelte und begrüßte mich, als wäre ich

eine alte Bekannte. Ich berichtete ihm rasch von dem weißen Schmetterling, den ich gesehen hatte. Und ich sagte ihm, daß ich seinen Artikel gelesen hätte (der sehr gut war, fügte ich hinzu), und daß ich oft zum See hinunterginge – denn Schmetterlinge seien mein Lieblingshobby. Und nachdem ich diesen bestimmten Schmetterling entdeckt hätte, hätte ich mich gefragt, ob es sich möglicherweise um den Weißen Spitzenflügler handeln könne. Nachdem ich das alles hervorgestoßen hatte, rang ich nach Atem. Ich spreche bestimmt und schnell, wenn ich lüge.

Er stellte mir ein paar Fragen, dachte über meine Antworten nach und sagte dann, fast traurig, nein, er glaube nicht, daß es sich bei dem, den ich gesehen hatte, um einen . . . und er sagte einen langen lateinischen Namen, den ich nicht verstand.

»Oh«, antwortete ich und tat so, als wüßte ich genau, was das war, und versuchte, enttäuscht zu klingen.

»Wenn du auch eine Sammlerin bist, dann hast du vielleicht Lust, mich jetzt zu begleiten.« Er sah nach hinten durch die offene Tür. »Da draußen ist ein (. . .), hinter dem ich her bin. Ich bin sicher, du würdest gern einen Blick darauf werfen. Ich habe auch ein Netz, das du benutzen kannst.«

Als wir draußen waren, lag in seinem Lächeln soviel Gewißheit, daß ich mich genauso für Schmetterlinge interessierte wie er, daß ich beschämt war und das Schmetterlingsnetz mit größerer Begeisterung entgegennahm, als ich tatsächlich dabei empfand. Ich folgte ihm durch den hellen Türausschnitt des Seitenausgangs hinaus in den Hinterhof. Doch man konnte ihn eigentlich nicht als »Hof« bezeichnen. Zum einen gab es keine sichtbaren Begrenzungen, denn das mit Unkraut bewachsene Land erstreckte sich bis zum Wald hinüber. Abgesehen von dem Areal direkt vor der Tür, durch das ein grober Pfad getreten worden war, gab es keinerlei Anzeichen, daß hier jemals etwas beschnitten, gemäht oder gestutzt worden wäre. Sogar das Gras neben der Tür war schienbeinhoch; zwanzig Schritte weiter reichte es mir bis zu den Knien, dann fast bis zur Taille. Ich hatte das Gefühl, von trockenem Land in immer tiefer und tieferes Wasser zu waten.

Zwischen dem Unkraut wuchsen dichte Goldrutenstauden, Gänseblümchen, Wiesenschaumkraut und Disteln, und außerdem stand dort noch eine Menge kleinerer und größerer Obstbäume, Eichen und Trauerweiden.

»Wir mähen hier weder das Gras noch beschneiden wir die Hecken oder reißen Blumen aus; wir möchten den Lebensraum der Schmetterlinge nicht stören, genausowenig wie den der Vögel. Deshalb lassen wir die Vegetation in Ruhe.«

Es war also Vegetation. Inzwischen war ich in ein Gebiet vorgedrungen, wo mir das Büffelgras, die Winden und das Unkraut bis zum Kinn reichten, und an einer Stelle, zu der ich mich zu schnell vorgewagt hatte, reichten sie mir fast über die Augen. Als ich dastand und all die hohen Halme wegschlug, die mich im Gesicht kratzten und kitzelten, hörte ich Dr. McComb nach mir rufen.

»Bist du da? He?«

Ich schlug ein bißchen mehr um mich und hielt das Netz über den Kopf wie eine Flagge. Schließlich gelangte ich nicht direkt auf eine »Lichtung«, aber zumindest reichten hier die Pflanzen nicht höher als bis zu meiner Taille.

»Da bist du ja! Was Interessantes gefunden?«

Ich hatte nach nichts *gesucht*, aber ich wollte nicht den Eindruck erwecken, untätig gewesen zu sein. Ich zermarterte mir den Kopf, rief mir schnell eine Reihe bebilderter Seiten aus dem Buch aus der Bücherei ins Gedächtnis und sagte, ziemlich zögernd: »Ich dachte, ich hätte einen Passionsschmetterling gesehen . . .«

Er stieß ein gutmütiges Schnauben aus. »In *der* Gegend? Das glaube ich nicht. Den findet man unten in Südamerika.«

Das sah mir ähnlich, das falsche Land zu erwischen. »Ich sagte ja nur, ich *dachte*.« Ich wurde allmählich mürrisch.

Wir hatten uns langsam durch diesen Dschungel hindurchgearbeitet und schlenderten nun einen Feldweg entlang. Er war kaum einen halben Meter breit, kam mir aber sehr gepflegt vor. Ich holte ein paarmal mit dem Schmetterlingsnetz aus und war Bunny Caruso außerordentlich dankbar, daß ich bei ihr ein wenig Erfahrung gesammelt hatte. Wahrscheinlich sah es ziemlich gekonnt aus, wie ich blitzschnell aus dem Handgelenk das Netz herumwirbelte.

Ein wenig später, nach einigen weiteren Versuchen, sagte ich: »Als ich am Spirit Lake war . . .«

»Pschschscht!« Dr. McComb blieb stehen, sah mit zusammengekniffenen Augen in die dunstige Ferne, die dunkelgrau und neblig vor uns lag, und seine dichten weißen Augenbrauen wirkten wie ein kleines Vordach, als ich ihn von der Seite ansah. Da sein »pschschscht« laut genug gewesen war, um einen Toten aufzuwecken, verstand ich nicht, warum er sich aufregte. Außerdem hatten Schmetterlinge doch keine Ohren, oder? Sie konnten doch nicht *hören*, nicht wahr? Er begann zu flüstern, es war kaum ein Murmeln. »Schau den Weg hinunter. Auf ungefähr zwei Uhr von dir aus gesehen. Ich wette, das ist ein (. . .).«

»Hm«, sagte ich. Das klang ziemlich unverbindlich.

»Was meinst du? Ist das einer?«

Ich schaffte es, fast gleichzeitig zu nicken und den Kopf zu schütteln. Glücklicherweise breitete der Schmetterling die Flügel aus und flog träge davon, wodurch Dr. McComb ihn besser sehen konnte. Nein, entschied er, es sei kein Blauer (. . .), und ersparte mir, behaupten zu müssen, es handle sich um das eine oder andere Exemplar. Schweigend gingen wir ein Stückchen weiter. Über der Stelle, auf der das Hundsgift wuchs, schwärmten Hunderte winziger weißer und gelber Schmetterlinge, nicht größer als mein Fingernagel und so dicht beieinander, daß man den Eindruck von weißen und gelben Nebelschwaden hatte.

»Sehen Sie nur!« rief ich aus.

Diesmal antwortete Dr. McComb bloß mit »hm«.

Ich staunte über die Schmetterlingswolke.

»Es ist das Hundsgift, das hier draußen wächst. Das lieben sie.«

»Um den Spirit Lake wächst das nicht, oder? Jedenfalls habe ich dort keines gesehen.« Er erwiderte nichts, stand einfach da und schaute schläfrig auf den Schmetterlingsschwarm, und ich fuhr fort: »Sind Sie noch einmal zum Spirit Lake gegangen, um nach dem Weißen Spitzenflügler zu suchen?«

»Hm. Ein paarmal.«

»Es ist zu schade, daß sie den See so verkommen lassen, nicht wahr? Er ist jetzt ganz verschlammt; na ja, Sie wissen das ja, wenn Sie vor kurzem dort waren.« Wieder antwortete er nicht. Ich sah ihn an, wie er steifbeinig und starr auf dem Weg stand, und hoffte, er würde nicht ins Koma fallen. »Auf Bildern habe ich gesehen, wie der Spirit Lake vor vielen Jahren aussah. Vor etwa fünfzig Jahren. Als er nicht so zugewachsen war. Es gab ein Bootshaus. Das ist zwar immer noch da, aber größtenteils zerfallen.« Er erwiderte nichts. Ich seufzte. »Ja, es ist inzwischen größtenteils eine Ruine. Oh, ich glaube, man könnte immer noch eines der Boote flottmachen. Die Boote sind immer noch da. Aber ich denke, sie würden lecken.« Er blinzelte bedächtig mit den Augen, während ich sprach, und beugte sich ein wenig über das Hundsgift, als wollte er die Schmetterlinge an sich ziehen wie eine Bettdecke, sich einfach hinlegen und einschlafen. »Ein Haus steht auf der anderen Seite . . .«

»Devereau«, sagte er plötzlich, und zu meinem Erstaunen holte er langsam mit seinem Netz aus und fuhr damit durch die Luft. Auf einer Stockrose saß ein wunderbarer Schmetterling, rosa, lavendelfarben und tiefblau, den ich nicht einmal bemerkt hatte. Er hatte ihn mit den Augen verfolgt. Aber der Schmetterling flog davon, gerade in dem Moment, als er mit dem Netz nach unten schlug. Er seufzte tief.

»Ach, zu dumm. Das ist wirklich zu dumm.« Ich mußte jetzt natürlich alles daran setzen, das Gespräch wieder auf die Devereaus zu lenken. Das war echte Arbeit. Dr. McComb starrte in die blaugraue Ferne, auf eine neue Entdeckung gefaßt. Ich wußte eigentlich nicht, warum ich so vorsichtig sein mußte. Wenn ich etwas wissen wollte, warum fragte ich dann nicht gerade heraus? Wenn es sich um Dinge handelte, die ich eigentlich nicht erfahren sollte, genauer gesagt, die ich meiner Mutter und anderen Leuten zufolge nicht erfahren sollte, dann dachte ich wahrscheinlich, daß ich sie aus den Leuten herauslocken mußte. »Es ist ein hübsches Haus, das Haus der Devereaus, es ist nur völlig heruntergekommen. Es wundert mich, daß niemand mehr dort wohnt. Es sieht aus, als hätte schon seit *fünfzig* Jahren keiner mehr dort gewohnt.« Ich sah ihn an, um festzustellen, ob die Zahl eine Reaktion auslöste. Aber er hatte weder gezuckt noch seine kampfbereite Jagdpose aufgegeben und hielt das Netz an sich gedrückt wie ein Gewehr, als wollte er die Schmetterlinge schießen, statt sie einzufangen.

Ich versuchte, mir eine andere Strategie auszudenken, als er überraschend sagte: »Vermutlich wegen der Tragödie.«

Ich riß die Augen auf. Ich war wie elektrisiert, fast benommen durch den direkten Hinweis auf Mary-Evelyns Tod, um so mehr, weil er ihn auch so bezeichnete: eine Tragödie.

»Die Tragödie?«

»Das kleine Mädchen ist ertrunken.«

»Sie ist ertrunken? Wie?«

Er wandte sich zu mir um und sah mich an. Seine runden Brillengläser wurden plötzlich von Sonnenstrahlen getroffen und verwandelten sich in zwei silberne Scheiben. »Sie war in deinem Alter.«

Unwillkürlich trat ich einen Schritt zurück und spürte, wie sich meine Füße in Dornen- und Himbeergebüsch verfingen. Die Luft, die mir so dünn, so klar und blau erschienen war, wurde dicker. All die feinen Geräusche – die Zikaden, die Grillen, das leise raschelnde Gras – vereinten sich zu einem einzigen Trommelton.

Ich wollte zu einem Satz ansetzen: »Mein ...« aber auch mein Hals fühlte sich dick an, und meine Stimmbänder waren starr und angespannt. Das Feld, der Hühnerstall, das Unkraut, die Blumen und Dr. McComb selbst schienen sich auf unheimliche Weise verändert zu haben. Er sah mich immer noch an, seine Brillengläser glichen glänzenden Scheiben aus Eis. Die einzige Person, die meiner Ansicht nach sogar mit dunklen Brillengläsern freundlich aussah, war der Sheriff. Ich schluckte schwer. Ich wünschte, er wäre hier gewesen.

Als Dr. McComb jedoch seine Brille hochschob und sein Fernglas an die Augen setzte, kam alles genauso schnell wieder ins Lot, wurde wieder normal. »Ah!«

Auf meinen Waden spürte ich den Abdruck von Brombeer- und Dornenstacheln, als ich wieder aus dem Gestrüpp heraustrat und Dr. McComb leise fluchen hörte, weil es sich nur um einen ganz gewöhnlichen Kohlweißling handelte. Ich war froh; denn die Verfolgung einer seltenen Spezies hätte bedeutet, mit dem Thema von Mary-Evelyn später wieder aufs neue anfangen zu müssen.

»Sie sagten, sie wurde umgebracht?« erinnerte ich ihn.

Er nickte.

Warum sagte er nicht, *wie* sie starb? Ich biß auf meinen Lippen herum. »Mein Gott, und sie war erst zwölf?«

Dr. McComb nickte, antwortete aber nichts, bis er kurz darauf sagte: »Nun, Zeit für eine Tasse Kaffee. Möchtest du welchen?«

Obwohl ich enttäuscht war, das Gespräch über das Thema nicht fortsetzen zu können, war ich dennoch erfreut, daß er mich für alt genug hielt, Kaffee zu trinken. »Sicher«, sagte ich und zuckte die Achseln, ein *Warum nicht?* andeutend.

Wir gingen zum Haus zurück, er streifte gedankenverloren die

Schuhe an einer braunen Fußmatte ab, ich überlegte, wie ich das Gespräch wieder auf Mary-Evelyn lenken konnte. Ich folgte ihm zur Küchentür, einer Tür, deren Schwelle von einem Geflecht aus wildem Wein und Wiesenschaumkraut überwuchert war, als würde dieser Teil des Hauses in der weichen Erde versinken.

Bei der Rückkehr aus dem grellen Sonnenlicht, das draußen im Dickicht und auf den Feldern geherrscht hatte, in die kühle, dämmerige Küche, mußte ich erneut blinzeln, um die Gegenstände zu erkennen. Die Kühlschranktür mit dem Aluminiumgriff und der weiße Emailleherd auf den gebogenen Füßen tauchten aus dem Dunkel auf. Bei anderen Gegenständen jedoch, dem Küchentisch und den Stühlen mit den Sprossenlehnen etwa, mußte ich die Augen zusammenkneifen, um sie zu erkennen. Schließlich erschienen große Schränke und ein kleiner, eine alte Kühltruhe und an der gegenüberliegenden Wand ein Büfett, auf dem Teller und Tassen aufgereiht waren; als meine Augen sich an das Dämmerlicht gewöhnt hatten, sah ich, daß es ein Service mit Zwiebelmuster war.

Ich saß auf einem Stuhl an dem weißen Küchentisch, während Dr. McComb herumhantierte, die Kaffeemaschine herausholte, Wasser und *Maxwell*-Kaffee abmaß. In diesem trüben Dämmerlicht waren die Konturen der Gegenstände nicht scharf umrissen, sondern ebenso verschwommen wie die Geräusche gedämpft waren, und plötzlich kam mir der Gedanke, daß ich nie eine wirkliche Heimat finden würde, einen Ort, der mir gehörte, und daß ich suchen konnte, solange ich wollte, daß ich mich an allen möglichen Orten niederlassen konnte und doch alles immer nur ein Traum bliebe. Das schockierte mich zutiefst, denn das Hotel Paradise war *immer* meine Heimat gewesen. Die meiner Familie, und meine Familie gehörte natürlich zu mir. Ich gehörte zu ihr. Aber jetzt hatte ich das Gefühl, ich gehörte weder zu ihr noch an irgendeinen anderen Ort. Obwohl ich immer zu Fuß auf den staubigen alten Straßen von Spirit Lake und dem zwei Meilen langen Highway nach La Porte unterwegs war, wünschte ich in diesem Moment, meine Schuhe wären vom Schlamm, von dicken Händen aus Schlamm festgehalten worden. Erde, die mich an Erde band.

Aber siehe da! Wie leicht die Bindungen sich lösten, die Davidows waren einfach aufgetaucht und hatten auf alles Anspruch erhoben – auf mein Hotel, meine Spazierwege, meine Vergangenheit. Meine Gegenwart.

War das *möglich*? Ich hörte, wie sich die Kühlschranktür öffnete und schloß und Dr. McComb Milch auf den Tisch stellte. Nein, das war es nicht. Nichts davon gehörte den Davidows mehr als mir.

Draußen, in jenem Moment, als Dr. McComb seine glänzenden, eisigen Brillengläser auf mich gerichtet hatte, dachte ich, nach innen gerichtete Augen, nicht die meinen, hätten etwas auf einer anderen Wellenlänge aufgeschnappt, etwas, dem ich mich widersetzte, das ich zurückgedrängt hatte, weil es zu beängstigend war; ich hatte ein Wissen verdrängt, das wie klebrige Spinnweben vor meinen Augen hing. Aus irgendeinem Grund fiel mir dabei ein alter Laden in Spirit Lake ein. Nicht Martins Laden, nicht der, in dem geschäftiges Treiben herrscht, wo jedermann einkauft, sondern der kleine, dunkle am anderen Ende des Dorfs, eher eine halbe Ruine, der einer alten Dame gehört, die sich in den Kopf gesetzt haben muß, sie könne ihren Lebensunterhalt mit dem Verkauf von Grundnahrungsmitteln verdienen – nichts Ausgefallenes wie in Martins Laden mit separater Fleischtheke (und sogar einem Metzger, der zur Familie gehörte), großen, durchsichtigen Plätzchenbehältern oder Vitrinen für Süßigkeiten. Nein, dieser alte Laden war dunkel und kärglich, die Regale leer bis auf ein paar Suppen- und Bohnenbüchsen. Am meisten stachen die Reihen mit den verpackten Brotlaiben hervor. Die Laibe glänzten in den weißen Hüllen. Dämmerlicht und Düsternis und schimmernde Brottüten.

Und dann dachte ich an Ree-Janes leuchtenden Lippenstift, ihre pastellfarbenen Kleider (bis ich sie bekam, waren sie verblichen) und an das Abendkleid, das meine Mutter für sie gemacht hatte, aus vielen Metern Tüll, auf denen ganze Regenbogen von Ziersteinchen verteilt waren. Und ich frage mich jetzt, ob all dieser billige, glänzende Tand wirklich notwendig ist? Ob dieser einfache karge Raum mit den schimmernden Brottüten nicht besser ist?

In der Ferne hörte ich Donnergrollen, und einen Augenblick später schlugen Tropfen aufs Dach. Das Licht, das durch das Fenster fiel, wurde immer schwächer und verschwand fast gänzlich, als hätte man eine Jalousie vorgezogen; die Küche wurde noch düsterer, doch mein Wohlbehagen nahm zu. Ich wußte nicht genau warum, da Regen und Düsternis gewöhnlich mit Traurigkeit und Leid in Verbindung gebracht werden. Um besser denken zu können, sah ich auf den Boden. Ich hätte die Augen geschlossen, aber Dr. McComb hätte dann gefragt: *Warum hast du die Augen geschlossen?*

Ich ließ ihn leise pfeifend in der Küche herumwerkeln, während ich an den Hühnerstall dachte, an die Hühner, die sich darin zusammendrängten, die herumpickten, ihre Federn aufplusterten oder gemütlich auf dem Stroh saßen, vielleicht ein oder zwei Eier legten (wie auch immer sie das bewerkstelligten) trotz des Regens, der jetzt aufs Dach trommelte, und des inzwischen laut grollenden Donners. Das Wetter war ihnen gleichgültig. Regen, Sonne, Eis, Frühling. Ich schätzte, die Hühner registrierten das und verhielten sich entsprechend. Wahrscheinlich machten sie sich nicht einmal die Mühe, vom Hof in den Stall zu gehen. Ohne nachzudenken, wie dumm es klingen mochte, fragte ich Dr. McComb danach.

»Manche gehen rein, manche nicht«, antwortete er und stellte Tassen und einen Teller mit Plätzchen auf den Tisch. Dann ging er wieder zum Herd hinüber.

Mir erschien die Antwort gleichermaßen vernünftig wie das Verhalten der Tiere. Man ging aus dem Regen in den Stall oder auch nicht, je nachdem, wie man den Regen empfand. Dr. McComb hatte meine Frage offensichtlich ganz sachlich aufgenommen und ebenso beantwortet.

Ich wandte mich dem Fenster zu und sah blinzelnd nach draußen, denn auf diese Weise konnte ich meine Gedanken besser fassen, die sich zunehmend verdüsterten. Der alte Laden, die dämmrige Küche, Spirit Lake: Sie alle hatten etwas gemeinsam. Ein Geheimnis war in ihnen verborgen, das Geheimnis eines Verlusts. Ich sah das Mädchen. So nannte ich sie: das Mädchen. Durch meine halbgeschlossenen Lider sah ich den Spirit Lake, der Regen zerfurchte seine graue Oberfläche, der Wind wühlte die Ränder auf und wiegte den Teppich aus Wasserlilien.

Das Mädchen.

Ich sah sie am gegenüberliegenden Ufer stehen, ihre Arme hingen herab, ihr Haar so seltsam mondfarben. Ihr Kleid war sehr hell, schimmerte wie der Emailleherd hier in der Ecke oder die Brottüten in dem einfachen Laden. Auch auf dem Bahnsteig war sie mit leeren Händen dagesessen, sie hielt nichts fest, außer vielleicht einer kleinen Börse. Und auf dem Gehsteig in La Porte, in ihrem blumenbedruckten Baumwollkleid, hatte sie wiederum nur bei sich, was sie in einer Hand halten konnte. Es war, als hätte sie keinerlei Besitz, und ohne daß es mir im geringsten traurig erschienen wäre, hatte ich das Gefühl, daß sie durch nichts an Zeit und Ort gebunden war. Sie erschien schwerelos.

»Bist du in Trance gefallen, oder hast du einen Anfall oder so was?«

Dr. McCombs Stimme ließ mich zusammenfahren. »Hm?«

»Deine Augen sind zusammengekniffen, und deine Lippen bewegen sich. Hier, nimm ein Plätzchen.«

Er schob die Plätzchen zu mir herüber. Sie sahen sehr üppig aus, mit dicken Tropfen aus Zuckerguß in der Mitte. »Ich habe nur nachgedacht«, sagte ich kühl und suchte mir das Plätzchen mit dem meisten Zuckerguß heraus. Aber Dr. McComb hatte verstanden, glaube ich.

»Hm!« Es klang, als würde er mir nicht glauben. Er goß Kaffee in die dicken weißen Becher. Mir hätten die Tassen mit dem Zwiebelmuster besser gefallen, aber vermutlich war das Porzellan besonderen Gelegenheiten vorbehalten. Doch ich bezweifelte, daß es viele »besondere Gelegenheiten« in Dr. McCombs Haus gab. Das erinnerte mich wieder an die seltsame Frau im Wohnzimmer. Wo war sie hingegangen? Wer war sie? Ich fragte nicht nach, weil ich nicht vom Thema der Devereaus abkommen wollte. Und – dies war der eigentliche Grund – weil ich dachte, wenn Dr. McComb gewollt hätte, daß sie beachtet oder erwähnt wird, würde er selbst auf sie zu sprechen kommen. Vielleicht brachte sie ihn in Verlegenheit. Vielleicht wußte er nicht einmal, daß sie hier war. Das klingt verrückt, aber ich habe zunehmend den Verdacht, daß Leute einfach herumwandern und in dein Leben (oder dein Haus) eindringen, ohne sich vorher anzumelden, daß sie einfach auf dem Weg oder vor deiner Tür auftauchen. Ein Gesicht am Fenster, von wem? Das Leben ist so chaotisch und verrückt, das braucht wohl nicht betont zu werden.

Ich wollte eigentlich nichts von dem Mädchen sagen, aber ich erinnerte mich an Dr. McCombs Antwort auf die Frage nach den Hühnern und dachte, er würde wahrscheinlich nicht die Millionen üblicher Fragen stellen, die Erwachsene gewöhnlich bei jeder noch so geringfügig ungewöhnlichen Frage eines Kindes parat haben: *Wie kommst du dazu, das zu fragen? Warum willst du das wissen? Wer hat dir das gesagt? Hat dir das jemand gesagt?*

»Haben Sie jemals jemanden beim Haus der Devereaus am Spirit Lake gesehen?«

Er schüttelte den Kopf. Er aß sein Plätzchen vom Rand her auf und hob sich den Guß bis zum Schluß auf.

»Nun, ich schon.«

»Du schon?« Seine alte Stirn runzelte sich vor Erstaunen. »Aber du kommst doch zu dem Haus gar nicht hinüber. Ich weiß das, ich hab's versucht. Nicht ohne das ganze Unterholz abzuschlagen.«

Ich trank meinen Kaffee und gab zwei weitere Löffel Zucker hinein. »Nun, jemand hat es getan.«

»Was hat er getan?«

»Sie. Sie hat einfach bloß dagestanden.«

»Vielleicht irgendein Makler.« Er runzelte die Stirn.

»Das glaube ich nicht.«

Aber er ließ nicht locker. »Vielleicht Henderson, dieser Mistkerl. Aber du hast gesagt, es war eine ›Sie‹.«

Das Nette an Dr. McComb war, daß er nicht behauptete, ich hätte niemanden gesehen. Fast jeder andere Erwachsene (außer dem Sheriff und Maud) hätte mir erklärt, ich hätte wahrscheinlich etwas anderes gesehen und nur *gedacht*, es sei eine Person gewesen. Eine Kuh vielleicht?

Dr. McComb redete immer noch über den Makler. »Dieser Mistkerl Henderson ist vor ein paar Jahren mit seinem verdammten Landrover hingefahren und hat einen Weg freigeschlagen, weil er es verkaufen wollte. So ein Gauner, so ein Schleimkübel. Leute wie ihn sollte man einsperren. Kennst du ihn?«

Ich schüttelte den Kopf und blühte auf bei dem Gedanken, daß er mich für alt und reif genug hielt, um mit den Schleimkübeln von La Porte zu tun gehabt zu haben – und mir ohne mit der Wimper zu zucken, Flüche anzuhören.

Er verputzte das Mittelstück seines Plätzchens mit dem Zuckerguß, leckte die Finger ab und schlürfte etwas Kaffee. Dann ging er suchend in der Küche herum und kam mit einem Aschenbecher und einem halb gerauchten Zigarrenstumpen zurück. Er schickte sich an, ihn anzuzünden, hielt inne und fragte: »Macht es dir was aus, wenn ich rauche?«

Als wäre ich daran gewöhnt, daß Leute mich fragen, ob es mir etwas ausmacht – soweit ich mich erinnern konnte, war das noch nie geschehen. Mit einer beiläufigen Geste gab ich zu verstehen, er solle sich keinen Zwang antun. Mich interessierte das letzte Plätzchen auf dem Teller, aber ich wollte nicht verfressen erscheinen. Er schob mir den Teller hin. Ich nahm es und kaute.

Nachdenklich sah er den Rauchwölkchen nach und sagte: »Möchte wissen, wer das war. Eine Frau, hast du gesagt?«

»Ja.«

»Wie hat sie ausgesehen?«

Aus irgendeinem Grund wollte ich das nicht sagen. Ich runzelte die Stirn. Warum wollte ich es ihm nicht sagen? »Ich war zu weit weg, um sie zu sehen, ich meine, um ihre Gesichtszüge zu erkennen.«

Er rauchte. Ich aß den Rest meines Plätzchens auf. Die Stille war angenehm, genauso wie das gelegentliche Schweigen in Miss Flytes Küche. Die Uhr tickte. Allerdings gab es keine Katze. Dann sagte ich: »Vielleicht ist es eine Devereau.«

Dr. McComb antwortete: »Seit der gerichtlichen Untersuchung war keine mehr da. Die Schwestern sind alle fortgegangen. Und inzwischen müssen sie tot sein.«

»Rose nicht. Sie war damals jung.«

Er runzelte die Stirn, als würde er auf den Einfall nicht viel geben. »Rose Devereau. Ja, ich erinnere mich vage an sie.« Die Furchen auf seiner Stirn vertieften sich. »Wie hast du von Rose Devereau erfahren?«

»Meine Großtante Paradise hat mir von ihr erzählt.«

Dr. McComb stieß ein erleichtertes Lachen aus. »Aurora Paradise.« Er schüttelte den Kopf.

So, wie er das sagte und den Kopf schüttelte, hätte man glauben können, Aurora Paradise sei der Grund für all die Verwirrung in der Welt. Er sagte den Namen noch einmal und lachte wieder.

»Ich könnte mir denken, daß man Sie gerufen hat, als die Tragödie entdeckt wurde.« (Der Ausdruck »Tragödie« jagte mir einen angenehmen kleinen Schauer über den Rücken.) Ich legte mein Plätzchen weg.

»Ja, das stimmt. Obwohl ich nicht ihr Arzt war, und ich mit den Devereaus kaum etwas zu tun hatte. Nie habe ich etwas von Verwandten gehört, die anderswo leben sollen.«

»Wer war ihr Arzt?«

»Nun, damals gab es Dr. Jenks.«

»War er der Arzt von den meisten Leuten?«

»Hm.«

Und dann kam mir ein anderer Gedanke. Warum war ich nicht schon früher darauf gekommen? Daß Dr. McComb damals noch ganz jung – nicht älter als fünfundzwanzig oder dreißig – und neu in der Stadt gewesen sein mußte. »Ich nehme an, er hatte alle Patienten. Ich wette, es ist schwer, die Leute dazuzubringen, den Arzt zu wechseln.« Ich erinnerte mich, wie Aurora wegen eines »jungen Quacksalbers« herumgebrüllt hatte, der sie aufgesucht hatte.

»Das stimmt.«

»Wie kommt es, daß Sie anstelle von Dr. Jenks hingehen mußten, nachdem man sie gefunden hatte? War er nicht der Polizeiarzt?« Ich konnte mich nicht erinnern, wie der Sheriff diese Art von Doktor genannt hatte.

»Nun, er war in dieser Nacht nicht in der Stadt. Soweit ich mich erinnern kann, mußte er zu einer kranken Familie drüben in Hebrides.«

»Also ist sie ertrunken.«

Seine Zigarre war ausgegangen, und mit Blasen versuchte er, sie wieder anzufachen, während er den Kopf schüttelte. Sie sah ziemlich ramponiert aus.

Ich rutschte auf meinem Stuhl nach unten, klapperte mit meiner Kaffeetasse herum und hoffte, beiläufig zu klingen. »Ist schon irgendwie komisch. Ich meine, daß sie mit zwölf *allein* und *bei Nacht* mit einem Boot draußen war.« Ich sah ihn an.

»Wer sagte, daß es Nacht war?«

»Sie. Sie haben es gerade gesagt.«

»Oh.« Er zupfte Tabakkrümel von den Lippen.

Anmutig wie durchsichtige Vorhänge bewegten sich in der Stille Schatten über das Fenster hinter ihm. Wie lange war ich schon hier? »Es ist irgendwie, na ja, komisch. Seltsam.« Die Uhr tickte; ich sah hinüber. Halb sechs! Ich wäre von meinem Stuhl hochgesprungen, wenn Dr. McComb in diesem Augenblick nicht gesagt hätte:

»Das fand ich auch.« Er räusperte sich. Aus seinem Tonfall und seiner Miene war zu schließen, daß er sich wirklich unbehaglich fühlte.

Also blieb ich auf meinem Stuhl sitzen und sagte nichts, denn er war in eines jener tiefen Schweigen versunken, in das Erwachsene manchmal eintauchen, wenn sie über die Vergangenheit nachdenken. Ich sagte kein Wort. Er räusperte sich erneut.

»Ja, das fand ich auch. Die Frage war, ganz wie du gesagt hast, *warum* war dieses kleine Mädchen in dem Boot? Nun, das war vollkommen unverständlich. Ergab überhaupt keinen Sinn. Und die Schwestern Devereau behaupteten, sie sei bei Nacht einfach aus dem Haus geschlüpft und zum Bootshaus hinuntergerannt – aber das Bootshaus war am *anderen* Ende.« Er schüttelte den Kopf. »Aber was konnte ich sagen? Was konnte ich tun?«

Eigentlich stellte Dr. McComb diese Fragen nicht mir; vielleicht hatte er sogar vergessen, daß ich anwesend war. Ich sagte nichts.

»Also, die drei – die Schwestern – *schwebten* förmlich über mir. Ich meine, sie standen unten beim See, alle in dunkle Schals und Umhänge gehüllt . . . drohend über mir aufragend. Du hast die Devereau-Schwestern nicht gekannt.« Langsam senkte sich sein Kinn fast bis zur Brust; und einen Moment lang hatte es den Anschein, als wäre er eher so alt wie ich. Seine blassen Augen richteten sich langsam auf mich, und er blinzelte, als würde er mein Gesicht fixieren.

Ich schüttelte den Kopf. Ich sagte nichts.

»Es ist lange her.« Immer und immer wieder drehte er den Löffel neben seiner Tasse von einer Seite zur anderen. »Die einzige Person, die behauptete, in dieser Nacht in der Nähe des Hauses gewesen zu sein, war Alonzo Woods. Kennst du ihn?«

Ich riß die Augen auf. Die Uhr schlug sechs, und ich wußte, ich würde etwas erleben, wenn ich nicht rechtzeitig zurück wäre, um die Brotkörbe fürs Abendessen herzurichten. Aber selbst wenn der Boston-Ohio-Zug mit Vera am Steuerhebel durch die Küchenwand gedonnert wäre, hätte mich nichts von meinem Stuhl fortgebracht. Nicht um alles in der Welt. »Wer?«

»Alonzo. Sie haben ihm einen blöden Namen gegeben, irgendwas wie Ulab oder so.«

»Ulub. Ulub und Ubub. Die Brüder Woods? *Ich kenne sie!*« Selten in meinem Leben war ich so erregt gewesen.

»Nun, Alonzo sagte, er sei dort gewesen. Ich meine, ich *nehme an*, daß er das gesagt hat. Er war damals etwas über zehn. Und sein Bruder, der größere von beiden . . .«

»Ubub nennen sie ihn. Ich weiß nicht, wie er wirklich heißt. Vielleicht Bob.«

»Woher haben sie bloß diese lächerlichen Spitznamen?«

Vor gespannter Erwartung rutschte ich so sehr auf meinem

Stuhl herum, daß man hätte annehmen können, ich müßte aufs Klo. Ich wollte keine Zeit mit den Spitznamen verlieren. »Von ihren Nummernschildern.«

»Nummernschildern?«

»Es war so etwas wie ein Scherz. Die Buchstaben waren ganz ähnlich. Aber fahren Sie mit Ihrer Geschichte fort.« Er sah jetzt auf seine Armbanduhr, und ich hatte Angst, er würde mir raten zu gehen, zum Hotel zurückzukehren und meine Arbeit als Bedienung zu machen. Das war albern.

»Nun, Alonzo, oder *U*-lub . . .« Er schüttelte den Kopf, um mir zu bedeuten, daß er den Spitznamen mißbilligte, »hat mich aufgesucht. Beide kamen. Ich glaube, sein Bruder – William? – war älter und gab ihm Rückenstärkung. Ermutigte ihn. Es schien, daß Alonzo in dieser Nacht in der Nähe des Sees oder des Hauses war, und er erzählte eine andere Geschichte.«

Ich schwieg wie ein Grab. Aber als er zu sprechen aufhörte, hatte ich Angst, er würde überhaupt nicht mehr weiterreden. »Erzählen Sie. Was hat er gesagt?«

Dr. McComb sah mich an und lächelte leicht, als spielten wir so etwas wie Dame und er wäre gerade über all meine Steine gehüpft. »Nun, ich weiß nicht. Ich konnte ihn nicht verstehen.«

»*Was?*« Fast hätte ich ihn angeschrien. Wie konnte er lächeln, wenn ihm eine so wichtige Information entgangen war? Ich konnte es einfach nicht fassen.

»Wenn du je mit ihm geredet hättest, wüßtest du, was ich meine. Ich war ganz geduldig, und sein Bruder versuchte ständig, für ihn zu ›dolmetschen‹, aber in dem Fall führt ein Blinder einen Blinden, verstehst du.«

Dann muß er meine Enttäuschung gespürt haben. Tatsächlich hätte ich weinen können bei dem Gedanken, daß jemand Bescheid wußte. »Aber ich habe etwas von dem, was er gesagt hat, aufgeschrieben. Möchtest du es sehen?«

Ich war total verblüfft. Und ob ich wollte!

Dr. McComb verließ die Küche, und ich hörte ihn im Wohnzimmer; es klang, als würde er hektisch irgendwelche Gegenstände herumwerfen. Ein paar Minuten später war er zurück. »Du bist die einzige Person, die sich je dafür interessiert hat. Vielleicht wirst du schlau daraus.«

Schweigend nickte ich, als er das Notizbuch auf den Tisch legte. Es war ein einfaches Schulheft, eines von der Sorte mit schwarzweißgesprenkeltem Pappumschlag und einem weißen Namensschild. »Sie meinen, ich kann es mitnehmen?«

»Hm, wenn du willst. Die Sache ist nur . . . was könnte es jetzt noch daran ändern? Es ist neununddreißig Jahre her. Von den Leuten damals lebt kaum noch einer. Aurora Paradise vielleicht.«

»Ulub und Ubub«, antwortete ich.

Das Heft fühlte sich kühl und glatt in meiner Hand an.

Es schimmerte wie eine rätselhafte Botschaft, genauso wie die Brottüten im Dunklen.

16.

Wenn die Blätter fallen, siehst du . . .

Das Heft steckte in der Innentasche meiner dünnen Jacke, als ich in Rekordzeit zum Hotel zurückkehrte, weil Dr. McComb mich freundlicherweise mit dem Wagen nach Hause gebracht hatte. Ich fand, daß er für einen Mann seines Alters sehr gut fuhr; seine Hände auf dem Lenkrad zitterten nicht einmal. Ich bat ihn, mich am Ende der Auffahrt abzusetzen, weil ich keine Lust hatte, eine Menge Fragen beantworten zu müssen, wo ich gewesen war und dergleichen. Nicht daß mit meinem Aufenthaltsort etwas nicht in Ordnung gewesen wäre oder daß meine Mutter etwas dagegen gehabt hätte, ich hatte nur einfach keine Lust, all die Fragen zu beantworten. Er verstand mich.

Nachdem das Notizheft unter meiner Matratze versteckt war und ich mich in meine weiße Uniform geworfen hatte, rannte ich die Treppe hinunter zum Speisesaal, wo Miss Bertha und Mrs. Fulbright bereits unverrückbar wie zwei Felsen Platz genommen hatten – das Essen hatte schon vor einer halben Stunde begonnen. Vera rauschte durch den Saal, das Tablett mit dem Wasser und den Brötchen auf den Fingerspitzen balancierend. Verdeckt von dem Tablett, trat ich rasch ein.

Ich ging zum Tisch mit den Salaten. Glücklicherweise hielt sich Mrs. Davidow nicht in der Küche auf, denn sie fand immer Zeit, mich zu tadeln. Meine Mutter jedoch hielt sich für zu beschäftigt, um mich auszuschimpfen; sie warf mir nur einen messerscharfen Blick zu, der mich niedermetzelte – oder zumindest zu Boden schmetterte. Sie bereitete Schweineschnitzel vor, um sie in der heißen Pfanne anzubraten. Sie wurden zuerst angebraten und dann mit Äpfeln und Zwiebeln gegart. Mit dem Fleischbeil hackte sie kleine Knochenstücke von einem Schnitzel ab, und das knallende Geräusch schien ihren Ärger auf mich zu vertreiben – als wollte sie sagen: »Dieses Schnitzel ist . . .« – KNALL! – ». . . gerade zur richtigen Zeit aufgetaucht.« KNALL! *»Weil man sich auf dieses Schnitzel verlassen kann.«* KNALL!

Ich versuchte das Fleischbeil zu ignorieren und konzentrierte mich auf die restliche Arbeit am Salattisch. Anna Pugh hatte bereits ein Dutzend Salatteller vorbereitet, daher war nicht mehr viel zu machen. Auf den Eisbergsalat legte ich Tomatenviertel, grüne Paprikaringe und einen Zwiebelring. Neben der Schale mit schwarzen Oliven stand der Krug mit French Dressing, und ich beschloß, ein bißchen kreativ zu sein, indem ich die Oliven sorgfältig halbierte und sie in der Mitte der Salate plazierte. Diese grüne, rote und schwarze Garnierung fand ich sehr hübsch, bis

Vera neben mir auftauchte, die Olivenhälften wieder von den Salaten nahm und French Dressing für ihre Gäste darüber goß. Dann rauschte sie wieder zur Theke und gab flink ihre beiden Bestellungen auf, bevor sie mit ihrem Salattablett aus der Küche sauste. Mit ihren flotten Drehungen und dem abrupten Innehalten wirbelte Vera geradezu die Luft auf. Sie hätte Balletttänzerin sein können, sie war nur nicht hübsch genug.

Obwohl die Salate nicht angemacht werden durften, bevor die Gäste ihr Dressing ausgewählt hatten, beschloß ich, drei oder vier davon mit der unvergleichlichen Roquefort-Soße meiner Mutter zu garnieren. Ich weiß, daß es Leute gibt, die Roquefort-Dressing hassen. Aber sie haben nie die Soße meiner Mutter probiert. Sie ist der Inbegriff der Einfachheit und besteht aus Roquefort (nun, Blauschimmelkäse halt, weil die Zeiten hart sind) und Öl. Nur zwei Zutaten. Die Schwierigkeit ist allerdings die, zumindest für Leute wie Helene Baum, daß sie nicht wissen, wie diese beiden Zutaten gemischt werden. Was ich lachhaft finde. Das Dressing ist wie Samt. Ich krönte die Salate damit und plazierte die schwarzen Olivenhälften wieder darauf. Mit einem Hauch Paprika beendete ich mein Werk. Sie sahen ganz köstlich aus.

Mrs. Fulbright und Miss Bertha waren Gäste, die ich zu betreuen hatte. Miss Bertha war schwierig und obendrein noch geizig. Vera wußte immer, wo man Trinkgeld bekam. Mrs. Fulbright allerdings, Miss Berthas Tischgefährtin, war ganz reizend. Sie trug schwarzen Voile und war uralt – achtzig oder neunzig, und sie kannte Aurora Paradise und erkundigte sich immer nach ihr, als wäre Aurora weit weg in einem fernen Land und nicht bloß ein paar Stockwerke über ihr.

Miss Bertha jedoch erinnerte mich mit ihrer grauen Knotenfrisur, ihrem panzerartigen Korsett und dem grauen Kleid aus irgendeinem glänzenden Stoff, in dem sich das Licht spiegelte wie in Regenpfützen, an eine silberne Schlange. Ihr kleiner Körper schien hart und kompakt zu sein, gegen die Welt gewappnet. Ich bin sicher, es hätte einen harten Klang ergeben, wenn ich mit den Knöcheln auf sie geklopft hätte.

Oftmals *hätte* ich mit den Knöcheln auf sie klopfen mögen, weil sie tatsächlich einen gemeinen Zug an sich hatte. Natürlich war sie halb taub und trug ein Hörgerät so groß wie eine Faust, dessen Batterie immer leer war. Das einzige, was man ihr praktisch nicht hundertmal wiederholen mußte, war das Pfeifen des vorbeidonnernden Boston-Ohio-Zugs. Nach mehrmaligen Versuchen, ihr zu erklären, was es zum Abendessen gab, und sie immer mit *was? was?* antwortete, begann ich einfach zu brüllen. Natürlich brachte das immer sofort Vera auf die Palme, die den Vorfall später meiner Mutter berichtete und anmerkte, *sie* habe keinerlei Schwierigkeiten, Miss Berthas Bestellung aufzunehmen, und niemand schenkte mir die geringste Beachtung, wenn ich erwiderte, natürlich könne sie das, weil ich gerade SCHWEINESCHNITZEL ODER HACKBRATEN? SCHWEINESCHNITZEL ODER HACKBRATEN? oder was es sonst gerade in der Küche geben mochte, gebrüllt hatte. Nie schenkte mir jemand die geringste Beachtung.

Will und ich wurden ständig belehrt, wie man alte Leute zu behandeln habe. Es war wirklich ärgerlich. Mein Argument lautete, daß die Alten schon Jahrzehnte länger auf Erden weilten als ich, und daß sie inzwischen wissen müßten, wie hart das Leben ist. *Ich* dagegen sei erst zwölf und müsse das erst noch lernen.

Ich diskutierte. Will lächelte. Will stand einfach mit seinen strahlenden braunen Augen da, als könnte er sich nichts Schöneres vorstellen als diese Belehrungen und würde *jedes* Wort einsaugen, obwohl ich wußte, daß er überhaupt nicht zuhörte. Er tat immer so, als wäre das Leben einfach großartig, und dann ging er fort und machte, was er wollte, was etwa beinhaltete, zu Miss Bertha hinzugehen, wenn niemand in der Nähe war, und so zu tun, als würde er reden, obwohl er nur die Lippen bewegte. Sie wurde dann richtig hysterisch – klopfte und schüttelte ihr Hörgerät –, bis Will ruhig nach ihm griff, ihm einen kleinen Stoß oder dergleichen gab und etwas lauter zu sprechen begann. Miss Bertha hielt Will für einen Mechaniker, der Wunder vollbrachte. Das taten die meisten Leute.

Statt der erwarteten zwei Dutzend Gäste tauchten nur etwa zehn oder zwölf auf, und sie kamen fast alle auf einmal, so daß ich früher gehen konnte als sonst. Nach meinem eigenen Abendessen, das aus Schweineschnitzel mit Äpfeln, Zwiebeln und Kartoffelbrei bestand, holte ich das Notizheft unter meiner Matratze hervor und ging damit in den Rosa Elefanten hinunter, wo ich mich mit Feuereifer in die Arbeit stürzte.

Das Notizheft war wunderbar.

Es war mit seltsamen Worten vollgeschrieben, als wäre die Geschichte von einem Höhlenbewohner erzählt worden, als tönte sie aus irgendwelchen gewundenen Felsentunnels heraus, vom oftmaligen Widerhall entstellt. Eine Menge war durchgestrichen, aber es gab ein paar vereinzelte Wörter und Satzteile, die Dr. McComb zu entschlüsseln vermocht hatte. Doch größtenteils wirkte es wie ein nicht entschlüsselbarer Code.

Bis jetzt jedenfalls *nicht entschlüsselbar.*

Wenn die Blätter fallen, siehst du …

Doch was sieht man? *Feste schwimmen leicht.*

Sprach Ubub über den See? Hatte es ein Fest auf dem See gegeben? Das ergab auch keinen Sinn.

Ich hatte die große Taschenlampe aus der Schublade der Rezeption mitgenommen, in der Mrs. Davidow ein paar Werkzeuge aufbewahrte. Ich zündete zwei Stummel von einst langen Kerzen an, tropfte Wachs auf Unterteller und stellte die Teller mit den Kerzen neben das Notizheft. Ich richtete den Strahl der Taschenlampe auf die Worte. Das Vorderteil der Lampe war fast so groß wie der Scheinwerfer eines Autos, und sie war schwer zu halten. Aber die Kerzenlichter waren zu niedrig und blakten zu sehr, um die ganze Seite zu beleuchten, also brauchte ich die Taschenlampe.

Und ich durfte nicht vergessen: Dies war nicht nur Ulubs verstümmelter Bericht der Geschehnisse (*was* war überhaupt geschehen?). Sein Bericht war außerdem durch die Erklärungsversuche seines Bruders und anschließend durch Dr. McCombs Entschlüsselungsarbeiten der Aussagen beider Brüder gefiltert worden. Der Schatten eines Schattens eines Schattens.

Ich wollte mich nicht entmutigen lassen. Sorgfältig las ich jedes Wort – besser gesagt, jedes Wortgebilde. An bestimmten Stellen fehlte Dr. McComb das eine oder andere Wort, und er versuchte, Laute einzufügen oder ließ zuweilen Leerstellen. Es gab aber auch eine Menge Ausstreichungen.

Wenn die Blätter fallen, siehst du Feste schwimmen leicht

sah tatsächlich folgendermaßen aus:

Wenn die Blätter fallen, siehst du ~~Fest laich schimm~~ Feste schwimmen leicht.

Die Geschichte war nicht lang, nicht mehr als drei Seiten, und sie endete abrupt, als wären die drei völlig erschöpft gewesen. Aber nach einer Weile nahmen die Ausstreichungen ab, es gab weniger lautmalerische Ausdrücke und leere Stellen. Doch keineswegs, weil Ulub plötzlich mit Redegewandtheit gesegnet worden wäre, sondern weil sich Dr. McComb in seiner Geschichte verheddert hatte und einfach Wörter einsetzte, die so klangen wie das, was Ulub gesagt hatte, ohne sich weiter zu bemühen oder ihnen einen Sinn zu geben. Obwohl die Passage mit den »Festen« an sich schon sehr wenig Sinn ergab. Danach kämpfte ich mich durch eine Fülle von Bildern und Lauten, die mir nichts sagten, außer daß ich auf bestimmte Bewegungen und Farben achtete.

Das Wort »Floß« beendete das Ganze so unvermittelt, daß ich glaubte, gestolpert und gefallen zu sein, als hätte sich mein Fuß in einem Fußabstreifer verfangen und ich wäre in einen dunklen Gang gestürzt.

Ich ging zum ersten Satz und den Ausstreichungen zurück. Ich dachte, daß die ersten ausgestrichenen Wörter so klingen mußten wie das, was Ulub und Ubub gesagt hatten, und Dr. McComb hatte nach einer Bedeutung gesucht, um richtige Wörter niederzuschreiben und dem Gestammel einen Sinn geben zu können. Es ergab natürlich keinen Sinn, daher die Ausstreichungen.

»Feste« hatte sicher nichts mit Veranstaltungen zu tun. Die ausgestrichenen Wörter waren »winsah«, »wins«, »wens« und »fens«. »Wens« war offensichtlich in »fens« abgeändert worden, weil das dem Laut näher kam. Aber es mußte auch einen »t«-Laut gegeben haben, deshalb hatte er »Feste« gebildet. Ich sah mir »fens« an. Ich dachte darüber nach. Ich versuchte Ulub nachzuahmen, ich schürzte die Lippen und bemerkte, wie nahe ein »w« einem »f« war.

Plötzlich ging mir ein Licht auf. *Fenster*. Hieß es »Fenster«?

Wenn die Blätter fallen, siehst du das Fenster *schwimmen leicht*.

Oh!

Wenn die Blätter fallen, siehst du Fenster im Licht *schwimmen!*

Konnte Ulub *durch ein Fenster gesehen haben?* Das ergab sehr wohl einen Sinn. Denn Ulub und Ubub arbeiteten tagsüber im Garten der Devereaus, rechten Laub, beschnitten Hecken und dergleichen, daher war es gut möglich, daß Ulub bei Nacht zurückgekommen sein konnte.

Ich wurde ganz aufgeregt. Denn wenn ich davon ausging, daß Ulub durch eines der Fenster gespäht und etwas *gesehen* hatte, dann könnten auch andere Einzelheiten ans Licht kommen. Den Kopf auf die Hände gestützt, saß ich da und starrte auf die Seite hinunter; die Kerzen flackerten trübe, und die alte Taschenlampe, die anfangs so hell wie die Sonne geleuchtet hatte, wurde nun schwächer, weil sich wahrscheinlich die Batterien leerten. Ich schüttelte sie, aber dadurch wurde das Licht nur noch fahler. Licht wurde aufgesaugt, verlor sich in den Schatten, die wie dichte Schlingpflanzen über die Gipswände des Rosa Elefanten wucherten.

Ach, wenn nur Mr. Root dabeigewesen wäre, als Ulub und Ubub diese Geschichte erzählt hatten!

Nun, das war nicht der Fall gewesen, also mußte ich das Beste aus dem Ganzen machen. Und ich durfte nicht vergessen, daß diese Geschichte den Brüdern Woods so wichtig war, daß sie sie Dr. McComb erzählten (vor dem sie sich aufgrund seiner »Position« vermutlich mehr fürchteten als vor anderen Leuten in La Porte). Also bestand kein Zweifel, daß es sich lohnte, der Sache auf den Grund zu gehen.

Aber es war eher so, als wollte man einem Traum auf die Spur kommen. Denn es las sich nicht wie ein Erlebnis im wachen Zustand, sondern eher wie eines, das man geträumt hatte, in dem Bilder durcheinandergehen und Bedeutungen übereinanderliegen wie die Karten bei Auroras Patience-Spiel.

Ich hatte das Notizheft. Und ich hatte Ulub. Und Mr. Root, den Übersetzer. Und ich konnte Ulub Fragen stellen, der zumindest nicken oder ja und nein sagen würde oder irgend etwas dergleichen.

Aber dann fragte ich mich: Sollte ich den armen Ulub damit behelligen? Alles wieder hochholen, wenn die Brüder Woods vielleicht nichts anderes wollten, als es zu vergessen. Vielleicht *hatten* sie es vergessen. Ich fuhr mit der Hand über den kühlen schwarzweißen Umschlag und dachte nach. Die Neugier siegte, nehme ich an. Aber es war mehr als bloße Neugier: Ich mußte wissen, was mit Mary-Evelyn geschehen war.

Ich blies die Kerzen aus und blieb im schwächer werdenden Licht der Taschenlampe sitzen. Ihr Strahl zeichnete einen geisterhaften Kreis an die Wand, und vor meinem geistigen Auge sah ich das

Mädchen wieder so, wie ich es an jenem Morgen gesehen hatte. Nur an jenem Morgen? Es schien so lange her zu sein.

Jeder hätte mir gesagt, ich hätte einen Geist gesehen, und gelacht. Würde aber ein Geist die Second Street in La Porte hinunterspazieren? Die Second Street, auf der der Sheriff Strafzettel verteilte, wirkte so ungeheuer »wirklich«.

Wenn ich nicht so müde gewesen wäre, wäre ich auf der Stelle zum See hinuntergegangen, glaube ich. Ich glaube, ich wollte über die schwarze Fläche sehen, wollte wissen, ob das Mädchen da war. Wollte sehen, wie ihr weißes Kleid schimmerte wie die Brottüten im Dunklen.

17.

Man sollte annehmen, daß ich am nächsten Morgen als erstes mit dem Heft zu Martins Laden gegangen bin und nach Ulub und Ubub Ausschau gehalten habe. Aber das tat ich nicht. Zuerst wollte ich mit dem Sheriff sprechen, denn ich war unsicher, ob ich Ulub alles wieder durchleben lassen sollte, da es vielleicht schmerzlich für ihn war.

Wie auch immer, *zuallererst* ging ich um sieben Uhr morgens in die Küche und sorgte dafür, daß die Sirupgläser auf die Tische kamen. Im Speisesaal war es immer kalt, bevor meine Mutter den Herd angezündet hatte, vor allem, wenn man eine Schüssel mit Eis und Butter herumtrug. Sogar Vera, die sich um solch eine Arbeit nicht reißen würde und in ihrem schwarzen Kleid immer perfekt angezogen war, trug manchmal eine schwarze Strickjacke, wenn sie durch den Speisesaal fegte und kontrollierte, ob der Sirup auf den Tischen stand, in der Hoffnung, daß ich meine Arbeit nicht getan hatte.

Die anderen Mädchen, Anna Pugh und Sheila etwa, kamen später. Sheila immer leicht zerzaust, als wäre sie gerade aus dem Bett gesprungen und hätte sich übergeworfen, was gerade greifbar war, dazu ein Blick, als wüßte sie nicht, wie ihr geschehen war. Es war schwer, jemanden für zusammenhangloses Handeln zu tadeln oder weil er mit einem Ausdruck hereinmarschiert kam, der besagte: *Wo bin ich? Wo bin ich? Ist das die Hölle?* In frühmorgendlicher Kälte mit Miss Berthas Hörgerät zurechtkommen zu müssen, war auch für mich kein Vergnügen. Da die Frühstückskarte ziemlich gleich blieb (außer daß es statt Pfannkuchen manchmal arme Ritter gab wie heute morgen) – Eier, gleich in welcher Form, Speck oder Wurst, Toast oder Brötchen –, hatte ich den Eindruck, Miss Bertha ließ mich absichtlich die Gerichte immer und immer wieder aufsagen. Aber meine Stimmung besserte sich jedesmal wieder, wenn ich daran dachte, daß ich bald ein paar mit Puderzukker bestäubte arme Ritter und würzige Würstchen verspeisen würde, die meine Mutter zubereitet hatte.

An diesem Morgen beschäftigten mich jedoch Dinge, die sogar noch wichtiger waren als arme Ritter; in rasender Geschwindigkeit brachte ich das Bedienen hinter mich und schlang dann sehr schnell mein Frühstück hinunter, um ein Taxi in die Stadt zu nehmen. Ich rief Axels Taxi an, der die Einfahrt bis zur Hälfte hochfahren und mich dort abholen sollte, denn Ree-Jane war ausnahmsweise früh auf und würde zweifellos mitfahren wollen, und ich hätte natürlich zahlen dürfen. Mir wurde gesagt, Axel würde sofort kommen, aber natürlich kam Delbert und nicht Axel.

Der Sheriff war nicht in seinem Büro, und Donny sagte mir, Sam sei wahrscheinlich drüben im Rainbow Café. Dort fand ich ihn auch, er stand in der Nähe der Gebäckauslage und redete (ausgerechnet) mit seiner Frau. Es war schlimm genug, ihn nicht einfach bei einem seiner Spaziergänge, bei seinen Kontrollgängen durch die Stadt zu treffen und ungestört mit ihm sprechen zu können; aber daß er mit seiner Frau zusammen war, war ein Schlag. Obwohl er nicht richtig mit ihr »zusammen« war; sie hatten sich bloß zufällig vor der Gebäckauslage des Rainbow Cafés getroffen. Ich wußte, daß seine Frau oft hereinkam, um Pasteten zu kaufen (ich hatte gehört, daß sie nicht kochen konnte), und das war offensichtlich auch jetzt ihre Absicht, denn während ich durchs Fenster hineinschaute, griff sie eine von Shirls großen weißen Schachteln und ging.

Ich dachte über sie nach und trat ein.

Sie war dunkel und auffallend hübsch (für ihr Alter). Jemand hatte gesagt, sie habe »mediterrane Wurzeln«. Was immer das auch heißen mochte. Kurz bevor mir das zu Ohren gekommen war, war ich in der Abigail-Butte-Bibliothek gewesen, hatte den dickleibigen Weltatlas aufgeschlagen und mir das Mittelmeer und die angrenzenden Länder angesehen. Es gab eine Menge davon. Ich entschied, Florence DeGheyn war Italienerin. Miss Flyte sagte, nein, sie sei Griechin. Das wunderte mich. Natürlich hätte ich einfach den Sheriff fragen können, aber ich wollte nicht, daß er glaubte, ich würde mich überhaupt dafür interessieren. Ich weiß nicht, warum eine beiläufige Frage wie etwa: »Ist Ihre Frau Griechin?« übertrieben interessiert klingen würde, aber der Sheriff spürte Dinge, die anderen Leuten nie auffallen würden. Also studierte ich Florence (als wäre sie tatsächlich ein anderes Land) aus der Ferne.

Als ich an diesem Morgen ins Rainbow spazierte, ging der Sheriff gerade nach hinten zu der »reservierten« Nische, blieb dort mit der Kaffeetasse in der Hand stehen und redete mit Maud. Ich bat Charlene um eine Kirsch-Cola und stand ein paar Minuten lang da und dachte über Maud und den Sheriff nach. Weit mehr als über Florence wundere ich mich nämlich über den Sheriff und Maud. Sie hackt ständig auf ihm herum. Das erstaunt mich. Und ihm scheint das fast zu gefallen. Tatsächlich habe ich manchmal den Eindruck, daß er es mit einigen seiner Aussagen geradezu darauf anlegt, sie herauszufordern. So etwa im letzten Winter, als sie beiläufig bemerkte, daß sie auf dem Spirit Lake Schlittschuh laufen wollte. Er erzählte ihr irgendeine Geschichte, daß man dort nie zum Schlittschuhlaufen hingehen würde und alle Angst hätten, in die Nähe des Sees zu kommen. Da ich einen Großteil der Unterhaltung aufgeschrieben habe (was ich oft tue, und daher noch weiß, was sie zueinander sagten), fiel mir folgendes wieder ein:

Er sagte: »*Axel Spikers Cousin ist dort hingegangen und verschwunden. Niemand hat ihn je wiedergesehen, bis einer von den Leuten aus Spirit Lake zufällig diesen Schatten unterm Eis entdeckt hat. Eingefroren.*«

»*Axel HAT keinen Cousin.*«

Gemessen daran, was dem angeblichen Cousin passiert war, verfehlte Mauds Antwort meiner Meinung nach die Sache.

»*Maud, du weißt doch gar nicht, ob er einen Cousin hat oder nicht; du widersprichst nur um des Widerspruchs willen. Erinnerst du dich nicht an die Anzeige im* Conservative *letztes Jahr über das Treffen der Spikers? Es gibt so viele Spikers in dieser Gegend, daß sie eine* ANZEIGE *aufgeben mußten, um es bekannt zu machen. Natürlich hat er einen Cousin.*«

Was stimmte nicht mit ihnen, fragte ich mich. Ich wollte mehr über diesen Schatten unter dem Eis erfahren, und sie stritten sich, ob Axel einen Cousin hatte oder nicht.

»*Es war mitten im Winter*«, war der Sheriff fortgefahren, »*und Axels Cousin war ganz allein gewesen, er ist auf seinen Schlittschuhen bis zur Mitte gefahren und eingebrochen. Ende Februar hat man ihn gefunden. Vollkommen erhalten. Stell dir das vor.*«

Dazu hatte ich keine Lust. Der Sheriff hatte die Geschichte erfunden, das war mir klar; denn ich weiß, wie dick das Eis im

Spirit Lake wird. Alles um den Spirit Lake wird dick im Winter. Das Eis, der Schnee, die Luft, der Himmel. Als Will und ich klein waren, schlitterten wir nur mit unseren dicken Socken an den Füßen auf den See hinaus. Der ganze See war wie Milch; unter der Oberfläche war nichts zu erkennen. Ich wette, er war bis auf den Grund gefroren. Wir nahmen einen Felsblock mit hinaus und schlugen auf die Oberfläche ein (nicht gerade besonders schlau) und nichts passierte. Es entstand eine kleine Spalte, von der kleine Haarrisse ausgingen, aber das Eis brach nicht ein.

Wann immer ich im Winter aus der Jukebox im Rainbow die zerkratzten Platten mit Winterliedern höre, die gewöhnlich von Nat King Cole gesungen werden, denke ich an den Spirit Lake. Die Texte dieser Lieder sind ziemlich dämlich, denn der See sieht nicht wie ein »Wunderland« aus. Er wirkt unirdisch, als gehöre er nicht zu diesem Planeten. Worte können nicht ausdrücken, welchen Eindruck der Spirit Lake vermittelt. Andererseits lassen sich Eindrücke mit Worten ohnehin nicht beschreiben.

Ich gehe gern mit Stiefeln, Mütze, dicken Handschuhen und schwerem Mantel bewaffnet zum Spirit Lake hinunter. Das Gewicht des Schnees ist so schwer dort unten, daß ich manchmal glaube, er stürzt mitsamt der ganzen Landschaft in sich zusammen. An Tagen, wenn es um fünf Uhr schon fast dunkel ist, stehe ich dort, und während der Schnee langsam niederrieselt, denke ich, daß er nirgendwo so fällt wie am Spirit Lake. Davon bin ich überzeugt. Er fällt schnurgerade herunter, dicht und starr, lastet auf den kleineren Bäumen, die fast umzubrechen drohen, und verwandelt die Hecken in runde, weiße Mauern. Das Stoppelgras ist so dick mit frostigem Reif überzogen, daß ich fast darüberschlittern kann. Dünne Eisschnüre überziehen die Bäume und bedecken die zarten Äste mit durchsichtig bläulichen Ärmeln. Ich weiß, daß es kältere Orte auf der Erde gibt – Alaska beispielsweise und die Pole –, mit mehr Schnee und Eis, aber ich glaube nicht, daß irgendein anderer Ort so sehr das *Gefühl* von Winter vermittelt wie der Spirit Lake. Vielleicht sieht er so völlig eingehüllt aus, weil er klein und überschaubar ist. Er ist die *Heimat des Winters*, sage ich mir und stehe in der verträumten Stille, und mein Gesicht ist so kalt, daß sich wahrscheinlich feine Linien und Risse darüber ausbreiten, und meine Augenbrauen sind wie weißer Pelz, während der Schnee endlos fällt und fällt. Wenn der Winter eine Heimat hat, dann am Spirit Lake.

Sie hackten jetzt aufeinander ein, zumindest Maud tat dies. Der Sheriff sagte ihr, sie solle nichts tun, was in ihr den Wunsch auslösen würde, die Sache immer weiterzutreiben, und sei es auch nur, daß sie das *vorgäbe*. Mitten in ihrem Streit hielten sie inne, um mich zu begrüßen, als wären sie wirklich froh, mich hier wiederzusehen. Das vermittelte mir ein Gefühl von Wärme und Willkommensein. Maud rutschte in die Nische, so daß ich neben ihr sitzen konnte, obwohl der Platz ihr gegenüber leer war. Der Sheriff mit seiner Kaffeetasse blieb stehen.

Maud sagte zu mir (den Sheriff dabei übergehend): »Ich werde zu Fuß nach Hebrides rübergehen.« Mit selbstgefälligem Ausdruck zog sie an ihrer Zigarette.

Bevor ich sagen konnte: »Aber das ist zu weit«, erklärte mir der Sheriff, daß sie darüber ein großes Aufheben gemacht habe, bevor ich hereingekommen sei. Eigentlich wolle Maud, daß er sie mit dem Polizeiwagen rüberfahre.

Mit jener gespielten Liebenswürdigkeit, die sie in Gegenwart des Sheriffs aufsetzte, erwiderte Maud: »Man könnte doch annehmen, *ein Freund* würde einen fahren, wenn die Fahrt nur etwa fünfzehn Minuten dauert, oder?« Sie sah ihn nicht an.

»Nehmen Sie ein Taxi. Axel kann Sie fahren«, sagte der Sheriff.

»Axel fährt nie jemanden«, antwortete ich. »Delbert würde fahren, denke ich.«

Maud war zu sehr von ihrem Zorn auf den Sheriff gefangengenommen, um das zu registrieren. »Was ist denn so kostbar an Ihrem Dienstfahrzeug? Sagen Sie mir bloß nicht, Sie würden es nie zu privaten Zwecken benutzen.«

»Das *werde* ich Ihnen sagen. Ich benutze es nie zu privaten Zwecken. Ich würde Ihnen auch nicht mein Schießeisen leihen, um damit herumzuballern.«

Daß der Sheriff mit einer Waffe an der Hüfte herumläuft, umgibt ihn mit einem Flair von Entschlossenheit, das sonst in ganz La Porte niemand hat. Es gibt einen Sheriff drüben in Hebrides, aber der ist fett und hat einen Bierbauch und kleine Schweinsaugen. Ich fände es furchtbar, wenn mein Leben davon abhinge, von ihm gerettet zu werden. Die Waffe hing im Moment an der Hüfte des Sheriffs, ihr Griff schaute aus dem dunkelbraunen Lederhalfter heraus. Er gebot über Leben und Tod wie Gott. Ich stellte mir vor, wie ich diese Waffe hielt und langsam auf Ree-Jane zielte.

»Nehmen Sie den Bus«, sagte der Sheriff.

Es gibt diesen Nahverkehrsbus zwischen La Porte und Hebrides, und Gott weiß, an wieviel Hausecken er unterwegs anhält. Er ist dunkelgrün und verrostet. Man müßte schon in einer ausweglosen Lage sein, um ihn zu nehmen. Was der Sheriff meiner Meinung nach genau wußte.

»Sie sind wohl nicht ganz bei Trost«, antwortete Maud und schnippte Asche in einen Metallaschenbecher. »Du liebe Güte, der hält an, um Milch und Eier abzuliefern und die Post von den Leuten einzusammeln.« Dann wandte sie sich an mich. »Möchtest du mich begleiten? Wir können im Stopwatch Café in der Nähe von Hebrides haltmachen und zu Mittag essen. Oder auch zu Abend.«

»Hör nicht auf sie.«

So verrückt es auch war, den ganzen Weg nach Hebrides zu Fuß zu gehen, ich hätte das gerne zusammen mit Maud gemacht. »Ich muß mittags bedienen.«

Sie seufzte. »Gibt dir denn Lola Davidow nie einen Tag frei?«

Ich bemerkte, daß sie es sorgfältig vermied, meine Mutter in die Beschwerde miteinzubeziehen. »Nein.« Das stimmte. Oh, wahrscheinlich würden sie es tun, wenn es sich um irgendeine erzieherische Maßnahme handeln würde, wenn ich etwa Haltungsübungen machen müßte oder irgendein Filmproduzent mich haben wollte. Nein, ich arbeite während der drei Mahlzeiten, und das sieben Tage in der Woche. »Was haben Sie in Hebrides vor?« fragte ich sie.

»Nichts«, antwortete der Sheriff für sie und lächelte so verstohlen wie immer, wenn er ein Lachen zu unterdrücken versucht. Er mag diese Neckereien und Sticheleien wirklich gern. Aber er machte das nur mit Maud, und ihr gefiel es andererseits auch nur, den Sheriff aufzuziehen. Mit allen anderen (wie etwa mir) gingen sie überaus freundlich um. Sie schienen zu *wissen*, was man empfand, und was einen verletzt oder verärgert. Aber nicht untereinander. Es ist sehr rätselhaft, und deshalb wundere ich mich über sie.

»O ja, ich brauche *tatsächlich* ein paar Sachen. Ich will ins Einkaufszentrum gehen. Ich brauche . . . irgendwas Hübsches zum Anziehen.«

Die Art, wie sie innegehalten hatte, verriet mir, daß sie sich noch nicht mal überlegt hatte, warum sie nach Hebrides gehen wollte. Der Sheriff hatte vermutlich recht. Wie üblich.

»Was zum Anziehen wofür?«

»Ich weiß nicht, ob es Sie etwas angeht, wozu ich ein neues Kleid brauche.« Sie sagte das mit großer Bedächtigkeit und fuhr dabei mit der Hand über die Tischfläche, als würde sie Krümel und Asche wegwischen.

»Ist es für Alma Stucks Beerdigung?« Er verzog keine Miene.

Sie hörte auf, imaginäre Krümel vom Tisch zu wischen, und ich spürte, wie verärgert sie war, daß er damit sagen wollte, sie würde nur zu Beerdigungen eingeladen werden. Niemand lud sie zum Abendessen oder ins Kino ein.

Dann nahm sie ihre Wischbewegungen wieder auf. »Natürlich, ich weiß, *Sie* gehen nie aus, aber vielleicht erinnern Sie sich, daß im Red Barn manchmal Tanzveranstaltungen stattfinden?«

»Ja, ich erinnere mich. Donny und ich – und die meisten Polizisten – sind gewöhnlich drüben und versuchen für Ruhe und Ordnung zu sorgen.« Ich beobachtete den Sheriff, der seine Tasse absetzte und einen Teaberry-Kaugummi in den Mund steckte, bevor er sagte: »Mit wem gehen Sie also hin? Dodge Haines? Axel Spiker?«

Maud glättete ihr Kleid. »Sie kennen ihn nicht, also sparen Sie sich das Raten. Meine Pause ist um. Auf Wiedersehen.« Damit erhob sie sich auf ihre würdevolle Art, klopfte mir auf die Schulter und ging weg. Ich sah ihr nach, ließ sie nicht aus den Augen, als sie hinter die Theke trat und Dodge Haines' großmäulig vorgebrachte Bestellung entgegennahm, und dann die, die Carl Beddowes in näselnd-scharfem Tonfall vorbrachte – der Sheriff hatte sein wundervolles Lächeln aufgesetzt, von dem auch ich noch etwas abbekam, als er sich zu mir wandte. Aber selbst wenn es nur ein Rest war, gab es mir ein Gefühl, das ich wahrscheinlich haben sollte, wenn ich zu den neuen Buntglasfenstern in der Kirche hinaufsehe. Doch dieses Lächeln ist bei weitem überwältigender.

»Komm mit. Wir wollen nachsehen, ob Helene Baums Parkuhr abgelaufen ist.«

Ich nahm mein Notizbuch, und wir beide spazierten aus dem Rainbow hinaus. Ich bemerkte, wie Mauds Augen herumfuhren, als er hinausging.

Ich war überrascht, wie traurig sie aussahen.

Bei der letzten Parkuhr, während er einen weiteren Strafzettel für den gelben Cadillac ausstellte, sagte der Sheriff, daß Helene Baum nun dreiundzwanzig unbezahlte Strafzettel habe, und er sie gewarnt habe (schriftlich, um ihr klarzumachen, daß er es ernst meinte), daß der Cadillac stillgelegt werden würde, wenn sie diese Strafen nicht bezahlte.

Nun, in La Porte war noch nie ein Wagen stillgelegt worden (ich wußte nicht einmal, was das bedeutete, bis Donny, der Hilfssheriff, es mir erklärte), weil es keine Reifenklammern gab. Helene Baum hatte darauf hingewiesen, und der Sheriff hatte ihr mitgeteilt, er würde aus Camberwell welche kommen lassen. Ich sehe sie noch vor mir, wie sie an ihrer doppelreihigen Perlenkette herumfummelte, vor Ärger kochte, aus den Spitzen ihrer roten Haare fast Funken sprühten (denn ich erinnerte mich, daß sie sie im Prime Cut gerade hatte färben lassen) und sie »Schikane!« brüllte und uns die halbe Straße hinunter verfolgte.

Helene Baum hatte mehrmals gedroht, Bürgermeister Sims dazu zu bringen, den Sheriff zu feuern, was natürlich lächerlich war, weil er so beliebt war. Vielleicht nicht beim Bürgermeister persönlich (der meiner Ansicht nach neidisch war und der gemäß Mauds Aussage Angst hatte, sein Amt eines Tages an Sam zu verlieren). Maud sagte, Sam DeGheyn sei absolut unantastbar. Sie sagte das mit einem gewissen Stolz, der ganz im Gegensatz zu dem zänkischen Ton zu stehen schien, den sie sich in seiner Gegenwart angewöhnt hatte. Wie gesagt, ich wunderte mich über die beiden.

Heute stellte er in aller Ruhe den Strafzettel aus, befestigte ihn unter dem Scheibenwischer, wo er fest an der Scheibe haften blieb, die von der wöchentlichen Wagenwäsche im BRUSH-UP (ein Name, der meiner Ansicht nach besser für den Friseursalon gepaßt hätte als für eine Autowaschanlage) immer noch feucht war.

»Dreiundzwanzig«, sagte ich erstaunt.

Er nickte und steckte seinen Strafzettelblock in die hintere Hosentasche. Während wir weitergingen, ließ ich die Seiten meines Notizhefts durch die Finger schnellen.

Natürlich fragte er mich, was ich da hatte, und ich teilte es ihm in leicht gelangweiltem Tonfall mit (weil ich mich in seiner Nähe gern lässig benahm), aber schließlich wurde ich bei meiner Erzählung immer aufgeregter.

Er blieb stehen. »Willst du sagen, daß Ulub und Ubub in jener Nacht am Spirit Lake waren und etwas gesehen haben?«

»Ja. Ja. Sehen Sie . . .« und ich deutete auf die Passage, an der ich so lange gearbeitet hatte: *Feste schwimmen leicht.*

Er runzelte die Stirn, aber nicht zweifelnd, fand ich, eher deswegen, weil er angestrengt die Seite studierte.

»Die Schwierigkeit ist, ich bekomme nicht alles heraus«, sagte ich, und er nickte. »Und was ich wissen wollte: Fänden Sie es richtig, wenn ich das Notizheft nehmen, zu den Brüdern Woods gehen und sie selbst fragen würde?«

Nachdenklich hielt er das Notizheft fest und sah zum Himmel hinauf, der von dem gleichen makellosen Blau war, wie man es manchmal auf religiösen Gemälden findet. »Mit den Brüdern Woods zu reden, ist nicht so einfach, weißt du.« Er schüttelte ein wenig den Kopf, als er sich wieder der Heftseite zuwandte. *»Feste schwimmen?«*

Ich sagte ihm, was es bedeutete. Ich wollte nicht stundenlang auf der Second Street herumgehen und ihm jedes Wort erklären, das ich übersetzt hatte. »Nun, Mr. Root kann es.«

»Wer?« Er runzelte die Stirn.

»Mr. *Root*. Er ist sehr gut, wenn es darum geht, herauszukriegen, was Leute sagen.« Aber das war nicht der springende Punkt, oder? »Ich frage mich, ob Ulub . . .« Wie hieß das Wort? Wie hieß das Wort, das Dr. McComb benutzt hatte?

Der Sheriff wartete, bis ich meinen Satz beendet hatte. Er machte mich wirklich ungeduldig. »Sie wissen schon ... wie in diesen Filmen, wo ein Doktor oder sonst jemand eine Person zwingt, sich an irgend etwas Schreckliches zu erinnern, und die Person wird ganz wahnsinnig?« Dabei fiel mir ein, daß ich vielleicht um Ulubs Wohlergehen weniger besorgt war als um mein eigenes.

Der Sheriff riß eine neue Packung Teaberry-Kaugummi auf und steckte sich ein Stück in den Mund. Er sagte: »Oh, ich glaube, das passiert im wirklichen Leben nicht. Wenn in der Vergangenheit etwas so Traumatisches passiert ist ...«

Traumatisch, ja, das war das Wort, das jeder in der Stadt zu kennen schien, außer mir.

»... dann erinnert sich die Person einfach nicht daran. Sie wehrt sich gegen die Erinnerung.«

»Wenn das Geschehene zu traumatisch für Ulub gewesen wäre, würde er sich nicht einmal daran erinnern, wenn ich ihm aus dem Notizheft vorlesen würde?«

»So ist es meiner Meinung nach.« Er beugte sich immer noch über das Heft. Dann sah er mich an. »Aber es ist schon so lange her. Jeder hat es vergessen, soweit ich weiß.«

Unwirsch sagte ich: »Dr. McComb nicht.«

»Wie bist du dazu gekommen, mit Dr. McComb über dieses Thema zu reden?«

Jetzt sah ich zum blauen Himmel hinauf. »Oh, es ist einfach die Rede darauf gekommen.«

»Hm.« Er gab mir das Notizheft zurück. Wir gingen wieder weiter. »Mary-Evelyn Devereau.« Er murmelte den Namen, als er die Parkuhr bei Miss Ruth Porters Wagen kontrollierte. Es waren nur noch fünf Minuten drauf, und sie saß wahrscheinlich im Rainbow beim Mittagessen. Er warf ein Zehncentstück ein und legte den silbernen Hebel um. »Ich frage mich, ob Aurora Paradise etwas weiß. Hast du sie je gefragt? Mit ihr käme man einfacher zurecht als mit den Brüdern Woods.«

»Nun, das stimmt nicht. Außerdem lügt sie. Ich weiß nicht, was wahr ist und was nicht. Wie die Sache mit Ben Queen etwa.«

Tammy Allbright tänzelte auf uns zu, wie üblich dick mit Pond's Lippenstift und Maybelline-Lidschatten bemalt. Außerdem roch sie gräßlich, vermutlich hatte sie in »Abend in Paris« gebadet. Sie hielt uns an, überschüttete den Sheriff mit ihrem Kichern, klapperte mit ihren Maybelline-Lidern und versetzte ihm mit ihren zarten Fäustchen kleine Püffe. Es war wirklich abstoßend; ich fragte mich, wie er das aushielt. Aber er lächelte nur und erkundigte sich nach ihrer Familie.

Zu mir gewandt, fragte er: »Wer?«

Ich sah Tammy Allbright nach. »Wen meinen Sie?«

»Aurora hat dir von jemandem erzählt.«

»Ben Queen ist sein Name. Oder war es. Er war der Liebling aller Frauen.« Und ich warf dem Sheriff einen bedeutungsvollen Blick zu, um damit anzudeuten, daß er ins Fahrwasser von Ben Queen geraten würde, wenn er nicht aufpaßte. Bloß, daß ich nicht wußte, was für ein Fahrwasser das war. »Aurora – ich meine, meine Tante Paradise – hat behauptet, eine der Schwestern Devereau sei mit ihm durchgebrannt.«

»Hm.« Der Sheriff war inzwischen in die Hocke gegangen und überprüfte einen Reifen an Bunnys Lieferwagen.

Ich nagte an der Innenseite meiner Lippe herum und fragte mich, warum ich ihm nicht erzählte, was ich Dr. McComb über das Mädchen erzählt hatte. War es deshalb, weil Dr. McComb im Gegensatz zum Sheriff in der Geschichte von Mary-Evelyn tatsächlich eine Rolle gespielt hatte? Oder eher deshalb, weil ich enttäuscht war, daß er sich nicht mehr dafür interessierte, persönlich ihren Tod zu untersuchen. Schließlich war *er* der Polizist.

Also behielt ich diesen Teil meiner Informationen für mich.

18.

Bevor ich zu Martins Laden gehen konnte, mußte ich die Brotkörbe fürs Mittagessen fertigmachen, was bedeutete, daß ich um halb zwölf eine weitere Runde im Speisesaal zu absolvieren hatte. Das Mittagessen dauerte von zwölf bis zwei. Manchmal schien das Hotel Paradise nur eine endlose Abfolge von Mahlzeiten zu sein. Nicht, daß ich die Gäste kritisierte, die all diese Mahlzeiten zu sich nahmen; vor allem, wenn man mein eigenes Interesse daran bedachte, was gerade auf einem riesigen Backblech aus dem Ofen kam: die Schinkenrouladen. Rasch ging ich zum Herd hinüber, um nachzusehen, ob in dem leise köchelnden Topf tatsächlich Käsesoße war, obwohl ich das schon wußte. Ich wollte einfach den Deckel heben und den dampfenden Käse schnuppern.

Als ich sechs war, mußte ich dieses Gedicht über einen Regenbogen auswendig lernen, dessen Anblick mein Herz höherschlagen ließ. Aber kein Regenbogen ließ mein Herz je höherschlagen als der Anblick dieser Schinkenrouladen und der Duft dieser Käsesoße. Zum Glück mochte Ree-Jane das Gericht nicht, sonst wäre daraus wieder ein Wettkampf entstanden wie bei den Hühnerbrüstchen. Ree-Jane würde sich nie dazu herablassen, »Reste« zu essen: übriggebliebenen Teig und übriggebliebenen Grillschinken. Reste! Sah sie denn nicht die braune Kruste auf diesem Teig, die dadurch entstand, daß man ihn mit einem kleinen, in Eiweiß getauchten Pinsel bestrich? Und diese Käsesoße, die glänzte wie das Sonnenlicht? Reste! Ich sagte ihr, daß Reste für ihr Gehirn gut seien. Ree-Jane verstand das nicht; sie sah mich bloß mit ihren leeren blauen Augen an. In meinem ganzen Leben habe ich nie jemanden mit so leeren Augen gesehen.

In Erwartung dieser verlockenden Speise wurde ich ein wenig forscher, schwirrte ein wenig schneller um die Tische und heimste sogar ein freundliches Lächeln von Miss Bertha ein, als ich versuchte, die Schinkenrouladen an den Mann zu bringen. Mit ihrer lauten Stimme fragte sie immer wieder, wovon ich redete, gleichgültig, wie oft ich es wiederholte oder mich in Details erging; da als anderes Gericht »Spanisches Omelette« auf der Speisekarte stand, mußte ich mich lange an Miss Berthas Tisch aufhalten. Schließlich sagte sie, sie wolle Eier mit Käsesoße, wovon sie nicht abzubringen war, und schließlich ging ich in die Küche, um dies meiner Mutter mitzuteilen. Vera warf mir einen ihrer strengen Blicke zu, als hätte ich versucht, Miss Bertha einen Streich zu spielen. Lola Davidow (die in der Küche herumlungerte und Bloody Marys trank) fand das Ganze zum Brüllen komisch und lachte, bis sie sich die Tränen abwischen mußte. Meine Mutter jedoch zuckte bloß mit den Achseln und rührte ein Käse-Omelette für Miss Bertha zusammen. Als ich Miss Bertha dieses leckere Gericht präsentierte, strahlte sie förmlich. Und Mrs. Fulbright, die meiner Mutter nie Ärger machte, bestellte tatsächlich auch eines (wenn es keine Mühe machte). Miss Bertha strahlte noch mehr, weil sie glaubte, die Entdeckung eines neuen Gerichts sei ihr zu verdanken.

Vollgestopft mit einer doppelten Portion Schinkenrouladen und Käsesoße schleppte ich mich erschöpft zu Martins Laden. Ich hatte beschlossen, das Notizheft nicht mitzunehmen, obwohl ich auf die Autorität, die es mir vermeintlich verlieh, nur höchst ungern verzichtete. Glaubte ich etwa, beim Anblick des Notizhefts würde die Erinnerung in Ulubs Augen aufflackern? Ihm würde mit einem Schlag wieder alles einfallen, was in dieser Nacht geschehen war?

Sie saßen alle auf der Bank vor dem Laden, Ulub und Ubub und auch Mr. Root. Sie schienen nach irgendeiner Person oder einer Sache Ausschau zu halten, und als ich mich näherte, lächelten die drei und winkten. Also war ich es gewesen, auf die sie gewartet hatten, und das verwirrte mich, weil ich es nicht gewöhnt bin, daß jemand voller Erwartung nach mir Ausschau hält oder über mein Kommen entzückt ist.

Ubub und Ulub rutschten zur Seite und machten Platz, damit ich mich zwischen sie setzen konnte. Dadurch rückte Mr. Root ans Ende der Bank, aber das schien ihm ganz recht zu sein, denn dann konnte er sich nach vorn beugen und uns drei wie ein Schiedsrichter beobachten, der unser Treffen überwachte und sicherstellte, daß es mit dem Verstehen klappte und wir dafür entsprechend beglückwünscht wurden. In gewisser Hinsicht traf das zu, fand ich. Er trug immer noch seine graue Eisenbahnermütze aus Twill und tippte grüßend an deren Rand, als ich auf die Bank zugegangen war. Heute hatte er sein Gebiß eingelegt, womit vielleicht der Ernst unserer Zusammenkunft betont werden sollte, obwohl keiner von ihnen gewußt hatte, daß ich kommen würde. Und dann fiel mir ein, daß sie nach dem dramatischen Gespräch vor zwei Tagen einfach annahmen, daß es damit kein Bewenden haben würde. Ich würde wiederkommen. Das freute mich wirklich.

Während der paar Minuten, in denen wir uns auf der Bank einrichteten, fragte ich mich, wie ich mit dem Thema der Geschichte in dem Notizheft beginnen sollte. Wie gewöhnlich näherte ich mich der Frage nicht auf direktem Weg. Und zwar deshalb, weil meiner Ansicht nach direktes Vorgehen die Leute verscheucht oder zum Schweigen bringt. Der wirkliche Grund dafür ist wahrscheinlich, daß ich die Dinge gern in die Länge ziehe, weil ich nicht will, daß sie enden.

Dann trat eine überraschende Wendung ein: Ubub hatte aus seiner Jackentasche ein kleines Bündel Papiere gezogen – Zeitungsausschnitte, wie ich bald erkannte. Bei einem handelte es sich um den gleichen dreispaltigen Artikel mit Foto, den ich im *Conservative* gelesen und dann doch nicht hatte mitgehen lassen.

Aber Ubub besaß noch andere Ausschnitte; es sah aus, als hätte er alle. Ein paar davon stammten aus der *Star-Times* aus Camberwell, einem dickeren und großstädtischeren Blatt. Heftig nickend, überreichte er sie mir.

Zwischen seiner Titelseite und derjenigen, die ich gelesen hatte, bestand ein Unterschied: Um den ganzen Rand hatte jemand (einer oder beide Brüder, nahm ich an) kleine Zeichnungen angebracht, Blumen und runde Figuren, die ich für ihre Versionen von Waldwesen hielt. Einige Aussagen in dem Artikel waren in denselben Farben unterstrichen. Ich schätzte, die Ausschnitte mußten mit Buntstiften verziert worden sein. Was mich mehr erstaunte, war, daß ich angenommen hatte, die beiden Brüder Woods könnten nicht lesen und nichts zustande bringen, was einen Hauch von Intelligenz erfordert hätte. Jetzt war ich beschämt; ich hatte einfach angenommen, ihre Sprachschwierigkeiten bedeuteten, daß sie auch zu nichts anderem in der Lage waren – etwa zu lesen oder sogar richtig zu denken. Ich sagte ihnen, daß ich die meisten dieser Ausschnitte noch nie gesehen hätte.

»Ni nu in«, sagte Ubub und deutete auf den längeren Artikel.

Mr. Root schürzte die Lippen und sah mich an, um festzustellen, ob ich verstanden hatte. Ich überflog den ersten und letzten Absatz und wußte, was er gesagt hatte: »Nichts Neues darin.« Ubub und Ulub nickten. »Es ist das gleiche wie im *Conservative*.«

Beide lächelten und nickten noch heftiger. Auch Mr. Root nickte und gab ein zustimmendes Brummen von sich. Mir gefiel die Art, wie Mr. Root übersetzte; er mischte sich nicht mit seiner Version ein. Er wartete, bis er sah, daß ich ratlos war. Natürlich kam mir der Gedanke, auch Mr. Root könnte zuweilen ratlos sein und hoffte dann, ich wäre es nicht. Wie auch immer.

Ich las einen Teil des längeren Artikels, nur um sicherzugehen, daß dort kein neuer Hinweis auftauchte; dann las ich die drei wesentlich kürzeren Artikel, die daraufhin erschienen waren.

Und ich stellte fest: Die Ausschnitte selbst waren nicht so bedeutsam wie die Tatsache, daß die beiden Brüder sie *gesammelt* und einige Abschnitte unterstrichen hatten. Ich wedelte mit den Zeitungsausschnitten vor ihnen herum. »Ich wette, hier steht nicht, was wirklich passiert ist, stimmt's?«

Sofort schrien beide auf, schüttelten heftig den Kopf, und Ubub trommelte mit den Fäusten auf die Knie. Ich war überrascht, wie klein seine Hände waren.

»Sind die unterstrichenen Teile die falschen?«

Ubub sagte: »Pah di ven.«

»Ein paar davon?« Aber die Übersetzung blieb mir erspart, weil Ubub mit dem Finger auf einen Abschnitt deutete. »Ulub di...«

Es war interessant, daß sie den Namen des anderen so deutlich aussprechen konnten. Ich dachte, ich könnte es uns allen vielleicht leichter machen, wenn ich ihnen von Dr. McComb und dem Notizheft erzählte und sie fragte, ob ich einige der Sätze richtig verstanden hatte. Aber dann dachte ich, es könnte sie verschüchtern, wenn sie wüßten, daß ich ihren holperigen Bericht in schriftlicher Form hatte. Vielleicht wäre das irgendwie beleidigend.

In diesem Abschnitt des Artikels stand, laut Miss Isabel Devereaus Angaben sei Mary-Evelyn gegen acht Uhr zu Bett gegangen, und das sei das letztemal gewesen, daß sie (oder ihre Schwestern) das Mädchen gesehen hätten.

Während ich das vorlas, schüttelte Ulub die ganze Zeit so heftig den Kopf, daß ich dachte, er würde ihm herunterfallen. »Was ist passiert, Ulub?« Zu spät, ich erinnerte mich, daß sein richtiger Name Alonzo war, aber ihm schien der Spitzname nichts auszumachen, er war daran gewöhnt. Ulub sah seinen Bruder und sogar Mr. Root an, als würde er um Erlaubnis bitten, es erklären zu dürfen.

Mit einer anmutigen kleinen Geste gab Ubub seinem Bruder den Vortritt, da der jüngere Bruder zu diesem Zeitpunkt dort gewesen war.

Auch Mr. Root nickte, obwohl er bis vor kurzem überhaupt nichts von der Sache gewußt hatte.

Nun, ich hielt fast den Atem an und wartete, obwohl ich wußte, daß zwischen Sprechen und Verstehen viel Zeit vergehen würde. Er sagte:

»Eh wer ih de ald. Ah, ah, ah ...« Er verdrehte den Kopf, um das Wort herauszubekommen. Ich hatte bestimmte Schlüssellaute herausgearbeitet, sowohl vorgestern beim Zuhören wie beim Lesen des Notizhefts. Ich wußte, »eh« hieß »ich« und die meisten der »ih« und »de«-Laute standen für Präpositionen und Artikel. »De« war fast immer ein bestimmter Artikel. Während er sprach, übersetzte ich also so gut ich konnte: *Eh wer ih de ald* mußte also *Ich war im Wald* heißen. Das ergab zumindest einen Sinn.

»Sie waren im Wald«, sagte ich.

»Ah!« Er nickte. *»Eh wer ih de ald wil eh ha las in hu.«*

Ich runzelte die Stirn, kratzte mich am Kopf und sah zu Mr. Root hinüber, der wie erstarrt dasaß, so angestrengt dachte er nach. Das »wil« konnte ich als »weil« entschlüsseln, doch bei dem Rest war ich ratlos. Ich kam nicht weiter.

Mr. Root sah plötzlich auf und sagte: »Sie waren im Wald und sind zurückgegangen, um *etwas zu holen*?«

Ulub nickte wie wild. *»Eh ha las in hu!«*

Ich zermarterte mir den Kopf. Ebenso Mr. Root, der die Augen zusammengekniffen hatte, und vielleicht verschiedene Laute ausprobierte. Ulub und Ubub sahen uns abwechselnd an und warteten.

Und dann kam mir die brillante Idee: Wir sollten zum Haus der Devereaus gehen.

Zum Haus der Devereaus gehen.

Ich stellte mir vor, wie es auf der anderen Seite des Sees stand, ein alleinstehendes Haus, nebelfarben, das schwerelos wie Nebel dort schwebte.

Sie alle sahen mich an. Von mir wurde erwartet, daß ich den Startbefehl gab. Das machte mich zum erstenmal in meinem Leben zur Anführerin. Ich biß auf den Mundwinkeln herum und dachte: Jetzt ist es Spätnachmittag, wenn wir sofort gehen würden, hätte ich nur zwei Stunden bis zum Abendessen, einschließlich des Rückwegs von Martins Laden, der vermutlich etwa eine Meile vom See entfernt war, und der halben oder dreiviertel Meile bis zum Hotel, wo ich spätestens gegen sechs Uhr eintreffen mußte, und dann nicht einmal mehr Zeit hätte, die Salate zuzubereiten.

Ich schüttelte den Kopf und sagte: »Ich muß die Salate machen und die Teller mit der Butter austeilen.«

Sie sahen mich alle verwundert an. Ein komischer Hinderungsgrund für das Abenteuer, dachten sie wahrscheinlich – Salate und Butterteller. Ich erklärte, daß dies zu meinen Pflichten als Bedienung gehörte und daß ich um halb sechs antreten müsse, um sie zu erfüllen.

Die Sache war natürlich die, daß es *nach* dem Abendessen zu dunkel wäre, und ich hatte keine besondere Lust, mich bei Dunkelheit im Wald der Devereaus in Bäumen und Schlingpflanzen zu verheddern. Aber jetzt im April wurden die Tage länger, so daß es vor neun Uhr nicht völlig dunkel wurde. Statt zu spät zum Abendessen zu kommen, entschied ich mich für die Dunkelheit und dachte, daß ich lieber die Unheimlichkeit in Kauf nahm als die tödlichen Blicke von Vera und Lola Davidow, wenn ich zu spät kam.

Ich stand da, kratzte mich an den Ellbogen und grübelte. Ich sagte: »Ich könnte früher weggehen; ich könnte bis sieben fertig sein, und dann hätten wir genug Zeit, oder? Ich meine, bis es Nacht wird? Ich könnte Sie unten am See treffen. Sagen wir, in der Nähe vom Bootshaus.«

Ich wußte, daß wir im Moment praktisch keine Reservierungen zum Abendessen hatten und daß Miss Bertha und Mr. Gosling (ein Handelsvertreter und Stammgast) um sechs oder spätestens zwanzig Minuten nach sechs kommen würden. Gegen sieben könnte ich sicher gehen. Wenn es sein mußte, würde ich einfach verschwinden.

Sie sahen mich an und nickten.

Wir waren ein Team.

So erschien ich an diesem Abend zum erstenmal früher in der Küche, sogar noch vor Vera. Das ärgerte sie, wie ich bemerkte, als sie schließlich durch die Küchentür hereinrauschte. Ich stand um Viertel nach fünf am Salattisch und füllte kleine Salatblätter in die Teller. Ich verteilte gehackte Eier und schwarze Oliven darauf und bestäubte jeden Teller mit Nelkenpfeffer. Ich war wieder einmal in künstlerischer Laune. Kunstvolle Arrangements auf dem Salat ärgerten Mrs. Davidow.

Sie vertrat die Ansicht, ein Salat sei schon ein Zeichen von Großzügigkeit und Eleganz von seiten des Hotels Paradise, und dem Grünzeug sollte nichts hinzugefügt werden außer French Dressing. Mehr Geld für die einzelnen Portionen auszugeben (für Eier, Oliven) würde uns ruinieren. Das hatte sie mir schon einmal erklärt, als sie mich dabei erwischte, wie ich auf den Salattellern Gesichter zusammensetzte, indem ich mit Olivenscheiben Augen, mit Nelkenpfeffer Münder und aus Eidottern Locken machte. So etwas machte sie wahnsinnig, und deshalb tat ich es auch. Aber die meiste Zeit war sie damit beschäftigt, sich frische Martinis einzugießen, selbst wenn die Salate zu reden begonnen hätten, wäre ihr das egal gewesen.

Ich pfiff bei der Arbeit vor mich hin, als ich ein Kreuz aus Oliven auf Miss Berthas Salat legte und hoffte, daß es zu ihrer Bekehrung beitragen würde. Auf Mr. Goslings Salat verteilte ich einen weiteren Löffel gehacktes Ei, das ich teilweise zwischen zwei hellen Blättern versteckte, für den Fall, Lola oder Vera kämen vorbei und versuchten, es wieder wegzunehmen. Er liebte hartgekochte Eier. Dann fiel mir ein: Wenn ich die anderen am See treffen wollte, würde ich mein eigenes Abendessen versäumen! Während meine Mutter im Büro war, inspizierte ich jeden Topf und jede Pfanne auf dem großen Herd, um zu sehen, ob mir irgendeines meiner Lieblingsgerichte entging. Die große Bratpfanne war wie üblich voller frischgebratener Hühnerteile (und, wie üblich, zu wenig Brustfleisch darunter); auf einer Platte, in einer Art Weinmarinade, lagen zwei dicke Filetsteaks; auf einem Backblech waren Hummerschwänze aufgereiht, mit einer exotischen Mixtur glasiert. Nur das Hühnerfleisch konnte für mich bestimmt sein, kein Brustteil allerdings, also würde mir nur ein Schlegel entgehen. Doch ich seufzte tief, als ich den Dampf aus einem Topf mit Kartoffelbrei aufsteigen sah, die Wolken aus buttrigem, mehligem Duft. Ich nahm eines der winzigen weißen Porzellanschälchen vom Regal, die kleinen Gemüseteller, auf denen die Kartoffeln manchmal serviert wurden, schöpfte zwei große Löffelvoll heraus, glättete danach die Oberfläche in dem dampfenden Topf und setzte zum Abschluß einen Kringel darauf.

Nachdem ich eine Vertiefung für ein Butterstückchen gemacht hatte, trug ich meinen Teller in den hinteren Teil der Küche, wo Paul saß. Paul war der Sohn der Spülerin. Sie kam manchmal am Abend, um Walter zu helfen, wenn ein großes Essen stattfand. Sie war dünn wie ein Waschbrett, mit einem breiten, flachen Gesicht. Ich glaube, man konnte sagen, daß Paul ihr glich, nur war ihr Gesicht so nichtssagend, daß man schwerlich Ähnlichkeiten feststellen konnte. Paul blätterte in einem Comic-Heft, das verkehrt herum vor ihm lag. Es war natürlich klar, daß Paul (der sieben oder acht war) noch nicht lesen konnte. Aber ich fand es tatsächlich interessant, daß er auch keine Bilder anzusehen verstand. Er grinste viel, sprach aber kaum. Das kam vermutlich daher, daß er fast jedesmal, wenn er den Mund aufmachte, von seiner Mutter eine Ohrfeige bekam. Seine Mutter war der Meinung – nicht unbedingt überraschend –, daß Paul nicht sprechen durfte, wenn er sich in der Küche meiner Mutter befand. Eigentlich fand ich das ziemlich klug von ihr.

Aus reiner Gemeinheit, schätze ich, griff ich hinüber, drehte das Comic-Heft herum und sagte ihm (in überlegenem Ton), daß es verkehrt herum dalag. Er grinste. Wenn Paul grinste, sah er genau wie der Junge auf dem Titelblatt des *Mad*-Magazins aus: blöde, eng zusammenstehende Augen, das Gesicht mit Sommersprossen übersät. Er grinste, drehte das Heft wieder verkehrt herum und blätterte die Seiten zurück. Ich wußte, Paul würde nichts über meinen Teller Kartoffelbrei verraten.

Es wurden zusätzlich sechs Gäste erwartet (die Baums), die sich für sieben Uhr angemeldet hatten, und mich verließ der Mut, als meine Mutter sagte, ich müßte beim Servieren helfen, obwohl Vera mich eigentlich nicht helfen lassen wollte und darauf bestand, mit dem Tisch allein fertig zu werden. Denn sie wußte, Dr. Baum gab gutes Trinkgeld, und sie hatte keine Lust, mit mir zu teilen.

Sie trafen früh ein, gerade als ich Mr. Goslings Tisch abgeräumt hatte; Helene Baum mit ihrer Schmetterlingsbrille und einem geblümten Chiffonkleid, der Doktor in schwarzem Rollkragenpullover, und alle sechs sturzbetrunken. Besser gesagt sieben, denn Mrs. Davidow dampfte herein, Rouge auf den Wangen und in ein Korsett gezwängt, so daß sie mich an eine jener geschnitzten Figuren erinnerte, die hoch oben am Bug eines Schiffs angebracht sind, wie ich vor kurzem in einem John-Wayne-Film gesehen hatte. Mrs. Davidow setzte sich oft einfach zu den Gästen mit an den Tisch, mit denen sie Cocktails getrunken hatte, sie zwängte ihren Teller und Stuhl dazwischen, um sich noch einen zu genehmigen.

Vera sah sehr mißbilligend und verächtlich drein, weil die Leute zu betrunken waren, um ihre exzellente Servierleistung zu schätzen. Hauptsächlich jedoch deswegen, weil Dr. Baum vergessen könnte, ein extra großes Trinkgeld zurückzulassen. Ich hatte Angst, sie könnte ihre Meinung ändern und mir das Servieren überlassen, nachdem sie sah, daß ich fertig war.

Ich verschwand.

19.

Es war nach sieben, als ich zum Bootshaus kam, wo die drei bereits warteten und mir zuwinkten. Die Brüder hatten schwere, schwarze Seemannsjacken an. Mr. Root trug nur eine dünne Leinenjacke, aber sicher hatte er unter seiner Kleidung lange Unterhosen an. Hier oben auf mehr als zweitausend Metern konnte es nach Sonnenuntergang noch ziemlich kalt werden.

Ulub hatte eine Taschenlampe und aus irgendeinem Grund eine rostige alte Schere dabei. Mr. Root hielt eine alte Öllaterne in der Hand, und ich stellte mir vor, wie er damit eine Bahnstrecke entlangging und einem Zug ein Signal gab. Sowohl die Taschenlampe wie die Laterne erinnerten mich daran, daß die Nacht hereinbrechen würde. Ich sah zum Himmel hinauf, als würde sich dadurch das Licht in Bodennähe verändern. Es kam mir fast wie Tageslicht vor. Mit den verschiedenen Abstufungen von Licht kannte ich mich nicht besonders aus; ich war mehr auf Schinkenrouladen eingestimmt als auf Naturerscheinungen. Mr. Root zeigte uns auch die Streichholzschachtel, die er mitgebracht hatte für den Fall, daß wir Feuer machen wollten, eine weitere unangenehme Erinnerung daran, daß wir bis nach Einbruch der Dunkelheit draußen bleiben würden. Er hatte auch eines dieser gebogenen Messer dabei, die man, glaube ich, Bowiemesser nennt; es steckte in einer Lederhalterung, die er ziemlich bedeutungsvoll am Gürtel trug. Ubub trug einen Rucksack. Ich fragte mich, was er darin hatte. Bevor wir loszogen, drehten wir uns alle um und sahen ehrfurchtsvoll zu dem nebelfarbenen Haus mit den schwarzen, wie Augenhöhlen wirkenden Fenstern hinüber. Wir marschierten den zerfurchten Weg entlang bis zur Quelle und gingen am Bootshaus mit dem schmalen Holzsteg vorbei, von dem die weiße Farbe abblätterte. Wir kamen an dem Ahornwäldchen und der allein stehenden Birke vorbei, die ich so liebte. Diese kleine Quelle befindet sich etwa eine Viertelmeile vom See entfernt, und hier blieben wir ohne besonderen Grund stehen, außer daß die Quelle gewöhnlich der Endpunkt für einen Spaziergang am See ist. So hatten Will und ich es gehalten, wenn mein Vater mit uns hierhergegangen ist. Aus einer kleinen Felsvertiefung ragt hier ein altes Metallrohr heraus. Und irgendwann hat jemand ein großes, rundes, seichtes Becken an diesem Rastplatz gebaut und es mit sehr schönen, glänzend bunten Kacheln ausgekleidet, auf die Fische gemalt sind. Das Becken und der See werden durch die Quelle gespeist und die Quelle wiederum durch den See.

Wir vier setzten uns auf die niedrige Steinbalustrade und ließen den Blechbecher herumgehen, der immer in einer kleinen Mulde steht, die aussieht, als wäre sie eigens dafür ausgehöhlt worden. Jeder, der trinken will, kann ihn unter das Rohr halten und Wasser einlaufen lassen. Ich wundere mich oft über den Becher; ich frage mich, wer ihn dort hingestellt hat und ob die

Person ihn verstecken wollte; ich frage mich, wie er jahrelang dort stehenbleiben konnte, ohne daß ihn jemand gestohlen hatte; ich frage mich, ob er schon immer dort gestanden hatte und selbst nach meinem Tod noch dort stehen würde. Wir reichten den Becher herum, von einem zum anderen, bis wir alle getrunken hatten. Als ich an der Reihe war, wischte ich schnell den Rand ab, bevor ich ihn an die Lippen setzte. Während wir den Becher herumreichten, fragte ich die anderen, was uns zwischen den Bäumen und dem dichten Gebüsch wohl erwarten würde. Auf dem Hinweg hatte ich an verschiedene Gefahren gedacht, und obwohl Bären und Panther ausgeschieden waren, war ich mir bei Schlangen, Spinnen und Wölfen nicht so sicher.

Mr. Root biß ein Stück Kautabak ab und bot den Rest davon an, während er über meine Frage nachdachte. Ubub nahm etwas von dem Tabak, aber Ulub entschied sich für einen Teaberry-Kaugummi, den ich gewöhnlich für den Sheriff dabei habe. Ich beschloß, mir ebenfalls einen zu genehmigen, da alle anderen etwas kauten. Nachdem Mr. Root einen Schwall schwarzen Speichels ausgespuckt hatte, sagte er: »Hier gibt's keine Wölfe. Nein. Füchse vielleicht. Höchstwahrscheinlich Kaninchen.« Dann warf er einen prüfenden Blick auf den schmalen Weg hinter uns, der sich im Dunkel verlor. »Blindschleichen ganz bestimmt.«

Ich fragte mich, was eine Blindschleiche war, wollte aber nicht weiter auf dem Thema herumreiten. Ich nahm an, daß es nichts Gefährliches war, sonst hätte Mr. Root das gesagt.

Ubub nickte. »De Kah«, sagte er und schnappte mit den rostigen Scherenblättern, als wären es die Kiefer eines Krokodils.

Alle sahen ihn stirnrunzelnd an. Er wiederholte das Wort und bemühte sich, den Schlußlaut hinzuzufügen. »Ka-aa-aa-s.«

»Ka? Kus? Katze!« rief ich triumphierend aus.

Ulub sah mich glücklich an und nickte.

»Ah, er meint die Wildkatzen«, erklärte Mr. Root, vermutlich ein bißchen verärgert, weil ich schneller gewesen war. »Wildkatzen, ja. Ich habe einmal eine gesehen.«

Ich hatte das Gefühl, es waren bloße Vermutungen. Tatsächlich war ich ein bißchen enttäuscht, daß sie nicht genau Bescheid darüber wußten, was uns im Wald erwarten konnte. Wahrscheinlich hatte ich angenommen, aufgrund ihrer Sprachprobleme und ihres abgeschiedenen Lebens hätten die Brüder Woods eine stärkere Verbindung zu Tieren und zur Natur aufgebaut. Soweit ich wußte, hatten Ulub und Ubub keinerlei Angehörige; sie lebten ganz allein in einem klapprigen Holzhaus an einer Straße hinter dem Hotel. Mr. Root, glaube ich, wohnte auf der anderen Seite des Highways. Es herrschte die Meinung, daß die Leute, die dort wohnten, sozial höher standen und mehr Geld hatten als die Leute auf unserer Seite. Meine Mutter vertrat diese Ansicht natürlich nicht. Obwohl auf der anderen Seite vielleicht ein paar viktorianische Häuser mehr standen, gab es dort auch eine Menge Bruchbuden und Wohnwagensiedlungen. Daher sah für mich alles gleich aus, der schäbige Teil der Reichen und der schäbige Teil der Armen. Ich fand, die meisten von uns gehörten zur heruntergekommenen Mittelklasse. Dennoch, was Vornehmheit anging, rangierte Spirit Lake ganz eindeutig über Cold Flat Junction.

Wir alle saßen da, kauten und sahen auf die Stelle, an der sich der Weg zwischen den Bäumen und dem hohen Gras verlor, und niemand machte Anstalten aufzustehen und ihm zu folgen. Gleichgültig, von welcher Seite man sich dem Haus der Devereaus auch näherte – von der Quelle her oder vom Damm –, der Weg sah immer undurchdringlich aus. Es wäre einfach nur ein Versuch.

Ich hatte ihnen nichts von dem Mädchen erzählt, oder daß ich sie dort drüben hatte stehen sehen, denn das hätte nur eine Menge Fragen aufgeworfen, die ich weder beantworten konnte noch wollte. Offenbar war das etwas, was ich für mich behalten wollte. Ich war von einem Gefühl beherrscht, das ich nicht bezeichnen konnte. Es war keine Angst, denn mein Blut floß nicht schneller durch meine Adern, und ich hatte kein flaues Gefühl im Magen. Es war eher eine schreckliche Traurigkeit. Es war noch nicht völlig dunkel, noch nicht einmal so wie im Kino, denn durch die dichten schwarzen Kiefern und die Blätter der Ahornbäume drang Licht. Graue Lichtschwaden sickerten durch die toten schwarzen Blätter, die schon mehr als einen Herbst dort hingen. Regenwasser hatte sich in alten Reifenspuren gesammelt, und an den Stellen, wo der Weg von Farngestrüpp und schwammigem Moos eingesäumt war, wo ihn Kletterpflanzen und totes Astwerk überwucherten, wurde er noch schmaler. Wir gingen im Gänsemarsch, und ich achtete darauf, in der Mitte zu gehen. Die ganze Zeit hielt ich Ausschau nach etwas, was auf das Mädchen schließen ließ. Ich glaube wirklich, ich hatte erwartet, sie hätte Brotkrumen hinter sich gestreut. Geräusche wie das blecherne Rascheln welker Blätter oder kurze, abgerissene Vogelschreie drangen quälend scharf an mein Ohr. Über uns blitzte etwas auf, und Ubub versuchte uns zu sagen, was es war; etwas schoß davon, und Mr. Root sagte: »Kaninchen.«

Wir hatten beschlossen, daß Ulub uns anführen sollte, da er in der fraglichen Nacht diesen Weg gegangen war. Diese Route war ein kleines bißchen kürzer als die auf der anderen Seeseite, wo der Steindamm war. Er war nichts weiter als eine kleine, schäbige Mauer aus Ziegeln und flachen Steinen, die vom Darübergehen der Leute glatt geworden war. An einem Ende befand sich ein brüchiger Steinpfeiler.

Ulub ging also voran und klapperte gelegentlich mit seiner Schere. Aus seinem Rucksack hatte Ubub eine kleine Axt mit abgebrochenem Stiel genommen, mit der er tote Äste und herunterhängende Kletterpflanzen abschlug. Mr. Root schien es Spaß zu machen, sich durchs Unterholz zu arbeiten. Als ich jedoch die Hand hob, um mich gegen das Gestrüpp vor mir zu schützen, fand ich, daß Axt und Schere eigentlich nicht notwendig gewesen wären, denn in vielen Fällen war das ganze Gewächs so alt, so dünn und brüchig, daß es sich fast so leicht wegwischen ließ wie Spinnweben. Es war trügerisch. Aus der Ferne sah dieses struppige Gewirr aus Kletterpflanzen und Ästen ganz undurchdringlich aus, stand man jedoch davor, ließ es sich mit einem Streich beiseite schieben.

Weiter vorn war Ulub vor einer Eiche stehengeblieben und fuhr mit der Hand über den Stamm. Er winkte uns herüber, und ich sah, daß ein Herz in die Rinde geschnitten war. Unter dem Herz waren Buchstaben eingeritzt:

A L

AL. Ich mußte lächeln. Denn dies war, bevor man begonnen hatte, Ulub nach den Buchstaben seines Nummernschilds zu nennen, und ich erinnerte mich, daß Dr. McComb gesagt hatte, sein Name sei »Alonzo«. Bei dem Gedanken, daß Ulub »AL« war, mußte ich lächeln. Ich fragte mich auch, ob das Herz nur für ihn allein stand; es steckte kein Pfeil darin, aber ich schätzte, daß Ulubs Herz oft durchbohrt worden war.

Außer dem Zwitschern der Vögel und den gelegentlich leise herabfallenden Kiefernzapfen war alles totenstill. Es war tatsächlich so, als würde man durch eine tote Landschaft wandern.

Etwas huschte über meinen Rist. Auf eine Blindschleiche gefaßt, sah ich mit stark zusammengekniffenen Augen hinunter. Aber es war nur eine Eidechse, eine ganz kleine, die sich in ihr Versteck aus Blättern grub.

Meine Zunge suchte nach dem geschmacklosen Kaugummi im Mund, und ich erinnerte mich, daß ich ihn bei den Kletterpflanzen ausgespuckt hatte. Doch meine Zunge bewegte sich weiter. Ein seltsames Gefühl der Leere befiel mich, und ich fragte mich, was mit einer Person geschähe, deren Gedanken ausliefen, deren Geist sich leerte. Ein Mensch, der weder etwas im Mund noch im Magen oder im Kopf hatte, ein Sieb, durch das alles ausgeronnen war, ähnlich den kleinen Lichtpfützen auf dem Boden, deren Wasser durch die Äste herabgeronnen war. Ich erinnerte mich an Gangsterfilme, wo derjenige mit dem Maschinengewehr erzählte, wie er den Soundso durchsiebt habe und alles von Blut bespritzt gewesen sei. Ich sah auf die Lichttropfen hinunter, die durch das dichte Astwerk gefallen waren und stellte mir vor, wie Licht aus mir herausrann, als tropften silberne Blutstropfen über die Blätter. Wonach ich mich sehnte, war eine weitere Portion Kartoffelbrei. Ich war nicht wirklich hungrig, denn ich hatte erst vor einer Stunde gegessen, und doch fühlte es sich an wie Hunger. Wie Hunger oder große Leere. Ich kam mir kleinmütig vor. Es war ein besseres Wort als »feige«. Kann das Herz ohnmächtig werden oder einschlafen? Fortrennen? Sich verstecken? Die Eidechse huschte davon und weckte mich aus dieser Träumerei, und ich sah, daß die anderen weitergegangen waren, aber warteten, bis sich Ulub endlich von einem anderen Baum löste, einem weiteren Herzen wahrscheinlich.

Wir gingen ein Stückchen weiter, nicht mehr im Gänsemarsch, denn was hier noch von einem Weg übrig war, war entweder von Blättern und Ästen bedeckt, oder es gab überhaupt keinen Weg mehr; es hatte vielleicht nie einen gegeben, und was wir dafür gehalten hatten, war nur eine alte Furche im Boden. Also gingen wir getrennt und einzeln weiter, als würde jeder nach seiner eigenen Sache suchen, dennoch bewegten wir uns alle in die gleiche Richtung. Ich war dem See am nächsten, etwa acht oder zehn Meter davon entfernt. Durch das dichte Gebüsch, die herabhängenden Äste und die Ranken einer Trauerweide sah ich ihn nur manchmal kurz aufblitzen. Das Licht hatte eine metallene Färbung angenommen, und daher war es schwieriger, das Wasser zu erkennen. Die Stille, die mich umgab, flößte mir etwas Mut ein. Weder Küchengeräusche noch das Klirren eines Martini-Glases noch Veras giftige Befehle konnten durch sie hindurchdringen.

Ich kniff die Augen zusammen, um festzustellen, was ich vom See erkennen konnte, der im schwächer werdenden Licht rasch verschwand. Und ich dachte an meinen Vater. Das war der See meines Vaters, denn er kam oft hierher, zum Bootshaus und zu der Quelle. Um Fische zu fangen, die er immer wieder zurück ins Wasser warf. Ich erinnere mich nicht mehr gut an meinen Vater. Ich denke nicht oft an ihn. Andere Leute waren an diesen See gekommen und fortgegangen, immer weniger im Lauf der Jahre, jetzt fast niemand mehr. Aber mein Vater schien hier irgendwie immer noch präsent zu sein.

Schließlich kamen wir an den Rand einer Lichtung, dann auf die Lichtung, und da stand das Haus. Mir kam es vor, als wäre ich an einen vertrauten Ort gekommen, den ich in meinen Träumen gesehen hatte. Hier war es nun, wirklich und leibhaftig.

Langsam gingen wir darauf zu, aus irgendeinem Grund immer noch im Gänsemarsch. Mr. Root blieb stehen, um seine Öllaterne anzuzünden, denn inzwischen war es nach acht und der Himmel hatte jene lavendelblaue Färbung angenommen, die die anbrechende Dunkelheit ankündigte. Es war die Zeit, in der die Autofahrer ihre Lichter anschalten, obwohl man noch gut sehen kann. Doch Fahrer wie Lola Davidow werden bei diesem Licht unsicher. Für mich ist es immer eine Erleichterung, wenn Erwachsene unsicher werden, denn die meiste Zeit behaupten sie, alles zu wissen. Mr. Root wurde also ein bißchen unsicher und zündete seine Öllaterne an. Es sah anheimelnd aus, wie die kleine Flamme in dem Glaskäfig hochzüngelte.

Wir blieben eine Zeitlang auf der rückwärtigen Seite stehen, um die kleine Veranda zu betrachten, wo eine Fliegentür angebracht war, deren oberer Teil aus den Angeln hing. Es war die Hintertür der Küche, die ziemlich groß sein mußte, denn es war immer noch derselbe Raum, als wir um die nächste Ecke gingen und durch ein großes Fenster mit alten, schlierigen Scheiben hineinsahen.

Dann gingen wir wieder um eine Ecke und sahen durch dieselbe Art von Fenster in einen Raum, der das Wohnzimmer oder der vordere Salon zu sein schien. Das auffälligste Möbelstück darin war ein großer Flügel. An den Wänden standen blaßblaue, tiefe Sessel und ein Sofa. Außerdem runde Tische, die mit dunklen Tüchern bedeckt waren. Jetzt setzte sich Ulub in Szene, er fuchtelte mit den Armen und versuchte zu sprechen, doch seine Erregung machte ihm das Sprechen nur um so schwerer. Er deutete auf den Flügel, rannte dann wieder auf die andere Seite des Hauses und deutete auf die Küche. Wir versuchten, ihn ein bißchen zu beruhigen, und ich schlug vor, ins Haus zu gehen, wo uns Ulub zeigen sollte, was er meinte. Das machten wir.

Nirgendwo schien abgeschlossen zu sein, auch die hintere Küchentür nicht, und ich fragte mich, wie das Haus die ganze Zeit überdauert und niemand sich einfach darin niedergelassen hatte. Denn es gab keinerlei Anzeichen dafür, daß Leute versucht hatten, sich einzunisten, nichts außer ein paar Kerzenstummeln auf kleinen Tellern. Brot- und Butterteller, wie meine umfangreiche Erfahrung mir sagte. Doch selbst die konnten die Schwestern Devereau zusammen mit den Möbeln zurückgelassen haben. Ich fragte mich, ob sie ganz plötzlich die Flucht ergriffen hatten. Wahrscheinlich nicht, denn niemand hatte etwas dergleichen erwähnt. Es wußte auch niemand, wohin sie gegangen waren oder ob sie zusammen weggegangen waren.

Mr. Root holte Streichhölzer heraus und zündete die beiden Kerzen auf dem Küchentisch an, denn es wurde dunkel und es gab natürlich kein elektrisches Licht. Der Tisch war dem von Miss Flagler ziemlich ähnlich – mit einer weißen Porzellanplatte, nur daß diese hier viele abgesprungene Stellen hatte und dunkle Flekken durchschimmerten. Die vier Stühle waren aus lackiertem Holz. Ulub, immer noch erfreulich erregt, bedeutete uns, ihm in den Salon zu folgen.

Auf dem Tuch über dem geschlossenen Flügel standen vier weitere Kerzen, und Mr. Root machte sich erneut mit seinen Streichhölzern zu schaffen. Er vergeudete keines, zündete nur eines an, nahm die beiden anderen Kerzen hoch und hielt die Dochte in die bereits brennende Flamme. Sie klebten noch immer in den Wachstropfen auf den Tellern. Der Raum war nun auf unheimliche Weise erleuchtet, und die schweren Sessel und das Sofa traten plastisch hervor. Es gab einen großen Kamin mit einer Marmoreinfassung, vor dem zwei Roßhaarsessel standen mit Spitzenschonern, die vor Alter steif aussahen. Mehrere runde Tische in verschiedenen Größen, einer hinter dem Sofa, ein größerer praktisch in der Mitte des Raums und zwei kleinere neben den Sesseln waren mit Tüchern bedeckt, aber es standen keine Fotos oder Nippes darauf. Hätten derlei Dinge daraufgestanden, hätte der Raum ziemlich genauso ausgesehen wie Dr. McCombs Wohnzimmer, stellte ich überrascht fest. Außer daß seines wärmer und freundlicher wirkte. Nun, das war kein Wunder, seines war die ganzen vierzig Jahre bewohnt gewesen und dieses war leergestanden. Die Farben der Tapeten konnte ich nicht genau erkennen, aber es war ein Muster aus Ranken und matt wirkenden Blumen, Petunien vielleicht. Über dem runden Tisch, der zwischen den Sesseln stand, hing ein Porträt. Es war das einzige Bild im Raum, und ich ging hin, um es anzusehen. Bei den drei Mädchen mußte es sich wohl um die Devereau-Schwestern im Kindesalter handeln. Eigentlich waren es vier Mädchen, denn in der Mitte, in Brusthöhe, war ein weiteres kleines Mädchen, die Jüngste auf dem Bild. Die drei Mädchen, die sie umgaben, waren zweifellos Schwestern, denn sie hatten alle die gleichen eckigen Gesichter, langes braunes Haar, geflochten oder offen, und den gleichen verkniffenen, ernsten Gesichtsausdruck von Leuten, die kurz vor der Taufe stehen. Aber das kleine Mädchen war blond, hatte ein rundes Gesicht und sah fast fröhlich aus. Blond.

Ich mußte mich von dem Gedanken losreißen, es könnte *das* Mädchen sein. Die Zeit schien dahinzuschmelzen, dahinzurinnen wie ein Strom oder ein Fluß: Denn sie konnte damals noch gar nicht auf der Welt gewesen sein; ich schätzte, daß die Schwestern Devereau damals etwas über zehn waren oder auch jünger, denn auf den alten Fotos wirken die Kinder immer erwachsener. Bei meiner Mutter jedenfalls war das der Fall. Wenn es stimmte, was Aurora Paradise gesagt hatte, mußte dieses blonde Mädchen Rose sein.

Ulubs Gefuchtel mit den Armen und seine gutturalen Laute lenkten mich ab, und als ich mich umdrehte, saß er auf dem Klavierhocker, drückte mit einem Finger auf die Tasten und sagte etwas wie »ih ah ielen« und drückte dann weiter auf die Tasten.

Ständig wiederholte Ulub dieses »ih ah ielen«, und Mr. Root kniff vor entsetzlicher Anstrengung das Gesicht zusammen. Schließlich schnippte er mit den Fingern. »Sie hat gespielt!« Und als Ulub heftig nickte, schlug sich Mr. Root auf die Schenkel.

»Mary-Evelyn saß hier und spielte Klavier, als Sie durchs Fenster gesehen haben?« Er machte mit dem Kopf ein Zeichen zu dem Fenster, das dem Klavier am nächsten war, und es war immer noch hell genug, um die Stelle zu erkennen, an der wir gestanden und hereingesehen hatten. Ulub nickte erneut, ja, ja. Dann stand er auf und bat uns, ihm zurück in die Küche zu folgen, wo er sich an den Tisch setzte und so tat, als würde er eine Gabel oder einen Löffel an den Mund führen. Immer wieder senkte sich die imaginäre Gabel auf den imaginären Teller, um sich erneut wieder zu heben. Er hatte auch eine ziemlich ausdruckslose Miene aufgesetzt, womit er zu verstehen geben wollte, daß es sich um den Ausdruck einer anderen Person handelte. Dem einer der Devereaus natürlich. Und dann ging er zu einem anderen Stuhl, veränderte seine Miene, und danach zum dritten Stuhl. Ulub spielte alle Rollen. Stumm beobachteten wir, wie er seine Runden drehte, bis ihm der glorreiche Einfall kam, daß *wir* die Rolle der Devereaus übernehmen sollten.

»Hitz ider, hitz ider.«

Es war ziemlich klar, was er meinte – setzt euch nieder –, also zogen wir die weißgestrichenen Stühle heran, aber wir hatten uns noch nicht richtig niedergelassen, als Ulub uns an den Armen hochzerrte und die Plätze neu verteilte. Wir alle wunderten uns darüber, warum Ulub dachte, der eine oder andere von uns würde der einen oder anderen Schwester mehr gleichen, aber wir ließen ihn gewähren. Ich saß am Kopfende des Tisches und fragte mich, welchen Quälgeist ich wohl darzustellen hätte und ob diese Schwester wohl schlimmer oder besser war als die anderen beiden. Ubub und Mr. Root saßen mit gefalteten Händen feierlich da und warteten die weitere Entwicklung ab. Ulub lächelte ein wenig und fuhr fort, sich mit beiden Händen auf die Brust zu klopfen und zwischendurch auf den Salon zu deuten. »Ih eh ein.« Daraufhin machte er kleine trommelnde Handbewegungen in der Luft. Er würde gleich Klavier spielen, erriet ich richtig. Ubub applaudierte mir. Es war wie bei einer Scharade.

Ubub deutete auf jeden von uns. »Eh ge ein und ih ruu . . .« Und er stieß einen kurzen Schrei aus.

Niemand verstand sofort, was er meinte, also hing alles wieder von Mr. Roots konzentrierten Anstrengungen ab. Er ließ Ulub den Satz zweimal wiederholen. Beide sahen gleichermaßen gequält aus, bis sich Mr. Root schließlich erneut auf die Schenkel klopfte und sagte: »Sie werden rufen. Wir sollen hier warten, bis Sie uns hereinrufen, richtig?«

Ulub strahlte, nickte und verschwand.

»Zum Teufel«, sagte Mr. Root, »er ist gar nicht so schwer zu verstehen. Ich jedenfalls sehe kein Problem.«

Kurz darauf erscholl ein schrecklicher Lärm, als Ulub auf die Tasten einschlug. Ubub (das bemerkte ich) wollte schon aufstehen und protestieren, als eine Stille den Raum erfüllte, die genauso tönend war wie zuvor der Lärm. Darauf folgten gedämpfte Geräusche, dann ein Schrei oder ein Ruf, den wir als sein Signal verstanden. Wir standen auf, und nachdem wir durch die Tür getreten waren, sahen wir Ulub nicht am Flügel, sondern wie festgeklebt an der Zimmerwand direkt neben der Küchentür. Ich war als erste im Zimmer, und er machte sich los und rannte wieder zum Flügel zurück, wo er erneut auf die Tasten einschlug. Ich bezweifelte, ob Mary-Evelyn auf diese Art gespielt hatte.

Er winkte uns zu sich und bedeutete uns mit Gesten und Lauten, uns im Halbkreis um den Flügel aufzustellen und ihn anzustarren. Als Mr. Root etwas sagen wollte, legte Ulub wütend den Finger an die Lippen. Offensichtlich sollten wir nicht sprechen; wir sollten auf den beschämten Ulub sehen – oder auf Mary-Evelyn, die mit gesenktem Kopf und verschränkten Fingern auf ihre Schuhe starrte. Oder auf den Boden.

Ich erinnerte mich, daß die Brüder Woods gesagt hatten, die Tanten hätten mit Mary-Evelyn nicht geredet. Sie mußte also an der Küchentür gelauscht haben, ihre Unterhaltung belauscht haben, bloß um jemanden reden zu hören. Ich erinnerte mich auch, daß meine Mutter gesagt hatte, was für ein »stilles kleines Mädchen« sie gewesen sei, die bei Gesellschaften Glasplatten mit winzigen Kanapees herumtrug, ohne je etwas zu sagen. Sie war zum Flügel zurückgerannt, als man sie entdeckt hatte.

Ulub sagte zu Mr. Root etwas, was wie »ganzer Sommer« klang.

»Ah anz unner.«

Mr. Root wirkte völlig perplex, und Ulub wiederholte es noch zwei- oder dreimal, während er ständig auf die Tasten zeigte und mit den Fingern in der Luft darüber hinwegglitt.

»Das ganze Dinner!« sagte Mr. Root strahlend. »Während des ganzen Dinners! Das ist es, nicht wahr?«

Wir nickten, als hätten sich all unsere Ängste bestätigt. Ich sagte: »Mary-Evelyn mußte während des ganzen Dinners für sie spielen, und wenn die Musik aufhörte, sind sie gekommen, um sie zu kontrollieren.«

Ulub nickte wie wild.

Ich ließ den Kopf hängen. Ich fand es wirklich unglaublich, nicht Ulubs Geschichte, sondern daß es so etwas gegeben haben konnte.

Ich fragte mich, ob es eine Art Ritual gewesen war, daß Mary-Evelyn Klavier spielte, während sie zu Abend aßen, ob es eine Strafe war, daß sie sie während des Essens unterhalten mußte (obwohl ich bezweifelte, daß sie viel »Unterhaltung« daraus zogen).

Ulub hatte wieder das Wort ergriffen. »Ii eind.«

Ubub und ich sahen einander an, und Mr. Root beugte sich ein wenig vor, als würde ihm das bei der Entschlüsselung helfen.

Ulub sagte erneut: »Ii eind, ii *eind.*« Nachdem er sah, daß keiner dies begriff, verzog er das Gesicht und stieß ein trockenes Schluchzen hervor.

Mr. Root rief aus: »Sie weinte! Das ist es, Ulub, nicht wahr?«

Nachdem wir verstanden hatten, hörte Ulub zu schluchzen auf und nickte.

Ich sagte: »Und die Tanten standen nur da und beobachteten sie?«

Wiederum nickte er. Ulub sah wirklich unglücklich aus.

Niemand sagte etwas darauf. Niemand wollte etwas sagen, nahm ich an, als ich der Reihe nach in die Gesichter schaute. Wie wir so mit leicht hängenden Köpfen auf unsere Schuhe starrend um den Flügel standen, glichen wir einer Gebetsrunde.

Mir fiel keine Ja- oder Nein-Frage ein, die ich hätte stellen können und nahm daher zu folgendem Satz Zuflucht: »Was ist denn passiert?«

Ulub hielt seine Wollmütze in der Hand und knetete und zupfte daran herum. Er sagte: »eh ah ang.« Er sah zu Boden, traurig oder beschämt oder beides. Dann stieß er ein Wort hervor, das wie »mort« oder »hort« klang. Und danach eine Kanonade von Wörtern, die so schnell aus ihm heraussprudelten, daß nicht einmal Mr. Root sie verstehen konnte.

Ich dachte über das Wort »mort« nach. Es war das letzte Wort in dem Heft gewesen. *Mort.* Konnte es *fort* heißen?

Mr. Root wärmte sich die Hände unter den Achseln, kaute auf seinem Tabak herum und sagte: »Ulub hatte Angst.«

»Er ist fortgegangen«, fügte ich hinzu. Ich war sicher, nachdem Ulub so viel gesehen hatte, mußte er noch mehr mitbekommen haben. Er mußte das schreckliche Ende gesehen haben. Wie enttäuscht ich war! Und ich spürte, daß auch Ulub meine Enttäuschung bemerkte. Mir fiel wieder ein, daß all dies vor vierzig Jahren geschehen war, und Ulub damals höchstens zehn oder zwölf gewesen sein konnte – in meinem Alter. Wenn ich an seiner Stelle gewesen wäre – nun, es hatte keinen Sinn, darüber nachzudenken, weil ich nicht an seiner Stelle war –, hätte ich nicht einmal den Mumm gehabt hierherzukommen, geschweige denn herauszufinden, was die Devereaus vorhatten. Daß Ulub sich schließlich davonmachte, kam vielleicht daher, daß ihn jemand gesehen hatte. Vielleicht hatte eine der Devereaus draußen etwas gesehen oder gehört und war hinausgegangen, um nachzusehen. Und Ulub war davongerannt. *Ich* jedenfalls hätte das getan; in der Staubwolke hätte man mich gar nicht mehr gesehen. Ich dachte, Ulub würde sich besser fühlen, wenn ich ihm das sagte. Ich legte die Hand auf seinen Arm. »Sie waren wirklich tapfer, Ulub. Wenn ich an Ihrer Stelle gewesen wäre, hätte ich Reißaus genommen.«

Verblüfft und mit offenstehendem Mund sah er mich an.

Ich sah zur Decke und sagte: »Wir wollen ins obere Stockwerk gehen; jeder nimmt sich ein anderes Zimmer vor.«

Wir stiegen die Treppe mit dem schiefen, verrotteten Geländer hinauf. Wir sahen in jeden Raum, bis ich entschied, daß das kleine Zimmer das von Mary-Evelyn gewesen sein mußte. Wegen der blaugestrichenen Möbel sah es aus wie ein Kinderzimmer. Die anderen drei gingen in die größeren Räume, und wir alle stöberten herum.

Das kleine Zimmer ging nach vorn hinaus, es war dasjenige, das ich von der anderen Seite des Sees gesehen hatte; von dessen Fenstern konnte man auf den See hinaussehen. Von hier aus hatte man wahrscheinlich den besten Ausblick im ganzen Haus, und ich konnte nur vermuten, daß es deswegen Mary-Evelyn gehört hatte, weil es das winzigste Zimmer war. Und weil es Leute gab, die einen Blick über den Spirit Lake nicht unbedingt für erstrebenswert hielten.

Das Bett stand zwischen den beiden Fenstern und war mit einem Überwurf bedeckt. Es war ein weißgestrichenes Eisenbett. Die schmale Kommode war blau, die Holzknöpfe waren ebenfalls übermalt, wie wenn sich jemand nicht die Mühe gemacht hätte, sie abzunehmen. Und ein kleiner Tisch neben dem Bett war ebenfalls blau. In der Ecke stand ein alter Schaukelstuhl mit einem verblichenen, geblümten Kissen darin, außerdem ein großer, dunkler Schrank, von der Art, wie wir sie im Hotel hatten, denn nur moderne Häuser besaßen Einbauschränke. Die langweilig waren. Alte Schränke waren interessanter, weil es sie in allen Formen, allen Größen und verschiedenen Hölzern gab, einige mit wundervollen Spiegeltüren, und wenn man die Türen aufmachte, klapperten die Kleiderbügel. Zudem boten sie bessere Verstecke.

Ich öffnete den Schrank und war erstaunt, daß Kleider darin hingen. Kleider. Es mußten acht oder neun sein, und wahrscheinlich hatten die Tanten sie genäht. Sie waren aus erlesenen Stoffen und wunderschön. Doch außer den Schubladen gab es nichts weiter zu entdecken. Ich bemühte mich, eines der Fenster zu öffnen, es gelang mir, und ich kletterte auf den schmalen Balkon hinaus, doch erst als ich draußen stand, bemerkte ich, wie leichtsinnig das war, denn er hätte genauso verrottet sein können wie das Treppengeländer, er hätte genauso gefährlich sein können wie derjenige vor Auroras Zimmer. Aber er gab nicht nach. Er schien ganz sicher zu sein. Dennoch setzte ich mich aufs Fensterbrett, mein Hinterteil zur Hälfte ins Zimmer geschoben – nur für den Fall, er hätte mit einem plötzlichen Ruck nachgegeben.

Inzwischen war es dunkel geworden. Während wir im Salon gewesen waren, hatte sich der Himmel von einem herrlichen Pflaumenblau in tintenschwarze Nacht verwandelt. Der Mond war aufgegangen und sah wie eine der Porzellanplatten aus, auf denen meine Mutter das Abendessen servierte. Er war genauso kalt, so hart und so weiß. Er hing direkt über dem See, der so vollkommen glatt wie eine schwarze Eisfläche war. Kleine Bäche aus Mondlicht strömten über seine Oberfläche. Es war interessant, hier oben zu sitzen und hinauszuschauen, denn ich hatte noch nie auf die Seite des Sees geschaut, auf der ich wohnte. Es war interessant, all die Dinge, an deren Anblick ich gewöhnt war, aus einem anderen Blickwinkel zu betrachten.

Was Ulub uns erzählt hatte, widersprach keineswegs der Aussage der drei Schwestern, sie hätten Mary-Evelyn zum letztenmal gesehen, als sie nach oben gegangen war. Aber Ulubs Geschichte sagte sicher eine Menge darüber aus, in welcher Verfassung sie gewesen sein mußte; es war eine Information, die jeden Polizisten interessiert hätte. Ich saß im Dunkeln auf dem Fensterbrett und hörte mit halbem Ohr (aber ohne darauf zu achten) die Rufe von Mr. Root und den Brüdern Woods, die von unten heraufdrangen. Ich glaube, ich habe das gegenüberliegende Ufer nach dem Mädchen abgesucht. Meine Augen wanderten umher, glaubten sie bei jeder plötzlichen Bewegung zu erkennen – Mondlicht umspielte die Silhouetten der Felsen beim Damm; ein Dielenbrett im Haus wurde plötzlich beleuchtet; die Birke schwankte im Wind. Einen Augenblick später entpuppten sich diese drei Dinge als völlig normal und gewöhnlich. Ich dachte an die vergilbte Fotografie an der Wand, an das kleine blonde Mädchen vor den damals viel jüngeren Schwestern. Dann dachte ich an mein eigenes Bild von Mary-Evelyn, den Schnappschuß meiner Mutter, auf dem die Tanten hinter Mary-Evelyn standen.

Mary-Evelyn. Vor meinem geistigen Auge sah ich, wie sie sich in ihrem weißen Kleid in Zeitlupe durch die schwarzen Blätter der Bäume bewegte. Ich beobachtete, wie sie dort drüben in das Ruderboot stieg, sich mit einem Ruder vom Steg abstieß und dann das Ruder fallen ließ. Aber es war kein gefährlicher See; ein treibendes Boot würde schließlich langsam in die dichten Wasserlilien treiben, die das ganze Ufer umsäumten. Vielleicht wollte sie sterben, damit sie nicht mehr bestraft werden konnte; vielleicht wollte sie auch nur wissen, ob das Wasser sie tragen würde, ob irgend etwas sie tragen würde.

Es war nicht mehr der See meines Vaters. Sie spukte darauf herum.

20.

Wer mich ansieht oder mir sogar zuhört, würde nicht glauben, daß mein Leben eine Abfolge von Schrecken ist. »Blaue Teufel« nennt Mr. Root das. Ich gebe mir die größte Mühe, davon weder etwas in meinem Gesicht noch in meiner Stimme nach außen dringen zu lassen; ich versuche, gelassen zu bleiben. Oh, ich meine nicht die Art von Schrecken, im Morgengrauen vor ein Lynchkommando geführt zu werden oder im Dunkeln zu stolpern und ohne Halt zu finden einen glatten Felsen hinunterzurutschen oder aufzuwachen und Rauch durch die Türschwelle quellen zu sehen. Nicht diese Art von Schrecken. Ich spreche von anderen Dingen: ein Gesicht hinter dem beschlagenen Fenster eines Greyhound-Busses und eine winkende Hand, wenn der Bus abfährt, wobei sowohl Gesicht wie Hand im Dunst und in der Ferne verschwinden; oder man ist draußen im Wald oder auf dem Feld und ruft beständig nach einem Hund oder einer Katze, die man schon seit zwei Tagen nicht mehr gesehen hat; oder Lola Davidow hat eine ihrer »Launen«. Derlei Dinge. Natürlich empfinde ich nicht immer so; ich kann diese Angst abtöten oder sie zurückdrängen, wenn ich etwa Buchweizenpfannkuchen esse oder Schinkenrouladen oder sogar das Chili im Rainbow, oder wenn ich unten im Rosa Elefanten sitze und schreibe oder im dunklen Orion-Kino Popcorn mampfe oder mit dem Sheriff die Parkuhren kontrolliere oder im Rainbow sitze und mit Maud rede. Es gibt so viele Dinge, die einen Schleier über diese Schrecken breiten. Aber immer sind unter der Oberfläche die blauen Teufel da, stets bereit herauszuspringen.

In dieser Gemütsverfassung nimmt alles scharfe Konturen an. Ich sitze etwa im Rainbow in meiner Nische, betrachte die Gesichter am Tresen, und jedes ist von einer zarten Linie umgeben, jeder Kopf ist von Licht umringt; oder ich sehe die Bäume vor dem Fenster, und jeder einzelne hebt sich scharf und hart gegen den Himmel ab; oder jemand wirft Geld in die Jukebox und Patsy Cline singt »I Fall to Pieces«, dann zerbricht Patsy tatsächlich vor Kummer, Stück um Stück. Es ist, als würde man die Glasprismen eines Lüsters klirren hören, Glasscherben auf Glas schlagen.

Die blauen Teufel. Ich bin froh, daß Mr. Root mir die Bezeichnung dafür geliefert hat.

Meine Mutter erzählte mir, daß mein Vater einmal von einem Zug überfahren wurde. Ich weiß nicht, ob diese Geschichte tatsächlich stimmt, und ich zweifle eher daran, aber meine Mutter behauptet, mein Vater sei mit dem Fuß in der Mitte des Gleises steckengeblieben, als der Zug kam. Ihrer Aussage gemäß war er so geistesgegenwärtig, sich der Länge nach zwischen die Schienen zu legen und sich ausgestreckt gegen die Schwellen zu pressen, so daß der Zug einfach über ihn hinweggefahren ist. Ich glaube nicht, daß es ein ganzer Zug war, kein Personenzug. Vielleicht war es nur ein langsam fahrender Dienstwagen oder etwas dergleichen (doch wenn man das annimmt, hätte der Zugführer gesehen, daß ein Mensch dort lag). Ich kann mir kaum vorstellen, jemand hat soviel Mut oder kann seine Gefühle derart beherrschen, daß er nicht versucht, seinen Fuß freizubekommen, sondern sich statt dessen einfach hinlegt. Aber meine Mutter behauptet das. Oft wache ich morgens auf und habe das Gefühl, mein Fuß steckt zwischen den Bahnschwellen fest, während ein weiterer Tag auf mich zusteuert.

Ich spürte die blauen Teufel, als ich hörte, die Polizei habe eine tote Frau im Mirror Pond gefunden, drüben in der Nähe von White's Bridge. Eine blonde Frau.

Und es war Ree-Jane, von der ich alles erfahren habe (als wüßte sie es), und sie behauptete, es von »Sam« gehört zu haben (als würde sie ihn besser kennen als ich).

Diese Neuigkeit gerade von Ree-Jane zu erfahren, war ausgesprochen furchtbar. Von jedem, von *jedem* anderen hätte ich es lieber erfahren, sogar von ihrer Mutter, sogar von Helene Baum. Meine einzige Rettung war, daß Ree-Jane nichts von dem Mädchen wußte, und deshalb konnte sie keine höhnischen Bemerkungen über diese tote Frau machen, die möglicherweise wichtig für mich war. Was sie aus Neid, sie nicht auch gekannt zu haben, sicher getan hätte; aber mehr noch aus reiner Boshaftigkeit.

Ich riß mich zusammen und gab mich völlig gelangweilt, bis ich von ihr loskam und auf die Veranda hinausging. Hier ging ich ganz am Ende um die Ecke, wo man mich nicht sehen konnte. Ich setzte mich in einen der dunkelgrünen Schaukelstühle und weinte.

Die blauen Teufel, sicher.

Schließlich trocknete ich mir die Augen und beschloß, etwas zu unternehmen. Ich wollte in die Stadt zum Gerichtsgebäude gehen und versuchen, die Identität der Toten festzustellen. Ich marschierte die zwei Meilen nach La Porte, stieg kühn die Stufen des Gerichtsgebäudes hinauf und blieb vor der offenen Bürotür des Sheriffs stehen. Er sah mich, lächelte und sagte »hallo«, und ich erwiderte seinen Gruß. Das war alles, was ich sagte: »Hallo.«

Wie angewurzelt war ich an der Tür stehengeblieben. Ich hatte das Gefühl, zu Eis erstarrt zu sein. Ich bemerkte, daß eine Menge los war, denn noch nie hatte ich Donny, den Stellvertreter, so geschäftig gesehen. Der Sheriff warf mir einen fragenden Blick zu, als käme es selten vor, daß ich in seinem Büro auftauchte, und ich denke, das stimmte auch. Wenn es sich bei der Leiche *tatsächlich* um das Mädchen handelte, dann würde er natürlich wissen wollen, was ich wußte. Aber das interessierte mich nicht im mindesten; zum erstenmal war es mir völlig egal, ob ich der Polizei oder sogar dem Sheriff helfen konnte. Ich wünschte mir nur, daß *sie* es nicht war.

Ein paar einfache Fragen hätten mich von meiner Pein erlösen können. *Wie sah sie aus? Was hat sie angehabt?* Aber ich konnte diese Fragen nicht stellen. Ich murmelte etwas von Parkuhren kontrollieren, drehte mich auf dem Absatz um und ging.

Am nächsten Tag würde die wöchentliche Ausgabe des *Conservative* erscheinen und damit weitere Einzelheiten. Die Zeitung würde mich anziehen wie ein Magnet, und gleichzeitig würde ich wegsehen wollen. Auf dem Weg zurück ins Hotel stellte ich mir die wichtigste Frage. Die Frage lautete natürlich, warum wäre es so schlimm, wenn es sich bei der toten Frau um das Mädchen handelte? Ich sagte mir, daß ich sie nur dreimal flüchtig gesehen und nie mit ihr gesprochen hatte. Woher wußte ich, daß sie nicht nur ein Geist war, der nur für mich sichtbar war? *Nur ein Geist?*

Ich wußte überhaupt nichts von ihr. Ich habe sie auf dem Bahnsteig in Cold Flat gesehen, ich sah sie die Second Street in La Porte hinuntergehen, und ich sah sie auf der anderen Seite des Sees. Die beiden ersten Male konnte sie ganz alltägliche Dinge getan haben. Aber nicht beim drittenmal. Denn niemand ging je zu dem unbewohnten Haus auf der anderen Seeseite. Nein, beim drittenmal war es etwas ganz anderes. Sie stand irgendwie in Verbindung mit der Geschichte von Mary-Evelyn Devereau.

So war ich also vom Gerichtsgebäude und vom Sheriff zurückgekehrt, um wieder auf der Veranda zu sitzen, um die Ecke, wo niemand mich sehen konnte. Nachdem ich mir das Gesicht am Ärmel abgewischt hatte, um wieder klar zu sehen, trat alles auf jene schrecklich deutliche, scharfkantige Art hervor und wirkte völlig vereinzelt. Jeder Alleebaum am Feldweg zum Highway hinunter zeichnete sich gestochen scharf ab, statt wie üblich in zwei verschwommene Linien überzugehen. Jeder schien aus seinem Hintergrund herausgemeißelt zu sein, vom Himmel abgetrennt. Warum, fragte ich mich, nahm die Welt diesen Ausdruck von Vereinzelung an, wenn mich schlechte Nachrichten erreichten?

21.

Ich glaube, es gibt Leute, die sich an der Angst und dem Leiden anderer Menschen weiden, sich tatsächlich daran *satt essen* wie Vampire. Sie stoßen ihre scharfen kleinen Zähnchen in deine große, saftige Angst und saugen dich genüßlich aus. Außerdem können sie Blut riechen. Sie können den Geruch bis zu seinem Ursprung zurückverfolgen – *oh, du bist das?* Schnüffel, schnüffel. Mmmm. Und dann *schmatz, schlürf!* Da derartige Leute vollkommen unsensibel sind, erstaunt es mich immer wieder, daß sie die Not der anderen spüren können. Ich glaube, der richtige Ausdruck dafür ist »Sadismus«. Soweit Ree-Jane davon betroffen ist, würde ich das schlichte, alte Wort »Gemeinheit« benutzen.

Vor diesem besonderen Talent, das ihr eigen war, konnte ich mich nicht schützen, das heißt, ich konnte meine Gefühle nicht verbergen. Meine Gefühle schienen zu summen wie elektrische Drähte und sichtbare Funken zu versprühen. Ich glaube, daß es immer leichte Schwingungen gab, die die Luft zum Knistern brachten, wenn ich mich bewegte. Daher traue ich Ree-Jane vielleicht zuviel zu, wenn ich ihr hinsichtlich meiner Person einen sechsten Sinn zuschreibe. Ree-Janes Talent, Leid zu verbreiten, wurde nie auf Will verwandt, das hätte ich bemerkt. Aber schließlich wurde Will praktisch von niemandem etwas angetan. Zum einen, weil er ein Junge war, der *einzige* Mann in der »Familie«. Zum anderen, weil er gut aussah und klug war. Man sagt, Brüder und Schwestern würden sich immer streiten und sich gegenseitig das Leben zur Hölle machen, aber nicht Will und ich. Er spielte mir eine Menge Streiche (weil ich sehr leichtgläubig bin), aber wir kamen eigentlich immer gut miteinander aus. Ich fragte mich, wie wir sein würden, wenn wir alt und grau wären – wenn ich mit Ree-Jane in meiner Nähe überhaupt so lange lebte.

Doch gleichzeitig finde ich, daß ich Dinge sehr gut für mich behalten kann. Das ist ein völliger Widerspruch, aber trotzdem finde ich, daß es stimmt. Wie eiskalt ich beispielsweise ins Gerichtsgebäude gegangen bin. Der Sheriff hat nicht bemerkt, daß ich schreckliche Angst hatte, niemand hat das bemerkt. Vom Kopf bis zu den Zehenspitzen war ich starr wie ein Eiszapfen. Meine Lippen bewegten sich kaum. Komischerweise verführte das eine Menge Leute zu der Annahme, ich sei gefühllos. Und damit komme ich auf Ree-Janes merkwürdiges Talent, mich zu durchschauen, zurück, obwohl ich nicht glaube, daß das so einfach ist.

Jedenfalls hat sie genau das am nächsten Tag getan, als ich wieder um die Ecke auf der Veranda saß und wußte, daß die Wochenzeitung erschienen war, aber zu große Angst hatte, sie mir zu holen. Nun, natürlich war das gar nicht notwendig, denn Ree-Jane stolzierte in einem ihrer Heather-Gay-Struther-Kleider aus der exklusiven »Europa«-Boutique auf die Veranda heraus. Meine Mutter sagte, Ree-Jane sei »verdorben«, weil sie von Lola Davidow so verwöhnt werde. Heather Gay Struther gehörte zu denjenigen, die an Mrs. Davidows Nachsicht eine Menge verdienten. Sie würden sich nicht herablassen, anderswo einzukaufen; sie kauften nur bei »Heather Gay« (einer ausladenden Frau mit einer Menge lila Lidschatten und klobigem, klirrendem Goldschmuck).

Ree-Jane breitete den fein plissierten Rock ihres zweiteiligen blauen Seidenkleids aus. In meinem T-Shirt und den verblichenen Shorts konnte ich ihr nicht das Wasser reichen. Nachdem sie ihr teures Kleid ausgiebig zur Schau gestellt hatte, vollführte sie ein großes Theater mit der Zeitung, schüttelte sie aus, als wäre sie über und über mit Staubflocken bedeckt, und tat schließlich so, als wäre sie wirklich erstaunt über den Artikel (obwohl klar war, daß sie ihn schon gelesen hatte), der vom Auffinden der toten Frau handelte.

Noch bevor sie den Mund aufgemacht hatte, wußte ich, worauf sie es angelegt hatte. Ich wußte, daß sie auf ihre vampirhafte Art gespürt hatte, daß ich ihn nicht lesen und nichts davon hören wollte. Obwohl ich gestern nicht einmal einen Moment lang hatte durchblicken lassen, daß es mir etwas ausmachte. Ich hatte mich sofort in meine Eiszapfenhaltung geflüchtet, das Gesicht ausdruckslos, den Körper starr. Aber sie wußte, daß ich nichts darüber wissen wollte. Warum konnte ich nicht wegrennen? Einfach aufstehen, mich entschuldigen und Reißaus nehmen? Wahrscheinlich aus dem gleichen Grund, aus dem ich mich *tatsächlich* in einen Roboter verwandeln und mein Gesicht ausdruckslos werden lassen konnte. Man kann nicht innerlich schreien und gleichzeitig aufspringen und fortrennen. Fragen Sie mich nicht, warum.

Also saß ich da, starrte auf die beiden Reihen hoher Eichenbäume hinunter, die sich scharf gegen den Himmel abzeichneten, während Ree-Jane den Artikel vorlas. Suzy Whitelaw (die Starreporterin der Zeitung) hatte ihn geschrieben. Das wußte ich, weil sie dem Ganzen folgende Überschrift gegeben hatte: »Das Rätsel vom Mirror Pond«. Ich stöhnte auf vor Abscheu. Sie hielt sich für eine Spitzenjournalistin; sie hatte ein Machwerk verfaßt, das niemand auf Gottes schöner Erde veröffentlichen wollte, obwohl Suzy ständig andeutete, ihr »Agent« sei hinter einer großen »Vorauszahlung« her. Ree-Jane und Suzy quasselten immer von ihren Schreibkünsten, obwohl ich wußte, daß Ree-Jane bisher nur einen Artikel zu Papier gebracht hatte. Ree-Jane wollte Auslandskorrespondentin und Fotografin werden wie Margaret Bourke White. Weil *beide* dachten, sie seien wie Margaret, glaubten sie, sie hätten etwas gemeinsam, trotz des großen Altersunterschieds – Ree-Jane war noch keine siebzehn, und Suzy Whitelaw war um die Dreißig. Vermutlich spielt ein so großer Altersunterschied keine Rolle, wenn sich zwei Leute einfach gegenseitig hochjubeln wollen.

Also mußte ich mir hier nicht nur die Fakten anhören, sondern sie kamen auch noch von jemandem, der nicht schreiben konnte, und wurden von jemandem vorgetragen, der nicht lesen konnte. Wenn ich es vom Sheriff erfahren hätte, verstehen Sie, dann wäre jeder mögliche Schlag abgefedert worden. Zumindest hätte ich gewußt, daß er mir keinen Schmerz zufügen wollte, wenn er es mir sagte. Oder wenn Mr. Gumbel in seinem sachlichen Stil von dem Todesfall berichtet hätte, wäre der Sache einiges an Schrecken genommen worden. Aber nein, es mußte mir auf die schlimmste Art beigebracht werden. Ich fühlte mich verdammt. Mein ganzes Leben war so.

Ree-Jane räusperte sich und las:

»Das Rätsel vom Mirror Pond: Die mondhelle Ruhe des kleinen Gewässers bei White's Bridge, das als Mirror Pond bekannt ist, wurde Dienstagnacht gestört ...«

Ich entspannte mich etwas und würgte. Zum einen, weil sie ihren leiernden, bühnenmäßigen Tonfall angeschlagen hatte. Ree-Jane wollte auch Schauspielerin am Broadway werden.

Verärgert sah sie von der Zeitung auf und fragte schneidend: »Nun? Was ist nicht in Ordnung damit?«

»Er ist nicht ruhig. Der Mirror Pond ist dreckig; er ist mit Schlamm bedeckt. Der Mond könnte auf diesem Weiher nicht glänzen, nicht mal mit einem der großen Blinklichter, die die Straßenwacht aufstellt.«

»Ach, um Himmels willen! Nimm doch nicht alles so *wörtlich*!«

Ree-Jane liebte es, mich anzufluchen. »Suzy Whitelaw soll über einen Todesfall berichten. Das sollte wortgetreu geschehen.« Ich schaukelte; der Streit half mir, die Angst zu verringern.

»Also, was weißt du schon über Journalismus oder Schreiben?«

»Mehr als Suzy Whitelaw, aber das will nicht viel heißen.«

Kochend vor Zorn begann Ree-Jane, vom Verandageländer herunterzugleiten und sagte: »Hör zu, möchtest du oder möchtest du nicht, daß ich ...« Sie brach ab.

Ich schaukelte, fast glücklich. Sie hielt inne, weil sie im Moment nicht wußte, was sie tun sollte. Wenn sie beleidigt abrauschte, hätte sie die Gelegenheit verpaßt, mich unglücklich zu machen. Es muß ein echtes Problem für sie gewesen sein. Mich unglücklich zu machen, trug den Sieg davon, und sie fuhr fort:

»... wurde Dienstagnacht durch den grausigen Fund einer weiblichen Leiche gestört, die bis jetzt noch nicht identifiziert werden konnte. Auf Nachfrage wurde von Sheriff Sam DeGheyn versichert, daß diese Frau nicht ...«

Schnell warf ich ein: »Nicht mal die Grammatik ist richtig.«

Die Zeitung wurde erneut gesenkt. »*Was* ist?«

»Auf Nachfrage wurde versichert.« Ich war mir nicht völlig sicher, aber Ree-Jane konnte mir nicht widersprechen, weil Englisch mein bestes Fach war; ich hatte immer Einsen. Ree-Jane war nirgends gut. Meine Schulleistungen waren so viel besser als die ihren, es war geradezu mitleiderregend und unserer Beziehung keineswegs förderlich.

Deshalb mußte sie sich mit einem: »Wen *schert das schon*« begnügen.

»Nun, mich. Die Nachrichten, die ich lese, sollten von jemandem verfaßt sein, der gutes Englisch schreiben kann.«

»Du hältst dich wohl für besonders schlau!«

Trotz meiner Schadenfreude zuckte ich zusammen. *Du hältst dich wohl für besonders schlau* war ein Satz, den ich seit der zweiten Klasse nicht benutzt hatte. Das haben wir alle gesagt, wenn uns nichts wirklich Kluges oder Treffendes einfiel. *»Du hältst dich wohl für besonders schlau. Du hältst dich wohl für besonders schlau!«* Ich sehe mich noch, wie ich mit den Händen in den Hüften, nach hinten gebeugt oder auf der Schaukel sitzend, Twinkie Petri anbrüllte, der das gleiche zu mir zurückbrüllte. *»Ja? Na, du hältst dich wohl für besonders schlau!«* Und da saß Ree-Jane, die nächstes Jahr aufs College gehen sollte, und brüllte genauso wie Twinkie Petri. Ich kam mir sehr stark vor, weil sie jetzt wütend auf mich wurde und den Zeitungsartikel völlig vergaß.

»Ich habe nichts weiter gesagt, als daß es grammatikalisch nicht stimmt.« Ich schaukelte und kratzte mich am Ellbogen. Dann versuchte ich mein Glück und sagte: »Lies weiter.«

»Warum sollte ich? Du unterbrichst mich ständig mit deinen klugscheißerischen Bemerkungen.« Sie hörte sich tatsächlich schrill an, was sie bemerkt haben mußte, denn sie wechselte den Tonfall. »Schreiben ist eine KUNST.«

Immer wenn Ree-Jane davon sprach, war mir, als würde ich auf das blinkende Neonschild auf dem Dach der schmierigen Pizzabude zwischen La Porte und Hebrides sehen. Der Name des Besitzers war Arturo, und er war Italiener, was seiner Meinung nach sein Etablissement aufwertete, aber er servierte bloß italienischen Saufraß. Das Neonschild zeigte früher seinen ganzen Namen, aber bei dem URO mußten die Röhren ausgefallen sein, daher hieß es nur noch ART. Und das blinkte zusammen mit dem anderen Wort, EAT, ständig auf, so daß das Schild über dem Restaurant so blinkte: ART (blink) EAT (blink) ART (blink) EAT.

»Dennoch müssen Zeichensetzung und Rechtschreibung stimmen«, sagte ich, während ich im Geist das Schild blinken sah, und mich behaglich fühlte.

»Ach, sei doch nicht so *dämlich*! Künstler beschäftigen sich mit großen Themen wie Liebe, Schönheit, Tod und . . . so weiter. Sie brauchen keine Hochseilakte zu vollführen, was Rechtschreibung und Zeichensetzung angeht«, sagte Ree-Jane in höhnischem Tonfall.

»Erzähl das mal einem Trapezkünstler.«

»Sei nicht dämlich!«

Der Schatz ihrer Beleidigungen war erschöpft. Aber ich hatte es geschafft, sie von dem Thema der toten Frau im Mirror Pond abzubringen. Ich war stolz auf mich.

»Da ist dieser tragische Todesfall, diese arme Seele . . .«

Ree-Jane kümmerte sich um arme Seelen? Ich zog die Augenbrauen hoch.

». . . die sich vielleicht erschossen hat . . .«

Sich erschossen hat? Wenn das stimmte, konnte die Person nicht das Mädchen sein. Sie würde sich nicht erschießen, weil sie nach etwas suchte, und das war nicht der Tod. Fragen Sie mich nicht, woher ich das wußte. Meine Gedanken wanderten nach Cold Flat Junction zurück und zu dem Bahnsteig, wie sie dort gesessen und mit suchendem Blick die Bahnstrecke hinauf und hinunter gesehen hatte. Wie sie in ihrem Baumwollkleid dastand, das weiß war, mit irgendeinem Muster, das winzigen Zweigen glich, und dem langen, hellen Haar, wirkte sie so licht, daß sie den Eichen dort unten glich (die inzwischen mit ihrem Hintergrund zu verschmelzen begannen), denn das Licht hob das Mädchen ab von allen Gegenständen in ihrer Umgebung. Dieses Gefühl bemächtigt sich meiner, wenn die blauen Teufel über mich kommen, die die Dinge vereinzeln, und ich mich nicht davon losreißen kann. Es ist allerdings nicht so, daß alles, was ich in dem Moment betrachte, einfach sehr scharfe Umrisse hätte, als würde ich sonst die Dinge nur ein bißchen verschwommener, ineinanderfließender sehen. Denn wenn die Angst über mich kommt, sehe ich vollkommen anders; die Dinge erscheinen vereinzelt und mehr sie selbst zu sein. Es ist nicht erschreckend; es ist eine Art Trost. Aber jetzt verschmolzen die Eichen wieder mit dem Himmel, denn ich wußte, die Gefahr war vorüber. Ree-Jane war zu sehr von ihrem KUNST-Thema in Anspruch genommen.

Ich dachte noch immer an das Neonschild, ART (blink) EAT und fand, daß Kochen eine genauso große Kunst war wie sonst irgend etwas. Ich saß da und hörte ihre Worte, die wie Wespen um mich kreisten und meist tot zu Boden fielen, hielt mich jedoch auf Distanz, indem ich mich in Gedanken erneut am heutigen Mittagessen gütlich tat – Hühnerpastete. Es muß nicht extra betont werden, daß die Hühnerpastete meiner Mutter unvergleichlich ist; das versteht sich von selbst. Allein die Teigkruste würde dafür ausreichen (und sie war berühmt für diese Kruste), denn diese war leicht wie Blätterteig und goldbraun gestreift. Aber vor allem war in der Hühnerpastete meiner Mutter *Huhn* drin, große Stücke Brustfleisch (daher bekam sogar ich einmal Brustfleisch) in einer Soße, die nicht so wässerig war wie bei den meisten Hühnerpasteten, sondern cremig, und die diesen bestimmten, würzigen Geschmack nach Salbei und Pfeffer hatte, der einen an Thanksgiving erinnerte . . .

Wespen stießen herab.

»Warum setzt du dieses alberne Lächeln auf?«

»Was? Oh. Hühnerpastete.« Ich hatte mich im Geist gerade über die saftigen Kartoffelscheiben hergemacht und über die Erbsen und die winzigen Zwiebeln, was für Ree-Janes Gefühl wahrscheinlich zu weit von einem tragischen Todesfall entfernt war.

»Ich spreche über Schreiben und Kunst, und du denkst an *Essen*? Kein Wunder, daß du fett bist.«

Ich war nicht fett. Ich machte mir nicht die Mühe, darauf anzubeißen. »Na, hast du keine Hühnerpastete gegessen?«

Angeberisch, ihre vermeintlich wundervolle Figur (die nicht wundervoll war) zur Geltung bringend, sagte sie: »Ich esse mittags nie etwas.«

»Du Arme.« Die kleinen tieforangefarbenen Karotten, die silbrigen Zwiebelchen . . .

»Ich denke nicht *nur* ans Essen.«

Sie dachte über überhaupt nichts nach. »Aber ich habe mir gerade überlegt, daß Kochen eine KUNST ist.« Ich saß in dem dunkelgrünen Schaukelstuhl mit der gerippten Lehne, schaukelte noch heftiger und wußte, wir waren so weit vom Mirror Pond entfernt, daß wir auf einer verlassenen Insel hätten sein können. Was für ein schrecklicher Gedanke. Ree-Jane und ich auf einer verlassenen Insel.

Sie war etwas im Zwiespalt, denn sie konnte die Kochkünste meiner Mutter nicht *kritisieren*. Alle schienen geradezu todernst zu werden, wenn es ums Kochen meiner Mutter ging. Ich runzelte die Stirn und dachte darüber nach. Es war ein bißchen seltsam. Aber es stimmte. Vielleicht hatte sogar ich einen wesentlichen Aspekt der Kochkünste meiner Mutter nicht mitbekommen. Was bei näherer Betrachtung schwer zu glauben war.

»Na gut, in Ordnung, deine Mutter ist so etwas wie eine Künstlerin. Aber davon spreche ich nicht.«

Ich beschloß, erneut das Thema zu wechseln (das bereits drei- oder viermal gewechselt worden war) und den letzten Nagel in den Sarg der Vampirbraut zu treiben, indem ich ihr Gelegenheit gab, sich aufzuspielen und anzugeben. »Warum hast du dich übrigens so herausgeputzt? Das ist wirklich ein hübsches Blau.« Ich hatte gehört, wie sie zu Will sagte, sie würde ausgehen.

»Ich habe eine Verabredung.« Sie sah in die dunstige Ferne (ich dachte in poetischen Begriffen, weil sie sich so sehr bemühte, elegisch und verträumt auszusehen) und fügte hinzu: »Du kennst ihn nicht.«

An sich schon ein Kompliment, da ich nicht jeden kannte, vor allem keine Jungs. Und natürlich wollte sie es so darstellen, als gäbe es eine Menge »bekannter« Jungen, die sich für sie interessierte, daß sie geradezu eine neue Kategorie brauchte: die Unbekannten. »Wohin gehst du?«

Daraufhin streckte sie die Hände hinterm Kopf aus und hob ihr blondes Haar an, als wären es Engelflügel. Ich haßte diese Geste. Außerdem schien sich Ree-Janes Haarfarbe ständig zu verändern, manchmal heller, manchmal dunkler, was sie damit erklärte, daß es im Sommer von der Sonne gebleicht wird. Nun, es gab schließlich auch Frühling und Herbst – womit ich meine, daß die Veränderung nicht von den Jahreszeiten abhängig war. »Vermutlich in den Cliquot Club.«

»Ich dachte, da darf man erst mit einundzwanzig rein.« Das sagte ich, weil ich wußte, daß sie das von mir erwartete.

»Ich komme *immer* rein. Perry kennt mich.«

Perry war ein Mann um die Dreißig, der viel um Frauen herumscharwenzelte, aber ich glaubte nicht, daß Ree-Jane dazugehörte. »Oh«, sagte ich nur. Lächelnd sah ich auf die Zeitung hinunter, die inzwischen vergessen auf der Veranda lag. Ich machte noch ein paar Bemerkungen über den Club, alles ziemlich langweilige, bis sie schließlich glaubte, sie hätte für diesmal genügend Blut gesaugt, und mit ihrem blauen Kleid vom Verandageländer glitt und ging.

Ich blieb noch eine Weile zufrieden schaukelnd sitzen, sah auf die Eichenreihen, die wie üblich verschwommen erschienen und mit dem Himmel, den anderen Bäumen, dem moosigen Boden und dem Kies verschmolzen. Natürlich fiel mein Blick mehr als einmal auf die Zeitung, aber ich war merkwürdigerweise nicht versucht, sie aufzuheben und zu lesen. Denn möglicherweise ziehen einen schlechte Neuigkeiten genauso wie ein Magnet an wie gute. Obwohl ich nicht wußte, wer die tote Frau war, obwohl sich eigentlich nichts verändert hatte, hatte die zerstörerische Macht der Tatsachen nachgelassen.

Ich hatte nichts herausgefunden, außer daß es sich »möglicherweise« um einen Selbstmord handelte. Keine Details, weder woher sie kam noch eine Personenbeschreibung. Außer, daß sie blond war und blond konnte alles mögliche bedeuten.

Man brauchte nur Ree-Jane anzuschauen.

Seine Sorgen ertränken.

Hatte diese Person, wer sie auch sein mochte, ihre Sorgen ertränkt?

22.

Es war ein bescheidener Sieg, Ree-Jane zum Schweigen gebracht zu haben, aber ich hatte immer noch das Problem, daß ich herausbekommen mußte, wer im Mirror Pond ertrunken war.

Der *Conservative* lag zu meinen Füßen, eine Ecke wurde von einem Windstoß ergriffen und flatterte. Ich wollte es in kleinen Schritten herausfinden – ein bißchen hier, ein bißchen dort, ein

Stückchen Wahrheit, ein Bündel Lügen, ein Gewirr von Fakten, aus dem ich Einzelteile herausziehen, sie zusammensetzen und mir die Antwort auf meine Frage ansehen konnte, wenn ich dazu bereit war. Suzy Whitelaws kitschige Geschichte hätte dieses Bedürfnis befriedigen können, aber nein, jeder Zeitungsartikel hätte immer noch zuviel Wahrheit enthalten, um angenehm zu sein. Aber nicht annähernd so viel wie die geballte Ladung an Wahrheit, die aus dem Mund des Sheriffs käme – und ich wunderte mich über meinen verwegenen Besuch im Gerichtsgebäude an jenem Morgen. Es stimmte, ich hätte es lieber von ihm erfahren, aber dieses »es«, das ich erfahren wollte, entsprach vielleicht nicht dem, was er mir erzählen würde. Und das Schwierige war, ich durfte nicht einmal mit einem Wimpernzucken zeigen, daß ich am Boden zerstört wäre, wenn er etwa sagte: *»Ein junges Mädchen, noch ganz jung, hellblondes Haar, in einem Baumwollkleid mit kleinen Zweigen drauf.«* Ich würde tatsächlich zu einer Eissäule erstarren, nicht nur gelassen die Kühle spielen.

Dann stellte sich die Frage, warum? Warum würde mich diese Nachricht umhauen?

Das konnte ich nicht beantworten.

Was ich wollte, war eine *einseitige* Interpretation der Wahrheit, und ich überlegte mir, welche unzuverlässigen Informationsquellen zur Verfügung standen. Da waren Ulub und Ubub, nicht weil sie unzuverlässig waren, sondern weil ich sie nicht verstand. Vermutlich hatten sie von der toten Frau nichts erfahren. Ich hatte den Eindruck, daß sie mit den Neuigkeiten im *Conservative* nicht auf dem laufenden waren, und da die meisten Leute nicht mit ihnen redeten, hätten sie keine Möglichkeit, es zu erfahren. Außer von Mr. Root. Dann gab es Martins Laden, wo sich eine Menge alter Leute trafen, um sich gegenseitig zu beweisen, daß sie mehr wußten als die anderen. Es gab auch Miss Flagler. Sie war viel ängstlicher als Miss Flyte, wie ich bemerkt hatte, und sicher hätte sie Angst vor Leichen. Sie versuchte immer so zu tun, als gäbe es gar keine, als existierte eine angenehmere Erklärung dafür, und verschönerte derlei Einzelheiten immer. Sie wäre sogar imstande, die tote Frau wieder zum Leben zu erwecken, indem sie behauptete, diese sei vermutlich nur bewußtlos gewesen und wahrscheinlich ins Kreiskrankenhaus gebracht worden. *Aber in der Zeitung steht, sie ist »tot«, Miss Flagler! – Ach, pscht, du weißt doch, daß man dem Geschmiere dieser Whitelaw keinen Glauben schenken darf.*

Die einfachste Lösung wäre Martins Laden im Moment. Weil ich nur fünf Minuten brauchen würde, um hinzukommen. Ich war gerade am Weggehen, als ein Wagen knirschend die Einfahrt hereinfuhr, und ich schätzte, es war Mrs. Davidows Kombi, mit dem sie aus der Stadt zurückkehrte. Der Wagen rumpelte heran, wirbelte Kieselsteine auf, und die Hupe ertönte, als Mrs. Davidow um die Ecke bog (während ich in meinem Stuhl nach unten rutschte, damit sie mich nicht sah) und am Eingang unter der Überdachung zum Stehen kam. Sie drückte immer auf die Hupe, um die Leute wissen zu lassen, daß sie zurück war, und wir die Begrüßungskapelle in Marsch setzen und Konfetti werfen konnten, aber hauptsächlich galt das Signal Walter, damit er die Lebensmittel hineintrug.

Ich fand das immer ziemlich komisch; sie hätte bis zum Sankt-Nimmerleins-Tag warten können, daß Walter die Tüten hineintrug. Irgendwann tauchte Walter schließlich auf, aber Hupen war zwecklos. Schritte auf den Verandastufen, die Fliegentür schlug zu. Ich hörte sie nach Walter rufen.

Als erstes würde sie in der Küche Station machen, denn sie würde fast platzen vor Neuigkeiten für meine Mutter. Mrs. Davidow liebte die Rolle der Botin. Manchmal stellte ich mir vor, das Hotel wäre eine abgelegene mittelalterliche Burg, wo riesige Balkentüren aufflogen und ein Bote fast vom Pferd stürzte, um mit seiner Botschaft zum König zu eilen. Diese Vorstellung gefällt mir in vielerlei Hinsicht, denn sie gibt mir das Gefühl, das Hotel sei ein abgeschiedener Ort, von Wasser umgeben und nur durch eine Zugbrücke mit der Außenwelt verbunden, die herabgelassen oder aufgezogen werden konnte, wenn es uns paßte. Ich stellte also fest, daß sie nach dem Erscheinen der heutigen Zeitung randvoll mit Neuigkeiten über diese tote Frau zurückgekommen war. Es gibt keine bessere Quelle für fragwürdige Informationen als Mrs. Davidow; sie kann nicht anders, als eine schlimme Sache zu verschlimmern und eine gute zu verbessern und zudem eine Menge Kleinigkeiten hinzuzufügen oder wegzulassen, bloß um ihre Geschichte interessanter zu machen. Wenn ich daher ein Detail hören würde, das meine schlimmsten Vermutungen bestätigte *(hübsch, jung, eine Fremde)*, wäre ich vielleicht in der Lage, es zu ignorieren.

Nach diesen Einkaufstagen steuerte Lola Davidow immer zuerst in die Küche, setzte sich auf den Tisch, an dem die Salate gemacht wurden und rauchte, während sie meiner Mutter den neuesten Klatsch vom Tage erzählte, und meine Mutter, wie üblich zwischen dem langen Arbeitstisch und dem gußeisernen Herd stehend, Gemüse schnippelte oder Teig ausstach, ebenfalls rauchte und zuhörte. Wenn ich nicht gerade damit beschäftigt bin, die beiden wegen hundert verschiedener, tiefempfundener Sünden zu kritisieren, bewundere ich sie fast. Denn sie machen das beste aus allem. Bloß kein Geld.

Nachdem ich wußte, wohin sie ging, folgte ich ihr. Als ich mit lautem Knall durch eine der Schwingtüren zwischen Speisesaal und Küche trat, saß Mrs. Davidow wie immer auf dem großen weißen Tisch mit der Porzellanplatte, wo ich zur Essenszeit die Salatschüsseln aufstellte. Der Tisch war jetzt Gott sei Dank völlig leer – eine saubere Platte – bis auf den Krug mit French Dressing, der immer ehrwürdig an einem Ende stand und bei Bedarf aufgefüllt wurde. Eine halbe Zwiebel steckt in dem Krug, und oben auf der Soße schwimmt eine Prise Paprika. Es ist natürlich das beste French Dressing auf der ganzen Welt.

Glücklicherweise war Vera nicht in der Küche, weil sie sich immer in die Unterhaltung der beiden einmischte und Dinge richtigstellte. Nur Walter war noch da, der in der dämmrigen Ecke am anderen Ende des Raums bei der großen Spülmaschine stand. Mrs. Davidow befahl ihm hinauszugehen und die Lebensmittel hereinzutragen, und Walter nickte, fuhr aber nur fort, ein Kuchenblech abzuwischen. Natürlich wollte ich nicht, daß jemand glaubte, ich sei zum *Lauschen* gekommen, deshalb ging ich zielstrebig auf den Krug mit dem French Dressing zu, hob den Deckel ab und schaute hinein. Da es zu meinen Pflichten gehörte, die Salatsoße aufzufüllen, beachtete mich niemand. Jedenfalls setzte ich eine geschäftige Miene auf, rührte mit dem Löffel herum und streute etwas Paprika hinein. Dann fügte ich etwas Öl hinzu. Ich redete mir ein, es sei ein Kompliment für meine Kochkünste, daß niemand fragte, was ich da mache, aber ich wußte, daß das nicht zutraf, denn es wäre schwierig, das French Dressing zu ruinieren – nachdem es keine exakten Vorgaben über die Mengen der einzelnen Zutaten gab. Das ist wiederum etwas, was mich an der Kochkunst meiner Mutter erstaunt: Es gibt selten welche. Und eines Tages fiel mir ein, daß dies KOCH-KUNST im eigentlichen Sinne war – daß ein Künstler einfach *weiß*, was er macht. Es könnte den Anschein haben, die Person handle willkürlich, würde hier ein wenig Farbe, dort ein wenig Paprika zugeben, aber nein. Der Künstler hat ein so ausgeprägtes Gefühl für das, was er tut, daß er instinktiv weiß, wieviel benötigt wird. So erklärte ich mir das, und eingedenk dessen, streute ich mit leichter Hand etwas Paprika und einen Teelöffel Zucker in das Dressing.

Genauso beiläufig hörte ich zu. Beiläufig deshalb, weil ich zum einen meine Ohren vor unerfreulichen Neuigkeiten verschließen, sie zum anderen aber für das öffnen wollte, was mich interessierte. Hätte ich wie Miss Bertha ein Hörgerät besessen, hätte ich daran herumdrehen können. Ich begab mich also in eine Art Traumwelt, wo ich gewisserweise zwischen Mrs. Davidows Worten und meinem Gehör einen Theatervorhang hoch- und niedergehen lassen konnte. Wie einen Filter.

Mrs. Davidow hockte in ihrer üblichen Art auf dem Salattisch und ließ die stämmigen, am Fußgelenk verschränkten Beine leicht hin und her schaukeln. Sie rauchte und redete. Meine Mutter rauchte und hörte zu. Ich goß etwas Öl in den Krug, rührte um, und ihre Worte drangen gedämpft zu mir wie aus einem Traum oder der Erinnerung.

...eine Fremde, wahrscheinlich nicht mal jemand von den Leuten am See.

Nun, ich wußte bereits, daß sie von niemandem identifiziert worden war. Ich beschloß, zur Kühltruhe zu gehen und hineinzusehen. Jetzt sprach sie davon, im Rainbow Café zufällig »Sam« getroffen zu haben. Das brachte mich von meiner Absicht ab, aus Cola und Vanille-Eis einen Black Cow zu machen, da dies eine zu komplizierte Prozedur sein würde. Statt dessen nahm ich leise einen kleinen Krug Eistee heraus und ging zum Schrank, um ein Glas zu holen.

...er sagte, es sei wirklich seltsam, daß sie aus Richtung White's Bridge kam. Wohin sie bloß wollte?

Lola Davidow, die kriminalistische Spürnase. Meine Mutter sagte etwas wie, sie sehe nicht ein, warum das wichtig sein sollte und befahl mir, den Krug mit dem Eistee zurückzustellen. Während ich das tat, antwortete Mrs. Davidow.

Sie wollte jemanden treffen. Vielleicht ist sie nicht allein dort hingegangen.

Wie im Traum trug ich mein kaltes Teeglas zwischen den baumelnden Füßen von Mrs. Davidow und dem Ausstechmesser meiner Mutter zum Spülbecken und kam ihnen zu nahe, um die durchdringenden Stimmen zu überhören.

Als ich beim Spülbecken angekommen war, wo die Bedienungen ihre Tabletts mit schmutzigem Geschirr abladen, damit Walter es sortieren konnte, war ich der unmittelbaren Gefahr entronnen und befand mich wieder im Halbtraum. Dabei wurde ich von Walter unterstützt, dessen Bewegungen immer traumähnlich waren und der gerade eine große Platte polierte, die er wie ein Baby wiegte und langsam mit dem Geschirrtuch bearbeitete. Mit nasaler, erstickter Stimme sagte er »hallo« zu mir und schenkte mir sein breites Lächeln. Walter war immer guter Laune, immer mit einer seiner vielen Aufgaben beschäftigt, immer im Schatten, als hätte er einen Sack voller Schatten bei sich, den man einfach mitnehmen und ausschütten konnte.

»Sam sagte, es seien Reifenspuren gefunden worden. Ein Lieferwagen vermutlich. Vierradantrieb.«

Meine Mutter sagte: »Mirror Pond... Warum sollte denn gerade dort jemand umgebracht worden sein? Oder Selbstmord begangen haben. Er ist doch völlig abgelegen.«

Das stimmte allerdings. Andererseits suchte man sich wahrscheinlich einen abgelegenen Ort, wenn man jemanden umbringen wollte. Meine Vorstellungen von den hiesigen Örtlichkeiten waren ungefähr so verläßlich wie die Richtungsangaben eines Blinden. Ich wußte, Mirror Pond und White's Bridge lagen irgendwo nördlich vom Spirit Lake; das heißt, wenn man vom Haus der Devereaus eine Luftlinie nach Norden zog, kam man irgendwo in die Nähe von White's Bridge und Mirror Pond. Aber ich spreche hier von einer Entfernung von mehreren Meilen, zu Fuß jedenfalls viel zu weit.

Und nachdem ich meiner Mutter und Mrs. Davidow zugehört hatte, beschloß ich, mir den Tatort einfach anzusehen. Vermutlich würde mich der Sheriff nicht im »Dienstwagen« hinbringen. So bezeichnete er das Polizeiauto, wenn Maud ihn bat, sie nach Hebrides oder sonstwohin mitzunehmen. »Tut mir leid, ich kann Sie nicht im Dienstwagen herumfahren.« Worauf sie immer antwortete: »Mich herumfahren? Als wäre ich Miss La Porte oder sonst wer? Ich bitte Sie nicht, mich ›herumzufahren‹.« Natürlich sagte der Sheriff das nur, um sie auf die Palme zu bringen.

Genausowenig würde mich Mrs. Davidow hinbringen, außer die tote Frau stachelte ihre Neugier so sehr an, daß sie selbst hinfahren wollte und ich sie dabei begleiten sollte. Aus irgendeinem Grund schien sie sich in meiner Gegenwart sicherer zu fühlen, als trüge ich eine Waffe. Ich verstand das nicht.

Abwesend hatte ich ein Küchentuch in die Hand genommen. Beim Abtrocknen konnte ich mich manchmal besser konzentrieren. Nun, es gab natürlich noch Ree-Janes weißes Cabrio. Nur, es gehörte eben ihr, und selbst wenn ich zu Kreuze gekrochen wäre und sie inständig angefleht hätte, hätte die Notwendigkeit, sie mitzunehmen, die ganze Unternehmung ruiniert.

Es gab Axel's Taxis. Ich hatte genügend Geld, um die ganze Fahrt zu bezahlen; die Schwierigkeit war nur, daß Delbert in ganz La Porte herumposaunen würde, daß er mich zum Mirror Pond gefahren habe. Dann fielen mir plötzlich die Brüder Woods und ihre alten Laster ein. Ich fragte mich, ob sie jetzt wohl gerade bei Martins Laden wären ...

Ich hörte Mrs. Davidwo sagen:

... die Person hatte nichts am Leib, wodurch sie identifiziert hätte werden können, es war nichts in den Taschen des Baumwollkleids, sagte Sam ...

DEN TASCHEN DES BAUMWOLLKLEIDS

So schwer es mir auch fiel, ich erwiderte Walters Lächeln und nahm einen Salatteller in die Hand, während die Worte TASCHEN TASCHEN TASCHEN in meinem Kopf rotierten. Aber dann sagte ich mir, daß »Taschen« im Kleid einer Frau ziemlich normal waren.

ODER IN IHRER HANDTASCHE

Wie ein Güterzug rasten die Worte auf mich zu! Ihre HANDTASCHE! Eines der Dinge, die mir an dem Mädchen aufgefallen waren, war, daß sie keine HANDTASCHE trug. Sie war an verschiedenen Orten gewesen (auf dem Bahnsteig etwa), wo man angenommen hätte, daß eine Frau eine Handtasche dabei haben würde. Aber das Mädchen hatte nur eine kleine Börse bei sich, nicht viel größer als ihre Hand. Würde man so etwas als »Handtasche« bezeichnen? War mein Argument irgendwie schwach? Ich lehnte mich gegen die Spülmaschine. Walter fragte mich, ob ich krank sei.

Das sei ich nicht, sagte ich ihm.

Aber dann dachte ich: Mrs. Davidow erzählt meiner Mutter, was der *Sheriff* ihr gesagt hatte. Sofort kam meine Angst zurück, denn der Sheriff hätte Mrs. Davidow nie ins Vertrauen gezogen, auch wenn sie es so darstellte. Vermutlich war eine Menge dessen, was sie meiner Mutter erzählte, eigene Erfindung, selbst wenn sie sich einbildete, diese Einzelheiten vom Sheriff erfahren zu haben. Es war durchaus möglich, daß ich mich wieder dort befand, wo ich am Anfang gewesen war.

Ich warf das Geschirrtuch weg und stürzte aus der Hintertür.

Weder die Brüder Woods noch Mr. Root hatten ihren Posten auf der Bank vor Martins Laden bezogen. Ein alter Mann saß darauf, die Beine gekreuzt und die Arme so eng um sich geschlungen, daß seine Hände fast auf dem Rücken lagen. Er war nach vorn gebeugt, als hätte er Schmerzen, aber er hatte sich einfach nur vorgelehnt und sah mit zusammengekniffenen Augen über den Highway auf etwas Interessantes (vermutete ich), das ich nicht sehen konnte. Er trug eine schwarzweißgestreifte Mütze, die den Eindruck vermittelte, er sei entweder ein entlassener Sträfling, oder er habe sie von einem geborgt. Ich kannte ihn nicht, aber es gab eine Menge Leute in Spirit Lake, die ich nicht kannte.

Wie üblich hatten mehrere alte Männer in Martins langem, engem Laden Stellung bezogen, wo an einer Wand die Konserven aufgereiht waren und an der anderen die Theke mit den Süßigkeiten und Zigaretten stand sowie die Kasse und die großen Schachteln mit Plätzchen. Die Männer unterhielten sich über den ganzen Raum hinweg miteinander. Ich fand, es wäre einfacher gewesen, wenn sie sich zueinander gestellt hätten, aber das machten sie nur, wenn es etwas wirklich Aufregendes zu bequatschen galt.

Nun, heute gab es das, denn keine zehn Sekunden nachdem ich eingetreten war, kam einer von ihnen auf das Thema Mirror Pond zu sprechen. Ein anderer antwortete: »Die Frau, die die Polizei gefunden hat, na, so was hab' ich noch nie gehört.«

Dann schienen die vier wie von einem Magneten angezogen zu werden. Hinten, bei der Fleischtheke, bildeten sie einen kleinen Kreis, wo Mr. Martins Sohn, gleichzeitig der Metzger, das Kinn auf die gefalteten Hände gestützt hatte und zuhörte, damit er auch seinen Senf dazugeben konnte.

Ich stand vor der Süßigkeitenauslage, betrachtete die aufgereihten Karamelriegel und Eiswaffeln und hielt die Ohren auf. Nachdem ich die Küche verlassen hatte, war ich zuerst in mein Zimmer gegangen, um mir etwas von meinem Trinkgeld zu holen, und hatte einen Dollar in Münzen mitgenommen, mit denen ich klimperte, wenn Mr. Martin in meine Richtung sah, nur um ihm zu zeigen, daß ich zum Einkaufen hier war und nicht nur zum Herumlungern wie die anderen Leute.

»... Fremde ...«

Ich hatte genug von dem Wort; daß sie eine Fremde war, hatte ich inzwischen mitbekommen. Aber dann folgte ein Widerspruch.

»Hab' ich nicht gehört ... (murmel) hat gesagt, sie kommt aus einem der schicken Häuser am See ...«

Ich faßte wieder Mut. Wenn das der Fall war, konnte es sich nicht um das Mädchen handeln.

». . . zum Teufel, nein, das stimmt nicht. Ich hab' gehört . . .« und ein Strahl Tabakschleim ergoß sich in einen der Spucknäpfe, die Mr. Martin aufgestellt hatte, ». . . sie is' von drüben (murmel, murmel) . . .«

So sehr ich mich auch anstrengte, ich konnte es nicht verstehen. Mein Magen grummelte wieder. Jetzt hatten alle die Stimmen gesenkt, also blieb ich einfach stehen und starrte weiterhin in die Süßigkeitenauslage. Die Bonbons waren zwei Cents teurer geworden, seit ich das letztemal da war. Ich mochte vor allem die eingewickelten harten mit dem weichen Kern und die Fruchtbonbons, wo auf dem weißen Papier die Geschmacksrichtung aufgedruckt war. Dann hörte ich zu meinem großen Entzücken:

». . . Hebrides. Hast du das gehört, Bryson? Daß die Frau aus Hebrides ist?«

Er hatte sich an Mr. Martin gewandt, ein ziemlich vergebliches Unterfangen, da der Ladenbesitzer nicht sehr gesprächig war. Mr. Martin brummte und rückte seine dicke, schwarzgerahmte Brille zurecht, die zu seinem Haar paßte. Ich glaube, er ist reich und hat eine Menge Besitz in der Gegend. Etwas erleichtert – denn ich würde wetten, das Mädchen stammte aus Cold Flat Junction, wenn überhaupt hier aus der Gegend – fuhr ich fort, die Feuerkugeln anzuschauen. Ich liebe Feuerkugeln. Einige waren dunkelrot und einige waren von solch einem glühenden Orange, das ich noch nie irgendwo gesehen hatte, außer bei Feuerkugeln. Die Stimmen hoben und senkten sich und waren von der Süßigkeitentheke aus zu schwer zu verstehen, daher ging ich nach hinten auf die linke Seite, um näher an der Fleischtheke bei den Konservenregalen Stellung zu beziehen. Dort stand ein einzelner Schaukelstuhl in der Ecke, und einer der Männer ließ sich darin nieder und gab laut brüllend seine Ansichten kund. Ich tat so, als würde ich die Bohnendosen inspizieren, die Heinz- und Campbell-Sorten und wußte, Mr. Martin würde herkommen und mich fragen, was ich wollte. Ich konnte nicht einfach reinkommen und rumalbern wie die Erwachsenen; von mir erwartete man, meine Einkäufe zu machen und schnell wieder zu verschwinden. Nachdem das Hotel vermutlich sein bester Kunde war, fand ich, er sollte mich zumindest mit dem gleichen Respekt behandeln wie diese Männer. Nun, da kam er schon, wodurch mir einiges von ihrem Gespräch entging, und ich erklärte ihm, daß ich mich zu erinnern versuchte, wieviel Büchsen ich meiner Mutter mitbringen sollte. Er brachte mich fast zum Wahnsinn, als er mir sagte, das Hotel bekomme immer die »gewerblichen Größen« (als wenn mir jemand irgend etwas über die gebackenen Bohnen meiner Mutter erzählen könnte, das mir neu gewesen wäre). Ich erklärte ihm, diesmal nicht, diesmal sei es anders. Mißtrauisch entfernte er sich. Mr. Martin sah immer aus, als wollte ihn jemand ausrauben.

». . . du denkst an Louella?«

»Gleicht ihr aufs Haar, wenn man bedenkt, was Donny gesagt hat.«

Donny. Der Hilfssheriff! *Louella*. Ich erstarrte und sah weiterhin auf die Reihen mit Bohnendosen von Heinz und Campbell.

»*Verdammt*, das stimmt. Es is' noch keine drei Tage her, daß ich sie gesehen hab'!«

»Na, du hast sie vielleicht gesehen, Bub, aber vor drei Tagen is' was anderes als vor zwei *Nächten*, und wie Donny gemeint hat, hat sie ganz wie Louella ausgesehen. Du weißt . . .« Das war an die anderen gerichtet. ». . . ein stämmiges Mädchen, lebt drüben in Hebrides.« Er spuckte aus.

Stämmiges Mädchen. Ich stand so still und atemlos da, daß ich mich in eine der Bohnendosen hätte verwandeln können. Das würde nie auf das Mädchen passen.

Ein anderer, den sie »Jeepers« nannten und eine hohe, rauhe Stimme hatte, behauptete, Louella noch nie gesehen zu haben und fragte, wer – verdammt noch mal – sie denn überhaupt sei.

Mr. Martin befahl ihnen, auf ihre Ausdrucksweise zu achten.

Sie murmelten Entschuldigungen und setzten ihre Diskussion fort.

»Lebt drüben in *Heb*-rides. Hab' ich doch gesagt. Louella Smitt.«

»Du meinst *Ella?* Ella Smitt?« sagte Bub und spuckte mit größter Verachtung erneut Tabak in den Spucknapf.

Höhnisch fuhr Bub fort. »Na, das is' doch völlig verrückt. Ella hat doch für die Kramers nebenan drei Jahre Babysitter gespielt. Was soll die denn mitten in der Nacht bei White's Bridge draußen wollen, möcht' ich mal wissen?« Er verschränkte die Arme und kaute heftig auf seinem Tabak, als wäre die Sache damit geklärt.

Da ich wußte, daß ich nicht den ganzen Tag Büchsen anstarren konnte, trat ich einen Schritt vor, holte eine Dose Brick-Bohnen vom Regal und fragte mich, warum dieser Bub meinte, jemand könne nicht bei den Nachbarn babysitten und dennoch zur White's Bridge gehen. Ich schüttelte den Kopf, während ich die Brick-Bohnen ansah (die besten gebackenen Bohnen, außer selbstgemachten) und mich fragte, ob ich mich um diese Informationsquelle überhaupt kümmern sollte, und daß es vielleicht besser wäre hinauszugehen und nach Außerirdischen Ausschau zu halten. Vielleicht war Mr. Root inzwischen draußen auf der Bank; er war zwar irgendwie stur, aber zumindest konnte er zwei und zwei zusammenzählen.

Sie hatten mich mit dem vermeintlichen Bericht des Hilfssheriffs neugierig gemacht (und ich wußte, Donny würde über den Fall überall herumtratschen, wohingegen die Lippen des Sheriffs versiegelt bleiben würden); aber alles andere, was sie sagten, war reine Spekulation (sogar noch mehr als bei Lola Davidow), ich konnte weder *Hebrides* noch *ein stämmiges Mädchen* für bare Münze nehmen. Ich war gerade dabei, die Dose ins Regal zurückzustellen und ein paar Feuerkugeln zu kaufen, als die Tür aufging und in einem angenehm warmen Luftstrom ein kräftiger Mann mit breitem Kinn eintrat, der eine Steppjacke mit zu kurzen Ärmeln trug. Er marschierte herein, er sah immer so aus. Während sie ihn begrüßten – mit *Hey, Jude... lo, Jude...*, so als wäre er mehr oder weniger ihr Anführer –, knallte er eine Dollarnote neben die Kasse und sagte Mr. Martin, er wolle eine Schachtel Lucky Strike. Er stand da, riß das Zellophan ab, und Jeepers rief mit seiner weinerlichen Stimme herüber und teilte ihm mit, worüber Bub und der andere sich gerade gestritten hatten und ob er die Zeitung heute morgen gelesen habe?

»Meinst du die Leiche draußen bei White's Bridge?« Er zündete seine Lucky an, schnippte das Streichholz in den Spucknapf und schlenderte zu ihnen hinüber. »Ja, sicher hab' ich das gelesen.«

»Bub hier behauptet, daß es Louella Smitt is'.«

Er schnaubte nur, als er den Rauch durch die Nasenflügel ausstieß. »Wie, zum Teufel, kommst'n da drauf?«

Ich stand so still da, wie ich nur konnte, und hielt die Brick-Bohnen fest. Der eine, der Bub hieß, war sichtlich nicht erfreut über den Neuzugang, weil er bis jetzt durch das Aufbringen eines Namens im Vorteil gewesen war.

»Hab's drüben im Gerichtsgebäude gehört«, erwiderte Bub.

»Hörst 'ne Menge Sachen im Gerichtsgebäude, die nicht wahr sind.« Jude lachte, als handelte es sich um etwas besonders Witziges. Auch die anderen lachten. Dann fragte Jude, von *wem* im Gerichtsgebäude.

Bub stammelte herum und schließlich sagte er: »Sally.«

Sally war eine der Sekretärinnen. Also hatte er es nicht von Donny erfahren und ich hatte recht, alles anzuzweifeln, was er von sich gab. Doch das machte mich nicht froh; ich hätte lieber geglaubt, es wäre tatsächlich dieses stämmige Mädchen, Louella Smitt, gewesen.

Wiederum stieß Jude ein höhnisches Lachen aus und zog Jeeper die Mütze über die Augen, als hätte er gesagt, es käme von Sally. Ich haßte Leute, die sich so aufführten, die an anderen Leuten herumzogen und sie herumstießen. Ich wette, dieser Jude war früher ein Schulhof-Tyrann.

»Na ja, es is' todsicher, daß es nicht diese Louella Wie-heißt-sie-doch-gleich is'. Es is' das Mädel von Ben Queen.«

Ich erstarrte.

Ben Queen.

Das war die Wahrheit, so gewiß wie Gott die kleinen grünen Äpfel wachsen ließ, und ich wußte es, und es nahm mir einfach den Atem. Ich wußte es, weil ich in meinem ganzen Leben den Namen Ben Queen nicht gehört hatte, bis ihn Aurora Paradise vor ein paar Tagen erwähnte, und hier hörte ich ihn nun zum zweitenmal. Es war, als käme der Name von einem fernen Horizont auf mich zu wie der Wirbelsturm, der über die Ebenen von Kansas fegt oder der Zug, der über meinen Vater fuhr.

Ben Queen. Und außerdem hatte Aurora Paradise den Namen in Zusammenhang mit Mary-Evelyn Devereau erwähnt, und ich wußte, das Mädchen, das ich gesehen hatte, hatte mit dieser Familie etwas zu tun. Das war klar, warum wäre sie sonst dort drüben auf der anderen Seite vom Spirit Lake gewesen?

Und hätte zu mir herübergesehen.

Ich mußte hinausgehen, als dieser Jude anfing, von der Schußwunde zu erzählen, denn das wollte ich wirklich nicht wissen. Mich hatte schon ziemlich verängstigt, was ich bis jetzt gehört hatte. Auf meinem Weg zur Tür wurde ich von Mr. Martin aufgehalten, der mir zurief, ich hätte die Bohnen zur Kasse rüberbringen müssen, um sie auf die Rechnung des Hotels Paradise setzen zu lassen.

Ich hielt immer noch die Dose mit den gebackenen Brick-Bohnen in der Hand und wußte mir nicht anders zu helfen, als ohne innezuhalten aus der Tür zu gehen und eine vage Entschuldigung zurückzurufen.

Mr. Root war da, er saß am anderen Ende der Bank, auf der der alte Mann mit der Sträflingsmütze saß. Sie unterhielten sich nicht, starrten nur auf die heruntergekommene, hölzerne Imbißbude, die an dem Abhang auf der anderen Seite des Highways stand, als überlegten sie, ob sie hinübergehen und sich einen Burger und ein Soda besorgen sollten. Als ich zu ihnen trat und Mr. Root, der mich strahlend anlächelte, mit einem »hallo« begrüßte, stand der alte Mann mit der Mütze mühsam auf, als plagte ihn schreckliches Rheuma oder etwas dergleichen, und ich sagte ihm, er müsse mir seinen Platz nicht freimachen, aber er schenkte mir keinerlei Beachtung. Vermutlich hatte er nichts dergleichen vor; wahrscheinlich wollte er nicht hierbleiben, wenn ein Kind sich dazusetzte, drauflos quasselte und sein stilles Vorsichhinstarren störte. Er beachtete mich überhaupt nicht, sah mich nicht einmal an, sondern ging den Abhang zum Highway hinunter, und steuerte vermutlich auf die Kneipe zu.

Verglichen mit dem alten Mann war Mr. Root blitzsauber und roch sogar nach Aqua Velva oder Old Spice, denn ich nahm einen zarten Duft von Alkohol und Nelken wahr. Was ich über Männerparfüms wußte, stammte von den Reklametafeln in Souder's Drugstore. Ehrlich gesagt, fand ich den Geruch ein bißchen weibisch und erinnerte mich, daß der Sheriff nie nach Nelken oder Alkohol roch. Nur nach Seife.

Mr. Root trug ein hübsches blaues Hemd, das sehr gestärkt war und breite, rote Hosenträger. Ich fragte ihn, ob er auf ein Taxi wartete oder irgendwo hingehen wollte.

»Nein, das nicht. Hab' mir nur gedacht, ich könnte später zu Gee's zum Abendessen rübergehen.«

Gee's war die schäbige Kneipe gleich in der Nähe, und ich konnte mir nicht vorstellen, dort zu Abend zu essen. Mehr als einen Cheeseburger und eine Cola habe ich dort nie bekommen (wenn ich am Verhungern war). Will und ich gingen gern hin, weil er dort Flipper spielen konnte. Er ließ die Kugel hochspringen und runterknallen, bis George Gee ihn anbrüllte, daß er damit aufhören solle.

»Hab' die Woods-Brüder nicht gesehen«, sagte Mr. Root und drehte sich um und sah den Weg hinauf, der von Martins Laden wegführte und von Leuten, die dort hinten wohnten, benutzt wurde, wenn sie zum Laden gingen.

Er schien anzunehmen, wir würden uns auf alle Ewigkeit hier treffen und Pläne schmieden. »Nein, ich habe sie heute auch noch nicht gesehen.«

»Hast du gelesen, daß man diese Frau drüben im Mirror Pond gefunden hat? Es heißt, sie hat sich entweder erschossen, oder sie ist von jemandem erschossen worden. Findest du das vielleicht einleuchtend?« Bedächtig wälzte er den Tabakklumpen in seinem Mund herum. Mr. Root war der Typ, der den *Conservative* von der ersten bis zur letzten Seite durchlas, sogar die Privatanzeigen. Aber ich wußte auch, daß ihm manches ziemlich leicht entging, wahrscheinlich weil ihn die Vergangenheit viel mehr interessierte als die Gegenwart. Deshalb störte es mich nicht allzusehr, daß er auf das Thema zu sprechen kam, weil ich natürlich wußte, daß er darauf kommen würde. Es war die einzige interessante Neuigkeit, die wir im ganzen Jahr gehabt hatten.

»Ja, Sir, das habe ich getan«, log ich. »Jedes Wort. Es war aufregend – ich meine, es war sehr schlimm.« Ich flocht den Ausdruck »jedes Wort« ein, nur für den Fall, daß er sich tatsächlich an viele Einzelheiten erinnerte. Jetzt würde er es nicht für nötig erachten, mich über alle möglichen Dinge aufzuklären, die ich nicht wissen wollte.

Er sagte, er stimme mir zu, es sei schrecklich, und fragte: »Glaubst du, daß alles mit der kleinen Devereau zu tun hatte?«

Ich war wirklich vollkommen verblüfft; *diese* Frage hatte ich nicht erwartet. Verblüfft sah ich ihn an. »Warum?«

»Na ja, beide sind hier in der Gegend ertrunken. Vielleicht ist sie selbst reingesprungen.«

Aus irgendeinem Grund gab es mir einen Stich ins Herz, denn an dem, was er sagte, war etwas Wahres dran. Mr. Root, der nicht besonders kompliziert dachte (nahm ich an), griff sich ein lange vergangenes Ereignis heraus und brachte es aufgrund von ein paar Ähnlichkeiten mit einem jetzigen in Zusammenhang, gerade so, als würde man einer Papierpuppe ein paar Kleider anpappen; die enormen Unterschiede zwischen den beiden Fällen ließ er jedoch völlig außer acht. Ich war wie betäubt. Ich sagte: »Na gut, aber ... die Polizei behauptet, sie wurde *erschossen.*«

»Ja, schon. In der Zeitung stand nicht viel.« Er hatte sich nach vorn gebeugt wie eine etwas jüngere Version des stoppelbärtigen alten Mannes, der gerade gegangen war.

Ich war froh, zu hören, daß in der Zeitung nicht viel gestanden hatte. Ich nagte an der Innenseite meiner Wange und überlegte, ob ich die eine oder andere Einzelheit einwerfen sollte, um herauszubekommen, ob er derselben Ansicht war oder nicht. »Jemand hat behauptet, sie wäre aus Hebrides.« Ich arbeitete darauf hin, Ben Queen zu erwähnen.

»Woher wollen die das wissen?«

»Angeblich aus der Zeitung.«

Er schüttelte den Kopf. »Also, das stimmt nicht. Die Polizei hat nie gesagt, woher sie war, weil sie es nämlich nicht weiß.«

Ich war enttäuscht. Die tote Frau konnte meinetwegen von überall her sein, außer aus Cold Flat Junction. Aber das hatte natürlich auch nicht in der Zeitung gestanden. »Da drinnen haben sie gesagt ...« und ich nickte mit dem Kopf in Richtung Laden, »... es sei jemand namens Louella Irgendwer. Aus Hebrides. Bub hat das behauptet.«

»Bub.« Mr. Root schnaubte und wischte sich über den Mund, als müßte er sich nach der bloßen Erwähnung des Namens den Mund auswaschen. »Der kennt sich aus. Dieser Bub Hazel, der tut immer so, als wüßt' er mehr als alle anderen. In der Zeitung is' nichts dergleichen gestanden. Die Polizei hat ganz offen gesagt, *sie wissen nicht, wer sie ist.*« Er betonte die letzten Worte.

»Jetzt erinnere ich mich, daß es so drinstand.«

»Es hat geheißen, daß es ein Unfall gewesen sein könnte, aber ›ein Gewaltverbrechen kann nicht ausgeschlossen werden‹.« Mr. Root wiederholte das langsam. »›Ein Gewaltverbrechen kann nicht ausgeschlossen werden.‹ So is' es dringestanden. Ich glaube, sie müssen eine, wie heißt das doch gleich ... eine Autopsie machen?« Er wandte sich zu mir um, um zu sehen, ob ich zustimmte.

»Ich denke schon. Es ist wirklich merkwürdig.«

»Wen lassen sie das deiner Ansicht nach machen?«

Ich zuckte die Achseln. »Dr. Baum, nehme ich an.«

»Na gut.«

Als wäre ich gerade erst darauf gekommen, schnalzte ich mit den Fingern. »Weißt du, was ich finde? Ich finde, wir sollten einfach nach White's Bridge fahren. Vielleicht können uns ja die Woods-Brüder in ihrem Laster dort hinbringen?«

Ich war überrascht, als Mr. Root den Kopf schüttelte. »Ihre Laster stehen in Cabel Slaws Werkstatt bei der Reparatur.«

»Beide? Beide Laster?«

Mr. Root wandte den Kopf ab, sah nach rechts und spuckte vorsichtig einen Schwall Tabak aus. »Ja«, sagte er. »Komisch, nicht? Wenn einer kaputtgeht, dann der andere auch.«

Ich seufzte. Das war typisch für die Brüder Woods. Ich war furchtbar enttäuscht, denn es war mir als die perfekte Lösung für eine Mitfahrgelegenheit erschienen.

Mr. Root und ich saßen ein paar Minuten schweigend da,

während ich den alten Mann beobachtete, der den Highway überquerte und immer noch langsam den Hügel zu Gee's hinaufstieg. Alte Leute – Mr. Root und Miss Flagler etwa – waren von einer Trauer umgeben, die wie Spinnweben an ihnen hing, wie etwas Klebriges, das sich trotz beständiger Versuche nicht abwischen ließ. Mir fielen die unbenutzten Zimmer über der Küche ein, die einst Personalquartiere waren, heute jedoch Lagerräume sind und kaum von jemandem aufgesucht werden, außer von mir. Ohne besonderen Grund ging ich hinein und zwängte mich zwischen Tischen, Waschtischen und Kommoden mit schwenkbaren Spiegeln hindurch, auf denen umgedrehte Stühle übereinandergestapelt waren, alles von Staubschichten bedeckt und manchmal durch nebelgraue Spinnweben miteinander verbunden. Spinnweben klebten auch am Fensterrahmen, den die Sonne ausgebleicht hatte, und wenn ein Luftzug aufkam, hoben und senkten sie sich wie kleine Baumwoll- oder Seidenfetzchen, nahmen eine geradezu stoffliche Schwere an, und ich fand das schön, aber unerträglich traurig. Wie gebannt beobachtete ich die Ecken und Fenster dieser Räume, die zuweilen schattig und still, zuweilen hell und lebendig waren. Es war, als würde Sonnenlicht über den Spirit Lake streifen oder Dunst und Nebel von seiner Oberfläche aufsteigen. Und ich sah meine Mutter und Mrs. Davidow von Spinnweben umgeben, selbst dann, wenn Mrs. Davidow mit baumelnden Beinen auf dem Salattisch saß. Und es war wie ein Nebelgespinst, das seit langem hier geschwebt hatte, um sich schließlich leise herabzusenken. Durch diese Spinnwebschicht unterhielten sie sich, lachten sogar, und brachten den Schleier aus Spinnweben zum Flattern wie der Luftzug, der oben in den unbenutzten Räumen durch die Fensterritzen strömte. Ich nehme an, es reichte nicht, daß etwas nur schön war, nein, es reichte ganz und gar nicht. Denn das Licht verblaßte und die Luft erstarrte zu einer erstickenden Enge.

War es immer so, wenn man alt wurde? Ich saß auf der Bank,

betrachtete den Boden zu meinen Füßen und fühlte mich niedergeschlagen. Mein Leben war zwar nicht besonders aufregend, aber zumindest war ich nicht alt. Aber ich war sicher, gerade ich würde nicht zu denjenigen gehören, die diesem Schicksal entrannen, wenn überhaupt jemand.

Nach einer Weile konzentrierte ich mich wieder auf das Problem. Ich dachte darüber nach, was der Mann namens Jude gesagt hatte, und woraufhin ich fluchtartig aus dem Laden gerannt war.

»Wie lange wohnen Sie schon hier, Mr. Root? In Spirit Lake, meine ich.«

Offensichtlich gefiel ihm meine Frage, denn er lehnte sich zurück, hob den Kopf und dachte wirklich angestrengt nach. »Kommenden September werden es wohl sechsundzwanzig Jahre. Ja, richtig...«, fügte er hinzu, als hätte ich es bezweifelt. »...sechsundzwanzig Jahre.«

Also lebte er schon sehr lange Zeit hier, behauptete aber, die Devereaus nicht gekannt zu haben, denn die ganze Sache lag schon zwanzig Jahre zurück, als er hierher gekommen war. Also war meine Frage vermutlich ungefährlich. »Haben Sie je von einem Mann namens Ben Queen gehört?«

Das gefiel ihm sogar noch besser, weil er sich wirklich den Anschein geben konnte, scharf nachzudenken. Ich glaubte nicht, daß er etwas über Ben Queen wußte (weshalb es ungefährlich war, ihm meine Frage zu stellen), aber während er sich den Kopf darüber zerbrach, fiel ihm vielleicht etwas anderes ein, etwas, das damit in Zusammenhang stand. Ich war wie vom Donner gerührt, als er sagte:

»Ben Queen. Queen... ich hab' da jemanden gekannt, die einen Queen geheiratet hat, glaube ich.« Er lächelte schüchtern. »Bin selbst in sie verschossen gewesen. Sheba Otis hat sie damals geheißen.«

Ich war überrascht. »Sie hat einen Queen geheiratet. Welchen?«

»Kann ich nicht sagen.« Er seufzte. »Ihr Name ist Bathsheba, aber das hat ihr nie besonders gefallen.« Er wandte sich zu mir um. »Das ist einer von den Namen aus der Bibel.«

Verständnislos starrte ich vor mich hin. Ich wußte kaum, was ich antworten sollte. Dann fragte ich: »Und wo wohnt sie? Oder wo wohnen die Queens?«

Er spuckte Tabak aus, wobei er sorgfältig den Kopf von mir abwandte. »Weiß ich nicht mehr. Hab' Sheba seit gut fünfzehn Jahren oder länger nicht mehr gesehen.«

Und dabei beließ er es. Wieso verhielten sich Erwachsene so? Wegen einer Lappalie konnten sie stundenlang herumjammern, und dann sagte man mal etwas furchtbar Wichtiges, und sie gaben keinen Laut mehr von sich.

»Wo *hat* sie denn gewohnt?«

Er drehte den Kopf zur Seite und deutete den Highway hinunter. »Vista View, als ich sie gekannt hab'. Aber sie is' weggezogen.«

Ich saß da und fühlte mich völlig frustriert. Draußen auf dem Highway fuhr Axel in seinem leeren Taxi vorbei. Er hupte und winkte, und wir winkten zurück. Selbst von der Bank hier oben konnte ich sehen, daß Axel grinste. Das würde ich, glaube ich, auch machen, wenn ich nie jemanden wohinbringen müßte.

Als ich Mr. Root fragte, wie spät es sei, sah er auf seine Uhr, schüttelte sie, hielt sie ans Ohr und antwortete schließlich, es sei fast drei. Wenn ich nach La Porte wollte, hatte ich nur zweieinhalb Stunden, bis die Salate fertig sein mußten. Zu dumm, daß ich nicht versucht hatte, Axel anzuhalten, aber er hätte ohnehin nicht gehalten. Ich würde zu Fuß gehen müssen.

Einsam und verlassen – so kam es mir zumindest vor – ging ich zum Hotel zurück und stieß im Gehen Kieselsteine und kleine, harte Erdklumpen vor mir her. Um das Unglück vollzumachen, fiel mir ein, daß Ree-Janes Geburtstag bevorstand. Das hieß, ein Geschenk finden, das hieß alles Mögliche – ein besonderes Abendessen, vermutlich eine Party mit Leuten, die Ree-Jane als ihre »älteren Freunde« bezeichnete. Am besten ging ich gleich zu Stemple's rein und besorgte eine alte, verstaubte Flasche Kölnisch Wasser. Ich fragte mich, was Will und Brownmiller tun würden. Wahrscheinlich dachten sie sich irgendeine bösartige Stichelei oder etwas dergleichen aus. Und plötzlich, nach ein paar weiteren Schritten, hielt ich an. Ihr Wagen! Hebrides! Ree-Jane konnte Will gut leiden, sogar Brownmiller. Wenn Will sie fragen würde, ob sie beide ihren Wagen ausleihen könnten, wäre sie vielleicht einverstanden – Brownmiller war ein Jahr älter als Will und alt genug, um sich ans Steuer zu setzen. Na ja, fast. Aber das mußte Ree-Jane ja nicht erfahren. Will und Mill könnten lügen, wenn sie mißtrauisch werden würde. Die beiden konnten lügen, daß sich die Balken bogen. Wesentlich beschwingter ging ich weiter. Will bräuchte bloß zu sagen, er wolle nach Hebrides fahren, um ihr Geschenk abzuholen, und ob sie dafür ihren Wagen ausleihen dürften.

Will und Brownmiller (oder »Mill«) arbeiteten unablässig an einer ihrer »Produktionen«, die die beiden völlig in Anspruch nahmen, außer in der Zeit, in der Will als Hotelpage arbeiten mußte. Er machte seinen Job sehr gut, vor allem weil er so charmant schäkern konnte. Nicht nur mit Mädchen, meine ich; er konnte jeden um den Finger wickeln, von dem er etwas wollte, egal, ob es sich um Trinkgeld, eine Mitfahrgelegenheit in die Stadt oder um hübsche alte Kleider aus den Truhen meiner Mutter handelte, aus denen sich Kostüme machen ließen. (Die einzige Person, die ihn zu durchschauen schien, war Aurora, aber nachdem sie jeden durchschaute, zählte das nicht viel.) Er schaffte es auch, Mrs. Conroy zu überreden, Brownmiller länger aufbleiben zu lassen. Armer Mill. Man stelle sich vor, mit vierzehn Jahren immer noch zu einer bestimmten Zeit ins Bett gehen zu müssen. Ich, zum Beispiel, war zwei Jahre jünger und mußte das nicht.

Doch gleichgültig, wie oft Will mir mit seiner einschmeichelnden Art etwas abluchste, gelang es ihm trotzdem, bei mir den Eindruck von Ehrlichkeit und Aufrichtigkeit zu erwecken. Ich war die einzige Person, die wußte, daß Will nie ehrlich und aufrichtig war, und wenn das widersprüchlich klingt, nun, dann zeigt es nur, wie sehr er Leute für sich einzunehmen verstand. Brownmiller gegenüber war er vermutlich aufrichtig, aber Mill war schließlich auch sein Co-Produzent, und wahrscheinlich war Will gezwungen, keine Spielchen mit ihm zu treiben. Vielleicht war Mill meinem Bruder auch sehr ähnlich – nicht im Aussehen, denn in dieser Hinsicht war ihm Will haushoch überlegen; auch nicht, was Talent anbelangte – denn Mill war viel talentierter als Will –, aber in ihrer Vorliebe fürs Ränkeschmieden. Vermutlich war das der Grund, warum die beiden so raffinierte Stücke produzierten.

Über all das dachte ich auf dem Weg von Martins Laden zum Hotel nach und fragte mich, ob ich sie dazu bringen konnte, diese Fahrt nach White's Bridge in Ree-Janes Wagen zu unternehmen. Ich hegte große Hoffnungen, sie würden es einfach deswegen tun, weil es ein Komplott war, nicht weil sie mir einen Gefallen erweisen wollten. Ich redete mir ein, Will wäre zu diesem Komplott bereit, weil er alles tun würde, um Ree-Jane eins auszuwischen. Aber Ree-Jane zählte für ihn nicht mehr als sonst jemand. Das heißt, Will war so sehr mit seinen eigenen Ideen beschäftigt, daß in seinem Kopf gar kein Platz mehr war, um Ree-Jane zu verachten. Ganz im Gegensatz zu mir; meine Gedanken waren träge, ich hatte genügend Zeit, mich dem Gefühl der Verachtung hinzugeben.

Ree-Jane hinters Licht zu führen, wäre also keine ausreichende

Belohnung. Nein, vermutlich würden sie mir das Versprechen abringen, eine der wirklich winzigen Rollen in ihrer Produktion zu übernehmen, die niemand sonst spielen wollte. Zwei Sommer zuvor mußte ich den Igor in ihrem *Frankenstein*-Stück spielen. Es war furchtbar peinlich, als Buckliger über die Bühne zu humpeln. Aber ich mußte zugeben, die Effekte waren sehr raffiniert. Will war unglaublich geschickt, was Beleuchtung, Falltüren und alle die Tricks anbelangte, mit Hilfe derer man jemanden in der Luft aufhängen konnte. Mit diesem Wissen schien er schon auf die Welt gekommen zu sein.

Von der Mitte des Feldwegs, der durch den hinteren Teil des Hotelgeländes führte, hörte ich ein Schreien. Kurze, halb erstickte Schreie, die aus der Richtung der großen Garage kamen. Der Grund, warum ich nicht gleich zu Hilfe rannte, war der, daß ich annahm, Will und Brownmiller seien dort drinnen und es gehöre zu ihrem Stück.

Die Garage war riesig. In jenen Zeiten, als das Hotel noch als ziemlich schick galt, konnte man mehr als zwanzig Autos darin unterbringen. Jetzt wurde sie praktisch nur noch als Theater genutzt, und man hätte glauben können, sie sei von Anfang an für diesen Zweck gedacht gewesen, wenn man einmal drinnen stand und die Bühne sah, die Will und Mill an einem Ende aufgebaut hatten, und all die Klappstühle, die für das Publikum aufgestellt waren. Die großen Türen waren natürlich verschlossen (die Proben waren immer ein großes Geheimnis), deshalb mußte ich klopfen. Niemand antwortete. Ich hörte ein Schlurfen und Scharren, Geräusche, als würden große Gegenstände zerbrechen und leises Gelächter, dann war es still. Das war so irritierend, daß ich gegen die Tür zu hämmern begann. Glaubten sie wirklich, sie könnten bei all dem Lärm jemandem weismachen, es sei niemand drinnen? Vermutlich schon. Will und Brownmiller schienen zu glauben, sie bewohnten eine eigene Welt, eine Welt, die neben der meinen existierte, und in die sie flüchten konnten, wann immer sie Lust dazu hatten. Als würde ihre Welt nicht den gleichen Gesetzen gehorchen wie die normaler Leute.

Ich hämmerte einfach weiter gegen die Tür. Schließlich öffnete sich ein Flügel einen Spaltbreit, und ich konnte ein Auge meines Bruders sehen. »Was?« fragte er bloß.

»Ich möchte mit euch sprechen. Mit euch beiden.«

Das Auge starrte mich eine Weile an, dann schloß die Tür sich wieder, und ich hörte etwas, das wie Kettenrasseln und das Verrücken von großen Möbelstücken klang. Es gab kein richtiges Schloß an der Tür, also hatten sie wohl irgend etwas vorgeschoben? Die Tür öffnete sich weit genug, damit ich eintreten konnte. Ich hatte recht, was Paul betraf. Er war drüben auf der Bühne und hüpfte herum.

»Warum ist er völlig mit Mehl bestäubt?«

Will und Mil tauschten Blicke aus. »Er spielt bei uns mit«, sagte Will. »Es gehört zu seiner Rolle.«

Ich hätte wetten können, daß das nicht stimmte. Ich wußte, Paul wollte bei ihnen mitspielen, er flehte sie ständig darum an, aber sie ließen es nie zu. »Wahrscheinlich ist er nur deswegen hier, damt ihr ihn in den Wahnsinn treiben könnt.«

Brownmiller schob seine dicken Brillengläser die Nase hinauf und kicherte. Er hatte das wieherndste Lachen, das ich je gehört habe.

Will lächelte bloß, und wieder tauschten sie einen Blick aus. »Nein, diesmal hat er eine richtige Rolle. Also komm schon, wir sind beschäftigt.«

Ich erzählte den beiden von meinem Plan. Abgesehen davon, daß man Ree-Jane eines auswischen konnte, schloß er auch noch den weiteren, für die beiden verlockenden Aspekt mit ein, daß die Sache mit dem kürzlich geschehenen Mord zu tun hatte. »Ich dachte, wir sollten alle hinfahren und den Tatort in Augenschein nehmen. Die Polizei scheint nicht voranzukommen, zumindest läßt sie nichts verlauten . . .«

Wie immer kaute Will nachdenklich seinen Kaugummi. Er sagte: »Sam DeGheyn ist ziemlich schlau.«

Aber ich wußte, er erwog die Sache. Es hatte keinen Zweck, es auf einschmeichelnde Art zu versuchen, weil ich das gar nicht konnte. Und ich wußte, sie haßten inständiges Bitten, was ich vollkommen verstand, weil ich es auch haßte. Ich beobachtete Will, der langsam kaute, und auf Mills Brillengläsern sah ich die Reflexion eines hoch oben auf dem Dach angebrachten Scheinwerfers. Sie waren durchaus interessiert, auch wenn es hieß, mich herumkutschieren zu müssen. Mill war ganz begeistert von Ree-Janes weißem Cabrio.

Sie tauschten erneut einen Blick aus, und Will nickte. »Also gut. Aber komm' nicht mit, wenn wir sie fragen.«

Nicht daß ich das gewollt hätte, aber dennoch fragte ich: »Warum nicht?«

»Komm einfach nicht mit.« Er rief Paul zu, daß er in die Küche zurückgehen könne.

Es ging alles wie gehext, und es tat mir wirklich leid, daß ich den beiden nicht hatte zusehen können. Manchmal hatte ich den Eindruck, Ree-Jane war in Will verknallt, obwohl er zwei Jahre jünger war als sie. Er war recht hübsch (von wem er sein Aussehen auch immer geerbt haben mochte), und er war ein absolut vollendeter Lügner. Vielleicht wäre es netter, »Schwindler« zu sagen. Aber alles ging einher mit seiner Fähigkeit, wann immer er wollte, zwischen seiner und der Welt der anderen hin und her zu wechseln.

Da saßen wir also bei offenem Verdeck in Ree-Janes benzinfressendem Cabrio. Es verstand sich natürlich von selbst, daß die beiden das verbrauchte Benzin zu ersetzen hatten. Ich hoffte, Ree-

Jane würde den Kilometerstand nicht kontrollieren – denn ich hatte gehört, wie der Sheriff ein oder zweimal zu Maud gesagt hatte, daß die »Überprüfung des Kilometerstands« gezeigt hätte, daß jemand weiter gefahren sei, als er behauptet hatte. Donny vermutlich. Wahrscheinlich machte Donny von dem »Dienstwagen« öfter Gebrauch, als dienstlich notwendig gewesen wäre.

Es machte wirklich Spaß, den Highway 231 entlangzusausen. Mill und Will saßen auf den Vordersitzen und sangen eines von Mills erfundenen Liedern, oder besser einen der selbst erfundenen Texte zu den Melodien der Tabernakelgesellschaft. Und ich summte vor mich hin, bis wir schließlich über die White's Bridge rumpelten, hinter der der Mirror Pond lag.

Mirror Pond. Als ich damals Suzy Whitelaws Beschreibung von dem Teich widersprochen habe, war er mir als ein ziemlich gewöhnliches Gewässer erschienen. Doch wenn ich ihn mir jetzt ansah, nach all den Überlegungen, die ich darüber angestellt hatte, vermittelte er einen ganz anderen Eindruck. Einsam, unheimlich, sogar gefährlich. Meiner Ansicht nach war er größer als ein Teich und maß etwa zwanzig Meter im Durchmesser. Abgesehen von den hohen Gräsern war er mit Goldrute und dunkeläugigen Gänseblümchen umsäumt und hübscher, als ich ihn in Erinnerung hatte. Aber das Wasser wirkte schlammig in seiner Starrheit, ganz anders als der Spirit Lake, der sich immer zu bewegen schien und leicht, fast atmend, um den Lilienteppich schwappte.

Hier herrschte eine dunkle Trübe, die die Schatten einzufangen schien wie der Regen vor dem Sturm. Vielleicht bildete ich mir das auch nur ein. Aber in diesen Wäldern war es sicher kälter als während der Fahrt. Mich fröstelte, und ich versuchte, mir vorzustellen, wo die Leiche der Frau gefunden worden war.

Wir parkten den Wagen unter dem vermoderten Dach einer verfallenen Tankstelle, an der einst auch Busse getankt hatten, was mir merkwürdig erschien, obwohl der Ort vor zwanzig oder selbst noch vor zehn Jahren vielleicht eine Art Knotenpunkt gewesen sein mochte. Abgesehen von der Fortführung der Straße, auf der wir gekommen waren, gab es eine andere, einen Feldweg, der in den Wald hineinführte und aussah, als sei er früher planiert gewesen. Hölzerne Wegweiser an einer der Fichten, auf die verschiedene Leute Namen und Nummern gemalt hatten, wiesen in diese Richtung. Damit zeigten die Familien üblicherweise den Weg zu ihren Häusern und Sommerhütten an, aber gleichzeitig erstaunte mich, daß die Gegend überhaupt so besiedelt war: VICHY lautete ein Name. Außerdem gab es ein BUTTERNUT und ein RANDAL bzw. ein RANDOLPH (das Wort war schwer zu lesen, weil die Farbe verblichen war). Wie auch immer, hier mußten einmal genügend Leute gewohnt haben, damit sich eine Tankstelle rentierte. Am meisten interessierte mich jedoch, ob diese alte Straße möglicherweise bis zum Spirit Lake hinüberführte oder sich mit einer noch schmaleren vereinigte, einer Art Pfad, der bis zum Haus der Devereaus reichte. Ich beschloß, ein Stückchen zu gehen, um das herauszufinden.

Will und Mill kauerten am Ufer des Teiches und unterhielten sich. Ich rief ihnen zu, daß ich ein Stück in den Wald hineingehen wollte, ob sie mitkommen wollten? Es überraschte mich nicht, daß sie ablehnten, denn ich nahm an, daß sie in meiner Abwesenheit etwas auskungeln wollten, was mich zu Tode erschrecken sollte.

Während ich den Weg entlangging, wurde es nicht dunkler, ehe *grauer;* graues Licht, so undurchdringlich wie eine Wand und sehr kalt. Ich entdeckte einen anderen Pfeil mit einem Namen darauf, der nach links zeigte, und durch die dichten Bäume sah ich ein Haus, besser gesagt, eine baufällige Hütte. Ich fragte mich, ob sie noch bewohnt war, weil ich niemanden sah oder hörte.

Das heißt, bis eine Stimme hinter mir fragte: »Bist du die Polizei?«

Ich wirbelte herum und sah in die umschatteten Augen eines

Mannes, der so alt und schmächtig war, daß man den Eindruck hatte, jemand hätte inmitten der Arbeit, ihn zu formen, aufgegeben. Ich war zu überrascht, um Angst zu haben. Kein Mensch, der bei Sinnen war, konnte mich für die Polizei halten. »Ich. Nein. Wer sind Sie?«

»Ich hab diesem Burschen, diesem Polizisten, immer wieder gesagt, er soll mir zuhören, aber er hat's nicht getan. Diesem wieselgesichtigen Burschen, nicht viel größer als du. Zum Teufel...« An dieser Stelle schwang er den Kopf fast im Halbkreis herum, um etwas Tabak auszuspucken. »Zum Teufel, du bist ja bloß ein Kind.«

Ich nickte. In meinem Kopf begann es, wie wild zu rattern. Der »wieselgesichtige« Bursche mußte Donny sein, was eine erstaunlich treffende Bezeichnung für ihn war. Das würde ich mir merken, für den Fall, daß ich es einmal gebrauchen konnte. Donny konnte sich furchtbar aufspielen, wenn der Sheriff nicht in der Nähe war. »Sie meinen, er kam nicht wieder, um mit Ihnen zu reden?«

»Ich bin ein Butternut. Wir wohnen schon seit ewigen Zeiten in dieser Gegend.«

Ein Blick auf ihn genügte, um ihm zu glauben. Aber ich bemerkte, daß er vom Thema abzuschweifen begann. Leute, die schon lange in dieser Gegend wohnten, hatten immer die Neigung, bei Adam und Eva anzufangen, genauso wie der Methodistenpfarrer, den ich einmal von der Kanzel herunter gehört habe. »Ah, Sie sind einer von den Butternuts! Ich habe gehört, wie meine Eltern über Sie gesprochen haben.«

Wenn sich derart umschattete Augen aufzuhellen vermögen, dann geschah dies bei ihm. »Aldo Butternut, das bin ich.«

»Was wollen Sie dem Hilfssheriff denn mitteilen?« Ich hoffte, daß mir das ein bißchen Autorität verleihen würde, auch wenn ich nicht die Polizei war.

»Es geht um die Frau, die im Teich gefunden worden ist.« Er hob den schwarzen Wurzelstock, auf den er sich stützte, und zeigte in Richtung Mirror Pond.

»Was ist mit ihr?« fragte ich begierig. Aber er erwiderte nichts. Ich sagte: »Hören Sie, ich kann die Po-polizei für Sie holen, wenn Sie einfach hier auf mich warten.« Er sah mich völlig verständnislos an, deshalb sagte ich noch einmal: Wollen Sie warten?« Nachdem er nickte, rannte ich den Weg zurück.

Will und Mill waren so begierig, sich als Gesetzeshüter auszugeben, daß es wirklich eine Schande war. Ich tanzte um sie herum, als müßte ich dringend aufs Klo und beschwor sie, ihre Sonnenbrillen wieder aufzusetzen; vielleicht würden sie damit alt genug aussehen. Brownmiller mit seinem mickrigen, schmalen Gesicht und der scharfen Nase konnte vielleicht sogar als Hilfssheriff durchgehen. Ich konnte mir nicht vorstellen, daß das Gedächtnis des alten Mannes besonders gut war. Gemeinsam marschierten wir den Weg entlang.

»Ihr seid nicht in Uniform.«

»Kriminalbeamte in Zivil«, stieß Will hervor.

Mr. Butternut kniff die Augen zusammen und nahm die beiden genauer in Augenschein. »Wo ist Ihre Erkennungsmarke?«

Das mußte man Mill lassen: Blitzschnell zog er seine Brieftasche heraus und hielt Mr. Butternut seinen Führerschein vor die Nase, weshalb der alte Mann wahrscheinlich nicht sagen konnte, worum es sich handelte. Man hätte glauben können, Mill habe sein ganzes Leben nichts anderes getan, als Zeugen zu vernehmen, so dreist führte er sich auf.

Will hatte unglücklicherweise keinen Führerschein. Aber er trug immer ein kleines Notizbuch bei sich, das zog er jetzt langsam aus der Gesäßtasche, stand einfach da, kaute Kaugummi und sah völlig ungerührt aus. Er fragte Mr. Butternut nach Namen und Adresse (obwohl wir praktisch auf seinem Grundstück standen), und Mr. Butternut gab ihm genauestens Auskunft und buchstabierte seinen Namen.

»Die Butternuts ham hier schon Hunderte von Jahren gewohnt.« Er dachte nach. »Zweihundert, vielleicht dreihundert.« Wieder spuckte er Tabak aus. »Der Name von meinem Daddy war Lionel. Und sein Daddy hat den Namen . . .«

»Mr. Butternut!« fuhr Will dazwischen wie ein Laster, der mit einem Zug kollidiert. »Haben Sie diese Frau gekannt?«

»Was? Nein, ich habe sie nicht gekannt, also, ich hab' sie ja nicht gesehen, woher soll ich das denn wissen? Ich hab mir bloß gedacht, die Polizei möcht' vielleicht was über die Autos hier erfahren, vielleicht waren es auch Laster, die in der Nacht hier draußen gewesen sind.«

»Was ist mit ihnen?« fragte Mill. Er sah unglücklich aus, weil seine Stimme kiekste. Das passierte oft.

Mr. Butternut schaute ziemlich ärgerlich aus und hörte sich auch so an. »*Mit* ihnen ist gar nix, sie waren bloß hier. Sind den Weg raufgefahren, einer von ihnen, und hier wohnt doch keiner, außer mir.«

Aufgeregt, wie ich war, begann ich wieder, auf einem Bein herumzuhüpfen und vergaß völlig, daß ich mich als Nicht-Polizeiangehöriger nicht in die Unterhaltung hätte einmischen sollen. »Wohin führt dieser Weg eigentlich? Geht er bis zum Spirit Lake?«

Mr. Butternut blinzelte in den Himmel hinauf. »Na ja, ich denke schon. Oder fast. Weil Elmer Randall weiter unten gewohnt hat, und das war ein paar Meilen entfernt, mindestens.«

Will funkelte mich an; zumindest nahm ich an, daß hinter seinen Gläsern ein Funkeln war. Ich sollte mich nicht einmischen. »Haben Sie diese Fahrzeuge gesehen?« Gütiger Himmel, er hörte sich an wie der Sheriff. »Haben Sie sich die Nummernschilder gemerkt?« Was für eine blöde Frage. Wenn Mr. Butternut nicht einmal merkte, daß die beiden genauso Kinder waren, wie ich eines war, wie sollte er dann ein Nummernschild erkennen. Selbst wenn er einen Blick dafür gehabt hätte, was ich bezweifelte.

»Zum Teufel, nein. Ich hab kein Nummernschild gesehen! Außerdem war es stockfinster, und ich war in meinem Haus . . .« Er schwang den Schwarzdornstock nach rechts und fuchtelte damit herum wie ein Fechter, der mit seinem Degen herumfuchtelt. ». . . und der Motor war laut genug, daß es ein Laster hätt' sein können, das hab ich *gehört,* und dann bin ich auf meine Veranda rausgegangen und hab' diese Lichter gesehen. Und davor hab' ich gedacht, ich hätt' noch einen Wagen oben beim Mirror Pond gehört. Hab' mir gedacht, es sind vielleicht irgendwelche Jungs mit ihren Mountain-Bikes, verstehen Sie.«

»Mountain-Bikes haben keine Motoren.«

»Na ja.« Mr. Butternut zuckte die Achseln und begann, eine Melodie zu summen.

»Ist das alles?« fragte mein Bruder.

Mr. Butternut summte einfach weiter.

Wir nahmen an, daß das alles war. Zumindest hatte ich herausgefunden, daß es vielleicht noch einen Weg zum Spirit Lake gab. Und daß der Mirror Pond und die Straße von White's Bridge einst von vielen Leuten frequentiert wurde. Das war die Lage der Dinge.

Will und Mill dankten ihm und sagten, sie würden sich wieder mit ihm in Verbindung setzen.

Mr. Butternut summte weiter. Ich hatte nicht den Eindruck, daß er irgendwelche Verbindungen aufrechterhalten würde.

Wir stiegen wieder alle in das weiße Cabrio, denn wir waren inzwischen schon weitaus länger ausgeblieben, als man je bis Hebrides brauchen würde.

»Was ist mit dem Geschenk? Wir sind schon eine Stunde länger fort als man zum Einkaufen in Hebrides brauchen würde.«

Will sagte: »Oben am Highway gibt's einen Laden für Angler.«

Mill stieß sein abgehacktes, blubberndes Gelächter aus, Will stimmte ein und schlug, vor Lachen fast erstickt, auf das Handschuhfach ein.

Wir hielten bei dem Laden an – es war kaum zu glauben –, und die beiden stiegen aus und gingen hinein. Sie lachten immer noch. Ich lehnte mich auf dem Rücksitz zurück, roch den Geruch des neuen Leders, mit dem die Sitze überzogen waren, und dachte über Mr. Butternut nach. Nach weniger als fünf Minuten kamen sie wieder heraus und trugen einen kleinen Kübel und eine Glasschüssel. Sie lachten immer noch.

»Was ist das?« Ich sah in den Kübel.

Sie machten sich nicht die Mühe, mir zu antworten. Das war oft so; als wäre ich unsichtbar. »Ich habe gefragt, was das ist?«

Brownmiller schwang den Kübel über den Sitz, und ich sah hinein; es waren etwa fünf oder sechs kleine Fische darin. »Das sind doch bloß ein paar winzige Zierfische!« sagte ich.

»Das sind Sternfeuerfische«, sagte Will.

Mill meinte: »Engelsfeuer.«

»Engelszähne.«

Ich sagte: »Ach, um Himmels willen. Ihr erfindet doch bloß irgendwelche Geschichten, nicht wahr?«

Mein Bruder drehte sich um und lächelte. Er beantwortete meine Frage nicht, denn er sagte: »Diese Rolle mußt du in unserem Stück spielen.« Sein Lächeln war verkniffen und böse.

Das hatte ich versprochen, nur um zum Mirror Pond hinauszukommen. »Welche Rolle?«

»Wir brauchen einen *deus ex machina.*«

»Einen was?« Ich beugte mich vor und stützte das Kinn auf den Vordersitz. »Was, um Gottes willen, ist eine ›Duxmaschine‹?«

Mill erklärte es. »Es ist jemand in einem Stück, hauptsächlich in griechischen Stücken, und gewöhnlich ein Gott, der plötzlich aus dem Nichts auftaucht; er kommt in einer Wolke herunter, um den Helden zu retten. Gewöhnlich sitzt er auf einer Schaukel. Oder auf einem Stuhl an einem Flaschenzug.«

Ich tat so, als wäre das absolut unmöglich. »Laß den Quatsch. Ich werde auf keinem Stuhl runterkommen, der an einem Flaschenzug hängt.«

»Du hast versprochen, eine Rolle zu übernehmen. Nun, das ist sie.«

Ich rümpfte die Nase, kreuzte die Arme über der Brust und sagte: »Aus einer Wolke. Das ist das Dümmste, was mir je zu Ohren gekommen ist.« Und dann fiel mir Paul ein, und ich setzte mich so abrupt auf, daß ich fast aus dem Wagen gefallen wäre. »Eine Wolke! Eine *Wolke!* Über *mich* werdet ihr keine Mehl ausschütten! Soll doch Paul eure verdammte Duxmaschine spielen!«

Wir fuhren dahin, während die beiden lachten, ich brüllte und die Zierfische Wasser verspritzten.

23.

Morgens Sirupgläser, mittags Butterportionen und am Abend Salate – das bestimmte meinen Tagesablauf, so wie die Lerchen, die Hügel und Gott in diesem Gedicht, von dem ich nicht mehr weiß, wer es geschrieben hat. Ich war gut in Englisch, aber mit Gedichten kannte ich mich nicht besonders aus – wie mit den meisten Dingen, die sich nicht unmittelbar auf meine eigenen Probleme bezogen. Ich fühlte mich noch immer nicht in der Lage, dem Sheriff gegenüberzutreten oder ins Rainbow zu gehen und von Maud herauszubekommen, was sie wußte; ich war noch nicht bereit für die ganze Wahrheit.

Ich beschloß, zur Kirche zu gehen.

St. Michael ist die römisch-katholische Kirche in La Porte, und auf meinen verschiedenen Wegen komme ich manchmal daran vorbei. Ab und an gehe ich auch hinein, um nachzudenken. Für diesen Zweck ist St. Michael besser als die Abigail-Butte-Bibliothek, denn in der Bücherei gehen die Leute herum und reden, und die Buch- und Zeitschriftenseiten rascheln, wenn sie bei den Ständern mit den Monatsmagazinen sitzen und Blätter wie *Vogue* und *Der Heimwerker* lesen. Außerdem sind mehrere Dutzend Leute in den Leseräumen, St. Michael hingegen ist fast immer leer. Mehr als zwei oder drei Leute habe ich hier am Spätnachmittag noch nie gesehen, und die sind natürlich sehr still. Manchmal frage ich mich: Warum interessiert etwas so Wichtiges wie Gott die Leute weniger als *Der Heimwerker*?

Ich persönlich wollte nie errettet werden (außer die einzige Alternative bestünde darin, verdammt zu werden), denn ich weiß nicht, was es bedeutet. Ich bin zwar einigen »erretteten« Leuten begegnet, wie Helene Baum etwa, die behauptet, eine fromme Methodistin zu sein (was seltsam klingt); und auch einigen Christen von der Zeltmission auf der anderen Seite des Highways. Diese »erretteten« Seelen sind für meinen Geschmack zu aufdringlich.

Ich bin sicher, daß es in der Stadt auch ein paar auf stille Art »errettete« Leute geben muß, aber ich frage mich, ob bei der Errettung der springende Punkt darin besteht, daß man nicht weiß, ob man wirklich errettet ist. Zum Beispiel: Ich wette, der Sheriff ist errettet; aber ich wette, wenn ich ihn fragen würde, würde er mich komisch ansehen: *Hm?* Bei einer der seltenen Gelegenheiten, bei der im Hotel die Rede auf die Religion kam, erklärte mir Ree-Jane, wenn ich nicht getauft sei (was ich nicht war), würde ich verdammt werden. Wenn ich in diesem Moment sterben würde (ich bin sicher, das wünschte sie sich), würde ich für immer in die Hölle kommen. Auf ewig. Ree-Jane war natürlich getauft. Sie redete darüber genauso, wie sie sich darüber ausließ, bessere Kleider oder mehr Freunde zu haben als ich. (Aber wer hatte das nicht?)

Als ich einmal in St. Michael war und Pfarrer Freeman vorbeiging, fragte ich ihn, ob man in die Hölle kam, wenn man nicht getauft war. Ob das stimmte? Es war eine gute Frage, denn es handelte sich nur um eine bestimmte Auskunft und würde ihn (oder uns) nicht in eine lange, sonderbare Unterhaltung über Gott oder Jesus verstricken.

Pfarrer Freeman sah mich ziemlich lange an, dann sah er zu der Figur im Fenster hinauf und dann wieder auf mich. Einen Moment lang dachte ich, ich hätte ihn in Verlegenheit gebracht, was ganz sicher nicht meine Absicht gewesen war. Schließlich sagte er, wenn auch nach langem Nachdenken: »Nein.« Und lächelte und ging weg. Obwohl ich mir keine wirklichen Sorgen gemacht hatte, war ich dennoch ein wenig erleichtert, bis ich bemerkte, daß ich nicht sicher war, wie ich die Frage gestellt hatte. Er hatte so lange gebraucht, um mir zu antworten, daß mir der genaue Wortlaut meiner Frage abhanden gekommen war. Hatte ich gesagt: *Bedeutet das, daß ich verdammt bin?* Oder hatte ich gefragt: *Bedeutet das, ich werde nicht errettet?* Im ersten Fall wäre »Nein« eine klare Antwort gewesen. Aber im zweiten konnte »Nein« zwei verschiedene Dinge bedeuten. Ich dachte daran, ihn noch einmal zu fragen, aber dann fand ich, daß das ziemlich mies wäre, wenn man bedenkt, wie lange er über seine Antwort nachgedacht hatte.

Ich hänge keinem festen Glauben an (wie die Erwachsenen es ausdrücken), auch wenn meine Mutter und Mrs. Davidow behaupten, sie seien Episkopalisten. Doch sie gehen kaum jemals zur Kirche. Soweit ich mich erinnere, tat meine Mutter dies *nie*. Aber das ist verständlich, denn am Sonntag ist im Speisesaal am meisten los, und am Morgen ist sie mit Pfannkuchen und Würstchen beschäftigt und um ein Uhr mit Roastbeef und Röstkartoffeln. Hin und wieder setzt Mrs. Davidow einen kleinen Hut mit Schleier auf und fährt in die Stadt zur Kirche. Aber wenn ich Gott wäre und die Wahl hätte zwischen meiner Mutter in der Küche und Lola Davidow in der ersten Bank, wüßte ich, für welche ich mich entscheiden würde.

Ich mag die katholische Kirche von St. Michael lieber als die anderen Kirchen, vermutlich aus dem gleichen Grund wie die Katholiken. Sie ist viel prächtiger. Es gibt viel mehr zu sehen als in der Methodisten-Kirche auf der anderen Seite der Straße. Wenn einem langweilig ist oder an einem regnerischen, trüben Tag gibt es in St. Michael viel mehr Dinge, die einen ablenken. In erster Linie die Buntglasfenster, die wirklich herrlich sind. Die anderen Kirchen haben auch welche, aber die in St. Michael sind größer, bunter und leuchtender. Ich gehe von einem Fenster zum anderen, wandere mit Notizbuch und Kugelschreiber fast durch die ganze Kirche und gebe vor, mir Aufzeichnungen zu machen. In Wirklichkeit jedoch denke ich nach, aber ich möchte nicht den Eindruck erwecken, ich sei hier, um irgend etwas anzubeten. Wenn Pfarrer Freeman vorbeikommt, erkläre ich, ich sei mit einer wissenschaftlichen Arbeit beschäftigt, was er außerordentlich interessant findet – ich glaube, es freut ihn, daß ich mir die Jungfrau Maria oder die Apostel (von denen es zwölf gibt) zum Thema genommen habe und bedrängt mich nicht wegen Einzelheiten.

Es wäre natürlich einfacher, mich zum Nachdenken in eine der Bankreihen zu setzen, und gelegentlich tue ich das auch, doch ich versuche, das zu vermeiden, da es den Anschein erwecken könnte, ich würde beten. Ich habe nicht viele Freunde meines Alters, und wenn sich das in der Stadt herumspräche, hätte ich gar keine mehr.

Manchmal steht Pfarrer Freeman in seinem weißen Talar droben am Altar und macht irgend etwas, obwohl kein richtiger

Gottesdienst stattfindet. Bei anderen Gelegenheiten geht er in seinem schwarzen Anzug durch die Kirche, lächelt, sagt hallo und fragt mich nach meiner Mutter oder nach Will. Er fragt mich nie, was ich in der Kirche mache, *nie*, was meiner Ansicht nach höchst bemerkenswert ist, da jeder andere Erwachsene (abgesehen von meinen wenigen Auserwählten – dem Sheriff, Miss Flyte, Maud, den Brüdern Woods) fragen würde: *Hallo-was-machst-du-hier?* und eine Antwort erwarten würde. Aber Pfarrer Freeman scheint mich so fraglos hinzunehmen wie Weihwasser. Er ist wie der Sheriff (wenn auch nicht so gutaussehend). Und das vermittelt mir wirklich ein äußerst angenehmes Gefühl. Pfarrer Freeman verhält sich so, als wären wir alle ein Teil von ein und derselben Sache. Ich frage mich manchmal, was für eine Sache das ist.

Mir kam der Gedanke, daß wenn ich mich lange genug auf eine Sache konzentrieren könnte, gleichgültig worauf, könnte ich es herausbekommen und das Geheimnis verstehen. Konzentration ist für mich nicht so schwierig wie für die meisten anderen Leute; ich verbringe viel Zeit unten im Rosa Elefanten und konzentriere mich. Gewöhnlich auf eine Seite in meinem Notizbuch oder meinem Tagebuch oder auf eine Kurzgeschichte, die ich gerade schreibe. Ich kann auf die feuchte, rosafarbene Gipswand vor mir starren und nur halb bewußt die Schattenmuster darauf wahrnehmen, während der Wind, der durch die schlecht schließende Holztür hereinbläst, die Kerzenflammen flackern läßt. Manchmal scheint sich mein Denken zu entleeren, als bliese der Wind auch durch meinen Kopf.

Lange Zeit trug ich in meiner Tasche einen Stein, der die »eine Sache« darstellte, auf die ich mich konzentrierte. Ich starrte ihn einige Minuten an, und tatsächlich entleerte sich mein Denken durch das starre Hinsehen. Es wurde leer, aber es tauchte nichts auf, womit es sich wieder gefüllt hätte. Aber ich schaute weiterhin auf den Stein und nichts passierte. Hatte ich erwartet, er würde die

Form verändern? Oder vielleicht zu leuchten beginnen? Ich legte ihn auf den Tisch und stützte das Kinn auf die gefalteten Hände – begab mich also auf die gleiche Höhe mit ihm – und beobachtete ihn. Manchmal nahm ich ihn nach St. Michael mit und setzte mich in eine der hinteren Bänke. Ich glaube, durch meine bloße Anwesenheit in der Kirche erhoffte ich mir ganz allgemein irgendeine Art der Segnung für ihn. Einmal, als ich vor dem Buntglasfenster stand, auf dem der heilige Franziskus die Vögel füttert und auf den Stein hinunterstarrte, beobachtete mich Pfarrer Freemann. Er fragte, ob er ihn sich genauer ansehen dürfe. Natürlich sagte ich ja.

Nachdem er ihn eingehend betrachtet hatte, sagte er: »Das ist ein hübscher Stein.«

»Danke«, antwortete ich beim Zurücknehmen.

Also hat er keinen Segen bekommen, aber ein Kompliment.

Vor einem Jahr war ich in der Bücherei und las ein Buch, oder Teile davon – es war ein so seltsames Buch, daß ich mir nicht vorstellen kann, es sei der Wunsch des Autors gewesen, daß man es ganz las, wenn man nicht wollte. Jetzt fiel es mir wieder ein, wegen der Steine, die darin vorkamen. Ich habe es überhaupt nur deshalb gelesen, weil ich es zufällig mit der Vorderseite nach unten auf dem Regal liegen sah, und auf der Rückseite ein Foto des Autors mich anstarrte. Ich sah ihn an. Sein Gesicht war schmal, seine Haare standen in die Höhe, und er sah sehr verängstigt aus. Ich hatte den Eindruck, das Buch war für mich.

Nun, es war seltsam, gelinde ausgedrückt. Die Hauptfigur schleppte sich am Boden dahin, indem sie ihre Krücken als Haken benutzte. Es war eine verrückte und zum Teil auch komische Geschichte, obwohl ich keine Ahnung hatte, worum es ging. Es war ungefähr so, als würde man bei einer Beerdigung lachen. Weshalb ich mich jedoch wieder daran erinnerte, kam daher, daß der Held am Ende eine Tasche voller Steine hatte – eher Kiesel –

und sie lutschte. Aber er achtete darauf, sie in einer bestimmten Anordnung zu lutschen, nicht wahllos, wie ich mein Popcorn aß. Aus irgendeinem Grund schien mir dies das Höchste an ... Konzentration zu sein? Nein, es war das Höchste, was man überhaupt mit einem Stein machen konnte. Soweit war ich gekommen. Ich hatte kein Ziel, und das war es, was zählte.

Vielleicht war das mein Fehler: Ich wollte aus meinem Stein etwas *heraus*bekommen. Es wäre schön gewesen, über diese Idee mit jemandem zu reden, und Pfarrer Freeman war vermutlich die richtige Person dafür, aber ich wußte nicht, wie ich es anfangen sollte. Ich hätte an andere Dinge denken sollen als an Steine; wahrscheinlich hätte mir *alles* andere wichtiger sein sollen.

Ich glaube, die ganze Sache hatte etwas mit dem Mädchen zu tun.

Nach meiner Begegnung mit Ree-Jane auf der Veranda und meinem Ausflug in die Stadt war ich zu müde, um an den Fenstern entlangzugehen und so zu tun, als machte ich mir Notizen, deshalb setzte ich mich ans Ende einer Bank. Hinsetzen konnte gefährlich sein, denn vielleicht entspannte ich mich zu sehr. »Entspannen« ist auch nicht das richtige Wort. Es war mehr, als würde ich mich in mich selbst zurückziehen. Als würde ich langsam ohnmächtig werden oder schrumpfen, ähnlich wie die Hexe des Westens in »Oz«, als Dorothy den Wasserkübel auf sie schüttete. Ich hielt mich für keine böse Hexe, aber ich hatte tatsächlich das Gefühl, als würde die Luft aus mir entweichen, nur daß es keine Luft war; eher mein ganzes Wissen. In meinem Alter weiß man nicht so schrecklich viel, als daß man sich erlauben könnte, auch nur etwas davon zu verlieren.

24.

Seltsamerweise trugen mich meine Füße, denen ich befohlen hatte, mich direkt zum Gerichtsgebäude und den Gang hinunter ins Büro des Sheriffs zu bringen, direkt daran vorbei.

Meine Füße trugen mich über die Straße, am Candlewick vorbei, und blieben dann vor dem Oak-Tree-Geschenkladen stehen, damit ich die Silberkette mit den winzigen Herzen daran bewundern konnte, dann um die Ecke zu der langen Reihe von Parkuhren und an Souder's Drugstore vorbei, wo ich wiederum stehenblieb, diesmal, um die dicker werdende Staubschicht auf der Aqua-Velva-Reklame zu betrachten, dann zur Second Street und an dem Billigkaufhaus vorbei, wo Miss Isabelle Barnett ihre meisten Diebstähle verübte; vorbei an Stemples dunklem knarrenden Laden für britische Herrenmode. Sorgfältig registrierte ich jeden dieser Läden, denn vor jedem befahl ich meinen Füßen *geh zurück, geh zurück, geh zurück* zum Gerichtsgebäude. Aber meine Füße gehorchten nur ihrem eigenen geheimen Befehl, genau wie Miss Isabelle Barnetts Hände.

Schließlich blieben sie vor dem Rainbow Café stehen. Ich stellte fest, daß ich in St. Michael schrecklich durstig gewesen war, völlig ausgedörrt von der Vorstellung, wie es sein mußte zu verdursten und nichts angeboten zu bekommen als einen nassen Lappen auf einer Stange. Ich fühlte mich beschämt, daß ich an nichts anderes denken konnte als an eine große Kirsch-Cola. Daher ging ich nicht sofort hinein, sondern blieb in einem Zustand, den Pfarrer Freeman vielleicht Reue genannt hätte, vor dem Fenster stehen. Nach ein paar reuevollen Minuten trat ich ein, um meine Cola zu ordern.

Aber bevor ich das tat, sah ich durch das beschlagene Fenster und entdeckte Shirl, die auf ihrem Hocker saß, sich an der Kasse zu schaffen machte und offensichtlich dabei redete, denn ihr Mund war zu einem großen O geöffnet, und sie richtete sich an jemanden im Lokal. Sie drehte sich um und mußte mich durch den sich auflösenden Beschlag entdeckt haben, denn sie rieb die Scheibe etwas ab und starrte mich an. Ich nahm das nicht wirklich persönlich, denn Shirl starrt jeden unter Zwanzig an, einschließlich Ree-Jane. Ree-Jane nimmt dies allerdings *sehr wohl* persönlich, und das ist einer der Gründe, warum sie sich nie ins Rainbow setzt. Der andere Grund ist, daß sie ein Snob ist. Sie würde sich nie zusammen mit den Brüdern Woods oder Dodge Haines an eine Theke setzen. Manchmal geht sie hinein, um Doughnuts und Törtchen zu kaufen, mit denen sie sofort wieder verschwindet.

Aber ich hätte gedacht, Shirl wäre ein bißchen freundlicher zu mir, weil sie auf die Rezepte meiner Mutter scharf ist, und wenn sie die nicht kriegen kann, versucht sie, sie nachzumachen oder sogar zu stehlen. Und wenn *irgend jemand* auf Gottes grüner Erde weiß, was in den Gerichten meiner Mutter enthalten ist, dann bin ich das, denn ich sehe ihr oft sehr genau beim Kochen zu, nicht in der Absicht, später selbst einmal eine Köchin wie meine Mutter zu werden, sondern weil ich wissen will, an welchem Punkt das Kaninchen aus dem Zylinder hüpfen oder die Silbermünze aus der Nase fallen wird. Daher werde ich eines Tages Shirl den Wink geben, mich nett zu behandeln. Denn *ich* bin diejenige, die weiß, daß meine Mutter keinen gemahlenen Kaffee in ihre Schokoladentorte tut; *ich* bin diejenige, die weiß, daß man keine rumgetränkten Bananenschalen in den Teig der sagenhaften Banana-Baba-Torte gab. Aber Shirl behandelte mich weiterhin, als wäre ich bedeutungslos. Schade. Sollte sie doch weiterhin Kaffeepulver und Bananenschalen in ihr Backwerk werfen und sehen, wie weit sie damit kam.

Das Rainbow ist mittags und abends um sechs sehr überfüllt, aber eigentlich sind von sieben Uhr früh, wenn es aufmacht, bis acht oder neun Uhr abends, wenn es schließt, immer Gäste dort. Sogar jetzt, gerade kurz nach vier, verspeisten einige von ihnen noch große Mahlzeiten. Es waren Farmer, nahm ich an, aus Pleasant Valley vielleicht. Ich konnte mir nicht vorstellen, das blutige Roastbeef und die überbackenen Kartoffeln meiner Mutter zu einer solchen Tageszeit zu mir zu nehmen. Es war, als würde man das Roastbeef nicht hoch genug schätzen, wenn man sich dazu niederließ, bevor der Mond und die Sterne aufgegangen waren. Aber dann machte ich mir klar, daß ich auch nicht um vier Uhr früh aufstand und um acht zu Bett ging und dazwischen schwere Feldarbeit verrichtete.

Als ich eintrat, rief Shirl mit ihrer lauten, streitlustigen Stimme, die den Leuten so auf die Nerven ging, die Theke hinunter: »Na, und wozu ist sie dann zur White's Bridge gegangen? Und du willst mir erzählen, daß man da hingeht und sich in die Brust schießt? Ha? Ich habe noch nie gehört, daß sich jemand in die *Brust* schießt.«

Am Ende der Theke machte ein muskelbepackter Mann – vermutlich einer der Fernfahrer, die das Lokal mochten – abwehrende Handbewegungen in ihre Richtung, um ihrem Geschrei ein Ende zu machen.

Shirl redete einfach mit sich selbst weiter, während Leute mit Rechnungen und Zahnstochern im Mund zu ihr kamen, und sie drosch auf die Tasten der Kasse ein wie eine wahnsinnig gewordene Stenotypistin.

Ich wußte, die Leute im Rainbow Café würden über die tote Frau reden; ich hatte es mir also keineswegs deshalb ausgesucht, weil ich mich vor Neuigkeiten verstecken wollte. Der Drahtkorb, in dem sich im Rainbow die Exemplare des *Conservative* befanden, war leer, und auf der Theke waren Zeitungen ausgebreitet oder raschelten und knisterten in den Händen der Leute. Ich spürte, daß es ziemlich gewagt von mir war, hier überhaupt hereinzukommen (obwohl nicht so gewagt wie vor ein paar Stunden). Wenn die Barhocker nicht von breiten Hinterteilen besetzt gewesen wären, hätte ich mich auf einen gesetzt, obwohl ich eine Nische vorziehe. Es gab zwei leere Nischen, aber natürlich war Shirl da, um nach dem Rechten zu sehen. Dennoch bemerkte ich, daß Miss Isabelle Barnett eine Nische für sich allein belegte. Das hieß nicht, daß auch ich das durfte. Also stand ich da, kratzte mich am Arm und war verlegen, weil ich allein war und keinen Sitzplatz hatte. Dodge Haines wandte sich um und grinste mich irgendwie böse an, und Miss Isabelle winkte mir mit einladender Geste dezent zu.

Gott sei Dank war Maud da, sie sah mich und bedeutete mir stehenzubleiben. Charlene war hinter der Theke, hatte die dicken Arme über dem riesigen Busen gefaltet und lachte; die Kunden waren offensichtlich bedient worden. Gebratenes Huhn war das Spezialgericht, und der Fernfahrer und Dodge Haines aßen es mit einer Beilage aus Bohnen und Kartoffelbrei.

Maud rief zu Shirl hinüber, daß sie Pause machen würde. Im nächsten Moment hielt sie ein großes Glas Cola hoch, lächelte und bedeutete mir, ihr zu folgen. Damit lud sie mich nach hinten in die reservierte Nische ein, um ihr während ihrer Pause Gesellschaft zu leisten. Tatsächlich nahm ich an, daß sie nur meinetwegen Pause machte. Shirl mochte das nicht, aber wenn Charlene oder Shirl die reservierte Nische mit Freunden teilen wollten, stand es ihnen schließlich frei, das zu tun, und Maud ebenso. Shirl mochte bloß nicht, daß einem Kind erlaubt wurde, sich dort hinzusetzen.

Als wir an Miss Isabelle vorbeigingen, sah sie auf und schenkte uns ein schwaches Lächeln, dabei fielen mir ihre Ohrringe auf – billig, strahlendblau, wie Porzellansplitter mit Silbersprenkeln darüber, was ein wenig an den Silberstaub auf einigen von Miss Flytes kunstvollen Kerzen erinnerte. Es war nicht schwer, mir vorzustellen, woher die Ohrringe stammten.

Maud und ich setzten uns, und ich sah den *Conservative* auf dem Tisch liegen. Maud stellte ihre Kaffeetasse auf eine Ecke der Titelseite, schien aber die Zeitung nicht zu registrieren. Sie kam auch nicht auf Suzy Whitelaws Artikel zu sprechen. Nachdem sie ihre Tasse abgestellt hatte, zündete sie eine Camel an und warf das Streichholz in den Aluminiumaschenbecher. Ich begann, meine Cola zu trinken, und sie beugte sich zur Seite, um nach vorn zu sehen, dann richtete sie sich wieder auf und fragte: »Hast du Sam heute gesehen?«

Ich saugte die Cola durch meinen Strohhalm und schüttelte den Kopf.

Sie seufzte und sah wieder zur Tür zurück. »Gewöhnlich kommt er nach dem Mittagessen, spätestens.«

Maud sah seltsam aus, das heißt, sie wirkte traurig. Nachdem sie so nett gewesen war, ihre Pause jetzt zu nehmen, fühlte ich mich gezwungen, ihr etwas Aufmunterndes zu sagen. Ohne zu bemerken, was ich tat, sagte ich: »Wahrscheinlich hat er drüben an der White's Bridge zu tun.« Schnell senkte ich den Kopf und saugte an meinem Halm, aus Angst, ein Stichwort geliefert zu haben.

Aber das hatte ich nicht. Sie antwortete bloß etwas abwesend: »Wahrscheinlich« und rauchte weiter.

Maud war noch nie eine Klatschbase gewesen, hatte sich noch nie genüßlich auf irgendeinen Tratsch gestürzt, der ihr zufällig zu Ohren gekommen war. Dennoch, diese tote Frau, die vielleicht ermordet worden war, war mehr als bloßer Tratsch. Nachdem sie eine Weile mit der Streichholzschachtel herumgespielt hatte und weiterhin traurig aussah, nahm sie die Zeitung auf. Irgendwann mußte es ja dazu kommen, nachdem vermutlich das ganze Lokal darüber sprach. Sie schien den Artikel zu lesen – zumindest glaubte ich an ihren Augen zu sehen, daß sie den Druckzeilen folgten. Schließlich legte sie die Zeitung beiseite. Sie sah unglücklich aus, aber wahrscheinlich nicht wegen der Fremden im Mirror Pond. Maud neigte zu Verstimmungen – sie war nicht bösartig, nur launisch. Der Sheriff hatte mich mehrmals darauf hingewiesen. Sie redete nicht über den Artikel, vermutlich weil ich den Eindruck vermittelte, daß ich ihn schon gelesen hatte und alle Details kannte. Vielleicht stimmte das; vielleicht gab es nicht viele.

Hauptsächlich um sie aus ihrer Niedergeschlagenheit zu befreien und weniger, um mich selbst reden zu hören, sagte ich leichtfertig: »Die Leute sagen, sie wüßten, wer sie ist.«

Sie machte eine abwehrende Handbewegung. »Die Leute sind auch dumm.«

»Also, in Martins Laden hat jemand behauptet, es sei diese Louella Smitt.«

Sie runzelte die Augenbrauen. »Wer ist Louella Smitt?«

»Dieser Mann hat gesagt, sie sei aus Hebrides.« Ich ließ nichts davon verlauten, daß Jude gesagt hatte, sie sei »Ben Queens Tochter«, weil ich das zuerst irgendwie überprüfen wollte.

»Die Polizei weiß nicht, *wer* sie ist oder *woher* sie kommt. Also, wer auch immer das behauptet hat, es ist reine Angeberei. Außer natürlich, Sheriff *Dee-Geen* persönlich hat das ausgeplaudert.«

Wenn Maud auf den Sheriff wütend war, nannte sie ihn beim Familiennamen, als würde sie damit Distanz zwischen sich und ihm herstellen. Fast hätte ich lachen müssen. Aber ich sagte: »Das tut er nie. Vielleicht aber Donny.« Sie begann jedoch einfach die Zeitung durchzublättern, Donny interessierte sie nicht. Sie war wütend, weil der Sheriff nicht ins Rainbow gekommen war, um über den Vorfall zu reden.

»Sie ist sicher nicht aus Hebrides«, fuhr Maud fort und schielte auf die Zeitung hinunter. »Sonst wäre sie inzwischen identifiziert worden.« Sie beugte den Kopf noch tiefer. »Und kein Mensch könnte etwas sagen aufgrund dieses Bilds . . .«

Bild! Mein Herz begann schneller zu schlagen, bis es raste.

»... das die Zeitung überhaupt nicht hätte drucken sollen. Man kann nicht einmal sagen, was für eine Haarfarbe sie hat, weil es so naß und schlammig ist. Diese Whitelaw hat sich noch nie durch guten Geschmack ausgezeichnet.« Sie schüttelte den Kopf. »Außer ihrem Kleid können sie nichts beschreiben. Es heißt, es sei ein ›leichtes Baumwollkleid mit einem Blu ...‹.«

Hastig unterbrach ich sie: »Mrs. Davidow behauptet, sie sei durch nichts zu identifizieren gewesen, keinerlei Anhaltspunkte, wer sie war, nicht einmal in ihrer Handtasche.« Das alles stieß ich schnell hervor, um sie von dem Baumwollkleid abzubringen, das möglicherweise ein »Blumenmuster« hatte.

»Hm. Ich erinnere mich nicht – ah, da steht's. Richtig, hier steht: ›Keinerlei zur Identifizierung dienlichen Gegenstände befanden sich in ihrer weißen Plastikhandtasche ...‹«

Ich atmete ruhiger. Das Mädchen hätte nie eine weiße Plastikhandtasche bei sich gehabt.

»›... die in einiger Entfernung von der Leiche gefunden wurde. Sheriff DeGheyn ...‹ Was weiß der schon?« Maud zog eine Grimasse, »›... vermutet, daß sie möglicherweise der toten Frau gar nicht gehört hat.‹«

Was? Die Tasche gehörte dem Opfer nicht? Die Handtasche war der einzige Gegenstand, der mich davon überzeugt hatte, daß es sich nicht um das Mädchen handelte. Ich wurde so aufgeregt, daß ich die Zeitung ergriff und zu lesen begann. Das hatte er über die weiße Handtasche gesagt, richtig. Dann las ich alles vom Anfang bis zum Ende – sah mir sogar das verschwommene Foto einer Frau an, die von Kopf bis Fuß abgebildet war, aber auf diesem Foto von niemandem zu erkennen gewesen wäre.

Aber ich erfuhr nichts Neues, außer daß »alle Anwohner der unmittelbaren Umgebung befragt« worden waren, »ohne Ergebnis«. Das hatte man getan, für den Fall, daß die Person jemanden gesucht hatte, der dort wohnte. Das Kleid selbst wurde als »geblümt« beschrieben. Aber als ich darüber nachdachte, stellte ich fest, daß das für die Kleider aller Frauen in La Porte zutraf, die keine einfarbigen Kleider trugen wie Helene Baum, die immer Gelb bevorzugte. Alle anderen Einzelheiten entsprachen vollkommen dem, was ich vom Gerede der Leute aufgeschnappt hatte. Und es *gab* tatsächlich keine nennenswerten Einzelheiten.

Ich lehnte mich zurück und fühlte mich betrogen. Ich hatte diesen dreispaltigen Artikel gelesen und am Schluß wußte ich nicht mehr, als wenn er nie geschrieben worden wäre. Ich hatte mit der Zeitung Katz und Maus gespielt. Hatte mich leise angepirscht, darauf geachtet, kein allzu großes Interesse zu zeigen oder mich der Sache wirklich zu stellen. Ich hatte Stunden damit zugebracht, ihr aus dem Weg zu gehen.

Ich hatte all diese Mühe auf mich genommen, um mich vor der Wahrheit abzuschirmen, und dann gab es gar nichts zu entdecken. Ich hätte enttäuscht sein sollen. Statt dessen war ich seltsam erleichtert, denn ich fühlte mich von einer Last befreit. Die Leute plappern; sie plappern, bloß um sich selbst zu hören, als würde das ihre Existenz beweisen. Sie nehmen sogar das Gewäsch anderer Leute in Kauf.

Maud hatte sich erhoben, um zur Theke zu gehen, als jemand nach ihr rief, und ich starrte einen Moment aus dem Fenster und beobachtete die Bäume auf der anderen Straßenseite bei ihrem magischen Trick, sich von dem Gebäude abzulösen, das sie beschirmten. Plötzlich bemerkte ich, daß es Viertel nach fünf war, und ich mich besser auf den Weg machen sollte, andernfalls würden die Salate nicht fertig werden.

25.

Ree-Jane war in der Küche, um für Vera einzuspringen, die krank geworden war. Die Vorstellung, daß Ree-Jane die Stelle der perfektesten aller Bedienungen einnehmen könnte, fand ich lachhaft. Niemand bestand je darauf, daß Ree-Jane die Kleidung einer Bedienung tragen mußte, wie alle anderen; sie durfte ihre eigenen Kleider tragen, solange sie nur eines der winzigen Organdyschürzchen umband. Ich haßte diese Uniform; sie war weiß gestärkt, mit kurzen Ärmeln und flachen Perlmuttknöpfen. Wir sahen alle darin wie Krankenschwestern mit Schürzen aus. Vera trug natürlich ein langärmliges schwarzes Kleid, denn sie war Oberkellnerin und mußte sich von uns unterscheiden. Ree-Jane machte klar, daß sie für die Oberkellnerin einsprang, was bedeutete, *sie* bestimmte, wen jeder von uns bediente. Da jeder von uns seine Stammgäste hatte, Vera die meisten, hätte Ree-Jane eine Menge Arbeit vor sich, was mir nur recht war.

Wann immer Ree-Jane im Speisesaal half, war sie herausgeputzt und geschminkt, da sie diese Arbeit als öffentlichen Auftritt ansah. Sie trug das Essen nicht einfach hinein, sie rauschte wie ein Mannequin durch den Speisesaal. Der Weg zwischen den Tischen war ihr Laufsteg. Sie hatte sich auch die Gangart eines Mannequins zugelegt, wobei die Zehen vor der Ferse aufgesetzt wurden, was zu einer affektierten, gleitenden Bewegung führte. Eine Hand in die Hüfte gestützt, stellte sie etwa einen Salat oder ein kleines Gewürztablett ab und vollführte dann unter Einsatz der Schultern eine Vierteldrehung, als wollte sie den Gästen die Rückseite ihrer Designer-Robe vorführen. Damit schlug sie zwei Fliegen mit einer Klappe, denn laut ihrer Liste, wofür sie zukünftig Berühmtheit erlangen würde, plante sie, sowohl als Powers-Mannequin zu arbeiten wie auch Modeschöpferin zu werden. All das kam zum

Fotojournalismus (Margaret Bourke White) und der Arbeit in Hollywood hinzu. Sie würde ein sehr ausgefülltes Leben haben. Alle diese Karrieren würde sie natürlich machen, bevor sie entweder den englischen Grafen oder den russischen Prinzen geheiratet hatte (oder Mr. Nasalride, wie ich ihr vorschlug, dann könnte sie Königin von Böhmen werden). Aber die Mannequin-Auftritte im Speisesaal würden sie natürlich geradewegs in den Stall von John Powers Top-Models führen, und von da war es nur noch ein kleiner Sprung auf die Leinwand.

Da ich nur eine Quelle kannte, die mir Informationen über Ben Queen liefern konnte, mußte ich mir überlegen, wie ich an diesem Abend Aurora Paradise angehen könnte. Ich wollte nicht noch einen ganzen Tag auf die spätnachmittägliche Trübsal warten. Zwischen meinen Salatkreationen (für die *ich* berühmt war) und dem Ausschlagen von Brotkörben mit Servietten schaffte ich es, ein großes Glas zu nehmen und mit Eis zu füllen, das ich von dem riesigen Block in der Gefriertruhe abraspelte. Ich füllte das Glas zu einem Viertel mit Orangensaft, gab einen Teelöffel Zucker und ein paar Maraschino-Kirschen hinein. Natürlich fragte mich im Lauf dieser Operation jemand, was ich da machte, und ich murmelte einfach etwas Unverständliches. Ich hatte vor langem gelernt, daß Leute Fragen stellen oder Kommentare abgeben und sich nicht darum kümmern, ob die andere Person tatsächlich antwortet, solange nur irgend etwas gemurmelt wird, was nach einer Antwort klingt. Nachdem also jemand dieses Glas neben dem Eisblock sah, murmelte ich bloß irgendwas davon, daß es für mein Abendessen sei.

Ich würde einen ruhigen Moment abwarten müssen, wenn meine Gäste alle mit Essen beschäftigt waren und kein Wasser und keine Butter mehr brauchten, und der müßte mit Lola Davidows Filet-Mignon-Nachtmahl zusammenfallen, das sie hoffentlich im Speisesaal anstatt im Büro einnehmen würde. Ich hatte gesehen, wie sie die Gefriertruhe nach ihren persönlichen Vorräten durchforstet hatte – nach Grapefruits und Filet Mignon, die sie wegsperrte wie Diamanten in einen Safe.

Während ich Salate auf mein Tablett lud, konnte ich sie drüben in ihrem Büro sehen. Das Fenster auf einer Seite des Büros zeigt auf die Fliegentür der Küche, so daß man, wenn nötig, hin und her rufen kann, trotz der beträchtlichen Entfernung. Von der Küche aus sah ich, daß sie uns zu rufen versuchte, zuerst winkte sie, dann formte sie mit den Händen einen Trichter am Mund. Ich ging der Sache nach. Über das wehende, ungeschnittene Gras hinweg ertönte die Nachricht, der *Speiseaufzug* sei *kaputt*!

Ein Glücksfall!

Zumindest stellte er sich als solcher heraus. Der Speiseaufzug geht öfter kaputt, kein Wunder bei all den Gin-Flaschen, den Gläsern mit Aperitifs und Cocktailnüssen, den Eierspeisen, Geflügelgerichten und der Schmutzwäsche. Wenn das geschieht, hat Vera die Ehre, Aurora Paradise das Abendessen hinaufzubringen, da sie als einzige genügend von sich eingenommen ist, eventuelle Beleidigungen von Aurora nicht einmal wahrzunehmen. Ich erinnerte mich, wie sie sagte, Großtante Paradise sei »ein solcher Spaßvogel«. Das konnte ich mir vorstellen. Meine Mutter kann während des Abendessens die Küche nicht verlassen, um ihr das Tablett hochzutragen, und Lola Davidow steigt nicht gern drei Stockwerke hinauf, bestimmt nicht nach ihren diversen Martinis.

Da Vera nicht da war, bot ich rasch meine Dienste an. Meine Mutter verzierte gerade den Rand einer Angel Pie mit Schlagsahne und sagte, in Ordnung, aber ich solle darauf achten, daß alles auf dem Tablett war.

Und *dann* mischte sich Ree-Jane ein. *Sie* nehme schließlich Veras Stelle ein und war daher der Meinung, daß sie diejenige sein sollte, die diese Aufgabe erledigte. Ich wußte, sie hatte eigentlich gar keine Lust dazu; es war ihr sechster Sinn, der ihr sagte, daß ich mich dafür aus einem wichtigen Grund angeboten hatte. Meine Mutter sah auf, ließ flink einen Blick zwischen uns beiden hin und her gleiten und sagte dann mit einem winzigen, verkniffenen Lächeln, Ree-Jane könne es tun. Trotz meiner Proteste, meiner heftigen Proteste. Aber meine Mutter lehnte es ab, über solche Kleinigkeiten zu streiten und befahl mir, nach »Janes« Gästen zu sehen, falls sie etwas bräuchten, während sie weg war.

Ich kochte innerlich. Äußerlich gähnte ich, zuckte die Achseln und griff mir ein Stück Biskuitrolle.

Das Tablett mit Auroras Abendessen war fertig. Ree-Jane ergriff die Ladung aus gebratenem Huhn (Brustfleisch), glänzendem Kartoffelbrei, Erbsen so grün wie Smaragde, einer dampfenden Kaffeekanne und einem Stück Angel Pie, als handelte es sich um eine Siegesfahne. Glücklich, gewonnen zu haben, segelte sie davon.

Ich folgte mit der Kaffeekanne in ihrem Schlepptau, um den Gästen nachzuschenken, und sie dann wieder auf die Wärmeplatte zu stellen, danach drehte ich eine kleine Runde durch den Speisesaal, in dem es praktisch nichts mehr zu tun gab. Nachdem Ree-Jane durchs Musikzimmer zur vorderen Treppe gegangen war, rannte ich die Hintertreppe hinauf und durch den oberen Gang. Sie hatte gerade genügend Vorsprung, um etwa zwei Minuten vor mir in Auroras Zimmer zu kommen.

Das Gekeife hatte bereits eingesetzt, als ich den ersten Stock erreicht hatte, und als ich im *zweiten* Stock angelangt war, kreischte Aurora so laut, als wäre sie von maskierten Räubern überfallen worden. Von Ree-Jane waren kleine, tierähnliche Wimmerlaute zu hören.

». . . was, zum Teufel, machst *du* denn da, du gebleichte . . .«

Weinerliches Gemurmel von seiten Ree-Janes.

». . . SALZ UND PFEFFER, DU BLONDE IDIOTIN?«

Wiederum eine weinerliche Antwort.

Dann ertönte ein Krachen und Schluchzen – ich hoffte, daß es Schluchzen war –, und Ree-Jane protestierte mit schwacher Stimme.

Ich kauerte in einer dunklen Ecke am Fuß der Treppe zum dritten Stock und wiegte mich in leisem Lachen. Jetzt waren Schläge zu hören. Vielleicht war Aurora schließlich rasend geworden, vielleicht griff sie Ree-Jane mit ihrem Stock oder sogar mit ihrem Taschenmesser an und zerschlitzte ihr glattes, leeres Gesicht. Ich hatte eine Vision, wie Ree-Jane in späteren Jahren ständig tief verschleiert ging, weil sie jedermann »Narbengesicht Davidow« nannte. Während der Krach anhielt, sah ich zur Decke hinauf und wollte Gott für all dies danken, dachte aber, Pfarrer Freeman wäre damit nicht einverstanden. Also dankte ich einer unbestimmten Schicksalsmacht dort oben, drückte die Faust an den Mund, um mein Lachen zurückzuhalten und ertrank fast in meinem eigenen Speichel und meinen Tränen.

Schließlich stampften Füße die Treppe hinunter, und durch das Treppengeländer sah ich etwas durch die Luft fliegen und an Ree-Janes Kopf knallen. Aurora kreischte, daß sie das nächstemal ein ganzes Huhn werfen würde, wenn sie je wieder ihren wasserstoffgebleichten Kopf zu Gesicht bekäme.

Weinend und fluchend rannte Ree-Jane an meinem dunklen Versteck vorbei und raufte sich die Haare. *Miststück, verrücktes, altes, beschissenes Miststück,* und sie rannte um die Ecke und die nächste Treppe hinunter, wahrscheinlich in ihr Zimmer, um den Schaden zu beheben. Ich kroch zum Treppenabsatz hinauf, um herauszufinden, mit was Aurora geworfen hatte. Mit einem Hühnerflügel. Ich ließ ihn dort liegen.

Natürlich wollte ich zur Stelle sein, wenn Ree-Jane wieder im Speisesaal auftauchte; diesmal ging ich über die Vordertreppe nach unten und dann durch das lange Lesezimmer und das Musikzimmer. Ruhig und leise vor mich hinpfeifend, trat ich ein. Etwa ein Dutzend Gäste aßen immer noch ihr Hühnchen oder ihren gebackenen Fisch. Ich füllte Wassergläser auf und versuchte, Miss Berthas Wunsch nach heißen Brötchen zu ignorieren, als Ree-Jane mit ihrem läppischen Mannequinschritt in den Speisesaal kam. Als sie durch die eine Schwingtür in die Küche trat, ging ich durch die andere und hörte, wie Mrs. Davidow, die gerade den Grill für ihr Filet Mignon vorbereitete, fragte, ob Aurora das Abendessen schmecke. Meine Mutter spritzte gerade wieder Schlagsahne um ein weiteres Stück Angel Pie. Sie ging uns immer aus, denn sie war sehr beliebt, und wir wußten, die Leute würden einen Nachschlag wollen.

Ree-Jane gab sich lässig, sogar heiter, während sie allen versicherte, Aurora habe das Essen köstlich gefunden. »Aber sie ist so ungeschickt, sie hat das Tablett auf den Boden fallen lassen. Ich glaube, man muß ihr noch eines hinaufschicken, aber ich habe keine Zeit, es ... Oh! Filet Mignon. Das möchte ich auch zum Abendessen.« Sie fuhr mit dem Zeigefinger durch die Sahneschüssel meiner Mutter und leckte ihn ab. Meine Mutter funkelte sie zornig an. Ree-Jane fuhr fort: »... außerdem findet sie, ich sehe ganz genauso aus wie Lana Turner.«

Oh, das war zuviel. Ich beugte mich vor und legte die Hände um den Leib, als müßte ich pinkeln. Ree-Jane fragte mich, was los sei, und ich richtete mich auf und erbot mich, Großtante Aurora neues Essen hinaufzubringen.

Ree-Jane lächelte mich auf wirklich boshafte Art an und sagte: »Ja, warum machst du das nicht?«

»Ich gehe gleich. Im Moment habe ich mit Miss Bertha zu tun.« Und ich rannte zum Gefrierschrank, holte das mit Eis gefüllte Glas heraus (das nur leicht geschmolzen war) stellte es auf ein Tablett und trat ruhig in den Speisesaal, wo ich wieder in schnellen Schritt verfiel und wiederum Miss Berthas Wunsch nach heißen Brötchen ignorierte. Ich beschleunigte meine Schritte, als ich durch die breiten Speisesaaltüren ging, und rannte (das Glas ruhig auf dem Tablett balancierend) ins Musikzimmer und durchs Lesezimmer ins hintere Büro.

Hier fanden sich natürlich die bekannten Überreste der Cocktailstunde – ein Durcheinander aus Erdnüssen, Gläsern und Oliven, die neben dem Bleistifthalter lagen, und ein Teller mit Zitronenschalen, so winzig wie abgeschnittene Nägel. Ich sah schnell die Regale durch: Smirnow, Early Times, Wild Turkey, eine kleine Flasche Brandy mit Fruchtgeschmack. Aber kein Southern Comfort, verdammt! Ich überlegte, zuckte die Achseln und goß ein paar Tropfen auf den Orangensaft, dann etwas Early Times, füllte mit Wild Turkey auf und streute die frischesten der Zitronenschalen darüber. Ich griff eine Serviette, rannte die zwei Stockwerke hoch und stellte das Glas in dieselbe dunkle Ecke, in der ich mich versteckt hatte. Dann raste ich wie der Blitz in den Speisesaal zurück, wo mich niemand beachtete, außer Miss Bertha, die immer noch nach ihren heißen Brötchen rief. Von Ree-Jane zu erwarten, sie würde weiterbedienen, nachdem sie ihre Mutter bei der Zubereitung von Filet Mignon gesehen hatte, wäre zuviel verlangt gewesen. Mrs. Davidow saß inzwischen am Familientisch, schnitt ihr Fleisch auf und kümmerte sich um niemanden und nichts, solange sie ihr Steak und ihr Glas Whisky hatte.

Während der paar Minuten, in denen ich weggewesen war, mußte Ree-Jane über die Paradises gesprochen haben. Sie lehnte auf der Anrichte, das spitze Kinn in die Hände gestützt, und beobachtete meine Mutter bei der Zubereitung der Hummerschwänze, die sie offensichtlich anstelle von Haferschleim bekommen sollte. Für sie gab es natürlich kein einfaches Backhuhn oder Fisch. Mrs. Davidows Vorrat an Filet Mignon mußte ausgegangen sein, entweder das oder sie teilte es nicht mit Ree-Jane, die jetzt auf Buttersoße bestand und gleichzeitig fortfuhr, die Familie Paradise runterzumachen. Nun, eines mußte man ihr lassen: Trotz eines

Hühnerflügels im Haar gab sie sich so, als hätte sie den Vorfall mit Aurora total unter Kontrolle gehabt. Ich verspürte ein Gefühl, das fast an Bewunderung grenzte und das ich schnell erstickte.

»Sie ist geisteskrank«, sagte Ree-Jane über Aurora, »aber ich glaube, das muß die ganze Familie gewesen sein, und es ist wirklich schlimm, finde ich, daß Sie in eine solche Familie eingeheiratet haben. Was Sie wohl auszuhalten hatten!«

Meine Mutter warf ihr einen bösen Blick zu und ließ die Hummerschwänze auf einen Teller plumpsen. »Nichts, verglichen mit dem, was ich jetzt auszuhalten habe«, sagte sie, und ich sah, wie sie innerlich kochte.

»Nun, die Gäste sind schrecklich, das ist wahr. Wo ist die Buttersoße?« Und sie spähte überall herum, als hätte Walter sie vielleicht hinten bei der Spülmaschine.

Ich war inzwischen hinter die Anrichte gegangen, um einen warmen Teller aus dem Regal über dem Ofen zu nehmen (da meine Mutter unter keinen Umständen warmes Essen auf kalten Tellern servieren würde), auf den ich zuerst eine Serviette legte, und dann richtete ich ein herrliches Stück Hühnerbrust darauf an – die Serviette sollte noch das letzte bißchen Fett aufsaugen – und daneben stellte ich einen kleinen Teller mit Kartoffelbrei.

Ree-Jane beleidigte immer noch die Intelligenz meiner Mutter, indem sie sagte: ». . . und das Hotel trägt immer noch ihren Namen. Ich meine ›Hotel Paradise‹ ist inzwischen doch lächerlich, oder?«

Ich wußte natürlich, welchen Namen Ree-Jane bevorzugt hätte: Gasthof Davidow. Aber sie wagte es nicht, das zu sagen angesichts der Tatsache, daß sie und ihre Mutter erst seit fünf Jahren hier waren und die Familie Paradise seit mehr als einem Jahrhundert. Ich summte, während ich eine kleine Vertiefung in Auroras Kartoffelbrei drückte und geschmolzene Butter hineingoß.

»Irgend etwas wie, oh, ›Zu den Weiden‹, das wäre hübsch.«

Meine Mutter zündete eine Zigarette an und warf ihr einen gefährlich wirkenden Blick zu. »Das letztemal, als ich hingesehen habe, waren es Eichen.«

»Sie wissen, was ich mei ... *Wo gehst du mit meiner Buttersoße hin?*«

Ich schlüpfte mit Auroras neuem Abendessen einfach davon und huschte mit hochgehaltenem Tablett flink durch die Schwingtür hinaus, während Miss Bertha nach warmen Brötchen rief.

26.

»Cold Turkey«, erklärte ich Aurora Paradise, nachdem sie den Drink probiert hatte. »Es war kein Southern Comfort mehr da.«

Sie nahm einen weiteren Schluck und leckte sich die Lippen. »Ganz gut. Wenn auch nicht so gut wie der Cold Comfort. Du hast den Gin weggelassen.«

»Es gab auch keinen Gin mehr.« Meinte sie etwa, ich führte eine Schnapsbude?

»Mach keine Witze. Vermutlich ist Lola Davidow noch nie in ihrem Leben der Gin ausgegangen.«

»Na ja, sie trinkt jetzt Wodka. Und die Flasche war leer.«

»Das leuchtet ein.« Sie lehnte sich zurück, um ihren Cold Turkey zu trinken und ignorierte ihr Essen.

Das Zimmer sah noch genauso aus; ich hatte langsam das Gefühl, alles geträumt zu haben. Die Bibel war noch immer aufgeschlagen, diesmal auf einer Seite, die sie ganz sicher nie las. Die Walnußschalen waren aufgereiht (für gutgläubige Trottel wie mich). Die Überseekoffer standen offen, ebenso eine Reihe Reisetaschen und Kleider, Schals und Schmuck lagen verstreut herum, als hätte Aurora dazwischen herumgekramt. Ich hatte es früher nicht bemerkt, aber die Kleider in den Überseekoffern waren eher Abend- oder Cocktailkleider, ziemlich prächtig, mit Spitzen verziert, mit falschen Perlen bestickt oder mit glänzenden schwarzen Pailletten benäht. Ich fragte mich, was für eine Art Leben Aurora geführt hatte, um solche Kleider zu besitzen.

»Wer ist diese verrückte Blondine, die hier mit meinem Abendessen reingeschneit kam? Wer hat ihr das erlaubt? Was für eine Frechheit!«

»Du kennst sie. Es ist Mrs. Davidows Tochter. Es ist Jane Davidow.« Ich ließ das »Ree« weg.

»Ach, du gütiger Gott! Noch eine von *denen*. Hochstapler! Sie sind hinter unserem Geld her!«

Ich war überrascht, daß sie es als »unser« Geld bezeichnete. »Nun, da haben sie kein Glück, weil meine Mutter keines hat.«

»*Paradise*-Geld. Deine Mutter ist keine Paradise. Hier, schneid das auf. Ich habe Rheuma.« Als wollte sie mir das beweisen, schloß sie langsam die Finger und öffnete sie wieder.

Ich wußte, mit ihrer Hand war alles in Ordnung; sie wollte bloß ihre Befehle bellen. Aber sie saß da, streckte die Finger aus und rieb sie, als hätte sie Schmerzen. Heute steckten sie in schwarzen Häkelhandschuhen, die mit den winzigsten Rosenblüten verziert waren, die man sich vorstellen konnte. Ich nahm Messer und Gabel und löste das Fleisch von den Knochen.

»Wo sind meine Erbsen?«

»Auf dem Boden, wo du sie hingeworfen hast.« Glücklicherweise war das Essen dabei auf dem Tablett geblieben. Geringe Aufräumarbeit, die wahrscheinlich an mir hängenbleiben würde.

Sie sah mich erstaunt an, aber ich wußte, es war nur gespielt. »*Ich?* Ich habe das nicht getan! Diese Schlampe hat das Essen nach mir geworfen!«

Unsere Blicke trafen sich, wobei ich hoffte, daß in meinem Schläue stand. Schließlich sah sie weg. Ich war sehr stolz, daß ich in der Lage war, ihrem Blick länger standzuhalten als sie meinem. Während sie aus dem Fenster starrte, begann sie zu summen, um mir den Eindruck zu vermitteln, sie nähme mich gar nicht wahr. Ich hatte gerade das Huhn in mundgerechte Stückchen zerteilt, als sie vom Summen ins Singen überging. Sie sang »Alice Blue Gown«, und ihre Stimme klang schrecklich, war rauh und näselnd, und sie sang falsch. Aber sie schien es für wunderbar zu halten, denn sie legte die Hände auf die Brust, hob das Kinn und krächzte:

»Als ich einst zur Sta-hat gewaaa-handert . . .«

»Dein Essen wird kalt!« Ich mußte die Stimme heben, um dieses Katzengejaule zu übertönen.

Als hätte sie nie zu singen begonnen, brach sie mit einem Schlag ab und stieß ihre Gabel in den Kartoffelbrei. »Viel Butter. Gut.«

»Es ist Buttersoße.« Ich stand da – nachdem ich nicht aufgefordert worden war, mich zu setzen –, kratzte mich am Ellbogen und ließ sie eine Weile essen. Dann sagte ich: »Ich habe über Rose nachgedacht. Erzähl mir mehr von ihr.«

»Welche Rose?« fragte sie, den Mund voller Kartoffelbrei.

Ich seufzte schwer. »Du *weißt* welche. Du hast sie zuerst erwähnt. Rose Devereau.«

Geziert nahm sie einen Bissen Hühnerfleisch zwischen Daumen und Zeigefinger, schob ihn in den Mund, kaute und beachtete mich nicht.

Ich blieb beharrlich. »Du hast gesagt, sie hat Klavier gespielt.« Ich hielt Ben Queen in Reserve wie eines der Asse in dem Kartenstoß.

Sie fuhr fort, sich Fleischstücke in den Mund zu stopfen, zog die Serviette vom Kragen und wischte sich aus keinem anderen Grund, als mich zu ärgern und mich warten zu lassen, endlos die Finger daran ab.

Sorgfältig zog ich die Titelseite der Zeitung aus meiner Tasche und entfaltete sie. »Also, ich glaube, du möchtest nichts über die tote Frau wissen, die man drüben bei White's Bridge gefunden hat. Im Mirror Pond«, fügte ich hinzu. Sie sah mich mit hervorquellenden Augen an, ich faltete die Zeitung wieder zusammen und hob das Tablett mit dem verschütteten Essen auf, als hätte ich vor zu gehen.

»Was für eine tote Frau? Wer?«

»Irgendeine Frau, von der die Polizei behauptet, sie habe sich umgebracht. Mit einer Waffe.«

Sie beugte sich vor, begierig, Einzelheiten zu hören. »Selbstmord?«

»Wahrscheinlich nicht. Wahrscheinlich war es *Mord.*« Ich ging zur Tür.

Eine Sache mußte man Aurora Paradise nicht beibringen, und zwar wie man Leute erpreßte, darin war sie eine Meisterin. »Komm zurück!« Sie schürzte die Lippen, als würde sie scharf nachdenken. »Nun, gut. Rose . . . ah ja, diese Rose Fern Devereau. So hieß sie richtig. Sie spielte Klavier, und Isabel sang. War über den ganzen See zu hören.«

»Das hast du mir erzählt.« Ich stellte das Tablett neben der Tür ab und fragte mich, woher sie wußte, daß es Rose Fern war (was ich für einen hübschen Namen hielt), die Klavier spielte. Aurora ließ eine Menge Dinge aus; entweder das oder sie erfand sie.

»Nun, *Isabel* hielt sich für einen großen Opernstar, obwohl *ich* die richtige Stimme dazu hatte.« Sie fing wieder mit »Alice Blue Gown« an und ich ließ sie ein paar Takte singen. Zumindest war sie beim richtigen Thema. Sie hielt inne und sagte: »Aber Isabel sang beim Chautaquaa, deshalb dachte sie, sie wäre was Besonderes, HA!«

Chautaquaa war immer ein besonderes Wort für mich gewesen. Einen Moment lang gab ich meine Suche nach Informationen auf und ließ es mir durch den Kopf gehen. Das Wort deutete auf etwas Magisches hin, als hätte ein großer Zirkus seine Zelte aufgeschlagen, um Spirit Lake in seinen Bann zu ziehen. Es handelte sich jedoch um kein Zelt, sondern um ein Amphitheater, das auf der anderen Seite des Highways, auf der Anhöhe, inmitten einer großen freien Fläche gegenüber vom Hotel Paradise stand; es war irgendwann um die Jahrhundertwende errichtet worden, zum größten Teil noch erhalten, aber unbenutzt. Dieses riesige Theater würde irgendwann einmal ganz verrotten, denn das Holz war von Termiten befallen, und ein Teil war schon leicht eingestürzt. Will und mir war verboten worden, dort zu spielen, weil es gefährlich war; natürlich taten wir es trotzdem, da Gefahr den spannendsten Bestandteil jeder Betätigung ausmachte. Das Chautaquaa war einst ein jedes Jahr stattfindendes Sommerfest gewesen, das ziemlich berühmte Leute angezogen hatte, hauptsächlich Sänger und Musiker. In einer der Kommodenschubladen meiner Mutter und in alten Alben hatte ich verblichene Fotos von Frauen mit riesigen Hüten und fließenden Kleidern entdeckt, elegante viktorianische Roben, ganz ähnlich denen in Auroras Überseekoffern.

Ich hätte dieses Chautaquaa wirklich sehr gern gesehen; und wenn ich es schon nicht sehen konnte, wünschte ich, es hätte mir jemand beschreiben können. Alles, was ich hatte, war das Album unten im Rosa Elefanten, das ich wegen der harten, schwarzen Seiten vorsichtig durchblätterte. Heutzutage sind Schnappschüsse gestochen klar und bunt. Aber ich würde gern die Farben der Vergangenheit sehen. Warum müssen die alten Bilder so blaß, an den Rändern so verschwommen und undeutlich sein? Bei einem gestern aufgenommenen Foto brauche ich keine Farbe. Ich brauche nicht das Blau von Ree-Janes Seidenkleid auf einem Foto zu sehen, nicht wenn ich Ree-Jane (unglücklicherweise) in Person vor mir haben kann. Aber welche Farben hatten die Kleider beim Chautaquaa? Das würde ich wirklich gerne wissen. Manchmal gebe ich ihnen Farben, wenn ich das Album ansehe: blasses Gelb, Rauchblau und sogar Pechschwarz. Keinem gebe ich eine leuchtende, schreiende Farbe, obwohl ich glaube, daß es genausoviel grelles Grün, knalliges Rot und Purpur gab wie heute.

Und das brachte mich auf den Gedanken: Es ist also ein Kompromiß. Wenn ich nicht weiß, welche Farben die Kleider hatten, kann ich ihnen die geben, die ich will. Also wäre es so, wie ich es wollte, aber das entspräche nicht der Wahrheit. Oder vielleicht waren sie so, aber woher sollte ich das wissen? Vielleicht ist es das, was die Vergangenheit so geheimnisvoll macht. Ich frage mich, ob es das ist, was sie gefährlich macht.

»Also Rose spielte Klavier«, sagte ich, das Stichwort gebend.

»Das ist richtig. Und die verrückte Isabel sang.«

Ich kam nicht viel weiter. »Jemand erzählte mir, Mary-Evelyn habe Klavier gespielt.«

»Vielleicht. Keine Ahnung.« Sie trank ihren Cold Turkey und erreichte allmählich den Boden des Glases.

»Na, glaubst du nicht, daß sie ein ziemlich sonderbares Leben führte?«

»Wer?« Sie machte gurgelnde Laute mit dem Strohhalm.

»Mary-*Evelyn*. Nachdem sie mit all diesen alten Frauen zusammenlebte.«

Sie leckte die Lippen und schüttelte das Glas. »Ich hätte nichts gegen noch einen von der Sorte.«

Ich seufzte. Es war fast unmöglich, sie beim Thema zu halten. Den Artikel über den Todesfall oder Selbstmord oder Mord schien sie bereits völlig vergessen zu haben. Mit Leuten wie ihr ist schwer zu feilschen, weil sie ständig vergessen, welchen Handel man mit ihnen abschließen will. »Du wirst einfach warten müssen.«

»Nein, Miss Schlaumeier, das werde ich nicht. Ich werde mir einfach von dieser Lola einen machen lassen.«

»Sie kennt das Rezept nicht. Ich bin die einzige, die es kennt.«

Das hielt sie zurück. Sie sah mich mit zusammengekniffenen Augen an. »Nun, du kannst ihn bringen, wenn du mir meinen Nachtisch bringst. Ich möchte Angel Pie.«

»Interessierst du dich nicht mehr für die Frau, die ermordet wurde?«

Sie machte abwehrende Bewegungen mit den Händen, *raus mit dir – raus.* »Das hast du bloß erfunden.«

»*Nein,* das habe ich nicht.« Ich zog die Zeitung heraus und reichte sie ihr.

Sie ächzte herum und sagte: »Ohne meine Brille kann ich nicht lesen.« Dann klopfte sie auf die Tasche ihres stahlgrauen Kleids und sah sich im Zimmer um. »Wo ist sie? Wer hat sie genommen?«

Angewidert sagte ich: »Ach, komm, ich lese dir vor«, und riß die Zeitung wieder an mich. Aufgrund ihres selbstzufriedenen kleinen Lächelns wußte ich, daß sie es genau darauf angelegt hatte. Es war wirklich lästig, nach acht Uhr etwas aus ihr herauszukitzeln, wenn ich selbst noch nicht zu Abend gegessen hatte. Gedanken an Hummer und Steak schossen mir durch den Kopf, betörten mich, peinigten mich, was ziemlich albern war, da ich schon Geburtstag haben müßte, bevor ich etwas wie Hummer oder Filet Mignon zu Gesicht bekäme. Mit größter Konzentration begann ich, den Artikel zu lesen. Ich legte mein ganzes schauspielerisches Können hinein. Aber ich hatte den ersten Absatz noch nicht beendet, als mich Aurora unterbrach.

»Mein Gott! Wer hat *daaas* denn geschrieben?« Sie zog das Wort in die Länge, als würde sie von einem Berggipfel herunterrufen.

»Suzy Whitelaw-Smythe. So nennt sie sich selbst, mit einem Bindestrich.«

»Du meinst, dieses schreckliche Whitelaw-Gör? Das immer nur Hosen anhatte?«

Ich fragte mich, wie alt Suzy Whitelaw-Smythe war. Aber natürlich konnte Aurora nur über die Zeit vor zwanzig Jahren gesprochen haben, nicht vor zweihundert Jahren, denn genauso alt kam sie mir manchmal vor.

»Ich glaube schon«, sagte ich, glücklich, jemanden gefunden zu haben, der nicht nur einen gewissen Geschmack zeigte, was Schreibstil anging, sondern auch etwas Klatsch über Suzy Whitelaw zum besten gab, den ich später weitererzählen konnte, wenn Ree-Jane in Hörweite war.

»Gütiger Gott! Wahrscheinlich hat sie ihre Unterhosen fallen lassen, damit dieser alte Lüstling Edsel Broadswinters diesen Mist in seine Zeitung gesetzt hat.«

Ich wußte nicht, über wen sie sprach. »Ich glaube nicht, daß ihm die Zeitung noch gehört. Der Herausgeber heißt Mr. Gumbel.« Den Kommentar bezüglich der fallengelassenen Unterhosen merkte ich mir, um später darüber nachzudenken. Wichtig war, diese Frau zu identifizieren, Suzys Reputation würde warten müssen. Und so gern ich mich auch in eine Diskussion über ihren Schreibstil einließ, auch das würde warten müssen.

»Zum Teufel, *du* hättest das besser geschrieben.«

»Ich weiß.«

»Das bringt mich ja zum Kotzen. ›Mondbeschienene Stille‹? Jeder weiß doch, daß der Mirror Pond bloß ein Schlammloch ist. Lies weiter. Ich hoffe, es ist nicht alles so.«

Ich wurde nachdenklich. Vielleicht würde es helfen, wenn ich an Auroras ausgeprägtes Überlegenheitsgefühl appellierte. »Na ja, du hast recht. Das ist wirklich schlecht geschrieben. Aber versuch die Form zu ignorieren. Verstehst du, die Schwierigkeit ist die, *niemand* weiß, wer diese Frau ist. Nicht einmal der Sheriff...«

»Dieser Sam DeGheyn, so heißt er doch?«

Ich war wirklich überrascht, daß ihr dieser Name etwas sagte, vor allem, nachdem der Sheriff nicht mehr hier gewesen war, seit Aurora Kniestrümpfe getragen hatte, und daher in ihrem Leben nicht zählte. Ich sagte: »Ja. Er ist der Sheriff. Sheriff Sam DeGheyn.« Es brachte mich immer ein bißchen außer Atem, seinen Namen auszusprechen, und ich tat es selten, außer gegenüber Maud im Rainbow. Dort schien es ganz normal zu sein. »Er weiß nicht, wer sie ist«, wiederholte ich. »Es ist wirklich ein Rätsel.«

Auroras Augen verengten sich, was ich als Zeichen der Konzentration deutete. Ich hoffte, sie schaffte es, bei der Sache zu bleiben. »Hm. Mach weiter, lies den Rest vor.«

Das tat ich. Ich achtete darauf, die Beschreibung der blonden Frau deutlich vorzutragen – ihr Aussehen, ihr vermutliches Alter, ihre Kleidung.

Aurora saß da und starrte aus dem Fenster, obwohl es draußen stockfinster war. Dann nahm sie ihre Karten auf und mischte sie langsam. Sie sagte nichts.

Ich stand immer noch, denn sie bot mir natürlich keinen Platz an. Und ich wurde müde. Sie saß da, starrte weiterhin ins Leere, mischte mit zeitlupenartiger Bewegung die Karten, obwohl sie offensichtlich nicht wirklich bei den Karten, sondern bei dem Zeitungsartikel war, und ihre Lippen stülpten sich auf dieselbe Weise nach innen und außen, wie ich es ein paarmal bei den dickmäuligen Fischen in Wills trübem Aquarium gesehen hatte. Ich war erschöpft vor Hunger (nicht daß das ungewöhnlich gewesen wäre) und dem langen Stehen, also änderte ich meine Position, indem ich die Fußgelenke nach innen drehte und auf den Fußrändern stand, wie ich es als Kind getan hatte. Ich hielt das Tablett zuerst unter dem Arm, dann flach gegen die Brust, meine Brust, über die ich mir Sorgen zu machen begann, dank Ree-Janes hinterhältiger Bemerkung, es würde sich »etwas zeigen«. (In der Schöpfungsgeschichte wäre Ree-Jane bestimmt die Schlange im Garten Eden, die sich durchs feuchte Gras schlängelt, auf den

Schwanz stellt und den Leuten Dinge sagt, von denen sie besser nichts gewußt hätten.)

So, wie ich dastand, taten mir die Füße höllisch weh, und es war fast eine Erleichterung, als ich meine frühere Haltung wieder einnahm. Ich war erstaunt, daß Aurora über all dies ernsthaft nachdachte, so erstaunt, daß ich mich fragte, ob sie es wirklich tat oder nur herumgrübelte, wie sie beim Kartenspiel betrügen könnte.

Bis sie sagte: »Wer hat ein Bild? Es muß ein Bild geben?«

Ich runzelte die Stirn. »Du meinst – von *ihr*? Der toten Frau?«

»Na, nicht von dir, Miss Schlaumeier.«

Es lag keine wirkliche Boshaftigkeit in dem, was sie sagte; so redete sie eben. »*Ich* habe keines, sonst hätte ich es dir gezeigt«, sagte ich.

»Dieser Sheriff aber. Wahrscheinlich eine ganze Menge. Sie nehmen *immer* einen Fotografen mit an den Ort des Verbrechens, verstehst du, um den Zustand der Leiche festzuhalten. Und alles das. Darauf legen sie *größten* Wert.« Langsam begann sie, die Karten auszulegen.

»Aber der Sheriff würde doch *mir* keines geben! Er würde niemandem eines geben!« Zumindest konnte ich mir nicht vorstellen, daß er das tun würde.

»Dann stiehl eines.« Sie sagte das ganz ruhig, während sie einen Herzbuben auf eine Herzkönigin legte.

»Was? Eines *stehlen*?« War sie wahnsinnig? Nun ja, das wußte ich ja bereits.

»Du möchtest wissen, wer sie ist, nicht wahr?« Ich antwortete nicht, und sie sah unter ihren hübschen grauen Augenbrauen zu mir hinauf. »Ich bin mir ziemlich sicher, aber ich möchte abso-*lut* sicher sein, bevor ich es sage.«

»Aber, aber – warum kannst du es jetzt nicht sagen?« fragte ich stotternd.

»Weil du es in der ganzen Stadt herumtratschen würdest.« Sie begann zu summen.

Am liebsten hätte ich das Tablett nach ihr geworfen. »Das werde ich nicht!«

Summend schob sie eine Pikzehn auf den Buben. Ohne zu antworten, machte sie wieder diese fischartigen Lippenbewegungen.

Ich stand da und trommelte nervös auf das Tablett. »Aber ... aber was ist ... was ist, wenn ich keines auftreibe?« Der Gedanke, etwas aus dem Büro des Sheriffs zu stehlen, entsetzte mich. Nicht das Stehlen als solches. So ehrbar war ich nicht. Aber vom *Sheriff*?

Dann fragte ich mich: Wie konnte der Mann, der in Martins Laden kam, behaupten, es sei »Ben Queens Tochter«, wenn er nicht entweder die Leiche oder ein Foto von ihr gesehen hatte? Das Bild in der Zeitung war zu wenig aussagekräftig. Vielleicht sollte ich mit ihm reden, bloß kannte ich ihn nicht, und er sah nicht besonders kinderlieb aus.

»Wirst du das Bild stehlen?« fuhr mich Aurora an.

»Nein.«

»Feigling.«

»Du möchtest bloß, daß ich auf die schiefe Bahn komme. Du möchtest mich bloß in Schwierigkeiten bringen.«

»Noch nicht mal da würdest du zu was taugen, Miss.« Sie knallte den Karobuben auf die Herzkönigin.

Was mich an der ganzen Sache rasend machte war, daß ich nicht wußte, wieviel Wahres in dem steckte, was Aurora behauptete. Tat sie nur so, als hätte sie eine Ahnung, wer die Frau war? Bloß um mich aufzubringen? Kochend vor Zorn kaute ich auf meiner Lippe. Vielleicht wäre es günstig, wenn ich sagte, was ich in Martins Laden aufgeschnappt hatte? Daß es »Ben Queens Tochter« war. Das hätte ich leicht tun können. Aber ich tat es nicht. Ich weiß nicht, warum. Wahrscheinlich, weil ich die Wahrheit über die Dinge nie zu rasch herausfinden will. Ich möchte nicht, daß sie plötzlich aufscheint wie die Sonne und mich blendet. Besser, man läßt sie mit der Zeit tröpfchenweise heraussickern. Davon war ich überzeugt. *Aber* ich konnte sagen, ein Mann bei Martins Laden habe behauptet, er *wisse*, wer sie war, ohne den genauen Wortlaut wiederzugeben. Doch sie war zu gerissen für diese Art von Erpressung.

»Wieso stehst du da herum?« fragte sie. »Glaub bloß nicht, daß du mich mit diesem Cold Turkey bestechen kannst.« Sie schob eine Pikzehn auf den Herzbuben und hielt mir ihr Glas hin.

»Ich schau dir einfach gern zu, wenn du bei der Patience schummelst. Man kann keine Herzkarten auf Herzkarten legen, die Regel kennt jeder.«

Sie kniff die Lippen fest zusammen. Dann sagte sie: »Nun, das sind die Regeln, die mir mein eigener Daddy beigebracht hat.« Pedantisch machte sie weiter und deutete auf das As, den König, die Königin, den Buben – eine Mischung aus Herz- und Karokarten, die in einer Reihe sich überlappend nebeneinanderlagen. »Bei Bildkarten darf dieselbe Farbe genommen werden . . .« Ihr Blick schweifte zum Ende der Reihe, wo eine Herzzehn über einem Karobuben lag. »*Und* bei Zehnern. Von den Zehnern bis zu den Assen gilt, Herz auf Herz oder Pik auf Pik. Von Zwei bis Neun gilt Herz auf Pik und umgekehrt.« Sie machte eine abwehrende Handbewegung.

»*Wirklich?*« fragte ich sarkastisch. »Was soll dann diese Pikzehn, die du gerade auf einen Herzbuben geknallt hast?«

Sie mischte den Kartenstoß und dachte einen Moment nach. »Pikzehn ist ein Joker, sagte ich das nicht? Pikzehn ist eine Jokerkarte und kann überall hingelegt werden.«

Was für eine *Lügnerin* sie war! Wutschnaubend griff ich nach dem leeren Glas, machte kehrt und marschierte hinaus.

Ich hörte, wie sie mir nachrief: »Und halt dich nicht zu lang beim Abendessen auf; du wirst fett!«

Am oberen Ende der Treppe drehte ich mich schnell herum, streckte die Zunge raus und schüttelte den Kopf heftig vor und zurück, als könnte ich mit dieser Bewegung meine Zunge durch die Wand und direkt auf ihren alten Rücken schießen. Dann polterte ich, so laut ich konnte, nach unten. Alle drei Stockwerke, laut polternd.

Ich sah, daß Lola Davidow nicht im hinteren Büro war, und noch bevor ich gegessen hatte, einfach um es hinter mich zu bringen, mixte ich ziemlich nachlässig den Cold Turkey zusammen, goß den Inhalt aus vier Flaschen hinein, fischte ein paar schwimmende Eiswürfel aus dem wieder aufgefüllten Behälter (nach dem Abendessen mußte hier eine Party stattgefunden haben), und gab einen extragroßen Schuß Bourbon darauf. Ich hatte keine Lust, noch einmal in den dritten Stock hinaufzugehen, das stand fest. Ich öffnete die Tür des Speiseaufzugs und warf einen flüchtigen Blick hinein. Er schien in Ordnung zu sein. Es hätte mich nicht überrascht, wenn er gar nicht steckengeblieben gewesen wäre, und Mrs. Davidow nach ihrem elften Martini nur geglaubt hätte, daß er kaputt war. Ich stellte das Glas hinein, zog an dem Seil und schickte es rumpelnd und quietschend in den dritten Stock hinauf. Während er hochratterte, klopfte ich gegen die Wand. Das war das Signal, und damit schickte ich ihn zum Teufel.

In dieser Nacht lag ich im zweiten Stock im blauen Dunkel meines Zimmers im Bett und hörte die entfernten Klänge eines Radios oder Plattenspielers. Musik, die von irgendwo zu mir drang.

Behaglich lag ich da, den Bauch voller Hühnerschlegel und Kartoffelbrei mit flüssiger Butter. Meine Mutter macht keine Vertiefungen für die Soße in den Kartoffelbrei wie die Köche in Schnellimbiß- und zweitklassigen Restaurants. Sie hält das für schrecklich »gewöhnlich«. Nun, man *kann* Bratensoße über Kartoffelbrei gießen, wenn er mit einem heißen Roastbeef-Sandwich serviert wird, da bei diesem Gericht alles »vermanscht« wurde. Aber meine Mutter serviert keine heißen Roastbeef-Sandwiches, weil sie findet, sie seien »gewöhnlich«.

Nicht-gewöhnlich-sein könnte in der Bibel meiner Mutter jedes der zehn Gebote ersetzen. Du-sollst-nicht-gewöhnlich-sein ist genauso wichtig wie die Gebote, die das Lügen oder Stehlen (diejenigen, die Aurora nie las) oder das Betrügen und Töten betrafen. Außer vielleicht »den Vater und die Mutter ehren«. Wie meine Mutter »gewöhnlich« definierte, war sehr kompliziert. Grundsätzlich hatte es damit zu tun, wie gebildet oder wohlerzogen man war. Meine Mutter ist nicht sehr gebildet, aber sie hat ausgezeichnete Manieren. NICHT-GEWÖHNLICH-SEIN (es gibt kein Gegenteil von *gewöhnlich,* ganz bestimmt nicht *un-gewöhnlich*) bedeutet üblicherweise, man ist wohlerzogen oder gebildet oder beides. Walter ist ein glänzendes Beispiel (nach Ansicht meiner Mutter) für *Gewöhnlichkeit,* denn er ist keines von beidem, abgesehen davon, daß Walter ein bißchen zurückgeblieben ist, ist er so *gewöhnlich,* daß es kaum lohnt, ihn als Beispiel heranzuziehen. Alle Küchenhilfen sind natürlich *gewöhnlich. Sogar* Vera (wie ich manchmal vermutete), obwohl meine Mutter das nie offen sagen würde. Vera ist wahrscheinlich ein Grenzfall, der sich haarscharf am Rand des Gewöhnlichen bewegt. Auf der anderen Seite jedoch gab es Leute, die einfach nicht in diese allgemeine Begriffsbestimmung paßten. Marge Byrd etwa, die man für ziemlich *gewöhnlich* halten könnte, weil sie in braune Tüten eingeschlagene Halbliterflaschen Whisky ins Büro mitbringt. Aber falsch. Marge liest zuviel, um gewöhnlich zu sein, und da meine Mutter auch viel liest, tauschen sie immer ihre Erfahrungen aus. Und es gab auch viele scharfsinnige Bemerkungen zu diesem Begriff der *Gewöhnlichkeit.*

Ich lag da und dachte darüber nach und versuchte, die Leute in *gewöhnlich* und *nicht gewöhnlich* einzuordnen, doch ich fragte mich, ob es vielleicht ganz einfach so war, daß jeder, den meine Mutter mochte, *nicht* gewöhnlich war, wen sie jedoch nicht mochte, war es schon. Aber auf diese Weise würde man den feinen Unterscheidungen meiner Mutter zuwenig Rechnung tragen. Sie wäre nie so plump, so etwas zu tun. Tatsächlich ist es wahrscheinlich so, daß meine Mutter, was Kochen und Gewöhnlichkeit anbelangen, so viele Regeln hat wie Aurora für das Legen einer Patience.

Schläfrig dachte ich eine Weile darüber nach, und meinte zu träumen, als ich das Singen hörte. Ich öffnete die Augen und spitzte die Ohren.

»*Als ich einst zur Staa-adt ging* ...« klang durch den Gang aus dem dritten Stock. Der Cold Turkey hatte tatsächlich seine Wirkung getan.

27.

Vera war immer noch krank, und ich mußte am Morgen ihre Stammgäste übernehmen, zusätzlich zu Miss Bertha, die beim Frühstück immer am schlimmsten war. Die Auswahl war einfach zu groß. Abgesehen von den üblichen Zubereitungsarten hatte sich meine Mutter eine Menge anderer Eierspeisen ausgedacht. Ich hasse es, bei der Aufzählung der Eierspeisen auch jedesmal »in Sahne gebackene Eier« nennen zu müssen, weil offensichtlich kein Mensch weiß, was das ist. Und ständig soll ich exakte Beschreibungen von Dingen wie »Omelette Florentine« liefern (was ich ihnen nicht verdenken kann). Ich muß immer lachen, wenn ich auf anderen Speisekarten »Omelette« angeboten sehe, denn bei allen anderen Köchen heißt das nicht viel mehr als Rührei. Das meiner Mutter jedoch ist hoch gewölbt und wolkenweich, denn sie schlägt das Eiweiß, bis es meringeweiß glänzt, bevor sie den Dotter hinzugibt. Und wenn sie ein Omelette mit einer ihrer Mischungen füllt, dann ist das ein Anblick, den man nicht vergißt. Warum keine der Eßzeitschriften ins Hotel Paradise kommt, um Aufnahmen zu machen, ist mir ein Rätsel.

Wie auch immer, ich versuchte mir vorzustellen, daß Vera wirklich krank war, aber es fiel mir schwer. Ich hatte keine Ahnung, welche »Krankheit« ihren drahtigen Körper befallen haben könnte, so daß nur noch Schniefen und schwer Keuchen oder Fieber und Schüttelfrost in Frage kamen. Von Ree-Jane, die am Abend zuvor bedient hatte (wonach sie zu ihrer geheimnisvollen Verabredung mit dem Unbekannten gegangen sein mußte), konnte man natürlich nicht erwarten, daß sie am heutigen Morgen etwas anderes tat, als auszuschlafen. Daher mußten Anna Pugh und ich das Dutzend Tische übernehmen.

An diesem Morgen fiel es mir besonders schwer, mich auf die Auswahl von Biskuitgebäck, Maisplätzchen oder Orangen-Muffins zu konzentrieren, denn ich wollte in den Rosa Elefanten hinunter und Pläne schmieden. Ich machte ein paar Fehler (was nicht ungewöhnlich war), wovon die meisten an Miss Berthas Tisch passierten (was ebenfalls nicht ungewöhnlich war). Ich hatte ihr ein California-Omelette gebracht, aus dem köstliches Gemüse herausdampfte, und sie schwor, es nie bestellt zu haben. Als sie mit ihrem Stock aufstampfte und nach der Bedienung schrie, verschwand ich in die Küche und bat Anna Pugh, ihren Tisch zu übernehmen. Glücklicherweise war sie gutmütig und umgänglich und durch das Hotel Paradise noch nicht verdorben.

Als ich klein war, hatten wir ein halbes Dutzend Serviermädchen, die im Küchenflügel die Räume direkt über dem Wäscheraum bewohnten. Um zu diesen Räumen zu gelangen, mußte man die dunkelste und engste Treppe hinaufklettern, die ich je gesehen habe. An deren oberem Ende ist ein Absatz, von dem rechts sechs Zimmer abgehen, drei auf jeder Seite eines schmalen Flurs. Ein kurzes Stück hinter dem oberen Treppenabsatz macht der Flur eine Biegung, woraus sich zwei getrennte Raumfluchten in zwei verschiedenen Gängen ergeben. Links, im breiteren, gibt es weitere Räume, acht oder zehn, die vor langer Zeit von anderen Hilfskräften belegt waren. Durch diese Raumaufteilung wirkte es, als würden die Serviererinnen einen getrennten Flügel bewohnen.

Ich mochte die Serviererinnen wirklich sehr gern. Ich habe immer mehr Zeit mit den Bediensteten des Hotels verbracht als mit den Kindern der Gäste, da die meisten von ihnen hochnäsig sind und immer erwarten, beim Krocket oder anderen Spielen zu gewinnen, bloß weil ihre Väter für den Aufenthalt bezahlen.

Meine Mutter hat wahrscheinlich nicht gewußt, wieviel Zeit ich lachend und plaudernd mit den Serviermädchen oben in ihren Zimmern verbrachte, denn sie hätten sicher als »gewöhnlich« gegolten. Die Serviererinnen (die eine Einheit, eine Gruppe für mich waren) waren wahrscheinlich jung, aber wenn man erst sechs oder sieben ist, erscheint einem eine Zwanzigjährige so uralt wie Ägypten und genauso romantisch und unerreichbar. Unerreichbar nur in dem Sinn, als ich mir nie vorstellen konnte, selbst so groß, so alt oder so hübsch zu werden, denn sie waren alle sehr hübsch, mit den gleichen, wie aus Elfenbein geschnitzten Gesichtern und goldenen, roten oder pechschwarzen Haaren. Die Samstagabende waren besonders lustig, weil sie dann manchmal auf einem alten Grammophon Platten spielten und tanzten. Sie zogen mir das eine oder andere ihrer »Abendkleider« an und tupften mir ein wenig Lippenstift auf. Ich erinnere mich vor allem an ein mitternachtsblaues Kleid aus Tüll und Pailletten, das ich für das umwerfendste Kleid hielt, das man sich vorstellen konnte. Zumindest kommt es mir jetzt so vor; ich weiß nicht, was ich damals gedacht habe. Aber ich erinnere mich jetzt, wie sehr mir die

Kleider und das Tanzen gefallen haben. Wir alle haben dort drüben über dem Wäscheraum herumgetanzt.

Ich sagte, es habe ein »halbes Dutzend« Serviererinnen gegeben, aber ich bin nicht ganz sicher; vielleicht waren es vier oder sogar acht. Vielleicht aber auch nur drei. Das muß daher kommen, weil sie solchen »Spaß« zu haben schienen und so fröhlich waren, daß sie mir wie eine ganze »Schar« von Mädchen vorkamen, wie die eng aneinandergeschmiegten Flamingos auf einem der Leihgemälde in der Abigail-Butte-Bibliothek. Oder die Balletttänzerinnen auf einem der anderen Bilder, ein sehr berühmtes Gemälde, glaube ich, auf dem Tänzerinnen in Satin und Tüll zu sehen sind, die sich geschmeidig machen, wobei ein paar von ihnen die Beine auf diese Stange gelegt haben. Die Serviererinnen waren so strahlend wie Flamingos und so anmutig wie diese Tänzerinnen.

Und die Serviererinnen gehörten zu jenen Tagen, bevor unerklärlicherweise unser Spielhaus hinter dem Hotel abbrannte, und ich nicht wußte, was Will oder ich (wenn überhaupt) getan hatten, daß es geschehen war; zu jenen Tagen, bevor mein Hund genau an der Stelle überfahren wurde, wo die gekieste Hoteleinfahrt auf den Highway trifft, und ich noch gesehen hatte, wie der Wagen sich näherte, wie ich noch über den Highway rennen wollte, aber von irgend etwas aufgehalten wurde; zu jenen Tagen, bevor mein Vater starb.

Es war, als hätten diese Mädchen etwas Magisches an sich gehabt wie die Fähigkeit, Blumen aus Hüten zu zaubern oder endlos lange, leuchtendbunte Tücher aus Ärmeln zu ziehen. Es war, als würden sie mich vor etwas beschützen, vielleicht so, wie der Zauberer einen davor bewahrt, die Leere zu sehen. Die Hülle wird weggenommen, und wo einst Leere war, steht eine Vase mit Rosen oder ein Blaukehlchen.

Und obwohl vermutlich eine nach der anderen fortging,

kommt es mir so vor, als wären alle auf einmal verschwunden. Ich sehe entweder alle vor mir oder keine.

Wenn ich im Rosa Elefanten sitze (wie jetzt an diesem Morgen nach dem Frühstück) mit meinem Notizheft, der Whitman's Schachtel mit den Schnappschüssen und derlei Dingen, erinnere ich mich an die Serviererinnen. Sie sind Erinnerung inzwischen. Mein Kopf wird schwer, und ich lasse ihn auf die Arme sinken. Ich denke: Wenn die Erinnerung jetzt schon so schmerzlich ist, wie wird es dann erst sein, wenn ich zwanzig bin? Oder vierzig? Wenn dreißig weitere Jahre an Erinnerungen auf mir lasten und immer mehr verlorengeht. Denn zu einem bestimmten Zeitpunkt würden sie alle Erinnerung sein: Miss Flyte und Miss Flagler, die Brüder Woods, Maud. Der Sheriff. Letzteres erschien mir so undenkbar, daß mein Kopf nach oben zuckte wie bei einer Marionette, die an Schnüren bewegt wird.

Immer mehr und mehr wird verlorengehen. Und was kommt statt dessen, wer hat die Serviererinnen ersetzt: Vera, die wie ein stählerner Gockel, langhalsig und grau, in den Speisesaal stolziert. Doch es erscheint unmöglich, daß sich alles so sehr verändert haben konnte. Unmöglich, daß die Kellnerinnen fort waren und mit ihnen das mitternachtsblaue Kleid.

28.

Nachdem ich den Morgen mit unglücklichen Gedanken im Rosa Elefanten verbracht hatte, beschloß ich, in die Stadt zum Gerichtsgebäude zu gehen. Ich wollte keine Zeit verschwenden, indem ich zu Fuß ging, denn inzwischen war es fast zehn, und ich mußte mittags zurück sein, um das Essen zu servieren. Es war schrecklich, wie das Bedienen den Tag zerstückelte.

Ich ging ins hintere Büro und rief Axels Taxi an (wobei ich mich zuerst umsah, um sicherzugehen, daß Ree-Jane außer Hörweite war), und die Frau, die die Fahrten einteilte (bei nur zwei Taxen konnte ich mir nicht vorstellen, wozu Axel sie brauchte), sagte, sie würde Delbert rausschicken, sobald er zurückkomme, was nur ein paar Minuten dauern würde, da er gerade Miss Isabelle Barnett zum Bahnhof gebracht habe, und sie gerade den Zug kommen höre. (Jeder in der Stadt, der ein Taxi rief, wußte über die Unternehmungen aller anderen Fahrgäste Bescheid.)

Ich sagte ihr, ich hätte lieber Axel persönlich, was nicht gegen Delbert gerichtet sei. Natürlich sagte ich das nur, um festzustellen, was passierte.

Oh, er ist gerade unterwegs, Schätzchen, er kommt so schnell nicht zurück.

Nun, ich konnte warten. (Das würde ich nicht, aber ich sagte es einfach so.)

Axel ist auf dem Weg nach Hebrides, Schätzchen, es wird länger dauern, bis er zurück ist. Delbert kann dich gleich abholen – na, wenn man vom Teufel spricht, er ist gerade hergefahren.

Ich seufzte, dankte ihr und fragte mich, warum sie nie etwas über Axels Kunden erzählte, wer sie waren, wohin sie fuhren. Vielleicht weil sie diese Leute genausowenig zu Gesicht bekam.

Delbert ließ mich am Gerichtsgebäude aussteigen, ich ging hinein und schlich eine Weile im Gang in der Nähe des Wasserbehälters herum, darauf gefaßt, mich in die dunkle Nische zu drükken, wenn sich die Tür zum Büro des Sheriffs öffnen würde.

Ich hörte seine Stimme, eine Art dumpfes Grollen. Durch das Rillenglas sah ich auch eine dunkle, verschwommene Silhouette. Ich schätzte, er würde gleich herauskommen, daher verdrückte ich mich in der Nische. Zum erstenmal (zum erstenmal in meinem Leben) war nicht er es, den ich sehen wollte, zumindest jetzt nicht.

Schließlich kam er heraus, und zwischen Wand und Wasserbehälter eingequetscht sah ich ihn durch die Eingangstür des Gerichtsgebäudes hinausgehen und den Gehsteig entlangspazieren, bis er im Gegenlicht zu einer schwarzen Silhouette wurde. Dann durchquerte ich das marmorne Foyer (das Gerichtsgebäude war ziemlich prächtig) und betrat das Büro.

Donny und die anderen beiden Polizisten sahen ziemlich beschäftigt aus, die beiden Sekretärinnen tippten. Eines der Mädchen sah auf und schenkte mir, Kaugummi kauend, ein Lächeln (es sollte wohl »Hi« bedeuten), während sie weitertippte.

Donny selbst saß mit hochgelegten Füßen am großen Schreibtisch des Sheriffs und versuchte, wichtig auszusehen. Er sah sich stirnrunzelnd irgend etwas an, was ich für Fotos hielt. Als ich auf ihn zuging, erkannte ich, worum es sich handelte, obwohl ich nur die Rückseiten sah.

Mir wurde ein bißchen kalt. Polizeifotos. Er sah mich über seine Lesebrille hinweg an, mit der er viel älter aussah als der Sheriff, obwohl ich wußte, daß er jünger war. Langsam steckte er ein Foto aus dem oberen Teil des Stapels nach hinten und sagte mir, daß Sam nicht hier sei.

»Oh.« Ich versuchte, enttäuscht zu klingen. »Wissen Sie, wo er ist?«

»Im Rainbow, schätz' ich. Chili essen, sagte er.«

Erst vor etwa zwei Stunden hatte ich Maisplätzchen, Würstchen und ein Spiegelei gegessen; dennoch, mein Magen hörte: CHILI. Ich ignorierte den Wunsch. »Ich nehme an, Sie sind alle sehr beschäftigt, ich meine, nachdem Sie die Leiche der Frau im Mirror Pond gefunden haben.«

»Hm.« In meiner unmittelbaren Reichweite knallte er ein Foto mit dem Gesicht nach unten auf den Schreibblock. Ich zog meine Hand zurück.

Donny ist wie die meisten Erwachsenen; er glaubt nicht, daß man mit einem Kind eine richtige Unterhaltung führen kann.

Also mußte ich jede Information aus ihm herauskitzeln. Was ohnehin ganz nach meinem Geschmack war, fand ich. Ich runzelte die Stirn aufgrund dieser Einsicht. »In Ordnung.« Ich tat so, als schickte ich mich an zu gehen, und sagte dann – als wäre mir dieser glänzende Einfall gerade gekommen – »Sagen Sie, kennen Sie einen Mann in Spirit Lake namens Jude? Ich weiß nicht, wie er mit Familiennamen heißt. Aber er kennt Sie.« Das war eine Lüge; es war jemand anders, der behauptet hatte, Donny zu kennen.

Er sah aus, als würde er angestrengt nachdenken, dann schüttelte er den Kopf.

»Ich war gestern in Martins Laden, um fürs Hotel einzukaufen, und er war dort.«

»Wie geht's deiner Mom?«

Die Leute vergaßen nie, sich nach meiner Mutter zu erkundigen, was mir gefiel. Nach Mrs. Davidow erkundigte sich kaum jemand. »Sehr gut, danke. Jedenfalls hat dieser Jude gesagt, er weiß, wer die Frau ist. War.«

Donny sah mich stirnrunzelnd an. »Wer?«

»Er sagte . . .« Ich nagte an meiner Lippe herum, und genauso wie gegenüber Aurora zögerte ich, *Ben Queens Tochter* zu sagen. »Ich glaube, ich habe den Namen nicht richtig verstanden. Aber es hat mich stutzig gemacht, wissen Sie, schließlich war dieser Jude ja nicht *dort*, oder? Ich meine, Sie waren die einzigen, die dort waren.« Ich sah mich schnell nach den anderen beiden Polizisten um, die sich miteinander unterhielten und uns nicht beachteten. »Also, woher soll er das wissen? Das Foto in der Zeitung war nicht gut genug.«

Donnys Blick fiel auf die Fotos in seiner Hand.

Ich hatte richtig geraten; es waren Bilder von der toten Frau.

»Nein.« Er nahm sie auf und legte sie sorgfältig in einen numerierten Ordner, den er in der tiefen Aktenschublade des Schreibtischs verstaute. »Du erinnerst dich nicht an den Namen?«

»Nein. Bloß irgendein . . . ›Mädchen‹.«

Ganz den Chef spielend, lehnte er sich zurück, die Hände hinter dem Kopf verschränkt, einen Fuß gegen die Schreibtischkante gestemmt.

»Die Freundin?«

»Na ja, vielleicht die ›Tochter‹, wissen Sie. Genauso wie man mit ›Junge‹ ›Sohn‹ meinen kann.«

Mit gefurchter Stirn dachte er darüber nach. »Möchtest du damit sagen, dieser Jude ist in die Sache *verwickelt*?«

Ich war wie vom Donner gerührt. Ich taumelte zurück und hob die Hände, als wollte ich etwas Schlimmes abwehren.

»Nein, nein. Ich meinte nichts dergleichen. Er war nicht der einzige, der behauptet hat, er würde wissen, wer sie war.« Ich suchte nach dem Namen. »Louella Smitt, hat einer von den Leuten gesagt. Und *der* hat behauptet, ihn im Gerichtsgebäude gehört zu haben.«

Donny riß die Augen auf. »Also, wer das auch immer gewesen sein mag, es stimmt nicht. Wir reden nicht über die Fälle. Die Leute erfinden einfach solches Zeug, weil sie sich dann wichtig vorkommen.«

»Genau das finde ich auch. Das habe ich mir auch gedacht.« Ich war froh, daß Jude aus der Sache heraus war. »Außerdem haben sie gesagt, die Beschreibung in der Zeitung sei nicht besonders gut gewesen.« Das war eine Lüge, aber die Wahrheit brachte mich auch nicht weiter. »Einer von ihnen hat gesagt, sie sei jünger gewesen, als in der Zeitung stand. Und blonder.« Ich hielt den Atem an.

Donny wickelte einen Kaugummi aus. »Weiß nicht, woher die das wissen wollen.«

»Ich auch nicht. Bloß habe ich durch jemand anderen den Eindruck bekommen, daß sie nicht jung war. Und auch nicht so blond.«

Er zuckte die Achseln. »Hängt davon ab, was du unter ›jung‹ verstehst. Oder unter ›blond‹.«

Ich hatte keine Chance.

»Hängt davon ab, was du unter ›jung‹ oder ›blond‹ verstehst.« Ich schielte auf das halb aufgegessene Chili des Sheriffs, als ich das sagte.

Er sah mich so lange an, daß ich den Blick von seinem Teller heben mußte. »Möchtest du den Rest von dem Chili?«

»*Nein.* Es ist noch nicht mal Mittag«, sagte ich verächtlich. Ich war verärgert, weil er auf meine Bemerkung nicht einging. Maud und ich hatten über den Zeitungsartikel gesprochen.

»Warum sollte sie Ihr kaltes, übriggelassenes Chili wollen?« sagte Maud schnippisch. Sie war schlechter Laune.

»Sie mag Chili«, antwortete der Sheriff sanftmütig. Er lächelte. Es kam praktisch nie vor, daß er sich durch die schlechte Laune von jemandem aus dem Konzept bringen ließ. Ich weiß nicht, wie er das schaffte, denn einiges von dem, was Maud und ich sagten, hätte ihn wütend machen müssen. Besser gesagt, was *Maud* sagte.

Maud fügte hinzu: »Gütiger Gott, ich kann ihr *warmes* bringen, wenn sie möchte.«

»Ich möchte keines. Es ist noch nicht Mittag. Ich verstehe nicht, wie Leute so früh zu Mittag essen können.«

»Ich hatte kein Frühstück«, erklärte er.

»Wie können Sie Chili zum Frühstück essen?«

»Die arbeiten also da drüben?« fragte mich der Sheriff und überging meine Kritik an seinem Frühstück. »Oder tun sie nur so?«

Ich hatte ihm erzählt, daß ich aus dem Gerichtsgebäude kam. Allerdings nicht, daß Donny sich an seinem Schreibtisch breit gemacht hatte. Aber ich sagte ihm, daß ich eine Unterhaltung über den Artikel aufgeschnappt hätte, und daß jemand behauptet habe, er sei nicht besonders genau. Nachdem ich mich aber an den Ausdruck »verwickelt« erinnert hatte, den Donny gebraucht hatte, sagte ich, ich könne mich nicht erinnern, wer es gewesen sei. In diesem Zusammenhang hatte ich die Bemerkung über »jung« und »blond« fallen lassen.

»Wie alt *war* sie denn?« fragte Maud. »Das haben Sie nicht gesagt.«

»Ich weiß.« Der Sheriff wühlte in seiner Camel-Packung nach einer Zigarette, fand keine und knüllte sie zusammen.

Maud bot ihm keine von ihren an, fiel mir auf. Als Vergeltung für seine Heimlichtuerei. »Wahrscheinlich wissen Sie nicht, wie alt sie ist.«

Er verzog den Mund wie immer, wenn er versuchte, nicht zu lächeln. »Etwa Ihr Alter vielleicht. Etwa Ihre Haarfarbe, würde ich sagen. Wie jung und wie blond wäre das?«

Eine Woge der Erleichterung überkam mich, bevor ich bemerkte, daß er das nur sagte, um Maud aufzuziehen.

»Die Schwierigkeit ist«, sagte sie und sah mich an, »Sam weiß nicht mehr über sie als vor zwei oder drei Tagen, und das will er nicht zugeben, also tut er so, als sei es ein Geheimnis.« Sie steckte ihre Zigaretten ein, klopfte auf ihre Tasche und blies einen kleinen Rauchring in die Luft.

»Hm.« Der Sheriff drehte sich um, wobei er sich ein wenig erhob, um über die Holzverkleidung der Nische zu sehen, als wäre es vorn an der Theke bei Shirl und den Stammgästen interessanter.

»Also, Sie *wissen* tatsächlich nicht mehr, oder?« Sie war tatsächlich sauer, weil er ihr nichts erzählte.

»Während die Untersuchungen noch im Gange sind, kann ich nicht darüber reden.« Sein Lächeln trieb Maud in den Wahnsinn.

Ich sagte: »Bei dem Mann, der behauptet hat, er wisse, wer sie ist, hat mich nur eines gewundert: woher kann er das wissen, außer er hat ein Foto von der Leiche gesehen?«

Maud rieb sich die Arme. »Davon krieg' ich Gänsehaut.«

»Vielleicht hat er sie gekannt; vielleicht kannte er die Person, die er für die Tote hält.« Er runzelte die Stirn. »Und du kannst dich nicht an ihn erinnern, oder wo du es gehört hast?«

Ich schüttelte den Kopf, während ich ihn anstarrte. Die Erklärung war so simpel. Die ganze Zeit hatte ich die Sache nur von einer Seite aus betrachtet, ohne zu bemerken, daß es auch noch eine andere gab. Er identifizierte sie nicht, weil er entweder sie oder Fotos von ihr gesehen hatte, sondern er nahm an, daß es jemand war, den er kannte, auf den die vage Beschreibung paßte, weil *diese Person fort war oder vermißt wurde.*

Es war wie eine Erleuchtung.

Maud stand auf und ging zur Theke zurück, und ich weiß nicht, ob ich mich verabschiedete, weil ich so tief in Gedanken versunken war. Ich stellte mir vor, wie dieser Jude zu jemandem sagte: *»Ich hab' die Tochter von Ben Queen schon seit ein paar Tagen nicht mehr gesehen.«* Und sein Gegenüber antwortete: *»Nein, aber drüben in White's Bridge hat man eine tote Frau gefunden, und es hört sich ganz so an, als ob sie das sei.«* Ich mußte diesen Jude finden. Ich hatte den Eindruck, er wohnte nicht in Spirit Lake, weil das Verhalten der anderen Männer darauf hindeutete, daß er nicht oft in Martins Laden kam.

»Möchtest du mitkommen, um die Parkuhren zu kontrollieren?«

Die Stimme des Sheriffs erschreckte mich. Ich erwachte aus meiner Trance und konzentrierte mich. »Parkuhren? Oh. Nein, ich kann nicht. Ich muß zurück zum Bedienen.«

Er stand auf, legte ein paar Dollar auf den Tisch und rückte seinen Halfter zurecht. »Soll ich dich im Wagen mitnehmen?« Er sah mich mit Augen an, die jeden Moment blauer zu werden schienen. Er lächelte.

»Hm. Nein, ich...« Die Sache war die, daß ich bei Martins

Laden vorbeigehen wollte, ihm aber nicht erklären wollte, warum. Ich hatte noch *nie* eine Fahrt mit dem Sheriff abgelehnt. Noch nie. »Ich nehme mir eines von Axels Taxis.«

Der Sheriff setzte seine Mütze auf, ließ den Rand hochschnappen und lächelte mich erneut an. Dann verließ er das Rainbow.

Ich dachte noch einen Moment über Jude nach und sah dann auf meine Hand. Warum hielt ich einen Löffel fest? Ich legte ihn weg. Ich sah auf den Chili-Teller des Sheriffs. Leer. Ich hatte ihn aufgegessen.

Er hatte kein Wort gesagt.

So war der Sheriff.

Auf dem Weg nach Spirit Lake (mit Delbert am Steuer) hatte ich im Taxi geübt, was ich sagen wollte, aber ich wollte es eigentlich zu den alten Stammgästen sagen, die gestern dort gewesen waren. In Martins Laden war niemand außer Martin selbst, was meinen Plan praktisch undurchführbar machte. Mr. Martin war von Haus aus nicht besonders gesprächig, geschweige denn mir gegenüber. Er hatte die Hände immer unter seiner braunen Strickjacke verborgen und sah mich mit eingezogenem Kopf über den Rand seiner Nickelbrille hinweg an, immer auf der Lauer, ob nicht doch einer zu einem Schwinger gegen ihn ausholte.

Genauso sah er mich jetzt an – sehr mißtrauisch und gleichzeitig verwundert, was ich schon wieder hier wollte. Ich würde jetzt etwas erfinden müssen, irgend etwas, was ich angeblich für meine Mutter besorgen mußte. »Backpulver«, sagte ich.

»Die muß ja 'ne Menge backen. Grad sind zwei Pakete mit Walter mitgegangen.«

Auf diese Weise pflegte Mr. Martin den Verkauf von Lebensmitteln zu beschreiben. Als würden sie selbständig handeln. Niemand *kaufte* sie. Sie *gingen mit, tanzten raus* oder *kämpften auf den Regalen um Platz,* so daß ich manchmal die Vorstellung hatte, die Büchsen und Gläser, die Tüten und Schachteln vollführten alle möglichen Aktionen, und der Laden würde vor ungestümer Betriebsamkeit erzittern.

»Walter *ist* schon hier gewesen? Schon? Aber *mir* wurde aufgetragen, das Backpulver zu besorgen.« Ich rollte mit den Augen und schüttelte den Kopf, als könne im Hotel Paradise sich niemand seine Pflichten merken. Außer mir. Ich seufzte, ging zu der langen Glastheke hinüber und schaute eine Zeitlang die Bonbons und Kaugummis an. »Ich nehme einen Teaberry, glaube ich.«

Mr. Martin mochte es nicht, sich für jemanden wie mich auch nur einen Zentimeter zu bewegen, daher näherte er sich ziemlich langsam und widerwillig. Stirnrunzelnd nahm er die Packung aus der Reihe von Kaugummis heraus und reichte sie mir. Ich knallte Kleingeld auf die Theke. Langsam (denn ich nahm mir Zeit, mir die Sache nochmals zu überlegen) wickelte ich einen Kaugummi aus und schob ihn in den Mund. Dann fragte ich ihn: »Meine Mutter hat sich gefragt, ob dieser Mann namens . . .« Ich versuchte mit den Fingern zu schnippen und tat so, als würde ich angestrengt nachdenken. ». . . heißt er Jude? Derjenige, der gestern hier war?« Kein Anzeichen von Zustimmung oder Verneinung, während er mich mit seinen ausdruckslosen braunen Augen anstarrte. »Nun, sie fragte sich, ob er verfügbar wäre.«

»Wozu?«

»Ich weiß nicht genau.« Ich legte meine Stirn in Falten, als versuchte ich, mich zu erinnern.

»Ich kenne ihn nicht.« Mr. Martin öffnete die Kasse und gab mir vier Cents zurück.

Meinen Kaugummi kauend, stand ich da, enttäuscht und kurz davor aufzugeben, als die Fliegentür aufflog und ein Mann hereinkam, der an der gestrigen Unterhaltung teilgenommen hatte!

»Morgen, Bryson«, sagte er. Höflich nickte er auch mir zu, während er einen Dollar auf die Theke legte.

»Lucas«, sagte Mr. Martin unvermittelt. Dann drehte er sich zu den Regalen hinter sich um, nahm eine aufgerollte Packung Mail-Punch-Tabak heraus und legte sie als Gegenleistung für den Geldschein auf die Theke. Ich nehme an, es war Lucas' üblicher Kautabak. In dieser Hinsicht war es in Martins Laden ein bißchen wie im Rainbow, wo Shirl und Maud mehr oder weniger wußten, wie die Leute ihren Kaffee wollten – schwarz, mit Sahne, Zucker –, und ihn einfach vor sie hinstellten.

»Noch was?« Mr. Martin sah mich finster über den Rand seiner Brille hinweg an. Er verhielt sich immer so, als wäre ich gekommen, um den Laden auszurauben.

Jetzt mußte ich das Gespräch wieder auf mein Thema bringen. »Sie wissen nicht, ob dieser *Jude* in Spirit Lake wohnt?« Lucas war zu einem der Holzstühle hinübergegangen, und ich hob meine Stimme ein wenig, so daß er mich hören konnte. Es funktionierte. Er wollte mir gerade antworten, als einer der *anderen* drei Männer hereinmarschierte (»morgen, Bryson«, »morgen, Luke«) und den anderen Holzstuhl nahm. Es war derjenige, den sie Bub nannten.

Luke zeigte auf mich und sagte zu seinem Freund: »Sie fragt nach Jude. Sie will wissen, ob er in Spirit Lake wohnt.«

Alle Augen waren jetzt auf mich gerichtet, was mir nicht besonders gefiel.

»Nö, tut er nicht«, antwortete Bub, seine Zeitung auffaltend. Wieso einem Kind Auskunft geben?

Luke sagte: »Lebt drüben in Hebrides, oder?«

Bub schüttelte den Kopf. »In Cold Flat Junction drüben.«

Ich schnappte nach Luft. Lichtpfeile blinkten in meinem Kopf wie auf dem Schild über Arturos Restaurant und zeigten auf Cold Flat Junction. Bub und Luke stritten sich eine Weile darüber, wo Jude wohnte. Ich unterbrach sie, indem ich sagte: »Und sie, ich meine, meine Mutter hat gesagt, Mr. Jude habe einmal bei ihr gearbeitet.«

Luke zuckte mit den Achseln. Vielleicht ärgerte es ihn, daß ich mehr über Jude zu wissen schien als er. Ich gehörte hier schließlich nicht herein; ich war nicht eine von ihnen.

Bub war freundlicher, offensichtlich begierig, mit jemandem zu reden, sogar mit mir. »Ich hab' dich gestern hier gesehen, nicht wahr?«

Mr. Martin sagte laut: »Das ist Jen Grahams Tochter drüben vom Hotel Paradise.«

Immer, wenn Mr. Martin beschloß, etwas zu sagen, dann nur, um sich auf solche Art einzumischen. Wenn man es nicht wollte.

Luke starrte mich mit aufgerissenen Augen an. »Du bist doch nicht die Tochter von Miss Jen?«

Ich nickte und seufzte, wohlwissend, daß Jude jetzt vergessen wäre, ebenso Cold Flat Junction.

»Also, ich . . . ich hab' für deinen Daddy gearbeitet, als du noch ein ganz kleines Ding gewesen bist.« Er machte mit den Fingern ein Zeichen, nicht größer als eine Maus. Dann wandte er sich an den anderen Mann: »Hey, Bub, du hast doch auch drüben bei den Paradises gearbeitet, oder? Vielleicht vor fünfzehn oder zwanzig Jahren?«

Und dann begannen sie, Erinnerungen auszutauschen, die beim Hotel Paradise anfingen und sich schließlich auf ganz Spirit Lake ausdehnten. Es war wie ein Zug, der an verschiedenen Stationen auf der Strecke haltmachte und Fakten einlud wie Fahrgäste und Gepäckstücke und immer schwerer und schwerer wurde, weil die beiden so voller Erinnerungen der letzten zwanzig Jahre steckten und sich ständig gegenseitig verbesserten *(»Nein, das war nicht Asa Stemple, das war Ada. Ada hat ihre Sachen gepackt und ist nach New York gezogen. Aber Asa, er . . .«)*.

Dann mußte ich gehen.

Wundersamerweise war meine Mutter nicht in der Küche, als ich zwölf Minuten zu spät ankam. Außer Walter, der im Dunkeln bei der großen Spülmaschine stand, war niemand da. Es gab allerdings Anzeichen, daß Vera wieder zurück war, denn ihre pechschwarze Servieruniform hing mit einem Plastiküberzug der Whitelaw-Reinigung (keine Verwandten von Suzy, der Starreporterin) auf einem Bügel. Es mußte sich um das wirklich gute Kleid handeln, denn Vera wusch und bügelte die anderen selbst. Und das mußte bedeuten, daß am Abend eine große Gesellschaft stattfand.

Mir wurde schlecht, wenn ich daran dachte, daß man mich sicherlich als Veras Sklavin einsetzen würde; sie stünde im Rampenlicht, würde die Teller vor die Gäste stellen, und ich würde im Schatten stehen, Tabletts schleppen und ihr die Speisen zureichen. Es war wie in den Dr.-Kildare-Filmen, wo der große Chirurg am Operationstisch steht, die unwichtige Schwester aber bleibt im Hintergrund und reicht ihm die Instrumente.

Ich hätte Walter gar nicht bemerkt, wenn er nicht »hallo« zu mir gesagt hätte. Es war stockdunkel dort hinten, ein Ort, an dem man sich aufhalten und gleichzeitig fast unsichtbar sein konnte. Da es mit dem Mittagessen keinerlei Eile zu geben schien, beschloß ich, Walter zu helfen, was höchst selten vorkam. Aber ich dachte, ich sollte wiedergutmachen, daß ich so getan hatte, als wäre ihm mit dem Backpulver dieser schreckliche Fehler unterlaufen. Ich nahm ein Abtrockentuch und einen Teller. Auf diese Weise konnte ich sowohl Walter helfen, wie auch für Vera unsichtbar sein, falls sie hereinkommen sollte.

Walter setzte sein Halbmondlächeln auf; sein Mund verzog sich fast bis zu den Ohren.

»Ich hätte das Backpulver holen können, Walter. Schade, daß du den Weg machen mußtest.«

»Schon gut«, antwortete er freundlich und wischte mit einem schaumigen Tuch über eine Platte, die für die Spülmaschine zu groß war. Entweder waren die Teller zu groß oder zu klein oder zu gut, oder die Pfannen waren zu sehr mit Essensresten verklebt. Die Spülmaschine war beinahe nutzlos.

»Nein, ich meine das wirklich. Ich war gerade drüben und hätte es mitnehmen können. Du hättest nicht hin- und herrennen müssen.«

»Mir macht das nichts aus.«

»Na schön.« Ich sagte das mit einem gewissen Mißmut, um ihn wissen zu lassen, daß *ich* ihn schätzte. Was ich nicht tat.

Dann kam Vera durch die Schwingtür herein und machte sich auf ihre typisch übereifrige Art zu schaffen, so daß man den Eindruck hatte, um sie herum würden die anstehenden Arbeiten wie Grasbüschel aus dem Fußboden sprießen. Ich hörte sie am anderen Ende der Küche mit dem Geschirr klappern, während sie emsig wie eine Honigbiene zwischen Tisch, Schrank und Tablett hin- und hersauste. Dann stemmte sie das beladene Tablett hoch und kehrte in den Speisesaal zurück, und ich fuhr fort, die Platte abzutrocknen.

»Ich glaube, sie ist nicht mehr krank«, sagte ich merklich bedrückt. Walter konnte sie auch nicht leiden, obwohl er das nie gesagt hätte.

»Sie sagt, sie sei's immer noch.«

»Warum ist sie dann gekommen?«

»Sie sagt, es sei eine große Gesellschaft heute abend, und es sei ihre *Pflicht*.«

»Sie ist scharf auf die Trinkgelder, das ist der Grund.«

Walter schmunzelte.

Da Walter von niemandem sonderlich beachtet wurde, außer wenn er als Sündenbock herhalten mußte, war es meiner Ansicht nach keineswegs merkwürdig, daß ich mir über ihn und sein Leben wenig Gedanken machte. Aber jetzt fragte ich mich, seit wann Walter in Spirit Lake war. Ich fragte ihn.

»Fast mein ganzes Leben.«

Und dann fiel mir ein, daß Walter nicht weit von Martins Laden wohnte. Ein oder zweimal hatte ich ihn dort gesehen, er stand bloß herum, mischte sich nicht ein, sondern stand einfach nur lächelnd da. »Du gehst manchmal in Martins Laden, nicht wahr?«

»Hm.« Er reichte mir einen Topf.

»Hast du je mit einem Mann namens Jude gesprochen?« Walter konnte ich solche direkten Fragen stellen, weil er sich nie fragte, warum ich etwas tat. Walter war einfach nicht neugierig oder fand, daß es ihn nichts anging. Daher war es fast so, als würde ich ein Selbstgespräch führen.

»Jude, hm. Er kommt einmal die Woche in Martins Laden.«

Total verblüfft hielt ich mit dem Abtrocknen inne. All die Mühe, und *Walter* hier wußte die Antworten? Aufgeregt fragte ich: »Wie heißt er?«

»Jude Stemple. Lebt drüben in Cold Flat. Kommt etwa einmal die Woche nach Spirit Lake, um für Miss Isabelle Barnett zu arbeiten. Ich hab' früher für sie die Gartenarbeit gemacht, bevor ich einen besseren Job bekam.«

Meinte er das Hotel Paradise? Ich fragte nicht. »Was macht er?«

»Repariert Sachen. Er bringt Holzgitter an ihrer Veranda an. Ich glaube, er ist so was wie ein Schreiner. Er ist wirklich gut, sagen manche.«

»Und dieser Jude Stemple wohnt in Cold Flat Junction?«

Walter nickte.

An diesem Tag hatte ich Glück. Beim Mittagessen mußte ich nur Miss Bertha und Mrs. Fulbright bedienen. Alle anderen waren entweder abgereist oder sonst irgendwohin gegangen. Eineinviertel Stunden nach meiner Unterhaltung mit Walter saß ich auf einer Bank am Bahnhof von Spirit Lake und wartete auf den Zug um ein Uhr dreiundfünfzig nach Cold Flat Junction.

Diesmal kaufte ich eine Fahrkarte.

29.

Hatte ich wirklich gedacht, das Mädchen würde wieder am Bahnsteig auftauchen?

Wahrscheinlich schon, denn nachdem der Zug tuckernd zum Stehen gekommen war, war ich enttäuscht, daß der Bahnsteig leer war.

Es war eine sehr kurze Fahrt nach Cold Flat Junction, genau achtzehn Minuten, und der Schaffner hatte nicht einmal Zeit, meine Fahrkarte zu lochen. Ich wäre durchgekommen, ohne eine zu kaufen. Es ist ärgerlich, wenn man sich ehrlich und gesetzestreu verhält und dafür nicht belohnt wird, wenn die Leute es noch nicht einmal bemerken. Aber ich fühlte mich ein bißchen besser, als ich bei näherem Betrachten des gelblichen Fahrscheins entdeckte, daß das Datum so undeutlich war, daß man es kaum lesen konnte. Ich steckte ihn in meine Geldbörse und ließ sie zuschnappen, mit der Absicht, ihn irgendwann später noch einmal zu verwenden.

Vor Cold Flat gab es nur die eine Haltestelle in La Porte, und die kam schon fünf Minuten nach Spirit Lake. Es machte wirklich Spaß, als Fahrgast im Zug zu sitzen, statt zu den Leuten zu gehören, die unten auf dem Bahnsteig standen. Es gab mir eine Art gottähnlichen Überblick. Beim Hinaussehen drückte ich mein Gesicht ans Fenster und wußte, selbst wenn mich jemand von ihnen kannte, würde mein Gesicht hinter einem Zugfenster niemandem auffallen.

Nicht einmal Helene Baum – denn sie stand dort, glotzte herauf und beschirmte die Augen hinter der Schmetterlingsbrille. Sie fuhr vermutlich nirgendwohin, denn es war *ihre* Einladung, die heute abend stattfand. Offensichtlich hielt sie nach jemandem Ausschau und runzelte besorgt die Stirn, als könnte diese Person herausschauen und sich bei Helenes Anblick entschließen, lieber nicht auszusteigen. Helene trug eines ihrer gelben Kleider und eine gelbe Strickjacke über den Schultern. Ich konnte sie nicht ausstehen, aber irgendwie tat sie mir leid wegen der Miene, die Leute aufsetzen, wenn sie nicht wissen, daß sie beobachtet werden. Schutzlos, würde man sagen, glaube ich. Es war jener Gesichtsausdruck, den Kinobesucher annehmen, wenn sie auf die Leinwand sehen.

Schließlich stieg eine schwerfällige Frau, mit einer Menge Modeschmuck behängt, ungeschickt die kleine Eisentreppe hinunter, die der Schaffner heruntergelassen hatte. Helenes Ausdruck verwandelte sich zu einem strahlenden Lächeln. Sie stürmten aufeinander zu mit der unbeholfenen Art von Leuten, die spüren, daß sie einander eigentlich umarmen sollten, sich aber nicht berühren möchten, so daß sie sich gegenseitig nie richtig in die Arme nehmen und ihre Küsse nur die leere Luft treffen. Sie tuckerten davon, ebenso der Zug.

Fünfzehn Minuten später stand ich selbst auf der kleinen Eisenleiter, die der Schaffner auf den Bahnsteig hinunterklappte. Er nickte und lächelte freundlich, ohne zu ahnen, daß jemand mit einer nicht entwerteten Fahrkarte, deren Datum unleserlich war, aus seinem Zug stieg. Ich sagte auf Wiedersehen und lächelte zurück.

Niemand sonst stieg aus, und niemand wollte einsteigen, was mich nicht überraschte. Auf dem Bahnsteig von Cold Flat Junction war rein gar nichts los. Nachdem der Zug dröhnend abgefahren und das Rattern der Räder in der trüben, blauen Ferne verklungen war, spazierte ich langsam den leeren Bahnsteig hinunter und blieb dort stehen, um das hohe, mit Türmchen versehene Bahnhofsgebäude zu bestaunen. Die Hände seitlich an die Schläfen gelegt, spähte ich in alle Fenster. Ich weiß nicht, ob ich annahm, hinter jedem Fenster etwas anderes zu sehen zu bekommen.

Nachdem ich das getan hatte, ging ich zum Eingang, der einen dunklen und herrlichen bogenförmigen Rahmen hatte mit einem halbmondförmigen rubinroten Glasfenster über dem Türsturz. Ich trat zögernd ein, wie jemand, der eine Kirche betritt, in die er eigentlich nicht gehört.

Tatsächlich war die Beleuchtung im Innern eher wie in einem Kino. Wie in einem leeren Kino. Sechs lange, massive Holzbänke standen Lehne an Lehne ordentlich aufgereiht im Wartesaal. An drei Wänden standen ebenfalls Bänke. An der vierten Wand befand sich der Fahrkartenschalter. Hinter dem Schalterfenster war niemand zu sehen, es schien geschlossen zu sein; eine Holzplatte war vor die halbkreisförmige Öffnung im Fenster gestellt und eine Jalousie zur Hälfte heruntergezogen, um anzuzeigen, daß nicht geöffnet war. Dahinter konnte ich den unteren Teil eines Gestells erkennen, auf dem säuberlich in allen Regenbogenfarben Fahrkarten aufgereiht waren, als bestünde ständig Nachfrage nach diesen bunten Zielen. Kein Schild besagte, wohin der Stationsvorsteher gegangen war oder ob er wiederkommen würde. Aber der Bahnhof war so gut in Schuß gehalten, daß es jemanden geben mußte, der sich darum kümmerte.

An der Anzeigentafel hingen Fahrpläne, ein derart kompliziertes Druckwerk aus winzigen Buchstaben und nach oben und unten zeigenden Pfeilen, daß ich es am Bahnhof von Spirit Lake aufgegeben hatte, sie zu verstehen, und einfach den Schalterbeamten gefragt hatte, ob es gegen fünf eine Rückfahrtmöglichkeit aus Cold Flat gäbe. Er sagte, es gebe einen Zug um vier Uhr zweiundfünfzig, was mir genau paßte; auf diese Weise wußte ich, daß ich mich über zwei Stunden in Cold Flat aufhalten konnte, und immer noch genügend Zeit hätte, um zu den Vorbereitungen für die Abendgesellschaft der Baums zurück zu sein.

Draußen, vor dem Bahnhofsgebäude, setzte ich mich auf dieselbe geriffelte Bank, auf der das Mädchen damals gesessen hatte.

Beim Mittagessen – zwischen Miss Berthas Mittagessen und meinem eigenen – war ich zu abgelenkt gewesen, um nachzudenken. Natürlich schenkte ich meine ganze Aufmerksamkeit den Schinkenkroketten mit Petersiliensoße und Schmalzgebäck, und als Dessert gab es Baisers in Vanillecreme, was allein schon ausgereicht hätte, die Gedanken an alles andere zu vertreiben.

Mein Ziel bestand darin, entweder Jude Stemple zu finden oder (aber das wäre schon ein unverschämtes Glück gewesen), die Queens. Außerdem wollte ich einen Plan aushecken, wie ich über ihn oder die Queens Informationen bekommen könnte. Ich versuchte, mich auf den Plan zu konzentrieren, wurde aber immer wieder durch das Land jenseits der Bahngleise abgelenkt, das kahl und farblos und kaum von Pflanzen bewachsen vor mir lag. Es gab kaum einen Baum, außer der dunklen Silhouette des Waldes in der Ferne. Der war so weit entfernt, daß ich nicht einmal mit zusammengekniffenen Augen die Bäume voneinander unterscheiden konnte. Die Entfernung und das Licht ließen den Wald einheitlich Marineblau erscheinen. Zwischen dem Bahnhof und dieser Waldsilhouette war alles kahl und leer. Das Land sah verwüstet aus, als wären Indianerstämme darüber hinweggeritten und hätten es skalpiert, als hätten sich alle Menschen und alle Häuser, die es hier gegeben haben mochte (und von beidem gab es nicht viele), auf die andere Seite der Schienen hinter den Bahnhof zurückgezogen, als wäre er ein Fort.

Mit dem Gefühl, das Land würde mich einsaugen, saß ich da und starrte länger in diese Leere, als ich eigentlich wollte. Cold Flat Junction hatte diese Wirkung, zumindest auf mich: Es war nicht hübsch wie Spirit Lake, das üppig bewaldet war und wo man ganze Teppiche von Wildblumen unter den Füßen hatte; es war aber auch nicht so häßlich wie das zwanzig Meilen entfernte Dubois, wo es eine Papiermühle gab, die Häuser ständig von einer dunklen Staubschicht bedeckt waren und die ganze Stadt verfault roch. Cold Flat Junction wirkte sauber und anonym. Nur ein Teil dieser Wirkung ging von der Landschaft aus; der andere Teil rührte von der seltsamen Stille des Ortes her, obwohl sich die Stadt von der Eisenbahn eine gewisse Belebung erhofft hatte. Aber dies war nie der Fall gewesen.

Cold Flat Junction hatte kein Zentrum: Keine »Hauptstraße« mit Geschäften und Restaurants, nur vereinzelt gab es ein paar Läden wie den Schnellimbiß und die Tankstelle. Es gab das weißgestrichene Schulhaus aus Holz, die Kirche und Rudys Grillbar, die ich schon beim erstenmal gesehen hatte, und wahrscheinlich ein Postamt, aber nirgendwo gab es so etwas wie ein Zentrum. Es war, als wartete Cold Flat auf etwas, das ihm eine Form geben würde. Es gab kein Gerichtsgebäude, und ich konnte mich auch nicht erinnern, eine Polizeistation gesehen zu haben. Ich wußte, daß der Sheriff ständig nach Cold Flat gerufen wurde, um Schlägereien und dergleichen zu schlichten, was vermutlich die einzige Art der Unterhaltung war, die man hier hatte und die vermutlich hauptsächlich in Rudys Grillbar stattfand. Es gab nicht einmal ein Kino; allein deswegen wäre der Ort von meiner Karte gestrichen worden.

Während ich einen schmalen Pfad entlangmarschierte, der von den Leuten zwischen dem Bahnhof und der »Stadt« ausgetreten worden war, überlegte ich mir, wie ich an meine Informationen kommen könnte. Eingedenk der Streitereien im Schnellimbiß, als ich mich nach den Tidewaters erkundigt hatte, glaubte ich nicht, daß es allzu schwierig wäre, die Leute zum Reden zu bringen; das Problem war bloß, Übereinkunft zwischen ihnen herzustellen. Ich wollte nicht zu direkt vorgehen; ich wollte nicht einfach so hereinschneien und nach Jude Stemple fragen. Daher versuchte ich, mir einen anderen Vornamen auszudenken, der die Leute nicht auf die Idee brächte, es sei Jude, mit dem ich reden wollte. Ich brauchte einen Namen, der bei den Stemples wahrscheinlich nicht vorkam –

weshalb »Bob«, »Tom« und dergleichen ausschied. Während ich dem Schnellimbiß näher kam, hatte ich die meisten Namen verworfen. Namen aus der Bibel waren gut, aber bei meinen Bibelkenntnissen mußte ich mich schon sehr anstrengen, um überhaupt auf einen zu kommen.

Ich stand direkt vor dem Windy-Run-Imbiß, als ich mich schließlich für »Abel« entschied (Kain war zu berühmt und zu unbeliebt). Ein Windstoß fegte die enge Straße herunter, blies mir das Haar ins Gesicht und stöberte um die Stufen Sandwich-Papiere und Reklamezettel auf. Ich ging durch die automatische Tür zur Theke, wo ich mich setzte und eine Speisekarte zwischen dem Zuckerglas und den Salz- und Pfefferstreuern herauszog. Ich las sie von Anfang bis Ende durch, entdeckte am oberen Rand *Louise Snell, Inh.* und entschied, daß diese Person mit der Bedienung identisch war. Dann stellte ich die Speisekarte wieder zurück; ohne irgendwelches Interesse zu zeigen, sah ich mich im Lokal um und erkannte einige der etwa ein Dutzend Gäste. Ich erinnerte mich an die Frau mit den dicken Brillengläsern und an den Schwergewichtigen namens Billy. Auch das Paar in einer der Nischen kam mir bekannt vor. Es war auch nicht weiter verwunderlich, daß sie alle hier waren, denn es war die gleiche Tageszeit wie bei meinem ersten Besuch. Im Rainbow war es genauso. Man konnte ziemlich genau sagen, wo sich mittags die Brüder Woods aufhielten, wo Miss Ruth Port abends um sechs oder Dodge Haines nachmittags um drei sein würde. Ich glaube, es ist beruhigend zu wissen, wo man zu einer bestimmten Tageszeit sein wird. Mir geht es jedenfalls so. Feste Gewohnheiten geben mir Sicherheit.

In Cold Flat Junction mußte inzwischen wirklich nicht viel los gewesen sein, denn die Kellnerin erinnerte sich an mich. »Na, grüß dich, Süße. Ist das Auto deiner Eltern wieder in Ordnung?«

Ein Mann am Ende der Theke rief mit rauher Stimme: »Wenn's

Toots repariert hat, steht's wahrscheinlich immer noch auf der Bühne.« Er hielt das für schrecklich witzig, ebenso ein paar andere mit blauen Stoffmützen auf dem Kopf. Bei »Toots« mußte es sich um den Automechaniker handeln.

Es scherte mich nicht, daß man sich so gut an mich erinnerte, ich sagte bloß »ja« und studierte die Speisekarte. Ich beschloß, ein heißes Roastbeef-Sandwich zu bestellen, um zu sehen, ob es wirklich so »gewöhnlich« war, wie meine Mutter behauptete. Ich konnte mich nicht erinnern, jemals eines gegessen zu haben. Ich bestellte auch eine Cola. Ich hoffte, die Kellnerin würde mir keine weiteren Fragen stellen, denn ich wußte nicht mehr genau, was ich, abgesehen von der Frage nach den Tidewaters, das letztemal gesagt hatte. Und ich hoffte, sie erinnerten sich nicht daran, weil es ihnen komisch vorkommen könnte, daß ich wieder hier war und diesmal nach den Stemples fragte. Ich beschloß, nichts zu sagen, bevor ich mein Sandwich gegessen hatte, und ihnen ein bißchen Zeit zu geben, sich an meine Anwesenheit zu gewöhnen. Und da niemand auf die Tidewaters zu sprechen kam, und niemand fragte, ob ich Toya gefunden habe, war ich ziemlich sicher, daß sie es vergessen hatten. Sie warfen zwar Blicke in meine Richtung, aber ziemlich bald wurde ihnen sogar das zu langweilig, und sie kümmerten sich wieder darum, Kaffee nachgeschenkt zu bekommen. Die schwergewichtige Frau fragte Louise nach »Betsy«. Ob sie die Erkältung überstanden habe? Louise antwortete, nein, sie sei immer noch krank und gehe nicht zur Schule. Betsy mußte die Tochter von Louise sein.

Um mich zu beschäftigen, las ich die Aufschrift auf meinem Papieruntersetzer. Es war eine Sammlung ziemlich einfacher Rätsel, bei denen man beispielsweise Punkte miteinander verbinden mußte. Ich sah auf, als ich ein paar klickende Geräusche hörte. Hinter der Theke stand eine Tür halb offen, und ich sah das Ende eines Pool-Billard-Tisches und einen mageren Jungen in einem weißen T-Shirt, dessen kurze Ärmel hochgekrempelt waren, wahrscheinlich um seine Muskeln zu zeigen, sofern man davon sprechen konnte. Er hielt einen Billardstock aufrecht in der Hand und rauchte mit schnellen Zügen eine Zigarette. Dann trat ein weiterer Junge ins Blickfeld, er war größer und sogar noch dünner als der erste, wie ein langgezogener Karamelfaden. Ich hatte den Billardraum beim erstenmal nicht bemerkt; vielleicht war die Tür geschlossen gewesen. Das Geräusch kam vom Aufeinanderprallen der Kugeln.

Dann stellte Louise, die Bedienung, mein heißes Roastbeef-Sandwich vor mich hin. Daß es dampfend heiß serviert wurde, hätte die Billigung meiner Mutter erfahren. Es war mit dunkler Soße übergossen, ebenso die mehlig wirkenden Kartoffeln, und in der Mitte sammelte sich ein kleiner See. Es sah wirklich gut aus für etwas »Gewöhnliches«. Ich aß und beobachtete die Jungen im Billardraum, riskierte nur gelegentlich einen Blick auf die anderen Gäste an der Theke, insbesondere auf Billy, denn er machte den größten Lärm. Jedesmal wenn Louise auf dem Weg in die Küche oder zur Kaffeemaschine vorbeiging, grapschte Billy nach ihr. Sie schlug seine Hand weg, und er lachte, als wäre das die lustigste Sache der Welt. Nun, es war genauso wie sich Dodge Haines und ein paar andere im Rainbow gegenüber Charleen und Maud benahmen. Wahrscheinlich war das übliches Kneipenverhalten; es mußte daran liegen, daß sich eine Menge Männer nicht männlich genug vorkamen, wenn sie nur dasaßen, ihren Kaffee tranken und sich unterhielten; sie mußten nach den Bedienungen grapschen und sich wie Clowns aufführen. Ich hatte nie erlebt, daß der Sheriff gegrapscht und getätschelt hätte. Das war ein beruhigender Gedanke.

Als Louise kam, um meinen leeren Teller abzuräumen (wie konnte ich alles verschlungen haben?) und mich fragte, ob ich frischen Rhabarberkuchen haben wollte (mein Mund bebte bei dem Gedanken), lehnte ich dankend ab und fragte, ob sie jemanden namens Abel Stemple kenne, der angeblich in Cold Flat Junction wohnte.

»Abel Stemple? Jetzt laß mich mal nachdenken.« Wie eine Comicversion des »denkenden Menschen« verzog sie das Gesicht und starrte an die Decke.

Wie erwartet, mischte sich Billy ein. »Du sagst *Abel* Stemple, kleine Lady?«

(Ich haßte es, »kleine Lady« genannt zu werden.)

»Es gibt keinen Abel Stemple, hab' nie von einem *Abel* gehört; du etwa, Don Joe?« Und er wandte sich an einen der Männer mit den blauen Mützen.

Don Joe rieb sich den Bart, hustete und sagte, nein, er auch nicht.

Dann fragte Billy den anderen Mann mit der blauen Mütze, Tiny, der schüttelte den Kopf und sah von der Theke nicht auf. Billy hatte sich der Sache inzwischen angenommen und fragte jeden Gast im Lokal nach dem Namen. Die Aufgabe, sicherzustellen, daß es in Cold Flat Junction keinen Abel Stemple gab, schien ihn froh zu machen, fast zu erleichtern, und diese Tatsache ließ er sich von jedem einzelnen Gast bestätigen.

»Bist du sicher, daß er *so* heißt?« fragte er. »Bist du sicher, daß der Name *Abel* ist? Es gibt Stemples hier . . .«, worauf er Kopfnikken erntete, und die Leute sagten, ja, das würde stimmen, das sei richtig, ». . .aber keinen Abel, glaube ich.«

Ich gab mich unsicher. Ich kratzte mich am Kopf und kniff die Augen zusammen vor vermeintlicher Anstrengung, mich zu erinnern. »Nun, ich *glaube*, daß er Abel heißt. Ich muß mich täuschen. Vielleicht war es . . . Abner?«

Billy schüttelte entschieden den Kopf, er war sich seiner Sache jetzt sicher.

»Die einzigen Stemples, die ich kenne, wohnen drüben an der

Longmeadow Road«, sagte eine dicke Frau, die zwischen Billy und mir an der Theke saß. Das Licht spiegelte sich in ihren Brillengläsern, so daß ich nicht sicher war, ob sie mich ansah. Es war wieder derselbe Straßenname, und ich hoffte, sie würden sich nicht erinnern, daß ich schon einmal nach den Tidewaters gefragt hatte. Komisch, Toya Tidewater hatte ich vollkommen vergessen.

Daraufhin kam es zu einer Meinungsverschiedenheit, genauso wie damals wegen der Tidewaters. Aber das störte mich nicht, denn es lenkte die Aufmerksamkeit von mir ab. Niemand hatte gefragt oder schien sich darum zu kümmern, warum ich das wissen wollte. Selbst wenn auf diese Weise wertvolle Zeit verlorenging (inzwischen war es fast drei), ließ ich sie streiten. Es schien eine Menge Stemples in der Gegend zu geben. Nach Aussage des Ehepaars in der Nische lebten einige von ihnen drüben am Red Coon Rock. Des weiteren gab es eine zehnköpfige Familie (dachte Louise) auf einer Farm in der Nähe der Sweetwater Road, und sie redete über die meisten dieser zehn Familienmitglieder, während sie unablässig die Theke abwischte. Billy jedoch bestand darauf, daß ich höchstwahrscheinlich nach dem Stemple suchte, der in Flyback Hollow ein Haus hatte.

Nun, er hatte recht, denn eine Sekunde später sagte er: »Jude Stemple. Zumindest kann dir Jude sagen, ob es einen Abel gibt, aber ich schwöre dir, es gibt keinen. Wenigstens nicht dieser Tage in Cold Flat Junction. Vielleicht ist es ein Stemple, der weggezogen ist. Aber ich bin mein ganzes Leben in Cold Flat gewesen, und ich denke, ich wüßte es, wenn es hier je einen *Abel* Stemple gegeben hätte.« Er sah mich mit zusammengekniffenen Augen scharf an, als hätte ich sein Erinnerungsvermögen in Frage gestellt.

Wiederum tat ich so, als würde ich überlegen. »Wissen Sie, vielleicht heißt er auch so. Wo ist Flyback Hollow?« (Billy hat es wie »Holler« ausgesprochen, was mich einen Moment lang verwirrte.) Ich hoffte, niemand würde den Kopf recken und mich fragen, warum ich das wissen wollte.

Aber sie waren alle zu beschäftigt, Wege zu beschreiben, alle stritten sich darüber, wo dieses Flyback Hollow war. Ich dachte, gütiger Himmel, Cold Flat Junction ist doch so klein und hat so wenig Einwohner, da müßte man doch jedes Fleckchen kennen. Doch schließlich befahl Billy allen, still zu sein, und er erklärte mir, ich müßte den Windy Run entlanggehen, vorbei an Rudys Bar auf die Schule zu, dann in westlicher Richtung bis zur Dubois Road, auf der ich weitergehen sollte, bis ich zum »Holler« kam.

Ich knüllte meine Serviette zusammen, bedankte mich bei allen und rutschte von meinem Hocker herunter.

»Woher bist du, meine Liebe?« fragte die Frau in der Nische. Davor hatte ich Angst gehabt. Ich konnte mich nicht erinnern, was ich beim erstenmal gesagt hatte, daher sagte ich einfach La Porte, und das brachte alle völlig aus dem Häuschen.

»*Tatsächlich*?« sagte die schwergewichtige Frau an der Theke. »Hörst du, Billy, da hat man doch die tote Frau gefunden . . .«

»Ich weiß schon, daß man diese Frau gefunden hat, lieber Himmel . . .«

Louise riß die Augen auf. »Also, Schätzchen, was immer da drüben auch passiert sein mag, ich meine, hat man herausgefunden, ob sie ermordet wurde oder was?«

Wieder kniff ich die Augen zusammen und sah verständnislos drein. »Was für eine Frau soll das sein?«

30.

Ich war froh, daß ich mein Geld für die Rechnung bereits in der Hand hatte und es einfach neben die Kasse legen (der Kassierer war derselbe und las wie damals ein Comic-Heft) und *danke, danke* rufend aus der Tür rennen konnte, denn alle waren ziemlich verblüfft zu erfahren, daß eine Person, auch wenn es sich um ein Kind handelte (da man von Kindern im allgemeinen nicht annahm, daß sie wußten, was um sie herum vorging), nichts davon mitbekommen haben sollte, daß eine Leiche in der näheren Umgebung gefunden worden war. Noch im Hinauseilen konnte ich sehen, daß Münder Fragen zu formen und Finger auf mich zu zeigen begannen.

Ich verstand das nicht. La Porte war schließlich nur fünfzehn oder zwanzig Minuten entfernt, und wenn sie die Sache so faszinierend fanden, warum quetschten sie sich dann nicht in den Bus der Tabernakelgesellschaft und fuhren hin.

Aber dann dachte ich, nein. Sie waren auf Neuigkeiten scharf; sie saßen herum und warteten auf Neuigkeiten; sie *hofften* auf Neuigkeiten. Aber das hieß nicht, daß sie losziehen und sich welche *beschaffen* würden. Sie verließen den Windy-Run-Imbiß nicht, um etwas Neues zu erfahren, gleichgültig wie faszinierend es auch sein mochte. Es war genauso wie bei dem Spiel, das wir »lebende Bilder« nannten. Während ich die Straße mit dem Namen Windy Run entlangging und dabei Kieselsteine in die Luft kickte, dachte ich daran. Es war eine so seltsame Vorstellung, daß ich vor Rudys Bar stehenblieb und die Stirn runzelte. Früher in der Schule, in der ersten oder zweiten Klasse, schufen wir »lebende Bilder«. Das ging so vor sich: Ein Kind (oder auch zwei, je nach Bild) wurde in ein Kostüm gesteckt, um etwa wie der Blaue Knabe oder irgendeine andere berühmte Person auf einem Gemälde auszusehen. Das Kind saß oder stand in einer riesigen Kiste, die den Bilderrahmen darstellen sollte. Die Kiste war auf einer Seite mit Gaze verhängt (auf der Zuschauerseite, denn es war eine Vorführung), durch die man zwar hindurchsehen konnte, aber so, als würde man durch Rauch sehen. Die »lebenden Bilder« waren sehr eindrucksvoll.

Obwohl es ein seltsamer Gedanke war, kam es mir so vor, als wären alle Leute im Windy-Run-Imbiß Darsteller bei einer dieser Vorführungen. Es war alles wie bei einem dieser »Tableaus«. Sie redeten und bewegten sich. Aber dennoch hatte ich dieses seltsame Gefühl, daß alles, was sie taten, nicht in der Außenwelt stattfand, in der Welt außerhalb des Lokals. Und deshalb verließen sie den Imbiß nicht, um sich irgendwelche »Neuigkeiten« zu beschaffen, gleichgültig wie interessant sie auch sein mochten. Darüber dachte ich nach, während ich an der Scheibe von Rudys Bar hinaufsah.

Rudys Bar befand sich in einem Holzhaus mit einer schiefen Veranda, im Fenster standen Schilder, auf denen »HOT DOGS – BURGER – BIER« zu lesen war, ein weiteres Schild kündigte den Jahrmarkt in Bittering an (eine mittelgroße Stadt mit einem Festplatz), und eine blaue Neonröhre war zu einer Schrift geformt, die BIER – ESSEN verkündete.

Ich ging dann weiter und bemerkte zu meiner Linken ein Schild, auf dem ein Pfeil in Richtung Red Coon Rock zeigte (wie ich gehört hatte, das Heim eines anderen Zweigs der Familie Stemple). Ich sah in diese Richtung, an quadratischen Häusern vorbei und dahinter auf das flache, bräunliche Land. Wo sollte es hier einen Felsen geben, der groß genug war, um diesen Namen zu verdienen? In der Nähe meines Zuhauses gab es einen Ort namens »Chimney Rock«, der etwas höher oben in den Bergen lag, und aus einem großen, riesenhaften Felsblock bestand, der von anderen riesigen Felsblöcken umringt wurde. Aber in der Richtung, in die ich schaute, konnte ich mir beim besten Willen nichts anderes als Steine und Kiesel vorstellen.

Bald darauf erreichte ich die Schoolhouse Road und sah das Haus, wo Mrs. Davidow fürs Hotel Paradise die Eier holen ging. Im Hinterhof standen reihenweise Hühnerställe. Aus dieser Entfernung sahen sie aus wie Setzlinge in Ackerfurchen. Ich konnte die Hühner auch hören; behagliches Gackern drang durch den eisigen Wind, freundliches Gegacker, behäbig und sorglos, wie alte Leute beim Tee, wie Miss Flyte und Miss Flagler (die mit dem Vergleich vermutlich nicht einverstanden wären).

Nicht sehr weit von den Hühnerställen entfernt, war das Schulhaus, wo ich mit dem schweigsamen Mädchen Mikado gespielt hatte, die Meisterin darin war. Der Spielplatz erstreckte sich neben dem Schulgebäude, und im Moment stand ein Junge von vielleicht sieben oder acht Jahren darauf, allein, und hielt einen Volley- oder Basketball in den Armen. Da er neben dem Wurfring stand, nahm ich an, er hatte versucht, ihn hindurchzuwerfen. Er stand vollkommen still da, den Ball fest an die schmale Brust gedrückt, und sah mich an.

Im nächsten Moment kam eine Frau in dunklem Kleid aus der Tür am hinteren Ende des Schulgebäudes und blieb oben auf der Steintreppe stehen. Sie war zu weit weg, als daß ich etwas Genaueres hätte sehen können, außer dem schwarzen Kleid, das sich gegen den Hintergrund der weißen Schule, des grauen Betons und des perlfarbenen Himmels deplaciert ausnahm. Mit der Hand die Augen beschattend, sah sie sich überall um, als suche sie jemanden. Ich dachte, sie hielt nach dem Jungen Ausschau, zeigte aber keinerlei Regung, als sie in unsere Richtung blickte; er sah ohnehin weiterhin zu mir herüber. Schließlich ließ sie die Hand sinken, sah sich aber immer noch um, und am Schluß drehte sie sich um und ging durch die Tür zurück, die sie, wie ich hören konnte, leise hinter sich schloß.

Und genauso war es, als ich weiterging, zumindest was die Leute anbelangte, die mir zu Gesicht kamen. Ich sah niemanden aus der Nähe. Sie saßen auf Stufen, gingen nirgendwohin, standen bei ihren Autos und da und dort sah ich ein Kind, das mit etwas spielte, was ich nicht erkennen konnte. Aber es schienen Leute zu sein, die sich immer entfernt hielten, wie die weit entfernte dunkelblaue Silhouette des Waldes.

Ich kam zum Ende der Schoolhouse Road und ging eine Straße entlang, die offensichtlich nicht beschildert war. Das einzige Haus, an dem ich vorbeikam, war groß, mit gelben Läden, und stand auf einem großen Grundstück mit Blumenbeeten, was ungewöhnlich war für Cold Flat Junction. Auf einer Seite der Tür rankten Kletterrosen, und Efeu bedeckte die Hälfte der anderen Seite. Auf der Veranda standen flache Kisten mit Setzlingen.

Ich hatte wirklich keine Zeit, so herumzutrödeln, mich vor Schulen und Häusern aufzuhalten. Es war bereits zwanzig nach drei, und ich hatte nur noch etwa eine Stunde, bevor ich wieder am Bahnhof sein mußte. Ein Stückchen weiter vorn stieß ich auf das Straßenschild der Dubois Road und marschierte den staubigen, ungepflasterten Weg entlang, bis die wenigen Häuser aufhörten, und statt dessen eine Reihe von verrosteten Wohnwagen mit verrosteten Dreirädern im Vorgarten ins Blickfeld kam. Danach kam eine Weile gar nichts mehr, außer Bäumen und Buschwerk. Die Bäume erstaunten mich, denn als ich zuvor zum Horizont gesehen hatte, schienen es viele Bäume zu sein, die das flache Land umsäumten, und sie wirkten viel weiter entfernt. Hier jedoch stand nur eine kleine Gruppe – Eichen und vielleicht Färberbäume (ich kenne mich mit Bäumen nicht aus) –, die sich nach hinten erstreckte und dichter wurde, und deren Äste über den schmalen Weg hingen, der härter und zerfurchter wurde. Für Autos mußte es schwierig sein, hier durchzukommen. Schließlich kam ich zu einem handgeschriebenen, pfeilförmigen Schild, dessen weiße

Farbe fast verblichen war. Es besagte: FLYBACK HOLLOW, das war es also.

Billy hatte erwähnt, daß in diesem Teil von Cold Flat nur wenig Leute lebten, und in den nächsten fünf Minuten kam ich an überhaupt keinem Haus vorbei. Dann entdeckte ich rechts ein kleines graues Schindelhaus, und nach weiteren drei oder vier Minuten tauchte ein seltsames Gebäude auf, das einst eine Blockhütte war, inzwischen aber einen beschindelten Anbau bekommen hatte. Es stand auf einem etwa viertausend Quadratmeter großen Grundstück, aber wegen der Bäume dahinter war schwer zu sagen, wo es endete. Auf der eingesunkenen Veranda lag eine Promenadenmischung, der aufsah, als ich mich näherte, die Ohren spitzte, aber keinen Laut von sich gab. Er war vermutlich alt. Vor dem Haus lag eine Menge Unrat, Dielenbretter und Kisten mit Baumaterial, und ich dachte, hier mußte Jude Stemple wohnen, da es den Eindruck machte, als würde hier viel Schreinerarbeit betrieben. Ich hörte das langsame, regelmäßige Geräusch von Holzhacken und folgte dem Geräusch entlang des Lattenzauns nach hinten. Und da war Jude Stemple und hackte Brennholz.

Ich habe immer den Eindruck, als seien Männer richtig böse auf das Holz, das sie hacken, und ich hasse es, ihnen dabei zuzusehen. Bei der Art, wie er mit rotem Gesicht und gerunzelter Stirn die Axt auf den Holzklotz schlug, hätte man denken können, daß alles Schreckliche, das Jude Stemple je widerfahren war, in diesem Holzklotz vereint auf diesem Block lag.

Zwischen uns befand sich der Zaun, aber der war niedrig, so daß man leicht hinübersehen und sich darüber hinweg unterhalten konnte. Ich stand einen Moment lang da und sah zu. Dann sah er auf, entdeckte mich, wischte sich mit dem karierten Hemdsärmel die Stirn ab und hackte weiter, als wären Leute meines Alters unsichtbar.

Ich rief: »Entschuldigen Sie . . . !«

Wieder wischte er sich das Gesicht ab, diesmal zog er dafür ein großes Taschentuch heraus. »Ja?«

»Ist das Flyback Hollow?« Ich zog einen Zettel aus meiner Tasche, bei dem es sich nur um eine alte Rechnung aus dem Rainbow Café handelte, aber ich tat so, als würde ich irgendwelche Notizen davon ablesen. Nachdem er antwortete, daß es tatsächlich Flyback Hollow sei (wie Billy sagte er »Holler«), fuhr ich fort: »Wo wohnen die Queens? Eine Familie namens Queen?«

Er schüttelte den Kopf, musterte mich einen Moment, und trat dann zögernd ein paar Schritte näher zum Zaun. Er hatte noch immer die Axt in der Hand, daher war ich froh, daß der Zaun zwischen uns war. »Die Queens wohnen nicht mehr im Holler.«

»Wirklich?« Stirnrunzelnd sah ich auf meinen Zettel. »Mir wurde gesagt, sie würden hier wohnen.«

»Ein paar Queens wohnen da hinten . . .«, und er machte mit dem Kopf ein Zeichen in Richtung der Straße, auf der ich gerade gekommen war. ». . . in der Dubois Road. Das große Haus mit den gelben Läden.« Er machte sich wieder ans Holzhacken.

Ich konnte es kaum glauben! Ich hatte die Queens gefunden! Ein paar von ihnen wenigstens. Ich vergaß, mich gelassen und zwanglos zu verhalten und stieß hervor: »Welche Queens sind das? Welche?«

Meine Frage mußte zu neugierig geklungen haben, denn er trat näher an den Zaun heran. Er biß ein Stück Kautabak ab und fragte mißtrauisch: »Wer will'n das wissen?«

Ich fand, es war offensichtlich, daß ich es war, aber mit meinen zwölf Jahren zählte ich noch nicht als Person. Ich überlegte. Ich sagte: »Meine Großmutter.« *Urgroßmutter* war einfach zu kompliziert. »Sie heißt Aurora Paradise.«

Er hörte zu kauen auf. »Du meinst aus Spirit Lake? Du meinst vom Hotel Paradise drüben?«

Sicher kannte er Aurora nicht gut genug, um loszugehen und es nachzuprüfen. »Das stimmt.« Ich hatte jetzt nichts weiter zu tun, als mich an Ben Queen heranzuarbeiten.

»Wieso will sie das wissen?«

Ich fand das eigentlich etwas naseweis, was ich aber nicht sagen konnte. »Nun, ich fürchte, das darf ich nicht *preisgeben.*« Wo hatte ich bloß diesen Ausdruck her?

»Nein?« Er richtete sich auf und imitierte meine Stimme. »Nun, ich fürchte, ich darf genausowenig *preisgeben*, wo die Queens wohnen.« Er drehte sich um und ging wieder zu seinem Holzblock zurück.

Ach, verdammt! Ach, verdammt! Ich hatte die falsche Fährte eingeschlagen und wußte nicht, wie ich wieder die Spur aufnehmen und meine Worte ungeschehen machen konnte! Eines Tages würde ich den Sheriff dazu bringen, mir Lektionen zu erteilen, wie man Leute aushorcht. Ich dachte einen Moment über ihn nach. Dann sagte ich fast fröhlich: »In Ordnung, vielen Dank auch, ich sage es dem Sheriff, und ich denke, er wird zu Ihnen kommen und mit Ihnen reden.« Ich machte fast einen Satz, als ich vom Zaun wegsprang und warf einen Blick über die Schulter zurück.

Das ließ ihn erstarren.

Ich ging hastig weiter, bis ich ihn rufen hörte: »Na, bleib doch mal stehen, Miss Wirbelwind.«

Ich gehorchte. Ich drehte mich um.

»Was soll das Ganze mit dem Sheriff?« Er klang kampflustig.

»Nichts. Er ist bloß ein guter Freund meiner Großmutter. Und sie . . .« Ich hielt inne, um nachzudenken, tat aber so, als holte ich einen Kiesel aus meinem Schuh. »Meine Oma Aurora . . .« (Das blieb mir wirklich in der Kehle stecken.) ». . . sie hat Angst, daß diese tote Frau, die die Polizei drüben bei White's Bridge gefunden hat, die Frau sein könnte, die meine Oma gekannt hat . . .« Meine Stimme verlor sich.

Aus irgendeinem Grund schien sein Ärger verflogen zu sein. »Ja. Ich habe über diese tote Frau gelesen.«

Ich verstand allerdings nicht, warum er nicht fragte, was ich hier mache und warum ich *ihn* danach fragte. Warum würde ein Sheriff *mich* schicken? Sah ich aus wie ein Hilfssheriff? Ich fragte mich, ob er etwas auf dem Kerbholz hatte, denn er schien sich ein wenig zu entspannen, als ich die tote Frau erwähnte, als wäre er erleichtert, daß es sich um etwas handelte, was ihn nichts anging.

»Man weiß nicht, wer sie ist. Wie gesagt, meine Großmutter befürchtet, es sei eine Freundin von ihr. Eine frühere Freundin.«

»Hm.« Er klang nicht sehr interessiert. Aber er kam näher zum Zaun und musterte mich voller Mißtrauen. »Wie alt bist du, Kleine?«

»Vierzehn.« Ich streckte mich, so sehr ich konnte. Die meisten Leute hielten mich für älter als zwölf.

Inzwischen kam er endlich darauf, mich zu fragen, was ich in Cold Flat Junction machte.

»Jemanden besuchen«, antwortete ich, ohne nachzudenken.

»Ja? Wen denn?«

Verzweifelt suchte ich nach Namen. Ich warf einen schnellen Blick auf die Veranda hinüber. »Ist das Ihr Hund?«

Langsam spuckte er einen Schwall Tabaksaft aus. »Wenn er auf meiner Veranda sitzt, muß er wohl mir gehören, oder? Also, wen besuchst du hier?«

Plötzlich schoß mir die Szenerie im Windy-Run-Imbiß durch den Kopf. »Kennen Sie Louise Snell drüben vom Imbiß?« Ich hoffte nicht; ich wollte nicht, daß er sich bei ihr erkundigte.

»Sicher kenne ich die.«

»Oh. Ich bin gekommen, um Betsy Snell zu besuchen. Ihre Tochter, wissen Sie.« Ich betete zum Himmel, daß Betsy keinen Schaden hatte, der einen Besuch unmöglich gemacht hätte – eine eiserne Lunge etwa, an die sie angeschlossen war. Offensichtlich nicht, denn Jude Stemple gab nur ein kleines, verächtliches Schnauben von sich. Ich fuhr fort: »Deshalb hat mich meine Oma gebeten, wenn ich ohnehin nach Cold Flat käme, in Flyback Hollows vorbeizuschauen und, wenn möglich, mit den Queens zu sprechen. Über diese tote Frau.« Ich zuckte mit den Achseln, als wäre auch mir die ganze Angelegenheit völlig gleichgültig.

Er dachte einen Moment nach und sah mich an, jedoch nicht mehr mißtrauisch. »Um wen von den Queens soll es sich der Meinung deiner Großmutter nach denn handeln?«

»Serena. Serena Queen.« Wie war ich bloß auf diesen Namen gekommen? In meinem ganzen Leben hatte ich noch nie von einer Serena gehört, weder von einer Serena Queen noch von sonst jemandem.

Er schob seine karierte Mütze zurück, wischte sich mit dem Arm über die Stirn und rückte dann seine Mütze wieder zurecht. »Ich hab' noch nie was von einer Serena Queen gehört.« Aber er schien ehrlich verblüfft zu sein und darüber nachzudenken.

Ich war zumindest erleichtert, das zu erfahren.

»Vielleicht ist das eine, die ich nicht kenne.« Er holte eine Zigarette aus einer zerknüllten Packung, die in der Tasche seines Holzfällerhemdes steckte. Ich fragte mich, ob er gleichzeitig kauen und rauchen wollte. Dann, nachdem er hinter vorgehaltener Hand ein Streichholz angezündet und an seiner Zigarette gezogen hatte, sagte er: »Na, jedenfalls ist das nicht die tote Frau.«

Ich nagte an der Innenseite meiner Lippe: »Ist sie nicht? Oh. Woher ... ähm ... also, woher *wissen* Sie das?« Ich wollte vorsichtig sein und nicht so tun, als bezweifelte ich sein Wissen über die Queens. Aber er war nicht beleidigt.

Während er den Rauch ausstieß und in Richtung der Bäume sah, sagte er: »Es ist das Mädel von Ben Queen, so sicher wie Gott die kleinen grünen Äpfel gemacht hat.«

Das Mädel von Ben Queen. Ich stand da, während irgendwo ein

Ziegenmelkervogel seine klagenden Töne ausstieß. *Das Mädel von Ben Queen.* Die Worte klangen inzwischen wie der leiernde Tonfall eines Gebets. *Heilige Maria, Ben Queens Mädel, Mutter Gottes, Ben Queens Mädel.* Sie waren machtvoll wie Magie, obwohl sie gleichzeitig keineswegs schlüssig waren. Weder wurde damit etwas entschieden noch lieferten sie die letzte Antwort.

»Sie meinen seine Tochter?«

»Hm.« Er zog den Rauch ein und stieß ihn dann mit abruptem Husten wieder aus.

Einen Moment lang tat er mir leid. Äußerst vorsichtig (um meinetwillen, nicht um seinetwillen) fragte ich: »Dann war Ben Queens Tochter blond und ... in mittleren Jahren?«

»So um die Vierzig, denke ich. Aber das Blond kam aus der Flasche, wenn du mich fragst.«

Also konnte es sich bei der toten Frau nicht um das Mädchen handeln, nicht wenn er recht hatte. Das Mädchen konnte nicht älter als zwanzig gewesen sein, und ihre helle Haarfarbe stammte aus keiner Flasche, außer es wurde irgendwo Mondlicht in Flaschen abgefüllt. Vor Erleichterung begann ich so sehr zu zittern, daß ich die Arme um mich schlingen mußte. Jude konnte sich hinsichtlich der Identität der Frau täuschen, aber das glaubte ich nicht. Außerdem hatte er meine Frage, woher er das wisse, nicht beantwortet. Daher fragte ich noch einmal.

Er antwortete: »Weil ich die Beschreibung gelesen habe, und die Frau, von der ich spreche, ist vor vier Tagen nach La Porte gefahren, sie ist drüben beim Postamt von Cold Flat in den Tabernakelbus gestiegen und seitdem nicht mehr gesehen worden.«

Ich war wie vom Schlag gerührt. Die Art, wie er das sagte, ließ es höchst gefährlich klingen. »Nun gut, aber ... ich meine ... verstehen Sie, warum sind Sie nicht zur Polizei gegangen?« Ich hatte Angst, ihn beleidigt zu haben, aber er zuckte nur mit den Achseln.

»Warum sollte ich? Die ist in La Porte, nicht in Cold Flat, und ich dachte mir, sie wüßten inzwischen schon, wer sie ist.«

»Der Sheriff nicht, zumindest nicht, als ich . . . ich meine, als er mit meiner Großmutter gesprochen hat. Das war erst gestern. Sie hatte nichts dabei, womit sie hätte identifiziert werden können, verstehen Sie.«

Er rauchte weiter und lehnte sich dabei auf den Zaun. »Ich sehe nicht ein, wieso ich mit dem Sheriff von La Porte reden sollte.« Er ging in Abwehrhaltung.

»Ich auch nicht. Nein, das finde ich auch nicht. Man sollte annehmen, die Queens würden ihm Bescheid geben. Warum glauben Sie, haben sie der Polizei nichts gesagt? Wenn sie seit vier Tagen fort ist?«

Er zuckte die Achseln und schnippte mit dem kleinen Finger die Asche von seiner Zigarette. »Die Queens sind irgendwie komisch. Wer weiß? Vielleicht hat einer von ihnen sie um die Ecke gebracht.« Sein leises Lachen klang schaurig.

Plötzlich fiel mir wieder ein, daß ich fast vergessen hatte, daß die Frau wahrscheinlich umgebracht worden war. Erneut durchfuhr mich ein Schauer, und ich zog die Pulloverärmel über die Hände.

Er sagte: »Aber ich komm' nicht auf diese Serena. Ich bring sie nirgendwo unter.«

»Oh, vermutlich habe ich das falsch verstanden. Wer ist denn Ihrer Ansicht nach die Frau, die man gefunden hat?«

»Fern Queen, meiner Meinung nach muß es Fern sein.«

Ich war erstaunt, obwohl ich nicht wußte, warum. *Rose Fern Devereau* hatte Aurora gesagt. Rose Fern war mit Ben Queen durchgebrannt, wenn sie also seine Tochter war, erschien der Name ganz einleuchtend. Sie war nach ihrer Mutter benannt worden. Ich stand einfach da und dachte über das Haus am Spirit Lake nach.

Ohne daß ihm nachgeholfen werden mußte, redete Jude Stemple weiter. Es war, als hätte er vergessen, daß ich da war, oder zumindest vergessen, daß ich ein Kind war. Erwachsene verhielten sich mir gegenüber so. Es war sehr eigenartig. Manchmal hatte ich den Eindruck, wenn sie mit mir redeten, mußte es für sie so sein, als führten sie Selbstgespräche. Ich wußte nicht, ob ich das als Kompliment werten sollte oder nicht.

»Die Queens, oder wenigstens einige von ihnen, leben in dem großen Haus mit den gelben Läden. Wenn du die Dubois Road entlanggegangen bist, mußt du daran vorbeigekommen sein.«

»Das bin ich. Mit den Rosen, die hochranken?«

Er spuckte wieder Tabak aus, ließ gleichzeitig die Zigarettenkippe fallen und trat sie aus. »Richtig. Also diese Serena, was hat sie dir von ihr erzählt?«

Ich wünschte, er hätte Serena vergessen. »Nicht viel.« Und auf gut Glück fragte ich: »Gibt es einen Ben Queen, der da drüben wohnt?« Ich beeilte mich, mein Interesse zu erklären, indem ich hinzufügte: »Ich glaube, Großmama hat ihn erwähnt.«

»Ben?« Er sah mich mit gerunzelter Stirn an. »Ben ist seit fünfzehn Jahren nicht mehr hier gewesen.«

Er mußte tot sein. Ich hatte keine Ahnung, warum mich bei dem Gedanken der Mut verließ. Aber ich ließ mir nichts anmerken. Beiläufig sagte ich: »Ich frage mich, was mit ihrer Mutter geschehen ist. Ich meine, Ben Queens Frau.«

Er sah mich sehr direkt an. »Du stellst eine Menge Fragen für ein Kind.« Ein paar Augenblicke schwieg er und fuhr dann fort: »Rose war nicht älter als dreißig, als sie ... gestorben ist. Das war vor dreißig Jahren. Vielleicht vor fünfunddreißig. Rose Devereau.« Lächelnd schüttelte er den Kopf, und seine hellen Augen umwölkten sich. »Das war eine hübsche Person, Rose Queen. Die hübscheste Frau, die ich jemals gesehen habe, glaube ich. Schade, daß Fern ihr Aussehen nicht geerbt hat. Aber die Sache ist die, daß niemand so hübsch sein konnte wie Rose.« Jude Stemple sah schrecklich traurig aus, als hätte er etwas verloren. Es war alles sehr seltsam. Dann lehnte er die Axt an den Zaun und sagte: »Ich geh' rein und hol' mir ein Bier. Möchtest du eine Limo oder so was?«

Ich nickte, erstaunt, daß er daraus plötzlich einen Anlaß zu Geselligkeit machte und mich darin einschloß.

Über die Schulter rief er zurück: »Du gehst da herum zur Veranda. Der Hund beißt nicht.«

Also sah es so aus, als würden wir uns sogar zusammen hinsetzen. Ich ging zur Vorderseite des Hauses und stieg die Veranda hinauf, wo nur ein einziger Holzschaukelstuhl stand. Ich ließ mich neben dem Hund nieder, der mit dem Schwanz aufschlug, als ich mich setzte, was wohl seine Version eines Wedelns sein sollte. Ich streichelte den Rücken des alten Tiers, was ihm zu gefallen schien, und er rollte sich auf die andere Seite, streckte sich und ließ die Vorderpfoten und den Kopf über den Rand der Veranda hängen. Ich habe mich oft gefragt, wie sich Tiere, vor allem Katzen, in so unbequem wirkende Stellungen bringen konnten, sich aber keineswegs so zu fühlen schienen. Einen Moment lang hielt ich mit dem Streicheln inne, während ich mich fragte, ob ich die Tiere beneiden sollte. Es wäre eine Erleichterung, keine Dinge wie weißes Hühnerfleisch oder Kleider aus Europa zu begehren. Oder es wäre eine Erleichterung, eine Katze zu sein und sich im Sonnenlicht auf einem Küchenstuhl zu räkeln, nicht auf Vera achten zu müssen, die Tabletts schulterte und herrisch ausrief: *Laßt mich durch, laßt mich durch.* Doch auf der anderen Seite könnte ich nicht ins Orion-Kino gehen, aus einer rosafarbenen Tüte Popcorn essen und mir *Waterloo Bridge* ansehen, wenn ich eine Katze wäre.

Jude Stemple kam mit seinem Bier zurück, einer Flasche Black Label und mit meiner Limo. Es war Orangenlimonade, und ich sagte ihm, daß es meine Lieblingslimo sei. Das stimmte tatsächlich. Ich mochte sie wegen der braunen Flasche – dunkelbraun und von oben bis unten leicht geriffelt. Ich liebte diese Flasche, die mit keiner anderen Limoflasche zu vergleichen war. Fast alle waren sonst aus glattem, durchsichtigem Glas.

Statt sich in den Schaukelstuhl zu setzen, setzte er sich neben mich auf die Veranda. Ich hoffte, die Unterbrechung, die durch das Bier- und Limoholen entstanden war, bedeutete nicht, wir müßten unsere Unterhaltung mit einer Menge Belanglosigkeiten von neuem beginnen, wie es sonst bei Leuten üblich zu sein scheint; sie scheinen immer wieder mit einer Menge floskelartigem Gerede anfangen zu müssen, bevor sie mit dem vorhergehenden Gespräch weitermachen können. Glücklicherweise war das bei Jude Stemple nicht der Fall. Nachdem einmal die Namen Rose und Ben Queen gefallen waren, schien er bei dem Thema bleiben zu wollen.

»Also, Ben Queen ist ausgerückt, da war er nicht viel älter als du. Er ist irgendwohin in den Westen gegangen – nach Nevada oder Arizona, eines von beiden. Mit ungefähr zwanzig ist er wieder zurückgekommen. War nicht viel in der Schule. Hat keinen Beruf gehabt. Ich glaube, Ben hat sich mehr oder weniger so durchgeschlagen. Sein gutes Aussehen hat ihm dabei geholfen. Er hat wirklich sehr gut ausgesehen.« Er hielt inne, um einen großen Schluck Bier zu trinken und seinen Mund abzuwischen. »Ich will dir eines sagen, gutes Aussehen bringt dich in dieser Welt ganz schön weit.« Er wandte sich um, um mich anzusehen, und er runzelte die Stirn, als wollte er sagen, daß ich nicht sehr weit käme. »Die Frauen sind Ben Queen hinterhergerannt wie kleine Welpen. Irgendwie hat er Rose Devereau kennengelernt. Rose Fern Devereau. Die Devereaus haben in deiner Gegend gewohnt, drüben am Spirit Lake.«

(Als wenn ich das nicht gewußt hätte.)

»Also, er hat sie von der Stelle weg geheiratet, zumindest glaub' ich das. Aber sie mußten durchbrennen, weil ihre Familie, die ich zwar nie kennengelernt habe, furchtbar vornehm und einflußreich war, wie die Leute sagen, und nicht viel von solchen wie den Queens gehalten haben. Ich muß schon sagen, ein paar von den Queens waren verdammt komisch, entschuldige. Sein Bruder und seine Schwägerin wohnen in dem Haus in der Dubois. Ich glaube, er ist in Ordnung, aber sie ist eine verdammte Wichtigtuerin. Sie bauen ihr eigenes Gemüse an draußen . . .«

»Ich habe ein paar Tomatenstauden gesehen.«

Er nickte. »Sie haben einen großen, alten Garten da hinten, Kopfsalat, Spargel, Kohl, alles mögliche.«

»Haben Sie die Devereaus gekannt?«

»Die Leute von Rose? Die hab' ich nicht gekannt.« Er zupfte an dem Aufkleber seiner Bierflasche.

»Hat sie nie über sie gesprochen?«

»Nicht daß ich wüßte.«

»Aber was ist mit Fern? Ich verstehe nicht, warum keiner gemeldet hat, daß sie verschwunden ist.«

Er brach in schallendes Gelächter aus. »Wahrscheinlich denken sie, sie ist davongerannt, und scheren sich nicht viel darum, falls die Wahrheit ans Licht kommt.«

Ich nehme an, etwas an seiner Ausdrucksweise hielt mich davon ab, *warum* zu fragen. Ich hatte das eigenartige Gefühl, daß die Unterhaltung beendet gewesen wäre, wenn ich danach gefragt hätte. Aber es wurde spät, und ich konnte nicht ewig um den heißen Brei rumreden, daher fragte ich: »Sie haben nie gehört, daß jemand Mary-Evelyn Devereau erwähnt hat?«

Er dachte einen Augenblick nach, sah in Richtung der Bäume und runzelte die Stirn. »Nein . . . aber ich erinnere mich entfernt an einen Unfall. Das muß vor dreißig oder vierzig Jahren gewesen sein.«

Ich erzählte ihm, was mit Mary-Evelyn geschehen war, und er

nickte, ja, davon habe er gehört. Und er schwafelte irgendwas, daß es wirklich traurig gewesen sei.

Ich war enttäuscht, daß er nicht mehr über Rose wußte. Dann sagte ich: »Ich nehme an, Sie kennen praktisch jeden in Cold Flat Junction.« Er stimmte zu und meinte, fast jeden. »Ich frage mich, haben Sie jemals ...« Ich hielt inne. Ich weiß nicht, warum ich nicht fortfuhr und nach dem Mädchen fragte. Aber ich tat es nicht.

Wir schwiegen, und der alte Hund schnarchte leise. Ich folgte Jude Stemples Blick hinüber zu den hohen Ästen, an denen sich Blätter zu zeigen begannen, und graues Licht die Umrisse annagte. Der Himmel war eine Spur dunkler geworden, und ich schaute auf meine Uhr. Mir blieben noch zwanzig Minuten, um den Zug zu erreichen. »Ich muß gehen!« rief ich aus, sprang hoch und machte einen behenden Schritt nach hinten.

Jude Stemple richtete sich auf und sagte: »War schön, mit dir zu plaudern. Aber du gehst doch nicht zurück und erzählst diesem Sheriff in La Porte alles, was ich dir gesagt habe, oder?«

Wie vom Schlag gerührt, hielt ich inne. »Na ja, aber ...«

Er schüttelte den Kopf. *Nein, nein.* »Also versprichst du mir das? Schließlich geht mich die Sache nichts an.«

Nichts dem Sheriff erzählen? Warum denn nicht? Ich schluckte schwer. Aber er sah so – ich weiß nicht – so *niedergeschmettert*, so elend aus, daß ich einfach weiterging und nickte. Vielleicht war er einsam, dachte ich. Das mußte wohl jemand sein, wenn er herumging und sich die ganze Zeit mit mir unterhielt.

Mir war wirklich unwohl bei dem Gedanken, dieses ganze Wissen mit mir herumzutragen und es nicht weitererzählen zu dürfen. Insbesondere ein Wissen, das den Sheriff – vor allen anderen – interessieren würde. Ich beruhigte mich, indem ich mir sagte, daß er inzwischen sicher Bescheid wußte.

Jude Stemple schien meine Gedanken lesen zu können, die Zweifel, die Unsicherheit, die mich befallen hatten, und er sah mich lange und intensiv an. Als Antwort auf mein Nicken nickte auch er mir kurz zu, als würden wir einen Handel besiegeln.

Ich ging los und wandte mich noch einmal kurz um. »Wie hat sie ausgesehen? Rose Devereau, meine ich.«

Ein paar Herzschläge lang senkte er den Kopf, dann sah er auf, als würde er intensiv nachdenken. »Wie ich gesagt habe, sie war schön. Sie hatte ganz hellblondes Haar, es sah aus wie das Licht auf den kleinen Blättern dort droben . . .« Er machte mit dem Kopf ein Zeichen in Richtung des Lichts, das durch die Äste floß. »Und hübsche Augen, die immer die Farbe geändert haben. Sie war großgewachsen und schlank.« Er hatte sich erhoben, klopfte den Staub von seiner Hose und zuckte die Achseln. »Na ja, ich bin nicht sehr gut, was Beschreibungen angeht.«

Doch, das war er. Er hatte gerade das Mädchen beschrieben.

Ich glaube, ich wußte, daß er das tun würde. Zuerst Rose, dann Fern, dann das Mädchen. Sie mußte die Enkelin von Rose sein. Meiner Sache sicher, fragte ich: »Und was ist mit Fern Queens Kindern? Wo sind sie?«

Er zuckte die Achseln. »Fern hat keine Kinder gehabt.«

Und beim Hinausgehen drehte er sich um und winkte mir kurz zu.

Wie angewurzelt war ich stehengeblieben und starrte ihm nach. *Fern hat keine Kinder gehabt.* Wahrscheinlich würde ich immer noch dort stehen, wenn ich meinen Zug nicht hätte erreichen müssen, so überrascht war ich.

Da ich nicht trödelte, waren zwanzig Minuten genug, sie reichten aber nicht aus, um stehenzubleiben und das weiße Haus mit den gelben Läden genauer anzusehen. Ich bemerkte, daß die Setzlinge von der Veranda verschwunden waren. Außerdem fiel mir auf, daß niemand hinter den Gardinen auftauchte.

Als ich schließlich am Bahnhof ankam, hatte ich noch fünf

Minuten Zeit und setzte mich wieder auf dieselbe Bank. Ich sah wieder über das leere Land, wo sich nichts bewegte und nichts veränderte. Ich hatte das Gefühl, als wäre mir die Zeit im Hals steckengeblieben wie einer der Popcorn-Kerne, die einen zum Wahnsinn bringen können, während man einen Film ansieht. Man kann ihn mit den Fingern nicht erwischen, aber man kann ihn auch nicht schlucken. Er bleibt einfach stecken, und schließlich denkt man nicht mehr daran, und dann verschwindet er.

Ich war so sicher, daß ich die Verbindung gefunden hatte und die Herkunft des Mädchens herausbekommen konnte. Jetzt feststellen zu müssen, daß das nicht der Fall war, war eine bittere Enttäuschung.

Oder?

Was hatte mich davon abgehalten, jemanden nach ihr zu fragen, wenigstens den Sheriff? Was hatte mich davon abgehalten, sie jemandem wie etwa Dr. McComb zu beschreiben, nachdem ich sie am anderen Seeufer gesehen hatte? Und was hatte mich abgehalten, Jude Stemple zu fragen, ob er eine solche Person kannte?

Selbst als ich den Zug aus der Ferne kommen hörte, saß ich immer noch da und starrte auf den Horizont, wo in der Dämmerung die blauen Umrisse der Bäume noch dunkler erschienen, und das Licht allmählich verblaßte. Cold Flat Junction kam mir weniger wie ein realer Ort vor, sondern mehr wie ein Ort, der in der Erinnerung existiert. Das regte mich entsetzlich auf. Denn jetzt erschien mir auch das Mädchen wie eine bloße Erinnerung.

Draußen fuhr der Zug um die Biegung, und aus dieser Entfernung klang er genauso klagend wie der Ziegenmelkervogel in Flyback Hollow. Schwerfällig wie eine alte Frau stand ich auf und ging über die Holzplanken der Gleise zur anderen Seite, wo ebenfalls eine Bank stand.

Der Zug wurde lauter beim Näherkommen, er schien Geschwindigkeit aufzunehmen, aber ich hatte den Eindruck, daß er tatsächlich langsamer wurde, obwohl er noch ziemlich weit weg war.

Ich sah jetzt über die Gleise zu der Bank hinüber, auf der ich kurz zuvor gesessen hatte. Vor meinem geistigen Auge sah ich mich selbst dort sitzen; es war sehr seltsam, wie das Nachbild, das man noch vor sich sieht, wenn man sich von blendendem Licht abwendet.

Ich blieb sitzen, bis der Zug dröhnend einfuhr und mich entzweischnitt.

31.

Ich war wieder mit meinen Salaten beschäftigt. Ich erinnerte mich kaum noch an die Zugfahrt, an das Ein- und Aussteigen oder an meinen Weg entlang des Ufers zurück zum Hotel. Ich erinnere mich, daß ich kurz stehengeblieben war, um mich an der Stelle, wo der Uferweg den Fluß überquert, im kalten Schatten auf eine der geschützten Bänke zu setzen. Ich glaube, sie waren dort aufgestellt worden, damit die Leute hier vor Regen Schutz fanden.

Ich saß so lange am Uferweg, daß ich erst gegen sechs in der Küche erschien, wo eine Menge Lärm und Geschäftigkeit herrschte, wie immer, wenn eine Abendgesellschaft erwartet wurde. Ich habe nie begriffen, warum eine Gesellschaft von zehn oder zwölf Leuten mehr Aufregung und Unruhe verursachte als fünfzig Gäste, die an verschiedenen Tischen saßen. Die Salatschüsseln waren mit Eisbergsalat gefüllt, und die Zwiebel- und Paprikaringe sowie die Tomatenviertel lagen auf Tellern für die Garnierung bereit. Anna Pugh hatte dies bereits gemacht, weil sie wahrscheinlich dachte, es sei unfair, daß ich immer die Salate zubereiten mußte. Anna Pugh war wirklich nett und ganz anders als Vera, obwohl sie als Bedienung vermutlich genausoviel taugte. Anna war klein und schmächtig, während Vera groß und gebieterisch war (ich glaube, so hieß das Wort). Für Helene Baums Gesellschaft waren spezielle Salatschüsseln bereitgestellt worden. Sie waren aus dunkelgrünem Glas, und jede enthielt einen kleinen Salat. Lola Davidow hantierte mit dem Salatsoßenlöffel (die einzige Sache, die sie nach ihrem üblichen Pensum im hinteren Büro noch bewältigte) und redete wie üblich über Salate, als wären sie von einem Schweinerüssel ausgegraben worden, was laut meiner Mutter bei Trüffeln der Fall war. Ich habe noch nie in meinem Leben eine Trüffel gesehen, und ich wünschte, ich könnte von Salat dasselbe sagen. Mir war er dennoch recht, denn mit den kostbaren kleinen Dingern mußte nichts gemacht werden, außer French Dressing darüberzugießen. Und diese Aufgabe wurde nicht mir anvertraut, sondern Mrs. Davidow persönlich übertragen, als besäße nur sie das Talent dazu. Der wirkliche Grund, warum sie das tat, war natürlich der, daß sie glaubte, sie sei für den Erfolg des Festessens unentbehrlich, was natürlich nicht stimmte.

Meine Mutter lief wegen des Essens auf Hochtouren, rauchte mehr Zigaretten als üblich, gab Befehle und schärfte uns ein, nichts zu vergessen: wenn das Essen nicht heiß auf den Tisch käme, würde die Schuld den Koch (nämlich sie) und nicht die Bedienung treffen (wenn sie wüßte). Bei derartigen Anlässen wurde eine Aushilfskraft eingestellt. Mrs. Ikleberger amtierte als »Unterköchin« – warum, war mir nicht einsichtig. Mrs. Ikleberger schwirrte nämlich bloß in der Küche herum und stand meiner Mutter im Weg, so daß sie ständig beiseite geschoben werden mußte. Sie hatte ein kleines Restaurant neben Gee's Tavern, das sie nur im tiefen Winter öffnete und irgendwelchen Schulkindern Mittagessen servierte. An bitterkalten Wintertagen, wenn der Schnee so tief war, daß man darin versank, und die eisige Luft alles, was man in der Ferne sah, in rauchiges Blau verwandelte, war es aufmunternd, in ihrer Gesellschaft zu sein. Außerdem machte Mrs. Ikleberger die *beste* Tomatensuppe, und zwar ausnahmslos. Das sagte meine Mutter, und ich glaubte ihr.

Im Moment veranstaltete Mrs. Ikleberger mit Töpfen und Pfannen den üblichen Lärm und rief Walter zu, er solle frisches Kochgeschirr herüberbringen, was er natürlich tat, obwohl er eine Stunde zu brauchen schien, um mit einem Topf oder einer Pfanne aus seiner dunklen Ecke aufzutauchen und die zwölf Schritte zur Spülmaschine und zum Herd zurückzulegen. Bei einer Abendgesellschaft bekam sogar Walter eine Aushilfskraft zugeteilt. Und zwar Pauls Mutter. Es war interessant, der Unterhaltung der beiden zuzuhören; manchmal hielt ich mich nur deswegen in der Nähe der Spülmaschine auf. Sie schienen einfach die Worte nicht aus dem Hals zu kriegen; es war, als schafften die Laute es nicht bis zu den Zähnen und über die Zunge. Da Walters Rede so zäh wie Sirup floß, hörte er sich fast so an wie sie. Sie paßten perfekt zusammen und kamen sehr gut miteinander aus, trotz ihrer mühsamen Redeweise, oder vielleicht gerade deswegen.

Sie brachte Paul mit, zum großen Mißvergnügen meiner Mutter. Er nannte meine Mutter »Missus«, und alle zehn Minuten erschien er am Anrichtetisch, zu dem er gerade mit dem Kinn hinaufreichte, knallte einen Teller darauf und fragte: »Missus, kann ich Essen haben?« Immer wieder jagte ihn seine Mutter davon, gab ihm Ohrfeigen und drohte ihm mit schrecklichen Strafen, aber Paul schien das nichts auszumachen. Zumindest kümmerte er sich nicht darum. Daher verbrachte er die meiste Zeit auf der hinteren Veranda an einen Holzstuhl gefesselt, wo er alle Nähte an seinen braunen Schuhen aufzupfte, bis die Schuhe auseinanderfielen.

An diesem Abend stand ich mitten in dem Lärm, anscheinend gebannt von der Zubereitung der Salate. Tatsächlich nahm ich kaum etwas wahr, denn meine Gedanken waren in Cold Flat

Junction und wanderten zwischen Bahnhof, Windy-Run-Imbiß und Flyback Hollow hin und her. In einer Hinsicht hatte ich das Gefühl, eine Menge herausgefunden zu haben; in anderer Hinsicht nicht viel. Denn ich konnte noch immer nicht *sicher* sein, daß es sich bei der toten Frau um diese Fern Queen handelte (obwohl es sehr wahrscheinlich war). Niemand im Hotel hatte mit einem Wort die Frau erwähnt, also nahm ich an, daß man in La Porte immer noch nicht wußte, wer sie war. Es erstaunte mich, daß diese Tote in einem kleinen Ort wie La Porte, einem Ort, der sogar noch kleiner war als Cold Flat Junction, immer noch nicht identifiziert worden war. Die Leute mußten von allen guten Geistern verlassen sein. Da gab es einmal eine Frau, die von Cold Flat weggegangen und vier Tage nicht mehr gesehen worden war, und dort gab es eine Frau, die vor vier Tagen als Leiche in La Porte aufgetaucht war. Auf beide paßte die Beschreibung. Mein Gott, wie schlau mußte man eigentlich sein, um zwei und zwei zusammenzuzählen?

Die einzige Antwort darauf war, daß der Sheriff (der sicherlich schlau genug war) einfach nicht wußte, daß jemand vermißt wurde, und daß die Queens es nicht gemeldet hatten. Vielleicht dachten sie, Fern sei einfach abgehauen. Vielleicht lasen die Queens keine Zeitung. Ich sagte mir, daß ich mein Versprechen nicht brechen würde, wenn ich dem Sheriff mitteilte, ich hätte gehört, in Cold Flat Junction werde eine Frau vermißt, ohne ihm zu verraten, *wie* ich das erfahren hatte. Und dann fiel mir ein, daß ich es damals in Martins Laden, als ich Jude Stemple zum erstenmal traf, tatsächlich *gehört* hatte.

Ich fühlte mich erleichtert, als ich darüber nachdachte. Für die »gewöhnlichen« Salatteller begann ich, Zwiebelringe auf den Eisbergsalat zu legen, und es war mir nur recht, daß ich heute abend nur als Veras »Hilfe« fungieren sollte. Miss Bertha mußte ich wie üblich bedienen, es war ihr ausdrücklicher Wunsch. Man hätte fast glauben können, sie mochte mich, aber das war nicht der Fall; sie wollte einfach niemand anderen anbrüllen. Anna Pugh würde alle anderen Gäste bedienen; es gab fünf weitere Reservierungen, was ungefähr zehn oder fünfzehn Leute bedeuten würde.

Natürlich hatte ich die Vorbereitungen beobachtet, um herauszubekommen, wie die Speisekarte aussah – das heißt, was ich am Ende zu essen bekäme. Gebratenes Lamm, Grillkartoffeln und Erbsen. Doch so ausgedrückt, klingt es, als würde man sagen, ein Sonnenuntergang ist rot, blau und gelb. Es sagte nichts darüber aus, wie diese drei Dinge im einzelnen sind (der knusprige Rand der gebräunten Kartoffeln, zum Beispiel), und sicher nichts darüber, wie die Farben ineinander übergehen und miteinander verschmelzen. Meine Mutter ist ein Genie, wenn es um die Frage geht, was in puncto Farbe und Geschmack zusammenpaßt. Bei ihr muß ein Mahl »komponiert« sein. Brokkoli darf nie zu Lamm oder Roastbeef gereicht werden. Auch keine Grillkartoffeln zu Huhn. Tomaten dürfen nie mit Piment serviert werden. Dergleichen Dinge. Wie schon gesagt, es ist eine KUNST. Das war das abendliche Menü, und die einzige Wahl, die ich zu treffen hatte (genau wie die Gäste), bestand zwischen brauner Soße oder Minzsoße. Das hört sich einfach an, aber genauso war es bei der Sache mit Salomon und den Babys gewesen, bis die Details enthüllt wurden. Die braune Soße war so glatt und leuchtend wie der Geländerpfosten am Ende der Lobbytreppe; die Minze war frisch auf dem großen Stück Brachland hinter dem Eishaus gepflückt worden. (Seit Mrs. Davidow ins Hotel Paradise gekommen ist, gibt es beträchtlich weniger davon. Im Sommer ist sie ganz wild auf Mint-Juleps.) Meine Mutter hat mir einmal erklärt, sie tue nichts anderes, als eine Handvoll Minze zu zerpflücken und Wasser, Essig und Zucker hinzuzugeben. Jeder könne das. Ach, falsch, ganz falsch. Aus irgendeinem Grund scheint mit dem Wasser etwas zu passieren, wenn meine Mutter eine Tasse füllt und es in ein Glas oder einen Krug gießt. Es ist, wie wenn eine Frau in einer langen Seiden- und Chiffonrobe, die einen Hauch Parfüm trägt, durch einen Raum geht. Selbst nachdem sie hindurchgegangen ist, erhascht der Blick noch ein Stückchen Seide auf der Türschwelle, und der Duft strömt zurück. Sie ist eine Zauberin. Unglücklicherweise bin ich nicht der Zauberlehrling.

Während ich über Cold Flat Junction und Minzsoße nachdachte, wurden auf irgendeine Weise die Salate zubereitet und in den Speisesaal gebracht. Ein Paar war aufgetaucht, und Anna Pugh rannte hin und her, um sie zu bedienen. Wo Miss Bertha war, wußte ich nicht. Vielleicht hatte sie der Schlag getroffen. Ich versuchte, diese Hoffnung zu vertreiben. Und die Abendgesellschaft hatte sich verspätet. Meine Mutter kochte; Vera rauchte in königlicher Manier eine Zigarette und rückte ihre breiten, gestärkten Manschetten zurecht. Zu einem Festessen zu spät zu kommen, war für meine Mutter eine Art Gotteslästerung. Das Essen würde vertrocknen, sagte sie. Ich sah nie einen Beweis dafür, aber für ihr unbestechliches Auge war das sicher der Fall.

Miss Bertha, die die meiste Zeit nicht das geringste mitbekam, schien immer ganz genau zu wissen, wann sie am wenigsten erwünscht war und am meisten Mühe machte und kam direkt vor der Gesellschaft der Baums in den Speisesaal. Sie folgten ihr so knapp auf den Fersen, daß sie der Baumsche Flaggenträger hätte sein können.

»Diese alte Närrin!« schrie meine Mutter und knallte ein Blech mit heißen Brötchen auf die Anrichte. Dann sagte sie: »Finde raus, was sie will, schnell! Und stell es ihr dann einfach hin!«

Ich seufzte. »Schnell« und »Miss Bertha« paßten nicht zusammen, aber ich verstand die Verzweiflung meiner Mutter. Damit war ich vom Tisch der Baums abkommandiert, ebenso von meiner Aufgabe, Vera zu helfen. Vera (natürlich) verkündete, daß sie »zurechtkommen« würde, als mache es überhaupt keinen Unterschied, ob ich zugegen war oder nicht. Dann kam Anna Pugh durch die Schwingtür gerauscht und verkündete, daß sie Miss Bertha bedienen würde, gleichgültig, ob ihr das passen würde oder nicht, denn ich sei absolut notwendig für den reibungslosen Ablauf der Gesellschaft der Baums. Sie benutzte diese Worte nicht, aber sicherlich meinte sie es so. Nun, ich fand es wundervoll, und Vera hätte Anna Pugh umbringen können.

Mit ihrem Tablett voller Suppentassen, das sie auf der rechten Hand balancierte, bahnte sich Vera den Weg durch die Schwingtür in den Speisesaal. Ich folgte mit den Salaten, Helene Baum versuchte, ihre Gäste zu plazieren, aber niemand beachtete sie. Sie waren natürlich alle betrunken, und niemand war betrunkener als Lola Davidow, die dafür gesorgt hatte, daß alle ihrem fröhlichen Beispiel folgten. Mrs. Davidow war gerade dabei, sich von einem anderen Tisch ein Gedeck zu schnappen und sich zwischen die Frau des Bürgermeisters und Ken King, den Apotheker, zu quetschen, der brüllend lachte und laut zu Dr. Baum am Ende des Tisches hinunterschrie. Mich verblüffte, wie ungeniert sich Lola Davidow bei den Abendgesellschaften anderer Leute einlud, aber das hatte sie schon mehr als einmal getan. Niemand schien es zu kümmern. Mrs. Davidow konnte in Gesellschaft tatsächlich reizend sein, und ich nehme an, die Leute hatten Spaß daran, sich aufgeschlossen, fröhlich und unternehmungslustig zu geben.

Die drei anderen angekündigten Gäste waren exakt zur gleichen Zeit im Speisesaal erschienen wie die Gesellschaft der Baums und Miss Bertha. So gut Anna Pugh als Bedienung auch war, konnte sie dennoch nicht gleichzeitig an allen Tischen sein, und die Stammgäste machten mir schließlich stumme Zeichen (da ich nicht viel zu tun schien, sondern mich nur am Tisch der Baums in Bereitschaft hielt), weil sie mich entweder herüberwinken wollten, oder sie formten mit den Lippen unhörbare Bitten: *Wasser, Wasser* und dergleichen, als wären sie in der Wüste am Verdursten. Miss Bertha jedoch war nicht still. Sie trompetete durch den halben Saal. Ich beachtete sie alle nicht.

Das Essen war etwa zur Hälfte vorbei, als ich bemerkte, daß einige der Gäste am Tisch der Baums Kommentare und Theorien über die Leiche vom Mirror Pond austauschten. Ich nahm den Wasserkrug, trat etwas näher heran und gab vor, die Wassergläser nachzufüllen, aber eigentlich wollte ich zuhören. Soweit ich verstehen konnte, war es dem Sheriff und seinen Leuten immer noch nicht gelungen, die Frau zu identifizieren, und man fragte sich, ob das nicht das unglaublichste Rätsel sei . . . ?

Unglücklicherweise wählte Helene Baum diesen interessanten Moment, um all ihren Mut zusammenzunehmen und sich darüber zu beschweren, daß ihr Lamm viel zu sehr durchgebraten sei. Das Gespräch über White's Bridge und die tote Frau wurde erstickt durch den Streit, der zwischen Helene Baum und Mrs. Davidow über das Lamm ausbrach. Statt das Lamm ohne Aufsehen schnell zurückzuschicken, erklärte Mrs. Davidow Helene, daß es *perfekt* gebraten sei, und daß Jen bei dem Lamm immer exakt die gleiche Bratzeit einhalten würde. Natürlich hörte Helene mit ihren Beschwerden nicht auf. Es sei nicht rosa, behauptete sie, und nicht *blutig*. Als sie es in Paris gegessen habe, sei es *blutig* gewesen. Sie begann es herumzuzeigen und hielt es hoch, als sollte es dem Richtspruch Gottes und des Präsidenten von Frankreich ausgesetzt werden. Wenn Vera in diesem Moment hier statt in der Küche gewesen wäre, hätte sie eine Entschuldigung gemurmelt und angeboten, Ersatz zu bringen. Zu Lola Davidows Ehre muß man jedoch sagen: In *ihrer* Gegenwart durfte es keiner wagen, die Kochkünste meiner Mutter zu kritisieren. Da niemand etwas unternahm, außer darüber zu streiten, entriß ich Helene Baum den Teller aus der ausgestreckten Hand und eilte damit in die Küche.

Mit dem Lamm war alles in Ordnung; es durfte nicht roh

serviert werden. Sogar ich wußte das. Meine Mutter behauptete, es könne die gleiche Krankheit verursachen wie halbrohes Schweinefleisch. Jedesmal, wenn Helene Baum ins Hotel kam, beschwerte sie sich über etwas, weil sie auf die Kochkünste meiner Mutter schrecklich eifersüchtig war. Ich stellte den Teller auf die Platte des schwarzen Eisenofens, um ihn aufzuwärmen. Vera und meine Mutter standen drüben am Desserttisch, offensichtlich mit einer komplizierten Arbeit beschäftigt.

Im selben Moment stürzte Mrs. Davidow in die Küche, hochroten Gesichts und völlig außer sich, da Helene Baum immer noch über Paris und Lammbraten schwadronierte. Sie erzählte meiner Mutter von der Beschwerde.

»Blutig? Die verdammte Närrin will *blutiges* Lamm?« Meine Mutter griff auf das Regal, auf dem leere Konservenbüchsen standen und knallte eine auf den Backtisch. »Hier, bringen Sie ihr eine Büchse Trichinose.«

Lola und Vera lachten, ebenso meine Mutter. Es war eine gute Lektion, sich nicht über diese verdammten Idioten zu ärgern. Trotzdem mußte man sich um Mrs. Baums Essen kümmern. Ich legte eine frisch gebackene Kartoffel auf den Teller und häufte die Erbsen wieder ordentlich auf. Ich hatte einfach nur vor, den Teller wie ein frisches Essen aussehen zu lassen.

Das machte ich mechanisch, während ich tatsächlich an die tote Frau und Fern Queen dachte. Abgesehen von Jude Stemple war ich der einzige Mensch, der vermutete, daß es sich um dieselbe Person handelte. Während ich frische, heiße Soße über dieselben Fleischscheiben goß, dachte ich über mein Versprechen nach, das ich Jude Stemple gegeben hatte. Hatte ich es wirklich offiziell »versprochen«? Ich fand nicht. Ich hatte nicht gesagt: »Ich verspreche es.« Aber es half nichts; ich konnte mich nicht überzeugen. Zugegeben, ich ging oft ziemlich nachlässig mit der Wahrheit um, aber es war eine Sache, sich kleine Geschichten auszudenken, die einem gelegen kamen, sein Versprechen zu brechen, war jedoch eine ganz andere. Während ich einen Zweig Petersilie von dem Petersilientopf zupfte und auf die Soße legte, kam ich mir sehr edel vor.

Zurück am Tisch der Baums, litt Mrs. Davidow immer noch unter der Anschuldigung des »falsch gebratenen Lamms«, und als sie sah, wie ich den frischen Teller vor Helene stellte, hob sie die Augenbrauen. Auch wenn wir die meiste Zeit nicht miteinander auskamen, lagen Mrs. Davidow und ich dennoch oft auf derselben Wellenlänge. Ich runzelte die Augenbrauen, als Antwort auf ihr Mienenspiel, und als Helene Baum erklärte, *dieses* Lamm sei ordentlich gebraten, verdrehte ich die Augen, und Mrs. Davidow antwortete mir auf dieselbe Weise.

Inzwischen war man beim Dessert angelangt, und Vera flitzte um den Tisch und servierte jedem Gast ein Stück Limonentorte, das elegant mit Sahne verziert war. Die arme Anna Pugh rannte zwischen ihren fünf Tischen umher, und Miss Bertha schrie immer noch nach mir. Ich kümmerte mich weiterhin nicht darum.

Nachdem die Abendgesellschaft vorüber war (zumindest so weit war, daß ich gehen konnte, da sie mit Cognac weiterzechten), verzehrte ich mein eigenes Abendessen (Minzsoße, als würde man flüssige Smaragde zu sich nehmen), und gegen zehn saß ich, das geöffnete Notizbuch vor mir, im Rosa Elefanten und starrte mit aufgestütztem Kinn auf mein kürzlich ausgeliehenes Gemälde. Es war eine friedliche, in wäßrigen Farben gemalte Gartenszene von einem jener französischen Maler, deren Namen alle mit »M« beginnen, und von dem die Halbtagsbibliothekarin behauptete, es sei ihr Lieblingsmaler. Sie erzählte mir alles über ihn, aber fünf Minuten später hatte ich es vergessen. Ich fragte mich, was das für meine spätere Ausbildung bedeutete. Es gab einen anderen französischen Maler, der zur gleichen Zeit lebte, und der abgesehen von einem Buchstaben genau den gleichen Namen hatte (den ich ebenfalls vergessen habe). Und dieser zweite malte ebenfalls in diesen wäßrigen Farben, mit winzigen Strichen und Punkten. Also, ich fragte mich, wie jemand, der bei Sinnen war, diese beiden auseinanderhalten sollte – oder warum *ich* in der Lage sein sollte, sie auseinanderzuhalten. Ich fragte mich, ob es nicht ein übler Scherz war, und es sich bei den beiden um denselben Maler handelte.

All das lenkte mich bloß von dem Problem ab, wie ich es vermeiden konnte, dem Sheriff nichts über Fern Queen zu erzählen. Und sogar Fern Queen war nur ein Teil eines größeren Geheimnisses. Ich saß an dem grün gestrichenen Gartentisch und versuchte schläfrig, mir darüber klar zu werden.

Fern hat keine Kinder gehabt. Das hatte Jude Stemple gesagt. Ich griff nach meiner Whiteman's Schachtel und holte den Schnappschuß der Schwestern Devereau heraus, der vor dem Hotel aufgenommen worden war, und Mary-Evelyn leicht abseits im Vordergrund zeigte. War Rose nicht darauf, weil sie damals schon mit Ben Queen durchgebrannt war? War das vor Mary-Evelyns Tod geschehen?

Warum hatten die Leute ein so schlechtes Gedächtnis? Meine Mutter schien es kaum fertigzubringen, sich an etwas im Zusammenhang mit diesen vor vierzig Jahren so wichtigen Leuten zu erinnern, obwohl sie über ihre Familie und die meines Vaters, über frühere Gäste und Einwohner von Spirit Lake Geschichten erzählen konnte, die praktisch an den Anbeginn der Zeit zurückreichten. Ich habe sie diese Geschichten erzählen hören, wenn sie an späten Sommerabenden draußen auf der Veranda saß, ein Glas braungoldenen Sherry in der Hand, und Mrs. Davidow einen Highball, während sich der Rauch ihrer Zigaretten nach oben kräuselte, der bläulich wirkte im matten Gold der Deckenleuchte, in deren weißer Kugel tote Motten eingeschlossen waren. Meine Mutter erinnerte sich so deutlich an jene vergangene Zeiten, während Mrs. Davidow, einen Arm auf das Verandageländer gelehnt, nachlässig die Zigarettenasche abschnippte und auf die Rhododendronbüsche fallen ließ. Beide lachten so fröhlich über diese Erinnerungen, denn sie waren wirklich ziemlich komisch.

Sosehr mich Mrs. Davidow auch die meiste Zeit zum Wahnsinn trieb, an diesen Abenden auf der vorderen Veranda, wenn meine Gegenwart sie nicht störte, wünschte ich ehrlich, die beiden hätten eine längere gemeinsame Vergangenheit gehabt, was aus meinem Mund seltsam klingt. Wenn fünf Jahre mit Mrs. Davidow schon schrecklich waren, warum sehnte ich mich dann nach fünfzig? Nun, ich weiß es nicht. Ich will ganz deutlich machen, daß ich nur von Mrs. Davidow spreche, *nicht* von Mrs. Davidow und einer bestimmten anderen Person. Diese andere Person war bei diesen Gesprächen auf der Veranda ohnehin nie dabei. Die Vergangenheit langweilte sie. Das kam wahrscheinlich daher, weil sie keine Rolle darin spielte. Aber ich langweilte mich nie. Diese Nächte waren so sanft wie der braungoldene Portwein im Glas meiner Mutter, und die Beleuchtung glich seiner Farbe. Ich saß im Schaukelstuhl, hörte zu und wünschte, ich wäre ein Teil dieser Vergangenheit gewesen.

Denn meine Mutter war nicht nur eine große Köchin, sondern auch eine großartige Geschichtenerzählerin. Vermutlich hätte sie Schriftstellerin werden sollen. Zumindest hätte sie in einer großen, eleganten Stadt wie New York oder Paris eine Dame der Gesellschaft sein sollen. Sie hätte als Gastgeberin jener Einladungen (ihre genaue Bezeichnung habe ich vergessen) fungieren sollen, bei denen am Nachmittag oder am Abend Künstler zu einem Drink und einem Gespräch vorbeikommen und auf Silbertabletts kleine weiße Karten zurücklassen. Mein eigenes Leben wäre dann ganz anders verlaufen, obwohl es mir schwerfiel, mich in jene Welt zu versetzen: Wäre ich dann mit Platten voller winziger Sandwiches oder heißen, mit Krabben gefüllten Windbeuteln (vorausgesetzt, meine Mutter hätte sie noch selbst zubereitet) durch die Menge gegangen und hätte den Gesprächen und dem Gelächter gelauscht, das so glockenhell getönt hätte wie jene kleinen Löffel auf Mokkatassen?

Aber dann fragte ich mich: Wenn alle Abende mit solch »brillanten Konversationen« angefüllt gewesen wären, was hätten mir dann jene seltenen, mit dem Zirpen der Zikaden erfüllten Nächte auf der Veranda bedeutet?

Eingedenk ihrer Fähigkeit, Geschichten zu erzählen, konnte ich mir nun, im Rosa Elefanten sitzend, nicht vorstellen, warum sie sich nicht klar an die Details von Mary-Evelyn Devereaus Tod erinnern konnte. Vielleicht hatte sie einfach keine Lust dazu.

Schläfrig starrte ich auf den Schnappschuß und hielt ihn näher an die Augen, um die Gesichter besser zu erkennen. Und ich erinnerte mich an die Fotografie, die im Haus der Devereaus an der Wand hing. Damals waren sie viel jünger gewesen, aber leicht als dieselben wie auf dem kleinen Schnappschuß zu identifizieren.

Ich legte das Kinn auf den Arm und drehte das Foto langsam herum, als würde ich durch ein Kaleidoskop sehen. Vielleicht dachte ich, die Bewegung würde das Bild neu ordnen. Natürlich geschah das nicht. Von der Seite oder auf dem Kopf stehend, sahen mich die Schwestern in ihren dunklen Kleidern mit unveränderlichem Gesichtsausdruck an, stumm wie ein Grab.

Fern hat keine Kinder gehabt.

Wenn das Mädchen keine Blutsverwandte von Rose und Fern war, wo um alles in der Welt war es hergekommen?

Vor Schläfrigkeit waren mir die Augen halb zugefallen, und am Ende des Tisches sah ich meinen Bücherstapel. In der einen Hand hielt ich das Foto, mit der anderen zog ich einen Nancy-Drew-Band zu mir her und sah von der Seite auf den zerrissenen Einband. Da war Nancy mit ihrer Taschenlampe und ihrem entgeisterten Blick. Vermutlich war sie auf einen Hinweis so groß wie der Fußabdruck eines Riesen gestoßen.

Ich schloß die Augen. Es gab keine Hinweise.

32.

Ich wachte auf, unheimliche Dunkelheit umgab mich und ich fragte mich, wo ich war, und was der Tumult über mir zu bedeuten hatte. Über mir befand sich der Speisesaal und ein Teil der Küche, und die Geräusche kamen von den Frühstücksvorbereitungen (nicht von den Vorbereitungen zum Mittagessen, wie ich hoffte).

Benommen reckte ich mich, um wach zu werden und sah, daß ich in einer Hand immer noch das Foto festhielt, die andere lag auf dem Nancy-Drew-Buch, als wäre es die Heilige Schrift, als hätte ich noch im Schlaf nach Lösungen gesucht. Am anderen Ende des Tisches hatte sich die Hotelkatze zusammengeringelt, nachdem sie es irgendwie geschafft hatte, in den Rosa Elefanten zu gelangen. Katzen konnten verschwinden, hatte ich vor langer Zeit herausgefunden, und auf der anderen Seite einer Wand wieder auftauchen.

Das hämmernde Geräusch hielt an, und ich hatte die verrückte Idee, Miss Bertha stampfte dort droben mit ihrem Stock auf. Wahrscheinlich würde Miss Berthas Tisch auch noch auf meinem Grab stehen, und sie würde mit ihrem Stock aufstampfen und rufen: *Steh auf, steh auf und bring heiße Brötchen!*

Ich war vollkommen verspannt und mußte mich dehnen und herumhüpfen, um wieder etwas Gefühl in Arme und Beine zu bekommen. Dann schlich ich zur Tür (wahrscheinlich in der Hoffnung, der Tag würde mich nicht hören), öffnete sie einen Spalt und spähte hinaus. Früher Morgen, ziemlich früh. Ich entspannte mich und öffnete sie ganz. Überall lag Bodennebel, dicht wie Daunendecken und Spinnweben. Er breitete sich sogar ebenmäßig über das hohe, nasse Gras und über das Minzefeld aus und verflüchtigte sich dann zwischen den Ästen. Weit hinter dem Minzefeld, auf einer Anhöhe, war der Wald in Nebel gehüllt und ließ die Bäume wie Gespenster erscheinen.

Wenn ich sie auch selten mitbekam, fand ich diese morgendlichen Stimmungen eigentlich immer sehr schön, und jedesmal schwor ich mir, eine Stunde früher aufzustehen als ich mußte, um sie zu genießen. Aber der Schlaf siegte über die Natur (wie über die meisten Dinge), und nur rein zufällig bekam ich die dunstbedeckte Straße, die Felder und die fahlgrauen Umrisse zu Gesicht, die sich nach Auflösung des Nebels als Eishaus oder Hühnerställe entpuppen würden.

Inzwischen war die Katze aufgewacht, und nachdem sie mich an der offenen Tür des Rosa Elefanten gesehen hatte, schlüpfte sie hinaus. Wie gesagt, Katzen können jeden Ort betreten und wieder verlassen, ganz wie sie wollen, aber laß ein menschliches Wesen auftauchen, und du kannst darauf wetten, daß diese Person die Tür aufhalten muß. Sie spazierte davon. Da ich vermutlich nur noch eine halbe Stunde hatte, bis ich ohnehin in der Küche sein mußte, hatte ich keine Lust, in mein Zimmer zurückzugehen. Ich ging direkt in die Küche. Es gab vier Wege zur Küche, die auf jeder Seite des Flügels eine Tür und zwei weitere im hinteren Teil hatte. Ein Weg führte durch die Waschküche, und ein anderer um die ganze geschlossene Veranda herum (wo hoffentlich Paul nicht mehr an seinen Stuhl angebunden war). Wenn ich durch diese Tür käme, würde es wahrscheinlich am wenigsten auffallen, falls Vera dort sein sollte, oder jemand mich fragen sollte, warum ich so früh zur Stelle war, also nahm ich diesen Weg. Ich ging den ungepflasterten Weg entlang und an der Waschküche vorbei (die Katze ebenfalls). Es gefiel mir, beim Hinunterschauen meine Füße in Nebel getaucht zu sehen. Außerdem faszinierte mich, daß ich von der Katze vor mir nicht mehr sah als ihren großen grauen Schwanz, der durch den Bodennebel wedelte, ansonsten war ihr Körper unsichtbar. Auf dem Pflastersteinweg, der zur Küchentür führte, machte der Schwanz einen Schlenker ins Gras hinein; die Katze nahm ihre eigene Morgenroute, vielleicht hinauf zur großen Garage, um Mäuse zu fangen.

Als ich die Tür aufstieß, fragte ich mich, warum es mir so wichtig gewesen war, auf welchem Weg ich in die Küche ging, und warum ich geglaubt hatte, ich würde ausgefragt werden. Ich hätte durchs Dach fallen können, und niemand hätte es bemerkt, so wenig achtete man auf mich.

Das Frühstück war Gott sei Dank kurz, und wäre noch kürzer gewesen, wenn ich nicht Miss Berthas Beschwerden über das gestrige Abendessen hätte anhören müssen. *Die Brötchen waren kalt, und diese Bedienung mit ihrer Wespentaille hatte keinen blassen Dunst, was sie tat.*

Mit dem Tablett unter dem Arm geklemmt stand ich da, die Augenlider schwer wie Blei. Dann versuchte die reizende alte Mrs. Fulbright Miss Bertha zu beruhigen, und erklärte mir, sie würden es vorziehen, von mir bedient zu werden, weil ich so geschickt und mit ihren Wünschen so vertraut sei. Ich bewunderte Mrs. Fulbright, weil sie es verstand, die schreckliche Strafpredigt in ein Lob zu verwandeln. Sie war fast so diplomatisch wie der Sheriff.

Und ich dachte eigentlich nur daran, was ich zum Sheriff sagen würde.

Nach meinem eigenen Frühstück aus Waffeln und Wurstpastete (was viel zu meiner Wiederbelebung beitrug), hing ich an der Rezeption herum und überlegte, ob ich zu Fuß in die Stadt gehen sollte. Ich war zu müde zum Gehen und entschloß mich, wieder Axels Taxi anzurufen. Gleich nachdem ich aufgelegt hatte, entdeckte ich, daß Ree-Jane in einem der Sessel hinter dem riesigen Rhododendrontopf gesessen hatte; sie stand auf und kam, in einer ihrer Modezeitschriften blätternd, zur Rezeption, als wäre es zu langweilig, die Augen zu heben und mich anzusehen. Sie sagte, sie wolle ebenfalls nach La Porte, und da ich ein Taxi gerufen hätte, würde sie mit mir fahren. Sie fragte nicht, sie teilte es mir nur mit.

»Warum bist du schon so früh auf?« Ich war wütend auf mich, daß sie mich erwischt hatte. Gewöhnlich kam Ree-Jane nie vor zehn herunter. Es war erst Viertel vor neun, und sie antwortete: »Sam möchte mich sehen.« Dann seufzte sie, als wäre es unendlich lästig, bei der Polizei erscheinen zu müssen.

»Der Sheriff möchte das?« Mir blieb die Spucke weg. Natürlich konnte sie gelogen haben. »Warum? Wieso?«

Das gab ihr Gelegenheit, mir ein affektiertes, geheimnistuerisches Lächeln zu schenken, bei dem sich ein Ende ihrer grellrot geschminkten Lippen nach oben bog. »Das ist vertrauliche Polizeisache.«

Da ich wußte, daß bei Ree-Jane keine vertrauliche Mitteilung gut aufgehoben war, versuchte ich, sie aufzustacheln und sagte: »Es geht um die tote Frau.« Das brachte ich in Form einer Feststellung vor, als wäre ich sicher.

Sichtlich irritiert, ließ sie die Zeitschrift sinken. »Woher weißt *du* das?«

»Woher ich das weiß?« Ich überlegte schnell. »Weil mich der Sheriff ebenfalls sehen möchte.«

Ihr roter Mund kniff sich vor Zorn zusammen. »Ich soll um neun bei ihm sein.«

Gleichgültig sah ich zur Pendeluhr hoch, die über uns tickte. »Nun, du wirst dich verspäten.«

Ree-Jane öffnete den Mund, um etwas Vernichtendes zu sagen,

aber im gleichen Moment hörten wir ein Knirschen auf dem Kies und eine Hupe ertönen, also war das Taxi gekommen.

Wir nahmen Pullover, Jacken und Geld (die Bezahlung des Fahrpreises würde natürlich an mir hängenbleiben: *Aber du wolltest doch ohnehin in die Stadt...*) und traten auf die Veranda hinaus. Delbert rief uns einen freundlichen Gruß zu, wir stiegen ein, und ich fragte ihn, wo Axel war. Das fragte ich jedesmal.

»Oh, Axel muß irgend jemand von den Leuten vom See drüben nach Meridian fahren.«

»Die müssen wirklich reich sein, um für so eine lange Strecke ein Taxi zu mieten«, sagte ich.

»Wahrscheinlich. Axel mag die langen Touren. Er fährt einfach gern. Deswegen hat er ein Taxi-Unternehmen aufgemacht. Er ist ein wirklich guter Fahrer.«

Ich würde das nie feststellen können.

Ree-Jane starrte geradeaus und redete nicht mit mir, denn sie litt noch immer unter der Mitteilung, daß auch ich zum Sheriff gerufen worden war. Ich fragte mich, warum sie mir glaubte. Aber ich hatte immer noch das Problem, nachdenken zu müssen, während mir Ree-Janes bloße Gegenwart die nötige Luft dazu raubte. Ich beschloß, an Ree-Jane auszuprobieren, was ich dem Sheriff sagen könnte: »Helene Baum und diese Leute gestern abend haben gesagt, die Polizei sei keinen Schritt weitergekommen. Ich meine, wer die tote Frau ist.«

»Frag mich nicht«, antwortete Ree-Jane bitter.

Daraus konnte man zumindest entnehmen, daß sie nicht mehr wußte als zuvor, denn es war sicher, daß sie alles, was sie gewußt hätte, endlos breitgetreten hätte. Delbert hatte das aufgeschnappt und hatte natürlich seine eigene Meinung zu dem Fall, die er mit Freuden jedermann mitteilte, der sie hören wollte.

Ich allerdings nicht.

Als wir den Stadtrand erreicht hatten, obsiegte Ree-Janes Neugier, und sie fragte mich, was Sam mit *mir* besprechen wollte. (Ich haßte ihre Art, ihn »Sam« zu nennen.) »Ich weiß es nicht. Ich soll ihn im Rainbow Café treffen.« Das sagte ich für den Fall, sie erwähnte dem Sheriff gegenüber, ich hätte behauptet, um zehn eine Verabredung mit ihm zu haben. Auf diese Weise würde der Sheriff annehmen, ich ging davon aus, wir würden uns im Rainbow treffen und dann vielleicht Parkuhren überprüfen, was wir oft machten.

Man brauchte so entsetzlich viel Geistesgegenwart im Leben.

Delbert ließ Ree-Jane seitlich am Gerichtsgebäude aussteigen, und ich hätte genausogut dort aussteigen können, aber das hätte den Eindruck erweckt, ich hätte nicht ebenfalls etwas Wichtiges vor. Was ich nicht hatte. Ich bat Delbert, den Hügel hinunter und um die Ecke zu fahren und ließ mich auf der anderen Straßenseite des Gerichtsgebäudes absetzen.

Ich stieg vor dem Oak-Tree-Geschenkladen aus und dachte, es wäre nett, Miss Flyte und Miss Flagler bei ihrem morgendlichen Imbiß Gesellschaft zu leisten. Miss Flaglers weiße Küche war ein gemütlicher, ruhiger Ort zum Nachdenken. Dies tat ich oft, während sich die beiden unterhielten. Auch die Katze war meinem Nachdenken förderlich.

Ich mochte den Oak-Tree-Laden vor allem deswegen, weil er so klein und schäbig war – »schäbig vornehm« nannte ihn meine Mutter – und weil er immer nach Lavendel und »Eau de Rose« duftete. Ich schaute in das hübsche Schaufenster, dessen Auslage immer ziemlich gleich aussah, obwohl ich wußte, daß Miss Flagler sie veränderte, denn ich hatte gesehen, wie sie sich von Zeit zu Zeit hineinbeugte und Schmuckstücke neu anordnete. Aber es lagen immer die gleichen Dinge darin: Silberherzen an schmalen Ketten, Goldmedaillons, mit Bändern zusammengebundene Silberrasseln, ein Tablett mit Mondsteinringen, kleine Silberbären (die keinem mir einsehbaren Zweck dienten). Die Halsketten und Anstecknadeln lagen in weißen Schachteln auf Baumwolltüchern; Armbänder und Silberketten waren auf stufenförmigen Gestellen ausgelegt, über die ein Wasserfall aus dunkelblauem Samt rieselte.

Das Klingeln der Glocke war immer schon verklungen, bevor ich aus dem Hinterzimmer Schritte hörte. Mir fiel ein, daß ich ein paar Dollar in meiner Börse hatte, und es nett wäre, für Anna Pugh ein Geschenk zu kaufen, die ohnehin in ein paar Tagen Geburtstag hatte. Meine Mutter würde ihr einen Kuchen backen (was meine Mutter für Hilfskräfte machte), und vermutlich würde es in der Küche ein kleines Fest geben. Anna Pugh trug immer zwei Anstecknadeln, und nach etwas in der Art sah ich mich um, als Miss Flagler durch den Perlenvorhang trat. Sie schien erfreut zu sein, mich zu sehen. Ich sagte ihr, was ich wollte, und wir beide sahen alle Nadeln durch. Es gab eine silberne mit drei nebeneinandersitzenden Katzen, die winzige juwelenartige Augen hatten – Bruchstücke eines blaugrünen Steins. Anna Pugh liebte Katzen und hatte zu Hause mehrere davon. Daher kaufte ich diese Nadel, und ich beobachtete Miss Flagler, die sie in silbernes Geschenkpapier packte und eine Menge schmaler Silberbänder darum band. Miss Flagler war ganz vernarrt in Silber.

»Miss Flyte kommt zum Kaffee«, sagte sie. »Möchtest du eine Tasse Kakao?«

Da ich deshalb gekommen war, bejahte ich schnell, und wir gingen nach hinten in die Küche, wo Albertine, die Katze, fett und flauschig vor dem gußeisernen Ofen lag. Sie rekelte sich, wurde wach, und nachdem sie mich auf dem butterblumengelben Stuhl Platz nehmen gesehen hatte, sprang sie auf das Regal dahinter, und begann, mein Haar zu beschnuppern. Ein Teller mit frischem Gebäck stand auf dem weißen Tisch, und Miss Flagler bat mich zuzugreifen, aber ich sagte, ich würde auf Miss Flyte warten. Wahrscheinlich wäre ich nicht so höflich gewesen, wenn mein Bauch nicht so voller Waffeln und Würstchen gewesen wäre.

Als Miss Flyte mit dem Duft von Kerzenwachs umgeben durch die Seitentür eintrat, goß Miss Flagler gerade den dampfenden Kakao in eine Tasse. Ich rührte schnell um (damit sich keine Haut bildete) und gab zwei Marshmallows hinein. Wir drei saßen da, tranken und verzehrten friedlich unser Gebäck, während Albertine an meinem Haar knabberte. Miss Flagler befahl Albertine, damit aufzuhören, was sie natürlich nicht tat.

Ich brachte das Gespräch auf die tote Frau vom Mirror Pond, weil ich glaubte, daß sie vielleicht ein paar interessante Gerüchte gehört hatten. »Aber der Sheriff weiß auch nicht mehr über sie, er weiß nicht, wer sie ist. Nun, ich finde das wirklich seltsam. Es ist jetzt vier Tage her. Sollte man nicht glauben, die Polizei würde wenigstens wissen, wer sie *ist*?«

Miss Flyte stimmte zu, ja, es war wirklich sehr seltsam.

Aber Miss Flagler begann nach einer kurzen Pause auf merkwürdig stockende Weise zu sprechen: »Weißt du, manchmal, glaube ich ... nun ja, manchmal *verheddern* wir uns in einem Problem.« Sie sagte das, sah mich an und sah wieder weg. »Aus irgendeinem Grund kreisen wir ewig um das Problem herum oder verfangen uns darin. Oder besser gesagt, wir bewegen uns eigentlich gar nicht, sondern flattern bloß hilflos.« Stirnrunzelnd sah sie auf ihre Tasse, als wäre es schwierig zu erklären, was sie meinte.

»Wie Motten, meinen Sie«, sagte Miss Flyte. Gedanken an Kerzenlicht waren ihr nie sehr fern. Und sie fügte hinzu: »›Obsessionen‹.«

Miss Flyte liebte solche Wörter. Sie war romantisch.

»... die Art wie Motten eine Flamme umkreisen oder mit den Flügeln gegen eine Lampe schlagen«, fuhr sie fort.

Miss Flagler schien darüber nachzudenken und fuhr dabei auf

eine Art mit dem Finger über den Rand ihrer Tasse, wie ich es einmal bei einer Wahrsagerin gesehen hatte, die aus Teeblättern die Zukunft las. »›Obsessionen‹ ... Nein, nicht direkt. Ich meine eher Anziehungskraft. Ja, Anziehungskraft.«

Ich runzelte die Stirn. Wovon redete sie? Mir kam es nicht so vor, als würde sie über das Problem des Sheriffs mit der toten Frau reden.

Sie sagte: »Bestimmte Personen *ziehen* uns einfach *an*. Es sind Anziehungskräfte wie bei Magneten. Und wenn man einmal von ihnen angezogen wird, kann man einfach nicht mehr ... von ihnen lassen.« Sie streckte die Hand aus, als versuchte sie, nach Wörtern zu greifen.

Gewöhnlich plauderten die beiden über alltägliche Dinge. Aber Miss Flagler schien einer tiefgründigeren Sache auf der Spur zu sein. Offensichtlich war auch Miss Flyte dieser Meinung, denn sie nickte und sagte: »Das ist tiefgründig. Das ist sehr tiefgründig.«

»Ich drücke mich manchmal nicht gut aus. Es ist das, was ich mit ›verheddern‹ meine. Oder mit ›in die Falle gehen‹.«

Eingehend betrachtete ich den Boden meiner Tasse und mir wurde bang. »Nun, aber wie befreit sich eine Person daraus?«

Miss Flagler schüttelte leicht den Kopf. »Ich weiß nicht. Ich weiß nicht.«

Das half auch nicht viel weiter. Ungeduldig fragte ich: »Aber über welche *Art* von Problemen sprechen Sie?«

Sie dachte einen Augenblick nach. »Über seelische Probleme. Ja, über seelische.« Sie klopfte sich mit geballter Hand an die Brust.

Seelische Probleme. Ich entspannte mich ein wenig.

Abgesehen von dem Problem, wie ich Ree-Jane loswerden könnte, hatte ich keine Probleme dieser Art.

»›Ich habe keine Be-rech-tigung, Ihnen das zu sagen‹«, sagte Maud, den Sheriff nachäffend.

Nach den schwierigen Ideen, die Miss Flagler auszudrücken versuchte (was mich obendrein noch nervös machte), war es eine Erleichterung zu hören, daß Maud keineswegs nach Worten suchen mußte.

Sie fuhr fort: »Drücken sich Polizisten wirklich so aus? ›Ich habe keine Berechtigung‹ – Pfui.« Sie zündete eine Zigarette an und löschte das Zündholz.

Sie redete über die Antwort, die ihr der Sheriff auf ihre Frage gegeben hatte. Er war kurz vor zehn hereingekommen, etwa eine Viertelstunde vor mir (welch Mißgeschick!), hatte eine Tasse Kaffee hinuntergestürzt und war wieder »wie eine Fledermaus aus der Hölle« hinausgeschossen, so jedenfalls beschrieb es Maud, während sie die Handflächen aufeinanderlegte und dann eine Hand losriß, wahrscheinlich um zu verdeutlichen, wie Fledermäuse aus der Hölle schossen.

»Möchtest du ein Chili?« fragte sie. »Es ist ganz frisch.«

Ich sagte ihr, daß ich gerade bei Miss Flagler und Miss Flyte Gebäck und Kakao gehabt hatte.

Maud grinste. »Du hast ein geselligeres Leben als ich.«

Ich sah auf meine Finger, die auf dem Tisch lagen als wären sie Klaviertasten, und grübelte darüber nach, was Miss Flagler gesagt hatte. Ich fragte Maud: »Glauben Sie, daß sich Leute in ihren Problemen verheddern können?«

»Ich verstehe nicht ganz, was du meinst.«

»Oh, das war bloß etwas, was Miss Flagler gesagt hat. Eine Person kann angeblich so sehr von einem Problem angezogen sein, daß sie sich darin festfährt und nicht mehr herauskommt.«

»Miss Flagler hat das gesagt? Das überrascht mich. Sie ist doch so ruhig.« Maud dachte darüber nach und zupfte etwas rosa Nagellack von ihrem Daumen.

»Miss Flyte sagte, sie müsse ›Obsessionen‹ meinen, aber Miss Flagler sagte, nein, sie meine, das Problem sei die ›Anziehungskraft‹. So hat sie es genannt. *An-ziehungs-kraft.*«

Maud überlegte mit gerunzelter Stirn. »Ich glaube, wir alle wissen, daß Menschen in ihren Problemen völlig versinken können. Aber das ist es wohl nicht, was sie meint . . .« und sie sah auf und hob die Hand ganz ähnlich wie Miss Flagler es getan hatte, mit nach oben gekehrter Handfläche, als könnte Gott vielleicht weiterhelfen. Aber wir beide wußten natürlich, daß er das nicht tun würde.

Mir gefiel an Maud, daß sie eine Frage nicht einfach abwehrte, nicht fragte, *warum* hast du das gefragt. Denn trotz ihrer sarkastischen Art (hauptsächlich in Gegenwart des Sheriffs) nahm sie die Dinge ernst.

»Worüber habt ihr gesprochen, als sie das sagte?«

»Die tote Frau.« Ich räusperte mich. Ich wollte über Miss Flaglers Kommentar nicht mehr sprechen, weil er mir erneut die Ruhe raubte. »Wohin ist der Sheriff gegangen, nachdem er so aufgeregt gewesen war?«

»Aufgeregt? Ich habe nicht gesagt, daß er aufgeregt war. Er war so versteinert wie immer.« Sie stieß einen Rauchring aus.

Ree-Jane konnte ihm doch sicherlich nichts Wichtiges erzählt haben, oder? Maud beantwortete die quälende Frage, ohne daß ich gefragt hätte. »Er sagte nur, es ginge um eine vermißte Person.«

Mit einem Ruck hob ich den Kopf; ich saß stocksteif da. »WAS?«

»Eine vermißte Person.«

»Ja, aber *wer*?«

»›Ich habe keine Berechtigung‹ und so weiter.« Sie zuckte die Achseln. »Ich weiß nicht, wer und wo. Das klingt wie ein Liedertext von Jo Stafford.« Sie begann wieder an ihrem Daumennagel Lack abzuzupfen. Doch dann sagte sie: »Donny kam hereingerannt, um sich von Shirl Kaffee und Doughnuts geben zu lassen, dann ist er wieder rausgerannt und in den Streifenwagen gesprungen.«

Das war interessant. Donny war ein Plappermaul. Ebenso Shirl. Ich stand auf, um zur Kasse hinüberzusehen. Wie gewöhnlich saß Shirl auf ihrem hohen Hocker. Es war jetzt kurz nach elf, und ich stieß hervor, daß ich zum Hotel zurück müsse, um beim Mittagessen zu bedienen, und bat Maud um die Rechnung. Sie wollte mir keine geben, aber ich bestand darauf. Ich sagte, ich hätte Angst, sie würde eines Tages in Schwierigkeiten kommen, wenn sie mir Colas spendierte. Maud zuckte ein wenig die Achseln, lächelte und stellte eine Rechnung aus. Ich brachte sie nach vorn, begrüßte Shirl und legte die Rechnung und das Geld auf die Gummimatte. Nachdem ich einen Blick auf die Doughnuts in der Vitrine geworfen hatte, sagte ich: »Meine Mutter behauptet, Sie machen die besten Doughnuts im Umkreis von hundert Meilen.« Tatsächlich machte meine Mutter die besten Doughnuts, und sie wußte das.

Shirl strahlte über das ganze Gesicht. »Nun, richte ihr meinen Dank aus.«

»Gut, das werde ich. Ich glaube, ich nehme ein paar Doughnuts und bring sie zum Sheriff und Donny rüber. Ich habe mit dem Sheriff zu reden.«

Als sie den Betrag in die Kasse eintippte, antwortete Shirl: »Das hat jetzt keinen Sinn; Donny war vor knapp 'ner Stunde hier und ist wie ein geölter Blitz wieder davongeschossen. Zusammen mit Sam.«

»Wirklich?« Ich runzelte ganz furchtbar die Stirn. »Aber ich wollte mich mit ihm treffen. Wo sind sie hingegangen?«

»Cold Flat Junction.« Shirl legte Wechselgeld auf die Gummimatte.

Ich wußte es. Jude Stemple hatte recht. *Ich wußte es einfach.*

33.

Wenn es Miss Bertha mit ihren drei Mahlzeiten am Tag nicht gegeben hätte, wäre ich mit meiner Tüte Doughnuts direkt zum Gerichtsgebäude gegangen und hätte gewartet, bis sie zurückgekommen wären. Aber so marschierte ich statt dessen zu Axels Taxistand. Auf dem Weg dorthin mußte ich am Prime Cut vorbei, und durch die große Scheibe sah ich Ree-Jane in einem der drei Sessel sitzen; sie ließ sich gerade das Haar auskämmen. Ree-Jane und ihre Vorladung ins Gerichtsgebäude hatte ich vollkommen vergessen, und ich überlegte kurz, ob ich hineingehen und sie danach fragen sollte, aber daraus hätte sie nur entnommen, daß ich unbedingt etwas erfahren wollte, womit sie natürlich einen triftigen Grund gehabt hätte, es mir nicht zu sagen. Es machte ihr nur Spaß, mir Dinge zu erzählen, die ich ihrer Meinung nach nicht wissen wollte.

Sie saß da und tratschte mit Alma Duke, der Kosmetikerin und Friseuse (was in kalkweißen Lettern auf der rechten Fensterseite stand). Alma Duke gehörte der Prime Cut. Sie war zweifellos die größte Klatschbase von La Porte, sogar noch schlimmer als Helene Baum oder Mabel Haines (was etwas heißen wollte), und wie die meisten Klatschbasen brachte Alma Duke meistens alles durcheinander, weil sie ihre Redegeschwindigkeit hätte drosseln müssen, wenn sie sich die Zeit genommen hätte, den Tratsch richtig weiterzugeben. Richtig weitergeben hätte zumindest bedeutet, lange genug zu warten, bis man die Geschichte überprüft oder die Fakten genau mitbekommen hat.

Ich dachte, wie schrecklich es wäre, Kosmetikerin zu sein, und den ganzen Tag zur Eitelkeit der Frauen beitragen zu müssen. Ich bemerkte, daß Helene Baum, unter einer Trockenhaube verborgen, ebenfalls drin war. Sie saß neben Bürgermeister Sims Frau, und auch ihre Münder bewegten sich in rasender Geschwindigkeit, während sie ihre Zeitschriften unbeachtet auf dem Schoß liegen hatten. Wie sie einander bei dem Lärm der surrenden Haartrockner verstanden, konnte ich mir nicht vorstellen.

Ich ging weiter und stapfte (in meinem Entengang, wie Ree-Jane es bezeichnete) die Second Street entlang und hatte Glück, vor Axels Stand ein Taxi zu finden.

Allerdings nicht soviel Glück, Axel darin zu entdecken.

Ich hatte auch Glück, als ich feststellte, daß nur Miss Bertha Mittagessen wollte; nicht einmal Miss Fulbright war da, da sie mit ihrem Neffen ausgegangen war (um zur Abwechslung mal in menschlicher Gesellschaft zu sein, nahm ich an). Abgesehen von Miss Bertha war der Speisesaal vollkommen leer, was ganz nach ihrem Geschmack war. Sie konnte mich herumschikanieren, konnte durch den weiten Raum brüllen, als wäre er ein Canyon und mit ihrem Stock aufstampfen. Das alles konnte sie wegen eines Club-Sandwiches veranstalten, das sie ihrer Aussage nach niemals aß; sie wollte etwas Warmes. Meine Mutter sagte: »Bring ihr einen Kübel kochendes Wasser, dieser alten Närrin!« Walter fand das urkomisch, und seine Schultern bebten vor leisem Lachen, während er beständig über eine Servierplatte wischte.

Also nahm Miss Bertha unter Protest ihr Club-Sandwich auseinander, eine Lage nach der anderen, und ich mußte mir ihre Beschwerden über die schlechten Zutaten anhören, bis Toast, Hühnchen, Salat, Schinken und Tomaten in einem Matsch aus Mayonnaise auf dem Teller lagen. Ich unterdrückte ein Gähnen und stand einfach da, bis sie mich entließ, um ihr Schokoladeneis aus der Küche zu holen. *Und nichts von diesem verdammten, dünnen Hershey-Sirup! Ich will Vanillesoße!*

Nun, ich mußte sagen, das konnte ich verstehen, wenn ich an die heiße Vanillesoße meiner Mutter dachte.

Mehrmals nach dem Essen versuchte ich, all meinen Mut zusammenzunehmen und das Büro des Sheriffs anzurufen, aber ich fand es zu schwierig, am Telefon einen beiläufigen Tonfall anzuschlagen. Es ist nicht so, wie wenn man persönlich erscheint, und so tun kann, als hätte man sich zufällig getroffen, wäre sich zufällig im Rainbow oder draußen beim Parkuhrenkontrollieren »über den Weg gelaufen«.

Ich schaukelte in einem der Lehnstühle auf der Veranda und dachte über mein Problem nach, als ich weit unten auf dem Highway ein weißes Auto erspähte, das in die Einfahrt einbog. Ich erinnerte mich, daß Ree-Jane ihren Wagen aus der Werkstatt abholen wollte. Ich hatte keine Lust, mir die Angebereien über ihr Cabrio anzuhören, daher stand ich auf, als das weiße Cabrio die Hälfte der mit Schlaglöchern übersäten Auffahrt heraufgefahren war. Ich ging durch die Halle zur Hintertür und den Pflasterweg entlang.

Mein unmittelbares Problem bestand darin, jemanden zu finden, der mich zum Haus der Devereaus begleitete. Ich glaubte nicht, daß die Brüder Woods und Mr. Root zu einem zweiten Besuch bereit waren, aber man konnte nie wissen, daher beschloß ich, zu Martins Laden zu gehen und mich umzusehen, ob einer von ihnen da war. Auf diesem Weg kam ich an der Rückseite des Hotels und an der großen Garage vorbei, wo mein Bruder Will herumhantierte, um alles für eine unserer – hauptsächlich seiner – Aufführungen im Spätsommer fertigzubekommen, in welcher ich wieder keinen großen Auftritt haben würde, da es immer Konkurrenz von seiten der einen oder anderen Kusine gab, die glaubten, weil sie reich waren, müßten sie auch talentiert sein.

Will war mit Brownmiller Conroy dort drinnen, einem guten Freund, der ungefähr genauso alt war wie Will. Wir kannten Brownmiller Conroy schon unser ganzes Leben, und ich erinnere mich nicht an meine erste Reaktion auf seinen Namen. Aber ich habe mich oft gefragt, was sich manche Eltern wohl dabei dachten, wenn sie hilflose kleine Kinder mit Namen versahen, die eigentlich alle Chancen auf eine ordentliche Zukunft zerstörten. Da ich jedoch seine Mutter Edna kannte, überraschte es mich nicht. »Brownmiller« war Mrs. Conroys Mädchenname, und ich nehme an, manche Frauen wollen nicht, daß ihre Kinder nur den Namen ihres Ehemannes tragen, daher geben sie ihnen statt eines ordentlichen Namens wie Ted, Tom oder Sam ihre eigenen, die ein Pferd zum Kotzen bringen könnten. Edna Brownmiller Conroy sieht aus wie ein gekochter Mehlkloß. Sie hat ein Mondgesicht, ist dick und redet zuckersüß, daß man gleich weiß, sie will einen reinlegen. Hinter ihrem weichen Gesicht versteckt sich die Natur einer Viper, und sie begluckt Brownmiller fast bis zum Ersticken. Wenn er und Will zum Fischen an den Spirit Lake runtergehen, geht auch Mrs. Conroy manchmal mit, um den Köder an den Haken zu hängen. Sie ist eine jener Mütter, die sich so riesig aufblasen wie ein entkommener Lampengeist und ihren Kindern drei Wünsche anbieten. Wir wissen natürlich, daß jeder, der drei Wünsche frei hat, immer den falschen wählt, und der Geist sagt, Pech gehabt, Kleiner. Aber solche Eltern glucken auf ewig, gackern und hängen Köder an die Haken.

Brownmiller ist nicht hübsch: Er ist dünn, hat eine Hakennase und einen krummen Rücken. Der krumme Rücken stammt wahrscheinlich aus den Jahren auf dem Spielplatz, wo er wegen seines Namens aufgezogen und geneckt wurde. Bei jedem Namensaufruf in der Schule mußte er Todesqualen gelitten haben, weil die Lehrer bei »Brownmiller« stutzten, und ich mir vorstellen konnte, wie man sich nach ihm umdrehte, ihn anstarrte und höhnisch grinste. Und was für einen Spitznamen könnte man ihm schon verpassen, außer »Brownie«, was genauso schlimm war?

Aber Brownmiller machte alles wett, weil er der begabteste Mensch war, dem ich je begegnet bin. Er kann alles spielen, vom

Kamm bis zum Klavier; er kann Songs schreiben und sogar die Stücke, die mein Bruder im Sommer aufführt. Und mein Bruder hat das Problem mit seinem Namen insofern gelöst, als er ihn zu »Miller« abkürzte und dann zu »Mill«, damit sie später als »Mill« und »Will« bekannt werden können. (Ich persönlich finde, daß »Miller Conroy« wie der Name eines Schriftstellers, Künstlers oder Musikers klingt. Und alles das ist er.)

Mill und Will waren also da drin und planten die nächste aufwendige Aufführung. Miller hämmerte auf einem Klavier, und die beiden sangen einen Song, den er geschrieben hatte (aus dem Stegreif, vermutlich), doch sie schafften es kaum bis zum Ende, weil sie so sehr lachen mußten. Ich wußte nichts über das Stück, außer daß Mill mir verraten hatte, *Paul* würde eine Rolle darin spielen. Dann müsse eine Folterszene vorkommen, antwortete ich ihm.

Ich stand vor der großen Garage und zupfte an der abblätternden grauen Farbe der Tür. Nein, dachte ich. Es mußte einen Grund gegeben haben, warum ich sie damals nicht gebeten hatte, mich zum Haus der Devereaus zu begleiten, und daran hatte sich nichts geändert. Wahrscheinlich habe ich gedacht, sie würden mir auf dem ganzen Weg Streiche spielen. Das hätten sie auch getan. Keine wirklich schlimmen Sachen, aber dennoch Streiche. Sie hätten sich etwa im Wald versteckt oder so getan, als hätten sie etwas gesehen, was sie gar nicht gesehen hatten. Und im Haus der Devereaus wäre es noch schlimmer gewesen. Ich kannte die beiden gut genug, um zu wissen, daß sie handfesten Unsinn liebten. Manchmal war es lustig, manchmal einfach nur albern. Einer ihrer Lieblingsstreiche bestand darin, den Wasserschlauch hinter den Büschen zu verstecken und das Wasser aufzudrehen, wenn Paul vorbeiging. Paul war so dumm, daß er es für ein Spiel hielt.

Aber ich setzte auch meinen Weg zu Martins Laden nicht fort. Statt dessen ging ich zum Rosa Elefanten zurück, nahm mein selbstgemachtes Schmetterlingsnetz und machte mich auf zum See.

Ich hatte eine verschwommene Ahnung, daß ich diesmal allein gehen sollte.

Mit meinem Schmetterlingsnetz und der leeren Schachtel zu meinen Füßen stand ich also wieder an genau derselben Stelle in dem sumpfigen Gras und starrte über die glatte Wasserfläche des Sees. Er war sehr ruhig heute, grau wie Schiefer. Wahrscheinlich dachte ich, wenn ich nur scharf und lange genug hinsah, würde alles wiedererstehen, sich alles noch einmal wiederholen. Ich würde das Mädchen in seinem weißen Kleid dort drüben sehen, das regungslos dastand und zu mir herübersah. Aber ich sah es nicht, obwohl ich so lange wartete, bis ich fast das Gefühl hatte, das schlammige Wasser würde durch meine alten Überstiefel in meine Turnschuhe dringen.

Ich ließ das Netz und die Schachtel liegen, um sie auf dem Rückweg wieder mitzunehmen. Ich glaube, ich hatte sie nur als Requisiten mitgenommen, wie die Gegenstände, die Will und Mill auf der Bühne benutzten. Ich ging zur Quelle und setzte mich einen Moment auf die gleiche Steinmauer, ließ Wasser in die Blechtasse rinnen, die seltsamerweise immer noch da war, denn ich fand es eigenartig, daß sie nicht von irgendwelchen Jungen einfach aus Spaß, etwas zu entwenden, gestohlen wurde. Aber dann wurde mir klar, daß dies wahrscheinlich kein Ort war, den Leute aufsuchten; er war zu verwildert, zu abseits, es hätte zuviel *Aufwand* bedeutet hierherzukommen, bloß um ein oder zwei Stunden zu spielen. Er war einfach nicht *interessant* genug. Außer man war so wie ich.

Eingehend betrachtete ich ein paar Minuten lang den Weg, der in den Wald führte, jenen dunklen, tunnelartigen Einschnitt, bevor ich all meinen Mut zusammennahm. Wenn ich den Weg mit den Brüdern Woods und Mr. Root nicht schon einmal gegangen wäre, hätte ich es allein nie geschafft. Vielleicht schaffte ich es ja trotzdem nicht ganz bis zum Haus.

Unter diesen Bäumen merkte man nicht, daß helles Tageslicht herrschte. Das Licht drang durch die herabhängenden Äste kaum hindurch, die im Sommer wie im Winter gleich dicht waren, denn es waren meistens Nadelbäume, deren Zweige sich ausbreiteten wie Zelte. Es herrschte eine Art von Stille, die man »überirdisch« nennt. Es war nicht die Stille der Hotelhalle am Mittag oder der Seitenveranda oder des Rosa Elefanten. Es war eine Stille, als wäre die letzte ruhestörende Schicht aus der Luft entfernt, abgezogen worden. Das letzte Blätterrascheln, der letzte leise Vogelschrei vergangen. Ich ging stetig voran, ohne nach hinten oder viel zur Seite zu sehen, bis ich den Rand – die Lichtung und das Haus – erreicht hatte.

Ich atmete leichter und ging ums Haus herum, nach hinten zur Küchentür.

In der Küche war alles noch ganz genauso – die Kerzen, der Porzellantisch, der muffig-saure Geruch, der immer noch aus dem leeren Kühlschrank mit der angelehnten Tür drang. Der trockene, modrige Geruch der verwelkten Blätter auf den Fenstersimsen und Türschwellen schien stärker zu sein als beim erstenmal, wahrscheinlich nur deshalb, weil mich damals die Brüder Woods und Mr. Root abgelenkt hatten. Ich ging durchs Wohnzimmer oder Empfangszimmer oder wie die Devereaus es auch immer genannt haben mochten und sah mich in der zwielichtigen Düsternis um. Der Flügel, die schweren Sessel – alles war noch genauso. Vielleicht dachte ich, mit meiner Erinnerung stimmte etwas nicht.

Ich ging zu der Wand hinüber, an der das Foto hing, das die Schwestern Devereau als Mädchen, vielleicht als Teenager zeigte. Jetzt wußte ich, wer das vierte Mädchen war: Rose Fern Devereau. Daß ich das wußte, daß ich das Gesicht mit einem Namen verbinden konnte, schnürte mir aus irgendeinem Grund die Kehle zu. Sie hatte jetzt einen Namen. Nicht nur das, ich wußte auch einiges über sie. Doch Rose war in Ulubs Geschichte nicht aufgetaucht – zumindest glaubte ich, daß sie nicht aufgetaucht war, denn bei Ulub war das schwer zu sagen. In seiner Pantomime hatte es nur *drei* Schwestern am Küchentisch gegeben. Drei von uns hatten ihre Plätze eingenommen, während Ulub hineingegangen war und auf das Klavier einhämmerte. Denn er spielte Mary-Evelyns Rolle. Die Ereignisse, die uns Ulub in seiner Geschichte mitgeteilt hatte, mußten sich, kurz bevor man Mary-Evelyn im See fand, zugetragen haben. Also mußte Rose damals nicht unbedingt hier gewesen sein.

Ist mit Ben Queen durchgebrannt, hatte Aurora gesagt. Rose mußte schon fort gewesen sein.

Das Foto hing neben einem riesigen Büffet aus so dunklem Holz, daß es fast schwarz erschien. Es stammte aus dem »Empire«; das wußte ich, weil es im Speisesaal des Hotels eines gab, das ihm fast aufs Haar glich. Wir bewahrten Silber, Sets und alle möglichen Kleinigkeiten zum Tischdecken darin auf. Ich begann, die Schubladen aufzuziehen. Hauptsächlich suchte ich nach Bildern. Es mußte welche geben, dachte ich, irgendeine alte Fotografie oder Schnappschüsse wie in der Art, wie meine Mutter einen bekommen hatte. Was hieß, daß sie zumindest Fotos machten. Ich begann bei der größten Schublade in der Mitte. Sie enthielt Leinenservietten, nicht so glatt gestärkt wie die aus der Wäscherei des Hotels, sondern weich und schlaff, fast seidig und durch das lange Liegen an den Kanten gelb verfärbt. Es gab auch noch Tischtücher in dieser Schublade, wahrscheinlich, um den runden Tisch in der Mitte des Raums zu decken, an dem sie wahrscheinlich sonntags aßen oder manchmal zum Tee, wenn sie nicht in der Küche aßen. Ich zog alle Schubladen heraus; ich fand weitere Servietten, angelaufene Serviettenringe, silberne Untersetzer, die unter heiße

Teller gestellt wurden, damit keine Ringe auf dem Holz entstanden. Das war alles. Sorgfältig legte ich alles, was ich herausgenommen hatte, wieder zurück und schloß die Schubladen. Dann ging ich zu dem Schreibtisch hinüber, dessen klobiges Aussehen auch auf »Empire« deutete, und untersuchte alle Laden. Es war nichts darin als alte, leere Briefumschläge, Quittungen, alte Anzeigen, sogar eine Speisekarte, auf die in spindliger Schrift »Hotel Paradise« geschrieben war. Sie war ziemlich alt, und ich stellte fest, daß das Essen damals wesentlich billiger war. Ich faltete sie zusammen und steckte sie in die Tasche. Auf dem Weg nach oben kam ich an dem Grammophon vorbei, das neben der Verandatür stand, und blieb stehen, um den Stapel Platten durchzusehen. Jemanden namens Lawrence Melchior meinte ich zu kennen, denn ich glaube, meine Mutter hatte ihn als einen bekannten Sänger beim Chauttaquaa aufgezählt, das vor ewigen Zeiten im Sommer veranstaltet wurde. Es gab eine Menge französischer Platten mit Liedern, deren Titel ich nicht lesen konnte, und von Sängern, von denen ich noch nie etwas gehört hatte. Die Schwestern Devereau waren wahrscheinlich sehr gebildet.

Im oberen Stockwerk machte ich mich an die Durchsuchung der Schlafzimmer. Drei davon waren ziemlich ähnlich, Doppelbetten, eines davon mit vier Pfosten und einem Überwurf, auf dem ganze Klumpen von Mottenkugeln lagen. Bei den Betten in den anderen beiden Räumen waren die Matratzen aufgerollt und die Mottenkugeln dazwischengestopft. Es machte eher den Eindruck, als hätten Sommergäste am Ende der Saison ihr Haus verlassen, und sah weniger nach einem endgültigen Auszug aus. Das machte mich stutzig: Hatten sie vor zurückzukommen? Die Schwestern waren damals um die Vierzig; inzwischen waren sie wahrscheinlich verstorben oder in den Achtzigern, vielleicht sogar in den Neunzigern. Ich öffnete die Schubladen des Sekretärs, die abgesehen von dem Zeitungspapier, mit dem sie ausgelegt waren, leer waren. Die Zeitungen waren interessant; es handelte sich um den guten alten *Conservative*, nur daß der Name in jenen geschwungenen Lettern gedruckt war, die ich manchmal auf Schokoladenschachteln, wie etwa meiner Whitman's Schachtel, sah. Das Zimmer am Ende des Gangs war nicht viel größer als das von Mary-Evelyn. Von seinem hohen, schmalen Fenster aus sah man über den Wald, und wenn ich mich auf eine bestimmte Art hinstellte, erhaschte ich einen Blick auf den See und auf die Steinbrücke weiter hinten. Vielleicht war es Rose Fern Devereaus Zimmer.

Mary-Evelyns Zimmer war das hübscheste, weil es fast frisch wirkende, buntgestreifte Tapeten hatte, nicht die verblichenen Pfingstrosenmuster, die von schmutzigen, braunen Wänden hingen, wie in den anderen Räumen. Dieses Zimmer war pink und weiß, auch die Möbel waren weiß gestrichen, kaum ein Fleck darauf, kaum eine Spinnwebe. Hier zeigte das Fenster auf den See hinaus und auf den kleinen Balkon natürlich. Ich schob das Fenster hoch, schwang wie beim erstenmal die Beine über den Sims und sah aufs Wasser hinunter. Wolken hatten sich zusammengezogen, und der Himmel war grau geworden; ich sah nach oben, und in dem Moment fiel mir ein Regentropfen ins Gesicht. Dennoch blieb ich sitzen und ließ mich eine Weile beregnen. Die Tropfen fielen langsam und weich, und ich sah gern auf die Wasseroberfläche, wenn es regnete, auf die Pockennarben, die die Tropfen eingruben und den See leicht erzittern und erglänzen ließen. Als der Regen stärker zu werden begann, kletterte ich wieder hinein.

Bei diesem Bett war die Matratze nicht aufgerollt; es lag eine helle, gelb-weiße Chenille-Decke darüber, die unter dem Kissen glattgezogen und ordentlich eingeschlagen war, als wollte jemand heute, oder sehr bald, darin schlafen. Nicht einmal die Mäuse waren an den Überwurf gegangen, obwohl ich gedacht hätte, daß das Muster der ineinander verschränkten weißen Plüschkreise auf Mäuse sehr einladend wirken würde. Ich zögerte, Mary-Evelyns

Sachen zu durchwühlen, ganz im Gegensatz zu den Sachen ihrer Tanten. Wahrscheinlich wußte ich, wie zornig ich werden würde, wenn jemand bei mir so etwas getan hätte. Aber dieses war das einzige Schlafzimmer, das noch bewohnt aussah, und da auf der Kommode immer noch ein paar Gegenstände lagen – eine Bürste, ein Spiegel, eine Flasche, in der Parfüm gewesen sein mochte –, dachte ich, ich könnte vielleicht etwas finden, was mir weiterhalf.

Ich hatte recht: Die Schubladen enthielten Dinge wie Unterwäsche, aufgerollte Socken und Pyjamas. Es gab keine T-Shirts und Shorts, aber ein paar sorgfältig zusammengelegte Blusen aus feiner Baumwolle mit weißen Ösen und sogar etwas Spitze am Kragen. Aber abgesehen von den Kleidungsstücken enthielten die Schubladen keinerlei Geheimnisse wie etwa Tagebücher oder Bilder. Ich schob sie zu und ging zum Schrank. Die Kleider darin waren immer noch in ausgezeichnetem Zustand. Die Pinienstückchen an den Bügeln und der strenge Geruch von Kampfer mochten dazu beigetragen haben, Mäuse und Motten fernzuhalten.

Es hing ein karierter Wollrock darin, daneben Pullover und Kleider in zarten Pastellfarben. Und was für Kleider! Sie waren unglaublich elegant, und da ich viele Stunden in der Europa-Boutique zugebracht hatte, wußte ich, wovon ich redete. Wie oft hatte ich Publikum gespielt, wenn Ree-Jane die neueste Mode vorführte, wenn sie mit ihrem unnatürlich gleitenden Gang einherschritt, die Hände steif abgewinkelt, oder beim Drehen in die Hüfte gestützt, wenn sie stehenblieb, posierte, und künstlich über die Schulter lächelte. Ich mußte auch bei Mrs. Davidows Auftritten Beifall spenden, obwohl sie nicht so angeberisch herumstolzierte wie Ree-Jane, die mich zum Kotzen brachte; sie trat einfach forsch aus dem Ankleidezimmer, drehte sich vor dem Spiegel nach allen Seiten, riß ihren Hüfthalter herunter und rückte auf verschiedene Weisen ihr Kleid zurecht. Der springende Punkt war der, daß ich die teuersten, elegantesten Kleider im Umkreis von hundert Meilen gesehen hatte, und außerdem den endlosen Unterhaltungen zwischen Heather Gay Struther und Mrs. Davidow über Schrägschnitte, Zwickel, Falten und Plissees lauschen durfte. Es reichte aus, um wirklich gutes Schneiderhandwerk zu erkennen, wenn es mir vor Augen kam. Und das sah ich jetzt, als ich den schmal plissierten Rock eines blaßgelben Kleides hochhielt, Akkordeon-Falten, die vollkommen flach und glatt fielen, bis die Trägerin sich bewegte, und der Rock zu schwingen beginnen würde. Es gab ein weiteres Kleid in einem herrlich blaugrünen Ton aus flaumweichem Material, ganz schlicht, wenn man nicht sah, wie es geschnitten war. Etwa zehn oder ein Dutzend solcher Kleider hingen dort, angefangen von dem schlichteren grünen bis zu einem unglaublich eleganten Abendkleid aus eisblauem Taft, das vorn mit einer komplizierten Reihe von Knöpfen und Schlaufen aus dem gleichen Material geschmückt war. Ich befühlte den Stoff jedes einzelnen Kleides und dachte, es mußte der jeweils feinste seiner Art sein: Die rosa-graue Wolke, der tiefblaue Samt waren von unglaublicher Weichheit, der glatte Taft hatte die Farbe des Rittersporns, der den Garten auf der Vorderseite des Hotels umsäumte.

Ich nahm das schlichteste heraus, das grüne, das am ehesten zu mir paßte, zog mein T-Shirt und meinen Baumwollrock aus und streifte es über den Kopf. Über dem Sekretär hing ein Spiegel, den ich kippte, um mich möglichst ganz sehen zu können, und ich sah darin recht hübsch aus. Ich beugte mich näher zum Spiegel, um festzustellen, wie das Grün (das den Ton von Mrs. Davidows Schnapsflaschen hatte) meine Augenfarbe veränderte. Es machte sie viel grüner. Einmal hatte ich Maud gesagt, meine Augen mußten achselzuckenfarben sein, weil jedesmal, wenn ich jemanden fragte, welche Farbe meine Augen hatten, die Leute nur mit den Achseln zuckten *(oh, ich weiß nicht ... Blau? Grün? Bräunlich?)*. Maud sagte, das sei absolut lächerlich, jedermann könne sehen, daß meine Augen »haselnußbraun« und außerordentlich hübsch seien. Das zu wissen, war eine Erleichterung. Aber es stimmte, meine Augen veränderten ihre Farbe je nachdem, welche Farbe ich trug. Da meine Kleidung jedoch hauptsächlich aus weißen T-Shirts bestand, veränderte sich meine Augenfarbe nicht viel. Aufgrund des Kleids sahen sie jetzt völlig grün aus. Ich trat zurück, bewunderte mich, nahm die Bürste, und bürstete mein Haar. Sogar mein Haar verlor seinen bräunlichen Ton und wirkte blonder mit dem grünen Kleid. Natürlich hatte ich mir immer den Anschein gegeben, als wären mir Kleider egal, was reine Heuchelei war. Man würde mich gnadenlos necken, wenn ich je durchblicken ließe, daß es nicht so war. Kleider sind für Mädchen in Ree-Janes Alter. Ebenso Größe, Aussehen und ein Mannequin-Gang. Für jemanden, der sie präsentieren kann. *Das* hat man mir zumindest gesagt. Ich sah auf das grüne Kleid hinunter und glättete den Rock, der schräg verarbeitet war, so daß der Saum schwang. Es war die Art von Kleid, das ich vielleicht getragen hätte, wenn sich jemals jemand um meine Kleidung gekümmert hätte.

Dann wurde mir plötzlich schlagartig klar – als hätte ich es nicht schon vorher gewußt (es war mir immer klar gewesen, nur nie so recht zu Bewußtsein gekommen) –, daß ich nicht einmal in *Erwägung* ziehen durfte, ein solches Kleid zu besitzen. Weder dieses und auch keines aus der Europa-Boutique. Und ich fragte mich: Warum? Warum durfte ich nicht einmal daran denken, in einer der Kabinen der Europa-Boutique zu stehen, den kleinen Vorhang vorzuziehen und etwas anzuprobieren? Warum konnten zu meinem Geburtstag Mrs. Davidow und meine Mutter nicht die Köpfe zusammenstecken und dann Heather Gay Struther bitten, bei einer ihrer »Einkaufstouren« nach einem Kleid für mich Ausschau zu halten? Ich konnte diese Fragen nicht beantworten. Daher beschloß ich, für die kurze Zeit, die ich hier in dem Haus war, das

Kleid anzubehalten. Vielleicht sollte ich *alle* anprobieren. Ich rang die Hände, wurde schrecklich aufgeregt und beschloß dann, daß es zuviel Zeit kosten würde, alle anzuprobieren. Statt dessen ging ich zu einer Kommode hinüber, die am Fußende des Bettes unter dem Fenster stand. Sie war ebenfalls weiß gestrichen und sah ziemlich ähnlich aus wie meine rosafarbene Spielkiste, die ich natürlich nicht mehr benutzte, in die ich aber gelegentlich einen Blick warf, nur um den Inhalt zu kontrollieren und sicherzugehen, daß Ree-Jane nicht darin herumgewühlt hatte.

Diese Kiste war fast voll. Es lagen Stofftiere darin (einige mottenzerfressen und von Mäusen zernagt), Brettspiele, Puzzles mit Landschaftsbildern wie »Winterwunderland« oder »Blühende Blumen«, die ziemlich scheußlich waren, und einige Puppen. Ich untersuchte die Spiele, fand Monopoly und mein Lieblingsspiel Mr. Ree. Ich setzte mich im Schneidersitz auf den Boden (achtete auf mein Kleid) und öffnete den Deckel, der den Blick in ein Stockwerk eines großen Hauses freigab; als wäre das Dach abgehoben worden, sahen die Spieler von oben in die Räume hinein. Säuberlich eingeordnet, befanden sich auch die runden Röhrchen in der Schachtel, auf die kleine modellierte Köpfe gesteckt werden konnten. Das waren die Figuren, die von den Spielern verkörpert werden würden. Dann gab es die winzigen Waffen – Messer, Gewehr, Axt und Seil –, die in die Röhrchen paßten. Es war das intelligenteste und ausgeklügelste Spiel, das mir je untergekommen war. Es gab auch drei Kartensätze: einen für die sechs Figuren, einen für die Mordwaffen und einen, der »Erfrischungskarten« hieß. Auf ihm waren bunte Abbildungen von Kuchen, Getränken und Sandwiches. Ein weiterer Grund, warum mir dieses Spiel gefiel.

Ich steckte die kleinen Köpfe auf die Röhrchen, reihte sie nebeneinander auf und musterte sie. Kein Wunder, daß dieses Spiel beliebt ist, denn es vermittelt das Gefühl einer Familie, die in einem Haus wohnt. Auch wenn die Leute darin nicht alle eng miteinander verwandt sind, leben sie dennoch behaglich zusammen, bis einer von ihnen sich entschließt, einen anderen zu ermorden, und Mr. Ree gerufen werden muß. Ich nahm jede der winzigen Waffen, legte sie mir auf die Hand und betrachtete sie. Die einzige Waffe, mit der ich noch nicht in Betracht gezogen hatte, Ree-Jane zu ermorden, war eine Axt, und zwar wegen der scheußlichen Schweinerei und des Bluts, das vermutlich auf mich spritzen würde. Summend saß ich da und stellte mir vor, wie sie am Seil hing und sich im Wind drehte; ich konnte sie keuchen und würgen hören, während ihr der Becher mit irgendeinem Gift aus der Hand glitt und ihr Gesicht blau anlief, und ich hörte sie schreien, als ihr das Messer in den Rücken drang. Es war angenehm, hier zu sitzen und solchen Gedanken nachzuhängen, während der Regen aufs Dach trommelte.

Aber schließlich legte ich die Waffen beiseite, stützte die Ellbogen auf die Knie, legte das Kinn in die Hände und betrachtete die Figuren: Mr. Green. Miss Scarlett. Mrs. White. Tante Cora. Kusine Rhoda. Diese Namen fand ich schon immer wundervoll, aber »Kusine Rhoda« gefiel mir am besten. Kusine Rhoda (entschied ich vor langem) ist immer unschuldig; sie würde nie jemanden töten, weil sie viel zu hübsch aussieht. Es schmerzte mich auch, wenn Kusine Rhoda ermordet wurde, und ich tat alles, was in meiner Macht stand, um das zu verhindern. Ich nahm die Figurenkarten heraus und wünschte, die Brüder Woods und Mr. Root wären hier gewesen, dann hätten wir ein Spiel machen können.

Wiederum summend, stellte ich die oberste Karte, Mr. Green, vor seinen Kopf auf dem Röhrchen. Die nächste Karte war Colonel Mustard – aber zu ihm gab es kein Röhrchen und keinen Kopf. Ich durchsuchte die Schachtel, fand die Teile aber nicht. Vielleicht war er herausgefallen und lag auf dem Kistenboden? Also räumte ich den ganzen Inhalt heraus, um zu sehen, ob er dort unten war. Aber ich konnte weder den Kopf von Colonel Mustard finden noch das dazugehörige Röhrchen. Das war enttäuschend. Es hieß, daß die Familie nicht vollständig war. Und dann, als ich mich wieder den Karten zuwandte, machte ich eine so überraschende Entdekkung, daß ich den fehlenden Colonel Mustard vergaß.

Bei jeder der vier weiteren Karten war das Gesicht der Figur mit einem anderen Gesicht überklebt worden. Offensichtlich aus einer Fotografie ausgeschnitten, klebte über dem Gesicht von Miss Scarlet das Gesicht einer der Devereau-Schwestern (vielleicht Isabel, obwohl ich sie nicht auseinanderhalten konnte). Und über Mrs. White das Gesicht einer der anderen. Über Tante Cora klebte, sorgfältig ausgeschnitten, das Gesicht der dritten Schwester. Und da war eine vierte, die über Kusine Rhoda geklebt war. Und die war sehr hübsch und sehr blond. Ich konnte nur raten, daß es sich dabei um Rose Fern Devereau handelte.

Ich hatte sie dreimal gesehen. Ich meine, ich hatte ihr Ebenbild gesehen. Dieses Gesicht glich aufs Haar dem Mädchen auf dem Bahnsteig in Cold Flat Junction. Dem Mädchen, das die Second Street hinuntergegangen war. Dem Mädchen, das von der anderen Seite des Sees herübergesehen hatte. Dem Mädchen.

Es raubte mir tatsächlich den Atem. Natürlich, das Gesicht auf der Fotografie unten im Wohnzimmer glich ihr, es war nur jünger, und hier, ohne die Schwestern um sie herum, erschien das Gesicht von Rose Fern Devereau mit dem des Mädchens praktisch identisch. Ich stand auf, ging zum Bett hinüber und legte mich vorsichtig, um mein Kleid nicht zu zerdrücken, mit der Karte von Kusine Rhoda/Rose in der Hand nieder, starrte sie an und wunderte mich. Verwundert, jedoch mit nichts anderem im Kopf als dem Bild des Mädchens. Ich verglich das Gesicht auf der Karte mit dem Gesicht in meiner Erinnerung: auf dem Bahnsteig in Cold Flat Junction. Auf dem Gehsteig in der Stadt. Auf der anderen

Seite des Sees. Es war, als würde ich Dias ansehen. Klick. Klick. Klick.

Ich legte die Karte mit dem Gesicht nach unten auf meine Brust und faltete die Hände darüber. Ich sah zur Decke, auf das verschwimmende Muster von Licht und Schatten, das die Spiegelung des Regens erzeugte, der an den Fensterscheiben hinabrann. Ich war müde, oder mein Kopf war müde geworden. Der Regen prasselte auf jene wohltuende, monotone Weise, als hätte er mit seiner Zeit nichts Besseres anzufangen. Es war erholsam, obwohl meine Gedanken immer und immer wieder um diese beiden Gesichter kreisten. Während ich zu dem Wirbel aus Licht und Schatten hinaufstarrte, fühlte ich mich hypnotisiert. Einmal hatte Will versucht, mich zu hypnotisieren, indem er mich auf einen Fleck an einer weißen Decke starren ließ. Er hatte ein Buch über Hypnose gelesen und natürlich mich als Versuchskaninchen ausgewählt.

Will war gescheitert, aber das wirbelnde Muster der Regenschatten schaffte es: Ich fühlte mich langsam in den Wirbel dort oben hineingezogen und mir war, als würden alle quälenden Alltagsängste von mir abfallen – aller Ärger und alle Umtriebe, wie etwa Mrs. Davidows schreckliche Wutausbrüche, Miss Berthas Forderungen, die Arbeit mit den Salaten oder das Geräusch von Veras knisternd steif gestärkten Manschetten und Schürzen. Alles wurde wie Distelwolle weggeblasen und auf meinen Atemzügen fortgetragen, so daß nur noch das Herz der Distel zurückblieb, und ich spürte, wie mein eigenes innerstes Selbst ins Zentrum der schwankenden Lichter an der Decke gezogen wurde. Ich spürte, daß all diese Fädchen kleine Lügen und Ablenkungen waren, jedoch kein Bestandteil meines innersten Selbst. Und in diesem lichten Platz dort oben tauchte schwebend immer wieder das Gesicht des Mädchens auf. Ich mußte tatsächlich hypnotisiert gewesen sein (dachte ich), denn ich wurde zunehmend schläfriger, müde von all dem Nachdenken und Suchen. Hypnotisiert oder entrückt, wie ich war, hatte ich das Gefühl, für immer hier liegenbleiben zu können. Die Kälte des Hauses spürte ich kaum, obwohl ich Gänsehaut an den Armen hatte. Es war die Art von starrer Kälte, die Gespenster verursachen (wie ich gehört hatte), die Art von Kälte, in der kein Luftzug weht, wo einen kein Windhauch berührt und frösteln läßt. Aber ich glaube nicht an Gespenster oder Spukgeschichten. Ich fürchte mich vor vielen Dingen, aber nicht davor. Dafür bin ich zu praktisch veranlagt. Außerdem war ich mir nie sicher, ob man vor Geistern Angst haben mußte: Ich hatte eher das Gefühl, sie waren traurig, und es waren traurige, verwünschte Orte, die sie aufgrund dieser Trauer nicht verlassen konnten. Eine Treppe etwa, eine Bibliothek, oder sie mußten ständig aufs Meer hinausstarren. Um die Wahrheit zu sagen, es hätte mir überhaupt nichts ausgemacht, wenn Mary-Evelyns Geist gekommen wäre, und wir eine Partie Mr. Ree gespielt hätten.

Ich dachte an all die Kleider im Schrank und stellte fest, daß ich so oft ins Haus der Devereaus kommen konnte, wie ich wollte, um eines dieser Kleider anzuziehen, jeden Tag, wenn ich Lust dazu hatte. Ich konnte umherwandern, mit den Spielsachen in der Kiste spielen, auf dem Fensterbrett sitzen und auf den See hinausschauen, ich konnte sogar Sandwiches und Orangenlimonade mit herüberbringen. Ich konnte selbst Decken mitbringen und hier schlafen. Niemand im Hotel würde bemerken, was ich nach dem Essen machte, wenn alle Gäste fort waren. Plötzlich tauchte in dem weißen Fleck an der Decke ein Bild der kandierten Süßkartoffeln meiner Mutter auf, diejenigen mit den gehackten Pekannüssen obendrauf, die zu gebackenem Schinken gereicht werden, und ich stellte fest, daß ich nicht hypnotisiert war und aufstehen konnte.

Was ich tat. Gähnend saß ich auf dem Bettrand, immer noch die Karte mit dem aufgeklebten Foto in der Hand. Ich bemerkte, daß ich über mich selbst ins Träumen geraten war und das Geheimnis um Rose Devereau und Ben Queens Tochter Fern vergessen hatte.

Ich stand auf, zog das Kleid aus, hängte es sorgfältig auf den Bügel zurück und knöpfte den obersten Knopf zu, damit es nicht herunterglitt. Ich verließ das Zimmer und ging nach unten.

Neben der Tür, die zur Veranda hinausführte, stand ein Grammophon, das in einem hölzernen Gehäuse steckte und mit einer Kurbel in Gang gesetzt werden konnte. Ich öffnete die kleine Tür des Mahagoni-Gehäuses, zog eine Platte aus der Hülle und kurbelte das Grammophon an. Die Nadel war ziemlich alt, denn eine Weile ertönte nur von Kratzern unterbrochene Musik, die dann in ein sehr trauriges, hauptsächlich von Geigen begleitetes Lied überging. Ich öffnete die innere Tür zur Veranda (denn es gab noch eine Fliegentür), so daß die Bäume in der Umgebung in den Genuß von etwas Musik kamen. Eine Zeitlang schlenderte ich im Raum herum, entdeckte unter Staubüberwürfen Roßhaarstühle und Schemel und suchte immer noch nach Fotos oder Tagebüchern, wenn auch nicht sehr intensiv, da ich die Kusine-Rhoda-Karte gefunden hatte.

Beim Durchsuchen der Schubladen hatte ich die Klavierbank vergessen, daher hob ich den mit Scharnieren versehenen Deckel hoch, ohne auf einen Fund zu hoffen, was auch nicht der Fall war, abgesehen von einer Menge Notenhefte. Auroras Lieblingslied »Alice Blue Gown« lag obenauf. Ich öffnete das Heft und sah mir die Noten an. Ich war keine große Musikerin, weshalb ich Brownmiller so sehr bewunderte, der alles nach dem Gehör spielen konnte. Aber ich konnte mir einfache Melodien merken und brachte es fertig, mit einem Finger ein Lied zu spielen. Daher hob ich den großen Deckel des Flügels und stellte ihn auf, als wollte ich eine Konzerthalle mit meinem Spiel beglücken. Die Platte auf dem Grammophon war zu Ende, und die Nadel hatte sich kratzend zur Mitte geschoben, daher ging ich hinüber und legte den Tonarm zurück. Dann ging ich wieder zum Flügel und setzte mich vor die Tasten. Ich klimperte »Alice Blue Gown« und sang sogar einen Teil davon. Ich versuchte, mit der linken Hand einen Akkord zu greifen, aber es klang nicht allzu gut, und ich war froh, daß Brownmiller es nicht gehört hatte. Ich spielte noch einmal »Alice Blue Gown« (wobei mir der Klang meiner Stimme gefiel), dann hatte ich genug davon und suchte im Innern der Bank nach weiteren Noten.

Die glatten Blätter glitten mir durch die Hände. Viele Stücke waren mit französischem Text. Ich zog ein paar heraus und versuchte die Titel zu entziffern, was mir natürlich nicht gelang, und ich stellte nur fest, daß in vielen »amour« vorkam. Trotzdem wirkten einige vertraut, und ich warf einen kurzen Blick ins Innere des Grammophongehäuses, wo die Platten standen. Offensichtlich mochten die Devereaus diese französischen Lieder, denn bei den Platten und den Notenblättern handelte es sich um die gleichen Stücke, soviel ich erkennen konnte. Ich sah, daß der Titel der gleiche war wie bei dem Lied, das ich gerade gespielt hatte. Ich dachte, es wäre hübsch, zu meiner eigenen Klimperei Begleitung zu haben, daher ging ich zum Grammophon hinüber und nahm die Platte heraus, die mit meinen Noten übereinstimmte. Ich kurbelte und kurbelte, legte die Platte auf und raste dann zum Flügel zurück.

Eine Weile kamen der französische Sänger und ich ganz gut miteinander zurecht. Ich hatte Glück, daß das Lied so langsam und traurig war, fand ich, als ich plötzlich innehielt und zuhörte. Die Stimme aus dem Grammophon schwebte völlig schwerelos in der Luft, gleichsam körperlos. Zu einem gewissen Teil war das natürlich das Ergebnis ihrer Fremdartigkeit. Da ich den Text nicht verstand, konnte ich keine Vorstellungen damit verbinden. Ich hörte nur die Worte – Silben, Töne. Dieses langsame, französische Lied durchbrach als einziges die Stille des schattigen Wohnzimmers, und mit der langsamen Bewegung des nebelhaften Lichts auf dem Teppich wirkte es geradezu – verloren. Und während die Stimme weitersang, wurde eine niederschmetternde Verlorenheit daraus. Mein Körper wurde schwer unter dieser Last. Es war, als wäre die steinere Frau hereingekommen, die im Garten Wache hielt, als hätte sie sich neben mich gesetzt und sich mit ihrem ganzen Gewicht auf mich gelehnt. Endlich war das Lied zu Ende, die Statue erhob sich, um in ihren toten Garten zurückzukehren, und ich vermochte meine Finger wieder zu rühren.

Die Stille war fast noch schlimmer als das Lied. Daher spielte ich das erste Stück noch einmal. Die Nadel kratzte in der Mitte der Platte. Ich schickte mich gerade an aufzustehen und die Nadel abzuheben, als ich zufällig durch die Fliegentür sah.

Dort draußen, inmitten des Kiefernkranzes, jenseits der Lichtung, stand das Mädchen. Über dem Kiefernkranz am anderen Ende des Sees ging glühend die Sonne unter. Dann wurde es kälter im Raum, die Bäume wurden dunkler, und das Mädchen drehte sich um und ging weg.

34.

Ich gebe nicht viel auf Schicksal, Gott oder Astrologie. Ree-Jane hingegen nimmt sich das Horoskop im *Conservative* zu Herzen. Man setzt sich allerdings keiner großen Gefahr aus, wenn man daran glaubt, weil, gleichgültig unter welchem Zeichen man auch geboren ist, nur günstige Zukunftsprognosen geliefert werden. Großartige, wenn man Ree-Jane über ihre vielfältigen zukünftigen Romanzen reden hört, über die gutaussehenden Fremdlinge, die sie auf all den exotischen Reisen begleiten und von all den Karrieren weglocken werden, die sie einst haben wird.

Ree-Jane liest mir natürlich das ganze Zeug vor, auch mein eigenes Horoskop, obwohl ich ihr gesagt habe, daß ich nicht daran glaube. Zuweilen bin ich mir selbst gegenüber grausam aufrichtig (obwohl ich mir das nicht zur Gewohnheit gemacht habe), und ich muß zugeben, daß der Grund, weshalb ich im Gegensatz zu Ree-Jane nicht an Horoskope glaube, darin zu suchen ist, daß sich ihre Prognosen wesentlich erfreulicher, heiterer und glanzvoller anhören als meine. Ihr Horoskop malt das Bild einer Zukunft, in der sie, in einem weißen, glitzernden Pailletten-Abendkleid durch Nächte und Tage wirbelt. (Ich sehe das deutlich vor mir, weil ein solches Kleid in ihrem Schrank oben hängt.) Ich hingegen sehe mich in Zukunft dicke Brillengläser und mausgraue Pullover tragen, aber ich werde furchtbar klug sein und für alberne Vergnügungen wie Tanzereien nur einen verächtlichen Blick übrig haben.

Doch Ree-Jane liest mir mein Horoskop auch deswegen gerne vor, weil man bei *meinem* Sternzeichen dazu neigt, gute Taten zu begehen und loyal und selbstaufopfernd zu sein – kurzum Qualitäten zeigt, die man bei Nonnen und Heiligen findet, Menschen wie Jeanne d'Arc oder Leuten, die bereit sind, für Gott auf einem Ameisenhaufen zu sterben. (Ich habe nie gehört, daß Gott eingeschritten wäre und in Fällen wie etwa dem des Hiob die Sache in die Hand genommen hätte, aber ich schätze, der Höchste wartet ab, ob man es wirklich ernst meint, und bis man das bewiesen hat, ist es dann ohnehin zu spät.) Obwohl in meinem Horoskop nicht viel von Liebe, Geld und Ruhm vorkam, war es dennoch schmeichelhaft. Aber Ree-Jane gelang es, etwas wirklich Schreckliches daraus zu machen. Sie redete ständig über mein Schicksal und über das, was sie als mein »Karma« bezeichnete, und daß ich dem nicht entkommen würde.

Der Grund, weshalb ich auf Astrologie und Horoskope zu sprechen komme, liegt darin, weil es in Spirit Lake eine Wahrsagerin namens Mrs. Louderback gibt. Mrs. Louderback gilt als ziemlich nobel, weil sie für ihre Dienste kein Geld nimmt. Nicht offiziell. Sie ist bereit, »Geschenke« anzunehmen, und natürlich »schenken« ihr die Leute etwas, die ihre Dienste in Anspruch nehmen, um nicht als schäbig zu erscheinen. Ich möchte über Mrs. Louderback nichts Gehässiges sagen (oder vielleicht ist »nichts Zynisches« der richtige Ausdruck, obwohl es nur eine elegantere Umschreibung von Gehässigkeit ist), denn Mrs. Louderback ist eine wirklich nette Person, wie ich gehört habe, die den Leuten in ihrer Küche wahrsagt und mit einem »Geschenk« von zwei Dollar zufrieden ist.

Und wen sonst hätte ich schließlich um Rat fragen können? Wem sonst hätte ich die Geschichte von dem Mädchen und allem, was mit ihr zu tun hatte – Mary-Evelyn, die bösen Schwestern (so kamen sie mir inzwischen vor), das Haus und Jude Stemple –, erzählen können? Sie wäre bloß auf taube Ohren getroffen. Nein, schlimmer noch, die Leute würden mich sicher auslachen. Wenn ich mir vorstellte, wie sie einen Kreis um mich bildeten und mich auslachten (sogar mein Bruder Will, der sich gewöhnlich nicht so verhielt, aber in Gesellschaft anderer immer gleichsam deren Stimmung »übernahm«), hatte ich dennoch das Gefühl, daß sie nicht unbedingt aus Gehässigkeit lachten (abgesehen von Ree-Jane natürlich). Es war eher so, als hätten sie das Gefühl, daß sie das Recht dazu hatten. Meine Gedanken wurden von wirren Bildern überflutet, wenn ich darüber nachdachte. Ich sah Indianer in Kriegsbemalung, die ausgelassen um ein Feuer tanzten und irgendwelche Götter oder Geister anriefen. Ich sah Leute, die eine Ziege umringten, Töpfe und Pfannen auf ihren Rücken banden, und sie dann in die Berge jagten.

Es *mußte* einfach einer sein. Einer *mußte* einfach dafür geradestehen. Es war eigentlich keine Strafe, eher Karma.

Um wieder auf Mrs. Louderback zurückzukommen: Ich bin ein praktisch veranlagter Mensch. Ich glaube nicht an Gespenster,

Geister, Teufel, Engel oder Monster, die aus dunklen Schränken springen und dergleichen. Ich stelle auch meine Skepsis nicht *auf die Probe*. Ich gehe an Halloween nicht in leerstehende Häuser oder wandere über Friedhöfe. Aber das ist wiederum nur ein Zeichen meiner Nüchternheit.

Die Art, wie Mrs. Louderback ihr Hobby betreibt, geht dergestalt vonstatten, daß eine Person für einen bestimmten Nachmittag einen Termin vereinbaren muß (weil sie ihre Hausarbeit zu verrichten hat, wie jeder andere auch), ihr aber keinen Namen nennen darf. Das kam mir seltsam vor, da sie vermutlich jeden in Spirit Lake vom Sehen kennt. Vielleicht soll man ihr den Namen deswegen nicht verraten, um sicherzugehen, daß sie in der Zwischenzeit keine Auskünfte über einen einholen kann, über Dinge etwa, die einem in der Vergangenheit widerfahren sind, und sie dann vorgeben könnte, diese Ereignisse erraten zu haben. Aber ich glaube ohnehin nicht, daß Mrs. Louderback in dieser Hinsicht betrügerische Absichten hat; warum sollte sie losrennen und herausfinden wollen, was in der Vergangenheit von irgend jemandem in Spirit Lake oder La Porte geschehen ist? Wie ich gehört habe, ist Helene Baum eine ihrer Stammkundinnen. Man stelle sich vor, alles über die langweilige Vergangenheit von Helene Baum zu erfahren. Es war vermutlich schwer genug, sich am Küchentisch ihrer Gegenwart zu stellen.

Ree-Jane hatte Mrs. Louderback mehrmals aufgesucht, und sah danach jedesmal aus wie eine Katze, die die Sahne aufgeleckt hat. Ich habe aufgegeben, sie zu fragen, was dabei herausgekommen ist, weil sie jedesmal bloß behauptete, es sei wundervoll gewesen, sich aber weigerte, Einzelheiten herauszurücken. Auch Mrs. Davidow ging zu ihr. Meine Mutter nie. Mrs. Davidow versuchte, sie dazu zu überreden, um selbst nicht als albern dazustehen.

Ich befürchtete, Mrs. Louderback könnte annehmen, ich sei ein Kind, das sich einen Streich mit ihr erlaubte, als ich wegen meines

Termins anrief, aber das war nicht der Fall. Sie sagte mir, ich könne am folgenden Tag um halb fünf kommen.

Ich verbrachte den Rest des Tages in größter Nervosität. Ich hatte Angst vor der Zukunft. Ich hatte gehört, Mrs. Louderback würde nichts verraten, wenn es sich um ein wirklich schlimmes zukünftiges Erlebnis handelte, wie etwa in der folgenden Woche sterben zu müssen. Das beruhigte mich ein bißchen, aber dann hatte ich Angst, ich könnte aus ihrem Gesichtsausdruck etwas Schlimmes ablesen, wenn sie eine verdächtig aussehende Karte aufdeckte. Tarot-Karten waren mir bekannt, weil Ree-Jane (natürlich) welche besitzt. Im Gegensatz zu Mrs. Louderback macht es Ree-Jane großen Spaß, todes- und unheilverkündende Karten aufzudecken, die meine Zukunft betreffen. Gemäß Ree-Janes Deutung meiner Zukunft werde ich auf einem Scheiterhaufen verbrennen, ohne dafür die Entschädigung zu genießen, von den Leuten als Heilige verehrt zu werden. Ich würde einfach nur verbrennen. Natürlich hat Ree-Jane gelogen, denn die Zukunft keines Menschen konnte *immer* so düster sein, wie sie sie ausmalte.

Aber die Karten als solche fand ich faszinierend und ein paar darunter recht schön. Es überraschte mich, als ich die Bedeutung von einigen herausfand: Der Gehenkte etwa, der soviel wie »Wiedergeburt« bedeutet, und nicht den Tod durch Aufhängen an den Füßen (wie ich angenommen hatte).

Mein Termin bei Mrs. Louderback war um halb fünf, und diesmal befand ich mich ganz rechtmäßig in Martins Laden, weil mir meine Mutter aufgetragen hatte, eine Tüte Stärkemehl für den morgigen Nachtisch mitzubringen. Es würde erst dann gebraucht werden, daher mußte ich es nicht schnell zurückbringen.

Wie immer sah mich Mr. Martin über die Ränder seiner Brillengläser hinweg mißtrauisch an. Aber nachdem niemand sonst im Laden war, der mir als Informationsquelle für Ben Queen hätte dienen können, trödelte ich nicht vor den Auslagekästen oder den Regalen herum. Er wußte, daß er das Stärkemehl auf die Hotelrechnung setzen mußte, die irgendwann vor dem Sankt-Nimmerleins-Tag bezahlt werden würde oder nicht. Lola Davidow ist sehr geschickt, wenn es darum geht, mit Rechnungen herumzujonglieren.

Draußen belegte Mr. Root seinen Teil der Bank. Die Brüder Woods waren allerdings nicht zu sehen. Er grüßte mich mit einem Winken und einem Nicken und sah sich dann um, als gehörten wir zu derselben Geheimgesellschaft, und als wollte er nicht, daß sich jemand zwischen uns drängte.

»Ich dachte«, sagte er und machte mit dem Kopf ein Zeichen in Richtung auf den Highway, »wenn der Bus reinfährt, du weißt schon, dieser Kirchenbus, dann könnte ich vielleicht ein paar Erkundigungen einziehen.« Mr. Root wandte den Kopf zur Seite und spuckte ziemlich elegant seinen Tabak aus. »Hab' mir gedacht, ich könnte rausfinden, was mit Sheba passiert ist, weißt du, diejenige, die einen von den Queens geheiratet hat. Meinst du, wir sollten noch einmal zu diesem Haus gehen? Du und ich und die Brüder Woods?«

Er meinte natürlich das Haus der Devereaus, und ich wußte nicht, wann ich Gesellschaft haben wollte, daher antwortete ich, daß wir das vielleicht ein andermal machen sollten. Dann saßen wir eine Weile da, Mr. Root ernsthaft kauend und offensichtlich angestrengt nachdenkend (aus seiner gefurchten Stirn zu schließen). Ich betrachtete die Frau auf der Stärkemehltüte und beschloß, daß es Zeit war, zu Mrs. Louderback zu gehen. Sie wohnte auf der anderen Seite des Dorfes, drüben über dem Highway und dann noch ein paar Straßen weiter, aber ich würde zu Fuß nur zehn Minuten brauchen.

»Paß auf dich auf«, sagte Mr. Root.

Ich dankte ihm, ging die Böschung vor Martins Laden hinunter und überquerte den Highway. Es herrschte nie viel Verkehr. Ich ging an Gee's schäbigem Restaurant vorbei, in dem die Flipper-Automaten standen, und an dem Imbiß daneben, wo Mrs. Ikleberger im Winter ihre Kartoffelsuppe servierte. Das war das ganze »Gewerbegebiet«, das Spirit Lake aufzuweisen hatte: Martins Laden auf der anderen Seite des Highways und Gee's und Mrs. Iklebergers Restaurant. Ich marschierte zwischen Reihen großer, alter viktorianischer Häuser und kleinerer, hübscher Häuschen entlang, wie etwa dem von Marge Byrd, an dessen Vorderfront sich eine Menge Kletterpflanzen rankten. Der Garten sah verwildert aus, aber Marge Byrd war nicht der Typ von Frau, die ein gutes Buch weglegen würde, um hinauszugehen und Unkraut zu jäten.

Ich wurde von einer Frau – einer Familienangehörigen oder Freundin, schätzte ich – in Mrs. Louderbacks Haus eingelassen, die mich bat, ins Wohnzimmer zu gehen, wohin mir Mrs. Louderback gleich folgen würde.

Der Raum, den ich betrat, war kühl und dunkel. Er erinnerte mich an Dr. McCombs Haus; er war mit Möbeln vollgestopft, und dunkle Schatten türmten sich darin. Auf einem großen, runden Tisch, auf dem ein dunkel gemusterter Läufer lag, waren gerahmte Fotografien aufgestellt; die dicken Polstersessel standen so eng beieinander, daß sich die Armlehnen berührten. Ich fragte mich, ob sie für viele Leute auf einmal Platz brauchte, wie ein Arzt in einem Warteraum.

Aber ich war im Moment die einzige Klientin, und das erleichterte mich. Denn ich hatte Hemmungen gehabt, unter Umständen Helene Baum über den Weg zu laufen, die in der ganzen Stadt herumtratschen würde, daß ich die Wahrsagerin aufsuchte. Für den Fall, daß andere Klienten dagewesen wären, hatte ich mir vorgenommen, so zu tun, als hätte ich nur eine Tüte Stärkemehl abzuliefern. Der Gedanke, jemand anderer könnte davon erfahren, war mir peinlich.

Mrs. Louderback war eine schwergewichtige Person in den Fünfzigern, Sechzigern oder Siebzigern (diese Altersstufen sahen für mich ziemlich gleich aus). Sie hatte eine Menge graues Haar, das sie in einen Knoten verschlungen trug, eine außerordentlich reine Haut und Augen mit solch blasser Iris, daß ich ihre Farbe nicht erkennen konnte. Schon aus ihrem Gesichtsausdruck ließ sich ablesen, daß sie sehr nett sein mußte. Über einem baumwollenen Hauskleid trug sie eine Latzschürze, und aus der Schürzentasche holte sie ihre Karten. Es war alles sehr anheimelnd. Wir setzten uns an den Küchentisch, auf dem ein rot-weiß kariertes Tischtuch lag, und ich stellte meine Tüte Maisstärke darauf. Dann nahm ich sie herunter und stellte sie auf den Boden, für den Fall, daß sie in der Welt der Geister für Verwirrung sorgen würde. Sie kenne mich, sagte sie, und nannte mich »Jen Grahams Tochter«, was mich überraschte, denn ich war es gewöhnt, daß mich die Leute für Lola Davidows Tochter hielten. Was ich nie begriffen habe, weil meine Familie schon viel länger hier lebt als die Davidows. Ein Grund dafür mochte darin liegen, daß meine Mutter während der letzten fünf Jahre nicht nach La Porte gekommen war, um die Einkäufe zu erledigen. Das hatte Mrs. Davidow übernommen, und sie besuchte auch die gesellschaftlichen Veranstaltungen, für die meine Mutter wegen all der Kocherei immer zu müde war. Also waren es die Davidows, die in der Stadt gesehen wurden. Und das brachte, wie gesagt, die Leute dazu, mich mit Ree-Jane zu verwechseln, was ich natürlich abscheulich fand.

Die Karten, die sie aus ihrer Schürzentasche zog, waren vom jahrelangen Wahrsagen abgenutzt. Sie teilte den Stapel in drei Hälften und sagte mir, ich müsse eine Frage stellen. Was immer ich wissen wolle.

Eine Frage? *Eine einzige* Frage? Fragen schossen mir durch den Kopf. Wer war das Mädchen? Was war mit Mary-Evelyn wirklich geschehen? Wer war die tote Frau, die man im Mirror Pond gefunden hatte? War sie ermordet worden? Würde Ree-Jane ein schlimmes Ende finden? (Ungewollt war zwischen den anderen die letzte Frage aufgetaucht. Ich hatte ganz gewiß nicht die Absicht, meine Frage an Ree-Jane zu verschwenden.) Ich saß einfach da, die Augen so fest zugekniffen, daß sie schmerzten.

Sie sagte mir, ich könne beispielsweise fragen, ob ich ein glückliches Leben führen würde, ob ich reich werden würde, ob ich es in meinem Beruf zu etwas bringen würde, ob ich in die »richtige Richtung« ginge – derlei Dinge.

Ich starrte sie an und runzelte die Stirn. Was? Warum sollte ich meine Frage auf solche Dinge verschwenden? Ich ging in überhaupt keine Richtung, soweit ich wußte. Ich fand Mrs. Louderbacks Beispiele ziemlich albern, um ehrlich zu sein. Aber sie würde nicht den ganzen Tag warten. Und plötzlich fiel mir ein, daß es im Moment hauptsächlich darum ging, ob ich dem Sheriff erzählen würde, was mir Jude Stemple gesagt hatte? Diese Frage überraschte mich. Ich war ein bißchen schockiert, daß ich unter all den möglichen Fragen gerade auf diese eine gekommen war.

Mußte ich die Frage laut stellen? Sie sagte, das könne ich halten wie ich wolle. Wenn die Karten allerdings kein eindeutiges Ergebnis zeigten, dann sollte ich sie vielleicht laut stellen.

Wenn die Karten »nicht eindeutig« wären, hatte sie gesagt. Mir kam plötzlich der Gedanke, daß es Mrs. Louderback ziemlich einfach hatte, weil sie für das Ergebnis nicht verantwortlich war. Alles hing von den Karten ab. Ich fand das keineswegs unehrenhaft; ich hätte mir nur gewünscht, wenn ich zu spät bei meiner Küchenarbeit auftauchen und von meiner Mutter oder Vera ausgeschimpft werden würde, einfach erwidern zu können, daß die Karten nicht eindeutig gewesen seien.

Da ich den Sheriff nicht in die Sache mit hineinziehen wollte, sagte ich, daß ich meine Frage gerade im Kopf gestellt hätte. Es machte ihr überhaupt nichts aus. Sie befahl mir, die Karten wieder aufeinanderzulegen, was ich tat. Mrs. Louderback deckte langsam drei Karten auf: die Königin der Kelche, den Gehenkten und zwei Waisen. Nun, diese Karte sah mir ähnlich: Ein Junge und ein Mädchen, die in Lumpen gekleidet durch einen Schneesturm stapften. Es war schwer zu glauben, daß diese Karte etwas Gutes verhieß. Aber es überraschte mich nicht, daß ich sie bekam.

Mrs. Louderback sah meine Karten aufmerksam an. Kaum merklich bewegte sie die Lippen, als versuchte sie die Bedeutung dieser drei Karten in vorsichtige Worte zu kleiden. Sie sagte: »Nun, das ist sehr interessant.« Plötzlich fragte sie: »Ist dir etwas Schreckliches widerfahren? Hattest du . . . Mußtest du dich herumschlagen mit einer Menge . . .«

Ich war aufs Äußerste gespannt und beugte mich näher an den Tisch heran. Meine Brust drückte sich gegen den Tischrand, denn der Stuhl, auf dem ich saß, war zu niedrig für mich. »Mit einer Menge wovon?« half ich ihr auf die Sprünge, aus Angst, sie könnte in eine Welt abdriften, in die ich ihr nicht folgen konnte.

Ihre Augenbrauen zogen sich vor angestrengtem Nachdenken zusammen. »Schwierigkeiten. Schmerz. Schuld.« Sie runzelte die Stirn, als käme sie einfach nicht auf das richtige Wort, daher ließ sie es dabei bewenden und sagte: »Die du selbst zu bewältigen hattest?«

Oh, Mann! Wenn sie die Davidows kennen würde, würde sie diese Frage nicht stellen. Wenn sie in einer halben Stunde (die Hand unter den Tisch haltend, sah ich auf die Uhr) zum Salatmachen zurücksein müßte, würde sie nicht fragen. Ich nickte. »Ja.«

Mrs. Louderback sah ehrlich besorgt aus, und ich hatte Angst, sie wäre auf eine jener schlimmen Voraussagen getroffen, die sie immer für sich behielt. Wie den Tod etwa. Gänsehaut überlief mich, und ich zitterte. Nein, entschied ich, das war es nicht; sie versuchte nicht vor mir zu verbergen, was sie in den Karten gelesen hatte. Sie sah eher verwirrt aus. Irgendeine Kraft schien sich ihrer bemächtigt zu haben.

Es handelte sich um keine Seance (hatte sie betont), aber sie schien eindeutig von etwas ergriffen zu sein. Ihre Augen, die über meine Schultern blickten, waren auf nichts gerichtet, sondern starrten ins Leere, dennoch schien sie etwas zu *sehen* oder zu *hören*. Sie erklärte den Leuten, sie sei kein Medium, aber ich war mir nicht mehr so sicher. Vielleicht hatte sie die Macht, in die Geisterwelt einzudringen und wußte gar nichts davon. Das konnte sehr belastend sein für einen Menschen. Ich drehte mich um, bloß um einen Blick nach hinten zu werfen. Natürlich glaube ich nicht an Geister und dergleichen, aber es schadete nichts, sicherzugehen. Über dem Abwaschbecken befand sich ein Fenster, und es war, als hätte ich ein Gesicht, eine Gestalt oder etwas dergleichen dahinter gesehen; doch hinter der klaren Scheibe, die im Sonnenlicht glänzte, war nichts als der Tag. Sie machte plötzlich eine Geste, als wollte sie etwas verjagen oder wegwischen.

Doch dann gab sie sich einen kleinen Ruck und fuhr fort: »Das hier bedeutet Elend und Not . . .« und sie legte einen Finger auf die Karte mit den beiden Waisen im Schneesturm. Darauf wäre ich auch gekommen. »Aber es bedeutet, daß Dinge überwunden werden müssen, um dein Ziel zu erreichen. Es wird nicht leicht sein, aber du wirst hinterher viel, viel besser dastehen. Du wirst einen Zustand größerer Klarheit erreichen. Du wirst eine Menge lernen aus den Dingen, die sich dir in den Weg stellen, und aus den Hindernissen, die du überwindest. Du wirst besser dran sein als eine Person, die immer bekommt, was sie will, und sich dafür nicht anstrengen muß . . .«

(Ich fragte mich, ob Ree-Jane hier gewesen war.)

Sie sah mich eindringlich an. »Du bist sehr resolut.«

Resolut. Resolut. Hieß das soviel wie *entschlossen*? Ich wollte nicht fragen.

Aber dann erklärte sie: »Du gibst nie auf.«

»Oh. Also die Leute sagen, ich sei sehr eigensinnig.« Mit *Leute* waren Mrs. Davidow, Ree-Jane, Vera und meine Mutter gemeint.

Die Sache mit den *Leuten* schien sie zu ärgern. »Nein, das bist du nicht. Das bedeutet die Karte überhaupt nicht. Nicht aufgeben ist *nicht* dasselbe wie ›eigensinnig‹ sein, also wer immer dir das auch sagen mag, sollte es sich lieber noch einmal überlegen.«

Ich war überaus erfreut über ihre Versicherung, daß ich nicht »eigensinnig« war. Gab ich nie auf? Es gelang mir nicht, mich deutlich an eine Situation zu erinnern, wo ich die Wahl gehabt hätte, aufzugeben oder nicht. Aber was war mit dem Mädchen? Es stimmte, was *das Mädchen* anbelangte, gab ich nicht auf. *Resolut.* Ich richtete mich auf. Ich war froh, daß ich hergekommen war.

Aber bevor Mrs. Louderback mit der Königin der Kelche beginnen konnte, sah ich, daß ich nur noch eine Viertelstunde hatte, um zum Hotel zurückzukommen. Ich sagte ihr, ich müsse gehen, dankte ihr, nahm zwei Dollar aus der Tasche und reichte sie ihr hinüber. Sie lächelte und nahm einen der beiden Scheine. »Wir sind nicht ganz fertiggeworden, ich mache sonst immer eine Stunde. Ein Dollar ist genug.«

Ich konnte mir schwer vorstellen, daß Mrs. Louderback das eine Stunde lang durchhielt, weil deutlich war, wie sehr es sie anstrengte. Ich fragte sie danach.

»Oh, nicht immer, nein. Bei den meisten Leuten lohnt sich der Aufwand von einer Stunde gar nicht. Sie sind langweilig. Du nicht. Du bist kein bißchen langweilig. Soll noch jemand sagen, du seist eine verdammte Närrin, entschuldige meine Ausdrucksweise.«

»Bin ich nicht?« Diese Worte waren wie Musik in meinen Ohren.

Mit geschlossenen Augen schüttelte sie langsam und entschieden den Kopf.

Wieder schob ich ihr den zweiten Dollar hin und sie reckte den Kopf. »Ich sagte doch schon, einer ist mehr als genug.«

»Nein, das stimmt nicht. Ich bin schließlich *resolut.*«

Mrs. Louderback warf den Kopf zurück, lachte und schlug auf den Tisch, als hätte ich ihr den größten Witz aller Zeiten erzählt. »In Ordnung, ich danke dir sehr.«

Ich nahm meine Stärkemehltüte und wir gingen zur Tür. Sie sagte, sie hoffe, ich käme zurück, um mir die restlichen Karten deuten zu lassen, und ich antwortete, das würde ich.

Die Frau, die mich eingelassen hatte, war verschwunden. Ich fragte mich, ob es hier üblich war, daß Dinge verschwanden.

Während ich unter dicht belaubtem Astwerk dahinwanderte, das kleine tupfenförmige Schatten auf den Gehsteig warf, stellte ich plötzlich fest, daß mich Mrs. Louderback kein einziges Mal wie ein Kind behandelt hatte, dem beschwichtigend zugeredet werden mußte. Es war, als hätte ich das gleiche Recht, meine Frage zu stellen wie jedermann in Spirit Lake oder La Porte. Mrs. Louderback würde in die Gruppe von Maud, Miss Flight und Miss Flagler, Dr. McComb, Mr. Root und den Brüdern Woods aufgenommen werden. Und der Sheriff natürlich, aber der bildete eine Gruppe für sich.

Erneut dachte ich über meine Fragen nach. Während über mir die Blätter im Wind leicht zitterten, blieb ich stehen und fragte mich, ob das der wirkliche Grund war, warum ich nicht verraten wollte, was mir Jude Stemple unter dem Siegel der Verschwiegenheit erzählt hatte. Daß ich es ablehnte, ein Versprechen zu brechen, *klang* gut. Es klang sogar nobel. Eigentlich eher ehrpusselig. Es war einer jener Gründe, die man immer anführt, wenn man den wirklichen Grund verbergen will. Oder, um mir selbst Gerechtigkeit widerfahren zu lassen (was ich viel öfter tat als »grausam aufrichtig« zu sein), sollte man vielleicht sagen, es war ein Teil des Grundes, aber nicht der ganze. Ich ging langsam weiter, blieb dann vor Margas Häuschen stehen, denn ich hatte eine dunkle Ahnung – eine sehr dunkle Ahnung tatsächlich –, daß der wirkliche Grund, warum ich niemandem verriet, was Jude Stemple gesagt hatte, oder was Ulub über die Devereaus hatte verlauten lassen, oder was das Mädchen anbelangte ...

Ich schüttelte den Kopf, biß mir auf die Lippen und sah zu Marges Fenstern hinüber, auf denen die Sonne glänzte, als wären Jalousien aus strahlendem Licht heruntergezogen worden. Der Grund, warum ich niemandem erzählte, was ich erfahren hatte, war der, daß ich eigentlich nicht *wollte*, daß es jemand erfuhr. Ging es bei der ganzen Sache nur darum, ein großes Geheimnis zu haben? Wenn man ein Geheimnis ausplaudert, selbst wenn es sich um etwas Persönliches handeln würde, das man nach Belieben weitererzählen könnte, würde dieses Geheimnis dann seiner Macht beraubt werden? Oder sollte ich sagen, seiner Zauberkraft? Also wollte ich es niemandem erzählen, nicht einmal dem Sheriff ...

Vor allem dem Sheriff nicht, sollte ich sagen. Er war sehr schlau. Er würde nachforschen. Er würde die Queens hinter ihren gelben Fensterläden aufspüren. Er könnte sogar *sie* finden.

Sie wäre in Gefahr.

Das hörte sich seltsam an, aber ich spürte, daß es stimmte, obwohl ich wiederum nicht wußte, warum. Ich hatte das Gefühl, man sollte ihr gestatten weiterzusuchen, wonach sie auch immer suchen mochte.

35.

Selbst als ich die Salate zubereitete, kam ich nicht davon los, ständig hin und her zu überlegen, ob ich es sagen oder nicht sagen sollte. Den Mund zu halten, hatte ich als grobe Richtlinie immer als vorteilhaft empfunden, aber ich richtete mich selten danach. Ich glaube, ich war einfach zu vorschnell. Ich wußte, *nicht* den Mund zu halten, würde mich mit Lola Davidow in Schwierigkeiten bringen. Aber ich konnte mir nicht helfen, ich mußte auf ihre scharfen Bemerkungen einfach reagieren.

Aber diese Art von Schweigen war etwas anderes. Obwohl Fern Queen und das Mädchen in Gedanken für mich eins waren und die Erwähnung der einen auch die andere eingeschlossen hätte, mußte ich zugeben, daß die beiden nicht notwendigerweise miteinander verbunden waren. Nicht *notwendigerweise* (obwohl ich wußte, daß sie es waren). Sie mußten in meinem Bericht nicht vorkommen. In diesem Fall war ich mit einem viel kleineren Problem konfrontiert: nämlich wie ich dem Sheriff über das Haus der Queens, die tote Frau und ihre Verbindung zu den Queens in Cold Flat Junction erzählen sollte – wie ich das anstellen sollte, *ohne* zu sagen, daß ich es von Jude Stemple erfahren hatte.

Ich sah auf die aufgereihten Salate hinab – Tomatenscheiben heute abend – und versuchte mich genau zu erinnern, was Jude Stemple gesagt hatte. An den *genauen* Wortlaut. Ich runzelte die Stirn. Vielleicht war das eine mögliche Lösung? Ich vergegenwärtigte mir wieder mein Zusammensein mit Jude Stemple in Flyback Hollow und hörte in mich hinein. Dann nahm ich einen Ortswechsel vor, war wieder in der Küche, und während ich prüfend die Salate betrachtete, überlegte ich, ob es besser wäre, auf das kleingeschnittene Ei schwarze Oliven zu legen oder den Salat mit etwas gehackter Petersilie zu garnieren.

Walter hatte mit dem Kehren aufgehört, um einen Blick auf die Salate zu werfen, und nickte andeutungsweise. Dann kehrte er weiter, was nicht nötig gewesen wäre, denn der Boden war bereits blitzblank, aber da es kein Geschirr abzuwaschen gab, hatte ihn meine Mutter dazu angewiesen. Weder meine Mutter noch Lola Davidow konnten es ausstehen, wenn Walter nicht arbeitete. Es war das Allerschlimmste, als würde ihnen der letzte Pfennig ihres Lebensunterhalts entrissen, wenn Walter je innehielt, um auszuruhen. Es machte mich wirklich rasend.

Ich lächelte Walter an und streute Petersilie über einen Salat. Ich sah auf den anderen, den ich mit gehacktem Ei und einer schwarzen Olivenscheibe garniert hatte. Ich blickte von einem zum anderen, als Vera wie ein schwarzes Gespenst hinter mir auftauchte. Ihre hohe, dünne Stimme ließ mich zusammenzukken. Walter ging es ebenso, bemerkte ich (und es war schwer, Walter eine Reaktion zu entlocken). Vera balancierte ihr Aluminiumtablett auf den Fingerspitzen, vermutlich um deutlich zu machen, daß es leer war und zu fragen, warum die Salate nicht fertig waren? Sie wollte wissen, was ich mir eigentlich dabei gedacht hatte, gehacktes Ei auf die Salate zu geben? Ich dachte einen Moment nach und erklärte ihr dann in aller Ruhe, daß ich in einem alten *Ladies' Home Journal* gelesen hätte, harte Eier, vor allem in Verbindung mit Oliven oder Petersilie, seien ein wunderbares Mittel zur Blutreinigung. Ich fügte hinzu, daß Harold (das war ihr Ehemann) das vielleicht einmal ausprobieren sollte. Ich wußte, es brachte Vera zur Weißglut, wenn ich ihren Mann beim Vornamen nannte, was der Grund dafür war, daß ich es immer tat. Außerdem ärgerte sie es, daß Harold überall als alter kauziger Trunkenbold und obendrein als Hypochonder bekannt war, der keineswegs an echten Krankheiten litt, abgesehen von den »Verunreinigungen«, die im »Wild Turkey« in sein Blut gelangten. Während Vera aus dem Haus gehen und als Bedienung arbeiten mußte, blieb Harold einfach klagend im Bett liegen. Nachdem sie fort war, sprang er aber meiner Meinung nach sofort von seinem Krankenlager hoch und begab sich schnurstracks in den Wild Turkey.

Vera versuchte, sich eine schlagfertige Antwort auf den *Ladies' Home Journal*-Artikel einfallen zu lassen (den ich natürlich erfunden hatte), aber das gelang ihr nicht, und sie entschied sich für einen frostigen Blick und steife Bewegungen, während sie sechs Salate auf ihr Tablett knallte.

Walter lehnte auf seinem Besen und ließ sein seltsames Gelächter ertönen, bei dem er die Luft einsog und ruckartig wieder ausstieß, *ha-ha-ha,* wie jemand, der gerade vor einer Rauchvergiftung oder vor dem Ertrinken gerettet worden ist. Walter sagte nie etwas Böses über jemanden, aber dennoch war deutlich, daß er Vera verachtete, und er sagte mir, daß er meine Salate »hübsch« finde, und ich belohnte ihn mit der Frage, welche Garnierung ihm besser gefalle – Oliven oder Petersilie? »Beides«, antwortete er, daher streute ich über einen Petersilie und legte eine Olive obendrauf. Ich fand auch, daß die Farben hübsch aussahen.

Nach dem Abendessen, als es dunkel geworden war, saß ich unten im Rosa Elefanten und versuchte immer noch, mich daran zu erinnern, welches Versprechen mir Jude Stemple abgenommen hatte. Angestrengt dachte ich nach. Hatte Jude gesagt: »Erzähl niemandem etwas über Fern Queen«, oder hatte er gesagt: »Erzähl niemandem, daß *ich dir* etwas über Fern Queen erzählt habe«? Das waren zwei völlig verschiedene Dinge. Ich *dachte*, es war letzteres, aber ich war nicht sicher. Ich versuchte, die Sache logisch anzugehen: Es wäre kein Unterschied für Jude, wenn jemand den Behörden mitteilte, daß die tote Frau Fern Queen war, oder? Und irgend jemand mußte schließlich gemeldet haben, daß die Frau vermißt wurde, sonst wäre der Sheriff nicht in solcher

Eile nach Cold Flat Junction gefahren. Ging es nicht darum, daß Jude befürchtete, in die Sache hineingezogen zu werden? Während ich darüber nachdachte, kramte ich in den Dingen in meiner Whiteman's Schachtel herum. Wichtig war doch sicherlich, daß man die *Absicht* hinter den Worten einer Person verstand, nicht bloß die Aussage als solche. Wenn ich vollkommen aufrichtig war, mußte ich zugeben, daß Jude Stemples Absicht darin bestand, daß ich meinen Mund hielt. Ich wußte allerdings nicht, wie ich das fertigbringen sollte. Wenn er einerseits keine Bedenken hatte, es in der Öffentlichkeit zu sagen, warum ließ er mich dann versprechen, nicht zu verraten, von wem ich es erfahren hatte? Wahrscheinlich deswegen, weil er mir auch eine Menge anderes Zeug erzählt hatte. All die Dinge über die Queens.

Ich gähnte. Ich legte meine Fäuste aufeinander und stützte mein Kinn darauf. Die Augenlider fielen mir immer wieder zu, und ich mußte einen Moment eingeschlafen sein, bis mich ein leises Schnarchen auffahren ließ. Mein Kinn lag noch immer auf den geballten Fäusten, aber ich hob die Augen und sah auf das Leihgemälde aus der Bücherei, auf dem eine Brücke zu sehen war, die über einen Teich voller hübscher Blumen führte. Ich sagte mir, es stelle den Spirit Lake dar, was natürlich nicht stimmte. Er sah nicht verwunschen aus.

Schwierigkeiten. Schmerz. Schuld. Ich rief mir die Karten mit dem Gehenkten und den Waisen im Sturm ins Gedächtnis. Und ich kam zu dem Ergebnis, daß diese Karten einem nicht die Zukunft voraussagen können; sie können einem sagen, was *ist*, oder vielleicht, was *man ist*. Sie sagen einem nicht, was man tun soll. Sie verraten einem nicht, wo Aurora Paradise ihr Geld vergraben oder wo Lola Davidow ihre Whiskyflasche versteckt hat. Sie verraten einem nicht, ob Ree-Jane eines elenden Todes sterben wird, obwohl man das nur hoffen kann.

Schwierigkeiten. Schmerz. Schuld.

Aber Mrs. Louderback hatte mich als resolut bezeichnet.

Resolut. Ich würde nicht aufgeben. Das war ein tröstlicher Gedanke, auch wenn ich aus ihren Karten keinen guten Ratschlag ziehen konnte. Aber dann dachte ich: Es hätte keinen Sinn, entschlossen zu sein, wenn man nur die Karten um Rat zu fragen brauchte und ihn auch wirklich bekäme. Vielleicht bräuchte ich ja gar keine Hilfe. Wenn ich es recht bedachte, wollte ich vermutlich überhaupt keinen Rat. Weil ich es immer schon gehaßt habe, wenn mir gesagt wurde, was ich tun solle, und sei es auch nur von Waisenkindern oder Gehenkten.

Das Leben war eben hart, aber ich war resolut.

36.

Am nächsten Morgen rief ich bei Axels Taxi an, und man sagte mir, Axel persönlich würde vielleicht zu uns herauskommen, um irgendwelche Waren auszuliefern, und wenn er das täte, würde er mich mitnehmen. Ich wußte natürlich, daß Axel so etwas nicht tun würde und daß Delbert käme. Als mich die Frau in der Zentrale fragte, wo ich abgesetzt werden wollte, nannte ich ihr das Gerichtsgebäude. Ich hatte meinen Entschluß gefaßt.

Ich hatte beschlossen, daß es tatsächlich nicht richtig war, Informationen zurückzuhalten, die für den »Fortgang der Untersuchungen von Wichtigkeit« waren (den Ausdruck hatte ich aufgeschnappt). Obwohl ich wußte, daß der Sheriff am Tag zuvor in Cold Flat Junction gewesen war, und zwar bestimmt wegen der toten Frau, war nicht klar, ob die Queens die Polizei gerufen hatten oder jemand anderer, der nicht viel wußte, vielleicht sogar der Prediger von der Ersten Vereinigten Tabernakelgesellschaft.

Es würde also dem Sheriff sicherlich Zeit ersparen, wenn ich ihm erzählte, was ich von Jude Stemple erfahren hatte.

Dennoch war ich nicht verpflichtet, dem Sheriff von dem Mädchen zu erzählen. Das würde mich vor einer Menge Erklärungen behüten, sowohl hinsichtlich meines ersten Besuchs in Cold Flat wie auch angesichts des Ausflugs zum Haus der Devereaus zusammen mit den Brüdern Woods. Es gab keinen Grund, Mr. Root und die Brüder Woods in die Sache mit hineinzuziehen und Gefahr zu laufen, daß jemand aus dem Büro des Sheriffs hier auftauchte und sie in die Zange nahm. Wahrscheinlich wäre es Donny, der sich aufspielen und behaupten würde, sie wären alle verdächtig, weil sie zum Haus der Devereaus hinübergegangen waren. Mich würde er versuchen herauszuhalten, auch wenn ich die Anführerin gewesen war, weil es dem Sheriff nicht gefallen würde, wenn Donny ein Kind wie einen potentiellen Verbrecher behandelte, vor allem, wenn es sich dabei um mich handelte. Es hatte seine Vorteile, ein Kind zu sein. Die Polizei dachte nicht, daß man mit einem Mordopfer etwas zu tun hatte, und außerdem konnte man zum halben Preis ins Orion gehen.

Ich bestellte das Taxi für zehn Uhr, womit mir genügend Zeit geblieben wäre, auch noch einen späten Frühstücksgast zu bedienen. Frühstück gibt es eigentlich zwischen halb acht und neun, aber meine Mutter stellte sich auch noch an den Herd, wenn einige Gäste später kommen. Das ärgert mich. Beim Abendessen ist es das gleiche, aber Vera und Anna Pugh gehen gegen neun nach Hause. Wenn Gäste wegen eines Zimmers kommen und noch spät zu Abend essen wollen, erfüllt ihnen meine Mutter diesen Wunsch, was bedeutet, daß auch ich das tun muß, weil niemand anderer da ist, um sie zu bedienen. Außer Ree-Jane, aber du liebe Güte, niemand hätte den Mumm, *sie* zu fragen.

Gerade am heutigen Morgen hatte Miss Bertha beschlossen, zu spät zum Frühstück zu kommen. Gewöhnlich hätte man nach ihr und Mrs. Fulbright die Uhr stellen können. Dennoch bedeutete »spät« für die beiden ein paar Minuten nach neun, und das war in Ordnung; nicht einmal Miss Bertha brauchte mehr als eine halbe oder dreiviertel Stunde, um ihr Frühstück zu verzehren und sich zu beschweren.

Was sie natürlich tat. Der Orangensaft war wäßrig, die Pfannkuchen hatten zu viel Sirup aufgesaugt, die Wurstpasteten waren nicht genügend gewürzt. Das brachte mich wirklich auf die Palme, denn gewöhnlich meckerte sie genau über das Gegenteil: Meine Mutter würde zu stark würzen. Es war alles so lächerlich; es waren die gleichen Pfannkuchen und Wurstpastetchen, die sie immer aß, Jahr für Jahr. Mrs. Fulbright bat sie, damit aufzuhören, den Leuten Schwierigkeiten zu machen, aber Miss Bertha saß stocksteif da, die Arme um sich geschlungen wie eine kleine, graue Mumie und schüttelte den Kopf. Ich trug den Teller, den sie weggeschoben hatte, in die Küche zurück und knallte ihn auf die Anrichte. Meine Mutter sagte, ich solle ihr einfach einen neuen Teller mit Pfannkuchen und Pasteten hineinbringen und ihr sagen, sie seien extra gemacht worden. Auf dem schwarzen Backblech brutzelten Wurstpastetchen, von denen graue Rauchfäden aufstiegen. Meine Mutter zog ihre Schürze aus, wobei sie die zweimal um die Taille geschlungenen Bänder aufzog, weil die Schürze so groß war. Sie sagte mir, sie müsse zur Rezeption hinaus, um mit Mrs. Davidow über die Wäschelieferung zu sprechen, und ich solle in zwei Minuten die Pastetchen umdrehen und von der anderen Seite braten. Außerdem solle ich das andere Blech fetten und die Pfannkuchen backen. »Du weißt, wie«, sagte sie. »Bring ihr einfach frische Pfannkuchen rein, und sie wird denken, sie seien extra für sie gemacht worden, die alte Närrin.« Dann marschierte sie durch die Fliegentür hinaus und über den kleinen Plankenweg zum Büro.

Es machte mir Spaß, das Frühstück zuzubereiten; ich mochte es, wenn man mir Verantwortung übertrug. Während das Wurstfett brutzelte, suchte ich im Eisschrank die Dose mit den grünen Chilis, die meine Mutter sehr sparsam für eine scharfe Soße bei irgendeinem italienischen Gericht verwendete. Ich legte eine auf das Schneidebrett, nahm das große Messer aus der irdenen Schüssel und schnitt die Chili in kleine Stücke. Dann drückte ich ein paar davon in die beiden Wurstpastetchen, bevor ich sie umdrehte. Summend trug ich die Teigschüssel zum Backblech hinüber und strich die Pfannkuchen darauf. Der Teig war dick und körnig. Die Maispfannkuchen meiner Mutter wären mein Leibgericht gewesen, wenn es nicht diese Buchweizenplätzchen gegeben hätte. Und die Waffeln, auf die sie frischen Fruchtsirup träufelte.

Die Wurstpastetchen waren fertig, und als die Pfannkuchen Blasen warfen, drehte ich sie schnell mit einem Spatel um und ließ sie noch eine Minute auf der anderen Seite braten. Ich holte einen Teller von dem Warmhalteständer überm Herd, und ließ die Pfannkuchen mitsamt zwei Pasteten darauf gleiten. Den Rest der Pasteten legte ich sorgfältig auf eine Papierserviette, damit das Fett ablief, genauso wie meine Mutter es immer machte. Dann trug ich Miss Berthas Teller in den Speisesaal. Inzwischen war es Viertel vor neun.

Miss Bertha würde nicht lange im Speisesaal bleiben, nachdem sie einen Bissen davon gegessen hätte, was mir nur recht sein konnte, denn in fünfzehn Minuten sollte mein Taxi kommen. Ich vergaß nicht, den Teller zu Walter zurückzubringen, der gemächlich eine Platte abtrocknete, und warf die Wurstpastetchen in den Abfall. Das machte ich für den Fall, daß jemand der Sache nachgehen würde. Walter grinste, weil er wußte, daß etwas im Gange war. Wer hätte das nicht getan? Nachdem Miss Bertha brüllte, jemand wolle sie umbringen. Ich sagte zu Walter, daß ich ihm alles erklären werde, wenn ich aus der Stadt zurück sei, im Moment jedoch sei ich in Eile, außerdem hörte ich meine Mutter in den

Speisesaal kommen. Sie hatte eine unverkennbare Art zu gehen, und ich erkannte ihren Schritt. Schnell sagte ich Walter, daß ich ihm dankbar wäre, wenn er nicht erwähnen würde, Miss Berthas Teller gesäubert zu haben. Das brachte ihn noch mehr zum Grinsen, sein breites Lächeln spaltete sein Gesicht fast in zwei Hälften. Er hatte es zu gern, wenn man ihn in ein Geheimnis einweihte.

Meine Mutter kam in die Küche marschiert und sagte, Miss Bertha, die alte Närrin, habe einen Anfall, weil die Wurst vergiftet gewesen sei. Wenn sie wütend war, klapperte sie auf eine Art mit Töpfen und Pfannen herum, wie vielleicht ein Künstler seine Pinsel an die Wand knallt, wenn ihm nicht gefällt, wie sich sein Bild entwickelt. Dann nahm sie eine der übrigen Wurstpastetchen von der Papierserviette und biß ein Stück ab.

»Ich finde, es schmeckt gut; es schmeckt genauso wie gestern... hier...« Sie brach ein anderes auseinander, ging zur Spülmaschine hinüber und gab Walter und mir je eine Hälfte. »Schmeckt es nicht genauso?«

Wir beide kauten und überlegten. Ich sagte: »Ja, natürlich.«

Walter sagte: »Hm, genauso wie immer. Wirklich gut.«

Meine Mutter warf die Arme in die Höhe. »Wenn wir drei der gleichen Meinung sind, dann ist sie offensichtlich wahnsinnig...«

Meine Mutter war in dieser Hinsicht sehr demokratisch.

»...und sie behauptet, an diesem Ort *nichts mehr zu sich nehmen zu wollen*. Was dir nur recht sein sollte...« Sie lächelte mich an. »Du mußt nun mittags nicht bedienen.«

Eine Prämie! Und ich wollte nichts anderes, als um zehn Uhr rechtzeitig mein Taxi erwischen. Nie hätte ich eine Prämie erwartet!

Dann sagte Walter, wobei er uns sein langsames Lächeln schenkte: »Ich glaube, sie denkt, nur *ihre* Wurst ist vergiftet gewesen.« Und stieß sein seltsames, glucksendes Lachen aus. Ich funkelte ihn an. »Schade, daß ich den Rest von ihrem Frühstück weggeschmissen habe«, fuhr er fort und blinzelte mich an. »Die alte Närrin.«

Als ich ins Taxi stieg, kniff Delbert die Augen zusammen, als würde er dadurch besser hören können. Er fragte mich, warum, zum Teufel, die Leute im Hotel herumzukrakeelen hätten, und ich antwortete, ich hätte nicht die geringste Ahnung und möchte bitte zum Gerichtsgebäude gebracht werden. Seine Bemerkung, daß er mich erst gestern dorthin gebracht hätte, und ob ich etwa in Schwierigkeiten sei, ignorierte ich. Er hielt das für hysterisch.

Nur um herauszufinden, wie die Antwort lautete, fragte ich ihn, was mit Axel geschehen sei. Sollte er nicht irgendwo in Spirit Lake Waren abliefern? Oh, das hat Axel getan, sagte er. Früh am Morgen. Er hätte dich natürlich abgeholt, aber er hatte einen dringenden Auftrag von Buena Vista drüben.

Irgendwelche Notfälle bei den Leuten, denen Buena Vista gehörte, interessierten mich nicht sonderlich; die meiste Zeit fielen sie betrunken um und mußten ins Krankenhaus gebracht werden. Während Delbert weiterredete, sah ich aus dem Fenster auf das offene Feld, auf dem einige der älteren Jugendlichen aus La Porte mit ihren alten, verbeulten Autos Rennen veranstalteten. Zwischen dem Löwenzahn und den verstreuten Margeriten, die an den grasbewachsenen Stellen aufschossen, leuchteten im gleißenden Sonnenlicht bronzefarbene alte Öl- und Fettspuren im Ackerboden auf. Der Gedanke, daß das ganze Feld mit wilden Blumen und Gras bedeckt wäre, wenn es die Jungen mit ihren häßlich quietschenden Autos nicht gäbe, machte mich wütend. Ich sah auch wagenradgroße Stellen von Traubenhyazinthen, und ich fragte mich, ob die Natur nicht doch stärker war, als ich ihr zugestehen wollte. Ich erinnerte mich an den Wald um den See, an die Art, wie das Unterholz, die kräftigen Kletterpflanzen und die dickstämmigen Bäume die Straße überwuchert hatten, die man früher mit einem Wagen befahren konnte, und an die ebenen Wege, die einst hindurchführten. Man hatte den Eindruck, als würde das Haus der Devereaus, das offenbar einst das Zentrum auf dieser Seite des Sees gewesen war, in ein paar Jahren nicht mehr zu sehen sein, weil die dichtbelaubten Äste darüberwucherten und es wie grünes Wasser bedecken würden; und es würde darin versinken.

All diese Gedanken kamen mir auf dem Weg in die Stadt, und als wir rechts an St. Michael vorbeifuhren, fiel mir auch Gott ein. Aus diesen Gedanken wurde ich mit einem Schlag herausgerissen, als das Taxi vor dem Gerichtsgebäude anhielt, und Delbert sagte: »Hier sind wir!« als wäre es eine besondere Leistung, das geschafft zu haben. Ich stieg aus, bezahlte und gab ihm einen Vierteldollar Trinkgeld, was ihn freute. Dann rannte ich in das Gebäude. Nachdem ich diese Entscheidung getroffen hatte, konnte ich es kaum erwarten, die ganze Last loszuwerden.

»Sam is' nicht da.« Donny saß wieder am Schreibtisch des Sheriffs, und es schien ihm Spaß zu machen, enttäuschende Nachrichten zu verbreiten.

»Wo ist er hingegangen?«

Er sah mich lang an, dachte sich noch unerfreulichere Dinge für mich aus, und antwortete dann: »dienstliche Geschäfte«. Er lehnte sich auf dem Drehstuhl zurück, verschränkte die Hände hinter dem Kopf und schaukelte ein wenig, nur um mir klarzumachen, daß er jetzt der Boss war.

»Ich muß mit ihm sprechen. Es ist wichtig.«

»Na, dann red mit mir. Ich bin zuständig, bis er zurückkommt.« Sein Lächeln war so verlogen, so widerlich wie kaltes Fett.

Ich gab mir den Anschein, als würde ich mir überlegen, es ihm zu sagen, was mir natürlich nicht in den Sinn gekommen wäre.

»Ich denke, ich kann warten.« Ich ging zu einer kleinen Reihe harter Stühle und setzte mich. Ich wußte, er haßte es, wenn ich ihn beobachtete, vor allem, wenn er nichts Wichtiges zu tun hatte. Es hätte ihm gefallen, wenn ich zugegen gewesen wäre, während er mit dem Bürgermeister oder gar mit dem Gouverneur telefonierte oder jemanden wegen eines Vergehens ausschimpfte. Außer Donny und mir war aber niemand da, nicht einmal die Sekretärin oder der Registrator, mit Hilfe derer er sich den Anschein von Beschäftigtsein hätte geben können. Nachdem ich eine Weile zugesehen hatte, und er verschiedene Blätter und rosafarbene Notizblöcke aufgehoben und wieder hingelegt hatte, konnte er es wahrscheinlich nicht mehr ertragen, daß ich dort saß und mitbekam, daß er eigentlich nicht viel Befehlsgewalt hatte.

»Sam is' drüben in Cold Flat. Wahrscheinlich den ganzen Nachmittag.«

Ich hielt den Atem an, erschien aber äußerlich ganz gelassen. »Er war doch gestern erst dort«, sagte ich und fügte hinzu: »Und Sie auch.« Es würde Donny auf den Tod ärgern, daß ich das wußte. Und genau das geschah auch. Er funkelte mich an. Ich glitt von meinem Stuhl, verabschiedete und bedankte mich und ging.

Manchmal wenn ich nachdenken will, gehe ich ins Candlewick, nur um herumzustöbern und Miss Flytes »Effekte« anzusehen. Sie sind oft ganz wunderbar, und sie hat es gern, wenn Leute hereinkommen, auch wenn sie nichts kaufen wollen. Was bei mir eindeutig der Fall ist.

Die Sonne schien nie direkt auf Miss Flaglers Schaufenster; sie schafft es nur, entlang der Seite oder an der unteren Ecke einen Streifen oder Wellenlinien aufzumalen. Das kommt daher, weil Miss Flyte eine schmale Markise über dem Schaufenster herunterläßt, die das Licht teilweise abhält.

Im Ladeninnern ist es dunkel, und mit all den brennenden

Kerzen macht es fast einen gespenstischen Eindruck. Wegen der Brandgefahr müssen die Kerzen entweder durch Glaskugeln oder Wandschirme geschützt oder mit anderen nicht entflammbaren Gegenständen umgeben werden. Sie liebt es, Kerzen zwischen zwei sich gegenüberliegenden Spiegeln aufzustellen, um die Wirkung vielfach reflektierter, flackernder Flammen zu erzielen; oder sie umgibt die Kerzen mit einem dreiseitigen Spiegel, um den gleichen Effekt, diesmal jedoch in dreifacher Wirkung zu erhalten.

Miss Flyte war heute nicht da, daher stand Bonnie, die Lagerhilfe und das Mädchen für alles, hinter der Kasse. Sie sah sich eine Illustrierte an, befeuchtete ihren Finger und blätterte langsam die Seiten um, als handelte es sich um eine jener uralten Handschriften mit kostbaren Verzierungen. Ich habe vergessen, wie sie genannt werden. Sie nahm keine Notiz von mir (Leute mögen Kinder in Geschäften nicht), bis ich sie fragte, wo Miss Flyte sei. Ohne aufzusehen, antwortete sie, bei Miss Flagler.

Ich hatte keinen besonderen Grund, Miss Flyte aufzusuchen; es war einfach gut zu wissen, daß alles in Ordnung war und ihr nichts fehlte. Ich ging im Laden herum, was ich genoß wie immer, wenn man einmal davon absieht, daß Bonnie anwesend war. Es ist schwer, sich in Gegenwart einer Person aufzuhalten, die wünscht, man würde gehen. Es ist, als könnte diese Person eine dunkle Hand ausstrecken und einem alle Freude rauben, genauso wie die schmale Markise das Licht daran hindert, auf den Streifen überdachten Gehsteigs zu fallen.

Bonnie las noch immer ihre Filmillustrierte, spielte mit einer Haarsträhne und beachtete mich nicht. Ich schlenderte in den rauchig-grauen hinteren Teil des Ladens, wo Miss Flyte ein paar hohe, dünne und ein paar dickere Kerzen auf einem Spiegel arrangiert hatte, der von einem glänzenden Blechschirm mit einer Art Dach aus dunklerem Metall umgeben war. Es sah fast wie ein Miniatur-Amphitheater aus, wie dasjenige in Spirit Lake. Auf den

Spiegel hatte sie winzige Metallfiguren gestellt, winzige Eisläufer, kleiner noch als Zinnsoldaten. Männer, Frauen mit Hüten und langen, ausladenden Röcken, Jungen mit Mützen und kleine Mädchen mit Muffs. Das Treiben auf einem Eisplatz in vergangenen Tagen. Die größte Überraschung jedoch waren die »Effekte« der verschieden großen Kerzen. Die hohen, dünnen beleuchteten das dunkle Dach und ließen Sterne aufblitzen; die dickeren Kerzen hatten einen dickeren Docht und formten einen zitternden, verschwommenen Mond; und der seildicke Docht einer sehr niedrigen Kerze mußte gespleißt und ausgefranst worden sein, denn die Fäden loderten in winzigen Flämmchen, die sich manchmal vereinten, manchmal teilten und tatsächlich wie ein Lagerfeuer aussahen.

Wenn man sich all diese Mühe vorstellte! Ich war von Ehrfurcht ergriffen. Doch angesichts des Rufs, den Miss Flyte genoß, hätte ich nicht überrascht sein sollen.

Die sanft flackernden Kerzen hypnotisierten mich fast, genau wie die Reflexion des Regens an der Decke von Mary-Evelyns Zimmer. Es war genauso schwer zu erklären. Es war, als würde eine Menge unwichtiger Dinge, die sich in meinem Kopf angehäuft hatten, abbrennen und wie Ascheflocken von einer brennenden Zeitung fortschweben. Dinge wie der Ärger über Miss Bertha, oder daß Vera nur die besten Gäste bediente, sogar Mrs. Davidows Wutanfälle. Zurück blieb der kleine, immer noch glühende Kern, und dieser Kern war wichtig, alles andere war Asche und Staub, und darauf brauchte ich keinen einzigen Gedanken zu verschwenden. Ich befand mich in einem seltsamen Geisteszustand; er war leuchtend und leer, ein nur von Licht erfüllter Raum. Ich beobachtete diese lichterfüllte Leere, um zu sehen, was in sie treten würde. Ich war nicht überrascht, als das Mädchen auftauchte, das einfach dastand und mich ansah, zuerst so nah wie damals auf dem Bahnsteig, dann so weit entfernt wie auf der anderen Seite des Sees. Ich verspürte große Klarheit im Kopf, als ob alles andere fortgewischt worden wäre, damit sie Raum zum Sprechen hätte. Natürlich tat sie das nicht. Trotz meiner Klarheit, konnte ich ihr kein Wort abringen.

Sie verblaßte, und als nächstes betraten Jude Stemple und ich den Raum, wir saßen auf seiner Veranda in Flyback Hollow wie damals an dem Tag, als er mir von den Queens erzählte.

Ben Queens Tochter hat keine Kinder gehabt.

Ich sah in das flackernde Kerzenlicht und runzelte die Stirn.

Ben Queens Tochter hat keine Kinder gehabt.

Und dann traf mich die Erkenntnis wie ein Schlag in die Magengrube, weil sie so simpel war: Woher wollte Jude Stemple das wissen?

Ich meine nicht, daß er gelogen hat, denn ich vermute, er glaubte wirklich, Bescheid zu wissen, aber Fern Queen konnte irgendwohin gegangen sein und eine ganze Schar Kinder gehabt haben, ohne daß er es erfahren hätte. Hatte er nicht gesagt, daß Fern »fortgegangen«, dann zurückgekommen und nach einer Weile wieder weggegangen war? *Einmal ist sie fast ein Jahr fortgeblieben.*

Und das war vor zwanzig Jahren.

Ich war überrascht, daß es fast Mittag war, als ich das Candlewick verließ; über eine Stunde lang hatte ich mir Miss Flytes »Effekte« angesehen. Ich mußte wirklich hypnotisiert gewesen sein, vielleicht noch mehr durch die Gedanken an Fern Queen und das Mädchen. *Ihr* Mädchen, dachte ich, ein wenig erschüttert.

Darüber dachte ich die ganze Zeit nach, als ich vom Candlewick kommend in die nächste Straße einbog und am Orion und Souder's vorbei zum Rainbow ging. Ich war so sehr in Gedanken versunken, daß ich wahrscheinlich Helene Baum vor den Kopf gestoßen hätte, denn ich drehte mich lediglich um, als sie mir vom Eingang des Souder's her nachrief. War ich inzwischen schon so sehr mit mir selbst beschäftigt, daß ich die Leute nicht mehr grüßte? Genau das rief sie mir nach, über die ganze Straße hinweg, nur für den Fall, daß sich noch jemand fragte, ob ich allmählich zu selbstvergessen war.

Ich achtete nicht darauf.

Es war ziemlich sicher, daß der Sheriff inzwischen erfahren hatte, daß Fern Queen vermißt wurde und daß diese Fern Queen erschossen und im Mirror Pond liegengelassen worden war.

Ich starrte eine Weile ins Fenster des Rainbow. Trotz meiner neuen Erkenntnis seufzte ich mit einem gewissen Wohlbehagen. Denn es war Essenszeit, und ich war nicht im Hotel Paradise, um mir Miss Berthas Beschwerden anzuhören. Während ich dort stand, spürte ich ein paar schmerzhafte Stiche im Magen. Ich fragte mich, ob ich mich wegen der Wurstpasteten schuldig fühlte. Nein, es war deswegen, weil ich an das Chili und die Cracker dachte, die Charlene gerade vor die Brüder Woods stellte.

Maud stand hinter der Theke und machte einen Milchshake, als ich eintrat. Sie winkte und lächelte. Shirl begrüßte mich mit einem Brummen, wie immer. Sie stellte gerade Zitronenbaisertorte in die Auslage.

Sowohl Ubub wie Ulub gaben ihre Version eines Hallos von sich und waren ganz aufgeregt, mich zu sehen. Ulub stand von seinem Stuhl auf und rückte einen danebenstehenden heran, und es war klar, sie wollten, daß ich mich zwischen sie setzte. Die meisten Leute an der Theke drehten sich um, um zu sehen, wer oder was die Brüder Woods zum Reden gebracht hatte. Zu so etwas Ähnlichem wie reden jedenfalls. Ich kam mir wie eine Berühmtheit vor, als ich mich ruhig auf den angebotenen Stuhl setzte und Charlene um eine Kirsch-Cola bat. Aber Maud pumpte bereits Sirup in ein großes Colaglas.

»Guter Gott«, sagte sie, als sie das Glas vor mich stellte. »Hat man dich aus dem Knast entlassen?«

Ich war überrascht, als Ubub darüber in brüllendes Gelächter ausbrach. Die Brüder Woods waren nicht blöd. Leider bemerkten das die anderen Leute nicht. Ich lachte auch und erklärte ihr: »Es war niemand da zum Mittagessen.« Ich trank meine Cola, stolz, einmal im Leben eine Berühmtheit zu sein.

»Na, dann komm mit nach hinten und setz dich zu mir. Der Koch hat gerade einen frischen Topf Chili gemacht.«

Chili war besser, wenn es nicht ganz frisch war, wenn es einen Tag gestanden hatte, und die Gewürze eingezogen waren. Das schienen wenige Menschen zu begreifen. Tatsächlich war ich zum erstenmal nicht wirklich hungrig; das mußte von all dem Nachdenken kommen. Vielleicht hatte ich den Kopf zu voll für ein Chili. »Nicht jetzt«, sagte ich. »Vielleicht später.«

Höflich wartete ich weitere fünf Minuten, bis Ulub und Ubub ihr Chili aufgegessen hatten, denn ich wollte nicht, daß sie glaubten, ich hätte etwas Besseres gefunden. Als sie sich mit ihren Papierservietten den Mund abgewischt und sie zusammengeknüllt hatten, sagte ich ihnen, ich käme in Kürze zurück. Beide lächelten mich breit an und nickten.

Maud setzte sich neben mich und sagte: »Du mußt todkrank sein, wenn du ein Chili ablehnst. Oder kocht deine Mutter was Besonderes zum Mittagessen?«

»Es ist immer etwas Besonderes«, antwortete ich ernst.

Maud sah mich einen Moment an und lächelte, aber auf seltsame, irgendwie verletzte Weise. »Ich wette, Chad sagt das über *meine* Kochkünste nie.« Sie zündete eine Zigarette an, so als ob der Gedanke an ihren Sohn sie nervös machte.

Ich habe Chad nicht oft in La Porte gesehen, weil er auswärts zur Schule geht. Und einen Teil der Ferien verbringt er mit seinem Vater. Ich hatte immer gespürt, daß diese Sache für Maud sehr schmerzlich war – ihre Scheidung und die Trennung von Chad –, genauso wie der Sache mit dem Sheriff und seiner Frau Florence etwas Schmerzliches anhaftete.

»Donny hat gesagt, der Sheriff sei nach Cold Flat Junction gefahren.« Ich fragte mich, ob er Maud etwas gesagt hatte.

»Ich glaube, er hat herausgefunden, wer sie ist«, antwortete Maud.

»Die tote Frau?«

Sie blies einen dünnen Rauchschwaden zur Seite, um mein Gesicht nicht zu treffen. »›Doode Frau‹? Wann hast du dir denn das angewöhnt? Klingt wie der Dialekt in Cold Flat Junction. ›Doode Frau‹.«

»Wer ist sie?«

»Das hat er nicht gesagt. Vielleicht war er sich nicht sicher, oder er mußte es der Familie zuerst mitteilen.«

Ich glaube, ich war froh, daß ich mir jetzt keine Sorgen mehr zu machen brauchte, wie ich dem Sheriff sagen sollte, daß es sich um Fern Queen handelte. Jetzt wollte ich mich nur noch darauf konzentrieren, wie ich nach Cold Flat Junction und in das Haus mit den gelben Fensterläden zurückkommen konnte.

37.

Es überraschte mich nicht, daß Miss Bertha der Grund dafür war, daß ich am nächsten Tag den Zug nach Cold Flat Junction verpaßte. Nachdem ihr ein Teller Spaghetti mit Fleischklößchen serviert worden war (das einzige Gericht auf der Mittagskarte), legte sie los. Zuerst erklärte sie Mrs. Fulbright, die Fleischklößchen seien tatsächlich die Überreste der vergifteten Wurst, dann erhob sie die Stimme noch mehr und teilte es mir mit, dann rappelte sie sich tatsächlich von ihrem Stuhl hoch und ging auf ihren Stock gebeugt zur Küche, um diese Einsicht lautstark meiner Mutter zu verkünden.

Schließlich gelang es mit gemeinsamen Kräften, sie wieder zu ihrem Stuhl zurückzubringen, aber inzwischen war es halb zwei, und ich hätte es auf keinen Fall mehr bis zum Bahnhof in Spirit Lake geschafft. Ich glaube, ich wäre noch enttäuschter gewesen, wenn ich einen Plan gehabt hätte. Doch das hatte ich nicht. Ich steckte in der Klemme. Nichts, was ich mir ausgedacht hatte, wie etwa an die Tür der Queens zu klopfen und zu sagen, ich würde für die Krüppel in der Gemeinde sammeln, war sehr überzeugend. Außerdem hätte es etwas sein müssen, was die Queens dazu gebracht hätte, über die Devereaus und Ben Queen zu reden.

Aber die Spaghetti und Fleischklößchen meiner Mutter trugen eine Menge dazu bei, mich aufzuheitern, und nachdem ich sie gegessen und Miss Berthas Tisch abgeräumt hatte (sie hatte ihre Fleischklößchen in der Zuckerdose versteckt), fühlte ich mich besser und beschloß, zu Martins Laden rüberzuspazieren. Dank der Spaghetti fühlte ich mich nicht nur besser, sie hatten auch mein Denken wieder in Gang gebracht, und mir kam eine Idee, wie ich nach Cold Flat Junction kommen könnte.

Mr. Root saß auf der Bank, Ulub und Ubub waren jedoch nicht da. Ich war enttäuscht. Ich fragte Mr. Root, ob er sie gesehen hätte, und er sagte nein, heute nicht.

»Ich hatte gehofft, wir könnten alle zusammen nach Cold Flat Junction fahren. Sie haben doch einen Laster.«

»Ja, das stimmt. Warum willst du da hinfahren?«

Ich wollte nicht sagen, daß ich nichts anderes als eine Mitfahrgelegenheit suchte, daher antwortete ich, es hätte mit den Devereaus zu tun, und ich bräuchte ihre Hilfe. Ich nehme an, daß das ziemlich eigenartig geklungen haben mußte, da er mich einfach anstarrte und wahrscheinlich versuchte, der Sache auf die Spur zu kommen.

Mit großer Enttäuschung hatte ich gehört, wie eine Viertelstunde zuvor der Zug durchgefahren war; niedergeschlagen saß ich da, saugte meine Backe nach innen und dachte nach.

Und dann geschah etwas Wunderbares. Pater Freeman hätte es wahrscheinlich ein Wunder genannt, vor allem weil es von seiten der Ersten Vereinigten Tabernakelgesellschaft kam. Es war der Bus. Der Bus, der zweimal die Woche aus Cold Flat Junction kam und dorthin wieder zurückfuhr. Während mein Plan reifte, stieg eine Person aus, und der Bus fuhr weiter. Aber ich wußte, es gab eine weitere Haltestelle – drüben auf dem Zeltplatz, direkt gegenüber von Gee's. Ich hätte noch genügend Zeit, um hinüberzukommen.

»Mr. Root, bis später. Ich geh' rüber, um den Bus zu erwischen.«

»Also, ich glaub' nicht, daß sie dich einsteigen lassen, du gehörst doch nicht zu ihnen.«

Aber ich flog fast die Böschung zum Highway hinunter, während er immer noch redete. Ich hörte ihn rufen, wenn er die Brüder Woods sehen würde, würde er ihnen sagen, daß ich sie brauchte.

In dem Gedränge der Leute, die die große Gebetsversammlung verließen, achtete niemand auf mich, als ich das Zelt betrat. Es rannten eine Menge Kinder herum (und bekamen dafür Ohrfeigen). Ich griff mir einfach ein übriggebliebenes Gebetbuch – oder was das kleine schwarze Buch, das auf einem Faltstuhl lag, auch sein mochte –, ging wieder hinaus und stellte mich zu den anderen, die auf den Bus warteten. Ich würde sagen, es waren etwa fünfundzwanzig oder sechsundzwanzig Leute, die dastanden und sich miteinander unterhielten. Gelegentlich sah mich der eine oder andere an, aber keineswegs mißtrauisch, einfach gleichgültig, und von denen, die ihre Religion ernst nahmen, bekam ich einen freundlichen Blick oder ein freundliches Lächeln geschenkt.

Ich gab mich sehr gläubig und lauschte genau auf die Unterhaltungen, die ich aufschnappen konnte, und fand, daß Maud recht hatte, denn sie sagten tatsächlich Dinge wie »gsoogt«, wenn sie »gesagt« meinten, und »gnuummen« für »genommen«.

»Un' ich hab' ihr gsoogt, ma Mama kommt zu B'such...«

Besuch wurde ausgesprochen wie ein Zischlaut. Ich versuchte *B'such* zu sagen, es klang, als hätte man Schluckauf. Oder den ersten Laut verschluckt.

Ich konzentrierte mich so vollständig auf diese seltsame Sprechweise, daß ich den wartenden Bus kaum bemerkte, vor dessen Tür ich stand. Ich stieg vorn bei der Fahrerin ein.

»Also dich, Klane, hab' ich noch nie g'sehn«, sagte sie. »Du bist noch nie mit'm Bus rüberkommen, was?«

Ich räusperte mich und sagte: »Nein, Mam, noch nie.« Ich sprach mit hoher, etwas singender Stimme. Bevor sie mich fragen konnte – und ich wußte, das würde sie – sagte ich: »Mein Name is' Rae Jane, und ich bin 'ne Kusine von den Queens. Kennen Sie sie?«

»Klar kenn ich die. Was...«

Leute drängten sich an mir vorbei, und ich drückte mich nach hinten, um nicht im Weg zu sein. Ich sagte: »Also, es sin' eigentlich nich' die Queens, wo ich b'such, sondern Leut', wo in Flyback Holler wohnen.«

Die Fahrerin grüßte ständig die einsteigenden Leute und schenkte mir nicht ihre volle Aufmerksamkeit, was mir nur recht war. Ich plapperte einfach weiter. »Wie g'sagt, ich b'such die Stemples. Die wohnen in Flyback *Holler*.« Denn ich wollte sichergehen, daß sie auch hörte, wie ich es sagte.

»Hm. Deine Ang'hörigen wohnen... wo?«

»Oh, meine Mama und mein Daddy sin' dood.« Ich sah auf meine Schuhe hinunter. Eine Frau, die gerade die Fahrerin begrüßt hatte, hatte mich gehört, und sah mich mit anteilnehmendem Kopfschütteln an, bevor sie zu einem reservierten Sitz ging.

Die Fahrerin tätschelte meinen Arm. »Na, Klane, schon gut, geh nur hinter und ich wünsch' dir eine gute Fahrt.«

»Danke. Sehr freundlich.« Ich versuchte, nicht zu hüpfen, während ich nach hinten ging.

Nun, etwa fünf Meilen außerhalb der Stadt begannen sie, »Einst war ich in Sünde versunken« zu singen, sie sangen und klatschten dazu, und ich sang natürlich mit, obwohl ich nur die Version von Brownmiller kannte, die Lola Davidow gewidmet war – »Einst war ich im Gin ertrunken« –, daher mußte ich vorsichtig sein. Brownmiller und mein Bruder gingen immer zu den Zeltgottesdiensten, um den Liedern zuzuhören, und danach gingen sie ins Hotel Paradise zurück und erfanden neue Texte dazu. Es war ein schöner Zeitvertreib an Regentagen, wenn sie sonst nichts zu tun hatten. Ich war ihnen dankbar dafür, denn es machte mich mit den Liedern vertraut. Zumindest mit der Musik. Will und Mill hatten eine derart blühende Phantasie, daß sie sich, einmal entfacht, schlagartig ausbreitete wie ein Buschfeuer und alles in ihrer Umgebung niederbrannte. Ich wärmte mich gern an diesem Feuer, aber ich konnte nie mithalten und bekam nie eine der guten Rollen in ihren Stücken. Sie ließen mich nur Schweine, Hunde oder solche Figuren spielen, die nicht richtig zu sprechen brauchten.

Der Gesang im Bus ebbte ab und die Töne verklangen, während wir rumpelnd weiterfuhren. Ich sah zufällig aus dem Rückfenster, und in der aufgewirbelten Staubwolke glaubte ich, eine Fata Morgana zu sehen. Denn ich hätte schwören können, einen Laster entdeckt zu haben. Tatsächlich. Ich ging ganz nach hinten, um aus dem Fenster zu sehen, und entdeckte direkt hinter uns einen Laster der Brüder Woods. Ich blinzelte durch die Staubwolke und konnte das Nummernschild mit dem ULB darauf auf und ab wippen sehen. Ach, du meine Güte, Ulub folgte dem Bus. Da die Sonne einen silbernen Film über die Windschutzscheibe gelegt hatte, konnte ich nicht sagen, ob es nur ULB war ... und dann sah ich dahinter eine weitere Staubwolke, und da war UBB.

Ich ließ mich auf meinen Sitz fallen, wirklich verägert, daß ich mir soviel Mühe gemacht hatte, in diesen Bus zu gelangen, und da kamen sie an, wenn ich sie gar nicht mehr brauchte. Aber schließlich hatte ich Mr. Root gesagt (und ich hätte wetten können, er war ebenfalls dabei), daß ich eine Mitfahrgelegenheit brauchte, und daher glaubten sie, das Richtige zu tun. Vermutlich nahmen sie auch an, mich beschützen oder über mich wachen zu müssen. Daß irgend jemand den Wunsch hatte, mich zu beschützen, war ein vollkommen neuer Gedanke, und ich glaube, ich war dankbar.

Aber was sollte ich mit ihnen anfangen, wenn wir da waren?

Es gab den Windy-Lane-Imbiß. Ulub und Ubub liebten das Rainbow, also nahm ich an, sie hätten sicher nichts dagegen, im Windy-Lane einen Kaffee zu trinken. Ich erinnerte mich, auf einem der mehrstöckigen Tortenteller große Stücke Biskuitrollen mit Butterglasur gesehen zu haben. Die würden sie mögen.

Und Mr. Root? Vermutlich würde er nicht bloß rumsitzen wollen ...

Und plötzlich setzte ich mich auf, als wäre der Bus über ein Schlagloch geholpert. Ich erinnerte mich an das Gespräch mit Mr. Root auf der Bank vor Martins Laden. Er hatte eine Queen gekannt, eine Frau namens »Sheba«. Und wer wollte sagen, daß diese Frau nicht zu denen gehörte, die in dem Haus mit den gelben Läden wohnten? Wer konnte schon sagen, ob sie nicht diese alte Freundin von Mr. Root war? Als der Bus rumpelnd den Highway verließ und auf die Straße nach Cold Flat Junction einbog, dachte ich darüber nach.

Cold Flat Junction war genauso menschenleer wie beim letztenmal, stellte ich fest, als wir die Straße entlangfuhren, die die Stadt teilte, und dann links in die Schoolhouse Road bogen. Ich sah den Kirchturm leuchten, weiß wie die Baisers meiner Mutter. Die beiden Laster hielten in einiger Entfernung am Randstein an. Als ich aus dem Bus ausstieg, grinsten mich ein paar Leute an und tätschelten mich, als wollten sie mich ermutigen, als sei wieder ein Sünder errettet worden, und ich dankte ihnen. Dann ging ich auf die beiden Laster zu, aus deren alten Auspuffrohren der Rauch dampfte. Mr. Root saß in Ububs Wagen, und die beiden machten einen ziemlich aufgeregten Eindruck, als ginge es hier um ein echtes Abenteuer. Ich sagte, ich würde bei Ulub einsteigen, und sie könnten uns zum Windy-Lane-Imbiß folgen. Ubub strahlte übers ganze Gesicht, als ich »Imbiß« sagte.

Ulub gab etwas Unverständliches von sich, als ich die Tür zuschlug und ihn zu dem Imbiß dirigierte. Er schien sich sogar noch mehr zu freuen als Ubub. Als wir den Windy Lane, eine ungepflasterte Straße, entlangfuhren, stimmte Ulub einen seltsamen Gesang an. Ich fand es wirklich bewundernswert, daß ihn so etwas Unbedeutendes wie ein Imbiß so glücklich machte. Ich seufzte und schüttelte den Kopf. Ich nehme an, ich war zu sehr an Ree-Jane gewöhnt, die Margaret Bourke White oder die Herzogin von Kent sein wollte.

Louise Snell machte Späße mit den beiden Männern, die wie Lastwagenfahrer aussahen, aber ich entdeckte noch immer keine Lastwagen vor der Tür, also wohnten sie wahrscheinlich in Cold Flat. Es machte mich nerövs, wieder hineinzugehen, denn Jude Stemple konnte sehr wohl erwähnt haben, daß ich angeblich ihre Tochter sehr gut kannte, aber als sie mich sah, kam sie sofort herüber und sagte breit lächelnd: »Na, hallo, wie geht's?«

»Ist das dein Dad?« Sie wischte die Theke vor uns ab und nickte in Richtung von Mr. Root. Ich fand, er wirkte etwas zu alt, um mein Dad sein zu können, aber wer weiß. Ich erklärte, daß diese Leute meine Freunde aus La Porte seien.

Mr. Root schien sich zu freuen, für meinen Vater gehalten zu werden und strahlte übers ganze Gesicht, als er die Karte zwischen Zuckerstreuer und Serviettenhalter herauszog. Ulub und Ubub machten dasselbe, obwohl ich mich fragte, ob ich für sie bestellen sollte, da sie es gewöhnt waren, daß Maud einfach alles vor sie hinstellte. Ich erklärte ihnen, die Biskuitrolle sei hier wirklich gut, und Louise nickte nachdrücklich.

»Selbstgemacht«, sagte sie.

Sie sahen einander an und nickten.

»Sie wollen Kaffee, schätze ich«, sagte ich hilfsbereit.

Wieder nickten sie.

Nachdem ich meine Cola bekommen hatte, sagte ich zu Mr. Root, daß die Frau, die er vor langer Zeit gekannt hatte, vielleicht zu den Queens gehörte, die hier in Cold Flat lebten. Oh, das bezweifle er, antwortete er, und ich erwiderte, nun ja, vielleicht doch. Wir redeten noch eine Weile in der Art weiter, bis er schließlich ins Grübeln kam und es traurig fand, daß die Zeit verging und daß man alte Freunde vermißte und dergleichen, bis er tatsächlich ganz traurig wurde. Um dem Ganzen die Krone aufzusetzen, sagte ich, diese Queens könnten mit der toten Frau verwandt sein und etwas mit Mary-Evelyn zu tun haben. Nun, das überzeugte ihn, obwohl man ihm ansah, daß er ziemliche Scheu hatte, einfach bei fremden Leuten reinzuschneien und sich vorzustellen.

Ich bestand darauf, zu bezahlen, aber Mr. Root ließ es nicht zu, und dann verließen wir die Brüder Woods, die glücklich ihre Biskuitrolle mampften, und sagten ihnen, wir würden gleich wiederkommen, Mr. Root wolle nur einen Besuch machen.

Während wir aus dem Imbiß gingen und die paar Stufen hinunterstiegen, machte er sich immer noch Sorgen, daß dies entweder nicht die richtigen Queens waren oder sich niemand an ihn erinnern würde, oder er suchte nach anderen Ausflüchten, um nicht dorthin gehen zu müssen.

Daher versicherte ich ihm, daß ich das Reden übernehmen würde. Was ich natürlich nicht vorhatte, da *ich* schließlich nicht Sheba Queens alte Freundin war.

38.

Mr. Root behauptete, vor über zehn Jahren zum letztenmal in Cold Flat Junction gewesen zu sein, obwohl es so nahe bei Spirit Lake war. Aber während wir weitergingen, erinnerte er sich an vieles, und die Erinnerungen schienen ihn zu freuen. Er sagte (als wir am Kaufhaus vorbeigingen), daß Elmer Fry, der frühere Besitzer, ins Gefängnis gekommen sei, weil er zwei Ehefrauen hatte. Mr. Root fand, allein sie zu haben, sei Strafe genug gewesen, und mußte das Gesetz seine Leiden noch verschlimmern, indem es ihm eine Gefängnisstrafe aufbrummte?

Wir kamen am Schulhaus vorbei und erreichten die Dubois Road, und ich fragte ihn, ob er Jude Stemple kenne. Ja, das tue er, aber nicht sehr gut. Und dann fragte er mich, was er bei den Queens machen solle. Ich erklärte ihm, daß er einfach mit ihnen plaudern könne, aber vorzugsweise versuchen solle, sie dahin zu bringen, sich zu erinnern. Insbesondere an Rose Devereau.

»Du glaubst, sie wissen etwas über dieses kleine Mädchen, diese Mary Ellen Devereau?«

»Mary-Evelyn. Rose war ihre Tante. Oder vielleicht sogar ihre Schwester. Jedenfalls eine Verwandte. Und meine Tante Aurora behauptet, Ben Queen sei mit Rose Devereau durchgebrannt.«

»Ah-HA!« sagte er und grub seine Faust in die Handfläche der anderen Hand, als hätte er gerade all diese wichtigen Zusammenhänge hergestellt.

Und plötzlich war das Haus mit den bananengelben Läden und

der an Fensternischen und Verandageländer abblätternden Farbe vor uns aufgetaucht.

Mr. Root blieb auf dem unkrautbewachsenen Weg stehen und schüttelte langsam den Kopf. »Wenn Sheba hier wohnt, also, ich hab' sie nicht mehr gesehen seit ...«

»Fünfzehn Jahren, ich weiß. Kommen Sie.« Aus Angst, er würde den Mut verlieren oder in Erinnerung an längst vergangene Tage sogar zu weinen beginnen, drängte ich ihn hineinzugehen.

Nun, ich hätte mir über das Erinnerungsvermögen von Leuten keine Sorgen machen brauchen, denn als die magere Frau mit den harten Gesichtszügen, die ein bedrucktes Baumwollkleid trug, an die Fliegentür kam, blieb ihr der Mund offenstehen, und fast wehklagend sagte sie: »Elijah Root! Meiner Lebtag ...«

Sie beendete den Satz nicht, sondern schlug die Tür auf, traf mich fast an den Kopf damit, legte ihre rauhen Hände auf seine Schultern und schüttelte ihn ein bißchen. Sie hatte ungefähr seine Größe, war aber kräftiger.

»Sheba, du hast dich gar nicht verändert!«

Das war sicherlich eine große Lüge, und ich stand da und hörte noch ein wenig zu, bevor Mr. Root (dessen Vorname »Elijah« war, wie ich gerade erst erfahren hatte) mich gewissermaßen zu ihr hinschob und sagte: »Das hier ist eine Freundin von mir aus Spirit Lake, sie wollte immer schon mal nach Cold Flat, hat aber nie Gelegenheit dazu gehabt, deshalb hab' ich sie mitgebracht ...«

Erwachsene konnten lügen, ohne mit der Wimper zu zucken. Aber in dem Fall war es in Ordnung, denn Sheba Queen verhielt sich, als wäre ich eine enge Freundin, bat uns einzutreten, und sagte, sie würde mir ein paar ihrer selbstgemachten Sirupplätzchen und Limonade bringen. Ich war nie besonders begeistert, wenn ich bei anderen Leuten Essen angeboten bekam, weil ich wußte, daß es sich in keiner Hinsicht mit dem meiner Mutter messen konnte.

Wir standen in dem kühlen, dunklen Gang, der mit einem scheußlichen braunen und grünen Rankenmuster tapeziert war, und sie eilte durch ein Wohnzimmer und rief nach einem Mann, der hinter der großen Lehne seines Sessels verborgen war, daß er uns auf die Veranda hinausführen solle.

Was er tat, und sich als George Queen, Shebas Mann, vorstellte. Er schien ganz nett zu sein, aber irgendwie bedrückt und traurig. Er hatte eine sanfte, nicht gebieterische Stimme, und wir alle zogen auf die Veranda hinaus. Mr. Queen und Mr. Root nahmen zwei Schaukelstühle und zogen einen dritten für Mrs. Queen heran. Ich setzte mich auf die Holzschaukel, so daß ich mich hinter ihnen befand. Das war mir nur recht; so konnte ich besser zuhören.

Mrs. Sheba Queen kam mit einem Tablett voller Limonadegläser und fast schwarzen Plätzchen heraus, über die ich mir keinerlei Illusionen machte. Währenddessen erzählte sie ständig irgendwelche Lügen, wie jung Elijah aussah, und daß er immer noch dieses wunderbare Lächeln habe und dergleichen mehr. Mr. George Queen kannte Mr. Root offensichtlich nicht von früher, daher konnte er weder zustimmen noch verneinen, aber er lächelte freundlich und nickte mit dem Kopf. Vielleicht war Fern Queens schrecklicher Tod der Grund für seine gedrückte Stimmung und seinen abwesenden Blick. Aber Mrs. Sheba Queen war ziemlich aufgekratzt; es berührte mich seltsam, daß sie fröhlich drauflos plauderte, als hätte sie Ben Queens Tochter nicht gekannt und keine Ahnung gehabt, daß ihre eigene Nichte möglicherweise ermordet worden war. Aber sie mußte es wissen. Der Sheriff war zweimal wegen einer vermißten Person in Cold Flat gewesen, und aus welchem anderen Grund, als der Familie die Tragödie mitzuteilen?

Mr. Root brachte die Rede darauf, und zwar dergestalt, daß er ihnen in der Stunde ihres Schmerzes seine Anteilnahme bezeugte.

Ich glaube, George Queen war wirklich bekümmert, weil er das Gesicht abwenden mußte. Aber sie spielte es nur. Aus ihrem übertriebenen Getue schloß ich, daß sie bis jetzt keinen Gedanken daran verschwendet hatte. Ich verurteilte sie nicht, weil sie wegen des Mordes an Fern nicht traurig oder zumindest geschockt war. Ich verurteilte sie nur, weil sie dieses Theater spielte.

Aber nichts davon war wichtig; Mr. Root hatte sie soweit – zumindest Sheba –, daß sie über die Devereaus sprachen. Denn sie begann, auf jene affektierte, selbstgerechte Art die Nase zu rümpfen, wie einige Frauen es tun, wenn sie über Leute sprechen, die sie nicht mögen.

Und sie mochte Rose Devereau nicht.

»Wir haben ihm gesagt, er hätte keine von den Devereaus heiraten sollen. Die waren doch verrückt, jede einzelne von ihnen!«

Ich hatte die quietschende Schaukel angehalten und meine Füße auf den Verandaboden gestemmt. Wie erstarrt.

Mr. George Queen sagte: »Nun ist aber gut. Ben hat es ziemlich wüst getrieben, Sheba, wir beide wissen...«

»Wir wissen überhaupt nichts, George Queen! Das ist alles Klatsch.« Wie eine Klapperschlange ließ sie den Kopf herumschnellen und sagte zu Mr. Root: »Ben hätte das Mädchen einfach nicht heiraten sollen, er hätte bei Lou bleiben sollen, das hätte er tun sollen!« Um Mr. Root ins Bild zu setzen (meine Anwesenheit hatten sie vergessen), fügte sie hinzu: »Louisa Landis. Hast du Louisa gekannt? Nun, sie war Bens Freundin, und sogar damals, als sie nicht älter als achtzehn oder neunzehn war, merkte man, daß sie Verstand hatte. Richtig erwachsen für ihr Alter, und sie hätte Ben zur Ruhe gebracht. Aber nein, er mußte diese verrückte Rose Devereau haben.«

Nachdenklich sagte George: »Rose war wirklich schön. Genauso hübsch...« Seine Stimme brach ab.

Ich war froh, daß er sie verteidigt hatte. Obwohl ich fand, Rose Devereau hätte Mary-Evelyn nicht verlassen dürfen.

»Und diese kleine Schwester, die sie hatte, die ertrunken ist . . .«

Ich setzte mich auf, um zuzuhören, aber sie fiel erneut in einen Flüsterton. Also *waren* Rose und Mary-Evelyn Schwestern. Ich spitzte die Ohren.

». . .kann mich nicht mehr an ihren Namen erinnern, Mary-irgendwas . . .«

»Mary-Evelyn«, platzte ich unwillkürlich heraus.

Alle sahen mich an, Bathsheba drehte sich um, um über die hohe Lehne des Schaukelstuhls zu spähen.

»Also, wie um alles in der Welt weißt du das, Kind? Es ist vierzig, fünfzig Jahre her!« Als sie sich wieder umdrehte, sagte sie in grimmigem Ton zu den beiden Männern: »Je weniger über diesen Fall geredet wird um so besser.« Sie nickte kurz nach hinten in meine Richtung und fügte hinzu: »Die kleinen Knirpse . . .«

Ich streckte ihr hinter dem Rücken die Zunge heraus. Fast konnte man sehen, wie die Flügel der Selbstgerechtigkeit aus den dürren, musselinbedeckten Schulterblättern sprossen.

»Arme, arme Fern«, jammerte sie. Sie hatte das Taschentuch aus ihrem Ärmel gezogen und schneuzte sich, als hätte sie geweint. Was nicht stimmte. Die Unterhaltung ging in gedämpftem Ton weiter und ich hörte: »Sie hat es nicht anders verdient!«

Ich beugte mich vor. *Was* hatte sie verdient? *Wer* hatte es verdient? Meinte sie Rose? Oder Fern?

Mr. Root warf mir einen Blick zu. »Also, was soll das heißen, Sheba? Was meinst du damit?«

Oh, der gute Mr. Root! Ich hätte klatschen können.

»Also, Elijah, du wohnst doch in Spirit Lake, so nahe dran, du mußt doch von der Sache mit Rose gehört haben. Die Zeitungen waren voll davon.«

»Nein, ich hab' nichts gehört. Verstehst du, ich hab' vielleicht zwei und zwei nicht zusammenzählen können, weil ich nichts von der Geschichte gewußt hab', die du erzählst.«

George mischte sich ein: »Und falsch erzählst.« Er klang angewidert.

»Nein, das tue ich nicht. Es ist bloß, weil du die ganze Zeit auf Rose Devereaus Seite gewesen bist, gegen deinen eigenen Bruder!«

»Du weißt, daß das nicht stimmt, Sheba! So ist es nicht gewesen.« Er schlug auf die Armlehne seines Schaukelstuhls.

»Wie auch immer, auf Seiten von Rose zu stehen, hieß auch auf Bens Seite zu sein. Das willst du einfach nicht einsehen. Die einzige Sache, über die beiden nie wirklich einig werden konnten, war Fern . . .«

Das brachte Sheba wieder auf das Thema der armen Fern.

George Queen machte einfach eine abwehrende Geste, um ihr das Wort abzuschneiden. »Arme Fern, von wegen.« Das sagte er so leise, daß ich mich fragte, ob es außer mir überhaupt jemand gehört hatte.

»Du warst immer auf der Seite von Rose, wenn es darum gegangen ist, was mit Fern geschehen soll. Rose war gegen Fern. Sie wollte sie in irgendeine Anstalt schicken . . . weil sie zu faul war, sich um sie zu kümmern.«

»Du hast keine Ahnung davon, Frau.« George war offensichtlich wütend genug, um sie anzufauchen. »Ben Queen hat sich nie *gegen irgendein* Mitglied seiner Familie gestellt, Sheba.« Er senkte den Kopf, stützte ihn auf die Hand und schüttelte ihn langsam, als wollte er sich von einem alten Schmerz befreien. »Wie du darauf kommst, einer von den beiden sei gegen Fern gewesen, weiß ich nicht. Da ist es vielleicht besser, daß sie tot ist. Zu guter Letzt.« Seine Stimme war voller Trauer.

Sheba war vor Wut halb aufgesprungen. »Deine eigene Nichte, das sagst du über dein eigen Fleisch und Blut.« Um die Untat noch mehr herauszustreichen, zeigte sie auf mich. »Vor Fremden deine eigene Verwandte anprangern!«

Um Himmels willen, wollte ich schon sagen. Sheba gehörte zu jenen Erwachsenen, die gerne mit Kind und Kegel und Blutsbanden auffuhren, um Eindruck zu schinden. Man sollte dann geradesitzen, gut zuhören und sich an die Brust klopfen: *Das ist mein Blutsverwandter!* Ich überlegte einen Moment, was »Kegel« bedeutete.

George Queen jedoch war ganz anders gelagert. »Du weißt genau, was für eine Plage das Kind war! Ist wahrscheinlich mit jedem Mann in Cold . . .«

Völlig aufgebracht inzwischen, drohte ihm Sheba jetzt mit dem Finger: »Wage es ja nicht, so etwas zu sagen, George Queen! Jetzt, wo sie tot ist. *Ermordet,* wie die Polizei behauptet . . .«

Ganz leise sagte George: »Die Hühner kommen immer wieder in den Stall zurück.«

Ich hätte mir genau überlegen müssen, was das alles zu bedeuten hatte, anstatt hier zu sitzen und genüßlich den Streitereien der Erwachsenen zuzuhören. Sheba brüllte ihn wieder an, aber er antwortete nicht.

Ich war auf dem Schaukelsitz so weit nach vorn gerutscht, daß ich fast auf die Veranda gekippt wäre. Aber dann begann Sheba wieder zu flüstern, beugte sich so weit vor, daß sie fast sein Gesicht berührte, und packte mit klauenartigen Fingern seinen Unterarm, und ich konnte außer einem wütenden Flüstern nichts verstehen. Dann dachte ich: der Skandal. Das ist der Skandal, den Aurora erwähnt hatte, und ich konnte mich nicht an die Einzelheiten erinnern. Ich beobachtete Mr. Root, der sich ebenfalls vorgebeugt hatte, und sah, daß er ihr sehr aufmerksam zuhörte, vermutlich um sich alles einzuprägen, was er mir später erzählen wollte. Ich war so stolz auf mich, daß ich ihn mitgenommen hatte, daß ich kaum stillsitzen konnte. Allein hätte ich diese Informationen nie bekommen, denn sie waren offensichtlich nicht für kindliche Ohren bestimmt.

Aber Mr. George Queen machte sich wegen meiner Ohren offensichtlich keine Sorgen, denn er wurde immer ungeduldiger, während sie diese Geschichte erzählte, und unterbrach sie, indem er sagte: »Keiner von beiden hat Schuld! Keiner, Ben hätte das nie getan . . .«

»Also, ich freue mich zu hören, daß du wenigstens einmal deinen armen Bruder verteidigst«, sagte sie steif.

»Es war jemand anderer. Ich habe immer gesagt, es war jemand anderer.«

»Sei nicht albern. Es gab niemanden, der einen Grund dafür gehabt hätte. Sie hat ihn soweit gebracht . . .«

»Ach, hör damit auf, Frau! Du weißt nicht, wovon du redest. Er hat sie geliebt, und das ist eine Tatsache. Da war noch jemand anderer.«

»Hör auf, hör jetzt endlich auf damit.« Was er sagte, schien sie wütender zu machen als alles andere. Sie sprang fast hoch, um etwas zu erwidern, aber sie besann sich eines Besseren und setzte sich wieder hin. Sie schaukelte und schaukelte, als wollte sie bis zur Hölle schaukeln. Ich fragte mich, ob sie zu den Frauen gehörte, die Auroras Aussage nach »dem Verderben geweiht« waren, diejenigen, die in Ben Queen verknallt waren. Es hörte sich ganz so an.

In dem Schweigen, das daraufhin folgte, räusperte sich Mr. Root; dann sah er irgendwie übertrieben auf seine Uhr und auf mich und sagte: »Du solltest dich am besten wieder auf den Weg ins Hotel Paradise zurück machen, glaube ich.«

Ich hätte ihn schlagen können. Gerade hatte es angefangen interessant zu werden, da mußte er unterbrechen. Aber dann schämte ich mich, denn ich sah auf meiner Uhr, daß es viel später war, als ich gedacht hatte. »Ja, ich muß tatsächlich zurück.«

Die Queens schienen überrascht zu sein, daß ich immer noch da war, denn Mr. Queen erschrak ein bißchen und sagte freundlich: »Nett, dich kennengelernt zu haben, junge Dame. Ich kenne deine Mutter. Bin mit meinem Gemüselaster früher ins Hotel rübergefahren. Ich und Ben. Das ist Jahre her.«

Und er sah über das Verandageländer in die Sonne, die tiefe Schatten über die staubige Straße warf. Offensichtlich erinnerte er sich an bessere Tage, Tage, an denen er mit seinem Bruder glücklich gewesen war. Ich konzentrierte mich stark, um Mr. Root zu der Frage *Wo ist Ben?* zu veranlassen.

Aber er tat es nicht, also tat ich es auf meine indirekte Art. »Nun, ich denke, meine Mutter erinnert sich an Sie und auch an Ihren Bruder. Wo ist er hingegangen? Ist er hier?« Ich sah mich um und versuchte, wirklich harmlos zu klingen.

George Queen öffnete den Mund, um zu antworten, aber seine Frau kam ihm zuvor. »Ach, kümmer dich nicht darum, Kleine.« Sie sah mich mit einem aufreizenden, unehrlichen Lächeln an und warf ihm einen scharfen, warnenden Blick zu.

So wütend, daß ich hätte ausspucken können, sagte ich höflich: »Danke für die Limonade. Und die Plätzchen.« Ich hatte von einem ein Stück abgebissen und den Rest in die Tasche gesteckt, um es später wegzuwerfen.

Mr. Root stand auf, zog seine Hose hoch, wie Männer es zu tun pflegen, und streckte George die Hand hin. Er verabschiedete sich von Sheba, die immer noch wütend über Georges Worte war. Aber sie bemühte sich, höflich zu sein, und bat Mr. Root, um Himmels willen zwischen seinen Besuchen nicht wieder so viel Zeit verstreichen zu lassen.

Wir gingen weg, während sie winkend am Tor standen.

Sobald wir außerhalb ihrer Sichtweite waren, blieb ich stehen, zupfte Mr. Root am Ärmel und fragte: »Nun? Was haben sie gesagt?«

Er zog eine Zigarette aus der Packung, die seine Hemdtasche

ausbeulte, und zündete sie an. Das machte er wahrscheinlich, weil er sich so wichtig vorkam, weil er so vieles wußte, was ich wissen wollte. Es sollte ihm tatsächlich gestattet sein, mich eine Minute auf die Folter zu spannen. Ich hüpfte von einem Fuß auf den anderen, unfähig, mich zu beherrschen.

»Also.« Er nahm einen langen Zug von seiner Zigarette und starrte auf die Schoolhouse Road hinunter. »Also.« Er räusperte sich und sagte schließlich: »Das ist vielleicht eine Geschichte.« Er zog wieder an seiner Zigarette.

Ich biß die Zähne zusammen, hielt mich aber zurück, etwas zu sagen.

»Es ist ungefähr siebzehn oder achtzehn Jahre her, daß Rose Queen getötet wurde.« Er hielt inne.

»Getötet? Wie kam es, daß sie getötet wurde?«

»Nun, sie wurde ermordet. Also, ist das nicht seltsam?«

Der Mund blieb mir offenstehen. Rose Devereau wurde *ermordet?*

Er fuhr fort. »Wie's aussieht, hat man sie eines Tages draußen im Hinterhof gefunden, wo sie die Legehennen halten, über und über mit blauen Flecken besät und blutüberströmt. Jemand hat die Frau mit einem Messer . . .«, er hielt inne und schüttelte den Kopf.

Ich trat einen Schritt zurück und schüttelte ebenfalls den Kopf. Die Stimme versagte mir einen Moment lang, und dann fragte ich: »Aber, wer . . .«

Immer noch den Kopf schüttelnd, als wäre es seiner eigenen Familie passiert, antwortete er: »Sie sagen, Ben Queen hat es getan. Ich meine nicht, daß *sie* . . .« Er machte mit dem Kopf eine Bewegung in Richtung auf das Haus der Queens ». . . das glauben würden. Nein, sie glauben nicht, daß Ben derjenige war. Aber er wurde deswegen eingesperrt. Ist ins Gefängnis gekommen. Hatte einen Prozeß und alles und kam ins Gefängnis.«

Ich starrte nur vor mich hin. Mein Kopf war mit so vielen

Fragen angefüllt, daß ich kaum wußte, was ich fragen sollte. Mr. Root fuhr fort. »Andere Leute haben behauptet, es sei ein anderer Mann gewesen, wahrscheinlich irgendein Halunke, mit dem Rose hinter Bens Rücken rumgemacht hat.« Mr. Root hob die Hand, als wollte er meine Fragen abwehren. »Das ist alles, was sie mir gesagt hat. Ich glaube, Sheba ist der Meinung, daß es sich Rose selbst zuzuschreiben hatte, egal, wer es getan hat. Sheba hat sie offenbar nicht besonders gemocht.«

Wenn das keine Untertreibung war. Ich dachte einen Augenblick nach. »Wie kommt es, daß Fern Queen drüben in La Porte war? Haben Sie Sheba danach gefragt?«

Mr. Root nickte. »Angeblich wollte Fern dort jemanden treffen.« Mr. Root zuckte die Achseln. »Mehr wußte sie nicht.« Er schüttelte den Kopf. »Ich nehme an, sie hat tatsächlich jemanden getroffen.«

»Dann muß es jemand gewesen sein, den Fern *kannte.*« Eines verblüffte mich: Zwei Morde in einer Familie. Ich ließ mir das alles durch den Kopf gehen, während ich die Schoolhouse Road hinuntersah. Wie konnte Ben Rose umgebracht haben? Wie konnte sich Rose mit einem »Halunken« eingelassen haben? Es ergab einfach keinen Sinn. Nach Aussage von Mr. George Queen war Rose verrückt nach Ben und umgekehrt. Ich denke auch, daß ich verstand, warum.

Am Ende der Schoolhouse Road sah ich in der Ferne, wie sich die kleinen Schaukeln im Wind drehten, wobei sich die Ketten genauso ineinander verdrehten wie bei mir, wenn ich mich mit dem Zeh abstieß und mich dann im Kreis drehte, bis mir schwindlig wurde. Ich hielt mich lieber an dieses Bild, um die Bilder von Rose Devereau und all dem Blut zu verdrängen.

Aber dann entwirrten sich meine Gedanken wieder, und ich fragte: »Und das ist alles, was sie Ihnen gesagt hat?«

Er nickte und schwieg.

Ich stöhnte. Es war fast noch schlimmer, als nichts zu wissen. Wie konnten nur alle Leute, die ich kannte, eine so schreckliche Sache vergessen haben? Es mußte doch jemanden geben . . .

»Mr. Stemple!« Ich begann, Mr. Root am Ärmel zu ziehen. »Kommen Sie!«

»Wohin? Und die Brüder Woods, was ist mit ihnen? Und du hast gesagt, du müßtest . . .«

Es war mir egal, ob ich zu spät zum Salatmachen nach Hause kam; es war nicht wichtig. »Mr. Jude Stemple, Sie sagten, Sie würden ihn flüchtig kennen.« Ich zog ihn ein paar Schritte weiter. »Er wohnt gleich hier unten in Flyback Hollow. Er kennt die Queens. Er weiß wahrscheinlich, was passiert ist.«

Jude Stemple und sein Jagdhund saßen auf der vorderen Veranda, genauso wie ich sie damals verlassen hatte. Als hätte er darauf gewartet, daß ich zurückkomme und unser Gespräch fortsetze. Er sah von einem Stück Holz auf, an dem er herumschnitzte, und rief: »Na, da schau her, wer wieder da ist!« Und sein Hund stand sogar auf und wedelte mit dem Schwanz.

Ich zog Mr. Root den Weg entlang und stellte ihn Jude Stemple und seinem Hund vor.

Jude Stemple kniff die Augen zusammen. »Hab' ich Sie nicht schon bei Martins Laden gesehen? Auf der Bank davor?« Er klappte sein Schnitzmesser zusammen und lud uns ein, Platz zu nehmen.

»Mr. Root hier wollte die Queens besuchen, weil er Mrs. Queen seit langem kennt.« Warum erzählte ich Mr. Stemple diese Halbwahrheiten? Es wird zur Gewohnheit, schätze ich.

Jude Stemple nickte, klappte sein Messer wieder auf, schnitt ein Stück Tabak ab und bot es Mr. Root an.

Kauend saßen sie eine Weile da, unterhielten sich über Mr. Stemples Hund und übers Jagen. Das konnte ewig so weitergehen, wenn ich nicht etwas sagte, also begann ich: »Sie erinnern sich, daß wir uns über die Queens unterhalten haben?«

Mr. Stemple nickte eifrig. Ich konnte mir vorstellen, daß er mehr an Klatsch als an Hunde- und Jagdgeschichten interessiert war. Kurz zuvor hatte ich Mr. Root gebeten, Mr. Stemple zu erzählen, was Sheba Queen gesagt hatte, was er tat, aber mit einer Menge Pausen, Zigarettenanbieten, der Bitte um ein Glas kaltes Wasser und so weiter. Das zog die Geschichte furchtbar in die Länge. Aber schließlich hatte er sie erzählt. Jude Stemple dachte darüber nach.

»Es stimmt, was man Ihnen gesagt hat. Ben Queen kam ins Gefängnis für den Mord an Rose. Die Geschworenen sprachen ihn schuldig. Ich hab's aber nie geglaubt. Ich fand immer, daß etwas faul war an der Sache. Und ich sage Ihnen warum: Zum einen war Ben Queen absolut verrückt nach Rose. Nie habe ich einen Mann gesehen, der nach fast zwanzig Jahren Ehe so verliebt war in seine Frau. Er war immer noch ganz vernarrt in sie. Sie hatten ein paar Auseinandersetzungen, sicher. Aber nicht wegen einem anderen Mann. Das ist einfach lächerlich.« Mit einer Handbewegung wischte er diesen Gedanken fort. »Denn sie hat ihn auch geliebt. So lange ich sie kannte, habe ich Rose Queen nie mit einem anderen Mann flirten sehen. Nicht daß ich alle so gut gekannt hätte, aber einige. Die Streitereien gingen um ihre Tochter, über Fern. Die sich gerade drüben bei White's Bridge umgebracht hat. Fern wurde vermißt, und ich wußte, daß sie die tote Frau war. Fern war ohnehin nicht ganz richtig im Kopf. Ich weiß nicht recht, es war, als wäre sie *schwachsinnig* oder so was. Wenn sie sich gestritten haben, dann über Fern. Rose war praktischer veranlagt als Ben; sie fand, Fern wäre in einer Anstalt besser aufgehoben. Oh, Rose war nicht hartherzig, ich glaube nur, daß das Mädchen sie fertiggemacht hat. Wenn jemand mit Männern rumgemacht hat, dann sie, dabei war sie nicht älter als vierzehn oder fünfzehn.

Aber sie war auch nicht ganz bei Verstand, wie gesagt. An dem Tag, als Rose umgebracht wurde, hatten Ben und sie diesen schrecklichen Streit, wie ich gehört habe, obwohl ich Sheba Queen anrechnen muß, daß sie nie ausgesagt hat, Ben sei wütend auf Rose gewesen, weil das bei dem Prozeß einen schlechten Eindruck gemacht hätte, nicht wahr? Aber kann man Sheba das verdenken? Gut, man hat behauptet, er habe Rose umgebracht, doch das Schlimme an der Sache war, daß er nie in den Zeugenstand getreten ist. Niemand hat ihn je sagen hören: ›Ich habe es nicht getan‹ oder ›nicht schuldig‹, nichts dergleichen.«

Jude Stemple schwieg eine Weile. Er kaute seinen Tabak und strich dem alten Hund über den Rücken. Ich wollte seinen Gedankenfluß nicht stören, deshalb sagte ich nichts. Ich glaubte nicht, daß er noch auf den zweiten Grund zu sprechen käme, den er erwähnt hatte. Dann tat er es doch.

»Nun, der andere Grund, weshalb ich nicht glaube, daß Ben Queen es getan haben kann, ist der, daß die ganze Sache so merkwürdig ausgesehen hat. Rose war draußen im Hinterhof, ist nach hinten in den Hühnerstall gegangen, um Eier zu holen. Sie haben Hühner gehalten wegen der Eier, die Rose manchmal verkauft hat, und auch zum Schlachten ...«

Ich konnte mir nicht helfen, ich mußte an die Pasteten meiner Mutter denken.

»... aber Rose konnte die Hühner nie schlachten, nicht mal für ihren eigenen Kochtopf. Jemand anderer mußte das tun, meistens Sheba. Sheba hat eine der alten Hennen einfach an ihrem mageren Kragen gepackt und ...« Er drehte eine Faust auf der anderen herum, »... oder sie hat die Axt genommen.« Dann hob er die Hand, als würde er eine Axt halten, ließ sie auf die obere Treppenstufe fallen, und gab dabei ein knirschendes Geräusch von sich.

Meinetwegen hätte er das lassen können. »Aber wie hat es denn ausgesehen?«

»Überall war Blut, es lagen ein halbes Dutzend toter Hühner herum, einige mit abgehacktem Kopf. Überall Blut, ein Teil davon stammte von Rose. Das meiste jedoch nicht, denn sie war mit einer Pistole erschossen worden, was nicht besonders blutete, wie es hieß. Aber das übrige, also ich frage Sie...«

Er sah Mr. Root an und schloß sogar mich in die unausgesprochene Frage ein.

Nachdem Mr. Root einen scharfen, dünnen Strahl Tabaksaft auf den Boden gespuckt hatte, sagte er: »Sie meinen, es hat nicht so ausgesehen, als hätte Ben Queen es getan?«

Jude Stemple nickte. »Das stimmt.«

Mr. Root fuhr fort: »Klingt, als wär' jemand wahnsinnig wütend gewesen. Und Sie haben gesagt, er sei furchtbar wütend auf sie gewesen, nicht wahr?«

»Auf jemand wütend zu sein, ist eine Sache. Im Umkreis von einer Landmeile alles umzubringen, eine andere.«

Beide sahen mich an ... Ich muß gestehen, ich war geschmeichelt, weil ihnen meine Ansicht wichtig zu sein schien. »Wer war sonst noch da? Ich meine, wurde noch jemand anderer verdächtigt?«

Mr. Stemple kaute eine Weile, dachte nach, und sagte dann: »Ich nenne dir jemanden, der verdächtigt wurde, sehr stark sogar. Das war Lou Landis.«

Ich runzelte die Stirn. »Die Dame war Ben Queens frühere Freundin? Aber das mußte doch schon ewig lang her gewesen sein!«

Mr. Root und Mr. Stemple tauschten einen jener Blicke aus, die man, glaube ich, lebenserfahren nennt, und Jude Stemple sagte: »Es gibt Frauen, die kommen nie über eine Sache hinweg. Lou Landis hat nie geheiratet.« Er machte mit dem Kopf ein Zeichen in Richtung der Flyback Hollow Road. »Wohnt seit zwanzig Jahren hier und ist nie weggezogen. Sie ist Lehrerin, vielleicht sogar

Direktorin inzwischen, was bei nur drei anderen Lehrkräften nicht viel heißen will. Aber mit Kindern kann sie umgehen. Unterrichten ist ihr ganzer Lebensinhalt geworden. Ist nie mit einem anderen gegangen, und wie gesagt, sie hat nicht geheiratet. Sieht auch gut aus.«

Ich sah die Straße hinunter zu dem Schulgelände, das von hier aus nicht zu sehen war. Konnte sie es gewesen sein? Die dunkle Frau, die aus der Tür gekommen war, einfach dagestanden und in die Ferne gesehen hatte? Miss Lou Landis. Es ist komisch, wie manchmal alles miteinander verknüpft zu sein scheint.

»Und was war dann?« fragte ich.

»Nun, es gab natürlich diese Untersuchung, und der Sheriff...«

»War es *unser* Sheriff?«

Verwundert runzelte er ein wenig die Stirn. »Ach, du meinst DeGheyn. Nein, Sam DeGheyn war damals nicht Sheriff. Es war ein anderer... kann mich an den Namen von dem Burschen nicht erinnern...«

Ich dachte einen Moment nach, und jetzt war *ich* verwundert. »Einen Moment mal. Wenn es diesen Prozeß gegeben hat, dann muß er in La Porte stattgefunden haben. Da ist das Bezirksgericht. Und ich kann mir nicht vorstellen, daß die Leute sich daran nicht erinnern können, beispielsweise Mr. Root hier...«

Jude Stemple hob die Hand, um mich zu unterbrechen. »Aber er hat nicht in La Porte stattgefunden. Der Gerichtsstand ist verlegt worden.«

Ich runzelte die Stirn. »Was soll das heißen?«

»Man verlegt den Prozeß an einen anderen Ort, wenn man annimmt, daß die Geschworenen an dem Ort, an dem die Tat begangen wurde, zu voreingenommen sind.« Er spuckte Tabaksaft aus. Er schien sehr stolz zu sein auf sein Wissen über die Verlegung von Gerichtsständen. »Der Prozeß war drüben in Meridian.

Hundert Meilen entfernt. Hat auch nicht lange gedauert. Aber sein Anwalt hat den anderen Typen dazu gekriegt, auf Totschlag zu plädieren, darauf, daß er es in einem Anfall von Wut getan hat. Irgendwas in der Richtung.« Jude Stemple seufzte.

Dann fuhr er fort. »Ich glaube, es hätte sich jeder zweimal überlegt, Rose Queen etwas anzutun. Ja, ich glaube, sogar der Teufel hätte einen Bogen um sie gemacht. Sie hatte irgendwas an sich, das schlechte Gedanken abgehalten hat. Ja.« Er sah jetzt zu den Wipfeln der Bäume hinauf, wo die Sonne unterging, und die Blätter das rotgoldene Licht eingefangen hatten. »Ich erinnere mich, wie Rose eines Tages, den Korb über'm Arm, die Holler-Straße raufgekommen ist, weil sie dem alten kranken Mr. Jessup Eier oder so was gebracht hat. Und sie winkte mir zu, hat mit hoch erhobenem Arm hallo gerufen und gewinkt, und ich erinnere mich, wie ... *strahlend* sie war. Einfach strahlend. Als wäre sie von der Sonne in ihrem Rücken ganz durchdrungen.« Er hob den Arm, die Finger gegen das Sonnenlicht gespreizt, und ich konnte das Blut darin erkennen, das rotgolden aussah. Als würde er Rose Queen zurückwinken. »Rose war so leicht, man konnte fast durch sie hindurchsehen ...« Plötzlich brach er verlegen ab. »Na gut. Ich kann mich nicht besonders gut ausdrücken, hab' ich noch nie gekonnt.«

»Das finde ich aber schon, Mr. Stemple. Ich finde, Sie können sich sehr gut ausdrücken.«

Mr. Root nickte zustimmend.

Mr. Stemple fuhr fort: »Ich hab' einfach in meinem ganzen Leben kein so hübsches Mädchen wie Rose Devereau Queen gesehen. Nie. Und sie wirkte immer noch mädchenhaft, wißt ihr, obwohl sie schon fast vierzig war. Eine wie sie hab' ich nie mehr gesehen. Nie mehr.«

Ich schon, wollte ich sagen, was ich natürlich nicht tat. Aus Hochachtung vor Mr. Stemples Beschreibungstalent schwieg ich.

Allerdings nicht lange. »Was ist mit Fern geschehen? Hat sie einfach weiterhin mit Sheba und George zusammengelebt?« Meine Mutter hat mir immer befohlen, fremde Erwachsene nie beim Vornamen zu nennen. Aber in diesem Fall hatte ich wirklich das Gefühl, die Queens schon mein ganzes Leben lang zu kennen.

»Fern, sie ist fortgegangen. Oh, schon fast vor einem Jahr. Sheba Queen hat irgendwo im Westen Verwandte, und ich glaube, Fern ist zu ihnen gezogen.«

Irgendwo im Westen klang für mich fast so romantisch wie der Name Ben Queen. »Und wie sie dann heimkommen is' . . . Als sie zurückkam, war sie da immer noch nicht ganz bei Trost?« Ich hatte keine Mühe, in den Dialekt von Cold Flat zu verfallen.

Mr. Root und Jude Stemple sahen sich wieder von der Seite an und kicherten ein wenig. »Noch immer nicht«, sagte Jude. »Sie war immer noch nicht ganz bei Trost.«

Ich sah zu den Baumwipfeln hinauf, wo die Sonne die dunklen Blätter inzwischen in glasiges, durchscheinendes Grün verwandelt hatte. Ich stellte mir vor, daß sie bis zum Herbst so blieben, und wenn sie dann herabfallen und durcheinander wirbeln würden, wäre alles vom Klang von Windspielen erfüllt. Ich konzentrierte mich so sehr auf diesen gläsernen Ton, daß ich bei Jude Stemples Rede den Faden verlor.

Bis er sagte: »Jetzt ist er draußen.«

Mit offenem Mund starrte ich Jude Stemple an. »Was?«

»Ben Queen. Er ist aus dem Gefängnis.«

39.

Für jemanden, der schwor, das Personal des Hotels Paradise wollte sie vergiften, kam Miss Bertha ziemlich eilfertig zum Abendessen, um uns die Chance für einen zweiten Versuch zu geben. Sie hielt es für ihre Pflicht, eine Menge meiner Zeit zu vergeuden, indem sie erneut die Katastrophe beim Frühstück durchhechelte. Zudem fühlte sie sich jetzt berechtigt, alles abzulehnen, was auf der Speisekarte stand, und bestand darauf, daß meine Mutter extra für sie kochte. Das klang nicht sehr logisch, weil es doch immer die »Extragerichte« sind, die Arsen und dergleichen beinhalten. Sie wies die Schweineschnitzel und das Hühnchen zurück. Sie wollte Fisch.

Meine Mutter war außer sich. Sie befahl mir, zu der alten Närrin hinauszugehen und ihr zu sagen, sie würde ihr ein Pilzomelette machen, und wenn sie Fisch wolle, solle ich ihr eine von Wills Angeln geben und ihr sagen, daß sie zum Spirit Lake hinuntergehen könne. Meine Mutter klapperte zornig mit den Töpfen und Pfannen auf dem Herd herum, und Walter kam vor Lachen fast um. Natürlich war ich diejenige, die die schlechten Botschaften hin- und hertragen mußte, und fühlte mich ausgenutzt, bis mir wieder einfiel, daß ich eigentlich daran schuld war. Daher nahm ich meine Strafe auf mich und bot Miss Bertha das Pilzomelette an. Sie lehnte es ab, behauptete, es seien Knollenblätterpilze darin, und Fliegenpilze obendrein. Nein, danke, *Miss*. Die arme Mrs. Fulbright, bleich und mit hochroten Wangen, war verärgert, daß Miss Bertha »den guten Namen des Hotels Paradise in den Schmutz zog«. Miss Bertha hielt dagegen, daß niemand versucht habe, Serile Fulbright umzubringen, *oder*? Daher würde Serile natürlich zum Hotel halten.

Ungefähr zu diesem Zeitpunkt kam mein Bruder Will mit

breitem Lächeln und einer großen Lüge auf den Lippen herein. Er sagte Miss Bertha, wie wundervoll sie aussähe, und verkündete, er habe gerade eine frische Regenbogenforelle für sie gefangen. Ob sie die *à l'amande* wolle?

Ich stand da, und schon beim Zuhören wurde mir schlecht. Aber Will kann einfach nichts falsch machen. Jedermann vertraut ihm, was mich immer verblüfft hat, weil ich viel vertrauenswürdiger bin als er. Nun, vielleicht nicht *vertrauenswürdiger*. Ich meine, ich lüge genauso, aber nur in wichtigen Fällen.

Natürlich wirkte dieses Gesäusel wie ein Zauber auf Miss Bertha, und sie erklärte, die Regenbogenforelle wäre ganz wunderbar, mit einem kleinen Schuß Zitrone allerdings.

Ich stand da, hielt mein Tablett umschlungen und wünschte, es gäbe eine Fluchtmöglichkeit für mich.

Zum erstenmal in meinem Leben wurde mein Gebet erhört.

Der Speiseaufzug funktionierte wieder nicht, und Aurora befahl, *ich* solle ihr den Aperitif hinaufbringen. Als ich Mrs. Davidows Abendessen ins hintere Büro brachte, schrie sie den Schacht hinauf, *Jane* würde ihr einen Drink bringen, und Aurora brüllte zurück, dieses blonde Flittchen solle bloß dem dritten Stock fernbleiben! Ich rannte in die Küche zurück, um meiner Mutter davon zu berichten. Sie konnte sich kaum das Lachen verbeißen, denn ich wußte, sie konnte Ree-Jane genausowenig ausstehen, auch wenn sie ihr immer das Brustfleisch zuschanzte. Walter hatte mitgehört und brach in sein Schluckaufgelächter aus.

Mrs. Davidow schrie aus dem Bürofenster, jemand solle kommen. Meine Mutter ging hinaus, hörte sie an, und sagte beim Zurückkommen, Großtante Aurora wünsche, daß ich ihr den Cocktail und das Essen bringe. Zu Veras größtem Erstaunen fügte meine Muter hinzu, daß ich im Speisesaal heute nicht mehr bedienen müsse, weil ich diese Aufgabe zu erledigen hätte. Da eine

Abendgesellschaft abgesagt habe, würden nur drei Tische mit Hotelgästen übrigbleiben, und die könne Vera gut allein bewältigen.

Vera mußte Miss Bertha bedienen! Sie warf mir einen Blick zu, so schneidend wie das Fleischmesser meiner Mutter, während sie in der Küche herumschoß und dabei so gestärkt und sauber aussah, daß sie wie frisch lackiert wirkte.

Lola Davidow bereitete einen ihrer Davidow-Martinis zu und stellte ihn zusammen mit einem Stielglas auf ein Tablett, vermutlich kein Ersatz für einen Cold Turkey, aber ich konnte es nicht ändern. Als ich durch die Schwingtür ging, lehnte es Miss Bertha gerade ab, von Vera bedient zu werden, da sie mir beigebracht hatte, es richtig zu machen, und sie nicht mit ansehen wolle, wie Vera alles durcheinanderbringe. Zu meinem größten Entzücken bekam ich das alles beim Durchqueren des Speisesaals mit. Veras farblose Augen blitzten mich an. Das kleine Tablett mit dem Martini professionell auf einer Hand balancierend, rief ich ihr zu: »Achte darauf, daß Miss Bertha genügend heiße Brötchen kriegt«, und sauste dann, so schnell wie ich mit dem beladenen Tablett konnte, durch die Speisesaaltür.

Aurora sah mit Adlerblick auf das Glas, als ich es neben ihrem Patience-Spiel abstellte. Ich bemerkte, daß die Karten richtig aufgelegt waren, Rot auf Schwarz und umgekehrt.

»Sind das die Martinis von dieser Davidow? Wo ist mein Cold Comfort? Ich habe ihr doch gesagt, daß du meinen Cold Comfort machen sollst!« Sie klatschte eine schwarze Acht auf eine schwarze Neun und fügte hinzu: »Also geh und mach mir einen!«

»Dazu brauch' ich Zutaten, die wir im Moment nicht haben.«

Mißtrauisch sah sie mich über den Rand der Brille hinweg an, die ihr halb über die Nase gerutscht war. »Du meinst, es gibt keinen Alkohol. In diesem Haus gibt es *immer* Alkohol.«

»Maraschino-Saft«, sagte ich.

»Ach, du lieber Himmel. Laß ihn einfach weg.«

Ich schüttelte den Kopf. »Das geht nicht, weil er ein Teil des ganzen Geheimnisses ist. Er ...«, ich suchte nach einem der Kochausdrücke meiner Mutter, »... bindet alles. Er *bindet* den ganzen Drink.« Und bevor sie widersprechen konnte, sagte ich: »Aber nach dem Abendessen bringe ich dir einen besonderen Drink zum Dessert.« Da es Stunden dauern konnte, bis Aurora mit ihrem Essen fertig war, weil sie mit so vielen anderen Dingen beschäftigt war, hatte sie es bis dahin wahrscheinlich vergessen. »Oder wenn ich nicht kann, kann dir jemand anderer Brandy oder etwas in der Art bringen.«

Sie funkelte mich über den Herzbuben hinweg an, den sie auf die Karokönigin klatschen wollte. Mir war klar, sie machte das bloß, um mich zu ärgern. »Nicht diese Wasserstoffblondine, nicht sie!«

»Ich dachte an Will. Er würde sich freuen.« Das geschah ihm recht für die Sache mit der Forelle.

»Dieser klugscheißerische Bruder von dir? Er soll mir bloß vom Leib bleiben. Und dieser Balg von den Conroys ebenso. Ich werde nie erfahren, wie seine übereifrige Mutter es geschafft hat, lang genug still zu liegen, um das zu tun, was man für ein Baby tun muß.« Mit einer einzigen dramatischen Geste schob sie die Karten zusammen und mischte sie neu. Manchmal konnte ich mir Aurora Paradise auf dem Glücksspieldampfer vorstellen, auf dem Tyrone Power den Mississippi hinunterfuhr.

Es überraschte mich, sie so über Will reden zu hören. Ich sagte, Vera könne ihr etwas heraufbringen, wenn sie wolle.

»Diese aufgedonnerte Dachlatte. Mein Gott, ich weiß nicht, wie deine Mutter sie erträgt. Ich verstehe nicht, warum du nicht ...«

»Um diese Zeit liege ich schon im Bett«, antwortete ich.

Nun, Aurora hatte genügend Verstand, *das* nicht zu glauben, aber sie erwiderte ohnehin: »Laß es von diesem Mann raufbringen, der hat zumindest genügend Grips, mir kein Loch in den Bauch zu reden. Er kann auch meinen Nachtisch und den Kaffee raufbringen, nachdem ich sehe, daß du nicht so ge*neigt* bist.« Das letzte halbe Dutzend Wörter verschluckte sie.

Dieser Mann? Sie konnte doch sicher nicht Walter meinen? Ich hätte nicht einmal geglaubt, daß sie von seiner Existenz wußte; außerdem fragte niemand nach Walter. »Du meinst Walter?«

»Ich weiß doch seinen Namen nicht. Gütiger Himmel, hab' ich nicht schon genügend am Hals, um mir auch noch die Namen der Küchenhilfen merken zu müssen?« Energisch mischte sie die Karten, breitete sie aus und mischte sie erneut. »Derjenige mit der schwarzen Haartolle.«

»Das ist Walter. Du meinst, er kann dein Essen raufbringen?«

»Nein, ich meine, die verdammte Katze kann es bringen. Hab' ich nicht gerade *gesagt*, daß er es machen soll?«

»In Ordnung, schon gut.«

»Nur, wenn ich später auch einen Drink bekomme, hörst du?«

Ich hatte verstanden.

Als ich in der Küche sagte, Tante Aurora möchte, daß Walter ihr das Essen hinaufbringt, waren alle wie vom Schlag gerührt. Außer Walter. Er trocknete einfach die Hände am Küchentuch ab und sagte, er würde es erledigen, und ich verschwand.

40.

Diesmal nahm ich eine stärkere Taschenlampe, eine Art Laterne mit, mit deren Hilfe man sein ganzes Umfeld in fahles, weißes Licht tauchen konnte. Es würde noch eineinhalb Stunden dauern, bevor es dunkel wurde, aber ich war darauf vorbereitet. Die Dämmerung schien hier immer länger zu dauern als anderswo und schwebte wie eine große, graue Motte über dem Spirit Lake.

Im Gehen warf ich einen Blick über den See, und ich sah, wie das Haus mit den großen Baumstämmen verschmolz und zu einem Teil des Waldes wurde. Dennoch sah es noch genauso aus wie beim letztenmal. Vielleicht hatte ich erwartet, es hätte sich aufgrund all der Neuigkeiten, die ich an diesem Tag erfahren hatte, verändert.

Ich blieb an der Quelle stehen, um wie üblich zu trinken, und ich füllte auch meine Wasserflasche auf. Während ich aus der Blechtasse trank, sah ich in das gekachelte Becken in der Mitte des Rastplatzes, und wollte wissen, ob jemand Münzen hineingeworfen hatte. Aber ich mußte als einzige welche hineingeworfen haben, denn ich sah meine Münzen dort unten liegen, ohne daß jemand welche dazugeworfen hatte. Heutzutage kommen selten Leute zu dieser Quelle. Früher kam man öfter her, auch mein Vater, aber jetzt nicht mehr.

Nachdem ich den Weg schon zweimal gegangen war, hatte ich die Angst vor dem Wald ziemlich verloren. Dennoch, um sicherzugehen, daß die Lampe funktionierte, drehte ich sie ein paarmal an und aus, um die Batterien zu prüfen. Sie funktionierte ausgezeichnet; ich hob meine alte Schultasche auf, in der ich ein wenig Essen verstaut hatte (für den Fall, daß etwas dazwischenkam) und ging los.

Eine Zeitlang marschierte ich durch die Stille und hörte nichts außer dem matschenden Geräusch meiner Schritte auf den modrigen Blättern oder zuweilen ein scharfes Knacken abbrechender Zweige. Im Gehen wurde mir allmählich bewußt, daß ich stolz auf mich war, und das überraschte mich. Vor einem Jahr, sogar noch vor einem Monat, hätte ich nicht einmal daran gedacht, eine solche Unternehmung zu wagen. Das Haus der Devereaus war mir wie ein versiegeltes Geheimnis erschienen, und die Wälder schienen undurchdringlich zu sein. Aber jetzt waren beide, sowohl das Haus wie der Wald, bekannte und vertraute Plätze, an denen ich mich sicher zu fühlen begann, einfach weil ich wußte, wo der laubbedeckte Pfad hinführte. Das machte die Umgebung weniger geheimnisvoll, und ich konnte mir den Tag vorstellen, an dem dieses Haus und diese Wälder überhaupt nichts Geheimnisvolles mehr an sich hatten. Das ließ mich einen Moment innehalten, und ich fragte mich, ob ich das Geheimnis dem Gefühl der Sicherheit opfern mußte. Während ich darüber nachdachte, beschloß ich, einen Schluck Quellwasser aus meiner Flasche zu trinken. Und wenn ich schon trank, konnte ich mich genausogut hinsetzen und ein Stück Kokoskuchen essen.

Mein Sitzplatz war ein modriger Stamm direkt neben dem Baum, in den Ulub ein »AL« mit einem Herzen darum eingeritzt hatte, und ich fragte mich, ob er damals, als er noch Alonzo hieß, eine Freundin gehabt hatte oder seitdem jemals wieder. Mit dem Kuchen in der Hand stand ich auf, sah mir das Herz an und fuhr mit dem Finger die grob eingeritzten Ränder nach. Es war irgendwie schwierig, sich Ulub mit einer Freundin vorzustellen. Aber andererseits konnte ich mir auch nicht vorstellen, daß ich einen Freund hatte, also sprach das nicht gegen Ulub. Zum Schluß aß ich den weißen Zuckerguß mit den Kokosstreuseln, nahm meine Tasche und ging weiter.

Eigentlich brauchte ich die Lampe gar nicht; durch die dichten Äste drang mehr Licht, als mir beim letztenmal aufgefallen war. Ich hörte das Rascheln kleiner Tiere im Unterholz – vielleicht von Blindschleichen. Von irgendwoher hörte ich einen Vogel, vielleicht einen Eistaucher. Es war alles so still und so unglaublich *unverändert* im Vergleich zum letztenmal, daß ich mich an ein »Lebendes Bild« erinnert fühlte, das immer gleich bleibt – auch in meiner Abwesenheit – und das, abgesehen von den Atemzügen, keinerlei Bewegung zeigt. Als ich schließlich über die Lichtung auf das Haus zuging, begann am anderen Ende des Sees die Sonne in den Bäumen zu versinken.

Als ich die Fliegentür zur Küche öffnete, glaubte ich aus den Augenwinkeln eine Bewegung gesehen zu haben. Ich hielt den Atem an. Ich war eigentlich überzeugt, auf einer dieser Unternehmungen das Mädchen wiederzusehen. Doch was immer sich auch bewegt hatte (wenn überhaupt, vermutlich hatte ich mich getäuscht), es war nur für den Bruchteil einer Sekunde gewesen.

Sobald ich im Wohnzimmer war, ging ich zu der Wand, an der das Foto der Schwestern Devereau hing. Ich wollte mir Rose noch einmal ansehen, weil ich dachte, meine neuen Erkenntnisse würden irgendeine Veränderung an dem Bild bewirken. Aber das war natürlich nicht der Fall. Rose war hübsch, na gut, wirklich hübsch; aber um zu verstehen, warum Jude Stemple auf diese Weise über sie gesprochen hatte, warum er gesagt hatte, sie habe »strahlend« ausgesehen, dazu mußte man sie wahrscheinlich leibhaftig vor sich gehabt haben. Das Bild hing ein wenig schief; ich berührte den Rahmen und rückte es gerade. Dann wanderte ich langsam im Raum herum, berührte dabei jedes Möbelstück, und war von dem seltsamen Gefühl beseelt, dadurch die bösen Geister auszutreiben und gute anzuziehen. Während ich dies tat, summte ich das französische Lied, dessen Text ich nicht verstand, aber dessen Melodie ich nicht vergessen konnte. Ich blieb stehen und sah aus dem vorderen Fenster auf den See hinaus, in den die untergehende Sonne einen brennenden Pfad schnitt.

Vielleicht erwartete ich, das Mädchen würde auf der anderen Seite wieder auftauchen, aber das geschah natürlich nicht. Ich dachte: Es ist so seltsam, wie diese Familie über Generationen miteinander verbunden ist. Zuerst Mary-Evelyn, dann ihre ältere Schwester Rose, dann Fern, und jetzt das Mädchen. Alle waren miteinander verbunden. Ich wandte mich vom Fenster ab und ging die Treppe zu Mary-Evelyns Zimmer hinauf.

Zuerst öffnete ich den Schrank und inspizierte sorgfältig jedes einzelne Kleid. Ich fragte mich, ob das blasse gelbe, das so hell war, daß es fast weiß erschien, dasjenige war, das Miss Flagler beschrieben hatte, dasjenige, das Mary-Evelyn bei dem Gartenfest getragen hatte. Mit den satinüberzogenen Knöpfen sah es ganz nach einem Partykleid aus. Ich nahm das rosagepunktete aus Schweizer Musselin heraus. Ich hielt es an mich und entschied, daß die Farbe mir nicht besonders stand. Dann hängte ich es wieder über den Bügel und griff nach dem ritterspornblauen Taftkleid. Ich hielt es vor dem Ankleidespiegel hoch und sah, daß es meine Augen intensiv blaugrün leuchten ließ, daher zog ich meinen Rock und mein T-Shirt aus und probierte es an. Ich drehte mich vor dem Spiegel nach allen Seiten (und hoffte, ich würde dabei nicht aussehen wie Ree-Jane, wenn sie das machte) und fand, daß mir dieses Kleid genauso gut stand wie das grüne.

Dann ging ich zu der Spielzeugkiste hinüber und öffnete den Deckel. Ich legte die Stirn auf den Rand und spähte in die dunklen, blauen Schatten und fragte mich, ob nicht doch etwas darin sein könnte, was mir mehr über Mary-Evelyn verraten würde. Denn trotz all der Informationen, die ich über ihre Schwester Rose und Ben Queen erhalten hatte, hatte ich über sie nicht mehr erfahren. Als ich nach der Figur von Colonel Mustard suchte, hatte ich kein Notizbuch oder dergleichen gefunden, aber wurde in Schauerromanen nicht immer ein Tagebuch oder etwas in der Art gefunden? Ich selbst besaß ein fünf Jahre altes Tagebuch mit ausgefransten Seiten, das ich mit einem Schlüssel verschließen konnte, aber diese Mühe machte ich mir nie. Ich hielt es in der Schublade mit meiner Unterwäsche versteckt.

Es waren drei Puppen in der Kiste, und ich zog eine Stoffpuppe mit langem, weitem Rock und gelbem Haar, das mit einem rosa Band geschmückt war, heraus. Wenn man den Rock hob oder ihn umdrehte, wurde eine schwarze Puppe mit einem Halstuch daraus. Als ich noch so klein war, um mit Puppen zu spielen, hatte ich auch eine solche. Ich verbrachte eine Weile damit, die Puppe immer wieder umzudrehen, konnte mich aber nicht entscheiden, welches Gesicht – das weiße oder das schwarze – mir besser gefiel. Das karierte Halstuch gefiel mir jedenfalls wesentlich besser als das rosa Haarband. Ich setzte die Puppe auf den Boden, gegen die Kiste gelehnt, und zog eine schwarzlackierte Lokomotive mit Goldverzierungen heraus, die große Ähnlichkeit mit dem Zug hatte, der durch La Porte fuhr. Es gab ein paar zerbrochene Gleisstücke, und ich fragte mich, ob Mary-Evelyn eine Spielzeugeisenbahn besessen hatte. Außerdem lagen Teile eines Puzzlespiels und Karten verstreut herum, die ich zusammensammelte und in die entsprechenden Schachteln steckte. Ganz unten am Boden machte ich einen richtigen Fund: ein Ouija-Brett! So eines hatte ich schon immer haben wollen, hatte aber vergessen, es mir zu Weihnachten zu wünschen. Ree-Jane hatte eines, aber natürlich spielte ich nicht mit ihr, weil sie den Stein hinschob, wo sie wollte, und dann behauptete, das hätten die Unsichtbaren Hände getan. Für sie hatten die Unsichtbaren Hände immer gute Nachrichten und für mich immer schlechte. Wenn ich auf das Ouija gehört hätte, wäre ich am Morgen besser nicht aus dem Bett gekrochen.

Es lagen auch eine Reihe Bücher darin, bei denen der Umschlag fehlte. Ich war überrascht, die Geschichten von Babar zu finden, die als Kind meine Lieblingsbücher gewesen waren. Um sicherzugehen, daß ich inzwischen zu erwachsen dafür war, beschloß ich, eine zu lesen; ich legte mich auf den Boden (vorsichtig, um das Kleid nicht zu zerdrücken) und hielt das Buch vors Gesicht. Während ich die Geschichte las, betrachtete ich eingehend die Bilder, und dann schloß ich das Buch. Traurig, denn es hatte sich bewahrheitet: Ich war den Babar-Geschichten entwachsen. Daher blätterte ich das zweite Buch bloß durch, ohne richtig darin zu lesen.

Ich legte die Bücher in die Kiste zurück, wühlte tiefer, und fand ein paar Puppenkleider – einen weinroten Mantel und eine Haube, doch die Sachen waren für keine dieser Puppen gedacht. Ich legte den Mantel beiseite und suchte weiter. Aber ich fand weder ein Tagebuch noch ein Notizheft. Und auch keinen Colonel Mustard. Ich hatte angenommen, die Figur aus dem Mr.-Ree-Spiel wäre vielleicht unter den Puppen und Handschuhen und den Puppendecken verborgen.

Ich stand mit der doppelgesichtigen Puppe in der Hand auf, ging zum Fenster und sah über den See hinaus. Warum waren Mary-Evelyns Sachen hier zurückgeblieben? Vielleicht wollten die Schwestern keine Erinnerungsstücke an sie behalten. Vielleicht wollten sie sie aus ihrem Gedächtnis löschen. Aber auch die Möbel waren zurückgeblieben, die Bilder an den Wänden, das Geschirr und das Silber, die Noten in der Klavierbank und die Platten mit den französischen Liedern. Es war, als hätten sie angenommen, jeden Moment zurückzukommen; fast war es so, als wären sie nie fortgegangen.

Ich stand da und drehte die Puppe an den Armen immer wieder herum – weißes Gesicht, schwarzes Gesicht, rosa Haarband, Halstuch – und fragte mich, ob das Haus einen Keller hatte, als ich aus den Augenwinkeln draußen eine flüchtige Bewegung wahrnahm. Ich blieb wie angewurzelt stehen und drehte ganz langsam den Kopf für den Fall, jemand beobachtete mich. Ich konnte niemanden sehen, aber ich *hatte* eine Bewegung wahrgenommen; diesmal war ich sicher. Ich verließ Mary-Evelyns Zimmer, rannte den Gang zum letzten Zimmer hinunter, das meiner Ansicht nach Rose gehört haben mußte. Dessen einziges Fenster ging auf den Wald hinaus.

Ich sah in die zunehmende Dunkelheit hinaus. Ein Mann stand dort. Er verharrte ein kleines Stück unter den Bäumen und stand einfach da und sah herauf. Rasch trat ich vom Fenster zurück. Die

Puppe an mich gepreßt, hielt ich den Atem an, als könnte mich die kleinste Bewegung verraten. Ich wußte, um wen es sich handeln mußte, denn außer mir war er der einzige, den es zu diesem Haus ziehen würde. Ben Queen.

Vorsichtig trat ich einen Schritt zum Fenster heran. Er stand immer noch da. Ich hörte Großtante Auroras Worte: *Er setzte nie einen Fuß in dieses Haus.* Was verleitete Ben Queen dazu, durch den Wald zu gehen, dort zu stehen und nach Rose Ausschau zu halten? Aber vielleicht hatte Aurora alles nur erfunden, damit die Geschichte romantisch klang.

Er konnte denselben Weg gekommen sein wie ich, aber das glaubte ich nicht. Wieder hörte ich Aurora: *Männer wie Ben Queen verschaffen sich immer einen Zugang.* Er stand da, vollkommen still, wie erstarrt, die Daumen in die Taschen seiner Jeans gesteckt. Er trug einen langen Mantel und einen breitkrempigen Hut, so daß er aussah wie jemand, der aus einem der sonntagnachmittäglichen Western im Orion entsprungen ist.

Selbst in der einbrechenden Dunkelheit und mit dem Hut auf dem Kopf, der sein Gesicht beschattete, erkannte ich, daß er hübsch war. Obwohl er über sechzig sein mußte. Es war über vierzig Jahre her, daß Rose Devereau mit ihm durchgebrannt war, und sie war damals zwanzig gewesen, Ben Queen nicht viel älter.

Ich versuchte mir vorzustellen, wie Rose Devereau sich gefühlt hatte, als sie ihn Nacht für Nacht hier stehen sah, während er mit aller Willenskraft wünschte, sie käme aus dem Haus, würde ihre Schwestern verlassen und mit ihm fortgehen. Es mußte wie der Versuch gewesen sein, einer überwältigenden Kraft zu widerstehen, einem hurrikanartigen Sturm oder einem Tornado, der das Haus erbeben ließ, die Bäume schüttelte und über den See hinwegtoste. Ich hatte ein leeres Gefühl im Bauch, aber nicht aus Angst. Ich fühlte mich einfach leer.

Als er sich endlich rührte, durchfuhr mich ein Schock, als hätte sich eine Statue bewegt. Er ging das kleine Stück bis zum Haus, und dann konnte ich ihn nicht mehr sehen, weil er eintrat. Ich hörte, wie sich die Küchentür quietschend öffnete und knarrend wieder schloß. Ich stand da und hatte keine Ahnung, was ich tun sollte. Ich stand einfach da und hörte auf die Geräusche, auf die langsamen Schritte auf den Bodendielen, die innehielten und dann wieder zu hören waren, auf die anderen kleinen Geräusche, die sich anhörten wie das Rascheln im Wald. Dann Stille. Dann wieder Bewegung. Und dann, ein paar Momente später, die Musik. Er mußte das Grammophon angestellt haben. Ich hatte die französische Platte darauf liegengelassen, und die spielte jetzt.

Äußerst vorsichtig, auf Zehenspitzen, verließ ich das Zimmer und erstarrte, als eine Diele unter mir knackte. Und dann wurde mir klar, daß er mich ohnehin gesehen haben mußte. Von draußen, bevor er ins Haus kam. Er mußte mich gesehen haben. Er wußte, daß ich hier war. Also waren die ganzen Anstrengungen, leise zu sein, irgendwie lächerlich. Ebenso, sich zu verstecken. Wenn Ben Queen mich suchen würde, konnte ich nicht viel dagegen unternehmen. Ich konnte genausogut die Treppe hinuntergehen.

Aber immer noch zögerte ich. Am oberen Ende der Treppe blieb ich stehen und setzte mich dann. Ich sah ihn direkt neben den Platten stehen und durch die Tür an der Seite des Hauses hineinschauen. Er rauchte jetzt eine dünne Zigarre. Als er die Hand zum Gesicht hob, drehte er sich um, sah die Treppe hinauf und wandte den Blick nicht ab.

Aus irgendeinem Grund brachte mich dieser Blick auf die Beine. Zog mich hoch, besser gesagt. Selbst über diese Distanz hinweg war es ein zwingender Blick. Er war größer als der Sheriff; er war auch schön, auf eine Art, wie ich nie geglaubt hätte, zu Gesicht zu bekommen. Aber so war er. Ich verstand nicht, wie jemand, der so alt war, so gut aussehen konnte.

Wenn er überrascht war, mich zu sehen, zeigte er es nicht. Er stand da, rauchte seine Zigarre und sah mich nachdenklich an. Ich nehme an, wenn man sein Leben lang Überraschungen erlebt hat, lernt man, seine Gefühle zu verbergen, wenn man einer neuen begegnet. Ihn sprechen zu hören, überraschte mich jedoch. Ich hätte fast einen Satz gemacht.

»Warum kommst du nicht runter, Mädchen?«

Ich tat es. Mit dem Anschein größter Gelassenheit ging ich die Treppe hinunter.

Als ich schließlich unten angekommen war, begriff er wahrscheinlich, daß ich nicht diejenige sein würde, die hier Konversation machte, also sagte er: »Du wohnst hier?«

Ich schüttelte den Kopf, unfähig, ein Wort herauszubekommen. Ich sah, daß ich noch immer die doppelköpfige Puppe festhielt und warf sie auf einen Stuhl.

»Hätte nicht gedacht, daß keiner hier mehr lebt.«

Jetzt. Ich begann zu sprechen, aber meine Stimme gehorchte mir nicht. Ich räusperte mich und sagte: »Die Devereaus haben früher hier gewohnt. Haben Sie gedacht, sie wären hier?«

Er antwortete nicht. Langsam schüttelte er den Kopf. Er sah mich direkt an; seine Augen waren von einem winterlichen Grau, wie die Farbe des Spirit Lake im Dezember. Es ist ein tiefes, dunkles Grau, das sich vom Wasser über das grasbewachsene Ufer, die Baumstämme, bis zum Himmel hinauf auszubreiten scheint.

»Wo wohnst du?«

»Hotel Paradise.«

Er lachte ein bißchen. »Mein Gott, ich kenne sie dort drüben. Kannte sie, besser gesagt. Es gehört den Grahams. Ich erinnere mich.«

»Ich bin Emma. Ich bin ihre Tochter.« Wer waren *sie*?

»Lange Zeit her.« Er sah weg, und aus der Richtung seines Blicks wußte ich, daß er auf das Foto sah. »Lange Zeit.«

»Sie sind Ben Queen, nicht wahr?«

Er wirkte ein wenig überrascht, daß ich das wußte. »Schätze, das bin ich.«

»Sie waren mit Rose Devereau verheiratet.«

Diesmal nickte er nicht einmal.

»Sie sind gerade aus dem Gefängnis entlassen worden, habe ich gehört.«

»Du scheinst mich ziemlich gut zu kennen. Wenn du das alles weißt, warum hast du dann keine Angst? Hier, allein mit einem Fremden, einem verurteilten Mörder?«

»Ich ...« Ich wußte es nicht. »Wieso ... warum sind Sie hierhergekommen?« fragte ich.

»Das gleiche könnte ich dich auch fragen.«

Nun, ich verstand, warum sie bei dem Prozeß nicht viel aus Ben Queen herausbekommen haben.

Er sagte: »Dich muß ja der Teufel getrieben haben, um ganz allein durch den Wald zu gehen.« Er machte mit dem Kopf ein Zeichen in Richtung des Waldes, der sich am See entlangzog, und aus dem ich gekommen war. Es begann rasch dunkel zu werden, und die Bäume draußen bogen sich in dem vom Wasser hereinwehenden Wind wie schwarze Federn. Den See konnte ich jetzt nicht sehen, nur den sichelförmigen Rand. Rasch verschwand er aus meinem Blick, verschwand Stück für Stück wie die Katze in *Alice im Wunderland*.

Und ich glaube, es war Alice, die mich auf die Rote Königin brachte, die auf ihrem Pferd über einen Boden galoppierte, der sich beim Reiten unter ihr bewegte, so daß sie nicht von der Stelle kam. Ich wußte nicht, was das bedeutete, aber ich fühlte mich wie die Rote Königin, und ich fand es unerträglich, wieviel Anstrengung es kostete, um am selben Platz zu bleiben. Ein Gefühl entsetzlicher Trauer überkam mich, und ich hatte Angst, laut loszuheulen, daher hielt ich den Kopf gesenkt, die Augen auf den Boden geheftet und versuchte, den Schmerz in meiner Kehle hinunterzuschlucken. »Ich glaube, mich hat der Teufel getrieben, das stimmt.«

»Da sind wir schon zwei.«

Ich konnte wieder aufsehen, ich hatte mich wieder unter Kontrolle, und ich sah, daß er ein Briefchen mit Streichhölzern herausgezogen hatte und mit dem Daumen geschickt eines entzündete, als wäre er daran gewöhnt, Dinge im Dunkeln zu tun. Er hielt die Flamme an die Talgkerzen, und sie züngelten hoch und warfen kegelförmige Schatten auf unsere Gesichter. So von unten angestrahlt mußten wir wie zwei Halloween-Kürbisse ausgesehen haben.

Ohne zu überlegen, platzte ich heraus: »Im Mirror Pond bei White's Bridge hat man eine erschossene Frau gefunden.«

Er sah in die Dunkelheit hinaus, ohne zu antworten.

Daher fuhr ich fort: »Ist sie nicht . . . eine Verwandte von Ihnen? Das habe ich jedenfalls gehört.«

Er zog an seiner Zigarre und blies den Rauch aus, bevor er sagte: »Ihr Name ist Fern. Sie war meine Tochter.«

Als er das sagte, klang Ben Queen eher erschöpft als traurig. Ungefähr so, wie wenn ich erfahre, daß noch sechs Leute zum Essen kommen, nachdem ich schon alle Tische abgeräumt habe. Einfach nur erschöpft.

Er sah mich lange aus dunklen Augenhöhlen an. Dann sagte er: »Wenn es dich irgendwie tröstet, ich habe keine von beiden getötet, weder meine Tochter und, weiß Gott, auch meine Frau Rose nicht. Aber sie werden natürlich hinter mir her sein. Der Sheriff ist es bereits. Er sucht nur am falschen Ort.« Wieder riß er mit dem Daumennagel ein Zündholz an und hielt es erneut an die Zigarre.

Dann zog er zu meiner Überraschung – ich war zu verblüfft, um Angst zu haben – eine Waffe aus der Innentasche seines Mantels, eine kleine Waffe, nicht größer als die Innenfläche seiner Hand, öffnete die Trommel und warf die Pistole auf den Tisch neben dem Sofa.

»Da ist die Waffe. Willst du mich der Polizei übergeben? Das kannst du ruhig, ich habe ohnehin keine Lust, abzuhauen.« Er zuckte die Achseln und sah mich leicht lächelnd an. »Man wird einfach verdammt müde. Entschuldige meine Ausdrucksweise.« Er machte eine kleine, steife Verbeugung, die man als höhnisch hätte auffassen können, aber ich wußte, daß er es nicht so meinte. Meine Augen hefteten sich auf die Waffe, dieses gefährliche Ding, das er genauso unachtsam hingeworfen hatte wie ich die Puppe.

»Hab' sie in der Nähe der Brücke gefunden. Bei diesem Teich.«

»Mirror Pond. Sie haben sie *gefunden*? Das wird niemand glauben!« Das war eine der dümmsten Ausreden, die ich je gehört hatte. Und das sagte ich auch.

Er lachte, und sein Lachen war herzhaft und tief. »Ich schätze, du hast recht. Sie ist ziemlich dumm.«

»Aber das bedeutet, daß Sie *dort* waren; Sie waren bei dem Teich...« Gänsehaut lief mir über die Arme.

»Es wird spät, Emma. Ich denke, ich sollte lieber gehen, und das solltest du auch tun, außerdem finde ich, du solltest mir erlauben, dich durch den Wald zu begleiten.« Er griff nach der Waffe, die er wieder in die Innentasche seines Mantels steckte. »Ich würde sie hierlassen, aber ein Kind könnte sie in die Finger kriegen.« Er ging zum Grammophon und hob den Arm ab, der im Mittelteil der Platte geschabt hatte, nachdem das französische Lied vorbei war. »Also komm. Ich begleite dich.«

Er drückte die Kerzenflammen zwischen Zeigefinger und Daumen aus, und wenn der Mond nicht geschienen hätte, wären wir völlig in Dunkelheit getaucht gewesen.

Ich muß sagen, es war ein weitaus angenehmeres Gefühl, mit ihm durch diesen Wald zu gehen als allein. Vor allem mit jemandem, der keinerlei Angst zu haben schien. Er schob tiefhängende

Äste vor mir aus dem Weg und achtete darauf, daß ich mir den Fuß nicht verstauchte oder über eine Wurzel oder einen Ast stolperte. Und weil er so groß war, konnte er die Lampe höher halten und damit den Lichtkegel vergrößern, in dem ich ging. Ja, es war nett, jemanden zu haben, der mich begleitete. Vor allem Ben Queen. Ich nehme an, die Leute hätten mich für total verrückt gehalten, weil ich keine Angst vor ihm hatte – ein fremder Mann, der obendrein noch eine Frau ermordet haben sollte –, aber ich hatte keine. Eigentlich wollte ich so viele Fragen stellen, daß ich gar nicht dazu kam, mich auf eine zu konzentrieren. Schweigend gingen wir dahin, bis er sagte: »Es hört sich ganz so an, als hättest du mich genau unter die Lupe genommen.«

Ich war nicht sicher, ob ich ihn in dieser Meinung belassen wollte, daher sagte ich: »Oh, es war meine Großtante Aurora Paradise, die das getan hat. Sie hat mir eine Menge erzählt.« Sie hatte mir einiges erzählt, aber keineswegs eine Menge.

»Wie sind Sie hierhergekommen?« fragte ich ihn »Ich war ziemlich sicher, daß er den Weg vom Mirror Pond gekommen war.«

Er blieb stehen und machte mit dem Kopf ein Zeichen in die entgegengesetzte Richtung. »Etwa eine Viertelmeile dort hinten gibt es einen alten Feldweg, den, glaube ich, niemand mehr benutzt. Früher habe ich ihn immer genommen. Ich habe einfach meinen Laster dort stehenlassen und bin durch den Wald gegangen. Manchmal bin ich auf dem Weg gekommen, den du genommen hast, aber sie hätten meinen Laster erkannt, sie hätten ihn von der anderen Seeseite aus gesehen. Ich glaube, diese Frauen haben ständig aus dem Fenster gesehen.«

Wir gingen wieder weiter. Ich fragte: »Aber warum haben sie Sie nicht ins Haus gelassen?«

Er stieß ein rauhes Lachen aus. »Nun, sie behaupteten, ich sei nicht gut genug für Rose Devereau. Über Leute aus Cold Flat

Junction hatten sie keine allzu hohe Meinung. Außerdem fanden sie, daß ich es zu wüst getrieben hätte.«

»Haben Sie das?« Ich war ein bißchen aufgeregt. Ich hatte noch nie Gelegenheit gehabt, mit jemandem zu sprechen, der es wüst getrieben hatte.

»Manchmal schon. Hab' zuviel getrunken, bin in Raufereien geraten, hab' zuviel Poker gespielt ...«

»Das hat mir Aurora erzählt«, sagte ich gedankenlos. »Sie behauptete, Sie hätten ihr Poker beigebracht.«

Plötzlich blieb er stehen. »Mein Gott! Du meinst, die Frau ist noch am Leben? Mein *Gott*! Und du redest von *wüstem Treiben*!, Aurora Paradise hätte mir noch ein paar Tricks beibringen können. Sie ist immer noch im Hotel Paradise? Mein Gott.« Er schüttelte den Kopf.

»Sie wohnt oben im dritten Stock.« Ich war absolut entzückt, daß Aurora es wüst getrieben haben sollte.

Ben Queen schmunzelte und schob ein paar Wurzeln zur Seite, damit ich vorbeigehen konnte. »Na, mach dir nichts draus.«

Unvermittelt blieb ich vor dem Baum stehen, in den das Herz eingeritzt war. »Das sagen die Leute *ständig* zu mir.«

Er legte die Hand auf meine Schulter. »Beruhige dich. Ich werde dir etwas sagen, das du Aurora an den Kopf werfen kannst, wenn sie dir Schwierigkeiten machen will, was sie bestimmt tut. Als ich etwa in deinem Alter war, ist Aurora Paradise vor zwanzig Leuten splitterfasernackt in diesen See hier gesprungen. Jemand hat sie herausgefordert, und sie hat einfach ihre Kleider abgeworfen und hat es getan.«

Wir gingen weiter. Ich war zutiefst erfreut. Er hatte recht; das konnte ich das nächste Mal ins Feld führen, wenn sie mir etwas nicht erzählen wollte. Wir gingen weiter, und ich sagte: »*Ich* finde nicht, daß es einen Grund gibt, auf die Leute von Cold Flat herabzusehen.«

»Ach, darauf kam es den Schwestern Devereau eigentlich gar nicht an. Der wirkliche Grund war, daß sie nicht wollten, daß Rose glücklich war. Sie wollten nicht, daß *überhaupt* jemand glücklich war. Das war schon aus ihren verkniffenen Gesichtern und ihren engen Korsetts zu ersehen. Sie wollten Rose für immer bei sich behalten, sie sollte genauso unglücklich sein wie sie selbst. Solche Leute gibt's, weißt du. Aber obwohl sie unter diesen eiskalten Schlangen leben mußte, war Rose dennoch eine fröhliche Frau.«

Wieder fühlte ich mich scheußlich, als müßte ich gleich in Tränen ausbrechen, empfand aber zugleich Wut. »Mary-Evelyn war das nicht.«

Er blieb stehen, sah auf mich hinunter und fragte: »Wieso weißt du über Mary-Evelyn Bescheid?«

»Wieso ich das weiß? Es war doch kein Geheimnis, oder? Es hat in allen Zeitungen gestanden?« Wir waren bei der Lichtung mit der Quelle angelangt, und ich war froh, sie zu sehen.

Er schob seinen Hut ein wenig zurück und wischte sich mit dem Unterarm über die Stirn. Er sagte. »Ja.«

Ben Queen spähte um die Felsen, um das gekachelte Becken, und fragte mich: »Weißt du, was ein Sündenbock ist?«

Ich? Wenn ich über eines Bescheid wußte, dann darüber, was es hieß, jemanden zum Sündenbock zu machen. »Natürlich. Es ist eine Ziege, der Dinge wie Pfannen und Töpfe aufgebunden werden.«

Er nickte. »Wir wollen uns einen Moment setzen. Ich hätte nichts gegen einen kühlen Trunk.« Wir gingen zur Quelle hinüber, er beugte sich hinunter und ließ Wasser in seine Hände rinnen.

»Warten Sie, da ist ein Becher.« Ich holte den Blechbecher aus der Höhle und hielt ihn unter das Rohr, bis er fast voll war. Er saß auf der Mauer, die die Quelle umgab, und ich brachte ihm den Becher und setzte mich neben ihn. Ich reichte ihm den Becher. »Nun, was ist mit den Sündenböcken?«

Nachdem er getrunken hatte, gab er mir den Becher zurück, zündete eine neue Zigarre an und sagte: »Mary-Evelyn war einer. In manchen Familien brauchen sie einfach einen Menschen, den sie für alles verantwortlich machen können. Weil es manchmal für die restlichen Familienmitglieder die einzige Möglichkeit ist, zurechtzukommen. Entweder sind sie zu blind, zu schwach oder zu dumm, um zu sehen, was sie anrichten ...«

Ich hatte keine Lust, dazusitzen und mir Entschuldigungen für die Schwestern Devereau anzuhören. »Deshalb haben sie sie einfach in dieses Boot verfrachtet und auf den See hinausgeschoben ...« Plötzlich hielt ich inne. Hatte ich tatsächlich angenommen, es sei *so* geschehen? Der Gedanke war wirklich zu schrecklich. Aus den Augenwinkeln sah ich, daß er mir das Gesicht zugewandt hatte und mich musterte. Aber ich sah ihn nicht an; ich war wütend auf ihn. Ich war wütend, weil er Mary-Evelyn nicht gerettet hatte.

Er sagte: »Nein, das haben sie nicht getan. Weder ich noch Rose wußten genau, was passiert ist. Rose war der Meinung, Mary-Evelyn habe es nicht mehr ausgehalten, dort zu leben. Sie hat also ihr Ruderboot genommen ...«

Jetzt sah ich ihn an, völlig verdutzt. »Ihr Ruderboot? Aber sie ist um den ganzen See zu dem Bootshaus gelaufen, das früher ...« Ich deutete auf den Weg, der zum Hotel führte. »... dort unten war.«

Er schüttelte den Kopf. »Die Devereaus hatten ein Boot. Auch eine kleine Anlegestelle. Dort war das Boot vertäut.«

»Na gut, aber warum stand *das* nicht in den Zeitungen?«

»Ich vermute, die Schwestern Devereau haben nicht zugegeben, daß es ihr Boot war. Wahrscheinlich wollten sie nicht, daß die Leute dachten, sie hätten etwas damit zu tun. Wie auch immer, den Zeitungen kann man kein allzu großes Vertrauen schenken.« Er zog an seiner Zigarre, rollte sie eine Weile von einem Mundwinkel zum anderen, dann blies er den Rauch aus. »Es war schrecklich. Ich glaubte, der armen Rose würde das Herz darüber brechen. Denn, verstehst du, sie gab sich selbst die Schuld...«

»Mary-Evelyn hat sich selbst umgebracht, nicht wahr?« Der Gedanke war erschreckend. Ich hatte nie gewagt, ihn auszusprechen.

In dem schwachen Licht, das seine Zigarre verbreitete, sah ich, daß er die Stirn runzelte. »Mein Gott, nein. Es war einfach ein Unfall. Das Boot hatte ein Leck. Deshalb gab sich Rose die Schuld. Sie hatte das Leck erst ein paar Tage zuvor entdeckt und Wasser ausgeschöpft. Aber da das Boot kaum benutzt wurde, vergaß sie, es zu erwähnen. Rose war der Meinung, Mary-Evelyn wollte einfach auf die andere Seite des Sees rudern. Wohin sie wollte, wußten wir nicht, wenn sie überhaupt irgendwohin wollte. Nein, es war ein Unfall.«

Ich fühlte mich erleichtert, als hätte ich tagelang den Atem angehalten und könnte ihn nicht loslassen. Aber erneut erfüllte mich Zorn. »Na schön, aber sie hätte das nie getan, wenn ihr beiden nicht fortgelaufen wärt und sie zurückgelassen hättet!«

Er schwieg eine Weile und dachte darüber nach, während er die Asche seiner Zigarre anstarrte. »Aber wir wollten zurückkommen und sie holen. Wir suchten nach einer Möglichkeit, sie dort rauszuholen.«

Also war sie nicht einfach verlassen worden. Mein Ärger verpuffte und wiederum überkam mich ein Gefühl der Erleichterung. Ich atmete noch leichter. Aber ernst fügte ich hinzu: »Na gut, bloß schade, daß Sie sich nicht darum gekümmert haben, was passiert ist!« Als hätte er sich nicht gekümmert; ich glaube, er hatte sich lange Zeit darum gekümmert. Keiner von uns sagte etwas. Ich reichte ihm den Blechbecher, und er nahm noch einen Schluck.

Er lachte, aber es war kein richtiges Lachen. Er sagte: »Manchmal glaube ich, daß einige von uns nur auf die Welt gekommen sind, um die Schuld der anderen zu tragen.«

Ich war nicht sicher, was er meinte. »Wie Mary-Evelyn?«

Ben Queen sah in den nächtlichen Himmel hinauf. »Sie war eine von denen, das steht fest.«

Wir saßen schweigend da. Und dann dachte ich an das Mädchen – nicht daß es mir je völlig aus dem Kopf gegangen wäre. Ich nahm meinen ganzen Mut zusammen und fragte: »Hatte Ihre Tochter Fern Kinder?«

Er schüttelte die Tasse, als wollte er mehr Wasser herausfließen lassen, wie bei einem Zaubertrick. Stirnrunzelnd sah er mich mit ernstem Blick an. »Warum fragst du das?«

Ich schob die Antwort auf, indem ich fragte: »Kennen Sie Jude Stemple? Drüben in Cold Flat?«

»Jude? Sicher.«

»Er sagte, sie hätte keine gehabt, aber . . .«

»Wie kommst du denn auf die Frage, *ob* sie welche hatte?«

Ich spürte, wie sich mein Herz aufbäumte, spürte wie ein wolkenbruchartiger Tränenschwall in mir aufstieg. Ich wollte eigentlich niemandem von dem Mädchen erzählen, obwohl ich nicht wußte, warum. Aber da war schließlich Ben Queen, und ich dachte, daß er schon genügend Schuld auf sich genommen hatte. »Weil ich jemanden gesehen habe, der genauso aussieht wie Ihre Frau Rose. Genauso wie das Bild an der Wand.« Ich weiß nicht, warum mir diese Worte Angst einjagten. Es war wie der Bruch eines Versprechens, als würde man ein Geheimnis ausplaudern, das man eigentlich für sich behalten sollte. Und meine Strafe konnte darin bestehen, daß das Mädchen verschwand, oder schlimmer noch – es könnte so sein, als hätte sie nie existiert.

Endlose Zeit schien zu vergehen, während Ben Queen dastand, das in den Felsen eingelassene Rohr betrachtete und dem steten

Tröpfeln des Wassers lauschte. Dann sah er mich an und sagte: »Ich würde sagen, daß dieses Mädchen, das du gesehen hast, oder *glaubst* gesehen zu haben, vielleicht nur ein Produkt deiner Phantasie war. Hältst du das für möglich?«

Ich wußte, daß er das nicht glaubte. Sonst hätte er genauer nachgefragt, wann und wo ich sie gesehen hatte, vor allem nachdem ich ihm gesagt hatte, daß sie genau wie Rose Devereau aussah. Daher wußte ich, daß er nicht glaubte, was er sagte. Außerdem war mir klar, daß er wußte, *ich* würde ihm nicht glauben. Dennoch antwortete ich: »Wahrscheinlich. Sie war nur ein Produkt meiner Phantasie.«

Wir sagten nichts mehr zu diesem Thema, saßen aber dennoch noch eine Weile da, bis Ben Queen seine Zigarre auf den Boden warf und aufstand. Er müsse gehen, sagte er.

Auch ich stand auf. Ich wollte ihn nicht gehen lassen und wußte nicht, wie ich ihn zurückhalten konnte.

Dann wandte er sich um, lächelte und tippte wie schon zuvor einmal an den Rand seines Huts, als würde er mich grüßen. Und was er dann sagte, war seltsam und überraschend. »Also hör zu, Emma. Wenn es für dich zu schwierig wird, dann sag ihnen nur, daß du mich gesehen hast und wo.« Er lächelte. Das Lächeln sollte uns glauben machen, daß alles nicht so schlimm war, nichts davon. Aber wir waren beide vom Gegenteil überzeugt. »Wenn es zu schwierig für dich wird, dann liefere mich der Polizei aus.«

Ich war zu überrascht, um zu sprechen. *Liefere mich der Polizei aus.*

Er ging davon. Ich stand da und sah ihm nach, bis ihn die Dunkelheit verschluckt hatte, bis ich kein Knacken der Zweige und kein Rascheln des Buschwerks mehr hörte. Aber ich hatte nicht alle meine Fragen gestellt. Ich hatte nicht genügend erfahren. Es *genügte* nicht anzunehmen, alles sei ungeplant und ungewollt geschehen. Es genügte nicht, daß sich das Geheimnis einfach verflüchtigte. Wie von Furien gejagt, rannte ich in den Wald. »*Mary-Evelyn!*« rief ich hinter ihm her. Ich rannte ein Stück den Weg zurück, den wir gekommen waren, und rief noch einmal. Aber er war inzwischen zu weit weg.

»Mary-Evelyn.« Diesmal zu mir selbst.

41.

In dieser Nacht tat ich kein Auge zu. Ich erinnerte mich daran, daß ich an die Decke gestarrt und über Ben Queen nachgedacht hatte, und daß ich dies am Morgen immer noch tat. Was in der Zwischenzeit geschehen war, weiß ich nicht.

Benommen zog ich Socken und Schuhe an und dachte, daß Ben Queen in der Lage zu sein schien, hinter die Dinge und Worte zu sehen; ich dachte, daß er dem Sheriff sehr ähnlich war . . .

Der Sheriff! Ich setzte mich kerzengerade auf, mit einem Schlag völlig wach. O Gott! Da war mein altes Problem wieder, wiederum die Frage, ob ich dem Sheriff sagen sollte, was ich wußte. Nur diesmal gab es absolut keinen Zweifel, daß ich es *sollte*. Warum fällte man eine Entscheidung, und wurde dann vor eine neue Entscheidung gestellt, die sogar noch schwieriger war? Ich schätzte, so ging es jedem, der älter wurde. Außer daß nicht alle hinuntergehen und Miss Bertha bedienen mußten.

Nachdem ich den gebutterten Toast weggeputzt hatte, den Miss Bertha in den Boden des Speisesaals gestampft hatte, und den Orangensaft aufgewischt hatte, der ihrer Aussage nach aus der Flasche und nicht frisch gepreßt war, rief ich den Taxistand an und erfuhr, Axel würde gleich kommen, doch als das Taxi ankam, war natürlich Delbert drin.

Ich war fast zu müde gewesen, mein eigenes Frühstück zu verzehren, abgesehen von einer Waffel und etwas Orangensaft aus der Flasche, so daß ich zu dem Zeitpunkt, als ich das Rainbow betrat (für das Gerichtsgebäude war ich noch nicht bereit) und das Chili roch, ziemlich hungrig war. Maud brachte mir einen Teller zusammen mit einem kleinen Tellerchen Cracker und sagte, der Sheriff würde vermutlich bald zum Mittagessen kommen, da Shirl gerade einen Pfirsichauflauf gemacht habe, eine seiner Lieblingsspeisen. Da ich bereits mein Chili bekommen hatte, konnte ich auf ihn warten, fand ich. Einmal mußte ich ihm ohnehin gegenübertreten, obwohl ich nicht wußte, was ich sagen sollte. Maud brachte ihren Kaffee und ihre Schachtel Zigaretten. Sie setzte sich neben mich und zündete sich eine an.

Ich ließ einen Cracker nach dem anderen in mein Chili fallen, um herauszufinden, ob sie schwimmen oder steckenbleiben würden. Dies war mein Chilitest. Wenn sie steckenblieben, war es zu dick. Sie schwammen.

»Hat es den Crackertest bestanden?«

Ich nickte. »Ich schätze, es besteht immer.«

»Du siehst ein bißchen müde aus. Sie nehmen dich zu hart ran.«

»Es ist Miss Bertha.« Ich erzählte Maud, was passiert war. Sie wußte alles über Miss Bertha.

»Du bist vermutlich die einzige, die ihr die Aufmerksamkeit schenkt, die sie braucht.«

Es erstaunte mich, wie Maud das Hinunterwerfen von Toast und das Verschütten von Orangensaft als Kompliment auffassen konnte.

Sie sagte: »Sam hat herausgefunden, daß die Frau erschossen wurde und daß ihr Vater gerade aus dem Gefängnis entlassen worden ist. Er hat fünfzehn Jahre gesessen, weil er ihre Mutter ermordet hat. Ist das nicht *merkwürdig*?«

Ich nickte, zog den Kopf ein wenig mehr ein und sah nicht auf, als sie sagte, der Sheriff sei gerade hereingekommen.

Er stand an unserer Nische, und wenn er mich bereits angesehen hatte, so hatte ich nichts davon bemerkt. Meine Nase steckte fast in meinem Teller drin. Er begrüßte uns und bat Maud um einen Pfirsichauflauf.

»Nachdem Sie ein Chili, ein Roastbeef-Sandwich oder sonst etwas gegessen haben. Sie können doch nicht bloß ein Dessert essen.« Sie stand auf und schlüpfte unter seinem ausgestreckten Arm hindurch, da seine Hand auf der Lehne der Sitzbank lag.

»Doch, das kann ich.« Über die Schulter rief er ihr nach: »Wenn Sie nichts dagegen haben.«

Dann ließ sich der Sheriff mir gegenüber nieder. Es entstand ein Schweigen, und ich versuchte, etwas Nettes zu sagen. Aber es fiel mir nichts ein.

»Ich bin gestern in Cold Flat Junction gewesen. Und heute wieder. Ich habe mit George Queen und seiner Frau gesprochen. Aber du kennst sie vermutlich besser als ich.«

»Möchten Sie etwas Chili?« Ich schob ihm meinen Teller hin. »Es ist ganz ausgezeichnet heute.«

»Nein. Danke.«

Es schien ihm Mühe zu machen, das *danke* herauszubringen. Er wiederholte: »Du kennst die beiden, nicht wahr? George und Bathsheba Queen.«

Ich führte den Löffel nicht ganz zum Mund und gab vor, angestrengt nachzudenken. »Also, ich kenne *irgendwelche* Queens, ich schätze ...«

»Du kennst *diese* Queens. Du warst vorgestern mit Elijah Root dort.«

»Oh, kennen *Sie* Mr. Root?« Ich zerkrümelte noch ein paar Cracker und streute sie über mein Chili. »Er sitzt gern mit Ulub und Ubub vor Martins Laden. Er kann sie ganz gut verstehen ...«

»Laut Mrs. Queen kam Elijah Root zu Besuch und brachte Jen Grahams Tochter mit. Das bist nicht zufällig du, oder? Als ich dich letztesmal gesehen habe, warst du die einzige Tochter, die Jen hatte.«

Ich wußte, von nun an würde ich mich in ein dichtes Gespinst aus Lügen verstricken. Wie oben in den alten Dienstbotenquartieren, wo diese durchsichtigen, dünnen Spinnweben an einem kleben blieben, und man gar nicht bemerkte, wie sie auf einen herabfielen. »Ich saß mit Mr. Root draußen vor Martins Laden. Er sagte, er wolle rüberfahren und diese Mrs. Queen besuchen, mit der er früher befreundet war. Und ich hatte nichts zu tun und bin mitgefahren. Wegen der Fahrt, wissen Sie.«

Gott sei Dank sah ich Maud zurückkommen, denn der Sheriff schüttelte bereits den Kopf. Sie stellte einen Teller Pfirsichauflauf, der mit Eiscreme gekrönt war, vor den Sheriff. Ich rutschte ein Stück weiter, damit sie sich setzen konnte. Aber der Sheriff hielt ihr seine Tasse hin.

»Würden Sie mir nachschenken?«

»Sofort, Mr. Stoneface. Eigentlich gehören Sie heute auf den Mount Rushmore hinauf.«

Ich musterte ihn kurz. Er sah nicht verärgert aus. Er wirkte einfach sehr angespannt, wie eine geballte Faust.

Maud ging weg, und ich zerbröselte die Cracker und legte eine ganze Schicht Brösel über mein Chili. Ich fragte mich, ob der Sheriff jemanden von der Tabernakelgesellschaft befragt hatte. Aber warum hätte er das tun sollen?

»George Queen sagte, man hätte lange über seinen Bruder Ben gesprochen.«

»Kann schon sein. Ich hab' nicht darauf geachtet.«

»Darauf wette ich.«

Der Pfirsichauflauf mit der an beiden Seiten heruntertriefenden Vanille-Eiscreme blieb einfach stehen. Plötzlich war alles still geworden, als hätten alle Gäste im Rainbow Café aufgehört zu reden, um zuzuhören. Jemand hatte Münzen in die Jukebox gesteckt, und Patsy Clines Stimme durchschnitt die Stille wie splitterndes Glas. Dann kam Maud mit der Kaffeekanne zurück. Sie goß dem Sheriff ein und ging wieder.

Er sagte: »Ben Queen ist der Vater der Frau, die wir im Mirror Pond gefunden haben.«

»Sie haben keine *Sahne*! Ich hole welche!« Ich war schon halb aus der Nische, als er die Hand ausstreckte und mich zurückzog. Ich sah, daß Maud wieder die Männer an der Theke bedienen mußte. Ich nahm noch eine Handvoll Cracker und zerbröselte sie. Inzwischen bestand mein Chili zur Hälfte aus Crackern. Ich riskierte einen schnellen Blick auf den Sheriff und wünschte, ich hätte es unterlassen. Seine blauen Augen waren eisig.

»Ben Queen ist vor zwei Wochen aus dem Gefängnis entlassen worden. Er saß wegen Mordes an seiner Frau...«

»Er hat es nicht getan!« Es war mir herausgerutscht, unwillkürlich und unbedacht.

»Nein?« Überrascht lehnte sich der Sheriff zurück. »Nun, wie kommst du darauf?« Dann beugte er sich halb über den Tisch hinweg zu mir hinüber und fixierte mich mit diesen schieferblauen Augen. »Weißt du etwas, das ich nicht weiß?«

Es war schrecklich. Ich schluckte. »Also, es ist einfach so, daß viele Leute in Cold Flat glauben, daß er es nicht war. Seine Schwägerin, diese Mrs. Queen, hat gesagt, er konnte es einfach nicht gewesen sein. Und das gleiche gilt für seinen Bruder George.« Von Jude Stemple erwähnte ich nichts.

»Es ist verständlich, daß seine Familie dieser Meinung ist.« Wieder entstand Schweigen. »Wirst du's mir erzählen?«

Ich kümmerte mich nicht einmal mehr um die Cracker. Mit einem kleinen Achselzucken antwortete ich bloß: »Was soll ich Ihnen erzählen?« Er hatte inzwischen die Hände über dem Kinn gefaltet, so daß ich seinen Mund nicht sehen konnte. Ich wollte mir einreden, daß er ein Lächeln verbarg, aber diesmal wußte ich, daß es nicht so war. Ich legte meine Stirn in tiefe Falten und wiederholte: »Was soll ich Ihnen erzählen?«

»Ich hab' das merkwürdige Gefühl, daß du etwas weißt, was du mir nicht erzählst.«

Seine Stimme klang sanft, aber seine Augen waren wie das blaue Eis, das man von Reisebildern aus Alaska oder den Polen kennt. Ein wimmernder Ton, fast wie der Gesang von Patsy Cline setzte in meinem Kopf ein, als würde der Wind durch die Spalten und Windungen meines Gehirns blasen. *O nein, o nein, o nein.* War es das, was zwischen Freunden passierte? War es möglich, daß etwas auftauchte, das wichtiger war als Freundschaft? Ich öffnete den Mund, um ihm zu antworten, aber dann hörte ich die andere Stimme in meinem Kopf: *Wenn es zu schwierig für dich wird, liefere mich der Polizei aus.*

Ich schloß den Mund wieder und sah auf den Tisch, während mein Chili kalt wurde und seine Eiscreme schmolz.

Schließlich sagte der Sheriff, wir würden uns ein andermal wiedersehen, stand auf und ging zur Tür. Er fragte mich nicht, ob ich mit ihm Parkuhren kontrollieren wolle.

Ich starrte auf mein Chili, und wie Patsy Cline zerbrach ich innerlich in Stücke.

42.

Ich fand die Colonel-Mustard-Figur in der kleinen Felsspalte, in der wir den Blechbecher aufbewahren. Seltsamerweise war ich nicht überrascht. Ich schraubte den Kopf ab und sah hinein, in der Annahme, eine Nachricht zu finden. Wäre ich Nancy Drew, wäre eine drinnen gewesen. Aber im wirklichen Leben, schätze ich, bekommt man diese Art von Botschaften nicht. (Ich hatte eines von meinen Nancy-Drew-Büchern mitgebracht, für den Fall, ich würde länger hierbleiben.)

Mary-Evelyn ist mir immer gegenwärtig, ganz so als wäre sie gerade als Zwölfjährige vor mir aufgetaucht, als wären sie und ihre Tanten mit einem Schlag in mein Blickfeld getreten. Als wären sie in diesem Moment erschaffen worden. Es war, als wären die Tanten zusammen mit dem Schmerz entstanden, als wären sie das Elend selbst oder hatten es mit sich gebracht, um es auf Mary-Evelyns Haupt abzuladen.

Mary-Evelyn. Vor meinem geistigen Auge sah ich sie in ihrem weißen Kleid durch die schwarzen Blätter gehen, in Zeitlupe, wie die Leute in den Filmen. Ich beobachte sie, wie sie zu dem Ruderboot geht, und sehe zu, wie sie mit dem Ruder von der Anlegestelle abstößt, das sie dann später fallen läßt. Vielleicht wollte sie sterben. Oder vielleicht wollte sie wissen, ob das Wasser sie trägt. Sie wollte getragen werden, von irgend etwas getragen werden.

Ich war froh, daß der Name von Rose Devereau für mich wieder reingewaschen war, denn es war schwer, sie zu hassen. Ich glaube, ich habe sie die ganze Zeit über heimlich gemocht, ganz unwillkürlich.

Das Merkwürdigste an der ganzen Geschichte ist, daß Mary-Evelyns Tod – oder vielleicht ihr Leben – schließlich doch gerächt wurde. Es ist, als wäre jenes unbekannte Mädchen vom Himmel gefallen; es war wie eine von Wills und Mills »Duxmaschinen«, sie war vom Himmel herabgelassen worden, um schließlich Mary-Evelyn Devereau zu rächen. Es mochte vielleicht zweier Generationen bedurft haben, um das zu bewerkstelligen, und man mag es vielleicht als Viehtreiber-Moral bezeichnen, aber für mich ist es doch eine gewisse Erleichterung, daß auch dann, wenn es den

Anschein hat, als würden Verbrechen ungesühnt bleiben, sie schließlich doch noch vergolten werden.

Wie ich schon sagte: Wenn man glaubt, das Rätsel ist gelöst, beginnt es von neuem. Was Mrs. Louderback einen »Zustand größerer Klarheit« nannte, erscheint mir sehr seltsam, weil ich fand, daß mein Leben – jedenfalls bis vor zwei Wochen – noch so klar wie die Mathematik gewesen war.

Doch so sehr ich auch glauben möchte, daß die Geschichte ein befriedigendes Ergebnis hat, trifft das wahrscheinlich nicht zu. Man blättert die Seite um, und es folgt noch eine Geschichte, man blättert wieder eine um, und es folgt eine weitere. Ich gleite mit dem Finger die Zeilen dieses Buches entlang und stelle mir vor, wie es wäre, blind zu sein und die Brailleschrift zu lesen. Wie es wäre, Wörter zu *fühlen*. Das muß es sein, was mir an der Abigail-Butte-Bücherei so gut gefällt – der Trost der Worte.

Ich bin der Meinung: Man hat nur die Wahl zwischen zwei Dingen.

Man treibt entweder in einem leckenden Boot hinaus, oder man blättert die Seite des Buches um.

Ich frage mich, wo jenes unbekannte Mädchen hingegangen ist.

Ich blätterte die Seite um.